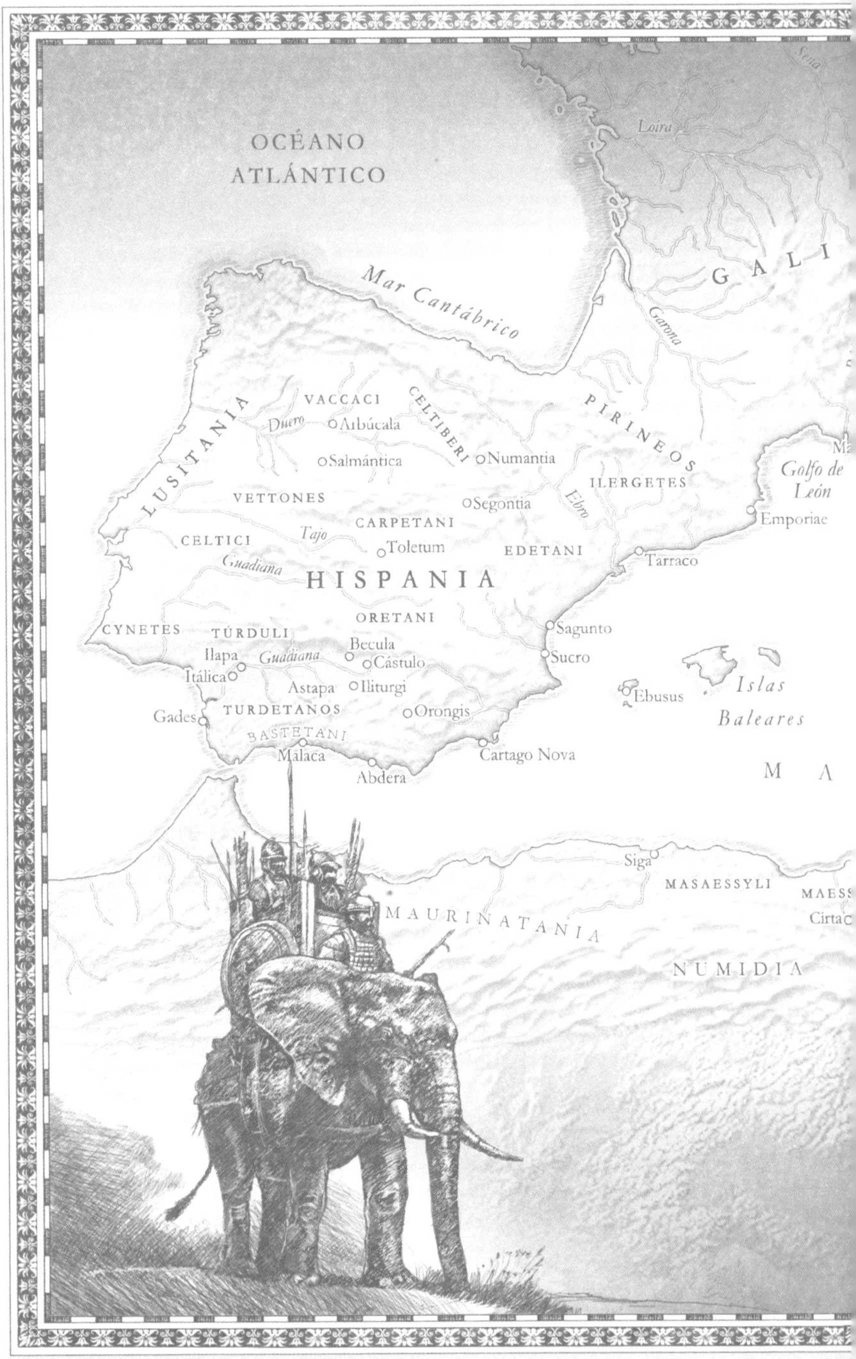
OCÉANO
ATLÁNTICO
Sena
Loira
Mar Cantábrico
Garona
PIRINEOS
LUSITANIA
VACCACI
CELTIBERI
Duero
Arbúcala
Salmántica
Numantia
Golfo de
León
ILERGETES
VETTONES
Segontia
Ebro
Emporiae
CARPETANI
CELTICI
Tajo
Toletum
EDETANI
Tarraco
Guadiana
HISPANIA
ORETANI
Sagunto
CYNETES
TÚRDULI
Becula
Ilapa
Guadiana
Cástulo
Sucro
Itálica
Astapa
Iliturgi
Ebusus
Islas
Baleares
Gades
TURDETANOS
Orongis
BASTETANI
Malaca
Cartago Nova
Abdera
Siga
MASAESSYLI
MAURINATANIA
NUMIDIA

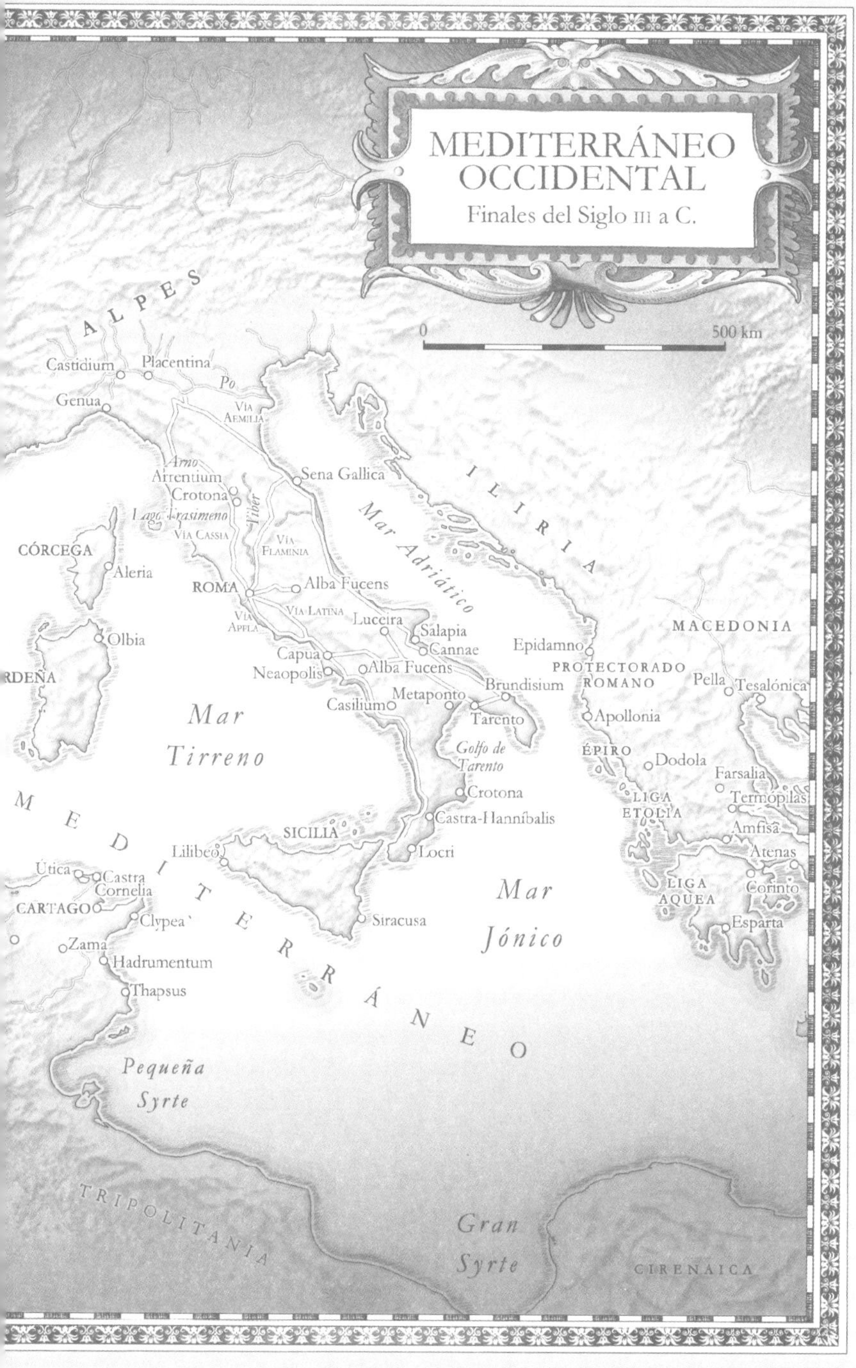
MEDITERRÁNEO
OCCIDENTAL
Finales del Siglo III a C.
0
500 km
ALPES
Castidium
Placentina
Po
Genua
VIA AEMILIA
Arno
Arrentium
Crotona
Lago Trasimeno
Tiber
VIA CASSIA
VIA FLAMINIA
Sena Gallica
ILIRIA
Mar Adriático
CÓRCEGA
Aleria
ROMA
Alba Fucens
VIA APPIA
VIA LATINA
Luceira
Salapia
Cannae
Olbia
Capua
Neaopolis
Alba Fucens
RDEÑA
Brundisium
Metaponto
Casilium
Tarento
Mar
Tirreno
Golfo de Tarento
Crotona
Castra-Hannibalis
MEDITERRÁNEO
SICILIA
Lilibeo
Locri
Útica
Castra Cornelia
CARTAGO
Clypea
Siracusa
Mar
Jónico
Zama
Hadrumentum
Thapsus
Pequeña
Syrte
TRIPOLITANIA
Gran
Syrte
CIRENAICA
MACEDONIA
Epidamno
PROTECTORADO
ROMANO
Pella
Tesalónica
Apollonia
ÉPIRO
Dodola
Farsalia
Termópilas
LIGA
ETOLIA
Amfisa
Atenas
Corinto
LIGA
AQUEA
Esparta

SANTIAGO POSTEGUILLO, doctor europeo por la Universidad de Valencia, es en la actualidad profesor titular en la Universidad Jaume I de Castellón. Ha estudiado literatura creativa en Estados Unidos, y lingüística y traducción en diversas universidades del Reino Unido. En 2006 publicó su primera novela, *Africanus: El hijo del cónsul*, el inicio de una trilogía que continuó con *Las legiones malditas* y *La traición de Roma*. También es autor de la Trilogía de Trajano, compuesta por *Los asesinos del emperador*, *Circo Máximo* y *La legión perdida*. Posteguillo recibió el Premio a las Letras de la Generalitat Valenciana en 2010, el Premio Barcino de Novela Histórica de Barcelona en 2014 y, en 2018, fue galardonado con el Premio Planeta por su novela *Yo, Julia*, a la que siguió *Y Julia retó a los dioses* en 2020. Actualmente está dedicado a su proyecto literario más ambicioso: una serie de novelas dedicadas a la vida de Julio César, que inicia con *Roma soy yo* (2022) y continúa con *Maldita Roma* (2023). Es el autor más vendido de novela histórica en lengua española con más de 4.500.000 de lectores. Además, en 2018 fue profesor invitado del Sidney Sussex College de la Universidad de Cambridge.

www.santiagoposteguillo.es

Papel certificado por el Forest Stewardship Council®

MIXTO
Papel | Apoyando la silvicultura responsable
FSC® C117695

Penguin Random House Grupo Editorial

Primera edición en B de Bolsillo: julio de 2011
Primera edición con esta presentación: marzo de 2022
Sexta reimpresión: octubre de 2025

Diseño de la cubierta: Penguin Random House Grupo Editorial
Imagen de la cubierta: © Alejandro Colucci

Printed in Spain – Impreso en España

ISBN: 978-84-1314-358-3
Depósito legal: B-990-2022

Impreso en Black Print CPI Ibérica
Sant Andreu de la Barca (Barcelona)

BB 4 3 5 8 B

Africanus

SANTIAGO POSTEGUILLO

A Lisa, por todo
y, por encima de todo,
por Elsa

La trilogía de Africanus

En 2006 se publicó por primera vez *Africanus*, el arranque de la trilogía sobre la vida, hazañas y dificultades de Escipión, y hoy, con motivo de su relanzamiento en todo el mundo, Penguin Random House me pide que escriba una breve introducción para esta nueva edición especial.

¿Quién era yo y qué estaba haciendo en aquel 2006?

¿Cómo y cuándo se gestó la trilogía?

Vayamos por partes: siempre quise escribir y desde la adolescencia redactaba cuentos y poemas. Con veinte años ya confeccioné dos novelas completas: una negra y otra erótica (las hormonas palpitaban muy fuerte en aquellos años). Intenté publicarlas pero no hubo fortuna. Tras esos primeros intentos infructuosos, lejos de desistir, me continué formando para ser escritor: me licencié en filología inglesa, me doctoré, estudié literatura creativa en Estados Unidos, seguí leyendo compulsivamente y, por fin, superé una oposición para profesor titular en la Universidad Jaume I de Castellón, donde sigo impartiendo clases de lengua y literatura inglesa y norteamericana.

En paralelo a mi vocación docente, la pasión por escribir seguía en mí. Decidí volver a intentarlo. Estamos en el año 2003. Pero, tomada la determinación de escribir otra novela, ¿sobre qué o quién? Además de la literatura, otro interés en mi vida, de siempre, fue la historia. ¿Y si escribiera novela histórica? Ya había intentado otros géneros, ¿por qué no éste que permitiría aunar dos de mis mayores pasiones: narrativa e historia?

—De acuerdo —me dije en voz alta una tarde en mi despacho de casa—. Pero escribir... ¿sobre qué personaje en concreto? Empecé a repasar a los más destacados, a aquellas figuras históricas que no se conforman con pasar por la historia, sino que la transforman: Alejandro Magno, Aníbal, Julio César... de todos ellos, no obstante, se había escrito mucho y bien. De entre todos estos personajes me llamó la atención que el oponente de uno de ellos, el que derrotó a Aníbal, un tal Escipión, era relativamente menos conocido y apenas había novelas sobre él. «Será que su vida debe de ser aburrida», pensé. Me puse entonces a leer sobre él, pero sin ansia, sin mucho empeño, sólo para descartarlo como opción interesante y, sin embargo, su vida me fascinó.

Me quedé con él durante seis años.

Pero estábamos en el 2003. La trilogía de *Africanus* es aún sólo una idea en nebulosa: sé que quiero escribir una novela sobre Escipión, pero de momento eso es todo lo que había en mi cabeza sobre el asunto. En paralelo, en mi vida universitaria, aquel curso académico teníamos como objetivo poner en marcha el Instituto Universitario de Lenguas Modernas Aplicadas entre las Universidades de Alicante y Castellón, al que luego se sumó también la Universidad de Valencia. Yo estaba muy involucrado en este proyecto. El director era el profesor Enrique Alcaraz Varó, catedrático, persona docta, sabia y recta donde las haya. Un día, con cierta prevención, le comenté que quería escribir una novela, que era algo que me rondaba por la cabeza desde hacía mucho tiempo. No concreté nada sobre el personaje en aquella conversación. Tampoco me preguntó. El profesor Alcaraz, sin embargo, me miró directamente a los ojos. Yo estaba convencido de que me iba a decir que me dejase de tonterías y que me centrase en mi carrera universitaria y en el proyecto del instituto interuniversitario. Su tono fue grave en la respuesta, tajante, inapelable:

—Santiago, si crees que tienes que escribir una novela, escríbela.

Se imaginarán mi sorpresa. Sus palabras para mí fueron determinantes. ¿Habría escrito *Africanus* si el sabio catedrático me hubiera dirigido en otra dirección? Es posible que sí, pero muchos años después. Al profesor Alcaraz le debo pues ese último empujón que todos necesitamos alguna vez antes de emprender una empresa de dimensiones poco comunes (la Trilogía de Escipión, en efecto, es de extensión no habitual).

Con enorme tristeza he de añadir que, al poco tiempo, una enfermedad cruel e inmisericorde terminó con la vida de este gran profesor. Me queda el recuerdo hermoso de que, ya enfermo, le dio tiempo a leer *Africanus*, la primera novela de la trilogía y que me dijera que le había gustado; hasta me hizo un análisis lingüístico de la misma (algo en lo que era todo un experto). Recuerdo cómo remarcaba que le había gustado en particular el uso del presente histórico en algunos momentos claves de la narración. Gracias, don Enrique.

Estamos ya en el año 2005. La novela está terminada y, como he apuntado, a gusto de algunos como el profesor Alcaraz, pero falta publicarla. A lo largo de varios meses me embarco en el lento proceso de hacer copias del texto y enviarlas a todas las editoriales de España. Una tras otra voy recibiendo cartas en las que muy amablemente se declina la publicación del texto. Esto no lo digo como crítica al mundo editorial que hace una labor fabulosa. Los editores querrían siempre acertar con esa novela que va a ser un éxito con miles de lectores, pero ésta es, sin duda, una tarea muy difícil. En cualquier caso, es cierto que para el autor es demoledor cuando se recibe no una ni dos, sino una veintena de negativas. Al recibir la primera uno aún se siente seguro y dice en voz alta en el despacho (aunque uno esté solo, pero es como si desearas que tu queja llegara a sus oídos):

—Se equivocan.

En la vigésima negativa, no obstante, uno se plantea, ya en silencio, meditabundo y algo melancólico: «A lo mejor la novela no está bien.»

En medio de ese calvario de frustraciones una editorial me dejó un mensaje en el contestador de mi móvil: querían hablar conmigo sobre *Africanus*.

«Es imposible que sea para decirme que no —recuerdo haber pensado—. Si no quisieran publicarla habrían enviado una carta como las otras editoriales; este mensaje en el móvil es muestra evidente de que tienen verdadero interés en publicarla.»

Así me debatía en mi mente mientras cruzaba el ágora de la Universidad Jaume I de Castellón camino hacia mi facultad.

«¿Qué hago? ¿Los llamo antes o después de la clase?»

Concluí que como era muy probable que me fueran a decir algo positivo y que eso me iba a hacer sentir muy bien, lo ideal era llamarlos antes. Así lo hice. Me detuve en la puerta de la facultad y marqué el número.

—Buenos días, mi nombre es Santiago Posteguillo. Les remití un manuscrito hace unos meses y han dejado un mensaje en mi móvil diciendo que querían hablar conmigo.

—Sí, un minuto.

Me pareció una hora. Esperé. Ese habría sido un buen momento para empezar a fumar o para empezar a morderme las uñas. En su defecto me toqué los ojos en un tic nervioso mío que suele derivar en conjuntivitis.

—Hola, buenos días. ¿Es usted Santiago Posteguillo?

—Sí, sí...

—Mire, verá. Gracias por enviarnos su novela, pero lamento decirle que no nos interesa.

Yo permanecí en silencio. Ante la falta de respuesta por mi parte, el hombre se sintió en la obligación de explicarse.

—Enviarle una carta nos parecía muy frío.

—Claro. Lo entiendo. Gracias.

—Lo siento.

No nos dijimos más.

Sé que la clase que impartí ese día no fue la mejor de mi vida.

Llegamos a enero de 2006, momento en el que nace mi hija. Dicen que los niños llegan a veces con un pan bajo el brazo. En mi caso fue así. A los pocos días de nacer la pequeña contactó conmigo otra editorial. No dejó mensajes, sino que me llamó hasta hablar conmigo. Querían publicar *Africanus*. Se trataba de una editorial muy pequeña, pero como imaginarán a esas alturas aquello ya no era lo más relevante para mí, sino el hecho de que a alguien le parecía buena la novela. Fue una edición limitada de apenas unos centenares de libros, pero al poco tiempo Ediciones B se interesó también por la serie de Escipión y pronto *Africanus* pasó a ser editado en tapa dura con el formato con el que luego se haría popular en toda España, América Latina y otros países. Ahora, doce años después, y con ya un millón de lectores, Penguin Random House sigue apoyando su constante difusión nacional e internacional, siendo esta reedición una magnífica prueba de su interés por la saga.

Así pues, como verán, ésta al fin es una historia de agradecimientos a muchas personas: gracias a mis padres que fomentaron mi pasión por la lectura y que me apoyaron cuando quise estudiar literatura creativa en Estados Unidos en los años ochenta; gracias al profesor Alcaraz por su sabio consejo; gracias a esa pequeña editorial primera, de nombre Velecío, y gracias, inmensas gracias, a Ediciones B, primero, ahora a Penguin Random House, por confiar en la aventura de *Africanus,* y en especial a Lucía Luengo, la editora que creyó desde el principio en *Africanus* y el resto de novelas de la serie y que sigue creyendo en ellas. Gracias también a mi hija, y gracias a mi mujer, pieza esencial en todo esto, pues sin su ánimo, el torrente de noes habría acabado con mi carrera literaria antes incluso de empezar. Gracias también a ese millón de lectores de España, México, Colombia. Argentina Chile, Perú, Uruguay, Ecuador, Venezuela, o Estados Unidos, entre otros países, donde me leen en versión original con auténtico interés. Gracias a aquellos que también me leen en versiones tan diferentes como las traducciones al polaco o al italiano. Esta última traducción me hizo particular ilusión porque siempre he pensado que algo sabrán los italianos de la antigua Roma y que a ellos también les haya interesado cómo está narrada la infancia y la juventud de Escipión en *Africanus* supuso un estímulo adicional para continuar luego con la trilogía, con *Las legiones malditas* y con *La traición de Roma*.

Sólo me resta un último agradecimiento y dar respuesta a dos preguntas que, con frecuencia, me plantean numerosos lectores. El agradecimiento es para la infinidad de profesores de latín, griego clásico, historia, literatura o historia del arte, por mencionar algunas disciplinas, que han pensado que recomendar a sus alumnos la lectura de las novelas de la trilogía de *Africanus* es una buena idea como complemento a sus clases. Es algo que me estimula enormemente.

Y las preguntas: ¿haré alguna vez una cuarta parte que añadir a la saga de libros sobre Escipión y su familia? Y... ¿habrá alguna vez una versión cinematográfica o televisiva de la saga?

Con respecto a la primera cuestión, desde que terminé esta trilogía ha habido y seguirá habiendo otros libros, otras novelas, otros personajes, y todos y cada uno de ellos me apasionan, pero es cierto que, sobre todo, por las noches, en ese momento de duermevela en el que uno está a punto de conciliar el sueño, cuando ya no se sabe muy bien si se está despierto o en medio de un sueño, me parece oír de vez en cuando la voz lejana pero poderosa de los descendientes de Escipión como si me pidieran que diera continuidad a su impresionante relato.

He de meditarlo, pero en cualquier caso, *Africanus, Las legiones malditas* y *La traición de Roma* han proporcionado a Escipión el Africano una pequeña dulce resurrección que su historia, sin duda, merecía.

Ah, queda la cuestión del cine o... la televisión. Siempre he pensado que es imposible reducir la historia de Escipión a una película. Me gusta, me apasiona, me da miedo, me motiva, me hace dudar, pero me atrae, intentar poner en marcha un proyecto ambicioso de una serie de televisión de varias temporadas basada en estas novelas. El tiempo y las circunstancias decidirán.

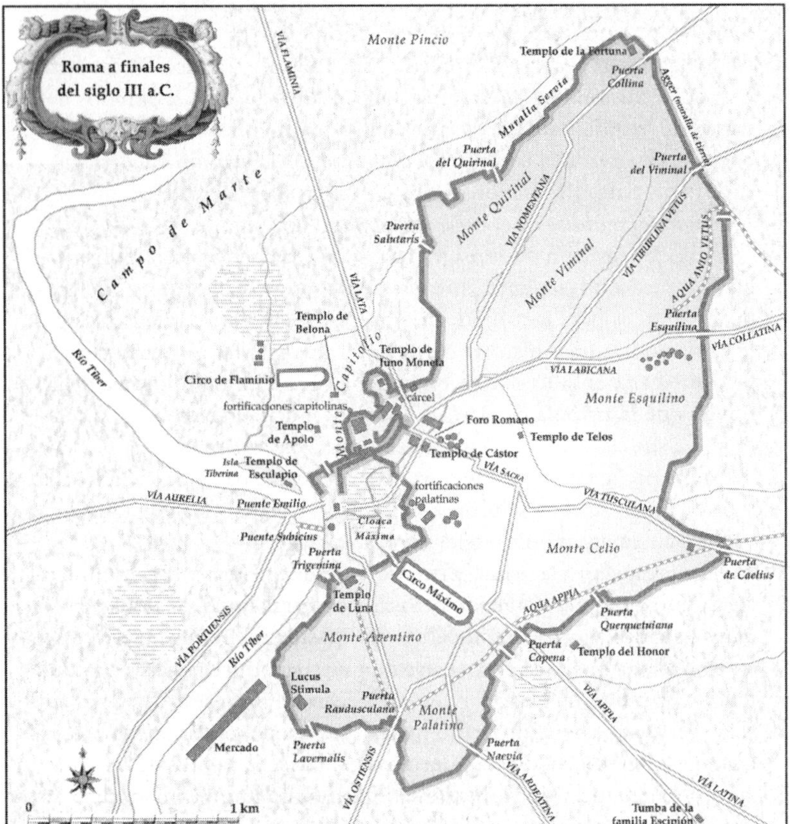

1. Rostra
2. Graecostasis
3. Senaculum
4. Cárcel
5. Scalae Gemoniae
6. Templo de la Concordia
7. Lago de Juturna
8. Templo de Saturno
9. Tabernae veteres
10. Lapis Níger
11. Templo de Jano
12. Templo de Venus
13. Tabernae novae
14. Templo de Cástor
15. Templo de Vesta
16. Arboleda de Vesta

Ingrata patria, ne ossa quidem mea habes.
[Patria ingrata, ni siquiera tienes mis huesos.]
Epitafio en la tumba de Escipión, el Africano

M. VALERIUS MAXIMUS, 5, 3, 2B

Prooemium

A finales del siglo III antes de Cristo, Roma se encontró al borde de la destrucción total, a punto de ser aniquilada y arrasada por los ejércitos cartagineses al mando de uno de los mejores estrategas militares de todos los tiempos: Aníbal. Ningún general de Roma era capaz de doblegar a este todopoderoso enemigo, genial en el arte de la guerra y hábil político, que llegó hasta las mismas puertas de la ciudad del Tíber, habiendo pactado con el rey Filipo V de Macedonia la aniquilación de Roma como Estado y el reparto del mundo conocido entre las otras dos potencias mediterráneas: Cartago y Macedonia. La historia iba a ser escrita por los enemigos de Roma y la ciudad de las siete colinas no figuraría en ella, no tendría espacio ni en los libros ni en los anales que habrían de rememorar aquella guerra, aquel lejano tiempo; Roma apenas representaría unas breves líneas recordando una floreciente ciudad que finalmente sería recluida a sus murallas, sin voz en el mundo, sin flota, sin ejército, sin aliados; ése era su inexorable destino hasta que o bien la diosa Fortuna, o quizá el mismísimo Júpiter Óptimo Máximo o el puro azar intervinieron en el devenir de los hombres y las mujeres de aquel tiempo antiguo y surgió un solo hombre, alguien inesperado que no entraba en los cálculos de sus enemigos, un niño que habría de nacer en la tumultuosa Roma unos pocos años antes del estallido del conflicto bélico más terrible al que nunca se había enfrentado la ciudad; alguien que pronto alcanzaría el grado de tribuno, un joven oficial de las legiones que iniciaría un camino extraño y difícil, equivocado para muchos, que, sin embargo, cambió para siempre el curso de la historia, que transformó lo que debía ocurrir en lo que finalmente fue, creando los hechos que ahora conocemos como la génesis de un imperio y una civilización secular en el tiempo y en la historia del mundo. Aquel niño recibió el nombre de su progenitor, Publio Cornelio Escipión, que fuera cónsul de Roma durante el primer año de aquella guerra. Las hazañas del *hijo del cónsul* alcanzaron tal magnitud que el pueblo, para distinguirlo del resto de los miembros de su familia, los Escipiones, le concedió un sobrenombre especial, un apelativo referente a uno de los territorios que conquistó, ganado con extremo valor en el campo de batalla y que lo acompañaría hasta el final de sus días: *Africanus*. Sería la primera vez que se honraba a un general con una distinción semejante, dando así origen a una nueva costumbre que en los siglos venideros heredarían otros cónsules preeminentes y, finalmente, los emperadores de Roma. Sin embargo, tanta gloria alimentó la envidia.

Ésta es su historia.

Dramatis personae

Publio Cornelio Escipión (padre), cónsul en el 218 a.C. y procónsul en Hispania
Pomponia, mujer de Publio Cornelio
Cneo Cornelio Escipión, hermano del anterior; cónsul en el 222 a.C. y procónsul en Hispania
Publio Cornelio Escipión (hijo), ***Africanus,*** hijo y sobrino de los cónsules mencionados arriba
Lucio Cornelio Escipión, hermano menor
Tíndaro, pedagogo griego, tutor de los Escipiones
Cayo Lelio, decurión de la caballería romana
Emilio Paulo (padre), cónsul en el 219 y 216 a.C.
Lucio Emilio Paulo, hijo de Emilio Paulo
Emilia Tercia, hija de Emilio Paulo

Quinto Fabio Máximo (padre), cónsul en el 233, 228, 215, 214, 209 a.C. y censor en el 230 a.C.
Quinto Fabio, hijo de Quinto Fabio Máximo
Marco Porcio Catón, protegido de Quinto Fabio Máximo

Sempronio Longo, cónsul en el 223 y 218 a.C.
Cayo Flaminio, cónsul en el 217 a.C.
Terencio Varrón, cónsul en el 216 a.C.
Cneo Servilio, cónsul en el 217 a.C.
Claudio Marcelo, cónsul en el 222, 215, 214, 210 y 208 a.C.
Claudio Nerón, procónsul
Minucio Rufo, jefe de la caballería

Lucio Marcio Septimio, centurión en Hispania
Quinto Terebelio, centurión en Hispania
Mario Juvencio Tala, centurión en Hispania
Sexto Digicio, oficial de la flota romana
Ilmo, pescador celtíbero
Tito Macio, tramoyista en el teatro, comerciante, legionario
Druso, legionario
Rufo, patrón de una compañía de teatro
Casca, patrón de una compañía de teatro
Praxíteles, traductor griego de obras de teatro
Marco, comerciante de telas

Amílcar Barca, padre de Aníbal, conquistador cartaginés de Hispania
Asdrúbal, yerno de Amílcar y su sucesor en el mando
Aníbal Barca, hijo mayor de Amílcar
Asdrúbal Barca, hermano menor de Aníbal
Magón Barca, hermano pequeño de Aníbal
Asdrúbal Giscón, general cartaginés
Himilcón, general en la batalla de Cannae
Magón, jefe de la guarnición de Qart Hadasht
Maharbal, general en jefe de la caballería cartaginesa

Sífax, rey de Numidia occidental
Masinisa, númida, general de caballería, hijo de Gaia, reina de Numidia oriental
Filipo V, rey de Macedonia
Filémeno, ciudadano de Tarento
Régulo, oficial brucio
Rey de Faros, rey depuesto por los romanos, consejero del rey Filipo V

LIBRO I
UNA FRÁGIL PAZ

Vel iniquissiman pacem iustissimo bello anteferrem.
[Preferiría la paz más inicua a la más justa de las guerras.]

CICERÓN,
Epistulae ad familiares, 6, 6, 5.

1

Una tarde de teatro

Roma.
Año 519 desde la fundación
de la ciudad, 235 a.C.

El senador Publio Cornelio Escipión caminaba por el foro. Llevaba el cabello corto, casi rasurado, tal y como era costumbre en su familia. A sus treinta años, andaba erguido, dejando a todos ver con claridad su rostro enjuto y serio, de facciones marcadas, en las que una mediana nariz y una frente sin ceño se abrían paso en silencio. Ese día iba a asistir a un gran acontecimiento en su vida, aunque en ese momento tenía la mente entretenida con otro suceso sobresaliente en Roma: Nevio estrenaba su primera obra de teatro. Apenas habían transcurrido cinco años desde que se había representado la primera obra de teatro en la ciudad, una tragedia de Livio Andrónico, a la que el senador no había dudado en acudir. Roma estaba dividida entre los que veían en el teatro una costumbre extranjera, desdeñable, fruto de influencias griegas que alteraban el normal devenir del pensamiento y el arte romano puros; y otros que, sin embargo, habían recibido estas primeras representaciones como un enorme salto adelante en la vida cultural de la ciudad. Quinto Fabio Máximo, un experimentado y temido senador, del que todos hablaban como un futuro próximo cónsul de la República, se encontraba entre los que observaban el fenómeno con temor y distancia. Por el contrario, el senador Publio Cornelio Escipión, ávido lector de obras griegas, conocedor de Menandro o Aristófanes, era, sin lugar a dudas, de los que constituían el favorable segundo grupo de opinión.

Publio Cornelio llegó junto a la estructura de madera que los ediles de Roma, encargados de organizar estas representaciones, ordenaban levantar periódicamente para albergar estas obras. Al ver el enjambre de vigas de madera sobre el que se sostenía la escena, no podía evitar sentir una profunda desolación. Pensar cuántas ciudades del Mediterráneo disfrutaban de inmensos teatros de piedra, construidos por los griegos, perfectamente diseñados para aprovechar la acústica de las laderas sobre las que se habían edificado. Tarento, Siracusa, Epidauro. Roma, en cambio, si bien crecía como ciudad al aumentar su poder y los territorios y poblaciones sobre los que ejercía su influencia, cuando se representaba una obra de teatro tenía que recurrir a un pobre y endeble escenario de madera alrededor del cual el público se veía obligado a permanecer de pie mientras duraba el espectáculo o a sentarse en incómodos taburetes que traían desde casa. Como consolación, el senador pensaba que, al menos ahora, ya había posibilidad de ver sobre la escena actores auténticos recreando la vida de personajes sobre los que él había leído tanto durante los últimos años. Una mano en el hombro, por la espalda, acompañada de una voz grave y potente que enseguida reconoció, interrumpió sus pensamientos.

—¡Aquí tenemos al senador taciturno por excelencia! —Cneo Cornelio Escipión abrazó a su hermano con fuerza—. Ya sabía yo que te encontraría por aquí. Venga, vamos a ver una obra de teatro, ¿no? A eso has venido.

—No esperaba verte por aquí hoy.

—Hombre, hermano mío. —Cneo hablaba en voz alta de forma que todos alrededor podían escucharle. Era un gigantón de dos metros que no necesitaba abrirse camino entre el tumulto de gente que se había agolpado en torno al recinto del teatro ya que, como por arte de magia, siempre se abría un pequeño sendero justo un par de metros antes de que llegara su persona. Cneo era más alto, más fuerte, menos serio y más complaciente en la mesa que su hermano, lo que quedaba reflejado en su incipiente barriga que los años de adiestramiento y empleo militar mantenían relativamente difuminada—. Tanto hablar del teatro, el teatro esto, el teatro aquello... me dije, vayamos a ver qué es eso del teatro y... bueno...

—¿Bueno qué?

—¡Y, por todos los dioses! ¡Si ese viejo remilgado de Fabio Máximo ha dicho que lo mejor que puede hacer un buen romano es no acudir a estas representaciones, pues eso era ya lo que me faltaba para decidirme a venir! ¡Que los dioses confundan a ese idiota!

—Así que eso es lo que anda diciendo Fabio —respondió Publio—. Interesante. Ya entiendo por qué hay tanta gente. Creo que con sus palabras ha conseguido que venga más gente que nunca. Hay que felicitarle. Estoy seguro de que los actores agradecerán tanto debate sobre sus representaciones. Parece que Fabio Máximo no entiende que si deseas que algo pase desapercibido lo mejor es no mencionarlo. Supongo que futuras generaciones irán aprendiendo esto. En cualquier caso, me alegro. Cuanta más gente vea estas cosas mejor. Quizá así consigamos que en Roma se construya alguna vez un teatro digno de representar a Aristófanes o Sófocles.

—No sé; no creo que esto del teatro llegue a interesar tanto como para levantar esos enormes edificios de piedra de los que siempre hablas. Si me dijeras para ver gladiadores o mimos, cosas que sí gustan, entonces quizá sí... Pero desde luego hoy aquí hay un gentío notable —concluyó oteando desde lo alto de su sobresaliente punto de observación.

Así, conversando, los dos hermanos entraron en el recinto. Se había hablado ya en más de una ocasión de la posibilidad de levantar también una estructura de madera frente a la escena que soportase unas gradas de forma que el público pudiera sentarse y disfrutar con más comodidad del espectáculo, pero, de momento, todo aquello no eran más que conjeturas. Sólo había algunos bancos en las primeras filas para las principales autoridades de la ciudad, los ediles y algunos senadores.

—Resultará complicado conseguir una posición más céntrica. Mejor nos quedamos aquí —comentó Publio.

Su hermano se giró y le miró sacudiendo la cabeza, como quien perdona la vida a alguien a quien aprecia mucho pero que sabe que está equivocado en algo muy concreto. Sin más comentarios, Cneo se adentró entre el tumulto de gente, dando alguna voz al principio y luego, a medida que la densidad de la muchedumbre aumentaba, apartando a unos y otros con decididos y potentes empujones. Cneo avanzaba hacia el centro del recinto para conseguir una posición mejor para ver a los actores y lo hacía como un tribuno en un campo de batalla buscando la posición óptima para su unidad. Publio seguía la senda que su hermano iba abriendo. Unos soldados se revolvieron molestos ante aquel torrente de empellones, mas, al ver ante ellos dibujarse la imponente figura de Cneo adornada con la toga propia de un patricio, decidieron hacer como que no había ofensa y ocuparse de sus asuntos. Así, en unos minutos, Publio y Cneo alcanzaron el centro del recinto justo frente a la escena tras los bancos de las autoridades y quedaron dispuestos para asistir a la representación. Una vez allí, Publio se dirigió a su hermano.

—Gracias. Con tu extremada delicadeza hemos conseguido, sin duda, una excelente posición para el espectáculo. Siempre tan sutil, Cneo. Te veo hecho todo un político.

—Ya sabes que el que tiene que llegar a cónsul en nuestra familia eres tú. A mí que me dejen un ejército y que me pongan unos millares de bárbaros o cartagineses delante. Con eso me entretendré.

Publio no respondió nada. Quién sabe, viendo cómo se desarrollaban los acontecimientos políticos quizá algún día tendrían ante sí a unos cuantos de esos cartagineses, aunque no tenía tan claro que el verbo «entretenerse» fuera el más adecuado para describir semejante situación.

Tito Macio era un joven de veinte años, huérfano, llegado a Roma desde Sársina, en el norte de la región de Umbría. Ésta había caído bajo el control romano unos años antes. Después de algunas peripecias y no pocos sufrimientos en las calles de Roma, había alcanzado una cierta estabilidad a sus veinte años como mozo de tramoya en una de las incipientes compañías de actores que se dedicaban a representar obras de teatro en la ciudad. Su labor consistía esencialmente en clasificar las ropas de los actores y tenerlas preparadas para facilitárselas a cada uno a medida que éstos entraban en escena. También se ocupaba de limpiar las mismas antes y después de cada representación y, en fin, de todo aquello que fuera necesario con relación al espectáculo, incluso, si se terciaba, actuar. Después de haber mendigado por las calles, aquello le parecía una muy buena opción de vida. Entre bastidores Tito observaba a los actores declamar y en ocasiones memorizaba los textos de aquellos personajes que más le agradaban. Esto resultaba útil sobre todo cuando tenía que sustituir a algún actor que estaba enfermo o, más frecuentemente, con una resaca demasiado grande como para poder salir a escena.

Cuando entró de niño en aquella compañía había un anciano liberto de origen griego que se ocupaba de traducir textos de los clásicos como Eurípides, Sófocles, Aristófanes o Menandro, entre otros muchos, que le tomó cierto aprecio. Quizá aquel anciano encontró su extrema soledad, en un país extranjero y sin familia ni amigos, reflejada en aquel niño mendigo de cara resuelta que luchaba por sobrevivir en una ciudad cruel para el pobre, el esclavo y el no romano. El anciano lo tomó a su cargo y le enseñó a leer latín primero y después griego; y cuando sus ojos empezaron a fallarle, Tito, familiarizándose poco a poco con el arte de la escritura, empezó a copiar al dictado las traducciones que este anciano le hacía. Praxíteles, que así se llamaba, falleció cuando Tito apenas tenía trece años. Una mañana fue a llevarle agua para lavarse como hacía siempre y se lo encontró en el lecho de la habitación que la compañía de teatro había alquilado para cobijo del anciano que tan buen servicio les daba. Praxíteles estaba tendido, relajado, pero con los ojos abiertos y sin respirar. Tito se quedó en silencio junto a aquel hombre de quien tanto había aprendido y se dio cuenta de que aun sin que éste fuera nunca condescendiente o especialmente cariñoso con él, siempre se había mostrado afectuoso. De pronto se sintió del todo solo y pensó que nunca jamás sentiría un dolor y una pena igual en su vida. Estaba muy equivocado, pero en aquel momento no era consciente de las turbulencias del futuro. Cuando se rearmó de valor para afrontar la situación abandonó la estancia y salió al encuentro de Rufo, el amo de la compañía, que estaba negociando en el foro las posibles nuevas representaciones de la misma para la próxima *Lupercalia*, la festividad de la purificación que tenía lugar a mediados de febrero. Faltaba tiempo aún pero era conveniente cerrar los convenios con las autoridades públicas lo antes posible.

Rufo se encontraba junto con dos ediles de Roma, encargados de organizar los diferentes acontecimientos festivos, cuando Tito llegó a su encuentro. Rufo hizo como que no le veía. Al fin, una vez que después de diez largos minutos hubo terminado sus conversaciones con los ediles, se dirigió al inoportuno Tito, que había permanecido junto a él como un pasmarote, inconsciente de su impertinencia, aturdido como estaba por los acontecimientos.

—¿Y a ti qué se te ha perdido en el foro esta mañana? ¿Por qué no estás con el griego terminando la traducción de la comedia de Menandro que os encomendé? Ésta no es forma de justificar el alojamiento y la comida que os pago.

Tito pensó en replicar con improperios pero de su boca sólo salió la sencilla y simple realidad.

—Praxíteles ha muerto. —Y sin esperar instrucciones se marchó del foro dejando que Rufo digiriese las implicaciones de aquel suceso para su futuro económico.

Rufo, no obstante, era un hombre curtido en el desastre y la crueldad. Militar retirado, a sus cuarenta años había matado, violado, robado, luchado con honor y luchado sin honor alguno en el campo de batalla y con dagas en las peligrosas noches de Roma. Tenía una poblada melena de pelo negro que se resistía a tornarse gris pese a su edad, como si tuviera un pacto de juventud con los dioses a cambio de quién sabe qué extraños servicios. Avanzaba siempre como si se tambaleara, con un corpulento cuerpo sazonado de heridas y coronado por un ceño profundo permanente en lo alto de su frente. Hablaba latín y algo de griego, pero su capacidad lectora era más que discutible. Con todo, Rufo poseía una sobresaliente destreza: el oportunismo. Había discernido como nadie el gran impacto que suponía la novedad del teatro como espectáculo en Roma y, antes que ningún otro, había juntado actores de diferentes partes de la península itálica, se había hecho con los servicios de Praxíteles y había fundado una compañía estable que daba un buen servicio a los ediles de Roma a un más que razonable precio para las arcas del Estado. Mantenía en la pobreza a actores y demás miembros de la compañía, pero eso no preocupaba a las autoridades siempre que se cumplieran los compromisos acordados en cuanto a número de representaciones y mínima calidad de la puesta en escena.

La muerte de Praxíteles suponía un importante escollo en el natural futuro de la compañía, pero, como la fortuna a veces es caprichosa y parece vanagloriarse en favorecer a quien menos lo merece, Rufo pronto detectó que no hacían falta tantas traducciones del griego como antes, sino que empezaba a haber autores latinos propios que, para satisfacción suya y de su economía, ya escribían las obras directamente en latín.

Meses después de la muerte de Praxíteles, Rufo preguntó a Tito si él se sentía capaz de traducir obras del griego. Tito meditó su respuesta y concluyó que sí, pero como movido por un resorte, enseguida respondió con decisión de forma contraria.

—No, lo siento, no podría —y nunca más le volvió a preguntar Rufo sobre aquel tema. Tito había visto dónde había llegado Praxíteles con su griego y no quería seguir su misma suerte. Albergaba mejores expectativas para su vida que trabajar traduciendo por un mendrugo de pan y una humilde alcoba y siempre en las manos de aquel hombre cruel y avaro. Desde entonces Tito se especializó en todo lo referente a la tramoya: trajes, disfraces, calzado de los actores y supervisar el levantamiento de la escena cada vez que había representación. Curiosamente, aquel trabajo parecía ser más valorado por Rufo que todos los esfuerzos del anciano griego por producir unas traducciones en correcto y fluido latín. Tito estaba sorprendido porque sabía de lo injusto de la valoración, pero se guardaba para sí mismo sus opiniones y se dejaba llevar en aquel mundo de locos por lo que los demás consideraban como de mayor mérito.

Aquella tarde del 235 antes de Cristo, se representaba la primera obra de uno de los nuevos autores que tan bien le habían venido a Rufo: Nevio. Se trataba de una tragedia ambientada en Grecia. Para ello Tito había dispuesto todo lo necesario: pelucas blancas para los personajes ancianos, pelirrojas para los esclavos, un sinfín de todo tipo de máscaras para las más diversas situaciones escénicas, y coturnos, unas sandalias altas empleadas para realzar la estatura de los personajes principales que en una tragedia serían dioses personificados por actores, que, como era lógico, no podían estar a la misma altura que el resto de los personajes. Una amplia serie de mantos y túnicas griegas completaba el vestuario.

Todo estaba dispuesto. El público llenaba los alrededores del escenario, la tarde era agradable y la temperatura suave. Roma iba a vivir una velada de teatro al aire libre.

2

El paso del estrecho

Los Pilares de Hércules
(Gibraltar), 235 a.C.

Decenas de pequeñas embarcaciones navegaban lentamente. En una de las lanchas, atestada de armas arrojadizas, espadas, escudos, lanzas, algún caballo, víveres y soldados, Amílcar dirigía toda la operación. A su lado, un adolescente de trece años, su joven hijo Aníbal, es decir, «el favorito de Baal», el dios supremo de los cartagineses, observaba admirado.

Amílcar tenía bajo su mando un gran ejército dispuesto para conquistar Hispania, pero no tenía barcos con que transportarlo. Meses atrás rogó a los sufetes, los dos cónsules de Cartago, que dieran orden de reconstruir la flota púnica para poder enviar estas tropas a Iberia, pero éstos se negaron, siguiendo los avisos del Consejo de Ancianos. La gran flota púnica había sido destruida en la gran confrontación contra Roma de unos años antes y, entre otras terribles penurias y humillaciones, Cartago tenía prohibido reconstruir una nueva flota que los romanos observarían como una amenaza inminente. Si lo hacían, explicaron lo sufetes, Roma no tardaría ni unas semanas en declarar la guerra y atacar, antes de que Cartago estuviera recuperada del anterior conflicto.

El sufete se dirigió directamente a Amílcar.

—Si deseas conquistar Hispania para Cartago y fortalecer el Estado con sus riquezas, eso te honra, general, sin embargo, lo que pides, una flota para trasladar al ejército, eso es imposible. Tienes permiso para intentar esa conquista pero tendrás que discernir otros medios.

Amílcar no era hombre que se amilanara con facilidad. Combatió con valor y pertinaz resistencia a los romanos en Sicilia dificultando en extremo el avance de las legiones del Estado latino y, posteriormente, derrotó por completo a los mercenarios africanos que se levantaron contra la que creían ya una Cartago en decadencia. Así pues, Amílcar aceptó el reto de los sufetes. Se levantó y ante todos los senadores de Cartago exclamó.

—Llevaré el ejército a Iberia, cuyas riquezas navegarán hacia Cartago en menos de un año.

Y antes de que nadie pudiera preguntarle sobre la forma en que pensaba acometer tal empresa, el general abandonó el cónclave senatorial y, escoltado por varios soldados y oficiales próximos a su causa y a la familia de los Barca, partió de la ciudad.

Durante semanas Amílcar dirigió su ejército por toda la costa norte de África, aprovisionándose en las numerosas poblaciones costeras amigas de Cartago. Atravesó las montañas y los estrechos pasos resistiendo ataques de tribus en continua rebeldía con Cartago. Cruzó la costa norte de Numidia y Mauritania en una marcha larga y agotadora para hombres y bestias, hasta que, al cabo de dos meses, llegó a los Pilares de Hércules. Allí contempló, desde la costa africana, las playas del sur de Hispania. Sólo los separaba un estrecho de aguas embravecidas pero de tan sólo veinte o treinta kilómetros[1] de anchura. En unas semanas fue agrupando todas las barcas de pesca de las poblaciones próximas y mandó construir pequeñas balsas y barcazas de transporte. No se trataba de construir barcos de guerra, sino de disponer de pequeños transportes que fueran y volvieran durante varios días, llevando en cada viaje armamento, soldados, animales y víveres. La tarea sería tediosa, lenta y muy peligrosa. Especialmente difícil resultaría embarcar, uno a uno, a las decenas de elefantes que llevaba consigo.

Amílcar alcanzó la costa de Hispania y fue el primero en pisar tierra. Tras él su caballo y varios soldados que empezaron a descargar todo lo que llevaban en la barcaza: trigo, dardos, lanzas, escudos. Era impresionante mirar hacia el sur. El mar estaba repleto de centenares de embarcaciones que, como una flotilla de pequeños barcos, se acercaban a las costas. El oleaje, no obstante, arreciaba con fuerza. Un elefante, al verse rodeado de aquella inmensidad de océano, se puso nervioso y empezó a bramar y moverse. Uno de sus adiestradores intentó calmarlo primero y luego controlarlo a golpes que asestaba con una maza de hierro en la cabeza del animal, pero la bestia estaba ya fuera de sí y cualquier esfuerzo era inútil para controlarla. En la pugna, la barcaza se desestabilizó y volcó, y soldados, armas y víveres fueron al agua junto con el elefante. El mar se tragó a hombres y bestia en cuestión de segundos. De forma parecida varias barcazas volcaron y se perdieron numerosos hombres, material y animales. Sin embargo, al caer la tarde del tercer día, el gigantesco ejército cartaginés había cruzado el estrecho sin disponer de una flota, sin despertar las suspicacias de Roma. Sigilosamente, aunque decididos, aquellos soldados formaron en la playa. Amílcar revisó unidades, equipos, caballería y elefantes y, cuando todo estuvo dispuesto, con el sol poniéndose, ordenó avanzar varios kilómetros hacia el interior. Dio orden también de recoger las barcas y esconderlas tras las dunas de la playa.

Al día siguiente, un barco mercante acompañado de una *quinquerreme* militar romana pasó por la zona. Un legionario actuaba como vigía. Desde lo alto de la nave observó restos de madera flotando en el

1. Para facilitar la lectura hemos recurrido a la expresión de kilómetros para que el lector se ubique mejor en los espacios descritos de la novela, aunque en la época se recurriera a otras unidades para medir las distancias como pasos o estadios que, ocasionalmente, mencionamos.

mar. Dio la alarma y el capitán ordenó que recogieran aquellos fragmentos. Una vez en el barco, constataron que se trataba de pequeños trozos que no podían sino pertenecer a alguna embarcación pesquera. El capitán preguntó al vigía si se observaba algún movimiento extraño en la costa. La respuesta del legionario fue rotunda.

—¡Nada!

—Bien —concluyó el oficial al mando del barco—. En el informe de a bordo que figure que se han avistado restos del naufragio de alguna pequeña barca de pesca. Sin más novedad. Sigamos rumbo al noreste, a Sagunto.

Y se alejaron de la costa.

3

El hijo del senador

Roma, 235 a.C.

La representación acababa de empezar y todo marchaba bien. Hasta el momento ningún actor se había olvidado del texto y el público parecía seguir la historia con cierto interés. De cuando en cuando el murmullo de los que hablaban era excesivo y Tito tenía que moverse entre los espectadores pidiendo silencio para que los que deseaban escuchar pudieran hacerlo y, de súbito, llegó el desastre: desde fuera del recinto del teatro se empezó a escuchar música de flautas y los gritos de algún artista de calle anunciando la próxima actuación de un grupo de saltimbanquis y equilibristas y, lo peor de todo, un combate de gladiadores como colofón al espectáculo. Era frecuente que diferentes grupos callejeros se aproximaran al teatro para aprovechar la labor que la representación había conseguido con gran esfuerzo de toda la compañía de actores: congregar a un notable gentío. Parte del público, poco interesado en el transcurso de aquella tragedia, volcó su interés en los recién llegados saltimbanquis y fue saliendo del teatro. Los actores se esforzaron en declamar más alto elevando el tono de voz al máximo de su capacidad para intentar reavivar el interés de los que allí se habían reunido, pero todo esfuerzo resultaba inútil. Poco a poco se fue vaciando el recinto hasta que apenas quedó un tercio del aforo inicial. Tito estaba descorazonado y Rufo, iracundo. Aunque los ediles habían pagado por anticipado la representación, si ésta no era de interés, se cuestionarían volver a contratar a la compañía.

En el exterior del recinto el grupo de artistas callejeros daba volteretas en el aire una tras otra a un ritmo enfermizo; luego uno de ellos se tendió en el suelo y el resto saltaba dando una voltereta sobre aquél. Al fondo se podía observar a dos fornidos guerreros, sus musculosos brazos relucientes por el aceite con el que se habían untado, armados con espadas y escudos dispuestos a entrar en combate para satisfacción del gentío que empezaba a rodearlos.

En el teatro, Publio permanecía absorto en la representación de tal forma que el desplazamiento del público hacia el exterior del teatro le había pasado completamente desapercibido. Cneo, por el contrario, entre adormilado y aburrido, estaba considerando seriamente ausentarse junto con el resto de la gente que ya lo había hecho. Un buen combate de gladiadores parecía, a todas luces, un entretenimiento mucho mayor que la pesada y lenta historia que se les estaba presentando sobre el escenario. Sin embargo, veía a su hermano tan absorbido por la representación que intentaba aún concentrarse para ver si podía él quedar igual de prendado por lo que los actores contaban. Pero no. Resultaba del todo imposible. Al cabo de unos minutos se decidió y se dirigió a su hermano.

—Publio, yo me voy, te espero fuera.

—¿Eh...? Bien, sí, bien. Nos vemos fuera. Cuando termine salgo —fue su respuesta; pero aún no se había dado Cneo la vuelta para marcharse cuando apareció entre ellos un esclavo de casa de los Escipiones.

—¡Amos, amos! ¡Ha llegado el momento! ¡Ha llegado el momento!

A esta interpelación Publio sí que reaccionó con rapidez dejando de lado la representación.

—¿Estás seguro? ¿Sabes bien lo que dices?

—Sí, mi amo. Sí. Vengan a casa. ¡Rápido!

Y el esclavo los dirigió a la salida. Velozmente sortearon al público superviviente de la representación. Luego en el exterior bordearon el tumulto que se había formado alrededor de los dos gladiadores que habían empezado su lucha. El ruido de las espadas sobresalía por encima del de los gritos de la gente. Publio aceleró la marcha.

—¡Vamos, vamos! ¡Hay que regresar a casa lo antes posible!

En el teatro Tito contemplaba desolado el recinto medio vacío y escuchaba a los actores declamando a gritos sus intervenciones para hacerse oír por encima de la algarabía que llegaba de fuera. Una tarde de teatro en Roma. Tito sintió que aquél no podía ni debía ser su mundo por mucho más tiempo. Había de dejar aquel barco antes de que se hundiera del todo. Nunca pensó que tuviera madera de héroe.

Publio y Cneo llegaron a casa corriendo. Al irrumpir en el atrio los recibió el llanto de un niño. Una anciana esclava que ejercía de comadrona lo traía desnudo. Lo habían lavado. Era un varón. Ése podría ser el primogénito, el futuro *pater familias* del clan, siempre que su padre lo aceptase como tal. La anciana se arrodilló ante los recién llegados y a los pies de Publio, sobre el suelo de piedra, dejó el cuerpo del niño, desnudo, llorando. Su padre observó al bebé unos segundos. Éste era el momento clave en el destino de aquel niño, pues su progenitor tenía por ley el derecho de aceptarlo o repudiarlo si consideraba que había presagios funestos, que había nacido en un día impuro o que tenía algún defecto. Publio Cornelio Escipión miró a su hijo en el suelo. El niño proseguía con su llanto. Cneo, respetuoso con la importante decisión que debía tomar su hermano, se había retirado unos pasos. En el centro del atrio, junto al *impluvium* que recogía el agua de lluvia, quedaron padre e hijo a solas. Publio se arrodilló, contempló de cerca al bebé y asintió con la cabeza. Cogió entonces al niño y lo levantó por encima de sus hombros.

—Que se prepare una mesa en honor de Hércules. Éste es mi hijo, mi primogénito, que llevará mi mismo nombre: Publio Cornelio Escipión y que un día me sustituirá a mí como *pater familias* de esta casa.

La anciana comadrona y Cneo respiraron. Publio devolvió el niño a la esclava.

—Llévalo junto a su madre —y preguntó—, ¿está bien la madre?

—La madre está bien, descansando, dormida, pero bien. Dijo que deseaba verles en cuanto llegaran.

—Bien, bien. Que descanse unos minutos. Ahora me acercaré a verla.

La esclava se retiró y Cneo dejó escapar por fin sus emociones.

—¡Bueno, hermano mío! ¡Por todos los dioses, esto tendremos

que celebrarlo por todo lo alto! Tendremos buen vino en esta casa y algo de comer, ¿no?

Aquella noche hubo un festín en la gran residencia de los Escipiones. Vinieron clientes y amigos de toda la ciudad. Se bebió y se comió hasta la medianoche. Y al terminar la velada, cuando se fueron todos los invitados y la casa quedó tranquila, Publio se sentó junto a su mujer. El recién nacido estaba acurrucado próximo a los senos de Pomponia. El senador se sintió feliz como no lo había sido nunca. La noche estaba tranquila, raramente sosegada para una noche en la bulliciosa Roma. En la calle, al abrigo de la oscuridad, tres hombres se acercaron a la puerta de la casa del senador. Uno llevaba un hacha afilada, otro una enorme maza y el tercero una escoba. Se acercaron hasta detenerse justo frente a la puerta. En el silencio de la madrugada Publio escuchó varios golpes fuertes en la puerta de entrada. Nadie de la casa salió a abrir. El senador permaneció impasible. Los tres esclavos, una vez cumplido el rito de sacudir la puerta con sus herramientas para así cortar, golpear y barrer cualquier mal que pudiera afectar al recién nacido, tal y como correspondía a los dioses Intercidona, *pilumnus* y Deuerra, se alejaron y fueron a acostarse contentos. Ése era un día feliz en casa de su amo.

4

El triunfo de Fabio

Roma, 233 a.C.

La procesión de senadores que había partido desde el Campo de Marte ascendió por la Vía Sacra y de esa forma llegó al foro boario. Era el principio de la larga comitiva del *triunfo* del cónsul Quinto Fabio Máximo, vencedor contra las tribus ligures del norte de la península itálica a las que había derrotado y empujado hacia los Alpes, liberando así las colonias y ciudades protegidas por Roma en aquella región de los constantes ataques, asedios y pillaje de aquellos bárbaros.

—Primero van los senadores —explicaba Pomponia a su hijo de

apenas dos años; el pequeño Publio observaba el tumulto de gente y la larga comitiva con ojos admirados sin entender muy bien a qué venía todo aquello—. ¡Mira, ahí están tu padre y tu tío!

Publio y Cneo Cornelio Escipión, en calidad de senadores de Roma, desfilaban con el resto de los miembros del máximo órgano de gobierno de la ciudad. Era tradición que, en cualquier triunfo personal de un cónsul, el conjunto del Senado desfilara en primer lugar, dejando claro, tanto al pueblo de Roma como al general al que se agasajaba, que todos estaban supeditados a la autoridad de aquel parlamento. Tras los senadores, decenas de legionarios en perfecta formación desfilaban portando insignias arrebatadas a los ligures, armas de los derrotados y otros despojos de guerra; a continuación, encadenados, innumerables cautivos eran obligados a arrastrarse por las calles de Roma bajo la atenta mirada del pueblo. Los derrotados mezclaban su rencor con la admiración que aquella floreciente urbe despertaba a sus ojos: hermosos templos engalanados de guirnaldas salpicaban el camino, miles de personas vestidas con lujosas prendas y centenares de soldados apostados a ambos lados de la ruta ferozmente armados.

Tras los cautivos que luego se venderían como esclavos y las armas, venía la exposición de los tesoros arrebatados a los ligures: oro, plata, joyas, incluso estatuas que éstos a su vez habían arrancado a las ciudades que fueron objeto de sus ataques. Acto seguido avanzaban pesada y lentamente doce bueyes blancos camino del altar de Júpiter Capitolino, donde debían ser sacrificados por el victorioso general que, al coincidir su victoria con el hecho de ostentar la máxima magistratura de la ciudad, uno de los dos consulados que anualmente se elegían, tenía derecho a este triunfo. Y, concluyendo aquel séquito, venían los doce *lictores* o guardias personales del magistrado, que anunciaban la llegada del cónsul vencedor montado en una cuadriga tirada por cuatro caballos blancos que se deslizaba plácida sobre la calzada portando a Quinto Fabio Máximo, vestido para la ocasión con una larga túnica púrpura. Un esclavo en la misma cuadriga sostenía una corona de laurel sobre la cabeza del cónsul al tiempo que susurraba palabras en su oído recordándole que aquélla era una celebración pasajera y que seguía bajo las órdenes del Senado de Roma. Fabio Máximo, no obstante, disfrutaba al completo de aquel baño de multitudes y desde lo más profundo de su corazón desdeñaba las palabras que el esclavo, tozudamente, perseveraba en repetir. Había tardado cuarenta y ocho años en llegar a cónsul y aquél era un cargo que le gustaba demasiado como para dejarlo así como así. Lo importante ahora era el momento presente, la gran victoria; luego vendría su estrategia para dominar el Senado.

5

Un nuevo comerciante

Roma, año 228 a.C.

Corría el año 526 desde la fundación de Roma y Fabio Máximo ostentaba la máxima magistratura, al ser elegido por segunda vez en poco tiempo como uno de los dos cónsules que debían gobernar el Estado durante aquel año. Eran tiempos de tranquilidad en la ciudad, que vivía todavía con un sentimiento de relativo sosiego después de los encarnizados enfrentamientos de la flota romana durante el año anterior para combatir los navíos piratas de la costa ilírica, que suponían una constante amenaza para los puertos de aquella región y, más importante aún, para la seguridad de los barcos mercantes.

Tito Macio veía cómo con las rutas marítimas cada vez más seguras y con el creciente dominio de Roma sobre el mar, los negocios y el comercio proliferaban por toda la ciudad. El teatro seguía languideciendo en un doloroso parto que parecía no terminar nunca de dar los frutos deseados. Nevio, Pacuvio, Ennio y otros estrenaban tragedias y comedias que interesaban a pequeñas minorías ilustradas pero que quedaban lejos de entusiasmar al pueblo en general. La gente seguía mostrándose mucho más atraída por los combates de gladiadores y los espectáculos de saltimbanquis, equilibristas y mimos que salpicaban diferentes rincones de la ciudad y que seguían aprovechándose de las representaciones teatrales para luego llevarse el público allí reunido. Este estado de cosas condujo a Tito Macio a tomar una determinación clave en su vida y en su destino: dejar el teatro. Abandonar aquel mundo de muchos esfuerzos y escasas recompensas y adentrarse, con los pequeños ahorros que había conseguido, en el comercio. Encargado de las mil cosas de la compañía y, entre otras, de todo lo relacionado con la vestimenta de los actores, se había familiarizado con muchos comerciantes de telas, túnicas, togas y otros elementos necesarios del vestido diario de los romanos y por allí decidió encaminar su futuro. Lo tenía ya todo organizado: había seleccionado quiénes serían sus proveedores, los precios de entrada de los productos y los precios a los que los pondría a la venta; hasta había alquilado ya un local en una de las *insulae* más próximas a los mercados junto al Tíber. Todo estaba perfectamente planeado, excepto algo que quedaba pendiente: comunicárselo a Rufo.

Tito había pensado durante semanas la mejor fórmula de dar a conocer su decisión al director de la compañía, aguardando el momento adecuado para comentar sus planes: esperaba al final de cada representación, detrás del escenario, mientras Rufo calculaba el número de gente que había permanecido hasta el final, ya que los ediles de Roma hacían lo mismo. La verdad es que las cosas no habían ido nada bien en las últimas obras, de forma que Tito no se atrevía a hablar con el director. Sin embargo, el tiempo pasaba y ya tenía el local preparado y su decisión firme tomada. No podía esperar más tiempo. Una tarde, tras la representación de una obra de Livio Andrónico, Tito se acercó por fin a Rufo.

—Quería comentarle una cosa.

—Ahora no tengo tiempo. Ocúpate de recoger bien todos los trajes y guardarlos de forma que no queden arrugados. Las togas de los dioses parecía que hubieran estado enmarañadas durante meses —fue toda la respuesta de Rufo, que hizo ademán de marcharse.

—Me voy. Mañana mismo dejo de venir al teatro y de ocuparme de vestidos, textos, escenario y todas esas cosas —comentó Tito a toda velocidad y él sí que se volvió e inició su salida por la parte trasera del escenario donde se encontraban.

—¡Eh, tú! ¡Mentecato! ¡Por Cástor y por Pólux! ¿Se puede saber qué clase de sandez estás diciendo?

—Que me marcho, que estoy cansado de este trabajo. Es mucho esfuerzo, nadie me agradece nada y se gana muy poco, estoy prácticamente en la miseria y...

—¿Y...?

—¡Y además a la gente apenas le interesa lo que hacemos aquí; más nos valdría subirnos al escenario con diez flautas y un número de mimo! ¡Al menos usted le saca beneficio pero nosotros no sacamos nada!

Rufo estaba rojo de ira, pero era hombre que sabía calcular sus acciones con respecto a las repercusiones económicas que éstas pudieran tener en el negocio. Tito Macio era un elemento interesante en el engranaje de la compañía. Igual podía organizar vestidos, pelucas, calzado para una obra, que supervisar el levantamiento de la escena o incluso actuar cuando era preciso.

—¿Quieres más dinero? ¿Es eso? Te puedo doblar el dinero que percibes.

Tito meditó un instante, pero estaba demasiado decidido a alejarse de aquel mundo y ni aunque le quintuplicase lo que cobraba podría llegar ni a la mitad de lo que había calculado que podría estar ganando como comerciante de telas. Y aunque así fuera, no tener un amo que te ordena y te desprecia a partes iguales era un lujo que deseaba disfrutar.

—No, me marcho. Gracias por la oferta pero llega demasiado tarde.

Fue entonces cuando Rufo tradujo su ira en palabras que, si bien no pronunció muy alto, llegaron claras y precisas como dardos afilados a los oídos de Tito.

—Bien, pues si te marchas y me dejas tirado, despreciado, que sepas que recordaré bien lo acontecido aquí hoy. Algún día vendrás, oh sí, volverás, porque todos vuelven. ¿Crees que eres el único cansado de esta vida que se forja sueños de grandeza y me deja? Esto ya ha pasado antes y todos vuelven arrastrándose e imploran que los vuelva a aceptar y yo siempre digo no. No soy esencialmente rencoroso pero devuelvo siempre con la misma moneda con la que me pagan. Ahora lárgate de aquí y no vuelvas jamás. —Y con estas palabras, Rufo se dio media vuelta y se alejó del lugar.

Tito se quedó allí, solo, rumiando por unos instantes lo que Rufo había presagiado, pero sacudió al fin la cabeza y salió del escenario directo al mercado. Era una tarde suave y el viento fresco que subía desde el río apaciguó sus ánimos y la tensión vivida en la discusión con Rufo. Ante él una nueva vida se abría. Éste era su auténtico principio.

6

Amílcar

Hispania, 228 a.C.

Amílcar Barca, general en jefe del ejército cartaginés en la península ibérica, observaba el valle. Los exploradores no habían detectado movimientos de las tribus locales y, sin embargo, su instinto de guerrero le hacía dudar. La campaña contra los indígenas de la región estaba siendo más costosa de lo esperado. Su resistencia al poder de Cartago era tenaz, terca, pero la determinación de Amílcar era firme. Su gran plan no admitía vuelta atrás en su iniciativa de dominar aquel país. Necesitaban los recursos de la región, el control de las minas de Sierra Morena, acceso libre por los ríos y por las costas. El sur y gran parte del este estaban ya bajo su control, pero era necesario atajar las resistencias del interior. Por eso había cruzado el Tajo. Su objetivo era someter a todos los celtíberos entre aquel río y el Duero. Eso sería suficiente para mantener el dominio de la región y explotar sus riquezas para poder ejecutar la segunda parte del plan, la auténticamente importante: la conquista de la península itálica, la derrota de Roma y la devolución de la hegemonía del Mediterráneo a Cartago. Hispania sería la base de operaciones desde la que llevar a cabo sus designios.

Amílcar descendió hacia el valle cabalgando a lomos de su caballo, seguido de cerca por sus generales y, tras ellos, su joven hijo de veintiún años. Aníbal llevaba nueve años en Hispania con su padre. Junto a él había asistido a las deliberaciones que tenían lugar entre los generales antes de cada ataque, antes de cada batalla, antes del asedio de cualquier población. Y desde su adolescencia había entrado en combate. Y, como el resto de los miembros de la familia Barca, Aníbal era conocedor del plan de su padre, más allá de lo que los generales cartagineses sabían o podían intuir y más allá de lo que los políticos de Cartago imaginaban. Para los sufetes —cónsules de Cartago—, y su Consejo de Ancianos, Amílcar estaba asegurando un territorio, el de Iberia, para poder explotar sus riquezas y resarcir a Cartago de las inmensas penurias de su derrota en la última confrontación con Roma, que, además de conllevar pagos de guerra, implicó la pérdida de territorios como Sicilia. Aníbal, sin embargo, sabía que los planes de su padre iban mucho más allá que llenar las vacías arcas del Estado.

Descendieron por el valle. El ejército fue avanzando por la llanura en formación de a cuatro. Una larga hilera donde los elefantes y otras tropas pesadas quedaban al final. Al principio avanzaban los generales y parte de la caballería, seguidos de la infantería ligera. El sol se había nublado y una helada brisa empezó a deslizarse desde las montañas. Amílcar pensó en detener la marcha, pero pronto empezaría a anochecer, así que concluyó que era mejor atravesar aquel valle y establecer un campamento en las colinas próximas que se vislumbraban en la distancia. Ésa sería una buena posición defensiva en caso de ataque. Estaba meditando sobre estas opciones cuando por el otro extremo del valle apareció un grupo de guerreros iberos con varias decenas de carros tirados por bueyes. Las bestias avanzaban lentamente porque los iberos habían llenado los carros con troncos. Detrás de los vehículos venían varios centenares de guerreros armados. La formación resultaba insólita y el avance extremadamente lento hasta el punto de que los soldados cartagineses, que habían detenido su marcha, se echaron a reír. Amílcar, por el contrario, permanecía serio, oteando en la distancia intentando entender el sentido que tendría todo aquello. Estaba claro que era una fuerza inferior a la necesaria para poder plantar cara a su ejército. Se volvió y observó a sus soldados en formación, su progresión hacia el valle detenida al quedar todos mirando la extraña maniobra de los iberos. Amílcar escuchaba a sus propios oficiales despreciando a aquellos guerreros que se atrevían a retar con semejante arsenal a un ejército púnico muy superior, con infantería ligera y pesada, caballería, y elefantes.

—¡Es absurdo! ¿Qué pretenden? ¿Luchar con bueyes contra nuestros elefantes?

—¡A lo mejor nos van a lanzar los troncos!

—¡Ja, ja, ja...! —nuevas risas que se extendían por todas las unidades. Amílcar, sin embargo, estaba disgustado.

—¿Quién ha dado orden de detener nuestro avance? —gritó—. ¡Que siga entrando en el valle el grueso de las tropas! ¡Y no quiero más risas hasta que todo el ejército esté en formación de ataque!

Los oficiales callaron y se ocuparon de transmitir las órdenes. En ese momento se vieron varias antorchas encendidas entre los iberos que brillaban con especial fuerza en esa última hora del atardecer. Acercaban las llamas a los troncos de los carros que previamente habían untado con pez de forma que en un instante todas las decenas de carros ardían. El viento bajaba desde la ladera de las montañas hacia el valle, de forma que los bueyes, en su lento descenso, empezaron a sentir el intenso calor de las llamas empujadas por la brisa hacia sus cuerpos. Las bestias sintieron su piel quemándose y despavoridas y presas del pánico se lanzaron en una imposible huida de aquel calor abrasador arrojándose hacia el valle, pero por más que corrían las llamas los perseguían. Antes de que los cartagineses pudieran reaccionar, carros en llamas empujados por bueyes enloquecidos los alcanzaban desordenando las formaciones, pisoteando a muchos soldados y sembrando el caos y el terror. Súbitamente aparecieron varios grupos de guerreros por ambos flancos. Primero eran decenas pero se multiplicaban con increíble rapidez. Los cartagineses no entendían bien lo que pasaba pero pronto la vanguardia de las tropas ligeras quedó rodeada por varios centenares de iberos que lanzaron un feroz ataque contra las sorprendidas tropas púnicas, que aún luchaban por deshacerse de la embestida de los bueyes y de las llamas de los troncos, muchos de ellos ardiendo esparcidos por el suelo al haber volcado. Amílcar se percató de cómo se incorporaban más grupos de iberos: la gran mayoría parecían estar echados en el suelo en pequeños grupos. Habían disimulado su presencia entre los árboles de las laderas del valle e incluso algunos se habían ocultado con matorrales tumbándose en el suelo a la espera de recibir la orden de ataque. Serían unos mil en total. Todo era cuestión de resistir la acometida mientras el grueso de las tropas entraba en el valle y se rehacían las formaciones, con la infantería pesada y los elefantes. Los cartagineses, que ya empezaban a superar la sorpresa de los carros incendiados, recibieron a aquellos guerreros primero lanzando una andanada de jabalinas y luego con sus espadas desenvainadas. Decenas de iberos cayeron bajo la lluvia de proyectiles, pero la gran mayoría de luchadores indígenas alcanzó a las tropas. El combate era tumultuoso y desordenado, lo que perjudicaba la optimización de los recursos púnicos. Amílcar se vio envuelto por enemigos. Una decena de jinetes cartagineses rodearon a su general. Aníbal observaba el peligro en el que se encontraba su padre desde unos cien pasos de distancia, mientras combatía junto con otro escuadrón de soldados cartagineses. Asdrúbal, yerno de Amílcar, desde la entrada del valle ordenó a los soldados dejar paso a los elefantes para que éstos pudieran acceder lo antes posible y asistir a las desordenadas líneas de vanguardia y así repeler la acometida de los iberos. Éstos, enfervorecidos por el éxito inicial de su ataque sorpresa, se cebaron en rodear al que adivinaban por su amplia capa, su brillante y adornado casco y su propio porte, como general en jefe. Amílcar y los suyos pusieron pie a tierra, pues la proximidad de los iberos y el nerviosismo de los caballos hacían imposible combatir desde la montura. Aníbal vio a su padre bajar del caballo y comprendió la gravedad de la situación. Por el otro extremo de la llanura veía entrar los primeros elefantes que irrumpían bramando en el valle azuzados por sus adiestradores, pero aún quedaban muy lejos. No lo pensó.

—¡Seguidme los que podáis! ¡El general está en peligro! —Y sin esperar respuesta de sus soldados, salió del grupo cartaginés y se abrió paso a espadazos entre los iberos. Embestía con tal ferocidad que, una vez que derribó a dos guerreros enemigos, el resto se hizo atrás.

Varias decenas de soldados siguieron el ataque de Aníbal. Nuevos refuerzos iberos les salían al paso, pero la determinación de Aníbal era tal que enemigo tras enemigo caían bajo sus golpes. La sangre fluía por el filo de su espada hasta llegarle a la mano y luego al codo. Tenía gotas de salpicaduras por el rostro y alguien le había herido en un brazo, pero seguía firme, avanzando en dirección a su padre. Ya no se veía a Amílcar, sino sólo un montón de iberos en círculo asestando golpes. Aníbal presentía lo peor. El resto de los soldados que le acompañaban había comprendido lo que ocurría y parecía haberse contagiado del mismo espíritu de rabia que empujaba a Aníbal.

Amílcar combatía rodeado de enemigos. Uno a uno caían los pocos soldados cartagineses que luchaban por protegerle. Eran decenas de iberos los que se habían lanzado contra ellos. A lo lejos parecían oírse los bramidos salvajes y desoladores de los elefantes, pero parecían no llegar nunca. En ese momento sintió la primera herida, profunda, en el costado. Un sesgo que le hizo doblarse. A su lado cayó otro soldado cartaginés. Escuchó la voz del resto.

—¡Han herido al general! ¡Han herido al ge...!

Aquel soldado no pudo terminar. Una espada ibera cercenó su garganta al tiempo que su grito interrumpido advertía a sus compañeros del desastre infinito. Los iberos terminaron con el resto de la escolta y se abalanzaron sobre Amílcar. Éste se alzó una vez más y opuso su escudo como resistencia. Por alguna razón no tenía fuerza para utilizar el otro brazo y combatir con su espada. No se percataba de lo profundo de la herida que le había cortado los músculos de su antebrazo derecho. En ese momento llegó un golpe definitivo por la espalda y sintió su cuerpo temblar y caer al suelo de bruces, con el rostro hacia la tierra empapada por el arroyo que cruzaba el valle. Los iberos fueron a rematarle pero en ese instante cayeron sobre ellos un grupo de cartagineses rugiendo en tropel y asestando golpes mortales cargados de odio y venganza. Aníbal en especial abatió a tres iberos en tres golpes certeros en menos de cinco segundos. Los elefantes empezaron a llegar y hábilmente dirigidos por sus conductores aplastaban a los aterrorizados iberos que nunca antes habían visto semejantes bestias. En cuestión de minutos todos los guerreros que habían rodeado al general cartaginés fueron masacrados y en poco tiempo todo el ataque quedó repelido. Sin embargo, para Aníbal, todo había llegado tarde, infinitamente tarde.

En un minuto de miseria y dolor, Aníbal se arrodilla junto al cuerpo de su padre. Ha caído junto a un arroyo boca abajo. Las heridas no parecen mortales pero al volver el cuerpo descubre los ojos abiertos de Amílcar, vacíos, mirando al cielo. Al caer y perder el conocimiento por los golpes de los iberos, se ha ahogado en el barro del riachuelo. Un profundo silencio embarga el ánimo de los cartagineses alrededor de padre e hijo, hasta que desde lo más hondo de su ser Aníbal gira su rostro hacia el sol del atardecer y lanza un alarido desgarrador, largo y vibrante que retumba en las montañas y en las almas de todos los que lo escuchan.

Un par de centenares de iberos se repliegan aturdidos aún por la carga de los elefantes. Avanzan en el atardecer por el bosque oscuro, un poco confusos en sus sensaciones, entre complacidos por haber abatido al jefe de los invasores pero también apesadumbrados por los amigos caídos. De pronto, desde el valle un aullido roto de dolor y furia llegó trepando por las laderas. Los más jóvenes sonrieron. Sin duda habían matado a alguien importante. Los más mayores sintieron en la zozobra que transmitía aquel grito malos presagios para el futuro. Alguien que siente tanto dolor necesitará mucha sangre antes de sentirse saciado en su venganza.

7

Una lección de historia

Roma, 228 a.C.

Tíndaro, el pedagogo griego de los hijos del senador Publio Cornelio Escipión, instruía a los niños en las estrategias de guerra seguidas por los romanos contra el rey Pirro de Épiro. El joven Publio de siete años y su hermano pequeño Lucio de apenas cuatro escuchaban absortos el relato de su tutor. Estaban absolutamente maravillados por algo nuevo en las descripciones de las batallas: al luchar contra Pirro los romanos tuvieron que combatir contra elefantes traídos por el rey griego. Los cónsules de Roma intentaron todo tipo de tácticas para contrarrestar la enorme potencia de aquellas bestias al irrumpir en campo abierto, que destrozaban todo a su paso: si levantaban barricadas, las aplastaban, y a todos los que se refugiaban tras ellas; si se les lanzaban proyectiles, eran innumerables los dardos y jabalinas que debían impactar en una de las bestias antes de que ésta se derrumbara. Era, en fin, posible acabar con los elefantes, pero no sin antes pagar un elevadísimo coste de vidas que dejaba diezmado al ejército romano. Centenares de legionarios eran sistemáticamente aplastados bajo las gigantescas pezuñas de aquellos animales o zarandeados e incluso desmembrados por sus musculosas trompas. Además, los bramidos de las bestias y los alaridos de pánico y dolor de los que caían bajo su embestida llenaban de pavor a los supervivientes. Las maniobras de las legiones y la destreza de sus soldados resultaban superiores a la formación en falange de los hoplitas griegos de Pirro, pero los elefantes, aunque por escaso margen, convertían con frecuencia una batalla igualada en una *victoria pírrica*. Roma terminó imponiéndose pero el coste humano fue demoledor. Y ahora, un nuevo enemigo de Roma, sometido de momento, pero todavía amenazante, capturaba y adiestraba decenas de elefantes para su ejército de mercenarios y soldados africanos: Cartago. El pedagogo miró a los niños que, con los ojos abiertos de par en par, casi sin parpadear, seguían su relato, y les preguntó.

—¿Serán los romanos de hoy capaces de volver a derrotar a nuevos ejércitos que alineen en sus filas decenas de elefantes?

Los niños, callados, esperaban que el tutor les diera la respuesta, pero éste guardó silencio, como si meditara. Ni Publio ni Lucio podían concebir que el pedagogo les planteara una pregunta para la que nadie tenía respuesta.

En ese momento se escuchó un poderoso vozarrón en el vestíbulo.

—Anuncia mi llegada —Cneo Cornelio Escipión daba instrucciones al esclavo que le acababa de abrir la puerta y, sin esperar respuesta, se abalanzó sobre los niños que, al verle llegar, olvidaron por completo a su tutor, al rey Pirro y a todos sus elefantes y se arrojaron con los brazos abiertos para abrazar a su tío—. Bien, bien, bien; aquí están las dos fieras salvajes de Roma que me atacan... Me tengo que defender... Peligra mi vida...

Cneo se arrojó al suelo del atrio y empezó a fingir un duro combate con los dos niños que se revolcaban con él en el suelo. El pedagogo griego sacudía la cabeza en señal de clara desaprobación al tiempo que recogía rollos de papiro, unas tablillas de cera y pequeñas figuras de soldados con las que ilustraba las tácticas en las diferentes batallas que explicaba a sus pupilos. Pomponia, la mujer del senador Publio, entró en el atrio.

—Cneo, si Publio se entera de que nuevamente interrumpes al pedagogo griego que ha designado como tutor de los niños, se va a enfadar.

—Es una perniciosa influencia; indisciplina y anarquía; es un mal ejemplo —comentaba en voz baja el tutor aludido mientras recopilaba todos los materiales de su enseñanza.

Cneo se levantó del suelo. Había cogido a los niños, llevándolos asidos por los brazos; cada brazo sostenía un niño como si de sacos de sal se tratase. Los críos sacudían las piernas y se arqueaban intentando desasirse del abrazo de su tío con resultados totalmente infructuosos. Acompañaban todos sus movimientos y patadas de un sinfín de risas.

—Son pequeñas fieras que necesitan acción, adiestramiento militar; espada, combate y menos arengas en griego y viejas historias del pasado. Nuestro ejército no tiene ya nada que ver con los de hace cincuenta años —comentó Cneo.

Pomponia mantuvo fija su mirada en el gigantesco general romano apretando los labios. Cneo desistió en sus comentarios y en su actitud y soltó a los niños.

—De acuerdo, de acuerdo. Marchad, niños, con vuestro tutor... y escuchadle bien, ya que eso es lo que ha decidido vuestro padre.

—Noooooo, nooooo —imploraban ambos niños al tiempo—. Queremos luchar.

—Sí, ser legionarios —comentó Lucio.

—¡Y espadas! —gritó Publio.

Pomponia puso orden sin levantar la voz.

—Los dos, con Tíndaro, al jardín, y no quiero oír ni una sola palabra más o no habrá cena, sino azotes.

Los niños sabían que su madre era extremadamente estricta con las órdenes que daba y, pese a ser contraria a sus deseos, siguieron la instrucción al pie de la letra.

—Hasta luego, tío Cneo —dijo Publio y, acompañado de su hermano, salió hacia el jardín de la parte posterior de la *domus*.

Cneo y Pomponia quedaron a solas. La mujer invitó entonces al hermano de su marido a reclinarse en el *triclinium*. En aquel momento llegó Publio padre. Entró en casa y saludó con un abrazo a su hermano y con un beso suave en la mejilla a su mujer.

—Bien, veo que llego en la hora justa —comentó al ver la comida que un esclavo disponía en el centro de tres *triclinia*—. Me alegro de llegar antes de que mi hermano se lo coma todo.

—Eso no es cierto —respondió Cneo—; siempre me preocupo de dejar algo para los Lares y los Penates, los dioses de nuestra casa.

—Sí, ya veo, tendré que ser divinizado para que mi hermano me deje comida que merezca la pena, pero bueno, ¿sabéis la noticia?

Cneo y Pomponia se miraron y luego con caras de desconocimiento se volvieron hacia Publio.

—No —dijo Cneo—. No sé nada. ¿Qué ha pasado?

Publio cogió un racimo de uvas y mientras comía fue explicándose.

—Noticias de Hispania... Amílcar, Amílcar de la familia de los Barca, el general cartaginés contra el que luchamos en Sicilia y que tantos problemas nos creó, ha muerto. No está claro cómo, parece que en una incursión hacia el interior de aquella región en algún enfrentamiento con tribus de la zona. En cualquier caso lo que parece seguro es que ha muerto.

—Bueno —comentó Cneo—, un general cartaginés muerto, uno menos del que preocuparnos; no veo yo por qué tanto revuelo.

—Hermano, Amílcar profesaba un gran resentimiento contra Roma, eso es claro y conocido por el Senado. Su fallecimiento podría reducir por un lado la expansión de Cartago por Hispania y, al tiempo, quizá calmar los ánimos.

—¿Y se sabe a quién elegirán como general en jefe los sufetes y el Senado cartaginés? —preguntó Cneo.

—No lo sé. Parece que las tropas han elegido a Asdrúbal, su yerno, pero falta la ratificación del Senado de Cartago. En cualquier caso creo que esto puede reducir las tensiones con los púnicos, especialmente si la familia Barca pierde fuerza.

Pomponia entró entonces en la conversación.

—Y este Amílcar...

—¿Sí? Dime, mujer —invitó Publio, dejando el racimo ya vacío de uvas en la mesa, junto al resto de la fruta.

—¿Este general cartaginés tiene hijos?

Publio meditó en silencio. Algo había oído de los hijos de este general, especialmente de uno al que llamaban Aníbal.

—Sí, varios, aunque parece que hay uno que destaca por su valor, un tal Aníbal.

—Aníbal —Pomponia repitió el nombre, como subrayándolo, mirando distraídamente al suelo, sin decir más.

Publio se quedó entonces con aquel nombre en su mente y, sin saber por qué, se acordó de sus propios hijos. El silencio que se había creado en la conversación permitió que la voz de su hijo mayor en el jardín, recitando un pasaje en griego, llegara a la estancia donde se encontraba con su hermano y su mujer comiendo. Se sintió orgulloso y su satisfacción no le permitió ponderar con más detenimiento la extraña conexión que su mente, por un breve instante, había llegado a establecer entre aquel hijo del general cartaginés muerto y su propio primogénito.

Tíndaro sacó una pizarra y tiza y dibujó un mapa del mundo.

—Bien —empezó aclarándose la garganta; los niños sabían que venía una lección larga—. Veamos: si empezamos por Occidente, ¿qué tenemos aquí? Tíndaro señalaba el extremo oeste de su mapa.

—¡Hispania! —gritó Publio orgulloso.

—Correcto. Bien. Hispania, donde tenemos los iberos y algunas ciudades griegas en la costa y los celtas en el interior. Iberos y celtas, ambos pueblos bárbaros. Luego, cruzando los montes Pirineos nos encontramos con la... —se detuvo mirando al pequeño Lucio.

—¿Galia? —respondió el menor de los hermanos con voz dubitativa.

Tíndaro asintió en reconocimiento por el esfuerzo del más joven de los dos hermanos.

—La Galia. Cruzamos el río Ródano y nos encontramos al norte con los Alpes y al sur con la Galia Cisalpina. En todas estas regiones habitan los galos, pueblo celta también con el que está Roma en permanente lucha. Tenemos los insubrios, los ligures, bueno, pero no entraremos ahora en más detalles. Si vamos al otro lado del mar, al sur, está Mauritania, Numidia y África. En Numidia reina Sífax, aunque en constante pugna con el sector occidental de la región apoyado por Cartago, la ciudad que controla África y con la que se libró la gran guerra por Sicilia y Cerdeña. En fin. Llegamos a Italia, con Roma en su centro, Etruria al norte, Campania al sur, y más al sur aún las antiguas colonias griegas de la Magna Grecia. En Italia, además de Roma destacan por su importancia...

—Capua, la capital de Campania y Tarento, en la Magna Grecia, ambas bajo dominio romano —volvió a responder Publio con seguridad.

—Sí, muy bien, Publio. Vayamos ahora hacia Oriente. —Tíndaro no parecía vivir con gran agrado la extensión de Roma sobre antiguas ciudades independientes griegas—. Y llegamos a Grecia, la cuna de la civilización, la democracia y el orden, de donde yo provengo. Aquí tenemos una amplia serie de ciudades libres que se asocian en diferentes ligas. Tenemos la liga etolia con Naupacto y las Termópilas, junto al reino de Épiro que es bañado por el Adriático. Y al sur de la liga etolia, tenemos la liga aquea con Olimpia, Esparta, Argos o Corinto. También están otras ligas de menor importancia como la Beocia, la Fócida o la Eubea. En éstas encontramos ciudades como Tebas. Y luego Atenas, está aquí, al sur de Tebas. Bien, bien, bien. —Tíndaro se detuvo un instante contemplando su mapa.

—¿De dónde vienes tú, Tíndaro? —era la voz del joven Publio.

—¿Yo? —el pedagogo se vio sorprendido; era la primera vez que alguien le hacía aquella pregunta en mucho tiempo. Era curioso. Parecía que aquel pequeño quisiera saberlo todo—. Yo vengo de Tarento, pero he viajado por muchas de estas ciudades. En otro tiempo, cuando era joven. Pero no nos desviemos de la lección de hoy. Al norte de Grecia y el reino de Épiro, tenemos en el Adriático, la costa Ilírica, con el reino de Faros, refugio de piratas y constante fuente de conflictos en el mar. Y un poco hacia el este, encontramos el siempre temible reino de Macedonia, con su capital Pella. ¿Quién partió de aquí para conquistar Asia?

—Alejandro.

Nuevamente era Publio quien respondía. Tíndaro volvió a asentir. Eso sólo lo había comentado una vez y hacía semanas. Tenía memoria.

—Alejandro Magno, en efecto —prosiguió el pedagogo—, y ahora este reino es gobernado por Antígono III Dosón, que accedió al trono el año pasado y que ostenta como descendiente de una de las dinastías establecidas por los generales del gran Alejandro tras su muerte. El rey Antígono tiene un joven primogénito, algo mayor que vosotros, al que le han puesto el nombre de Filipo, en honor al padre de Alejandro, el unificador de Grecia. Cuando este muchacho acceda al trono será conocido como Filipo V. Al norte de Macedonia están los tracios, otro pueblo bárbaro, siempre rebelde y complicado. Si seguimos hacia Oriente, encontramos otros pequeños reinos marítimos como Rodas o Pérgamo, hasta alcanzar las grandes regiones de Oriente: Asia Menor, Siria y Persia, todas bajo el poder de otro rey descendiente de los diadocos, los generales de Alejandro. El rey que gobierna todo este vasto imperio es Seleúco II, de ahí que lo llamemos también el imperio Seleúcida. Es una región extensísima, el mayor de los reinos del mundo conocido y, sin embargo, sólo una parte del grandísimo imperio que consiguió tener bajo su control Alejandro Magno. Y para terminar, este gran reino limita con otros dos de gran importancia: al suroeste tiene frontera con Egipto, el Egipto de los faraones, conquistado también por Alejandro y que tras su muerte quedó en manos de su general Ptolomeo, estableciéndose así otra dinastía de origen macedónico y griego; en la actualidad gobierna el reino de Egipto Ptolomeo III Evergetes. Ambos, el rey de Egipto y el rey Seleúco llevan casi veinte años gobernando. Y bien, llegamos al otro extremo del mapa, más allá del río Indo, donde encontramos el lejano reino de la India, donde Alejandro detuvo al fin su marcha. Algunos dicen que por la rebelión de sus tropas, otros que por la férrea resistencia del forjador de una gran dinastía: el emperador indio Chandragupta. En cualquier caso, este poderoso y hábil gobernante estableció allí un gran reino que fue creciendo con sus sucesores hasta el rey Asoka, cuyo reciente fallecimiento ha dejado la región en una situación incierta. Y en fin, éste es el mundo conocido. Como veis, Roma es sólo un pequeño punto, en esta región occidental del orbe. Una ciudad importante sí pero, como os he explicado, lejos del poder y la gloria de otros grandes reinos.

El pedagogo dio por terminada su lección, suspiró y los dejó por aquel día. Lucio se fue a estar junto a su madre, pero el pequeño Publio se quedó en el jardín. Tíndaro, a petición suya, le había dejado los soldados con los que los instruía en estrategia militar. Publio dispuso un grupo tal y como lo había hecho Pirro con un nutrido grupo de elefantes en la vanguardia. Enfrente situó las dos legiones romanas en formación: primero la infantería ligera con los *vélites* reclutados entre los más jóvenes y los más pobres de la ciudad; éstos llevaban el *gladio* o espada corta de dos filos y unas largas jabalinas que, una vez clavadas en el escudo enemigo, no podían ser separadas, dejando el arma defensiva inútil; como protección portaban un pequeño escudo redondo o parma y un casco de cuero llamado galea, casi siempre hecho de piel de lobo, el animal protegido por Marte, dios de la guerra; detrás los *vélites*, y siguiendo la tradición bélica en la que le instruían, dispuso los *hastati*, los *príncipes* y los *triari*, por ese orden; todos llevaban una fuerte coraza de cuero reforzada en el centro del pecho con una sólida placa de hierro de aproximadamente veinte centímetros cuadrados; la cabeza iba recubierta con el *cassis*, un casco coronado con un penacho adornado de plumas púrpuras o negras; como protección, todos estos soldados llevaban grandes escudos convexos hechos con dos planchas superpuestas y con una punta de hierro en el centro que los soldados usaban para desviar las armas que se les dirigiesen, evitando así que quedaran pegadas en el escudo. Además, llevaban una espada y el *pilum* o lanza parar atacar al enemigo lanzándolo a veinticinco o cuarenta pasos de distancia, dependiendo de la fortaleza y habilidad de cada legionario; por fin, los *triari*, los soldados de la retaguardia, los más expertos de toda la legión, llevaban una pica más larga usada para el combate cuerpo a cuerpo. Publio organizó las formaciones de ambos bandos con la infantería en el centro y los escuadrones de caballería de ambos ejércitos en las alas respectivas; sin embargo, Pirro contaba con la ayuda adicional de los poderosos elefantes. ¿Cómo compensar eso? El pequeño Publio se tumbó en el suelo con su rostro muy próximo a los soldados que representaban ambos ejércitos. En el silencio del jardín sólo se oía el agua de la pequeña fuente del centro y el murmullo de las voces de sus padres y su tío Cneo hablando, pero Publio no escuchaba a nadie, absorto por completo en desentrañar alguna forma en la que contrarrestar la carga de los elefantes. En clase había sugerido que los romanos incluyeran bestias como ésas en sus propias filas pero Tíndaro lo había desechado como imposible porque en la península itálica no había elefantes.

—Quizá en el futuro, pero hoy día Roma no tiene elefantes y otros enemigos sí —explicó el tutor griego—, y ésa es una realidad de la que el ejército romano no puede huir, aunque muchos deseen hacer caso omiso.

—¿Caso omiso? —había preguntado Publio.

—Quiero decir que hay generales romanos que no prestan atención a este tema y deberían hacerlo o, al menos, eso es lo que yo pienso.

Y eso es lo que también pensaba el pequeño Publio. Se quedó allí, dormido, meditando sobre los elefantes. Su padre lo sorprendió en el suelo y lo despertó.

—Ése no es sitio para dormir, joven soldado.

Publio se frotó los ojos.

—No, lo siento..., pensaba en los elefantes del rey Pirro.

—¿Los elefantes...? Bien..., ése es un buen asunto para meditar. ¿Y has llegado a alguna conclusión?

—No, pero es peligroso no contar con elefantes cuando otros ejércitos sí disponen de ellos. ¿Alguna vez hemos ganado a los elefantes?

Su padre le miró con intensidad.

—¿Tíndaro no os ha hablado aún de Claudio Metelo?

El niño sacudió la cabeza.

—Bien, pues el cónsul Claudio Metelo sí que derrotó a un ejército cartaginés y sus elefantes. Eso fue en la ciudad de Panormus, en Sicilia. El general enemigo era un tal Asdrúbal que vino a asediar la ciudad que defendía Metelo. Esto ocurrió hará unos... veinte o... veinticinco años... —el senador se quedó un momento ponderando las fechas—, bien, en cualquier caso, fue hace tiempo. Lo importante es que Asdrúbal llevaba varias victorias consecutivas con los elefantes, igual que había conseguido también el rey Pirro del que os hablaba Tíndaro, y se enfrentaron contra Metelo seguros de una nueva victoria, pero el cónsul había ideado un plan.

Publio padre estaba disfrutando con la intriga de la historia al observar la total atención de su hijo al relato.

—¿Un plan? ¿Qué plan?

—Fosos. Metelo ordenó excavar fosos en el campo frente a la ciudad el día anterior al de la batalla. Cuando Asdrúbal mandó atacar a sus elefantes, éstos avanzaron sobre nuestra infantería apostada a las puertas de la ciudad. Los *vélites*, que eran los que estaban más avanzados, se replegaron. Los cartagineses creyeron que huían atemorizados y los elefantes los persiguieron hacia la ciudad, pero cuando los *vélites* llegaron a la zona de los fosos, se refugiaron en ellos para resguardarse de la carga de los elefantes. Al mismo tiempo, Metelo había concentrado un gran número de arqueros en un lateral y apostados por todas las fortificaciones de la ciudad, y ordenó lanzar una lluvia de flechas sobre los elefantes a la vez que los *vélites*, protegidos en sus fosos, lanzaban sus jabalinas. Gran parte de las bestias cayeron en la emboscada o huyeron asustadas. Luego Metelo aprovechó la confusión para conseguir una gran victoria y atrapar decenas de elefantes perdidos. Fue un gran día para Roma.

—Entonces sí que se puede vencer a los elefantes.

—Bueno sí... y no. Metelo fue muy inteligente: supo aprovecharse de las circunstancias y tuvo tiempo de preparar una defensa adecuada para la carga de los elefantes. Entre otras cosas sabía que los cartagineses avanzarían sobre la ciudad y se ayudó de las fortificaciones de la misma para su emboscada. El problema permanece en campo abierto. Ahí las ventajas siguen siendo para los elefantes. ¿Te cuento el desembarco de Régulo en África?

—¿Los romanos hemos luchado en África?

—Sí, pero salimos derrotados. Vencimos a Cartago pero realmente nuestra victoria final fue en el mar. En tierra de África, conseguimos algunas victorias pero al final Régulo perdió cerca de la capital cartaginesa. Hay quienes piensan que se perdió porque Régulo no esperó los refuerzos que debían llegar de Roma. En fin, fuera como fuera lo que ocurrió es que Cartago hizo venir a mercenarios desde Grecia y los puso a las órdenes de un gran guerrero espartano, Jantipo. Este general dispuso unos ochenta elefantes en la vanguardia de su formación, la infantería detrás y la caballería en las alas. Los romanos dispusieron su infantería en el centro y la caballería también en los extremos. Jantipo mandó avanzar a sus elefantes. La infantería romana, dispuestos unos manípulos detrás de otros, constituyendo una inmensa masa de soldados, consiguió resistir la primera embestida de los elefantes, pero luego resultaba imposible luchar cuerpo a cuerpo con su enorme fortaleza; los romanos avanzaron entre los elefantes y recompusieron su formación detrás de los mismos, pero al avanzar así la caballería cartaginesa, superior a la nuestra, consiguió rodear toda la infantería. Una vez rodeados era cuestión de tiempo. Sólo unos dos mil hombres y algunos jinetes escaparon. Hasta el propio Régulo cayó preso. No, vencer a los elefantes en campo abierto no es sencillo. Hijo mío, si alguna vez te ves enfrentado a una fuerza que cuente con esos animales y la batalla deba ser en campo abierto, sigue mi consejo: retírate. Retirarse para atacar más adelante, en mejor ocasión, no es un deshonor.

El pequeño Publio le escuchaba con los ojos abiertos de par en par, sin parpadear, digiriendo el consejo de su padre.

—Y ahora ve a ver a tu madre, que está preocupada porque no has venido a comer.

El pequeño Publio asintió y salió disparado hacia la estancia donde le esperaba Pomponia. Su padre se quedó contemplando las pequeñas figuras de soldados y elefantes distribuidos en diferentes formaciones sobre el suelo del jardín.

8

Una ciudad protegida por los dioses

Hispania, 227 a.C.

Asdrúbal despidió a Aníbal en la costa.

Los cartagineses llevaban semanas construyendo un puerto al abrigo de la fortaleza que habían conquistado junto al mar. En el muelle Asdrúbal abrazó a Aníbal.

—Ten buen viaje y que Baal vele por ti. Cuando termines tu formación en Cartago, tal y como era deseo de tu padre, te espero aquí para seguir adelante con nuestros planes.

Aníbal devolvió el abrazo y, sin mirar atrás, subió al barco, una *trirreme* cartaginesa que velozmente le llevaría de vuelta a su patria. Era una partida dolorosa, agria, pero necesaria para cumplir los anhelos de su padre y sólo por eso aceptó las órdenes de Asdrúbal. Debía regresar a Cartago, terminar su formación pública, política y militar, reafirmar los vínculos de su familia con la metrópoli y luego regresar a Hispania.

La nave partió hacia África aprovechando la subida de la marea y el viento favorable.

En tierra, los cartagineses seguían edificando una muralla en la colina que dominaba aquel puerto natural que estaban fortificando. Se trataba de una pequeña península conectada a Iberia por un estrecho istmo. Alrededor de la península todo era agua: al oeste y al sur el mar Mediterráneo y al norte, una laguna natural que impedía el ataque desde ese lado. El ejército púnico levantó murallas que protegían toda la península de un ataque por mar, y un muro de más de seis metros en el sector este, donde estaba el istmo, atravesado por una puerta guarnecida por torres, que quedaba como el único acceso a aquella nueva ciudad que estaban construyendo.

Asdrúbal paseaba satisfecho del trabajo de sus hombres. Aquélla sería la capital púnica en Hispania, desde donde partirían sus ejércitos para asentar sus posiciones en todo aquel vasto país. Una extensión de Cartago fuera de África que se convertiría en referente del poder púnico creciente, que intimidaría a iberos, celtas y, por qué no, a los propios romanos. Una ciudad inexpugnable por tierra y por mar y un excelente puerto de comunicación por el que Cartago recibiría las riquezas de aquel territorio y por el que a la Iberia cartaginesa llegarían víveres, suministros y refuerzos desde la capital. Desde que los romanos habían detectado las incursiones cartaginesas en Hispania, se habían mostrado opuestos a las mismas y sólo un pacto confuso, estableciendo el Ebro como frontera límite para los posibles dominios cartagineses, parecía haber calmado un poco los ánimos. La estrategia ahora era asegurarse el control de todas las regiones al sur de ese río y necesitaban una base de operaciones. Ese puerto, esa ciudad sería su centro neurálgico en la región.

Al cabo de varios meses la fortaleza estaba lista. A ella llevaron numerosos cautivos iberos, rehenes, hijos e hijas de jefes de diferentes clanes de la región, con los que chantajear a numerosas tribus para que no se alzaran contra el poder absoluto de Cartago en Hispania, ahora ya bajo su poder desde el sur del Tajo y el Ebro hasta Gades.

Asdrúbal ascendió hasta una colina que luego llevaría su nombre, Arx Hasdrubalis, al norte de la nueva ciudad desde la que se divisaba la laguna, y allí ofreció sacrificios a los dioses Baal y Melqart y la diosa Tanit. A ellos rezó y rogó que bendijeran aquella ciudad y que la hicieran infranqueable para cualquier enemigo, ya viniera por tierra o por mar. Era una ofrenda generosa: una decena de bueyes. Los dioses se sintieron satisfechos y cumplirían su promesa.

Al finalizar el sacrificio Asdrúbal se volvió hacia la multitud de soldados que se había reunido próxima al altar y proclamó el nombre de la nueva ciudad.

—¡Baal, Melqart y Tanit protegerán esta fortaleza, la nueva capital de nuestros dominios en esta región y que desde ahora será conocida y temida por todos con el nombre de...! —Y calló unos segundos mientras alzaba su rostro al cielo— ¡... Qart Hadasht!

9

Nuevas miras

Roma, 227 a.C.

La tienda de Tito Macio iba bien. No es que se estuviera enriqueciendo, pero había conseguido saldar cada mes con unos ingresos que cubrían holgadamente sus gastos y le dejaban un remanente suficiente para alquilar una habitación, comer a su gusto y permitirse algunos caprichos: alguna ánfora de buen vino, una cena en alguna taberna de cierto nivel o, por qué no, una visita a alguna casa de dudosa reputación en busca de placeres prohibidos. No era una vida boyante, pero también se veía compensada por una mayor tranquilidad. Si bien era cierto que tenía que atender a los proveedores, regatear con ellos y luego estar con cada cliente, escuchar sus peticiones e intentar dar el mejor servicio posible, siempre era más descansado que todo el conjunto de actividades de las que se tenía que ocupar en el teatro de Rufo. Alguna vez había echado de menos algo de la incertidumbre y desenfado del ambiente teatral, pero no lo suficiente como para lamentar su decisión de abandonar aquel mundo. De hecho en todo aquel año ni tan siquiera había asistido a alguna de las obras que, sin su colaboración ya, se habían puesto en escena en Roma.

No, Tito Macio tenía otras cosas en mente: la expansión del negocio. Y ésta se encontraba en las nuevas telas venidas de Oriente, especialmente la seda. Andando por el foro encontró un corrillo donde reconoció a varios mercaderes de telas competidores suyos, pero con los que mantenía una relación de deportiva cordialidad. El agrupamiento de comercios había empujado a los clientes a acudir a aquel barrio de la ciudad, próximo al río, donde se habían instalado, de forma que lo que podría haber sido una negativa competencia se había transformado en una interesante colectividad de intereses mutuos. Un hombre en el centro del corro de comerciantes parecía haber encandilado a aquellos hombres.

—Creedme —decía Blasso, que era como se hacía llamar aquel hombre de mediana edad, túnica de lana blanca, limpia, bien peinado y con sandalias nuevas, claramente un hombre que cuidaba su imagen—. Es en estas inversiones en donde está el futuro de vuestro negocio.

Perdéis gran cantidad de dinero al adquirir vuestros productos en la propia Roma, pagando el sobreprecio en cada mercancía de su traslado desde Fenicia o Siria; imaginad cuánto podríais ahorrar si entre varios fletaseis un barco que os trajera directamente las mercancías desde Tiro o Biblos o Alejandría. Al principio supondría una inversión, pero en un par de viajes podríais vender al mismo precio que ahora pero triplicando el beneficio en cada venta. ¡Pensadlo, amigos!

Los comerciantes escucharon con interés, pero al final el grupo se deshizo sin que se concretara nada. Quedaron sólo dos mercaderes hablando con aquel hombre a los que se les unió Tito. Uno de los comerciantes planteaba sus dudas.

—¿Y los piratas? El mar está infestado de ellos. ¿Cómo sabemos que todo nuestro dinero no acabará en un naufragio o en manos de los piratas?

—El mar es ya seguro—empezó a explicarse aquel hombre que había captado la atención de los mercaderes. Tenía un acento griego, aunque usara nombre latino—. Desde que nuestra gloriosa flota asestó un golpe mortal a los piratas de Iliria, éstos se guardan mucho de atacar nuestros barcos. Además, es frecuente que los mercantes vayan en grupo escoltados por *trirremes* o *quatrirremes* romanas.

Los dos mercaderes y Tito Macio invitaron a Blasso a tomar vino y comer en una taberna junto al foro. Querían saber más. Especialmente Tito.

LIBRO II
VIENTOS DE FURIA

Bellum ita suscipiatur, ut nihil aliud nisi pax quaesita videatur.
[La guerra debe emprenderse de tal manera que parezca que sólo se busca la paz.]

CICERÓN,
De Officiis, 1, 23, 80.

10

Un león enjaulado

Alta mar, costa norte de África, 224 a.C.

El capitán de la pequeña flota cartaginesa de tres *trirremes* observaba con uno de sus oficiales al hijo del gran Amílcar caminando por la cubierta del buque.

—Parece nervioso —comentó el oficial. Y es que Aníbal paseaba de un extremo al otro del barco, dando vueltas sobre la misma ruta trazada, volviendo sobre sus pasos una y otra vez—. Parece un león enjaulado.

El capitán asentía lentamente con la cabeza. El hijo de Amílcar, después de unos años en Cartago, regresaba a Hispania reclamado por Asdrúbal para reincorporarse a las tareas de conquista y dominio de la península ibérica. En su fuero interno bullía un sentimiento de rabia contenida durante cuatro largos y lentos años alejado de su objetivo: vengar la muerte de su padre sometiendo a aquellas tribus que los habían emboscado aquel trágico atardecer en aquel valle maldito y abandonado por los dioses. Aníbal recordaba la estratagema ibera de los bueyes arrastrando los troncos, el fuego, la emboscada y el horror de la lucha. Caminaba de un lado a otro del barco, sin detenerse desde que partieran de Cartago y sin pensar en parar hasta llegar a Qart Hadasht.

El capitán del barco respondió a su oficial.

—No parece un león enjaulado, *es* un león enjaulado lo que llevamos en este barco... y lo vamos a soltar en Iberia. Sólo los dioses saben qué pasará a partir de ese momento. Por mi parte te digo que ya me cuidaré mucho de no cruzarme en su camino.

11

Un barco mercante

Roma, 223 a.C.

Tito estaba en su tienda, haciendo inventario cuando uno de sus colegas y compañeros inversionistas entró en el local.

—¡Lo hemos perdido todo, Tito! ¡Todo...! —El hombre parecía tener más que decir, pero su ansia no le permitía seguir hablando. Se limitaba a repetir sus mensajes entre estrepitosos suspiros—. Lo hemos perdido todo...

Tito se acercó y le llevó un vaso con agua fresca del ánfora que guardaba para él.

—A ver, Marco, explícate. Tranquilo. Bebe.

Marco bebió con avidez. Estaba sudoroso y no hacía calor. Era puro nervio.

—Blasso, Blasso ha venido y me ha dicho que el barco se ha hundido.

Marco y Tito fueron los únicos mercaderes que se atrevieron a invertir en el barco mercante que Blasso les había propuesto a un conjunto de comerciantes en el foro hacía unos años. Las cosas no habían ido del todo mal y, aunque durante los dos primeros no vieron ningún beneficio en su inversión, en los últimos años la cosa había mejorado. Como Blasso vio que no obtenía suficiente dinero de los mercaderes de telas, había ido vendiendo su proyecto a tantos comerciantes como pudo, desde panaderos a vendedores de pescado, o comerciantes de sandalias, vino o cerámica. Entre todos los que se apuntaron al proyecto se fletó un barco mercante que iba y venía de Roma a las costas de Fenicia, Siria y Egipto con los productos que cada comerciante encargaba. En el último año las cosas empezaban a mejorar y la tienda de Tito rebosaba de productos y de nuevos clientes.

—El barco —continuó Marco, esta vez con algo más de sosiego—, se ha hundido. Dice Blasso que en las costas de Grecia. No está claro si ha sido el mal tiempo o un ataque de piratas, pero se ha perdido todo. ¿Cómo haremos frente a las deudas que tenemos contraídas? ¿Cómo haremos...?

La situación era horrible. Tito cerró la tienda y se sentó a su lado.

Sin el nuevo cargamento no sería posible reunir dinero suficiente para responder de las deudas contraídas con algunos prestamistas a los que habían pedido dinero para su aventura comercial. Y además tenía dinero prestado de varios clientes que habían pagado por anticipado buena cantidad de telas que estaban aún por llegar en el nuevo viaje del barco. Si la nave se había hundido, con ella se iban todas sus esperanzas de sacar adelante aquella tienda. Tito contemplaba descorazonado los tejidos amontonados sobre el mostrador de piedra que él mismo había construido, las sedas, las túnicas y las lanas para hacer togas. Todo eso estaba a punto de desaparecer. Se levantó y se sirvió él también un vaso de agua. En silencio engulló el líquido y sus penas. Su sueño de comerciante llegaba a su fin.

Vagó por las calles de Roma durante horas, hasta que sus pasos le condujeron a las tabernas junto al río, próximas al barrio donde la prostitución era el mejor de los negocios. Entró en una de las tabernas y se sentó. Vio cómo escanciaban el vino que acababa de pedir y escuchaba a los marineros hablando de lejanas tierras y de acontecimientos sorprendentes que ocurrían en el mundo.

—El coloso de Rodas se ha venido abajo —comentaba un hombre mayor, tez morena y con grandes arrugas sesgando su rostro curtido por el aire del mar—; un terremoto tremendo, escalofriante. La tierra se sacudía como os muevo yo ahora esta mesa.

El hombre sacudió la mesa y un par de copas se vinieron al suelo haciéndose añicos.

—¡Por Cástor y Pólux! —exclamó uno de sus compañeros en la mesa—. ¡Ahora me pagarás otra copa!

—Venga —aceptó el causante de aquel estrago—, ¡posadero, posadero, otro vaso de vino! ¡Mejor, una jarra más! En fin, así se vino abajo el coloso de Rodas. Más de setenta años llevaba aquella torre en forma de hombre junto al puerto. Treinta y dos metros de altura medía, y al atardecer, con la luz del sol sobre su piel de bronce, brillaba como un dios sobre el mar. Ahora sólo son trozos esparcidos por los muelles.

Tito, contrario a su costumbre de escuchar las historias de los marineros venidos de lejanas tierras, salió del local. En otro momento se habría acercado a la mesa como empezaban a hacer varios curiosos, para escuchar el relato de aquel hombre sobre el derrumbamiento de aquella colosal estatua del puerto griego. Ahora se limitó a salir y reencontrarse con la luz tibia del atardecer sobre el transcurrir lento del agua del Tíber. Se había arruinado. Tendría que subsistir como fuera. Se sentía como el propio coloso, como si le sacudiesen la tierra bajo sus pies. Los dioses eran caprichosos y la Fortuna le desdeñaba. Inspiró con profundidad y se adentró hacia la ciudad y hacia la noche con sus preocupaciones a cuestas.

12

El giro de la espada

Roma, 221 a.C.

Era diecisiete de marzo, el día de los *Liberalia*, fiestas en honor del dios Líber, a quien se encomendaban los que abandonaban la edad infantil y entraban en la pubertad. El joven Publio había cumplido ya los catorce años. Esa mañana, al levantarse, su madre Pomponia estaba junto a su lecho y lo abrazó de forma larga y especial. Publio no entendía bien qué podía cambiar tanto en su vida. Sabía en qué consistía el rito y no veía nada doloroso ni preocupante. ¿Por qué lo abrazaba su madre con esa intensidad?

Pomponia al fin se separó y le dejó respirar, al tiempo que se dirigía a él.

—Hijo, te haces mayor. Tu padre está orgulloso de ti y yo también. Sobre ti un día reposará el futuro de nuestra familia. Es una pesada carga, hijo mío. Tu familia es poderosa, pero de igual forma tenemos enemigos muy poderosos, aquí en Roma y fuera, en ciudades lejanas. Presiento que te corresponderá vivir tiempos difíciles. Ruego a los dioses que te protejan y te guíen en todas las decisiones que tengas que tomar. —Luego le acarició suavemente la mejilla con el dorso de la mano y terminó cogiendo la *bulla*, un pequeño colgante de cuero que había llevado desde niño. Al fin soltó el colgante y le dejó a solas para vestirse.

Publio, después de lavarse los brazos, pies, piernas y cara, se puso una túnica ligera y sobre la misma su *toga praetexta*, la que le correspondía por su edad. Salió entonces al atrio de la casa. Allí le esperaba su padre, su tío Cneo, su madre, su hermano pequeño Lucio y varias personas más que el joven Publio reconoció como amigos o clientes de su padre. Todos le saludaron de forma solemne. Su padre se adelantó y extendió los brazos. Publio sabía lo que debía hacer: se quitó la *toga praetexta* y se la dio a su padre. Éste la recogió y a cambio le entregó una nueva toga blanca, la *toga virilis* y una moneda. Publio se vistió con la nueva toga y tomó la moneda. A continuación ambos, padre e hijo, se acercaron al altar de los dioses Lares que protegían la familia. Publio se quitó entonces el colgante que había llevado desde niño y lo entregó a los dioses protectores del hogar. Puso también la moneda que le había dado su padre y la consagró a la diosa Iuventus para que a partir de ahora lo protegiera durante su juventud. Una vez hecho eso, padre e hijo se volvieron y saludaron a la familia y a los amigos e invitados. Publio Cornelio Escipión, como senador de Roma, se dirigió a los presentes.

—Gracias a todos por venir y presenciar el fin de la niñez de mi hijo. Ahora los que deseéis podéis acompañarme en la *deductio in forum*, el traslado al foro en donde presentaré a mi hijo a los prohombres de nuestra ciudad y, lo más importante, para que su nombre quede inscrito en nuestra tribu de modo que, cuando el Estado le requiera, pueda ser incorporado a filas para luchar por la seguridad y el engrandecimiento de Roma. Luego sacrificaremos un buey en el foro en honor al dios Líber y todos estáis invitados al banquete que daremos en honor de mi hijo, mi heredero.

Todos los presentes asintieron y felicitaron efusivamente al padre, al hijo y al resto de los miembros de la familia.

Cneo había tomado como algo personal el adiestramiento militar de sus sobrinos. Su hermano pensó en contratar los servicios de algún oficial de prestigio o algún legionario experto ya retirado, como era costumbre, pero Cneo se negó en redondo.

—A mis sobrinos los adiestra su padre o los adiestra su tío. No quiero ningún mentecato enseñando a Publio y Lucio a ser buenos soldados. Ellos han de ser más que eso: han de ser los mejores soldados y también los mejores generales.

Publio rechazó la posibilidad de enseñar a sus propios hijos el arte de la lucha en el campo de batalla. Una cosa era dar consejos de estrategia y otra combatir cuerpo a cuerpo con tu propia sangre. Cneo, sin embargo, no parecía tener tantos escrúpulos y, ante la insistencia de su hermano, Publio Cornelio Escipión cedió. Desde entonces, Cneo disponía del tiempo de sus sobrinos todas las tardes de la semana, sin descanso. Las mañanas seguían reservadas para Tíndaro. Cneo pasaba mucho tiempo con los niños. Primero los familiarizó con las diversas armas de las que tanto habían oído hablar a Tíndaro, pero de las que apenas habían visto nada: los escudos redondos ligeros de los *vélites*, las espadas de doble filo de los legionarios, los *pila* que se usaban como armas arrojadizas o las lanzas alargadas para el combate cuerpo a cuerpo de los *triari*. Aquellas tardes siempre terminaban con largas sesiones corriendo por el Campo de Marte en las afueras de Roma donde iban para el adiestramiento. Había días que corrían hasta la extenuación. Pomponia tuvo algunos roces con Cneo por la dureza de ciertos entrenamientos cuando los niños llegaban agotados, prácticamente exhaustos a casa y necesitaban devorar todo lo que se les ponía por delante. Su cuñado se justificaba.

—Cuando tengan que hacer largas caminatas a marchas forzadas, cuando sean perseguidos por un enemigo superior en número o cuando tengan que hacer un rápido avance para sorprender al enemigo, no habrá madres que los protejan. Tienen que ser tan fuertes como un legionario y más aún si han de mandar sobre ellos.

Las discusiones solían terminar con la intercesión de Publio padre que rogaba a Cneo que moderase los entrenamientos. Éste accedía aunque pasados unos días volvía a repetirse exactamente la misma escena. Los niños observaban sin hacer comentarios, generalmente estaban ocupados comiendo. Si se les hubiera preguntado, habrían dicho que por ellos no había ningún problema y que preferían seguir el adiestramiento, pero nadie les preguntaba, claro. Es verdad que con Cneo se agotaban, pero nunca se lo habían pasado mejor en su vida. Su tío les contaba mil anécdotas de batallas y luchas cuerpo a cuerpo al tiempo que les enseñaba cómo combatir. Pronto empezaron a luchar con espadas de madera protegiéndose el cuerpo con corazas de cuero y la cabeza con un casco de piel como si de dos pequeños *vélites* se tratase. Luchaban entre ellos y luego, por turnos contra el propio Cneo. Más de una vez recibían algún golpe de su tío como señal de que no ponían el escudo en el lugar oportuno para defenderse de las acometidas del oponente. Cuando estos golpes dejaban marcas, las quejas de Pomponia sin duda debían de llegar a oídos del mismísimo Júpiter Óptimo Máximo. En esas ocasiones, Cneo optaba por una retirada silenciosa. Si Publio no ponía fin a aquellos entrenamientos, y si Pomponia nunca se decidió a ejercer su influencia sobre su marido para dar término a los mismos, era porque ambos percibían que los niños habían establecido un estrecho vínculo con su tío, además de que, en el fondo, entendían que aquellos esfuerzos y, en ocasiones, aquellos golpes eran necesarios para ser los mejores, o al menos tan buenos como cualquier otro en el campo de batalla. De hecho, en lo más profundo de su corazón, Pomponia sabía que Cneo tenía cierta razón cuando se justificaba y decía que un golpe ahora con una espada de madera, si bien podía producir daño y un terrible moratón, podía evitar en el futuro que el filo de una espada enemiga penetrase en la piel de su hijo segándole la vida. Por su parte, Publio padre se centró en insistir que durante las mañanas ambos hijos debían continuar asistiendo a las clases de Tíndaro, el tutor griego. Si el pedagogo consideraba que la progresión en el aprendizaje del griego y en la lectura de los textos de Aristóteles y Platón, además de algunos autores de comedias y tragedias, avanzaba por buen camino, entonces podían seguir con los entrenamientos de Cneo. Los niños asumieron el pacto y cumplían incluso por encima de las expectativas de Tíndaro, lo cual transmitía éste a Pomponia y Publio para plena satisfacción de ambos.

La tarde después de la presentación del joven Publio en el foro tampoco hubo descanso. Reunidos en el campo de adiestramiento, Cneo se acercó a los dos hermanos y empezó a hablar dirigiéndose especialmente al mayor.

—Publio, hoy has entrado oficialmente en nuestra tribu y pronto podrás ser llamado a filas si el Estado así lo requiere. Hoy vamos a dejar en tu caso las espadas de madera y empezaremos con las espadas de verdad.

Cneo sacó dos espadas de doble filo de metal y le dio una a Publio. El peso del arma hizo que casi se le cayera, pero sus reflejos juveniles respondieron rápidos y enseguida la asió con fuerza. Luego cogieron ambos, tío y sobrino, los escudos y empezaron a luchar. Lucio los observaba admirado ante el nuevo rumbo de los entrenamientos. Cneo atacaba sin excesiva fuerza. Sus casi dos metros desde los que lanzaba los golpes eran demasiada potencia para su joven aprendiz. Publio se defendía usando toda la destreza que había adquirido con las espadas de madera, sólo que los golpes con el metal eran más duros, más potentes y además había algo que le hacía retroceder mucho más ante el avance de su tío que cuando luchaban con las espadas de madera: tenía miedo. Había visto a gladiadores luchando con espadas de verdad, como las que estaban usando esa tarde, y había presenciado terribles heridas. Cneo paró su ataque y relajó los músculos. Publio hizo lo propio.

—¿Qué te pasa? ¿Por qué retrocedes sin ni siquiera intentar un golpe?

Publio callaba. Sentía vergüenza.

—¿Tienes miedo de que te hiera?

Publio seguía en silencio.

—Responde, di la verdad. Si no me dices a mí la verdad, ahora que estás aprendiendo, nunca aprenderás nada de mí que merezca la pena. ¿Tienes miedo?

Por fin, Publio se atrevió a responder, pero en voz baja.

—Sí...

—No te he oído. ¿Tienes miedo de que te hiera?

Publio, rojo de ira, levantó el tono de voz hasta casi gritar.

—¡Sí, tengo miedo! ¡Tengo miedo! —Y se quedó frente a su tío, asiendo la espada con fuerza, sonrojado ante su hermano pequeño, respirando con rapidez, casi jadeando.

—Bien. Eso no está mal. Tener miedo ante la lucha es natural. Sólo los locos no tienen miedo. Ahora se trata de que aprendamos a dominar ese miedo.

Las palabras de su tío sosegaron un poco el ánimo de Publio. Por un momento pensó que iba a reírse de él, pero no lo hacía. Tener miedo era normal. Era normal entonces lo que le pasaba. Era una fase. Si era una fase, la superaría, como había superado otras.

—Bien, escuchad los dos. Hoy no lucharemos más. Mañana seguiremos con las espadas de verdad y ya veréis cómo poco a poco os vais acostumbrando. Y si nos hacemos algún corte, ya nos curarán; lo peor será oír a vuestra madre, ésa a mí sí que me da miedo. —Y los tres rompieron a reír—. Ahora escuchadme bien —continuó Cneo—, os voy a enseñar algo que nunca debéis usar de forma inadecuada: es una señal, como un anuncio de vuestro ataque. Observad.

Cneo desenfundó la espada con la mano derecha y, sin soltarla, hizo que ésta describiera con sorprendente rapidez un giro de trescientos sesenta grados, cortando el aire hasta que detuvo el arma en seco como si apuntara a un enemigo que, sin duda, al igual que sus sobrinos quedaría admirado por la agilidad de su oponente.

—Este giro de la espada es una señal de nuestra familia que muchos conocen en el campo de batalla. Significa que un Escipión entra en combate en el campo de batalla o contra un enemigo concreto y que el combate es a muerte; o se consigue la victoria o se muere. Cuando mandéis un ejército, que seguro que lo mandaréis, porque sois nietos de cónsules, vuestros legionarios conocerán esta señal, porque estas cosas, aunque se usan poco, se conocen. Todos los que han estado bajo el mando de un Escipión lo saben. Ahora tomad una espada y practicad hasta hacerlo bien, con claridad y, por favor, sin cortaros.

Los dos, Lucio y Publio, practicaron aquella tarde durante una hora más. A Lucio le costaba bastante, aún le quedaban años de crecimiento que le ayudarían a manejarse mejor con las armas y con frecuencia se le caía la espada. Publio, sin embargo, ante la sorpresa de su tío, captó el movimiento con rapidez y al final de la tarde era capaz de ejecutarlo con razonable destreza.

13

Una noche para la venganza

Qart Hadasht, 221 a.C.

Se deslizó entre las casas. Era una noche sin luna que le protegía en sus propósitos. El esclavo se acercó hasta los muros del palacio de Asdrúbal en Qart Hadasht. Los guardias patrullaban alrededor de los muros. Esperó hasta que los soldados desaparecieron tras la esquina y se acercó a una pequeña puerta de servicio. Estaba nervioso. Con ansia aguardó hasta que desde dentro se escuchó el chasquido de las bisagras. La puerta se abrió. Con sigilo entró en el interior del palacio. Su cómplice desapareció de forma que no pudo verle la cara, pero eso no le importaba. Sabía que su camino era de ida, sin retorno.

Ascendió arropándose en la oscuridad que se agazapaba en las paredes del palacio. Fue rehuyendo el encuentro de los guardias que estaban apostados por los pasillos de la residencia del general en jefe de las tropas cartaginesas en la península ibérica. El esclavo llevaba un puñal en la mano.

El general púnico paseaba por su habitación, examinando planos y revisando documentos. Desde que acordara con los romanos repartir las áreas de influencia en Iberia, al sur del río Ebro para los cartagineses y al norte para los romanos, había disfrutado de un período de relativa calma. Quedaban cuestiones pendientes, claro, como el asunto de Sagunto: una importante ciudad al sur del Ebro, es decir, en el área de dominio cartaginés, pero que claramente se oponía a la dominación púnica de Iberia y que mantenía unos cada vez más impertinentes lazos de amistad con Roma. Sin embargo, la tranquilidad dominaba la región en los últimos meses. Hasta se pudo permitir el lujo de ir a cazar con varios oficiales y amigos venidos desde Cartago. Asdrúbal escupió en el suelo al recordar al estúpido oficial mercenario galo que se había atrevido a disputar la propiedad de uno de los linces que él mismo había cazado. Se regodeó en el recuerdo de su rostro retorciéndose de dolor cuando Asdrúbal le clavó la espada hasta el corazón. No podía admitir discusiones a su criterio y menos de un mercenario a sueldo. Allí, empapando el suelo con un charco de sangre, quedó el cuerpo de aquel infeliz. A su lado se arrodillaba un esclavo suyo que lo acompañaba en la cacería. Asdrúbal miró al esclavo celta por si también éste iba a levantar su voz contra él, pero aquel hombre guardó sus palabras y se limitó a mirarle con odio. Asdrúbal recordó cómo desmontó del caballo y se dirigió a él.

—¿También tú quieres morir?

El esclavo bajó la mirada y no respondió. Asdrúbal le estuvo examinando unos segundos, meditando sobre si su silencio era provocación o miedo. Se inclinó por lo segundo y decidió dejarle sin prestarle más atención. Ordenó que recogieran al lince y que lo llevaran a Qart Hadasht como trofeo. Asdrúbal, rodeado por sus oficiales, partió de aquel claro del bosque donde habían estado cazando.

Ahora el general cartaginés se encontraba cansado. Había bebido mucho después de la cacería, en el festín. No lamentaba lo que había hecho. No, no había lugar para impertinencias. Si acaso sólo las admitiría de Aníbal. El hijo del gran Amílcar era la única persona a la que tenía respeto y, por qué no admitirlo aquí, en privado, en el silencio de la noche y en su alcoba: algo de miedo. Aquel muchacho albergaba en su pecho una fuerza contenida que en cualquier momento parecía que fuera a desatarse. No había superado aún lo de su padre. Había de reconocer, no obstante, que aquellos sentimientos, aunque quizá torturasen a Aníbal, no le impedían combatir con auténtico valor y destreza.

Asdrúbal se recostó en su lecho y cerró los ojos. Seguramente Aníbal llegará un día a general. Sólo el tiempo sabrá si será un buen o un mal general. El sueño le fue venciendo y en unos minutos Asdrúbal quedó completamente dormido. El vino le hizo roncar y uno de sus estertores fue tan potente que se despertó. Fue a reírse pero se dio cuenta de que no podía respirar y sintió un líquido caliente por el cuello. Se llevó las manos a la garganta y la notó empapada, hirviendo. Abrió los ojos y vio sobre sí el rostro del esclavo de aquel oficial galo que había matado en la cacería. Quiso levantarse pero le asían con fuerza por las muñecas. Intentó gritar y dar la voz de alarma para que sus hombres vinieran a socorrerle, pero sólo entonces se dio cuenta, al faltarle la voz, de que tenía la garganta seccionada por un afilado cuchillo que ahora yacía junto a su rostro.

Los guardias atraparon al esclavo galo antes de que pudiera salir del palacio. Uno de los soldados, preso de rabia, fue a matarlo, desenfundó su espada, pero cuando estaba a punto de ensartarlo, una voz poderosa que retumbó en los altos techos de la estancia le paró en seco.

—¡Quieto, soldado! —gritó Aníbal— ¡Esa muerte es demasiado digna para un esclavo, especialmente para el esclavo que ha asesinado a nuestro general!

Todos los soldados asintieron y el guerrero cartaginés enfundó su espada. Aníbal les ordenó conducir a aquel esclavo a las mazmorras en lo más profundo de los sótanos de palacio. Allí, durante el resto de aquella noche, el galo fue torturado y sus gritos resonaron por toda la ciudad de Qart Hadasht hasta la extenuación absoluta de su vida.

Al día siguiente los oficiales y generales cartagineses debatieron sobre quién elegir como nuevo jefe. Se estudiaron diferentes opciones como Giscón o el general Magón. Hombres expertos y valientes; pero en ese momento uno de los oficiales se volvió y a su espalda, allí mismo, mirando por una ventana del palacio, vio recortada la figura de Aníbal: Aníbal siempre el primero en entrar en combate y siempre el último en descansar; Aníbal siempre voluntario para cualquier escaramuza, para cualquier misión de riesgo, el que más enemigos abatía, el terror de los iberos y los celtas de aquel país; cuando su silueta se dibujaba en el horizonte, los salvajes retrocedían y los pocos que aún se atrevían a desafiarle caían abatidos en la primera acometida. No lo dudó.

—¡Yo propongo a Aníbal Barca, hijo de Amílcar Barca, para que nos mande y nos dirija a todos en estas tierras para que bajo sus órdenes concluyamos la conquista de este país!

El resto de los oficiales se volvió hacia Aníbal. Éste los miró sin decir nada. No se mostró sorprendido, pero tampoco halagado. Permanecía distante. Escuchaba pero sus pensamientos aún le mantenían alejado de lo que allí estaba ocurriendo. Más voces se alzaron gritando su nombre.

—¡Aníbal, Aníbal, Aníbal!

Comprendió entonces, oyendo cómo su nombre era coreado por todos, que su camino quedaba ya definitivamente marcado. Hasta ese momento sólo había tenido planes. Ahora disponía de medios.

Aquella tarde partió un correo hacia Cartago en una *trirreme* con el nombramiento del nuevo general en jefe del ejército púnico en Iberia. Al día siguiente de recibir el mensaje el Consejo de Ancianos de Cartago ratificó aquel nombramiento.

14

Un ánfora vacía

Roma, 221 a.C.

Durante dos años Tito intentó lo imposible: estirar el dinero y agotar la paciencia de clientes y prestamistas para salvar su negocio, pero todo resultaba ya inútil. Poco a poco su tienda fue vaciándose de productos que, en su gran mayoría, estaban pagados con anterioridad. El poco dinero que ingresaba lo utilizaba en comida y en pagar parte de las deudas contraídas con los banqueros del foro. La impaciencia de alguno de éstos se había traducido ya en amenazas e incluso en algún altercado en la calle. Tito decidió que no era momento de orgullos absurdos y una mañana encaminó sus pasos al foro. Al cabo de media hora localizó su objetivo. Rufo paseaba acompañado de una esclava, de tienda en tienda, adquiriendo comida, túnicas, sandalias, cestos y hasta considerando la compra de algún esclavo más que añadir a sus propiedades. Las representaciones de teatro, sin conseguir imponerse entre el público romano, seguían siendo financiadas regularmente por el erario público y la compañía de Rufo mantenía una cuota razonable de actuaciones. Y eso que la competencia había convertido en frecuente que los miembros de una compañía fueran a las representaciones de otra para abuchear y así encrespar al público intentando de esa forma provocar el fracaso de la representación y que, en consecuencia, ésta ya no fuera contratada. Todo en Roma se compraba y se vendía y la competencia no conocía límites. En medio de todo aquello, la figura de Rufo parecía moverse como pez en el agua. Ninguna marrullería le asustaba porque él era capaz de ser aún más vil y retorcido. Si otra compañía venía a insultar y montar un escándalo, él hacía que toda su compañía y decenas de libertos comprados fueran a abuchear a la contraria. Y siempre estaba la posibilidad de la extorsión y las palizas. Rufo ya estaba considerando seriamente entrar en esa corriente. Quien golpea primero da más fuerte.

Tito se acercó a su antiguo director de compañía.

—Hola, Rufo, ¿cómo va todo?

Rufo le miró con desprecio, pero atendiendo a las ropas limpias que llevaba Tito se detuvo a escucharle. Éste se había puesto su mejor túnica en un intento de guardar las apariencias.

—Hombre, el comerciante de telas. ¿Qué es de tu vida, quieres contratar la compañía para una representación privada en tu nueva *domus*, o es que me quieres comprar la esclava? —Y lanzó una carcajada al aire.

Tito no se arredró y prosiguió con su plan.

—No, no es eso. Lo de las telas resulta interesante, pero la verdad es que no es lo que esperaba y me preguntaba si no te podría interesar volver a contar conmigo. Ya sabes que podría ocuparme de un montón de cosas y...

Pero Rufo sacudía la cabeza, interrumpiendo su discurso.

—No, no, no, Tito Macio. A mí no me vas a engañar como a uno de tus cansados clientes o como a uno de esos blandos prestamistas con los que andas en tratos. ¿Crees acaso que no sé de tu desastrosa situación? Roma ha crecido pero no tanto como para que Rufo no conozca a todos los que es interesante conocer y, querido Tito, tú no estás entre ellos. Muy al contrario, sé de tus inversiones y de tu barco perdido junto con otras decenas de buques. Por todos los dioses, parece que el mar aún no es un lugar seguro. De ti me quejaría a los cónsules Minucio Rufo o Lépido y les pediría que protejan tus barcos mercantes de los piratas, aunque no sé si tendrán tiempo de atenderte —y lanzó otra carcajada.

Tito lo vio claro. Decidió humillarse.

—De acuerdo. Las cosas me van mal, muy mal, pero por todos los dioses, cuando trabajé contigo te daba un buen servicio y podría volver a hacerlo ahora y...

—Y a mí qué más me da. Te quisiste marchar y te largaste, pues eso: largo, fuera de mi vista. ¡Despeja la calle que me molestan los lloriqueos infantiles de la escoria como tú! —Y lo apartó de un empujón.

Tito cayó al suelo y empapó su túnica de barro, pues el día anterior había llovido en abundancia y el sol aún no había tenido tiempo de evaporar los charcos. Cuando se levantó para replicarle, Rufo estaba ya lejos, en un puesto de frutas llenando de manzanas la cesta que sostenía su esclava. A su lado escuchó las risas de unos niños que señalaban su túnica manchada de tierra. Tito volvió sobre sus pasos y se arrastró por las calles hasta llegar a su local. Entró y cerró la puerta. El interior estaba vacío. Las paredes desnudas de mercancía ilustraban a las claras su condición actual. Tenía hambre, pero no tenía dinero. En los últimos meses había ido perdiendo peso. Estaba enflaquecido, aunque las túnicas disimulaban su aspecto. Fue a beber agua del ánfora que guardaba tras el mostrador, pero también estaba vacía.

15

La lena de Roma

Roma, 221 a.C.

—Por aquí, vamos. —Publio se dirigía a su hermano pequeño en voz baja.

—No creo que sea buena idea —respondió Lucio que, a regañadientes, había accedido a acompañarle.

Era de noche y todos dormían. Salieron a tientas de su habitación para no despertar a nadie con ninguna vela. En el atrio, la luz de la luna llena hacía resplandecer las teselas del gran mosaico que su padre había hecho instalar recientemente. En él se veía a su abuelo investido de cónsul comandando las legiones. Se deslizaron por encima del mosaico, pasaron por el *tablinum* y accedieron al peristilo porticado del jardín. Sólo se oía el arrullo constante del agua de la fuente. El aire era fresco. Publio y Lucio se escondieron tras las columnas de un lado y aguardaron allí apostados durante diez minutos. Al fin vieron aparecer a un esclavo joven de la casa acompañado de una mujer a la que no reconocían. En una esquina del jardín el hombre comenzó a desnudar a su acompañante. Al desvestirla quedó al descubierto el cuerpo de una joven de unos dieciséis años. Pronto el esclavo la tendió en el suelo y se echó sobre ella. Publio y Lucio escucharon con intensidad. Se oían murmullos apagados y, al poco tiempo, gemidos amortiguados por una mano interpuesta.

—Calla, que nos van a oír —escucharon decir al hombre.

—Mejor nos vamos —musitó Lucio.

—No. —Publio había desarrollado una relación de autoridad sobre su hermano. Éste calló, aunque no por ello se tranquilizó.

En ese momento todos oyeron la voz clara y fuerte de su padre.

—Por Cástor, ¿qué pasa aquí? ¿Qué ocurre aquí? —Venía acompañado por dos esclavos de confianza de mediana edad que llevaban años en la casa. Llevaban lámparas de aceite de forma que gran parte del jardín quedó iluminado descubriendo a los jóvenes amantes en el suelo.

Publio y Lucio se acurrucaron en las sombras que proyectaban las columnas y tragaron saliva.

—Coged a estos dos. Con el esclavo... llevadlo a la cocina. Mañana saldaré cuentas. Y la mujer... —la miró con atención— no trabaja aquí... pues fuera con ella. Unos azotes y fuera. Si vuelves —añadió dirigiéndose a la muchacha— a entrar en mi casa sin mi permiso, no habrá misericordia.

La muchacha se sintió bendecida por la suavidad de la pena y enseguida se desvaneció entre las sombras detrás de su padre cogida por uno de los esclavos mayores. El otro esclavo se llevaba al joven cocinero por el *tablinum* y también desaparecieron. El senador se quedó en el jardín junto a la fuente.

Publio y Lucio contuvieron la respiración. Estaban en la sombra y era imposible que los viera o que los oyera, pero el senador empezó a escuchar sobre el silencio, a ver más allá de la oscuridad, reanimando su alma de general en una noche previa a la batalla. La brisa suave de la noche le trajo entonces el mensaje que buscaba en forma de casi imperceptibles olores. Suspiró entonces y se tranquilizó al desentrañar su significado.

—¡Bien, Publio y Lucio, salid de ahí, de entre las columnas si no queréis que me enfade más!

Publio y Lucio se miraron. Lucio parecía preguntar con la mirada «¿pero cómo lo sabe?». Publio se encogió de hombros acompañando el gesto con los ojos abiertos por el asombro. Era imposible que los hubiera visto.

—¡Sois mis hijos pero incluso mi paciencia tiene un límite con vosotros! ¡Es vuestra última oportunidad antes de que os mande azotar o se me ocurra algo peor!

No lo pensaron más y salieron a la luz. En el centro del jardín estaba su padre con la lámpara en la mano. Se acercaron hasta estar de pie a un par de pasos de su padre.

—Nunca, jamás, ¿me entendéis? Nunca dejéis que alguien entre en esta casa sin mi permiso o sin que vuestra madre lo sepa, ¿lo entendéis? Un esclavo ha dejado entrar a una mujer para... Bien, la deja entrar para estar con ella. Eso no debe ocurrir, y si sabéis de algo así, me lo debéis decir enseguida. La seguridad de todos está en juego. La casa es vuestra familia también, es sagrada.

Los niños callaban.

—Y no me digáis que lo acabáis de descubrir, porque llevo detrás de este esclavo algunos días. Bien, hablad, decid algo y que no sea una mentira. Eso no mejorará vuestra situación.

Lucio fue a hablar, pero Publio empezó primero.

—La culpa es mía. Hace unos dos meses que ese esclavo trae a esa muchacha por las noches. Normalmente vengo solo para ver... Esta noche le pedí a Lucio que me acompañara. La culpa es mía. Debería haberte comentado esto antes...

—Sí, eso es lo más grave de este asunto. ¿Por qué no lo hiciste, Publio?

No respondió. ¿Cómo decirle que sentía curiosidad por lo que hacían? Era vergonzoso y peor aún justificar así la falta de fidelidad a su padre. El senador le miró en silencio mientras escudriñaba sus pensamientos.

—Veo que guardáis silencio. Al menos sentís vergüenza. Eso es algo —continuó su padre—, pero no suficiente. No suficiente. Sois Escipiones. Mirad a vuestro alrededor. ¿Qué veis?

Los muchachos miraron las paredes del jardín y del atrio. Había varias estatuas.

—Estatuas, padre —dijo Publio.

—Son vuestros antepasados. Lucio Cornelio Escipión Barbato, vuestro bisabuelo, cónsul, Cneo Cornelio Escipión Asina y Lucio Cornelio Escipión, vuestros abuelos, cónsules ambos también. Vencedores contra los insubres, conquistadores de Córcega, de Aleria. ¿Y en qué se sustenta la fortaleza de nuestra familia?

Los dos muchachos dudaron.

—En la confianza. En la confianza mutua que se transmite de padres a hijos. Si no puedo fiarme de vosotros, yo no soy nadie, y si vosotros no confiáis en mí o en vuestro tío, no valéis nada. ¿Nunca os habéis preguntado por qué nos llamamos Escipiones?

Ambos permanecieron en silencio.

—Porque vuestro bisabuelo, ya anciano y ciego por la avanzada edad, se apoyaba en su hijo Lucio para poder caminar, lo usaba como un *scipio*, era su bastón. De ahí el nombre que hemos heredado. Vosotros sois mi apoyo, debéis ser mis ojos y mis oídos cuando a mí me fallen, sois mi *scipio*. De la misma forma que vuestros hijos lo serán para vosotros. No lo olvidéis nunca. Nunca. ¿Está claro?

Ambos asintieron.

—Los dos, a vuestra habitación y no quiero oír ni una palabra más de esto. Si alguien vuelve a entrar sin mi permiso, quiero saberlo al instante, ¿entendido?

—Sí, padre —dijeron los dos al unísono, y velozmente corrieron hacia su habitación.

El día siguiente, por la tarde, al terminar el adiestramiento, Cneo hizo sus valoraciones.

—Vais muy bien. Dentro de poco me va a empezar a dar miedo luchar con vosotros. Especialmente contigo, Publio. Eres rápido con esa espada. Aún te pierden tus ganas de vencer, pero ya madurarás. Y tú, Lucio, has mejorado mucho. En poco tiempo serás tan bueno como tu hermano. Aún te pesa demasiado el arma, pero eso es algo que en un año o dos se arreglará por sí solo. Comeos todas las gachas de trigo que os pongan por delante, y fruta y pescado y carne. Comed bien para luchar bien. Ya me encargaré yo de que no engordéis ni un kilo de más.

Publio y Lucio se miraron y sonrieron. Cneo frunció el ceño y miró su barriga que, si bien no era la de un hombre obeso, desde luego mejoraría con cuatro o cinco kilos menos.

—¡Por Hércules, sois unos ingratos! ¡Os adiestro gratis y lo pagáis riéndoos de vuestro tío! ¡Cuando hayáis luchado en tantas batallas como yo, tendréis derecho a engordar lo que os plazca, pero de momento ni un kilo de más! ¡Mañana os haré correr el doble, os quitaré esa sonrisa de la cara con sudor!

Los dos hermanos callaron. El desliz les iba a costar caro.

—Bien, basta ya de charla. Lucio, para casa. Publio se queda conmigo. Tenemos que hablar tú y yo de unas cuantas cosas.

Los hermanos se sorprendieron. Siempre volvían juntos, pero no querían preguntar. Un pequeño desliz ya lo iban a tener que compensar al día siguiente con esfuerzos extra; mejor no tentar su suerte. Lucio se marchó hacia la ciudad.

Cneo miró a su sobrino.

—Ya me ha contado tu padre el episodio de anoche.

Publio inhaló aire profundamente. Ya le había parecido extraño que aquello no tuviera más consecuencias.

—Es importante —continuó Cneo— que nunca traiciones a tu familia ni en cosas que puedan parecer pequeñas. La familia es lo más importante: la familia y Roma. Ésas son las cosas por las que merece la pena vivir y morir si es necesario, ésas son las cosas por las que rogamos a los dioses que nos protejan y nos ayuden. ¿Está claro?

—Sí, tío.

—Bien. Ahora vámonos. Sígueme.

Entraron en la ciudad, cruzaron el foro y descendieron hasta la zona de los mercados y luego, siguiendo el curso del río, se encontraron en una zona de la ciudad a la que Publio nunca había accedido. Las casas estaban sucias, viejas. Las calles estaban atestadas de gente variopinta, desde el pobre más miserable hasta, ocasionalmente, patricios que paseaban escoltados por esclavos armados y guardias que, a juzgar por el celo que ponían en mantener alejado a cualquier mendigo del camino de su amo, estaban más que bien pagados. Los triunviros patrullaban también aquellas callejuelas con mayor frecuencia que en otros barrios de la ciudad, aunque aquí dejaban pasar por alto la escandalosa presencia de algunas mujeres a medio vestir saludando desde las puertas de sus casas, las pequeñas peleas entre borrachos o el golpe que propinaba alguno de los guardias para defender a algún patricio molesto por el olor de algún esclavo que se cruzaba en su camino. Los triunviros no querían problemas y su presencia era más bien un aviso para que todos se contuvieran y no fueran más allá de golpes o empujones. Otra cosa era si se oía alguna espada desenvainándose. El joven Publio contemplaba a los soldados patrullando con paso firme, la mirada en la distancia, como ausentes y, sin embargo, atentos a cualquier pequeño movimiento.

—Siempre hay más problemas aquí que en ningún otro lugar: sobre todo peleas —dijo Cneo al observar el interés de su sobrino por las patrullas—. Siempre muere alguien por aquí cada día. Nunca vengas solo. Si vuelves sin mí, hazte acompañar por un par de buenos esclavos.

El joven Publio no tenía muy claro por qué su tío podía pensar que él quisiera volver por allí por su cuenta. No parecía para nada un barrio agradable ni que tuviera nada que pudiese merecer el riesgo de moverse entre aquellas gentes violentas, borrachas y nerviosas. No obstante, de pronto se percató de una cosa que los diferenciaba del resto de los patricios que había visto en aquel lugar.

—No llevamos escolta, como los demás patricios —comentó Publio. Cneo sonrió.

—Aquí la escolta soy yo —y continuó abriéndose paso entre el gentío.

Llegaron a una casa más grande que las de su entorno, más limpia, con la fachada sin grietas y una puerta, al contrario que la mayoría de las demás, cerrada. Su tío se acercó decidido y dio dos golpes bien fuertes con la palma de su mano. Una mujer mayor abrió la puerta. Tenía unos cincuenta años y, aunque se había pintado los labios de rojo y echado polvos sobre el rostro, las arrugas eran bien visibles y su pelo, completamente gris. Tenía una expresión seria, molesta, casi de enfado, pero en cuanto alzó la mirada desde el pecho de Cneo hasta contemplar los ojos del hombre que acababa de llamar a su puerta, todas las facciones de su rostro cambiaron por completo el gesto de su cara: ésta se iluminó y una bien trabajada y edulcorada sonrisa pobló aquella faz secada por los años.

—Pero si es el gran general —dijo y abrió la puerta y se separó para dejar suficiente sitio para que Cneo pudiera pasar. Publio le siguió de cerca—. Y nos viene acompañado de un hermoso joven —continuó la vieja meretriz.

—Bien, Publio, te presento a la vieja *lena* de Roma. Nadie sabe su nombre, pero si preguntas por la *lena* en este barrio todos te dirigirán a su puerta. Y sigue mi consejo, Publio: nunca le preguntes nada y así no te encontrarás una de sus mentiras.

—Por Cástor y Pólux, qué bajo concepto se tiene de mí —interpeló la *lena* y continuó dirigiéndose a su nuevo joven invitado—, pero, mi querido joven, no hagáis caso de este hombre que tan mal os habla de mí. Aquí todos los hombres encuentran lo que desean y salen complacidos...

—... y más pobres que cuando entraron. No omitamos ese detalle —apuntó Cneo.

—Bien —la *lena* habló ahora con indiferencia—, mis servicios tienen un precio y no pido mucho, sino lo justo.

—¿Lo justo? —Cneo elevó el tono con tanta fuerza que dos esclavos armados aparecieron inmediatamente en el vestíbulo. El general no se inmutó—. Vieja *lena*, no pongas en tu boca palabras demasiado grandes para quien se dedica a este negocio.

—Ya, claro, justicia es una palabra reservada para los patricios.

Cneo no entendió bien si aquello era una aceptación de la crítica recibida o un desafío entre dientes. El joven Publio leyó con más precisión la fina ironía de aquella mujer y tomó buena nota del sentimiento con el que la *lena* había pronunciado aquella sentencia. ¿Cuánta gente pensaría lo mismo y con esa intención de frío reproche contra los de su clase?

—Bueno, vamos a lo que nos trae aquí. Éste es mi sobrino mayor, alguien que será grande en Roma, así que más te vale tratarlo bien, si no por aprecio, al menos considera que será una gran inversión de futuro complacerle bien. Lo que busco es una joven guapa, dócil, que no sepa demasiado, pero sí lo suficiente para... para ayudar... para empezar... ya me entiendes.

Publio deseó tener alas en los pies como Mercurio para poder volar y desaparecer de aquel lugar. A su tío sólo le faltaba gritar por toda la calle que su sobrino mayor aún no había estado con una mujer. Ya le dolía bastante el tema como para encima tener que hacerlo público. La *lena*, no obstante, no pareció ni sorprenderle ni concederle mayor importancia a aquel hecho. Su frente arrugada mostraba que meditaba con intensidad.

—Sí... entiendo... y creo que sí, que tenemos exactamente lo que buscas —y dirigiéndose a los esclavos armados que permanecían vigilantes—, traed a Drusila. La llamamos así, Cneo Cornelio, aunque viene de Oriente. Es joven, de dieciséis años, sabe más que suficiente para satisfacer a vuestro sobrino, pero acaba de llegar y no ha sido... probada de manera extensa. Es dócil. En cierta forma, diría que mantiene intacta su ingenuidad. Creo que estará a la altura de las circunstancias.

Al momento llegó un esclavo con una joven delgada, morena, con pelo oscuro lacio cayendo por su espalda desnuda, pues apenas estaba vestida por una túnica de seda de color rojo abierta por detrás y tan fina que dejaba ver a través del tejido semitransparente unos hombros redondeados, una piel fina y tersa, unos senos prietos como manzanas recién cogidas, casi verdes, una cintura que cedía espacio suavemente, hasta de nuevo ampliarse al llegar a una cadera generosa pero no grande, terminando en unas piernas largas y unos pies pequeños que se cerraban en un arco donde los dedos gordos se juntaban en el vértice del ángulo, justo allí, en ese punto del suelo, donde la mirada de la joven permanecía fija.

La joven alargó la mano y, sin saberlo, el joven Publio, a su vez, extendió su brazo con la palma de su propia mano abierta. La joven sonrió al tiempo que asía los dedos del adolescente patricio con suavidad y lo guió con dulzura pero, al mismo tiempo, con decisión, hacia su cuarto, lejos de las miradas de guardias armados, de lenas ancianas o de un nervioso tío.

—Bien —exclamó Cneo, una vez su sobrino quedó en custodia de aquella joven— y para mí, ¿está disponible aquella muchacha ibera que tú ya sabes que tanto me satisface?

La *lena* no respondió inmediatamente de forma que el propio Cneo se respondió a sí mismo.

—O sea, no lo está; ¿he de entender que está en manos de otro?

La *lena* callaba mirando al suelo, concediendo. Cneo continuó sacando conclusiones en voz alta.

—Pues al precio que normalmente me la dejáis, no se me ocurre más que alguno de los cónsules haya decidido beneficiarse de sus muchos encantos.

Era un brindis al sol, una exclamación hecha a lo loco, sin intención; sin embargo, la *lena* permaneció inmóvil, en silencio, Cneo pensó que incluso algo nerviosa, si es que podía decirse que aquella mujer, cuyos ojos habían visto desfilar por su casa a decenas de patricios y senadores, pudiera en algún momento parecer algo desairada.

—Por todos los dioses —concluyó el general—, nunca pensé que alguno de los viejos Rufo o Lépido tuvieran tanta sangre en sus venas —Cneo comprendió que la anciana temía que fuera más allá con sus conclusiones hasta averiguar exactamente cuál de los dos cónsules era el que hoy yacía con su preferida; no quería molestar a aquella mujer que tantos secretos suyos y de tantas otras personas conocía; era menos peligroso un poderoso senador enfurecido que tener a la *lena* de Roma en tu contra—. En fin, bien por el que sea que disfruta ahora de los encantos de mi favorita, paciencia para mí. Quizá sea mejor así. Teniendo en cuenta lo que probablemente piensas cobrarme por satisfacer a mi sobrino, no tengo claro que pueda permitirme satisfacerme a mí mismo también. Tengo que enseñar a mi sobrino a valerse pronto por sí mismo en estas cuestiones o mi economía corre grave riesgo de hundirse.

Con estas palabras Cneo estalló en una sonora carcajada, lo que sin duda relajó a la *lena* que, antes de que su invitado lo pidiera, reclamó una buena jarra de vino para entretener a tan ilustre y, especialmente, comprensiva, persona.

Publio sintió las suaves caricias de aquella joven de la que ni conocía el nombre por cada recoveco de su piel. Primero la joven usó sus dedos, luego la palma de sus manos para culminar con su lengua lamiendo cada centímetro de su ser. En pocos minutos el sobrino de Cneo tuvo una enorme erección. El detenimiento de las caricias, el suspense por lo que aún debía venir era demasiado para poder controlarse. La muchacha empezó a besarle la base de su miembro cuando ya no pudo resistir más y cedió a impulsos que aún no acertaba bien a controlar. Fue como una fuente que regó su propio vientre y la mejilla de la muchacha.

—Lo... lo siento —musitó entre confundido y nervioso.

La muchacha sacudió la cabeza tenuemente, quitando importancia al asunto al tiempo que con el dorso de la mano se limpiaba el rostro. El joven Publio no sabía bien ni qué decir ni qué hacer, si es que quedaba algo por hacer, o si bien ya habían terminado. Su tío era generoso, pues aquellas sensaciones sin duda debían costarle una fortuna, pero era demasiado parco en explicaciones. La chica pareció leer en su ceño fruncido la confusión que corría por sus venas. No hablaba su lengua, pero a base de reiniciar las caricias y los besos suaves se hizo entender con precisión. Aquello no había terminado. El joven Publio se dejó hacer y decidió que él no se iba de allí hasta que aquella chica lo echara.

Al cabo de una hora tío y sobrino volvían a caminar por las calles de aquel barrio de Roma, descendiendo por una estrecha callejuela hasta alcanzar las tabernas junto al Tíber. Publio llevaba consigo una sonrisa entre un poco estúpida y un poco de inmensa satisfacción que lo acompañaría el resto de la mañana. Cneo detuvo la marcha en una de ellas e invitó a su sobrino a entrar. Era una habitación bastante oscura, con aire denso y pesado, ya que la única ventilación que había era la de la estrecha puerta que daba acceso a aquella estancia. Había un mostrador de madera tras el que un hombre de unos cuarenta años, muy grueso, pelo entre negro y cano, barba profusa y cara de muy pocos amigos, servía vino, gachas de trigo y algo de pescado del día a los que tenían el valor suficiente de acercarse a pedirle algo. Su tío parecía ser de estos últimos y, sin levantarse, a voz en grito hizo saber sus deseos.

—¡A ver, buen vino aquí para los dos, y rápido!

Publio observó cómo el posadero miró con intensidad a su tío y cómo sin decir nada se agachó y de debajo del mostrador sacó una jarra y unos vasos. Por un momento pensó que aquel hombre no los llevaría a la mesa, pero el tabernero salió de su fortín y, paso a paso, lentamente, trajo el vino y dejó sobre la mesa jarra y vasos. Su tío puso sobre la mesa una moneda, el tabernero asintió, la cogió y volvió a su puesto de vigilancia.

En el local había otras cinco o seis mesas, todas llenas de gente, quizá hubiera unas veinte personas, muchos mal vestidos, pero también se veía alguna toga brillante, reluciente, de algún patricio o, al menos, un comerciante muy venido a más.

—Este sitio es horrible, lo sé —dijo Cneo mientras escanciaba el vino—, pero sirven el mejor vino. Tiene algún acuerdo con uno de los capitanes de barco que viene con vino desde el sur. No sé por qué exactamente. En estos lugares, Publio, es mejor no indagar sobre el pasado de las personas. No vengas aquí solo, a no ser que seas ya un general de Roma. A los oficiales se les respeta aquí, siempre que hayan demostrado su valor en el campo de batalla. Pero vale ya de historias. Bebamos.

Publio miró su copa y dudó.

—Ya sé, ya sé que no bebes, pero tienes que empezar, y este día es tan bueno como cualquier otro. Tienes que celebrar esa sonrisa de tonto que se te ha puesto y tú verás, te la quito con vino o a golpes. No quiero que te vea tu madre con esa expresión en tu rostro. Por Hércules, las discusiones con tu madre me atemorizan. Lo reconozco.

Cneo cogió su copa y Publio hizo lo propio. Bebieron. Su tío echó un largo trago de vino y él un pequeño sorbo. Sintió una ligera quemazón en la garganta pero el sabor entre dulce y afrutado le agradó. Ya había probado vino en alguna ocasión, a escondidas en casa, con Lucio, fisgando por la cocina por las noches, pero aquel vino era cierto que estaba especialmente sabroso. Siguieron bebiendo.

—¿Qué le ha pasado al esclavo que vimos en el jardín de casa con aquella mujer? —preguntó Publio.

—Ah, el vino te da valor para preguntar lo que no deberías, ¿eh? Bueno, creo que al esclavo le cayeron sólo cuarenta azotes; parece que cocina bien y a tu padre le gusta comer. Es un poco suave como castigo, pero el pollo y el cerdo los hace muy buenos. Los hombres somos así. Arriesgamos nuestra piel y, con frecuencia, nuestro dinero por estar con una mujer. Ya lo irás viendo. Sí, no sacudas la cabeza. Lo de hoy ha costado caro, pero es obvio por tu sonrisa tonta que gracias a todos los dioses ya se te va difuminando, que lo de hoy merecía la pena. Ahora sabes lo bueno que puede ser estar con una mujer. No te aficiones a esto, Publio. Un día conocerás a la mujer por la que te dejarás dar cuarenta y cien y mil azotes si hace falta. Eso ocurre. Dicen que ocurre. Lo importante es que te encontremos una buena patricia romana, de buena familia, que sea guapa para tenerte distraído por las noches, pero que esté contigo en todo momento en esta ciudad de lobos. Un día, Publio, no estaremos ni tu padre ni tu madre ni yo. Tendrás entonces que confiar en aquellos de los que te hayas rodeado: tu mujer, tu hermano y tus amigos, y luego en tus hijos, pero hasta que tengas tu propia familia, serán tu mujer, tu hermano y tus amigos los que te den fuerza. Elige bien a tu mujer. Como ves es importante. En fin, el vino me hace hablar. Tampoco me hagas demasiado caso en todo esto. Hazme caso en el adiestramiento militar. Ahí tengo bastante más claras las cosas.

Cneo siguió escanciando vino hasta que entre ambos terminaron la jarra. Publio se quedó meditando sobre las palabras de su tío: un día estaría sin ellos, sin sus padres y sin Cneo. Nunca había pensado en ello. Era el transcurso inexorable de la vida. Ese día debería llegar alguna vez. En aquel momento, con el dulce sabor del vino en su paladar y el alcohol fluyendo por sus venas se sintió débil. No pensó que fuera capaz de seguir adelante sin la protección de sus padres y de Cneo. Se sentía flojo, con miedo, aturdido por la responsabilidad. Era un Escipión, le habían dicho desde pequeño. Tu padre te asió con orgullo el día de tu nacimiento. Frases que se agolpaban en su mente un poco embotada por el licor de Baco. Estaba claro que el vino no sería el camino para encontrar las fuerzas que necesitaría como futuro *pater familias*. Eran demasiadas cosas para un solo día. Sólo tomó una determinación, allí, compartiendo ya en silencio el último vaso de vino con su tío, en aquella vieja y sucia taberna junto al Tíber, después de haber saboreado el placer sensual de una mujer: se esforzaría al máximo en su adiestramiento militar con su tío, atendería a las lecciones de Tíndaro y escucharía los consejos de su padre sobre el Senado. Igual nunca tendría fuerzas para sacar adelante a la familia, pero por si los dioses se las concedían, mejor sería ir aprendiendo ahora todo lo posible. La voz de su tío acompañada del golpe fuerte que dio sobre la mesa al dejar su vaso vacío y gritar que quería otra jarra le sacó de la profundidad de sus pensamientos.

—¡Por Cástor y Pólux! ¡Ya era hora de que tío y sobrino compartiéramos una buena jarra de vino! ¡Hoy nos vamos a emborrachar!

Publio le miró como a través de una nebulosa. Por su parte él ya se consideraba borracho. No dudó, no obstante, en acercarse a la boca el nuevo vaso de vino que su tío le ofrecía.

Se emborracharon por completo. Al día siguiente, Publio, agonizando de dolor en su estancia, después de vomitar toda la noche, escuchaba los gritos de su madre aturdiendo la resacosa cabeza de su tío al que adivinaba cabizbajo en el centro del atrio, mirando al suelo y aguantando en silencio la lluvia de tenebrosas invectivas que le lanzaba su madre. Al final, como siempre, escuchó la voz serena de su padre imponiendo sosiego y orden. Con esa voz se quedó antes de quedarse dormido y soñar con una mañana fría, una fortaleza inexpugnable y una enorme laguna que la rodeaba.

16
El desafío de los carpetanos

Hispania, 220 a.C.

Un año después de haber sido proclamado general en jefe de los ejércitos cartagineses en la península ibérica y confirmado dicho nombramiento por Cartago, Aníbal vio llegado el momento de ejecutar su venganza contra aquellos que mataron a su padre. Además, en su mente primero y luego sobre planos y con raciocinio había conseguido encajar aquella próxima némesis como un complemento necesario para llevar adelante el gran plan diseñado por su padre: atacar Roma. Para ello todo indicaba que era en extremo necesario afianzar su dominio en Iberia. Si bien era cierto que los intereses estratégicos de Cartago se centraban en el control de las costas y la explotación de las minas del entorno de Sierra Morena y Baécula, ambas actividades podrían verse afectadas si los celtíberos lanzaban un ataque desde el interior. Había que derrotar a estos pueblos de forma tan absoluta que pasaran muchos años antes de que decidieran aproximarse hacia los territorios púnicos. De esa forma dispondría de la posibilidad de contar con parte del ejército de Iberia para su avance sobre Roma.

El verano anterior ya había realizado algunas pequeñas incursiones hacia el interior del país, sometiendo entre otros a los olcades, pero ahora Aníbal reunió todo su ejército en Qart Hadasht y desde allí partió hacia el corazón de la península. Su primer objetivo era el de la provocación. Para ello avanzó cruzando el Segura, el Guadiana y el Tajo, hasta alcanzar la población de Hermándica, Salmantica para los romanos, a la que sitió y sometió. Prosiguió su avance cruzando el propio río Duero hasta llegar a Arbucala. Con el asedio y toma de esta población y sus posteriores combates con los vacceos del norte, Aníbal consiguió lo que deseaba, quizá incluso más allá de sus expectativas, pues todos los pueblos del interior de la península se levantaron en armas contra él.

Aníbal inició el repliegue volviendo a cruzar el Duero pero saqueando las tierras del pueblo más poderoso de aquella zona: los carpetanos. Éstos no lo pensaron más y constituyeron un inmenso ejército al que se unieron numerosas fuerzas provenientes del resto de las tribus agraviadas por las incursiones de Aníbal: vacceos, olcades, vettones, oretani y los propios carpetanos, que lideraban aquella enorme fuerza de ataque que había agrupado a un total de cien mil guerreros.

Los cartagineses avanzaron sin oposición hasta llegar al río Tajo, en un valle muy próximo donde unos años antes Amílcar había sido sorprendido y abatido por los iberos. Allí cerca Aníbal divisó, acampado junto al río, al enorme ejército que se había congregado para darle caza. El cartaginés ordenó acampar al atardecer a unos tres kilómetros de distancia del ejército enemigo que los doblaba en número. Ambas fuerzas se habían establecido al mismo lado del río, en la margen derecha. Los soldados púnicos observaban las infinitas hogueras que los celtas e iberos encendían mostrando la amplitud de su campamento y se sintieron sobrecogidos. Sin embargo, se sabían conducidos por un feroz general y en él y en su inteligencia, que tantas victorias les había dado, depositaron sus esperanzas para salir victoriosos de aquel valle.

Los jefes celtas e iberos se reunieron complacidos: habían comprobado que sus fuerzas doblaban en número a las del general cartaginés. Al amanecer atacarían y aniquilarían al invasor. Decidieron también que se tenía que hacer lo posible por atrapar al general cartaginés con vida para así torturarle y que sirviera de escarmiento a aquellas fuerzas extranjeras para que nunca más volvieran a adentrarse en el interior. Incluso algunos empezaron a hacer planes sobre cómo reconquistar la costa. Se comió y se bebió en abundancia. Mañana sería un día de gloria y victoria para sus pueblos.

Aníbal dio órdenes de encender las hogueras del campamento y al tiempo mandó exploradores que buscaran un lugar donde cruzar el río, diferente al vado principal donde se habían establecido los iberos. Al cabo de unas horas regresaron varios exploradores confirmando que a un par de kilómetros había un lugar donde el río se estrechaba y, aunque con cierta profundidad, caballos, hombres y elefantes podrían cruzar. La operación, no obstante, resultaba complicada especialmente si se hacía por la noche. El vado del que hablaban los exploradores estaba en dirección oeste, alejándose del campamento ibero. Aníbal no lo dudó. Tenía claro que un enfrentamiento en campo abierto supondría la aniquilación de sus tropas o, en el mejor de los casos, una grave derrota. Él tenía otras ideas. No pensaba sufrir el destino de su padre ni dejar su muerte sin respuesta. Ordenó entonces levantar el campamento, pero no sin antes avivar las hogueras para que pareciese que permanecían allí. De esa forma, al abrigo de la oscuridad de la noche condujo el ejército hasta el vado que habían encontrado sus exploradores y comenzó la complicada operación de cruzar el río. Los caballos relinchaban y algún elefante bramó con fuerza, pero la distancia salvaguardaba a los cartagineses y los ruidos que llegaban al campamento ibero eran débiles, de modo que éstos no pensaron que nada extraño estuviera ocurriendo.

Al amanecer, los carpetanos y sus aliados se sorprendieron al ver que el campamento cartaginés no estaba donde lo habían visto la tarde anterior, sino que los púnicos se encontraban al otro lado del río, justo enfrente de ellos, apenas a unos cientos de metros de distancia. Los jefes iberos volvieron a reunirse pero todos concluyeron que aquel cambio no alteraba en nada lo sustancial, su enorme superioridad al doblar en número a los cartagineses, y decidieron dar orden de cruzar el río y lanzarse en tropel sobre los cartagineses.

Los iberos se lanzaron todos a una sobre el flujo de las aguas. El vado por el que se adentraron era poco profundo pero cubría hasta el vientre a los caballos y a muchos hombres hasta los hombros. No era una operación difícil pero había un problema: era imposible cruzar rápido. Aníbal dispuso durante la noche numerosos grupos de hombres apostados en su margen del río con todo tipo de armas arrojadizas. A medida que los iberos alcanzaban el centro del río, los púnicos lanzaban andanadas de dardos y jabalinas acabando con los guerreros que se adentraban para cruzar. Los iberos, no obstante, no se arredraron y siguieron mandando más soldados hacia el río. Tal era el número de unidades, que el río se llenó de hombres y caballos hasta el punto de que varios efectivos empezaron a alcanzar la margen dominada por los cartagineses. Allí, no obstante, los esperaban los elefantes que, siguiendo el plan de Aníbal, patrullaban toda la margen izquierda. Desde lo alto de las bestias, los cartagineses lanzaban más dardos al tiempo que los propios elefantes pisoteaban con sus enormes pezuñas a decenas de guerreros carpetanos que, empapados y exhaustos, heridos por flechas o jabalinas, llegaban a la orilla. El avance ibero se transformó en una larga y lenta masacre dirigida con metódica decisión por el general cartaginés. Al mediodía, ordenó que los soldados de primera línea se replegaran y que los elefantes retrocedieran hasta reconstituir su ejército en perfecta formación, mientras los iberos que habían conseguido cruzar el río hacían lo propio. Ahora ambos ejércitos estaban en la margen izquierda del río, nuevamente reunidos en un mismo lado, pero los carpetanos habían visto sus fuerzas reducidas prácticamente a la mitad, mientras que los cartagineses apenas habían sufrido bajas.

El río bajaba rojo de sangre llevándose consigo el júbilo de los jefes carpetanos y tiñendo de desesperanza el corazón de sus hombres. Antes de que pudieran recomponer sus filas, Aníbal dio la orden final. A partir de aquel momento todos los carpetanos se encontraron luchando por su supervivencia, intentando resistir el empuje de los cartagineses, envalentonados por el transcurso de los acontecimientos y embravecidos por su general, siempre de un lugar a otro de los combates recordando a sus hombres que ese día vengaban al mejor de sus generales, que Amílcar Barca estaba siendo recordado aquel día con cada víctima enemiga que caía en la batalla.

Algunos iberos reconocieron en el timbre de aquella voz el mismo tono que hacía unos años había lanzado un terrorífico alarido de dolor que ascendió por las laderas de las montañas y, aunque no entendían aquella lengua extraña, comprendieron con claridad lo que estaba ocurriendo. Se encomendaron a sus dioses y prometieron vender caras sus vidas en lo que ya preveían como un vano esfuerzo.

Al anochecer, mientras los iberos se retiraban diezmados, arrastrando heridos y dejando sus muertos flotando en el río o tendidos sobre el campo de batalla a merced de los buitres, Aníbal se recostó en su tienda y, pese a los muertos y la sangre y la guerra, durmió sintiendo una inmensa paz por primera vez desde la muerte de su padre.

La tienda estaba rodeada de guardias orgullosos de su general dispuestos a seguirle hasta el final del mundo.

17

Los primeros debates

Senado de Roma, 220 a.C.

El Senado estaba reunido al completo. La preocupación por los movimientos de los cartagineses en Hispania con su creciente dominio sobre aquel territorio había sido el detonante de la sesión y el elemento motivador de la gran afluencia de senadores. Emilio Paulo se levantó y fue quien inició el debate.

—Todos estamos informados de los acontecimientos en Hispania. Desde hace años los cartagineses han ido extendiendo sus dominios por la península. Pactamos con Asdrúbal y Cartago que el límite de sus dominios sería el Ebro, pero me parece difícil pensar que el nuevo general Aníbal tenga tan claros esos límites. Creo que es preciso enviar tropas y reforzar la frontera del Ebro ahora, antes de que sea tarde.

Muchos senadores asintieron con la cabeza. Publio Cornelio Escipión se levantó para apoyar a Emilio Paulo, con el que compartía planteamientos políticos y al que le unía una gran amistad.

—Estoy de acuerdo con Emilio Paulo. Algo hay que hacer; no podemos permanecer impasibles mientras este nuevo general va extendiendo su control por toda Hispania. Recientemente ha llegado a dominar amplias regiones del interior. ¡Ha sometido a los carpetanos y ahora acecha Sagunto!

Más asentimientos y un incipiente murmullo recorrieron la gran sala. Fabio Máximo escuchaba sin participar mientras otros senadores fueron dando opiniones similares. Estaba claro que el Senado quería actuar. Se preguntaba hasta qué punto los allí reunidos se daban cuenta de lo que estaban hablando. Él hacía tiempo que había decidido lo que se tenía que hacer, lo que más convenía al Estado y, por qué no decirlo, a sí mismo y a su familia. Los Emilio-Paulos y los Escipiones eran cada vez más fuertes, más respetados, más apreciados. Publio en particular estaba claro que pronto sería cónsul, entrando en la especial clase de la *nobilitas*, los que han sido cónsules alguna vez, los elegidos entre los elegidos. Estaba la plebe, los patricios, los tribunos y senadores y la *nobilitas*, cónsules y ex cónsules. Varios Escipiones ya lo habían sido y lo mismo en la familia de los Emilio-Paulos. Demasiado poder que había que contrarrestar. Encima ese amor estúpido y peligroso de los Escipiones por todo lo griego podía debilitar a Roma, una Roma que pronto entraría en una guerra larga y complicada. Fabio escuchaba y sabía que oponerse a las opiniones manifestadas no haría sino avivar el fuego de la guerra, pero de pronto todo encajó en su cabeza: la guerra era el camino. Sin duda alguna. La guerra era la ruta adecuada. Se levantó de su asiento y se quedó de pie hasta que se hizo silencio absoluto; sólo entonces empezó a hablar.

—Senadores, amigos, defensores todos de Roma. Sabéis que nunca he rehuido la confrontación cuando ésta ha sido necesaria, pero pensad bien en lo que estáis sugiriendo con vuestras palabras. Entrar con Cartago en una disputa sobre el dominio de Hispania es peligroso. Los saguntinos, es cierto, se han dirigido a nosotros pidiendo ayuda ante lo que consideran un peligro inminente, pero enviar tropas significaría la guerra contra Cartago y pensad bien las consecuencias: Cartago tiene un poderoso ejército que lleva más de quince años de combates en Hispania, mientras que nosotros, en estos años, hemos combatido contra piratas y hordas de galos en el norte. Una guerra contra Cartago no será igual de sencilla. —Fabio Máximo podía leer la contrariedad ante sus palabras en gran número de senadores; iba por buen camino—. Enviemos emisarios a parlamentar con Aníbal; veamos si es posible negociar primero. A tiempo de reclutar tropas siempre estamos. Ésa es mi opinión. —Y se sentó.

Su intervención encendió un intenso debate entre los partidarios de enviar tropas ya y los que deseaban apoyar la moción de Fabio Máximo. Este último permanecía en su asiento, como un espectador privilegiado, ajeno al torbellino de comentarios y nuevas opciones que se vertían desde los diferentes puntos de la sala. Paseando su mirada por los bancos de senadores se detuvo en el de Publio Cornelio Escipión, sentado junto a su hermano Cneo y el senador Emilio Paulo. Publio le estaba mirando fijamente. Fabio se preguntó si aquel Escipión sabría escudriñar en su mente, pero enseguida desestimó tal posibilidad. Ésa es una de las limitaciones de las personas nobles, incapaces de pensar que otros puedan actuar movidos por intereses distintos a los de la lealtad y la nobleza. Así lo decía Aristóteles; una de las pocas cosas interesantes que había encontrado en los autores griegos. Máximo tenía claro que no se trataba de defender Sagunto ni de evitar una guerra, sino de asegurarse de que la guerra tendría lugar. Si enviaban tropas a Sagunto era muy posible que Aníbal se retirase y que, encima, los Escipiones fuesen aún más admirados por el pueblo romano. Si enviaban emisarios, en realidad lo que se daba era más tiempo no a la paz, sino a la guerra. Se daba tiempo a Aníbal para que tomase la ciudad y, si esta ciudad caía, era seguro que el Senado declararía la guerra sin pensarlo más. Todo era cuestión de información. En Roma se pensaba que Aníbal acechaba, apoyado por los turdetanos, las tierras próximas a Sagunto. Fabio Máximo, sin embargo, sabía mucho más. Sabía que el asedio ya había empezado... y quería que el asedio triunfase. Sólo una guerra abierta y total contra Cartago podría ayudarle en sus objetivos: dominar el Mediterráneo y eliminar a los Escipiones y Emilio-Paulos del poder. Ahora la cuestión era mover las piezas del tablero con habilidad.

18

El asedio

Sagunto, 219 a.C.

Aníbal había reunido un ejército de cien mil hombres. Tropas suficientes para emprender su gran plan, la estrategia diseñada por su padre, pero antes debía hacer estallar la guerra entre Cartago y Roma. Los turdetanos se lo habían puesto fácil al quejarse de las agresiones de los saguntinos. Avanzaron desde Qart Hadasht hasta Sagunto y después de arrasar sus campos y hacerse con el control de la zona entre la ciudad y la costa, para evitar que pudieran llegar refuerzos desde el mar, rodeó la fortaleza. Sagunto se levantaba sobre un gran promontorio a unos tres kilómetros del mar. Los saguntinos habían construido una muralla en torno a la ciudad que la hacía prácticamente inexpugnable, ya que en la mayoría de los puntos, allí donde terminaba la muralla, se abría un abismo de decenas de metros. La ciudad era una fortaleza infranqueable por el este, el lado del mar, por el sur y por el norte; sin embargo, la muralla del sector occidental se levantaba en la ladera más suave de aquella colina. En ese punto no había un desnivel pronunciado sino una paulatina pendiente por la que se podía ascender hasta la ciudad. Aníbal mandó a sus hombres que golpearan allí con todas sus fuerzas.

Los cartagineses, apoyados por gran número de mercenarios venidos de África e iberos que se les habían unido durante los años de dominación de la península, ascendieron con todo tipo de armas arrojadizas y picas para acceder a las murallas, pero encontraron una defensa impresionante. Los saguntinos, conscientes de que aquél era el extremo más endeble de su fortaleza natural, habían elevado los muros en aquella zona además de añadir varias torres, especialmente una altísima, desde las que empezaron a arrojar dardos y jabalinas. Los cartagineses, protegiéndose con sus escudos, fueron avanzando pese a la lluvia de proyectiles, pero al alcanzar la muralla los saguntinos lanzaron pez ardiendo, más flechas y rocas. El ejército púnico retrocedió.

Empezó entonces un largo asedio de desgaste. Aníbal ordenó que los ataques se intensificasen de forma especial cada atardecer, para aprovechar la luz cegadora del sol de poniente que deslumbraba a los defensores de la muralla occidental. Los cartagineses agruparon gran cantidad de catapultas con las que bombardear la ciudad, centrando sus objetivos en la muralla oeste. Los saguntinos respondieron de igual forma. Piedras enormes caían sobre los unos y los otros. La muralla estaba construida con rocas ligadas con arcilla de forma que allí donde recibía un proyectil cedía derrumbándose en pedazos. Los defensores se veían obligados a responder a su vez con más proyectiles al tiempo que se ocupaban en reconstruir las secciones del muro que se habían desmoronado. Incluso para proteger los trabajos de reconstrucción, los saguntinos organizaron una salida para alejar a las tropas cartaginesas. El combate fue encarnizado, librado apenas a doscientos pasos de las murallas. Los saguntinos fueron repelidos por el mayor número de cartagineses pero su arrojo permitió elevar de nuevo el muro y reorganizar las posiciones de defensa.

Aníbal dirigía el ataque sin descanso. Estaba dando órdenes para recuperar posiciones y reiniciar el bombardeo del muro con las catapultas cuando un soldado se le acercó.

—Mi general. En la costa... han llegado emisarios de Roma, son... —miró una tablilla en la que le habían anotado los nombres— Valerio Flaco y Quinto Baebio, senadores de Roma. Quieren hablar con vos.

Aníbal no se giró ni respondió. Seguía supervisando el nuevo emplazamiento de las catapultas. En su lugar, se dirigió al jefe de la caballería del ejército púnico, Maharbal.

—¿Cuándo llegan los *escorpiones*?

—Están a punto de llegar, mi general —dijo Maharbal—. Salieron de Qart Hadasht hace una semana y los traen a toda velocidad, pero son máquinas pesadas. Pronto llegarán.

—Bien. En cuanto lleguen los dispones detrás de las catapultas y que se redoble el lanzamiento de proyectiles sobre el muro occidental. Ese muro tiene que caer. Ése ha de ser tu objetivo día y noche, ¿me entiendes?

—Sí, mi general.

Aníbal por fin se volvió hacia el soldado que le había traído el mensaje de los emisarios romanos. Roma despertaba de su letargo. Era de esperar. Sin girarse dio su respuesta al soldado.

—No tengo tiempo para recibir a legados de Roma. Que se marchen. ¡Que no se atrevan a acercarse a la ciudad o no respondo de su seguridad! Ésa es mi respuesta... y no quiero más interrupciones, lo único que quiero saber es cuándo llegan los *escorpiones*.

El soldado asintió y desapareció del lugar del asedio con su nuevo mensaje. Valerio Flaco y Quinto Baebio se quedaron sorprendidos y se sintieron humillados ante tal respuesta. La *quinquerreme* romana que los traía volvió a recogerlos y emprendieron rumbo a Cartago, en el mismísimo corazón de África, para plantear sus quejas por el asedio de la ciudad y por el desprecio de Aníbal.

En lo alto de la colina, próximo al muro occidental Aníbal recibió la noticia de la llegada de los *escorpiones*, enormes máquinas que a modo de gigantescas hondas podían lanzar rocas hasta a quinientos pasos de distancia. Los cartagineses las emplazaron detrás de las catapultas, bien lejos del alcance de las armas arrojadizas de los defensores de la ciudad.

Desde el mar, Valerio Flaco y Quinto Baebio vieron cómo una lluvia de gigantescas piedras caía sobre Sagunto. Aquella fortaleza no podría resistir mucho tiempo. Ordenaron acelerar el ritmo de los remeros. Debían llegar a Cartago cuanto antes.

Los saguntinos asistieron aterrorizados a la lluvia de rocas que esta vez no sólo caía sobre el muro, sino que con la enorme potencia de las nuevas máquinas que había traído el enemigo, con frecuencia alcanzaba casas y edificios del centro mismo de la ciudad. El pánico se apoderaba de toda la población y el desánimo empezaba a reinar en sus corazones. No obstante, no estaba todo perdido. El muro occidental seguía resistiendo y los cartagineses no podían acercarse por otros lados por lo inaccesible y abrupto del terreno. Sacaron entonces su última arma de defensa: la *falárica*. Una especie de catapulta diseñada para lanzar a mil pasos no rocas, sino jabalinas con puntas de hierro y lanzas incandescentes. La llevaron al sector occidental y desde detrás de los muros empezaron a arrojar jabalinas, modificando el tiro en función de las instrucciones que los observadores de las torres iban haciendo a partir de donde había caído el proyectil anterior. Centraron sus objetivos en los soldados cartagineses que manipulaban las catapultas y los temibles *escorpiones*. Los observadores escudriñaban el horizonte para determinar bien la dirección en que debía orientarse la *falárica*. Al atardecer su labor se hacía casi imposible por la luz del sol de poniente; los ojos les lloraban, pero aun así seguían en sus puestos con determinación, aun a riesgo de quemar la retina de sus ojos.

Aníbal se movía entre las máquinas de guerra animando sin descanso a sus hombres. Maharbal hacía lo mismo. De pronto una jabalina cayó a escasos metros de distancia ensartando el cuerpo de uno de sus soldados que cayó muerto en el acto. Estaban retirando el cuerpo cuando otra jabalina se precipitó desde el cielo sobre el escudo de un mercenario hispano. No había sido herido, pero de pronto la lanza prendió y tuvo que arrojar el escudo quedando desprotegido. Cada segundo caía una nueva jabalina o una lanza en llamas en la zona donde estaban las máquinas de guerra dejando heridos y cadáveres junto a las catapultas. Los oficiales cartagineses no daban crédito a lo que ocurría. Estaban demasiado lejos para que ningún defensor pudiera alcanzarlos con un proyectil. Aníbal escudriñó los muros y observó el cielo.

—Salen de dentro. Está claro que tienen alguna máquina que les permite lanzar esos proyectiles hasta tan lejos —comentó—; pero no podemos ceder ahora. Si ellos nos bombardean con lanzas, nosotros debemos redoblar el lanzamiento de piedras sobre el muro con las catapultas, ya que no alcanzan más, y sobre la misma población con los *escorpiones*.

Maharbal distribuyó las órdenes entre los oficiales. Los cartagineses continuaron el ataque protegiéndose con escudos, resguardándose como podían de las jabalinas. Intermitentemente un silbido en el aire anunciaba la inminente caída de un nuevo dardo mortal.

En la ciudad se seguían recibiendo andanadas de rocas, pero el ánimo crecía al saber, por los observadores de las torres, que ya no eran los únicos que sufrían desde el cielo. Cada soldado cartaginés ensartado por una jabalina de la *falárica* era celebrado con gritos de júbilo en la ciudad.

Ajustaron de nuevo la posición de la máquina. Trajeron otra jabalina. Tensaron las cuerdas y el mecanismo, esperaron las instrucciones desde las torres de observación y recibieron la indicación. Soltaron el mecanismo, las cuerdas cedieron lanzando con enorme potencia una nueva jabalina al aire. Ésta navegó por el cielo, cruzando por encima de las murallas de la ciudad, surcando el espacio entre la población y el emplazamiento de las máquinas de guerra cartaginesas; llegó el momento en que perdió fuerza y empezó su descenso; gobernada por el peso del hierro de su afilada punta empezó a caer, suavemente primero y luego en un picado mortífero, descendiendo y adquiriendo cada vez mayor velocidad, apuntando con su filo sobre los soldados cartagineses que se movían entre las catapultas y los *escorpiones*, ocupados en traer rocas y retirar heridos. La jabalina al final adquirió tal velocidad que su picado comenzó a generar un estridente silbido que anunciaba la llegada a su objetivo marcado por el destino. Aníbal se movía animando a sus guerreros para que no cejasen en sus esfuerzos; tenían que debilitar la moral de los defensores y sabía que el continuado bombardeo, sin ceder al miedo de las jabalinas mortales, era lo que se debía conseguir aquella mañana. Súbitamente escuchó un silbido en el aire, miró al cielo, pero ya era demasiado tarde y cuando quiso apartarse de la trayectoria del proyectil que se le venía encima no tuvo tiempo. La jabalina se abrió camino en la piel de su muslo izquierdo, desgarrando tendones, músculos y venas, penetrando con potencia y rapidez hasta asomar por el otro extremo. Aníbal cayó de rodillas. Sintió un dolor indescriptible que le atenazó el cuerpo y lanzó un aullido apagado de sufrimiento incontenible. No quería gritar ante sus soldados. De forma que se levantó de nuevo y con la lanza atravesada en el muslo, ordenó que se continuase con el lanzamiento de rocas con todas las máquinas de guerra.

—Maharbal —dijo Aníbal, engullendo con cada palabra el dolor de la herida abierta—, hazte cargo del ataque. No paréis en todo el día. No paréis.

Maharbal asintió. Un reguero de sangre corría por la pierna de Aníbal. Varios soldados fueron a socorrerle, pero el general cartaginés los apartó. Y allí, delante de todos, asió con las dos manos la jabalina que le atravesaba y, lanzando esta vez sí un enorme grito de dolor, la arrancó de su pierna y la arrojó al suelo. Perdió entonces el sentido y los soldados, siguiendo las instrucciones de Maharbal, cogieron el cuerpo desvanecido de su general y lo llevaron a su tienda.

Mientras los cartagineses retiraban a su líder herido escucharon cómo desde la población asediada llegaba el unánime grito de victoria emitido por todos los habitantes de aquella ciudad.

19

De camino al Senado

Roma, 219 a.C.

Tito Macio, ajeno a los acontecimientos que absorbían a la gran metrópoli romana, estaba preocupado por cosas más mundanas, como, por ejemplo, encontrar algo que comer aquel día. Hacía meses que había perdido no ya el orgullo, sino la dignidad y se arrastraba por la ciudad mendigando. Aquel día se acercó a los alrededores del foro. Había una reunión en el Senado y gran ir y venir de padres conscriptos. Era la hora ya en la que debían terminar los debates. Se arrodilló en una de las calles que daban acceso al foro y allí postrado aguardaba que la generosidad de alguno de los prohombres de la ciudad le solucionase el agudo dolor de estómago que estaba padeciendo y la gran debilidad que sentía ante la carencia de alimentos. Era ésta, no obstante, una actividad no exenta de ciertos riesgos. Muchos de los senadores de la ciudad caminaban escoltados por guardias o esclavos y, con frecuencia, ambas cosas a la vez, que los protegían de la chusma, sus ruegos y sus peticiones. Si alguien deseaba algo de un senador, lo mejor era acudir a casa de éste bien vestido uno de los días que tuviera designado para recibir a clientes en su *domus* y, luego, una vez allí, esperar tu turno en una larga cola de peticionarios que esperaban en el vestíbulo. Era conveniente acudir provisto de una buena bolsa de dinero con la que apoyar tu solicitud.

Tito veía grupos de senadores que, sin detenerse siquiera a mirarle, pasaban de largo. Viendo que su posición de sometimiento al estar de rodillas no conducía a ningún sitio y agotado por el esfuerzo bajo el sol de aquella mañana, que cada vez calentaba con más vigor, decidió acurrucarse en una esquina próxima guarnecido en la sombra de las paredes circundantes. Por la calle apareció entonces una comitiva de fornidos guardias armados con espadas y *pila*, como si se tratara de legionarios, algo que muchos de aquéllos habían sido en un pasado no muy lejano. Los guardias iban despejando el camino para asegurarse de que su protegido, su amo y quien les pagaba bien, no fuera importunado por ningún molesto viandante o, como observaron en aquel instante, por algún mendigo furtivo y sucio.

Al llegar a la altura de Tito, dos de los guardias le pegaron un par de patadas en las costillas. Tito, sorprendido por la enorme agresividad, se acurrucó aún más si cabe en la esquina, mientras aullaba de dolor. Los guardias volvieron a pegarle más patadas.

—¡Fuera de aquí! ¡Fuera del camino del senador Quinto Fabio Máximo! ¡Fuera de aquí, perro!

Tito dio un respingo para salir de aquella esquina y, gateando como si realmente de un perro se tratase, se arrastró por una bocacalle para quedar fuera del camino donde su presencia resultaba tan molesta. Los guardias le dejaron en paz y se reincorporaron a la comitiva que había llegado ya adonde se encontraban. Tito, desde una distancia más segura, con las manos en su pecho, encogido por el sufrimiento de los golpes, observó la figura del senador Fabio Máximo ascendiendo por la calle de regreso hacia su villa en las afueras de la ciudad, rodeado de sus fieles servidores. Se le veía satisfecho, orgulloso de sí mismo: acababa de ser elegido miembro de la embajada que viajaría a Cartago para negociar sobre Sagunto. En su cabeza, el viejo senador ya ideaba el plan a seguir. Se sintió molesto porque su marcha se vio ligeramente detenida por la absurda e inoportuna aparición de algún miserable mendigo. Fabio sonrió para sus adentros. Pronto incluso estos mendigos serían de utilidad para el Estado. Haría falta mucha carnaza que ocupase la posición de infantería ligera en las legiones que pronto habrían de constituirse.

20

La torre móvil

Sagunto, 219 a.C.

El asedio de Sagunto pareció estar detenido unas horas. Aníbal yacía inconsciente en su tienda. Los médicos aplicaban cataplasmas con manzanilla y arcilla en las heridas. Habían conseguido detener la hemorragia y le habían cosido la herida que la jabalina había abierto en la piel de su general. Las fiebres, sin embargo, atenazaban al cartaginés.

Maharbal esperaba a su lado. No había respuesta de su líder, pero no lo dudó. Salió de la tienda y ordenó proseguir con el ataque: las catapultas y los *escorpiones* volvieron a arrojar enormes proyectiles sobre la ciudad y se lanzaron varios ataques de soldados con picas para volver, aunque infructuosamente, a acceder a los muros. Maharbal sabía que no se iba a conseguir mucho en esos ataques, pero su objetivo era mantener a los defensores de la ciudad ocupados e ir mermando sus fuerzas y su voluntad. Quería que comprendieran que ni siquiera las heridas de su general iban a hacer desistir a los cartagineses en su voluntad de rendir aquella fortaleza.

Pasaron semanas de ataques y bombardeo sin descanso. Una mañana Aníbal salió por su propio pie de la tienda y habló con Maharbal. Éste escuchó atento las instrucciones de su general. Aníbal regresó a su tienda y siguió recuperándose. Mientras, en el exterior, siguiendo las órdenes de Maharbal, centenares de cartagineses se afanaron en cortar árboles y empezar a construir un gran andamio de madera de varios pisos, pero con una peculiaridad: en la base habían incorporado una serie de gigantescas ruedas de madera reforzadas con hierro en sus bordes y en el centro.

Cuando Aníbal salió por fin restablecido de su herida, Maharbal le recibió con la más alta torre de asedio que los púnicos habían construido jamás: alcanzaba los treinta metros de altura y disponía de tres pisos con catapultas en cada uno. Desde las torres de la ciudad los saguntinos habían asistido impotentes a la construcción de aquel gigante de asedio. Temerosos ante lo que se les venía encima habían redoblado sus esfuerzos de reconstrucción de todas las partes dañadas de la muralla.

Una fría mañana de otoño, tras varios meses de asedio, Aníbal dio la orden final. La enorme y pesada torre, arrastrada por elefantes, empezó su tedioso y lento ascenso por la pendiente que daba acceso al sector occidental de la muralla.

21

En el jardín

Roma, 219 a.C.

Estaban reunidos Cneo y Publio Escipión, Pomponia y los dos hijos de la pareja, el joven Publio y Lucio en el jardín de su casa. Pomponia había ordenado que dispusieran cinco *triclinium* junto a la fuente ya que el tiempo era agradable y la brisa fresca invitaba a estar al aire libre.

—Este Fabio me desconcierta —dijo Publio.

—Pues a mí no especialmente —Cneo parecía ver las cosas con más claridad—. Se opone a la guerra y ya está. Está haciendo todo lo posible por dilatar nuestro enfrentamiento con Cartago, algo que es inevitable.

—Exacto —dijo Publio—, eso es lo que hace, *dilatar, retrasar* nuestra intervención para ayudar a Sagunto, pero eso sólo va a conducir a la caída de la ciudad. La gente no querrá entonces que dejemos pasar esa afrenta, una ciudad amiga de Roma arrasada por los cartagineses. Será la guerra general, en lugar de haber acudido a socorrer a una ciudad concreta en un momento concreto. Y ese enorme interés suyo por formar parte de la delegación que hemos enviado a Cartago para negociar la paz o declarar la guerra...

—Es uno de los senadores más influyentes y ha sido dos veces cónsul, es razonable que la gente confíe en él una misión tan delicada —respondió Cneo.

—¿Quién va a ir a Cartago? —preguntó Pomponia.

—Pues... —Publio hizo memoria—, Fabio Máximo y... Marco Livio, Emilio Paulo, Cayo Licinio y Quinto Baebio... Sí, esos cinco van para allá. Pero Fabio es el que lleva la voz cantante. Ya se asegurará de controlar la embajada.

Un esclavo llegó con una mesa y otro dispuso fruta y trozos de cerdo asado sobre la misma.

—Y... —se aventuró a preguntar el joven Publio—, ¿es tan peligroso entrar en guerra contra Cartago? Ya los derrotamos hace años. ¿Por qué ha de ser distinto ahora?

—Los hay que temen —empezó Cneo— que los cartagineses se

hayan recuperado en estos años y que hayan constituido un poderoso ejército forjado en la lucha en Hispania. Pocos lo reconocen, pero ése es el temor que hay, ¿me equivoco, hermano?

Publio padre asintió. En su mente la duda pesaba mucho: ¿adónde conduciría una guerra con Cartago?

—Creo —empezó entonces Publio padre— que la guerra ya está declarada.

Todos le miraron. Se explicó.

—Por mucho que Fabio Máximo se llene la boca con la paz, llevaba la guerra escrita en sus ojos, pero no una guerra por salvar Sagunto, una guerra más allá de aquella ciudad, una guerra cuyo fin no alcanzo a divisar y... y eso me preocupa.

Se hizo el silencio. El joven Publio y Lucio se estiraron para coger sendas piezas de fruta, dos ciruelas.

—Si sigues así vas a asustar a tus hijos —comentó Pomponia.

—Bueno —dijo Cneo—, sea como sea no parecen haber perdido el apetito.

El joven Publio y su hermano Lucio se habían metido la ciruela entera en la boca y ambos se esforzaban por ver quién se la comía antes.

—Ya veo —comentó su padre, y mirándolos se dirigió a su hermano—. Creo Cneo, que es hora de que estos dos dupliquen sus esfuerzos de adiestramiento. A partir de ahora los puedes entrenar en el combate mañana y tarde.

Los dos jóvenes se atragantaron y se tragaron las dos ciruelas, incluidos los huesos. Cneo sonrió satisfecho y Pomponia, para su sorpresa y su satisfacción, no planteó ninguna queja. Tanto ella como su marido empezaban a divisar un futuro no demasiado lejano donde quizá lo más valioso que pudieran poseer sus hijos fueran las enseñanzas de Cneo en el combate. A su padre, no obstante, le quedaba la duda de si las lecciones de griego, literatura y estrategia del pedagogo que había educado a sus hijos servirían también para algo. Educar a un hijo, pensó, era lo más difícil a lo que nunca jamás se había enfrentado. Puede que uno no arriesgara la vida en el proceso de enseñar a un hijo, como ocurría en el campo de batalla, pero sin duda era donde más horas de sueño se le habían escapado. En aquel momento el senador no supo anticipar hasta qué punto su propia vida dependía ya de la de su propio primogénito.

22

La desesperación

Sagunto, 219 a.C.

Desde la torre móvil las catapultas se pusieron en marcha a un tiempo. Las andanadas de rocas proyectadas a gran velocidad impactaron sobre la muralla destrozándolo todo a su paso. Las cargaron de nuevo. Los saguntinos se afanaron con rapidez en traer piedras y arcilla con las que reparar, en lo posible, algunos de los destrozos. La torre siguió avanzando. Una segunda andanada de las catapultas barrió a los defensores que se habían reincorporado a la muralla. Los saguntinos abandonaron las tareas de defensa y se lanzaron a las de ataque: cargaron la *falárica* y empezaron su lanzamiento intermitente de jabalinas apuntando a los hombres de la torre móvil. Una nueva andanada de las catapultas se concentró en la elevada torre de observación de los saguntinos. Las paredes de la misma se agrietaron por el impacto de varias rocas a la vez. Los saguntinos oyeron entonces un ensordecedor crujido y ante sus ojos su torre fortificada se desmoronó ahogando en el fragor del derrumbamiento los gritos de los soldados de su interior. La torre móvil siguió avanzando. Los lanzadores de la *falárica* tuvieron que disparar sin disponer ya de la información que les daban desde la torre de la muralla. Nuevas andanadas consecutivas desde la torre de asedio acabaron con la ya debilitada estructura del muro occidental que se vino abajo con enorme estrépito. Aníbal ordenó entonces que sus soldados entrasen en la ciudad.

Los saguntinos, aun así, presentaron una inusitada resistencia. Luchaban más allá de toda esperanza. No era un combate por sobrevivir, sino tan sólo por retrasar la llegada de su muerte. El fin estaba cerca y cada defensor buscaba la forma más digna de morir. Algunos de los nobles de la ciudad levantaron con ayuda de sus sirvientes una gran pira en el centro de la plaza principal a la que prendieron fuego y a ella arrojaron gran parte de su oro y plata y otros objetos de valor. Finalmente, en un arranque de absoluta desesperación, muchos de ellos se lanzaron al fuego mismo para ser devorados por las llamas antes que caer bajo las espadas de los cartagineses que entraban en la ciudad. Sin embargo, en aquel momento, la entrada de los cartagineses fue detenida por la tenacidad de los defensores que, seguros ya de su muerte, no dudaban en hacer padecer a los atacantes el mayor sufrimiento posible antes de rendir su ciudad. Así, después de unas horas de incansable lucha entre las ruinas de la muralla, los cartagineses consiguieron penetrar hasta un altozano del sector oeste en el que se hicieron fuertes, pero los saguntinos a su vez levantaron barricadas en una muralla interior en la que se apostaron dispuestos a librar la lucha cuerpo a cuerpo hasta el final.

Aníbal ascendía por la colina examinando con orgullo la enormidad de la torre móvil que, finalmente, les había abierto el paso a la victoria. Fue en ese momento cuando decidió dar la estocada final a aquel asedio, un poco cansado ya por el largo esfuerzo de aquella lucha que aún se preveía larga por la resistencia sin fin de los defensores. El general cartaginés escaló sobre un montículo de escombros de la muralla y desde allí, a voz en grito, hizo saber a todos sus soldados que el botín que se consiguiese en el saqueo de la fortaleza sería para el ejército victorioso.

No tuvo que hacer más. Al bajar de aquel montículo el destino final de Sagunto había quedado sentenciado. Aníbal observó en el rostro de sus hombres cómo la codicia era capaz de renovar las fuerzas de la tropa más allá del cansancio o del miedo. La caída de Sagunto era cuestión de horas. En ese momento un emisario que llegó al galope se hizo escuchar por encima del fragor de la lucha.

—¡Mi general, mi general! ¡Tenemos un problema con los carpetanos!

—¡Bien, soldado, desmonta! —y bajando la voz—, y si es posible entrégame el mensaje a mí, no hace falta que lo pregones a los cuatro vientos.

—Perdón, mi general.

Los carpetanos se habían levantado oponiéndose a la política que los cartagineses habían llevado en los últimos meses para reclutar entre aquellos iberos infinidad de guerreros que incorporar a las filas del ejército púnico. Aquél era uno de los precios que Aníbal había obligado tras imponerse a aquel pueblo en la batalla del Tajo.

Curioso, pensó Aníbal. Había concluido que después de la atroz derrota que los carpetanos habían sufrido en el Tajo no tendrían ya ganas de levantarse en armas contra él. Aquello no podía dejarlo pasar. Se dirigió a Maharbal.

—Mantén las posiciones. Si puedes tomar la ciudad bien, y si no limítate a mantener las posiciones. Volveré en unos días. Me llevo parte de nuestras tropas africanas. Voy a terminar con este asunto de los carpetanos de una vez para siempre.

Con determinación Aníbal fue descendiendo lentamente sin aún haber pisado la ciudad de Sagunto.

No se habían adentrado apenas en el territorio de los carpetanos cuando una comitiva de aquel pueblo ibero salió a recibir a Aníbal. Éste avanzaba con veinte mil soldados africanos dispuesto a terminar con aquel amago de rebelión. La comitiva llegó junto a Aníbal.

—¡Que los dioses te guarden, Aníbal!

El cartaginés no respondió enseguida. El silencio se hizo pesado en el rostro de los iberos que veían atemorizados la determinación en la faz del cartaginés y aquella determinación subrayada por el gran ejército que lo acompañaba.

—Creo —empezó uno de los iberos— que ha habido un malentendido.

—¿Un malentendido? —inquirió Aníbal.

—Bien —el carpetano tragó saliva—, quiero decir, que sólo teníamos algunas diferencias que plantear sobre las nuevas levas de guerreros que ordenasteis... en fin, no hace falta venir con un ejército para... hablar de esto... en fin... creo...

Aníbal tenía prisa.

—He interrumpido un asedio de varios meses por este *malentendido*. Mis órdenes son específicas: quiero los soldados que necesito y no admito discusión. Si no los rehenes que tenemos en Qart Hadasht morirán al amanecer y mi ejército se ocupará de que no tengáis muchos días para llorarlos ya que estaréis más ocupados en implorar por vuestra propia vida. No sé si me explico con suficiente claridad.

Los iberos no habían esperado una reacción tan radical por parte de Aníbal, pero comprendieron con precisión que no había mucho margen para la negociación.

—Sí, entendemos. Las levas se llevarán a cabo como deseáis.

—Bien —dijo Aníbal y, antes de dar por concluido el encuentro, añadió un mensaje final—, y sólo una cosa más: hoy acepto que ha habido un *malentendido*; pero ya no consideraré nunca más esa posibilidad. La próxima vez asumiré que he dado una orden y os negáis a cumplirla.

Aníbal dio media vuelta y con él su ejército africano fue replegándose en dirección a Sagunto.

Los carpetanos se quedaron quietos, rodeados por la polvareda que los caballos cartagineses levantaban, rumiando con tristeza su imposibilidad de oponerse a las órdenes recibidas.

Aníbal ascendió por la ladera occidental que conducía a las murallas de Sagunto. La ciudad estaba en llamas. Se oían gritos de sus habitantes, corriendo despavoridos para zafarse de los cartagineses que habían tomado la ciudad. Una vez en la acrópolis ibérica, Aníbal identificó enseguida el olor de la carne quemada. Centenares de saguntinos se habían inmolado antes que rendirse. El resto huía o seguía luchando. Ocho meses de asedio. Ocho meses de resistencia más allá de toda esperanza. Si al final del primer o segundo mes le hubieran propuesto algún tipo de pacto, él lo habría aceptado. Ocho meses. Aníbal nunca había visto tanta decisión en mantener un acuerdo. Los saguntinos podrían haberse pasado al bando cartaginés y se podría haber negociado un acuerdo razonable para ambas partes. Al cabo de cuatro meses aquel asedio ya era algo personal para él. Una cuestión de puro amor propio. Tenía que enviar la señal clara e inconfundible al resto de los pueblos de Iberia sobre quién era la nueva potencia dominante en todo aquel vasto territorio, aunque para ello tuviera que destruir la cultura y la ciudad más merecedoras de su admiración. Los carpetanos, los vacceos, los edetanos y tantos otros pueblos con los que había llegado a diferentes acuerdos y que ahora poblaban su ejército con multitud de mercenarios, eran gente inconstante y de cambiante lealtad. Sin embargo, los saguntinos se habían mostrado incorruptibles, inflexibles, intrépidos. Por eso los admiraba más que a ningún otro pueblo de Iberia. Por eso tuvo que destruirlos por completo. No se sentía orgulloso. El olor, los gritos, las heridas de su cuerpo aún no bien cicatrizadas le hicieron sentirse mal. Aníbal se detuvo y se sentó sobre unas piedras que antes habían constituido parte de la muralla occidental de Sagunto. Se había mareado. Se dobló y vomitó. Sus hombres mantuvieron una distancia prudente ya que el general no pedía ayuda. Sabían que aún estaba débil por las heridas que arrastraba, pero nadie se acercaría a no ser que él lo solicitase. Aníbal se incorporó y sus hombres se relajaron. Era asco lo que sentía, pero ya no había vuelta atrás. Todo estaba ya en marcha. Sólo desde el horror conseguiría poner en movimiento las fuerzas necesarias para cambiar el curso de la historia.

23

Cuerpo a cuerpo

Roma, 219 a.C.

Los trabajos de adiestramiento militar se habían intensificado notablemente desde que el padre de Publio y Lucio diera mano libre a su tío Cneo para que los instruyera tanto por la mañana como por las tardes. Cneo estableció un horario muy exigente. Los jóvenes, de dieciséis y catorce años de edad, se tenían que levantar al alba, desayunar fuerte y salir con Cneo, que los esperaba en el atrio de su casa, para el campo de entrenamiento. Por la mañana corrían, hacían ejercicios y practicaban con las armas de lucha cuerpo a cuerpo: la espada y las lanzas largas de los *triari*. También combatían contra su tío, que siempre empezaba atacando, luego aflojaba para permitirles a ellos que le atacaran y terminaba siempre reanudando su ataque con poderosos y rápidos golpes de espada que empujaban a sus sobrinos a retroceder y, en muchos casos, a caer. Por las tardes, Cneo se centraba en desarrollar la destreza de los muchachos sobre un caballo: cabalgaban al paso, luego al trote y por fin, esto es, sin duda, lo que más disfrutaban los jóvenes, al galope. La tarde terminaba con luchas a caballo. Cneo les pedía que intentasen derribarle en una maniobra de ataque cabalgando al trote. Para estas prácticas finales su tío había decidido recuperar las espadas de madera, ya que sobre el caballo sus sobrinos no tenían el mismo control que pie a tierra.

Aquella tarde empezó Lucio el avance sobre su tío. Espoleó al caballo con sus talones y éste arrancó con fuerza. Cneo le salió al paso y, en lugar de lanzar un golpe para protegerse con el escudo, se limitó a tirar de la rienda del caballo en el último momento desviándose de la trayectoria que su sobrino pequeño tenía diseñada para su golpe. El joven perdió el equilibrio al no encontrar la oposición esperada en la que había volcado toda su fuerza y cayó al suelo, al tiempo que veía cómo su montura se alejaba a galope tendido. Su tío se acercó con rapidez.

—¿Estás bien?

Lucio se había sentado sobre la hierba que cubría el prado en el que practicaban. Le dolía el trasero y un poco la cabeza, pero estaba bien. Asintió con la cabeza.

—Bien —dijo Cneo—, pues ve a por tu caballo y ve veloz porque me parece que tienes una buena caminata.

En la distancia, a unos quinientos o seiscientos pasos, se veía al caballo de Lucio que por fin se había detenido para pastar con sosiego ajeno a los sufrimientos de su jinete caído. El joven se levantó y se puso en camino dispuesto a recuperar su montura. Caminaba despacio masajeándose con una mano el final de la espalda y con la otra palpándose la frente. No sintió sangre. Respiró más tranquilo.

—Bueno —comentó Cneo dirigiéndose a su sobrino mayor—, ahora te toca a ti. Cuando quieras.

Publio escuchó la instrucción, pero no se movió de su sitio.

—He dicho que cuando quieras, Publio —insistió su tío—. ¡Vamos, adelante!

Sin embargo, Publio permaneció sobre su caballo, quieto, sin mover un ápice su cuerpo.

—¿Tienes miedo? —su tío le preguntaba nervioso—. Si tienes miedo, tienes que superarlo. Ya has visto que a tu hermano no le ha pasado nada, pero tienes que intentarlo, tienes que intentar derribarme.

Publio calló unos segundos, pero al fin respondió con fuerza.

—No, no tengo miedo, pero no voy a atacar. Ataca tú cuando quieras.

Cneo se quedó sorprendido por el desparpajo de su sobrino, aunque se alegró de que aquella reacción no pareciera tener relación con el miedo. Algo tramaba Publio. Estaban los dos sobre sus caballos, enfrentados, a una distancia de unos cincuenta pasos. Había espacio suficiente para una arrancada rápida de un caballo que, bien dirigido por un jinete diestro, pudiera conducirle a derribar con un fuerte golpe a su rival.

—Ésa es una respuesta bastante impertinente —se mofó su tío—, puede que ese tono te valga con las mejores fulanas de la ciudad, gracias en gran medida a la generosidad de mi bolsillo, pero no confundas mi aprecio por ti con complacencia. Si no acatas mi orden y me atacas, no tendré condescendencia contigo, sobrino, y te advierto que te arrepentirás durante largo tiempo. —Pero Publio permanecía inmóvil—. Te lo advierto por última vez, y me da igual si luego tu madre no me habla el resto de su vida. Si no atacas, voy a ir a por ti y te voy a romper algún hueso.

—Muchas palabras, tío. Aquí te espero.

Lucio llegó en ese momento de vuelta sobre su caballo para ser testigo de cómo su tío Cneo se ponía rojo por el creciente enfado ante la osadía de su sobrino mayor. Escupió entonces en el suelo, espoleó a su caballo y con violencia levantó la espada de madera y se lanzó sobre el joven Publio. Lucio, que observaba la escena atónito pues no daba crédito a la actitud de su hermano mayor, sacudía la cabeza. No un hueso, sino todos eran los que Cneo le iba a romper a su hermano mayor, pero ya era tarde para intervenir.

Cneo avanzaba con su caballo hasta estar a treinta, veinte, diez pasos de su sobrino cuando éste espoleó a su montura al tiempo que con las riendas dirigía al caballo hacia un lado. Su enorme tío pasó como una centella y el gran volumen de su cuerpo acompañado del caballo generaron una ráfaga de aire. La espada de madera pasó apenas a unos centímetros del rostro de Publio, pero no llegó a tocarle. Cneo entonces quedó ligeramente desequilibrado pero su gran experiencia en el combate le hizo restablecerse sobre la montura con rapidez al tiempo que tiraba de las riendas para detener el brío de su caballo y poder así iniciar el giro para arremeter de nuevo contra su sobrino, pero ocupado en detener a su propio caballo y confiado en su destreza y superioridad en la lucha, no prestó mayor atención a los ágiles movimientos que Publio estaba ejecutando: el joven, nada más pasar su tío a su lado, hizo que su caballo girase sobre sí mismo y le siguiera de forma que mientras Cneo tiraba de las riendas de su montura no vio cómo por su espalda su sobrino se acercó y, dejando por un instante las riendas de su caballo sueltas, asió la espada con las dos manos y con todas las fuerzas que pudo reunir concentró un poderoso golpe sobre el hombro de su tío que aún permanecía de espaldas sin ver lo que se le venía encima. El impacto fue seco, fuerte y rotundo. Cneo sintió como si le embistieran por su lado izquierdo, como si un toro le acabara de dar alcance y entre desprevenido, sorprendido y que aún pugnaba por reinstaurar su equilibrio sobre la montura después de su primer golpe fallido, en lugar de encontrar el centro de la montura, se vino a un lado, al tiempo que el caballo de su sobrino, falto de dirección al venir suelto sin nadie que gobernase las riendas, chocó con el de su tío de modo que éste también se espantó por el encuentro inesperado, relinchó y se irguió alzando sus patas delanteras, y lo que ni el golpe fallido de Cneo ni el certero impacto por sorpresa de su sobrino habían conseguido, lo logró la propia bestia: Cneo, todavía dolido por el golpe y sin el equilibrio recuperado vio cómo su caballo le echaba hacia atrás con toda su enorme potencia de forma que en un segundo se vio cayendo sobre el suelo, derribado, abatido. El caballo de Cneo, pese a todo bien adiestrado, en lugar de alejarse, se detuvo apenas a unos pasos de su jinete, mientras que Publio refrenó el suyo a unos veinte pasos de su tío. Cneo se levantó del suelo, se sacudió la hierba que se le había pegado a la piel sudorosa y empezó a meditar su reacción. Si su sobrino le hubiera acometido con una espada de verdad, su herida habría sido mortal de necesidad. Aquel jovenzuelo le había dado una lección de humildad.

—¡Bueno —empezó—, me has derribado! ¡Ya tenía yo ganas de que alguno de los dos me derrotase en algún lance! ¡Creo, sobrino, que estás listo para el combate! Y tú, Lucio, no dudes en que pronto lo estarás, pronto lo estarás. Bien, ahora recojamos todo y nos volvemos para casa. ¡Ah, y una cosa, esto que quede entre nosotros! Yo no le he contado a vuestro padre las infinitas veces que os he derribado así que no es necesario que ahora vayáis corriendo a contarle el episodio de esta tarde, ¿está claro?

Los dos jóvenes hermanos se miraron, sonrieron y asintieron.

Llegaron a casa y Publio y Lucio desaparecieron en busca de la cocina; no podían esperar a que su madre diera todas las instrucciones necesarias para organizar la cena. Dejaron a su tío a solas en el atrio de la casa, aunque enseguida salió su hermano Publio a recibirle.

—¿Sabes lo que ha ocurrido esta tarde? —fue la pregunta con la que Cneo abrió la conversación.

Publio negó lentamente con la cabeza; temía algo malo, pero al entrar había alcanzado a ver la fugaz sombra de sus hijos corriendo resueltamente hacia la cocina y parecían enteros. Su rostro delataba confusión.

—Tu hijo mayor me ha derribado del caballo.

Publio Cornelio permaneció de pie, en silencio, contemplando los dos metros de hermano que tenía ante sí. Cneo amplió su comentario.

—Primero evitó mi golpe con agilidad y mientras yo recuperaba el equilibrio en el caballo me sorprendió por detrás con un golpe certero y fuerte, muy fuerte. No me pude mantener en el caballo y caí, bueno, tu hijo me derribó.

Publio Cornelio Escipión no daba crédito a sus oídos. Pomponia había entrado también en el atrio y escuchó las últimas palabras de su cuñado con la boca abierta.

—Cneo, esto te lo estás inventando para que me sienta orgulloso de mi hijo o estás de broma. Si es broma, no tiene gracia.

—No, la formación de tu hijo nunca me la he tomado a broma. Tu hijo me derribó.

—Comprendo —Publio empezaba a asimilar la información.

—Es rápido, es fuerte y piensa por sí mismo. Está preparado. Si fuera a entrar en el campo de batalla, no me importaría entrar en combate junto a él. Sé que el flanco por el que Publio cabalgase no debería preocuparme, pero —cambiando con rapidez de tema y llevándose una mano al estómago—, ahora lo que me gustaría saber es si esos dos devoradores nos van a dejar algo para cenar.

Pomponia salió del atrio sin decir nada; al igual que su marido, iba asimilando la información; fue a la cocina a poner orden en su casa. Los dos hermanos se quedaron solos. Publio aprovechó el momento de intimidad para una última pregunta.

—Y..., ¿y sabe mi hijo que es la única persona que te ha derribado y que permanece viva para contarlo?

Cneo sonrió.

—Bueno —dijo—, es sangre de mi sangre. Te parecerá tonto, pero me siento un poco como si yo mismo me hubiese derribado —y concluyó—, será un gran soldado. Sólo espero poder vivir lo suficiente para verlo.

24

La declaración de guerra

Cartago, 219 a.C.

Quinto Fabio Máximo, cónsul de Roma en el 233 y 228, esperaba en el vestíbulo del Senado de Cartago. Le acompañaban Marco Livio Salinator y Lucio Emilio Paulo, los cónsules de aquel año. A Fabio le habría gustado deshacerse de la incómoda compañía de Emilio Paulo, el *pater familias* de aquella molesta poderosa familia romana, pero en su actual condición de cónsul era del todo imposible negarse a su inclusión en la comitiva de emisarios a Cartago. Cerraban el grupo de enviados los senadores Cayo Licinio Varo, cónsul del 236, y Quinto Bebio Tánfilo, que aunque no había sido cónsul, había formado parte de otras embajadas a Cartago.

Durante el viaje en barco rumbo a África, Quinto Fabio Máximo ya dejó claro que él, en calidad de dos veces cónsul y senador de mayor edad, era quien debía actuar como portavoz. Emilio Paulo le miró fijamente durante unos segundos mientras el resto permanecía en silencio. Estaban en la cubierta de una *quinquerreme* con un poderoso viento del norte que los empujaba hacia su destino. Emilio Paulo al fin, sin abrir la boca, se limitó a asentir con la cabeza. Fabio Máximo ya se había esforzado en desprestigiar su gestión con duras críticas a las cuentas del Estado durante aquel mandato consular, insinuando que era la familia Emilio-Paula la beneficiaria. Eran invenciones sin demostrar, pero el prestigio de Emilio Paulo estaba en cuestión, de forma que éste sabía que no contaría con los apoyos del resto de los senadores para oponerse a la portavocía de Fabio Máximo, que, hábilmente, como siempre, había sabido defenderla sobre dos datos objetivos: edad y mayor número de consulados.

Emilio Paulo se alejó del resto del grupo y dejó que el aire fresco del mar despejase sus pensamientos. Sus intentos, no obstante, fueron en vano: una sensación de pesar le invadía el alma. Presentía que aquel viaje era el último que haría ya lejos de Roma. No sabía bien por qué, pero de algún modo su destino se estaba fraguando en aquella embajada y no intuía que fuera positivo para su familia. Pensó sobre todo en su joven hija Emilia, apenas una niña que había pasado a mujer a sus catorce años. Su dulce beso en la mejilla al despedirse, la sonrisa al desearle buen viaje y aquella tibia lágrima deslizándose por su rostro mientras le despedía desde la distancia. Tras la muerte de su madre, Emilia era la luz que iluminaba la vida del viejo senador. La familia la protegería si le pasaba algo, pero quién podría defenderla de los ataques de Fabio Máximo. Si él desaparecía, toda la familia corría peligro. Sólo los dioses sabían hasta dónde deseaba llegar Fabio Máximo en su interés por la limpieza del Estado, como lo llamaba él: eliminar a todo lo no romano y, con ello, a todos los romanos que se interesaban por culturas de otros países, especialmente la griega.

El viento dejó de soplar de golpe. Emilio Paulo se giró hacia el norte. El barco fue frenando su marcha. Los oficiales daban orden para que los remeros suplieran con un esfuerzo adicional la falta de viento.

Los soldados cartagineses que escoltaban a la comitiva de embajadores romanos se detuvieron frente a la gran puerta de bronce que daba acceso al Senado de Cartago. Los senadores romanos aguardaron con calma primero, pero a medida que pasaban los minutos y no había señal alguna de que la inmensa puerta fuera a abrirse, empezaron a sentirse incómodos.

—¡Esto es inaceptable! —comentó en voz alta Fabio Máximo. Quinto Bebio, que ya había participado en anteriores embajadas, pensó en recordar al viejo senador que ya les había comentado que era frecuente que se hiciera esperar a las embajadas de Roma, quizá para humillar o quizá para demostrar que no tenían ningún miedo a los enviados ni a sus mensajes, pero se lo pensó dos veces y prefirió mantenerse en silencio.

Emilio Paulo veía en la actitud de Fabio Máximo el inicio de la confirmación de sus peores presentimientos, pero no podía hacer nada sino tomar buena nota de lo que allí ocurriese y luego reunirse con su familia y los Escipiones para decidir qué hacer a partir de aquel momento.

Las enormes puertas de bronce al fin se abrieron, y los embajadores romanos siguieron a los soldados que los escoltaron hasta el centro de un gran semicírculo rodeado de gradas de mármol repletas de senadores cartagineses. La gran sala, culminada por una amplia bóveda, si bien no tan grande como la de Roma, resultaba impactante para los enviados romanos, habida cuenta de que los rostros de los que los rodeaban eran abiertamente agresivos, enfurecidos contra los embajadores aun antes de que éstos hubieran empezado a hablar. Emilio Paulo entendió en aquel instante que aquél era un lugar para ejercer la máxima diplomacia si se quería conseguir algún tipo de acuerdo. Miró a Fabio Máximo, que se había situado justo en el centro del semicírculo, ligeramente adelantado a los demás enviados romanos, encarando a los dos sufetes de Cartago, la autoridad máxima de la ciudad con rango equivalente al de un cónsul de Roma. La faz de Fabio Máximo no destilaba precisamente un anuncio de negociación o flexibilidad, sino que ante la orgullosa mirada de los senadores cartagineses, el dos veces ex cónsul respondía con un porte que sus adeptos en Roma definirían como digno, y que para Emilio Paulo resultaba demasiado próximo a la arrogancia para el lugar en el que se encontraban.

—Hasta aquí hemos llegado —empezó Fabio Máximo en latín, sin esperar a que alguno de los sufetes le concediera la palabra como era preceptivo al ser miembro de una embajada extranjera en aquel país—, para que se nos den explicaciones sobre las actuaciones de Aníbal Barcal, general a vuestras órdenes, en la ciudad de Sagunto en Hispania, ciudad aliada de Roma y bajo nuestra protección.

Los sufetes, al igual que una gran mayoría de los senadores de Cartago, entendían el suficiente latín como para comprender la sustancia de lo dicho por Fabio Máximo, pero esperaron a que el joven intérprete que tenían sentado a sus espaldas terminase de traducir con la mayor fidelidad y precisión posible los términos del embajador romano.

—La pregunta es —continuó Fabio Máximo mirando a las gradas de senadores cartagineses— si Aníbal Barca actúa bajo vuestras órdenes expresas o si actúa por cuenta propia; sólo en este último caso Roma podría entrar en algún tipo de negociación que nos reportase la suficiente compensación como para dejar...

Le interrumpió el sufete de mayor edad, un hombre delgado, de unos sesenta años, de labios finos, con pelo cano y barba blanca que se levantó al tiempo que interrumpía a Fabio Máximo.

—Creo —dijo— que tratas de asuntos que no competen a un embajador extranjero. Si un general a nuestro mando actúa siguiendo nuestras órdenes o su propio criterio es algo que sólo nos interesa debatir a nosotros y en función de lo que decidamos aquí, entre nosotros, se actuará. No voy a discutir con un extranjero sobre si un general cartaginés cumple o deja de cumplir el mandato de este Senado. La cuestión es, ya que mencionáis Sagunto y parece que por esa ciudad os encontráis aquí, la cuestión es que tenemos un tratado firmado con Roma donde claramente se establece el río Ebro como frontera natural entre nuestros dominios y los vuestros, y que Sagunto se encuentra en nuestra región. Esa ciudad se sublevó contra nuestro poder y nuestro ejército ha respondido en consecuencia. Lo que les ha sobrevenido a los saguntinos ellos mismos lo han provocado al desatar nuestra ira.

Fabio Máximo no estaba acostumbrado a ser interrumpido. En el Senado de Roma nadie osaba hablar mientras él tenía la palabra en los últimos veinte años, de modo que la abrupta interrupción del sufete le había cogido por sorpresa. Tragó saliva para contener su ira mientras escuchaba las palabras del sufete que, como forma expresa para herirle, había elegido el griego como lengua para expresar su respuesta. Fabio, pese a su conocida furia contra todo lo griego, dominaba la lengua lo suficiente como para entender lo que se le decía, al igual que el resto de los embajadores.

Cuando el sufete terminó su parlamento volvió a sentarse, despacio, teniendo cuidado de no doblar su toga en exceso al tomar asiento. Muchos senadores cartagineses asentían en silencio tras sus palabras. Fabio, no obstante, no se sintió intimidado y volvió a la carga.

—Sagunto era, es aliada de Roma y en el tratado se establece que se deben respetar los aliados de ambos.

—Sagunto —respondió nuevamente el mayor de los sufetes sin esperar a la traducción del intérprete— no estaba mencionada expresamente en el tratado ni era aliada de Roma cuando se llegó a aquel acuerdo. Las amistades que esa ciudad ha cultivado con posterioridad al tratado, teniendo en cuenta su ubicación en nuestros dominios, no hacen sino darme más la razón: los saguntinos jugaron a provocar a quien debían obediencia y ése es un juego que ahora están aprendiendo cuán caro puede resultar. La soberbia y el orgullo son malas consejeras.

La última frase, pensó Emilio Paulo, parecía ir con doble destinatario: el sufete parecía aludir directamente a los saguntinos al tiempo que indirectamente estaba avisando a Fabio Máximo. Este último tomó de nuevo la palabra.

—¿Hemos de entender entonces que no hay posible marcha atrás ni disculpas ni compensaciones a recibir por los saguntinos y por Roma por lo que está ocurriendo? Porque, si es así, si esta...

El sufete volvió a alzarse de su asiento y esta vez gritó su respuesta con inusitado volumen, retumbando su voz en toda la gran sala, hasta crear eco de forma que sus palabras sonaron una y otra vez en las cabezas de los embajadores romanos.

—*¡Dejad ya de hablar de Sagunto y parid ya de una vez lo que vuestra intención lleva largo tiempo gestando!*[2]

Y se mantuvo en pie, desafiante, esperando la respuesta de Fabio Máximo. Éste, en lugar de bajar el tono de su argumentación, dio un paso al frente y anunció sin elevar la voz pero con gran claridad en la expresión.

—Vengo dispuesto a ofreceros tanto la guerra como la paz; de vosotros mismos depende cuál de las dos os entregue.

—Nos es indiferente —respondió el sufete.

2. Literal de Tito Livio, XXI, 18, 13, según la traducción recogida en Cabrero (2000), pág. 37.

—En ese caso os ofrezco la guerra —concluyó Fabio Máximo, que con ánimo retador paseó su mirada por los rostros de los senadores cartagineses.

El joven intérprete, enmudecido, callaba sin traducir aquellas palabras, algo que, en cualquier caso, era del todo innecesario. El debate había llegado a un punto donde las palabras parecían estar de más. La cuestión era más bien cuándo empezarían a hablar las espadas.

—La aceptamos —respondió el sufete, erguido, noble, decidido, y a su alrededor todos y cada uno de los senadores cartagineses fueron levantándose, muchos de ellos con heridas en el rostro o en su cuerpo, fruto de anteriores enfrentamientos con Roma, y el grito «la aceptamos» fue repitiéndose y subiendo de tono hasta convertirse en un clamor ciego al debate, lejos ya de toda posible marcha atrás.

Fabio Máximo se mantuvo sereno, escuchando, por fin, las palabras que había venido a buscar, satisfecho de sí mismo, ponderando tan sólo si aquellos bárbaros, exacerbados por su ánimo de guerra no querrían empezarla ya mismo contra los propios embajadores de Roma. Muchos de aquellos senadores los amenazaban con sus puños en alto e incluso alguno desenvainó alguna daga que llevaba consigo. Fabio Máximo, de pronto, sintió por primera vez en su vida un sudor frío que le poblaba la frente, una dificultad grande para respirar y un ansia incontenible por estar lejos de aquel lugar. No había esperado una reacción tan virulenta de aquellos senadores africanos, no era como tenía pensado que debía desarrollarse el fin de aquel debate. Allí no estaba aún arropado por sus legiones, preparado para el combate. Fabio Máximo mira nervioso de un lugar a otro de la gran sala. Se vuelve hacia la puerta. Busca la salida. El sufete cartaginés, tranquilo, en sosiego con su espíritu le contempla moviéndose como un gato atrapado y se toma unos minutos antes de alzar su mano para calmar los ánimos de sus senadores.

25

El nuevo cónsul de Roma

Roma, marzo del 218 a.C.

Pomponia, en el centro del atrio, ayudaba a su marido, Publio Cornelio Escipión, recién elegido cónsul de Roma junto con Sempronio Longo, a ponerse bien la toga. Guardando una respetuosa distancia, el joven Publio y su hermano Lucio escuchaban a sus padres. Su madre llevaba la conversación.

—No entiendo bien lo que está ocurriendo: por un lado Fabio se declara en el Senado opuesto a la guerra, pero luego utiliza su influencia para ir en la embajada a Cartago y, según nos cuenta Emilio Paulo, allí no hizo nada por evitar la guerra, sino más bien todo lo contrario. Total, que al final estamos en guerra contra Cartago y en lugar de ir él a luchar resulta que esta guerra estalla en el momento en que tú eres cónsul y te corresponde por ley enfrentarte con los cartagineses.

—Está claro que Fabio se lleva algo entre manos —respondió Publio padre—, pero no puedo rehuir mis responsabilidades. Partiré con las legiones asignadas hacia el norte y pronto embarcaré para Hispania para enfrentarme con ese Aníbal del que tanto hablan —y volviéndose hacia su mujer—, confía en mí. Estaré de vuelta antes de lo que imaginas.

Pomponia, no obstante, no supo encontrar consuelo ni en las palabras cariñosas de su marido ni en el abrazo suave que éste le daba con sus brazos en torno a su cintura. Sintió el beso del nuevo cónsul de Roma en la mejilla y con él una sensación de amor y tragedia entremezclados se apoderaron de su mente haciendo que unas lágrimas apareciesen en sus ojos. Se separó despacio de su marido y le dio la espalda para ocultar su llanto silencioso. Publio, cónsul de Roma, se quedó contemplando a su mujer embargado por los sentimientos que fluían por sus venas, pero mantuvo la compostura. No podía mostrar ningún síntoma de debilidad o flaqueza. En el vestíbulo de su casa le esperaban los doce *lictores* de su guardia personal conforme correspondía a su cargo, y junto a él estaban sus dos hijos. Se volvió hacia su primogénito.

—Ya sabes que parto hoy hacia el norte con las legiones, pero he dado órdenes de que te incorpores a la caballería en los próximos días. Nos veremos en Hispania. Sé que harás honor al nombre de nuestra familia. Ahora nos despedimos, pero pronto volveremos a vernos, y tú, Lucio, cuida de tu madre mientras tu hermano y yo estamos ausentes.

Pensó en abrazar a sus hijos, pero se detuvo y mantuvo una expresión seria. Sus hijos, henchidos de respeto hacia su padre, cónsul del Estado, asintieron sin decir nada. Publio Cornelio Escipión partió entonces de su casa acompañado por su escolta de *lictores* dispuesto a encontrarse con las legiones que tenía asignadas a su mando. Roma estaba en guerra, un general cartaginés avanzaba por Hispania y su misión era detenerlo antes de que terminara por dominar toda aquella región. Al cruzar el umbral de su puerta inspiró con fuerza. Quería llevarse en el fondo de sus pulmones el olor a romero y pino que desprendían las plantas del jardín de la casa que vio nacer a sus padres, a él mismo y a sus propios hijos. Pensó que con aquel aire se llevaría algo de la fortaleza de los dioses Lares y Penates protectores de su familia. Sentía que la iba a necesitar.

LIBRO III

EL ENEMIGO IMPARABLE

Exoriare aliquis nostris ex ossibus ultor.
[Quienquiera que seas, nace de mis huesos, oh vengador mío.]

VIRGILIO,
Aeneis, 4, 625.

Maldición de la reina Dido de Cartago a Eneas, el mítico precursor de Roma.

Los romanos interpretaron que Aníbal era la reencarnación de aquella maldición.

26

Rumbo a Italia

Qart Hadasht, primavera del 218 a.C.

Quien le viera pensaría que Aníbal contemplaba los almendros en flor desde el balcón del último piso de su palacio en Qart Hadasht. Allí se había retirado después de la toma de Sagunto con su ejército para descansar y planear las futuras acciones. El invierno no había sido, no obstante, un tiempo de inactividad para su mente. Demasiadas cosas en la cabeza. A veces se sentía un poco aturdido. Y la herida del muslo aún le dolía. Había dejado que la mayor parte de los iberos de su ejército se retirasen a sus hogares durante el invierno, con el fin de congraciarse de esa manera con las tribus sometidas y para que estuviesen bien dispuestos para la gran campaña que pronto tendría lugar. En Qart Hadasht se quedó con sus soldados africanos y su caballería númida.

Pocos días tras su regreso de Sagunto había llegado aquel emisario de Cartago. Aníbal aún lo recordaba: un soldado africano que se arrodilló ante su presencia que, mientras mantenía su mirada al suelo, le tendía una tablilla con un mensaje de los sufetes de la capital del imperio cartaginés. Aníbal leyó primero el mensaje en silencio, para sí mismo, digiriendo cada palabra con detenimiento y luego, tras un minuto de expectación, lo leyó en voz alta y clara de forma que todos sus generales y oficiales tuvieran conocimiento del contenido de aquel breve texto.

—¡Roma ha declarado la guerra a Cartago: Aníbal, en calidad de jefe supremo de las tropas cartaginesas en Iberia tiene la orden del Senado de Cartago de disponer de las tropas y de todos aquellos medios que considere necesarios para atacar al enemigo y destruirlo!

Aníbal contempló entonces las miradas de asombro de muchos de sus oficiales. Sólo sus hermanos Asdrúbal y Magón, y quizá Maharbal, su jefe de caballería, parecían, al igual que él mismo, haber estado esperando ese mensaje desde hacía días. Desde aquel momento Aníbal se puso manos a la obra: además de permitir el descanso de los iberos, envió mensajeros a la Galia Cisalpina para intentar llegar a acuerdos con los galos de aquella región próxima a la península itálica, de modo que éstos estuvieran dispuestos a apoyarle cuando los cartagineses cruzasen por sus tierras rumbo a la península itálica, en dirección a Roma. Especialmente, deseaba saber cuál sería la reacción de los boios y los insubres, pueblos enfrentados a Roma y derrotados en varias ocasiones por ésta. Aníbal ponderaba aquella mañana de mayo hasta qué punto el rencor de aquellos hombres sería suficiente para levantarlos en armas contra Roma. Un oficial entró y le anunció la llegada de la embajada cartaginesa enviada a la Galia Cisalpina. Aníbal dio media vuelta y bajó hasta la gran sala del piso inferior donde recibía mensajeros y organizaba la estrategia militar con su alto mando.

Un galo de cabellos morenos largos peinados en dos largas trenzas azabache, vestido con pieles de oveja, un gran casco decorado con sendos cuernos y armado hasta los dientes con dos espadas, dagas, una larga lanza y con un escudo a sus espaldas, aguardaba junto a los emisarios que el general cartaginés había enviado. La presencia de aquel galo era buena señal.

Aníbal se sentó en su sillón de piel, junto a la gran mesa de piedra sobre la que se esparcían gran número de mapas y esperó el informe del portavoz de sus embajadores.

—Los galos de toda la Galia Cisalpina se muestran decididos a apoyar nuestro paso por sus tierras siempre que nuestro objetivo sea avanzar sobre Roma y si, una vez allí, se ven complacidos por las acciones militares de nuestras tropas sobre las legiones romanas, muchos de ellos harán algo más que permitirnos pasar: aunque ninguno se ha comprometido en firme, estoy seguro de que si conseguimos una victoria sobre los romanos, gran número de galos se pasarán a nuestro bando para futuras acciones. Con nosotros ha venido uno de los jefes de las tribus insubres para corroborar este acuerdo en persona.

El jefe galo confirmó entonces su mensaje y la propuesta de apoyo de su pueblo a la venida del general cartaginés a aquel territorio hablando en un rudimentario griego, probablemente aprendido en los intercambios comerciales con Massilia. Aníbal ejercitó su conocimiento del idioma heleno para entender la sustancia de lo que se le decía y con la ayuda de los intérpretes le aseguró al jefe galo que su apoyo a Cartago sería recompensado con creces y, para culminar, anunció que el fin de Roma empezaba a fraguarse aquella mañana. El galo, sin embargo, no pareció sentirse especialmente impresionado por aquellas palabras aunque asintió con respeto. Pero Aníbal no tenía bastante con eso, de forma que cogió suavemente del brazo al jefe galo y le invitó a que le acompañara. El insubre no sabía bien qué hacer, pero pronto percibió que, aunque la invitación era amable, aquel hombre no era de aquellos a los que resultaba sencillo contrariar, de forma que siguió al general cartaginés, eso sí, con sus cinco sentidos alerta y, si las circunstancias así lo requerían, dispuesto a vender muy cara su vida. El galo observó cómo ascendían un par de pisos por largos pasadizos con escaleras hasta alcanzar lo que seguramente debía de ser la habitación de aquel general africano que anunciaba la caída de Roma como quien anuncia la próxima toma de cualquier otra ciudad del mundo. El insubre sacudía la cabeza en silencio. Quizá aquel cartaginés pensase que tomar Roma era como tomar Sagunto. En fin, dejarían que pasara por sus tierras y allá se la compongan los romanos con aquel soberbio y que gane el que sea. Ellos ya se ocuparían de defenderse del vencedor como habían hecho hasta ahora. Pero el cartaginés le invitaba a que se asomara con él al balcón de aquella estancia. El galo, rodeado de oficiales africanos, cedió a la invitación y salió al balcón. Aníbal señalaba hacia el oeste. El galo miró hacia abajo primero para valorar la altura: al pie de la fortaleza se veían unos árboles en flor que llamaban la atención por su belleza inusual; pero siguió, guiado por el dedo de Aníbal, observando y alejando su mirada de aquellos almendros. Más distantes se veían las murallas que rodeaban aquella ciudad y que la hacían, junto con el hecho de estar rodeadas por casi todas partes por el mar, totalmente inexpugnable. Aníbal seguía señalando al oeste, más lejos, y allá dirigió sus ojos el jefe de los insubres: entonces comprendió por qué habían ascendido: más allá de las murallas estaba una amplia laguna de agua y al otro lado, acampado, un ejército que se perdía en la distancia. El galo no sabía cuantificar bien cuántos efectivos había allí preparados para marchar hacia Roma, sólo sabía una cosa: aquél era el mayor ejército que nunca jamás había visto. Los romanos nunca habían juntado tantos hombres en sus combates contra ellos y no estaba seguro de que fueran capaces de oponerse a aquella inmensidad. Aníbal leyó en los ojos de su invitado galo el asombro y el temor con el que deseaba que retornase a su país. Aquella expresión de su rostro era el mensaje y la mejor salvaguarda para sus objetivos.

Al otro lado de la laguna noventa mil soldados, doce mil jinetes y cincuenta y ocho elefantes se preparaban para partir a la mañana siguiente rumbo a Roma. Nada ni nadie los detendría. Era el destino que los augures cartagineses habían leído en el vuelo de los pájaros y en las entrañas de varios animales muertos.

27

Ante los *praefecti sociorum*

Roma, 218 a.C.

Roma estaba en guerra. Se había decretado que aquella mañana sería el *dilectus* —el día establecido para el reclutamiento—. Una gran multitud de ciudadanos se había congregado en el Capitolio de la ciudad y en el foro. Los veinticuatro tribunos militares, unos por elección y otros por designación directa de los cónsules, estaban supervisando todo el proceso. Se había sorteado el orden en el que cada tribu participaría a la hora del reclutamiento. Se empezaba por la tribu que había quedado primero y, cuando los hombres disponibles para el ejercicio militar de ésta se terminaban, se continuaba con la siguiente tribu y así sucesivamente hasta completar las cuatro legiones —dos para cada cónsul, Publio Cornelio Escipión y Sempronio Longo— de cinco mil soldados. Luego siguieron porque, ante la peligrosidad del enemigo al que debían enfrentarse, se decidió que se reclutaran dos legiones adicionales que se desplazasen al norte de la península itálica, para protegerse de alguna posible revuelta de las siempre belicosas tribus de la Galia Cisalpina, que quedaría al mando del pretor Manlio.

Tito Macio había entrado en un estado de profunda desesperación y el margen de maniobra que le quedaba para sobrevivir era ya muy estrecho. Cerrada toda posibilidad de regreso al mundo del teatro por el desprecio de Rufo, arruinado como comerciante y escarmentado de los padecimientos de la mendicidad, el ejército parecía la opción más lógica para subsistir. Por eso, aquella mañana de marzo se dirigió al foro para incorporarse al ejército de una ciudad que, si bien no era la suya y ahora lo despreciaba como mendigo, seguramente le aceptaría como soldado. Tito había pasado buena parte de la mañana observando entre la multitud cómo los tribunos iban seleccionando hombres para cada legión. Los escogían siempre en grupos de cuatro hombres que tuvieran una complexión y fortaleza física similar, que distribuían uno a uno para cada una de las legiones. De esta forma se buscaba que el reparto de efectivos fuera compensado y proporcional, de modo que no hubiera una legión donde se acumularan los hombres más fuertes y otra que quedase con soldados más débiles. Era un proceso largo, lento y meticuloso. Tito sabía que tenía que esperar a que se terminase con aquel recuento y clasificación entre los ciudadanos de las tribus nativas de Roma, los únicos que tenían derecho a formar parte de las legiones romanas. Cuando terminasen los tribunos militares se retirarían, a la espera de ser llamados a filas por los cónsules en los días próximos, y sería el turno para que los *praefecti sociorum*, oficiales romanos designados por el cónsul, se hicieran cargo de continuar el proceso de reclutamiento de tropas auxiliares para las legiones entre los no romanos. Ahí era donde Tito esperaba tener su oportunidad.

Los *praefecti sociorum* tenían instrucciones precisas de favorecer primero la incorporación de los latinos y de reclutar el máximo de efectivos posible de apoyo para todas las legiones. Por un lado debían reclutar soldados dispuestos a acompañar a las legiones de Publio Cornelio Escipión a Hispania y, por otro, se necesitaba gran número de tropas aliadas para el objetivo más importante: la expedición de Sempronio Longo a África. Tito, como itálico no romano, se vio favorecido por esas órdenes y fue seleccionado para formar parte de las tropas auxiliares de las dos legiones asignadas al cónsul Sempronio Longo con destino a Sicilia, primero, en su fase de preparación, para luego partir hacia su destino final de África. No es que Tito estuviese encantado con las perspectivas de futuro que le conducían a tener que luchar en una guerra de desarrollo aún incierto, pero cuando le dieron un pequeño adelanto de su paga y pudo financiarse una comida decente en una de las tabernas junto al río, a la espera de ser próximamente convocado a filas, pensó que al menos, con el estómago lleno, se podrían encarar combates y luchas si ésa era la única puerta que le había quedado abierta para sobrevivir. Tenía entonces treinta y dos años y, mientras terminaba las gachas de trigo que le habían servido y echaba un trago de vino, mirando al río, evaluó su vida y se dio cuenta de que fueron aquellos años en el mundo del teatro cuando más feliz fue, si es que aquello era felicidad. La vida, no obstante, compleja y equívoca, le había arrastrado por caminos diversos y confusos y ahora sabía que con toda probabilidad pronto terminaría con sus huesos alimentando a los buitres en algún campo de batalla lejos de allí. Las tropas auxiliares con frecuencia eran las primeras en entrar en combate y, en consecuencia, las que más bajas sufrían, pero era ya demasiado tarde para echarse atrás. No acudir a la llamada a filas una vez inscrito sería deserción y prefería no pensar en las horribles penas con las que se castigaba tal delito. No, ahora era soldado del ejército de Roma y, bueno, Roma, al menos hasta la fecha, ganaba todas las guerras. Quizá fuera ese último pensamiento o quizá el vino, pero por primera vez en mucho tiempo, Tito pensó que todavía el futuro le podría deparar algo más que no fuera dolor, soledad y sufrimiento.

28

El amanecer de la guerra

Roma, julio del 218 a.C.

Todo estaba dispuesto para partir cuando un correo urgente llegó desde Roma. El cónsul Publio Cornelio Escipión ya estaba a bordo de su *quinquerreme* y las órdenes para soltar amarras y ponerse rumbo a Hispania ya se habían distribuido, pero cuando el cónsul leyó el contenido de la tablilla comprendió que el plan debía modificarse.

—¡Rumbo a Massilia, y rápido! —fue su orden al capitán de la flota. Los oficiales de la flota no parecían entender el sentido de aquella instrucción.

—Hermano —le interpeló Cneo con tiento—, las órdenes del Senado son las de dirigirnos a Hispania lo antes posible... —pero antes de que Cneo prosiguiera con sus dudas, el cónsul aclaró en voz alta la situación a todos los presentes.

—Aníbal ya no está en Hispania. Ha cruzado los Pirineos y avanza por el sur de la Galia. Vamos a Massilia para ascender por el curso del Ródano e interceptarle antes de que llegue a la península itálica.

Todos callaron y rápidamente se pusieron manos a la obra, dando las instrucciones oportunas a los diferentes oficiales para encaminar la flota hacia la colonia greco-romana del sur de la Galia. Estaban sorprendidos. Roma estaba en guerra y, cuando se encontraban confiados y seguros de sus planes y de sus fuerzas, el enemigo ágil y furtivo se movía con tanta celeridad que no podían sino modificar sus intenciones iniciales para poder frenarle antes de tiempo. Publio parecía leer las mentes de sus hombres.

—Es importante que lo antes posible retomemos la iniciativa en esta guerra —comentó dirigiéndose a su hermano—, o de lo contrario la moral de las tropas decaerá.

Cneo asintió en silencio.

Los Pirineos, julio del 218 a.C.

Aníbal vio su ejército reducido a la mitad, pero lo juzgó necesario mientras observaba cómo descendían por el paso de Perche. Después de las duras confrontaciones con gran número de tribus filorromanas al norte del Ebro, había tenido muchas bajas. Los ilergetes, los bargusios y los ernesios, los andosinos y los ausetanos se habían opuesto al paso de su ejército y los enfrentamientos fueron encarnizados, crueles en muchos casos. Aníbal, una vez dominada la mayor parte de la región entre el Ebro y los Pirineos, consideró oportuno dejar diez mil soldados y mil jinetes al mando de su hermano, Asdrúbal, para controlar aquel territorio y de esa forma proteger su retaguardia y su vía de suministros. Ahora descendían hacia el Valle del Têt cincuenta mil soldados de infantería, nueve mil de caballería y un nutrido grupo de elefantes que, no obstante, había quedado reducido a treinta y siete de los cincuenta y ocho con que inicialmente partió de Qart Hadasht.

Les quedaba aún un buen trecho hasta alcanzar la costa del sur de la Galia, ya que, con el fin de evitar las ciudades prorromanas de la costa del norte de Iberia, especialmente Emporiae y Rhode, Aníbal dirigió su ejército hacia uno de los pasos interiores de aquella gran cordillera; pero disponía de tiempo, de víveres y contaban con una retaguardia bien protegida. Además, una vez alcanzada la Galia Cisalpina, podría fortalecer su ejército incorporando tropas aliadas de las tribus galas de aquella zona ahora en rebeldía contra Roma, enemistadas con la ciudad del Tíber por las últimas guerras expansionistas de la capital latina. En realidad, todo estaba saliendo a la perfección. Sólo restaba ver de qué forma planteaban los romanos su estrategia, quedaba por ver cómo contraatacarían, si es que lo hacían, o si se limitaban a una guerra defensiva.

Un riachuelo corría junto al ejército cartaginés en su avance hacia el mar. Aníbal desmontó de su caballo y se arrodilló junto a aquel arroyo. Mojó sus manos y se echó agua por el pelo, la frente y la nuca. Necesitaba refrescarse. El verano estaba a punto de empezar y el calor era intenso. Un sol poderoso hacía caer sus rayos sobre aquel valle y el viento detenido desde el amanecer incrementaba la sensación de asfixia. Todavía tendrían que pasar mucho calor y, seguramente, mucho frío también, antes de conseguir su objetivo. Había iniciado una empresa descomunal y se preguntó si tendría fuerzas suficientes para llevarla a término. Fuerzas externas, por un lado, es decir soldados y, más importante, fuerzas en su interior. Pensó entonces en su padre y, al agua de aquel arroyo, en voz baja, sin que ninguno de sus oficiales le oyera, le habló de sus dudas.

—Al menos lo intentaremos, lo intentaremos.

Fueron palabras susurradas al viento, como un suspiro del amanecer.

Massilia, julio del 218 a.C.

En Massilia Publio y Cneo Escipión escucharon atentamente los informes de los exploradores: Aníbal había cruzado ya los Pirineos y se encontraba junto al Ródano, pero en lugar de avanzar por el sur de la Galia, había ascendido hacia el norte, decenas de kilómetros hacia el interior de aquel país, alejándose al máximo de la costa.

—Está haciendo lo mismo que en Hispania —comentó el cónsul una vez que todos los exploradores salieron de la amplia estancia de aquella gran casa en el centro de Massilia que se les había facilitado como cuartel general por parte de las autoridades de la ciudad, fieles aliadas de Roma. En la gran sala estaban solos el cónsul y su hermano.

—Sí —asintió Cneo—, en Hispania cruzó el Ebro y se dirigió a los Pirineos por el interior evitando las ciudades de la costa donde sabe que tenemos más fuerza, más amigos, más recursos. Sí, aquí está haciendo lo mismo.

—Se dirige a Roma —fue un pensamiento en voz alta, como si el cónsul hablara consigo mismo.

—¿Qué quieres decir, Publio?

El cónsul despertó como de un sueño. Sacudió la cabeza y decidió explicarse.

—Está claro que quiere evitar todo enfrentamiento hasta alcanzar Roma o, al menos, suelo peninsular itálico. Sabe que combatir allí, llevar la guerra a nuestro territorio tendrá un enorme impacto sobre la moral de nuestros hombres, sobre la moral del propio Senado. Tendríamos que haber partido antes, en primavera, directos a Hispania.

—Nos retrasó el tener que reclutar otra legión cuando el Senado decidió enviar una de nuestras unidades al norte para combatir a los galos. Es mala suerte que se rebelaran al tiempo que Aníbal se acerca a Roma.

—No, no es casualidad, hermano. Cada vez creo menos en las casualidades. Aníbal está moviendo sus piezas. Tiene un fuerte ejército e infinidad de aliados en muchas regiones. El Senado no ha sido precisamente generoso con los galos del área cisalpina. Tendrá fácil ganarse su favor. Tenemos que ir al norte, Cneo. Al norte, por el curso del Ródano y detener a Aníbal aquí, antes de que avance más sobre la península itálica.

—Al norte pues, por todos los dioses. Tengo ganas ya de entrar en combate. Desde que salimos de Roma me da la sensación de perseguir un espíritu más que un general enemigo.

—Un enemigo que se cierne sobre Roma pero que no se puede cazar es el peor de los enemigos. Al norte, hermano, al norte.

Ambos salieron de la estancia dejándola vacía: sobre la mesa unos planos del sur de la Galia, una brisa suave entraba por las ventanas, venida del mar, fresca, inocente, inconsciente de la guerra que se fraguaba en sus costas.

29

El paso del Ródano

Junto al río Ródano.
La Galia, agosto del 218 a.C.

El Ródano, profundo, denso, caudaloso, fluía hacia el mar con fuerza, con un poderoso vigor que partía la región que surcaba en dos mitades difíciles de comunicarse. No había puentes hasta Massilia. Se tenía que cruzar en barco. Aníbal gastó gran parte del dinero que traía consigo de Hispania en regalos y dádivas a los jefes galos de las tribus de la margen derecha del río. Con aquellos presentes compró un gran número de embarcaciones de todo tipo y lo dispuso todo para iniciar la maniobra de cruzar el río, lejos del área de influencia de los romanos, sin tener que luchar contra ellos, pero un enemigo inesperado se interpuso en su camino: los volcos.

Maharbal cabalgaba hacia el sur al mando de un regimiento de jinetes númidas.

—Quiero que vayas al sur al encuentro de los romanos, entres en combate y retrocedas. No quiero discusiones. Tampoco quiero una victoria. Sólo lo que te he dicho.

Ésas fueron las órdenes de Aníbal, las palabras que aún pesaban en sus sienes y que se esforzaba por comprender. «Entrar en combate y luego retroceder, no una victoria.» Maharbal era el mejor oficial, el de mayor confianza. ¿Por qué enviarle a él a una pantomima cuando estaban detenidos por los volcos al norte y resultaba casi imposible poder cruzar el río? Si le hubiera ordenado que entretuviera a los romanos hasta la última gota de su sangre, lo entendería. Sería sacrificarse por salvar al grueso de las tropas, por una victoria futura, pero aquellas instrucciones no tenían sentido. Un combate que terminara en una retirada apresurada no haría sino envalentonar los ánimos de los romanos. ¿Para qué, por qué? En cualquier caso, tenía claro que seguiría las instrucciones al pie de la letra. Sí, quizá ése fuera el único motivo por el que Aníbal le había confiado aquella misión. Probablemente ningún otro oficial cartaginés estaría dispuesto a representar una huida humillante ante los romanos y ante sus propios hombres. Maharbal negó con la cabeza intentando disipar su confusión y sus dudas. No lo consiguió, pero se mantuvo firme al frente de la caballería africana, rumbo al sur, al encuentro de los romanos.

Seis días y seis noches llevaban los cartagineses detenidos en la margen derecha del Ródano, sin poder cruzar el río, por el temido y belicoso pueblo de los volcos. Esta tribu gala se había hecho fuerte en trincheras que habían establecido en varios kilómetros al norte y al sur, controlando la margen izquierda del río. Los generales africanos contemplaban cada vez más confusos cómo su comandante en jefe ordenaba escaramuzas de pequeños regimientos que se adentraban en el río para tener luego que retirarse a causa de la lluvia de piedras y todo tipo de armas arrojadizas que lanzaban los volcos desde la orilla. De esta forma los galos se animaban cada vez más y, por el contrario, la moral de las tropas africanas decaía; el sentimiento de alcanzar la península itálica para luchar contra los romanos en su propio territorio, la fuerza que los había conducido hasta allí, se debilitaba poco a poco.

Aníbal se limitaba a cabalgar por la orilla, dirigiendo aquellas escaramuzas y perdiendo su mirada en el horizonte, contemplando el cielo a ratos, como si buscara leer en el vuelo de los pájaros de qué forma salir de aquella ratonera en la que se encontraban. La preocupación y el desasosiego se apoderaban de los oficiales cartagineses. Además, para mayor desazón suya, Maharbal y Hanón, dos de los lugartenientes de Aníbal, profundamente respetados por las tropas, habían sido enviados a misiones lejos de allí, probablemente para detener el avance romano, mientras que su gran general se quedaba allí admirando el cielo de la Galia, absorto en sus pensamientos.

Aníbal seguía con la mirada puesta en el cielo, pensativo, silencioso. De pronto detuvo su caballo para poder observar mejor el cielo. Se llevó la palma de la mano a la frente para resguardar sus ojos de la cegadora luz del sol de aquel agosto gálico. Frunció el ceño y se quedó quieto, como un león de caza, fija la mirada en su presa. Se volvió entonces hacia sus oficiales y dio la orden de que marcharan todas las tropas hacia el río. Quería que todo el ejército, excepto los elefantes, que por su peso se hundirían en el terreno arcilloso del río, se lanzase a cruzar el Ródano en formación de ataque.

Los oficiales africanos no entendían nada. Aquella maniobra era una locura. Los volcos los diezmarían primero desde sus trincheras con las flechas y las jabalinas para luego esperarlos al otro lado del río, secos y bien pertrechados, para atacarlos cuando se acercaran a la orilla, mojados y agotados por el esfuerzo realizado para acometer el paso de las aguas. Los más veteranos, los que más años llevaban al servicio de Aníbal no podían evitar comparar aquella situación con el enfrentamiento que tuvieron contra los carpetanos en Iberia, cuando éstos fueron masacrados por los cartagineses mientras intentaban cruzar las aguas del Tajo. Sólo que ahora los cartagineses eran los que estaban en la débil posición de ser los que tenían que cruzar el río. Sin embargo, pese a las dudas de la gran mayoría, ninguno se atrevió a replicar a su general en jefe, y oficiales y soldados iniciaron la gran maniobra, con temor y pesadumbre, pero con decisión y tenacidad. Quizá su general, que tantas victorias les había dado, había evaluado bien y ésa era la única salida que les quedaba si no querían permanecer allí atrapados durante semanas hasta que al final romanos y volcos juntaran sus fuerzas en un ejército superior en número al que los africanos habían traído hasta el Ródano.

Los volcos vieron a los cartagineses entrando en el río. Sus jefes rieron de puro gusto. Era lo que llevaban esperando desde hacía días. A sus ojos aquel general extranjero no parecía ser hombre paciente. Aquello sería su perdición. Seguros de sí mismos salieron de sus trincheras y se acercaron hasta la orilla para coger mejores posiciones desde las que lanzar sus jabalinas y flechas. Aquello iba a ser una matanza. Los extranjeros tendrían que replegarse. Llevaban semanas haciendo acopio de dardos y lanzas. Creían tener suficientes, tantas como enemigos se adentraban en el río. Aquél iba a ser un gran día para su pueblo. Además, una victoria de esta envergadura atemorizaría sin duda a los propios romanos y podrían asegurar sus fronteras. Mientras se aproximaban al río, con sus miradas tan fijas en el enemigo extranjero que se aventuraba en sus aguas, no vieron unas pequeñas nubes de humo que de forma intermitente habían ido ascendiendo por el horizonte, justo detrás de sus posiciones, en las colinas que quedaban a sus espaldas. No vieron tampoco a la caballería comandada por Hanón, lugarteniente de Aníbal, que había cruzado el río más al norte, hacía tres días; los mismos días que tardó en volver a descender hacia el sur, pero esta vez por la margen izquierda del Ródano para así alcanzar, sin ser vistos, la retaguardia de los volcos. Además, los galos, en su afán de causar el máximo de bajas a los soldados cartagineses que lentamente entraban en el río, al abandonar sus posiciones en las trincheras, quedaron en una formación completamente vulnerable a la carga de la caballería de Hanón. El lugarteniente de Aníbal, una vez hechas las señales de humo, lanzadas al cielo para indicar a su general que ya se encontraban en posición y que en unos minutos se lanzarían sobre los volcos, no tardó más que unos instantes en organizar su ataque. La caballería cartaginesa se lanzó a galope tendido sobre los volcos. Éstos ni veían lo que pasaba a sus espaldas ni escuchaban el ruido de los caballos sobre la hierba, pues el ejército de Aníbal levantaba un gran escándalo al avanzar por el río rompiendo con sus piernas, escudos y caballos el transcurso de sus aguas. Los volcos sólo se percataron de un extraño zumbido a sus espaldas cuando la caballería de Hanón estaba a apenas cien pasos de ellos. La voz de alarma salió de las gargantas sorprendidas de sus jefes, que ordenaron que ahora las jabalinas fueran lanzadas contra la caballería que los atacaba, pero la confusión era grande y muchos no supieron qué hacer. Algunos galos, no obstante, lanzaron sus jabalinas y flechas contra la caballería de Hanón causando bastantes bajas, pero no hubo tiempo para más andanadas de armas arrojadizas. Los jinetes los habían alcanzado y el combate era cuerpo a cuerpo contra veloces soldados sobre rápidas monturas que se desplazaban por toda la orilla. Aun así, los volcos resistieron el ataque por sorpresa de aquella fuerza inesperada, pero su resistencia los hizo desatender su gran objetivo: detener el grueso de las tropas de Aníbal que cruzaban el río, ahora sin ser molestados por los volcos, entretenidos como estaban en luchar por su supervivencia.

Cuando el ejército de Aníbal alcanzó la margen izquierda, los volcos fueron masacrados. Sólo se salvaron los que se lanzaron a una huida río abajo, nadando por las aguas del Ródano, buscando en el flujo del río, refugio y esperanza. Aquel día su tribu había quedado diezmada, arrasada por aquel general extranjero que los había engañado como si de unos niños se tratara.

Maharbal ordenó el repliegue de sus hombres. El enfrentamiento había sido breve pero cruento. Los romanos luchaban con destreza y las fuerzas estaban equilibradas. Los jinetes africanos no entendían por qué su general les ordenaba replegarse cuando aún no estaba claro a favor de quién se decantaría la diosa Fortuna. Se sentían con ánimo de seguir combatiendo. Un oficial se dirigió a Maharbal.

—¡Podemos vencer, mi general! ¡Podemos derrotarlos!

—¡He dado una orden y el que no la siga tendrá que vérselas luego con el propio Aníbal! —y dio media vuelta a su montura y empezó a replegarse, con un sabor amargo a humillación y cobardía, la que sus hombres interpretaban en sus palabras, aliñada esa desazón con una dosis de orgullo al cumplir las órdenes que había recibido de su superior. Sin embargo, más fácil le habría resultado que se le hubiera encomendado una misión imposible en la que con toda probabilidad fuera a perder la vida, que tener que ordenar este repliegue humillante ante los romanos.

Los cartagineses vieron a su líder retirándose y con el sonido de la advertencia de sus últimas palabras, obedecer o responder ante Aníbal, veloces iniciaron el repliegue ante la sorpresa y alegría de la caballería romana.

Los oficiales romanos dudaron en si debían dar caza a los que huían del campo de batalla. Al fin, se decidieron por no adentrarse más al norte, no fuera que se encontraran con el grueso de las tropas cartaginesas. Satisfechos de sí mismos, emprendieron el camino de regreso hacia su campamento general. Los oficiales tenían ansias de informar al cónsul de la gran victoria conseguida.

Aníbal permanecía aún en la margen derecha del río, supervisando el embarque de los elefantes en las barcazas que debían usarse para ayudar a las bestias a cruzar el Ródano. Los gigantescos animales, no obstante, parecían ser de opinión distinta a la de sus adiestradores y se negaban a seguirlos y montarse en aquellas embarcaciones que, sin duda, a sus ojos, parecían ser demasiado endebles. Aníbal reconoció los problemas que su padre Amílcar ya tuvo que afrontar años atrás para cruzar el estrecho de los Pilares de Hércules y así adentrarse en Iberia desde África. Ordenó que cogieran a las dos hembras mayores, más dóciles, mejor adiestradas, y que las embarcaran primero. Éstas dudaron y opusieron cierta resistencia, pero al fin accedieron a subir a las barcazas, con los ojos atemorizados al verse rodeadas de agua, pero confiando en que aquellos hombres que las cuidaban y les daban de comer, se cuidasen ahora también de que no cayeran al agua.

El resto de los elefantes, en su mayoría machos, al ver a las dos hembras al otro lado del río, cambiaron de actitud y aceptaron, no tanto la idea de subir a las barcazas y de cruzar el río, sino seguir a las hembras. Así, tras un par de horas de trabajos, Aníbal consiguió que no sólo el ejército, infantería y caballería, sino también sus elefantes siguiesen camino a Italia.

El último elefante estaba embarcando cuando la caballería de Maharbal regresó de su misión. Aníbal no necesitó ningún informe. En las cabezas cabizbajas y el rostro triste de aquellos hombres leyó con claridad que Maharbal había seguido sus instrucciones al pie de la letra. Se sintió tranquilo. Las cosas estaban saliendo según las tenía planeadas. Poco a poco las piezas de su estrategia, como si de un gigantesco rompecabezas se tratara, iban encajando unas con otras. Los romanos aún tardarían en entender bien el sentido de cada pequeño pedazo. Eso le daba tiempo. Le daba fuerza. Le otorgaba mayor poder sobre sus enemigos.

El cónsul Publio Cornelio Escipión avanzaba a pie, al frente de sus legiones, hacia el norte, a marchas forzadas. Sus oficiales de caballería ya le habían puesto sobre aviso acerca de la próxima presencia del ejército de Aníbal al narrar el enfrentamiento contra los jinetes númidas. Los informes eran más que alentadores. La retirada de la caballería africana era un buen augurio. Al menos, los legionarios estaban con la moral alta. Era el momento adecuado para entrar en combate. Los hombres estaban predispuestos para el ataque.

Un explorador regresó junto a las legiones; buscaba al cónsul. Pronto lo tuvo enfrente, rodeado de los doce *lictores* de su guardia personal y, como siempre, con su hermano Cneo al lado.

—Ave, mi general.

—¿Querías informarme de algo? Habla entonces y no detengamos más tiempo la marcha del ejército.

—Los cartagineses han cruzado el río. Ha habido una batalla, contra alguna de las tribus galas de la región. Aníbal ha debido de derrotarlos, ha cruzado el río y se ha marchado.

El rostro del cónsul reflejaba sorpresa y rabia. Contuvo sus palabras. Inspiró aire. Espiró.

—Caballos, rápido —pidió enseguida—, Cneo, ven conmigo. Y una *turma* de caballería. Tú, legionario —dijo dirigiéndose al explorador—, llévanos rápido hasta ese lugar.

Cabalgaron a galope tendido, Publio y Cneo al frente, el explorador a su lado, detrás los *lictores* y a continuación un regimiento completo de caballería. En una hora alcanzaron unas colinas. Entre ellas el Ródano se deslizaba en un suave meandro, deteniendo el flujo del río, haciéndolo vadeable. Al pie de las colinas se veían los restos de lo que sin lugar a dudas había debido de ser el campamento general de Aníbal durante varios días. Se veían aún rescoldos de hogueras, armas viejas abandonadas, lanzas rotas esparcidas por el suelo y rastros de sangre sobre la hierba de los heridos que habían sido atendidos entre batalla y batalla. Escipión condujo su montura hasta la misma orilla del río. Al otro lado se veían centenares de cadáveres. El olor a muerto llegaba desde la otra margen.

—El combate ha debido de ser hace un par de días —comentó Cneo—. El olor es infernal —y añadió— por todos los dioses, ¿adónde va este hombre?

—Al norte —comentó el legionario explorador—, el rastro del ejército una vez cruzado el río se encamina hacia el norte.

—¿Más al norte aún? —Cneo no parecía estar muy seguro de los informes de aquel explorador—. Eso no tiene sentido alguno. No tiene sentido. Por Hércules, si va más al norte entrará en los Alpes.

Se hizo el silencio entre los presentes. El paisaje de la margen izquierda era desolador y su terrible aspecto de campo de batalla henchido de muertos era acentuado por el desagradable y profundo hedor que desprendían los cuerpos. Había varias bandadas de buitres que se desplazaban a placer entre un grupo de cadáveres y otro. Algunos estaban tan gordos que no podían volar. Llevaban un día entero comiendo carne humana. Un auténtico festín.

—Sí tiene sentido —comentó el cónsul—. Un sentido extraño pero cada vez resulta más evidente.

—Bien, hermano —empezó Cneo, el único que no usaba el tratamiento de cónsul o señor al dirigirse al general en jefe de las legiones de aquel ejército consular—. Estaría bien que te explicases un poco más.

Publio Cornelio asintió con la cabeza a la vez que empezaba a dar su explicación, su interpretación de los movimientos de aquel general cartaginés.

—Aníbal no quiere combatir hasta alcanzar suelo itálico, hasta acercarse lo más posible a Roma. Quiere llevar la mayor parte de su ejército intacto. Fíjate en el suelo, en esas pisadas junto al agua. Son de elefante. Incluso se lleva esas bestias consigo. Si para rehuir el combate con nosotros tiene que ascender por el Ródano hasta aquí, lo hace.

Si al alejarse de la costa se encuentra con tribus hostiles a su tránsito por sus territorios, la otra margen del río te ofrece el tipo de respuesta que le da a ese problema. Y si para evitar a nuestro ejército consular antes de llegar a la península itálica tiene que adentrarse en los Alpes, eso es lo que decide. Es una locura porque el verano está terminando y el frío llega temprano a las montañas del norte. Es una aventura muy arriesgada. Lo más probable es que esté conduciendo a sus tropas a un final seguro. Entre las montañas, el frío y las tribus salvajes de esa región, es muy poco probable que consiga salir de allí.

—Pero no imposible —apuntó Cneo.

—No, no imposible —el cónsul meditó unos instantes en silencio hasta tomar una determinación—. Bien, bien, éste es un juego complicado y tenemos varios frentes en esta guerra. Esto, hermano, es lo que vamos a hacer.

Desmontó de su caballo e invitó a que Cneo hiciera lo mismo. Luego lo cogió del brazo y lo llevó junto al río, a una pequeña playa natural allí donde el meandro había acumulado una gran cantidad de arena. Sobre la arena de aquel recodo, junto al río Ródano, el cónsul le explicó a su hermano la estrategia a seguir.

Los *lictores* observaban a los dos hermanos: el cónsul hablaba y Cneo Cornelio asentía lentamente con la cabeza.

30

Planos y planes

Roma, septiembre del 218 a.C.

Aún era de noche cuando el joven Publio se encontró con los ojos abiertos de par en par, completamente desvelado. Debían de faltar todavía varias horas para el alba, pero le resultaba imposible continuar durmiendo. Tras unos minutos contemplando las pequeñas grietas del techo de su habitación, se levantó, dejó su lecho y salió al atrio. El aire fresco de aquella madrugada anunciaba el fin del verano y la pronta llegada del otoño. Paseó unos minutos dando vueltas en torno al *im-*

pluvium hasta que al fin, con paso firme, decidió unir sus acciones a sus pensamientos. Se adentró en la estancia que su padre había preparado como biblioteca; una estancia independiente que daba al atrio pero distinta al *tablinum* que, al dar paso entre el atrio y el jardín de la *domus*, resultaba demasiado pública para los documentos más reservados que su padre había ido acumulando con el transcurso de los años.

Publio se procuró luz con una de las lámparas de aceite que dejaban por la noche para iluminar, aunque fuera sólo tenuemente, el atrio. La pequeña lámpara pareció aumentar la intensidad de su luminosidad al cambiar el imposible esfuerzo de dar luz a todo el atrio por el trabajo más apropiado a sus dimensiones de iluminar la pequeña biblioteca donde se adentraba el hijo del cónsul de Roma. Pequeña en cuanto a dimensiones, apenas cuatro pasos por cinco, pero grande por sus contenidos. En decenas de pequeños cestos o canastillas con tapa distribuidos en pequeños armarios con estanterías en su interior se acumulaban infinidad de rollos que su padre había ordenado por temas diversos. Los armarios estaban abiertos, por lo que su padre había guardado los rollos en esos pequeños cestos de madera o mimbre para proteger sus volúmenes. Cada cesto tenía inscrito el nombre del autor de los rollos que contenía en una pequeña hoja de papiro que recubría cada canasto. El joven Publio recordaba las palabras de su padre antes de partir: «Siempre que quieras, puedes entrar en mi biblioteca y consultar lo que desees. De hecho cuanto más leas ahora, de cualquier cosa, seguramente algún día te hará mucho bien. Entra cuando quieras. Y Lucio también. ¡Pero, por Hércules, no me desordenéis los rollos ni me los cambiéis de cesto u os las veréis conmigo a mi vuelta!» Aunque acompañó con una sonrisa aquel aviso final, una de sus últimas frases antes de darse la vuelta y marcharse con las legiones.

Había teatro griego al fondo de la estancia, con una cesta con rollos de varios autores diferentes entre los que sobresalía el número de rollos de obras de Menandro, pero luego había un cesto íntegramente para contener las obras de Aristófanes. En la estantería inferior, se podían ver dos canastillas con obras de los grandes filósofos helenos Sócrates, Platón y Aristóteles. En el lateral izquierdo, estaban los que el cónsul definía como «sus tesoros». El joven Publio, al tiempo que pasaba suavemente sus dedos por los distintos cestos de aquellas estanterías, podía escuchar la voz casi temblorosa de su padre al enseñarle aquellos rollos: comedias y tragedias de Livio Andrónico o poemas de Quinto Ennio, literatura escrita en latín, cuyos propios autores habían decidido entregar alguna copia de sus escritos a un interesadísimo aficionado como era su padre. Nada, sin embargo, de Nevio, del que el cónsul había visto varias obras pero de quien no aceptaba las tremendas y airadas críticas que aquél lanzaba contra la clase dirigente de Roma. Alguna vez, su padre reía al admitir que fue viendo una de las obras de Nevio cuando recibió la noticia de que su madre iba a dar a luz a su primogénito.

En el lateral derecho de la estancia, según se entraba, estaban los volúmenes que, en este preciso momento, estaban en la mente de Publio y por los que había encaminado sus pasos hasta la biblioteca personal de su padre: rollos en los que se recogía información sobre los pobladores de Hispania, sus costumbres y ciudades más importantes, además de documentos recogidos en hojas de papiro sueltas, enlazadas en pequeños montones por cuerdas finas de cáñamo, donde se daba cuenta de información militar relevante relacionada con las principales colonias griegas amigas de Roma, principalmente ciudades de origen griego en las costas de la península. La habitación contenía también en el centro una sencilla mesa y una silla, lisas ambas, sin adornos. Su padre era un hombre austero, sólo algo indulgente en la complacencia con el buen vino y el disfrute de las artes literarias en las festividades que organizaban los ediles de Roma. Para leer una buena obra, decía, no hacía falta nada más que tiempo y que estuviera bien escrita. Sobre la mesa, el hijo del cónsul extendió algunos de los documentos sobre Hispania, que fue repasando con detalle y, luego, se levantó para acercarse al cesto de mapas. Lo abrió y leyó con detenimiento y paciencia cada uno de los epígrafes inscritos en las cubiertas laterales de cada rollo: Sicilia, Roma, Grecia, África, Cerdeña, Galia Cisalpina, Massilia, Hispania, Qart Hadasht y así hasta unos treinta, pero se detuvo al leer el nombre de Hispania. Sacó el plano y lo extendió sobre la mesa, repasando con sus ojos cada uno de los pueblos que vivían intentando retener la región que ocupaban según el mapa: ilergetes al norte del Ebro, edetanos al sur del mismo río, celtíberos más al centro de la región, con Numantia y Segontia como centros importantes, los carpetanos entre el Tajo y el Duero, y los vacceos más al norte, y lusitanos y vettones hacia el oeste; y luego hacia el sur los túrdulos y los oretani entre el Guadalquivir y el Guadiana, y al sur del Guadalquivir los turdetani, los bastetani y los bástulos. El mapa recogía también los límites establecidos por los cartagineses, los territorios conquistados al sur por Amílcar, las anexiones de su yerno, Asdrúbal, y los territorios añadidos al imperio cartaginés de Hispania por Aníbal en los últimos años. Marcados en tinta roja, escritos en la letra que Publio reconoció enseguida como la de su padre, se leían los dos nombres de dos ciudades: Sagunto y Qart Hadasht. La primera estaba claro que su padre la habría marcado por ser el detonante de esta nueva guerra con Cartago, pero no tenía claro el porqué de su interés por el otro enclave, aunque conocía que era una ciudad especialmente importante para los cartagineses. Nuevamente se levantó y volvió a rebuscar en el cesto de los mapas hasta encontrar de nuevo el de aquella ciudad, sacarlo y extenderlo en la mesa sobre los otros.

En lo alto del mapa se podía leer, nuevamente de manos de su padre: «Qart Hadasht, o Cartago Nova en nuestra lengua, capital del imperio cartaginés en Hispania. Ciudad fundada por los propios cartagineses, fuertemente fortificada, centro de suministros de las tropas cartaginesas, puerto de mar, refugio donde los africanos llevan a sus rehenes iberos; enclave calificado de inexpugnable por nuestros ingenieros, al estar rodeado por mar al sur y al oeste y al norte por una laguna; sólo es atacable desde el istmo que por el este une la ciudad con tierra firme, sin embargo, aquí hay una elevada muralla que hace prácticamente imposible aproximarse a la puerta de acceso a la ciudad.» Deslizó entonces el joven Publio sus ojos desde las obras de su padre hasta el plano de la ciudad y observó su puerto, la colina de Vulcano, de Aletes, la montaña Arx Hasdrubalis y las colinas de Esculapio y Mercurio, tal y como venían indicadas en diferentes sectores del interior de aquella ciudad. De alguna forma aquel plano se parecía tanto a la ciudad con la que había soñado en ocasiones que... Voces en el atrio, de un hombre, de dos, y también su madre. Publio se levanta de la mesa y sale de la estancia. En el atrio le sorprende la luz del alba. El sol ya ha despuntado y asciende por el horizonte. En torno al *impluvium* se ve a su hermano Lucio, aún a medio vestir, a un legionario de un ejército consular, su piel sudorosa e impregnada de polvo, y a su madre, con una toga blanca sobre su túnica de noche. El legionario sostiene una pequeña tablilla en su mano derecha. Al ver llegar al hijo del cónsul, el soldado, sin moverse de su sitio, extiende la mano hacia él con la tablilla. Publio avanza, coge la tablilla y la desdobla para leer el mensaje. Primero lo lee en silencio. Se empapa durante unos segundos de las consecuencias de aquel texto y a continuación vuelve a leerlo, ahora en voz alta, para que su hermano y su madre escuchen el requerimiento de su padre:

Estimado Publio:

Debes marchar enseguida hacia el norte y reunirte conmigo en Placentia antes de la llegada del invierno.

PUBLIO CORNELIO ESCIPIÓN
Cónsul de Roma

Aquél era un mensaje demasiado escueto. Suficiente, no obstante, para que Pomponia exhalase un largo y profundo suspiro. Aquel momento tenía que llegar alguna vez. Su hijo era reclamado por su padre para entrar en la guerra. Pomponia estaba mentalizada para este momento, pero de alguna forma pensaba que era demasiado pronto, demasiado por sorpresa. Se suponía que su marido se marchaba primero hacia Hispania para detener a ese general cartaginés. Luego tuvieron que cambiar los planes y el cónsul tuvo que dirigirse hacia Massilia para combatir en la Galia contra el enemigo africano y, ahora, sin más aviso, en apenas unas semanas, se recibía un mensaje indicando que era en el norte de la península itálica donde se estaba fraguando la guerra y encima su hijo era reclamado.

—Debo acudir —dijo el joven Publio, leyendo entre los silenciosos pliegues de la frente de su madre.

—Por supuesto —respondió Pomponia, sin mirarle, con sus ojos fijos en el suelo; inspiró y empezó a dar órdenes a los esclavos que esperaban, prudentemente, en una esquina del atrio—. A este soldado, que se le sirva agua y comida, y vino si lo desea; que tenga todo lo necesario también para lavarse. —El legionario asintió con la cabeza al tiempo que se inclinaba ligeramente en reconocimiento de las atenciones que le iban a ser dispensadas. Estaba agotado. Llevaba una semana ininterrumpida de viaje y aquella comida y la posibilidad de lavarse apaciguaron su corazón endurecido por las penurias de la guerra y el viaje interminable—. Y tú, hijo mío —continuó Pomponia—, debes recoger todas tus cosas, tu ropa, tus... —paró un momento y siguió—, tus armas y tu coraza y escudo y debes marchar con este hombre en cuanto estés listo hacia el norte. El cónsul de Roma reclama a su hijo y éste debe acudir veloz a su llamada.

—Así lo haré, madre —y dio media vuelta y dejó el atrio camino de su habitación. Al cruzarse con su hermano se detuvo un instante. Se abrazaron.

»Cuida de madre, Lucio, cuida de ella.

—Descuida, hermano, y que los dioses te protejan.

Se sacaron *triclinia*, una mesa, fruta, gachas de trigo, vino y agua. Pomponia se sentó junto al mensajero y le preguntó.

—¿Por qué a Placentia y no a la Galia?

El legionario dejó sobre la mesa la manzana que había cogido para responder.

—Aníbal ascendió por el Ródano evitando enfrentarse al ejército consular. Cruzo el río en territorio de los volcos. Éstos se opusieron a él con todas sus fuerzas; debió de haber un gran combate, pero Aníbal finalmente cruzó el río y se ha dirigido a los Alpes. El cónsul ha dividido el ejército en dos partes. El mayor número de fuerzas ha quedado al mando de su hermano Cneo Cornelio Escipión, que se ha dirigido a Hispania para cortar la línea de suministros de Aníbal, y cumplir así el mandato del Senado al ejército consular de Publio Cornelio. El cónsul, sin embargo, ha cogido un grupo menor de tropas y ha ido al norte de territorio itálico para ponerse al mando de las legiones de Placentia y Cremona por si Aníbal consiguiese cruzar los Alpes con vida, pero...

—¿Pero...?

—Eso es prácticamente imposible. Son unas montañas terribles, llenas de angostos desfiladeros y pobladas de multitud de tribus salvajes. Los barrancos, los salvajes y el frío terminarán con el cartaginés.

Pomponia detuvo su interrogatorio y el legionario pudo satisfacer su apetito. Quizá, pensó ella, al fin y al cabo su joven hijo de sólo diecisiete años aún no tuviera que entrar en un campo de batalla. Con la ayuda de los dioses el general cartaginés perecerá en esas montañas. Una idea horrible cruzó su mente. Si aquel enemigo conseguía cruzar aquellas montañas infestadas de tribus hostiles, venciendo a la dura orografía, la nieve y el frío, sería porque aquél no era un enemigo al uso, sino alguien terriblemente especial, poderoso y astuto. Si aquel general cartaginés cruzaba los Alpes, tanto la vida de su marido como la de su hijo estarían en franco peligro. Se sintió impotente, tensa, nerviosa. Sin decir nada se levantó y dejó a solas al mensajero. Éste, una vez que se vio sin la compañía de la señora de su general en jefe, empezó a comer sin disimular ya el ansia que el voraz apetito había creado en su interior.

Pomponia se sentó en el dormitorio conyugal, en el lecho que tantas noches había compartido con su marido y allí, en el silencio y en la soledad, apagando con la almohada su llanto para que no llegara a oídos de ninguno de sus hijos, lloró con la amargura de una niña desvalida, con el dolor de una madre intuitiva, temerosa de la diosa Fortuna. Había soñado con montañas gigantes y con un ejército que las cruzaba. Su cuerpo estaba frío, agitándose sobre la cama al ritmo de sus sollozos.

31

Una villa romana

Roma. Finales de septiembre del 218 a.C.

En las afueras de la ciudad de Roma. Una colina y en lo alto una gran mansión de ladrillo y piedra, rodeada de cipreses erguidos con orgullo, mecidos por el suave viento proveniente del oeste. En el interior de la villa, el atrio y tras el atrio un amplio peristilo con un cuidado jardín. Y allí, en el lado de sombra de aquel jardín, una reunión, un cónclave: un hombre mayor, calvo, delgado pero con una buena barriga, de cincuenta y cinco años en el centro, Quinto Fabio Máximo Verruscoso, dos veces ya cónsul de Roma, que declaró el principio de aquella guerra en el Senado de Cartago; y junto a él su hijo, del mismo nombre, Quinto Fabio, en la treintena, fiel retrato de su padre, con la misma nariz aguileña y ceño constante en la frente, aunque con pelo aún en su cabeza, preparado para entrar pronto en cargos de representación pública; junto a ellos, dos hombres un poco mayores que el hijo, Cayo Terencio Varrón, bien afeitado, con los ojos muy juntos, como si el ángulo de visión de las cosas y de los tiempos fuera único, sin perspectivas, aguardando impaciente su momento de tocar el poder, pretor de aquel año; y Cayo Claudio Nerón, con la mente despejada, pero unos ojos negros brillantes, un fulgor entre curioso y temible, un hombre ambicioso pero más mesurado que Varrón quizá, esperando con algo más de sosiego que su colega la oportunidad que el destino ponga en sus manos para alcanzar la gloria y la fortuna. Por fin, en una esquina del peristilo del jardín, entre las columnas, de pie, presto a acudir si su mentor lo requería, un joven de apenas dieciséis años, Marco Porcio

Catón, con mirada nerviosa, un chico pequeño, ágil en sus movimientos, silencioso, siempre escuchando, constante en sus determinaciones, leal al señor de aquella villa, pero con alguna idea propia que guardaba para sí, pequeños tesoros que escondía hasta que llegara el día adecuado para desenterrarlos. Así, entre sus pensamientos, Catón empezó a escuchar la voz profunda de Quinto Fabio Máximo, acariciando con su poderosa tonalidad las paredes de aquel claustro de piedra.

—Os he reunido a todos porque se acerca la guerra.

Todos asintieron; sin embargo, Fabio Máximo sacudió lentamente su cabeza.

—No, no me entendéis; cuando digo que se acerca la guerra no me refiero a que están a punto de enfrentarse nuestras tropas consulares con los enemigos de la patria, sino que quiero decir que ese enfrentamiento va a ser mucho más próximo a Roma de lo que el Senado estimó jamás. Escipión ha fracasado, nada nuevo, en su intento de detener al cartaginés en Hispania; ni tan siquiera lo ha detenido en la Galia. Aníbal ha cruzado el Ródano y se ha adentrado en los Alpes.

—¿Los Alpes? —preguntó Varrón, formulando en voz alta la sorpresa de todos los presentes.

—Así es, amigos míos; Aníbal desciende hacia el corazón de la península itálica desde las montañas.

—Pero es imposible que un ejército cruce esas montañas, y menos ahora que se acerca el invierno. Los pasos estarán ya impracticables —comentó de nuevo Varrón, que parecía el más decidido a entrar en aquel debate.

—Sea como fuere —continuó Fabio Máximo— Escipión no piensa igual que vosotros: ha dividido sus tropas, mandando la mayoría a Hispania al mando de su hermano para así cumplir con el mandato del Senado de atacar las vías de aprovisionamiento del ejército púnico en Hispania, un movimiento hábil que no me permitirá criticarle en el Senado, una lástima, en fin... —por unos segundos suspiró; prosiguió de nuevo— y se dirige al norte de la península itálica para ponerse al mando de las legiones del norte, las que debieron ser suyas desde un principio si los galos de la región no se hubieran sublevado, entreteniéndonos en reclutar nuevas tropas, dando tiempo a que Aníbal saliera de Hispania y avanzara hasta el Ródano. Cuanto más lo pienso, más claro veo que entre Aníbal y los galos de la región cisalpina hay contactos. Se sublevaron como parte de un plan mucho mayor que ahora empieza a cristalizar.

—Puede ser, pero si Aníbal perece en los terribles desfiladeros de las montañas, atacado por los salvajes, de nada le valdrá todo su maravilloso plan. —Esta vez fue su propio hijo quien se dirigió a los demás. Quinto lo observó en silencio, sin conceder y sin mostrar desprecio. Meditando. Al cabo de unos segundos retomó su relato.

—En cualquier caso, hijo, Publio Cornelio Escipión se dirige al norte, como previsión de lo que pueda ocurrir y debo, aquí en secreto, admitir que comparto sus dudas sobre la imposibilidad de cruzar esas montañas. No estamos ante un pequeño general africano sin ambición ni estrategia; es evidente que este Aníbal lleva tiempo estudiando este plan y cada vez más soy del parecer de que puede conseguir cruzar los Alpes. Y es sobre este planteamiento sobre el que quiero que nosotros construyamos nuestra propia estrategia.

—¿Para presentarla ante el Senado? —pregunto Varrón.

—He dicho nuestra propia estrategia. El Senado tiene la suya, cambiante según el momento y que gestionaremos a nuestra conveniencia, pero está claro que alguien en Roma tendrá que tener una estrategia bien definida para terminar con estos cartagineses o, de lo contrario, serán ellos los que terminen con nuestra civilización. Hasta ahora el Senado se limita a poner el ejército en manos de los Escipiones o de un Sempronio al que quiere enviar a África, esa idea descabellada. Tenemos que pensar en Roma, en proteger a Roma, y en generales que amen nuestra ciudad y nuestras costumbres sin dejarse contaminar por influencias extranjeras ni distraer por nimiedades como libros, literatura, teatro, *et cetera*. Los Escipiones y sus amigos los Emilio-Paulos, han de ser utilizados en esta guerra, pero hemos de ser nosotros los que estemos en los momentos clave, en las batallas clave. Necesitamos nuestros *vélites*, nuestra infantería de primera línea para abrir las líneas del enemigo, pero hemos de ser nosotros los que terminemos las batallas que éstos empiecen. Nosotros somos los *triari*.

—¿Y cómo se supone que hemos de gestionar esta estrategia? —preguntó de forma directa Claudio Nerón. Fabio Máximo le miró con gratitud. La primera pregunta inteligente de la tarde.

—Con el miedo —dijo—. Aníbal cruzará los Alpes. Dispone de tropas entrenadas y, más importante aún, con experiencia en el campo de batalla. Ha conquistado Hispania con esos hombres y aquél es un país complejo con guerreros valientes, enfrentados entre sí, como suele ser el caso entre los bárbaros, pero valientes en la lucha; y Aníbal los ha doblegado con esas tropas que saldrán de las montañas. El cartaginés vencerá a las legiones del norte. Mis augures lo han confirmado. El Senado tendrá que recurrir a refuerzos, a las tropas de Sempronio. Éste es un ejército consular nuevo, inexperto, pensado para África, mentalizado para luchar en el calor de aquellas latitudes que habrá que ver cómo se desenvuelve en el frío del norte. Y si Aníbal no detiene, como es costumbre, la guerra con la llegada del invierno, entonces, tendremos el miedo en Roma.

—¿Y sólo con miedo vamos a manejar al Senado y al pueblo? No lo entiendo.

Era Varrón el que hablaba. Fabio Máximo le miró y Catón, desde la esquina donde lo observaba todo, leyó la mirada de su mentor: «Claro que no lo entiendes, ¿cómo vas a entenderlo si eres como ellos?» En cualquier caso, Fabio Máximo permaneció en silencio. Al fin, se decidió a explicar lo que para él resultaba transparente como el agua clara de un arroyo.

—Con el miedo —empezó—, mi querido amigo Terencio Varrón, se pueden conseguir muchas cosas, se puede conseguir todo. El miedo en la gente, hábilmente gestionado, puede darte el poder absoluto. La gente con miedo se deja conducir dócilmente. Miedo en estado puro es lo que necesitamos. Lo diré con tremenda claridad aunque parezca que hablo de traición: necesitamos muertos, muertos romanos; necesitamos derrotas de nuestras tropas, un gran desastre, que nos justifique, que confunda la mente de la gente, del pueblo, del Senado. Nosotros, en ese momento, emergeremos para salvar a Roma.

Todos se quedaron mirando al viejo ex cónsul, sorprendidos, estupefactos. No daban crédito a sus oídos, pero Fabio Máximo paseó sus ojos despacio por la faz de cada uno de los presentes, subrayando con el brillo intenso de sus pupilas ligeramente dilatadas la determinación de su voluntad. No hubo réplicas.

Los cipreses que rodeaban la villa ya no se movían. El viento se había detenido. Era una hora extraña de la tarde en la que la brisa desaparece y todo parece permanecer inmóvil. Un jardín amplio, con cinco hombres reunidos; un peristilo de columnas y una gran villa rodeándolo todo. La villa en una colina, cipreses en cada esquina de la gran mansión, laderas descendentes por las que serpentea un camino empedrado que se perdía en el horizonte, rumbo a Roma.

32

Centinelas de la noche

Sicilia, octubre del 218 a.C.

Atardecía en Lilibeo, donde el cónsul Sempronio había establecido el campamento general del ejército consular que se le había asignado para la invasión de África. Caminaba gozoso y seguro de sí mismo. El adiestramiento de las tropas había comenzado con auténtica energía. Había algunos heridos por los duros entrenamientos militares en la lucha cuerpo a cuerpo, pero aquello estaba muy lejos de sus preocupaciones. Sólo pensaba en la próxima partida hacia África. ¿Dónde desembarcar? Ésa era su única duda. ¿Justo frente a Cartago o quizá en Útica o incluso más al norte? Su mente siempre lo llevaba directamente a Cartago, pese a que sus tribunos preferían establecer primero una plaza fuerte en la región antes de dirigirse contra la capital del imperio cartaginés. Unos blandos. ¿Cómo iba a sacar adelante aquella campaña con esos oficiales tan flojos? Por eso quería disciplina y adiestramiento sin descanso.

El cónsul paseaba escoltado por sus doce *lictores*, ajeno a las miradas de rabia de muchos de los legionarios.

Tito observó al cónsul paseándose por el campamento. Una vez hubo desfilado la comitiva del comandante en jefe, se retiró, acariciándose el hombro derecho con la mano izquierda, masajeándose los músculos, intentando calmar el dolor de los golpes recibidos aquella mañana por su instructor. Y tenía que dar gracias a los dioses de no haber sido ensartado como una aceituna como le había ocurrido a alguno de sus compañeros del manípulo. Aquello era el ejército, se decía constantemente. Te dan de comer a diario, no con abundancia, pero sí suficiente, desde luego estaba mejor alimentado que cuando mendigaba por las calles de Roma. Los golpes, no obstante, las magulladuras y el riesgo de perecer en un combate con un instructor no habían entrado en sus cálculos. Estaba claro que lo suyo no era calcular nada, ni inversiones comerciales ni planes de futuro. *Carpe diem*, se dijo, y a sobrevivir y a sobrellevar las penurias según vinieran.

Tomó el rancho a solas. Gachas de trigo. Algunos las despreciaban por ser lo mismo que comían en Roma y parecían estar cansados de ellas, pero a Tito le encantaban. Un compañero suyo, mayor que él, le pasó su cuenco a medio comer.

—Toma, si quieres, se ve que a ti te gusta esto.

Tito cogió el cuenco sin dudarlo. El legionario que se lo pasaba continuó hablando.

—Soy Druso, bueno, me llaman así. Vengo de Campania. Ésta es la primera vez que te alistas, ¿verdad?

—Supongo que resulta bastante evidente. Mi nombre es Tito, Tito Macio, de Umbría.

—Por Hércules, tu falta de destreza con el *gladio* esta mañana era de las que hacía tiempo que no veía. Creo que le has dado lástima al oficial y por eso se ha limitado a machacarte el hombro con la parte plana de la espada, pero ándate con cuidado. La torpeza se tolera, pero la indisciplina se paga cara.

—Bien, lo tendré en cuenta —dijo Tito.

Se hizo el silencio. Anochecía. La luz era débil, tenue; las sombras de las tiendas se deslizaban por el suelo, estirándose; el viento era cada vez más frío.

—Se acerca el invierno —dijo Druso—. Se nota en el aire.

—Esta noche me toca guardia. Aunque lo tengo claro: en cuanto se duerma la gente, me busco una esquina donde nadie me vea y me echo a dormir cubierto con mi manta. Por Cástor, ¿a qué tanta historia con las guardias en terreno conquistado? Total, lo único que tenemos enfrente es el campamento de las legiones regulares.

—Yo me andaría con cuidado y estaría bien despierto para entregar tu *tessera*.

—¿Mi *tessera*?

—Sí, una tablilla pequeña en la que los tribunos y los *praefecti sociorum* escriben un símbolo que identifica a cada manípulo. Te la entregarán al entrar en tu turno de guardia y luego una patrulla a caballo pasará por la noche a recoger tu *tessera*. Si no te encuentran en tu sitio, mañana te buscarán los oficiales y te llevarán ante los tribunos. Hazme caso, y estate atento para entregar tu *tessera*. Y basta de charla. Estoy rendido y creo que mañana quieren que hagamos marchas forzadas desde el amanecer. Se ve que el cónsul está ansioso por ir a África a que nos degüellen a todos.

Druso se levantó y se retiró a su tienda. Tito se quedó junto a las brasas del fuego, arropado por su manta, hasta que un oficial se acercó y le entregó una pequeña tablilla con varios números que supuso identificaban su manípulo. El oficial le indicó la puerta en la que le tocaba hacer guardia y que su turno sería el primero de los cuatro de aquella noche. Aquello fueron buenas noticias. Al menos luego podría dormir de tirón hasta el amanecer.

El campamento entero descansaba. Se oía algún perro ladrando en la distancia y, de cuando en cuando, algunos jinetes, seguramente de las patrullas nocturnas recogiendo las tablillas de los puestos de guardia, pero, de momento, nadie se había acercado a su posición. A Tito le seguía doliendo el hombro. Eran breves pero intensos pinchazos agudos. A ratos dejaba su *pilum* y el escudo en el suelo y se masajeaba el hombro. Junto a la puerta empezaba el vallado del campamento. El aire era cada vez más frío y fuerte. Junto al vallado estaría protegido del frío y podría acostarse allí, incluso dormir un rato. Las palabras de Druso aún perduraban en su mente. «Estate atento para entregar tu *tessera.*» Se había atado la tablilla al cinturón de piel, junto a la espada, para no perderla. Podría esperar junto al vallado, bien guarecido del frío, la llegada de la patrulla sin necesidad de tener que aguantar a la intemperie más horas. Aquello era absurdo. En general, su vida había carecido de sentido desde que dejara la compañía de teatro. A veces tienes algo bueno, puede que no el sueño de tu vida, pero algo bastante bueno para ti y no sabes valorarlo, reconocerlo. Cada vez veía con más claridad que eso había sido así con él. A no ser que una gran victoria contra los cartagineses y su participación en la misma cambiara su relación con la diosa Fortuna. Ruido de pisadas, no, de pezuñas. Jinetes a caballo. Dejó de masajearse el hombro y cogió su escudo y su lanza con rapidez. Se puso en guardia, con el *pilum* bajado, y gritó.

—Alto. *¿Quo vadis?*

—Es la guardia. Baja tu arma y danos la *tessera* de tu manípulo.

Tito obedeció sin rechistar y al oficial que se aproximó hasta él sin bajarse del caballo le entregó su tablilla. Le acompañaba un soldado de su manípulo al que había visto en el adiestramiento pero con el que no había hablado nunca. Llevaba a su vez otra pequeña *tessera*.

El oficial escudriñó entre las sombras la tablilla de Tito.

—Bien, puedes retirarte —dijo y, luego, dirigiéndose a los jinetes que le acompañaban—, aquí todo está bien; dejamos al segundo centinela de la noche. Sigamos con el recorrido.

Y se alejaron sin más. Tito y el nuevo soldado de guardia quedaron a solas. Se despidieron con la mirada, sin decirse nada. Se veía que el nuevo centinela estaba muerto de sueño. Tito dio media vuelta y se encaminó hacia su tienda. Una vez en ella cayó rendido por el dolor, la fatiga y el frío. Durmió como un lirón.

Las trompetas del amanecer despertaron a todo el campamento. Tito salió de su tienda esperando encontrarse con un nuevo día de adiestramiento, algo de desayuno y enseguida a combatir o, como dijo Druso, a hacer marchas forzadas hasta la hora del *prandium*. En cualquier caso nada especial por lo que mereciera la pena levantarse. Por eso remoloneó un poco en su tienda, pero apenas había pasado un minuto, cuando dos legionarios de las tropas regulares del ejército consular entraron en su tienda, en la que sólo quedaba ya él por salir, y lo arrastraron fuera. Fue a decir algo pero un puñetazo le aclaró las ideas. En un instante se encontró a medio vestir, en formación con otros tres hombres, en más o menos las mismas circunstancias. Ninguno se había levantado con la celeridad necesaria para estar ya completamente vestido con el uniforme de infantería ligera que les correspondía. Un tribuno, acompañado de uno de los *praefecti* pasó revista a la pequeña formación de centinelas nocturnos.

—Éstos son los soldados que hicieron guardia ayer por parte de este manípulo, tribuno —dijo el prefecto aliado.

—Falta una *tessera* de este manípulo. Aparte veo que a todos les cuesta levantarse a la hora. Por eso recibirá cada uno diez azotes en presencia de sus compañeros. Eso contribuirá a fomentar el ansia por madrugar en este manípulo.

El prefecto asintió con decisión. Tito sintió pánico. Su hombro aún le dolía y diez azotes serían la gota que rebosa el vaso. Pensó en decir algo, pero el puñetazo recibido nada más ser levantado ya le había dado indicación de que el silencio sería su mejor salvoconducto para no recibir más golpes de los necesarios.

—La *tessera* que falta es la del segundo turno —dijo el tribuno. Los soldados que habían sacado a Tito de la tienda cogieron entonces al hombre que estaba a su lado y lo empujaron fuera de la fila. Tito reconoció al soldado que lo reemplazó en la guardia nocturna.

—Bien —empezó el tribuno—, la guardia nocturna es sagrada, en territorio amigo o enemigo. Un centinela dormido es una vía por donde puede venir un ataque sin que haya ninguna voz de alarma que nos permita reaccionar. Dormirse en la guardia es traición y la traición sólo tiene una pena en la legión romana, sea en las tropas consulares o en los manípulos de las legiones aliadas.

Uno de los legionarios que acompañaban al tribuno le entregó un bastón de madera de pino; el tribuno cogió el bastón con fuerza pero se limitó a rozar suavemente la frente del soldado traidor que, doblegado por el sueño, se había apartado para descansar junto al vallado para guarecerse del frío y no se percató de la venida de los jinetes de la patrulla nocturna. Cuando despertó ya estaban en el cuarto turno de la noche y ni el nuevo centinela ni los jinetes de la patrulla quisieron recoger ya su *tessera*.

El tribuno se separó del soldado condenado por traición y los legionarios que lo acompañaban empujaron a Tito y sus otros dos compañeros de turnos de guardia para que quedasen a una distancia razonable. Luego les dieron bastones y piedras. Tito cogió una piedra grande con una mano y con la otra el bastón. No sabía qué hacer. Vio cómo el resto de los soldados del manípulo había recibido piedras y bastones igual que él. Druso también. A una señal los compañeros del soldado condenado empezaron a lanzar piedras contra él. Éste se arrodilló en el suelo y se cubrió la cabeza con las manos, pero seguían lloviendo sobre él más y más piedras. Tito vio cómo Druso, sin mirar al condenado, arrojó su piedra impactando en una pierna del mismo. Sus colegas en la guardia nocturna hicieron lo propio. Tito tragó saliva, inspiró con fuerza y cerrando sus ojos arrojó su piedra. Cuando los abrió vio al condenado arrastrándose por el suelo dejando un reguero de sangre a su paso. Su cuerpo lleno de heridas. Pero la cabeza, protegida con sus brazos y manos, apenas tenía marcas. Aullaba de dolor e imploraba piedad. El tribuno dio otra señal y decenas de soldados del manípulo se lanzaron contra el condenado. Con sus bastones golpearon salvajemente una y otra vez a su compañero sentenciado por traición. Esta vez los bastones se abrieron camino entre los brazos del condenado y encontraron su objetivo: la cabeza del soldado fue machacada, la sangre salpicaba a su tribunal mientras lanzaban intermitentes pero continuos testarazos mortales sobre su cráneo. Se oyó el crujir de huesos. Los aullidos cesaron. El tribuno observó el cumplimiento de su sentencia y contempló con satisfacción cómo todos los miembros del manípulo a excepción de uno, Tito, habían usado tanto piedras como bastones para hacer cumplir la sentencia. El tribuno se dirigió al prefecto.

—Este hombre, que no ha usado su bastón —señalando a Tito—, que en vez de diez, reciba veinte azotes. Y no le condeno a más porque al menos lanzó la piedra. Veinte azotes harán de él un más fiel cumplidor de la disciplina del ejército de Roma.

El tribuno, acompañado de los legionarios y los jinetes que habían venido con él, regresaron al campamento de las legiones consulares. El prefecto ordenó que retiraran el cuerpo del soldado ajusticiado y que azotasen al resto de los soldados condenados por levantarse tarde y, en el caso de Tito, por no usar su bastón en el ajusticiamiento de la mañana.

Tito recibió los veinte azotes con lágrimas pero en silencio. Luego se vistió con rapidez. Sentía gotas de sangre resbalando por su espalda, pero no estaba dispuesto a perderse el desayuno. Cuando llegó, sin embargo, ya era demasiado tarde. Observó con desolación que sus compañeros ya estaban cargando los pertrechos y preparándose para salir de marcha. Estaba a punto de derrumbarse cuando Druso se acercó por su espalda.

—Toma —dijo.

Tito se giró y vio que Druso le había cogido las gachas de su desayuno en un cuenco de barro. Tito cogió el cuenco y con las manos se llevó la comida a la boca sin decir nada a Druso pero comiendo al tiempo que mantenía su mirada fija en los ojos de aquel soldado experimentado proveniente de Campania.

—Come rápido. Tenemos marchas forzadas. Vamos —dijo Druso, y lo dejó a solas para que terminara su desayuno.

33

Los desfiladeros de la muerte

Los Alpes, octubre del 218 a.C.

Un hombre, cubierto su cuerpo con pieles de oveja, se arrastraba sobre la nieve de la cumbre. Había tardado horas en ascender hasta aquel lugar. Sus jefes le habían encomendado aquella misión por ser el más hábil a la hora de escalar y trepar por las alturas de las montañas. Arrastrándose despacio, con suma precaución pues sabía que el precipicio estaba oculto bajo aquel manto de nieve, llegó hasta el mismo borde del abismo. Levantó la mirada cubriendo sus ojos con la palma de la mano para protegerlos del resplandor intenso del sol sobre las cumbres blancas de los Alpes. Sus ojos escudriñaron el desfiladero durante unos segundos hasta que descubrieron su objetivo: en el horizonte, allí donde empezaba el estrecho paso entre las montañas heladas, se vislumbraba una larga y serpenteante fila oscura que, lenta y trabajosamente, parecía avanzar hacia el desfiladero. Se quedó unos minutos observando cómo la zigzagueante serpiente adquiría una forma más definida hasta que sus diferentes componentes empezaron a ser discernibles de forma independiente: centenares de hombres a pie, con espadas, lanzas, escudos y pertrechos a sus espaldas; hombres a caballo, decenas de ellos, y carros con sacos, telas, víveres y, lo más sorprendente, al final de la serpiente de soldados y jinetes, se adivinaba la silueta extraña de unas bestias desconocidas que como gigantescos caballos llevaban a sus lomos varios hombres; unos temibles animales que bramaban con una furia ensordecedora cuyos gritos largos y continuados parecían ascender por las paredes del desfiladero haciendo temblar a las propias montañas. El hombre volvió a deslizarse en silencio, esta vez hacia atrás, alejándose del borde del precipicio y, cuando estuvo ya a una distancia prudente como para poder levantarse sin ser visto, se puso en marcha y, con toda la velocidad que sus piernas y la orografía le permitían, bajó aceleradamente de la cumbre para informar a los jefes de su tribu.

El ejército de Aníbal avanzaba cansado por el inusitado esfuerzo del ascenso, helado por el viento gélido que bajaba de las montañas, agotado por los diferentes enfrentamientos que había tenido que disputar ya con distintas tribus hostiles a su presencia en aquella remota región del mundo. Estaba documentado el paso, hacía unos doscientos años, de las tribus de galos que ahora habitaban en la región del Ródano, pero desde entonces nada se sabía de ningún contingente importante de hombres que hubiese conseguido pasar con éxito por los desfiladeros de los Alpes. Habían sufrido multitud de ataques de pequeñas tribus, pero habían sido escaramuzas que se habían resuelto siempre a su favor tras una contienda breve en las laderas de las montañas. Aquellos desfiladeros, sin embargo, preocupaban al general cartaginés, por lo angosto del espacio que dejaban para las tropas y por lo escarpado de las paredes que se levantaban a ambos lados, pero no había ya alternativa ni posibilidad de vuelta atrás. Los días pasaban y pronto llegaría noviembre. Cada vez había más nieve en las cumbres que los rodeaban y era posible que en unos días los pasos quedaran impracticables. Sólo restaba seguir el avance hasta el final, hacia un incierto desenlace. Por primera vez Aníbal dudó de su victoria.

Rocas de gran tamaño empezaron a caer desde lo alto de las paredes del desfiladero. Primero se oía el silbido que los peñascos producían al cortar el aire con el filo de sus aristas en su interminable caída por el abismo de las montañas circundantes, hasta que al fin se oía el enorme impacto sobre el suelo del estrecho paso. A veces el impacto era como mitigado, no tan seco, sino como una extraña mezcla de chasquidos con un amortiguado pero truculento golpe contra la tierra. Eso último significaba que la roca había alcanzado su objetivo despeñándose sobre una decena de soldados sorprendidos por aquella lluvia de piedras gigantes. Hombres y caballos se refugiaron en los bordes de las paredes, ya que éstas parecían adentrarse hacia el interior de la montaña quedando así a cubierto aquellos que allí se guarecían de las rocas lanzadas desde la cumbre. Un elefante fue alcanzado por un peñasco del tamaño de su cabeza; el animal dobló sus patas delanteras, quedando de rodillas unos segundos, la cabeza partida en dos, sangre roja del animal vertiéndose por doquier, pero, pese al tremendo corte, la bestia se recompuso lo suficiente como para ponerse de nuevo sobre sus cuatro patas y, bramando de dolor, echar a correr como si con su carrera pudiera huir del sufrimiento que la atería; en su locura pisoteaba a los confusos soldados, que pugnaban por buscar refugio en la base de las paredes de aquel desfiladero angosto, aquella trampa mortal en la que se habían adentrado.

Aníbal daba órdenes apoyado por su hermano pequeño Magón y por sus oficiales, Maharbal y Hanón, para mantener la formación mientras que la mayor parte de soldados y bestias conseguía refugiarse de la torrencial avalancha de proyectiles pétreos que se les lanzaban desde las alturas. El general cartaginés aguantó estoicamente durante una hora, hasta que, o bien se quedaron sin piedras en las alturas, o bien se agotaron de lanzarlas. Mandó entonces grupos de soldados de la infantería ligera para que salieran del desfiladero y treparan por ambas vertientes del paso hasta ganar el acceso a las cumbres desde las que se les atacaba.

Tardaron varios días. Aníbal fue reforzando los contingentes que ascendían hacia las cumbres. Los alóbroges lucharon en las cimas de las montañas, pero cada vez subían más y más hombres. Un día, en lugar de llover piedras, llovieron hombres sobre el desfiladero. Aníbal se separó de la pared de la montaña para observar el cuerpo de uno de los muertos: estaba cubierto de pieles de oveja, tenía varias heridas de espada en las piernas y brazos y el pecho partido, reventado por su impacto al caer desde la cumbre. Pronto empezaron a caer más y más cuerpos similares. Aníbal volvió a refugiarse a la espera de que sus hombres terminasen de limpiar la cumbre. En media hora las rocas que supusieron la primera lluvia mortal sobre aquel desfiladero quedaron enrojecidas por el impacto de centenares de cuerpos, aquellos que en un primer momento lanzaron las piedras. Ahora, juntos, reposarían en el desfiladero por los siglos de los siglos.

El ejército se puso en marcha de nuevo. Tras de sí quedó el angosto desfiladero de la muerte, como lo habían bautizado los cartagineses en sus días de refugio en las paredes de aquel paso montañoso. Prosiguió entonces el interminable avance, esta vez ya hacia el sur, en busca de la salida de aquel laberinto de montañas infinitas y heladas. El invierno avanzaba y cada vez encontraban nieve más baja y más profunda. Los africanos aguantaban el frío razonablemente, conocedores de las frías noches del desierto, pero caminar sobre la mojada nieve y resistir los sabañones que la humedad provocaba en sus pies era nuevo para ellos. Además, tras el frío de la noche no veían el calor del día, sino que el frío gélido parecía quedarse con ellos todo el día, y aunque el sol intentaba calentar ligeramente, cada vez estaba más débil y, con frecuencia, pasaba el día entero sin que lo vieran, pues las nubes parecían vivir en aquellas montañas y no desplazarse un ápice. Luego venía la lluvia y, si bajaba la temperatura, se transformaba primero en una lluvia extraña y helada y luego en nieve que se acumulaba en la ruta que debían seguir ralentizando aún más su paso. Así pasaron las siguientes semanas, hasta que un día llegaron al final del camino: en un nuevo desfiladero el paso les quedaba completamente cortado por una lisa muralla de piedra helada; se trataba de un alud de roca y nieve que había caído desde lo alto de las montañas y que con la cercanía del invierno se había recubierto de una gruesa capa de hielo. Un muro infranqueable. Aníbal se quedó observando aquella muralla de la naturaleza, sin ladrillos, sin grietas, más alta que las murallas de Sagunto o Qart Hadasht o cualquier otra ciudad que conociera, más profunda que el mayor de los fosos; impenetrable, imperturbable e indiferente a los hombres, a sus ejércitos y sus luchas. Ante ellos, los dioses interponían el obstáculo definitivo. Aníbal se volvió hacia sus soldados y los contempló agotados, muchos de ellos sentados sobre la nieve, entre aturdidos y desahuciados, observando con estupor aquel muro que se alzaba ante ellos. Habría preferido un muro de hombres o un ejército de salvajes o las tropas consulares de Roma. Todo aquello contra lo que estaban entrenados para luchar, pero ¿cómo vencer al invierno, cómo superar aquella muralla de hielo? Aníbal comprendió que no había ánimo ni fuerzas en aquellos soldados para acometer este combate contra las montañas mismas. Se volvió de nuevo hacia la muralla de hielo, acercándose hasta la misma base y sobre la pared gélida posó sus manos, sintiendo en las yemas de sus dedos el escozor de la quemadura del hielo, buscando en el dolor la iluminación para desbancar a un enemigo con el que no había contado.

Pasan unos minutos. Los oficiales de Aníbal aguardan a una distancia prudencial de su general en jefe. Esperan una orden, instrucciones, una solución. Contemplan descorazonados el muro de roca y hielo de más de veinte metros de altura que corta su paso por el último de los desfiladeros de aquellas grandiosas y terribles montañas. La mayoría lamenta en lo más profundo de su ser haberse embarcado en aquella aventura para terminar de esta forma, no ante un ejército enemigo, en medio de una lucha gloriosa, épica para su país, sino ante un muro de piedra helada indiferente a sus anhelos, a sus deseos y pasiones. Varios se palpaban los cabellos con la mano mientras intentan encontrar algún pequeño resquicio por donde penetrar aquel bloque impávido y gélido. No hay ranuras. Es impenetrable, imposible de derribar.

El general se vuelve hacia sus oficiales y hacia sus soldados. Como el camino asciende lentamente hasta el muro, Aníbal resulta claramente visible. Inspira entonces con profundidad y proyecta con fuerza su voz hacia las profundidades del desfiladero. Sus palabras resuenan entre los ecos de las paredes de aquel estrecho paso y las laderas escarpadas de aquellas montañas engrandecen su voz de forma que resulta audible para la mayor parte de su ejército. Los hombres le escuchan entre sorprendidos, anhelantes y admirados.

—¡Vosotros no sois mis soldados, no sois mi ejército, sois mucho más que todo eso! ¡Vosotros me habéis seguido por Iberia hasta conquistar todos los territorios de aquella vasta región! ¡Me seguisteis incluso cuando la lucha era imposible! ¡Cuando los carpetanos nos doblaban en número junto al Tajo no os desanimasteis sino que confiasteis en mí y vencimos, arrollamos por completo a aquellos que antaño asesinaran a vuestro querido, a mi muy estimado padre, Amílcar! ¡Luego os pedí que me ayudarais a conquistar Sagunto, una ciudad inexpugnable, amiga de Roma, y todos me ayudasteis, sin importaros los meses de trabajos, sin atender a las consecuencias que aquello traería sobre todos nosotros! ¡Y luego habéis formado parte de la mayor expedición que nunca jamás se atrevió a lanzarse sobre nuestro enemigo sempiterno! ¡Los romanos nos temen, nos odian porque nos temen y sólo confían en sus dioses para salvarse! ¡Las legiones... no tememos a las legiones! ¡Cruzamos el Ebro y doblegamos sus posiciones y las de sus aliados! ¡Cruzamos los Pirineos, la Galia, el Ródano, pese a la oposición de los volcos, y penetramos en estas montañas! ¡Los salvajes nos han atacado en infinidad de ocasiones y siempre los hemos derrotado! ¡Allí, tras esta pared de hielo, está la península itálica, con sus valles fértiles, con todas las riquezas sometidas a Roma y que sólo aguardan para ser nuestras! ¡Sus tropas, sus generales confían en la fuerza del invierno, del frío y de las montañas para detenernos, confían en que paredes como ésta nos hagan cejar en nuestro empeño! ¡Pero yo me pregunto... me pregunto, os digo! ¿Hemos cruzado tantos ríos, tantas montañas y luchado contra tantos pueblos para doblar nuestro ánimo ante una muralla de hielo? ¡Murallas poderosas las de Sagunto... y las conquistamos, y eso que estaban atestadas de aguerridos defensores que nos lanzaban piedras, jabalinas, dardos, pez ardiendo! ¡Aquello sí que era una muralla infranqueable y la cruzasteis! ¿Qué se interpone ahora entre nosotros y Roma, entre nuestras fuerzas y sus legiones confiadas, entre nuestra victoria y su debilidad? Sólo una muralla sin defensores, fría, silenciosa! ¡Y yo os pregunto..., os pregunto a todos! ¿Fuisteis capaces de escalar las murallas de Sagunto, de cruzar el Tajo o el Ródano y acabar con los que se oponían a vuestros esfuerzos y no seréis capaces de derribar una muralla sin defensas, un muro que no dispone de ejército para defenderse?

Los soldados cartagineses escuchan con la boca abierta, atentos a cada palabra de su líder. Al fin una garganta aislada rompe el trance de sus compañeros.

—¡Sí, sí seremos capaces, mi general!

Y a la pequeña voz aislada decenas, centenares, miles de gargantas se unen a un tiempo y gritan con todas sus fuerzas.

—¡Sí, podremos! ¡Sí, podremos! ¡Podremos!

—¡Entonces —continuó Aníbal—, a por el muro, a por el muro!

Y treinta mil soldados respondieron como una sola voz, que quebró las laderas de las montañas haciendo temblar la tierra bajo sus pies.

—¡A por el muro! ¡A por el muro! ¡A por el muro!

Tal era la intensidad del gigantesco vocerío engrandecido mil veces por los ecos de las montañas que los rodeaban que la pared de hielo y roca tembló, desgajándose ligeramente, de forma que una grieta surgió desde los pies de Aníbal y como un relámpago ascendió zigzagueante hasta alcanzar la cúspide de la pared. Pequeños trozos de hielo y piedra se vinieron abajo. Aníbal y sus oficiales recurrieron a sus escudos para protegerse y a sus piernas para alejarse de la pared.

Una vez que se tranquilizaron las voces, cesó la lluvia de cascotes helados y el general volvió de nuevo su mirada sobre la pared. Una grieta de varios centímetros se había entreabierto sesgando la muralla por completo. Era un resquicio estrecho, ínfimo casi, pero marcaba una ruta a seguir. Aníbal no dudó y se dirigió a sus hombres de nuevo para culminar lo que había empezado.

—¡Con sólo vuestras voces habéis partido la pared, ahora que sean vuestros brazos los que nos abran el camino! —Y a sus oficiales, rápido, ágil, con los ojos encendidos, empapando a todos de su pasión—: ¡Picos y palas para todos los hombres! Que trabajen por turnos, como si se tratase de una mina. Y el que no tenga picos, que use su espada, lanzas, dagas, cuchillos, lo que sea. Cualquier cosa punzante que sirva para arrancarle las entrañas a esta muralla. En tres días quiero un paso lo suficientemente ancho como para que caballos y elefantes pasen por él.

Los oficiales asintieron y en cuestión de segundos toda la operación se puso en marcha. Maharbal, junto a Aníbal, contemplaba a su general como si de un dios se tratase: tan sólo con el ánimo infundido a sus soldados había quebrado lo impenetrable. Aquel hombre, sin duda, los conduciría a la victoria absoluta sobre Roma. Muchos caerían ante su poderío y nadie podría detener semejante ánimo.

34

Cayo Lelio

**Norte de la península itálica,
noviembre del 218 a.C.**

Cayo Lelio cabalgaba en silencio entre las tiendas del campamento establecido por el ejército consular junto al río Tesino a pocos kilómetros de Placentia. Lelio avanzaba firme sobre su caballo, la espalda recta, las bridas asidas por manos fuertes, culmen de unos brazos bien formados, musculosos. Tenía treinta y pocos años pero se conservaba lozano, fresco, joven. Tal era así, que recientemente optó por dejarse una tupida barba que a menudo acariciaba con sus dedos. Barba y gesto que le hacían más respetable, incluso también para sus soldados. La admiración y fidelidad de los veteranos la tenía asegurada por su valor e inteligencia en las campañas pasadas que habían compartido entre agotadoras marchas, frías noches y complicadas batallas, pero la barba parecía ser la solución rápida para acallar la impertinencia de algunos recién llegados a su regimientos desconocedores del auténtico valor de la espada que Lelio llevaba a su cintura.

En su trayecto vio cómo diferentes grupos de legionarios cortaban grandes troncos para el puente que el cónsul había ordenado construir para cruzar el río. Los hombres trabajaban con tesón, poniendo interés en lo que hacían. En su esfuerzo se adivinaba la preocupación de todos por las noticias que habían corrido por la península itálica. Aníbal había conseguido lo imposible: el general cartaginés había cruzado los Alpes con su ejército y avanzaba hacia el sur de la península, hacia Roma. Entre Aníbal y Roma sólo se interponían ellos en su camino, las legiones del norte ahora bajo el mando del cónsul Publio Cornelio Escipión; nada más. No podían ser derrotados. El otro ejército consular de ese año se encontraba en el sur, en Sicilia, a las órdenes del otro cónsul, Sempronio Longo, preparando una ofensiva contra África para responder así a la osadía de Aníbal con la misma moneda. Era una estrategia bien diseñada por el Senado de Roma, pero la apuesta hacía que Aníbal ahora sólo tuviera uno de los ejércitos entre él y la ciudad del Tíber. Y es que nadie, ni los cónsules ni los senadores ni ningún ciudadano de Roma pensó que el general cartaginés fuera a llegar más allá del Ródano en la Galia.

Pero no era momento de caer en el desánimo o el miedo. Todos pensaban, y Lelio también, que un ejército consular era más que suficiente para detener a Aníbal en el norte de la península itálica. No importaba la probada osadía del cartaginés o su audacia en las rutas escogidas. A fin de cuentas, Aníbal no había hecho nada más que asediar ciudades que no poseían suficiente ejército para su defensa, combatir contra los salvajes de Hispania o tener un inesperado éxito en seguir rutas en las que nadie se habría adentrado. Sin embargo, en algún momento tendría que luchar abiertamente contra los ejércitos de Roma y eso, necesariamente, sería el final de las victorias del cartaginés. Algo decían de victorias sorprendentes contra los galos del Ródano. Bárbaros sin estrategia. No contaba.

Publio Cornelio Escipión había ordenado construir un puente para cruzar el río y cortar el avance de Aníbal enfrentándose a él. Era una decisión audaz pero necesaria y cada soldado subrayaba con su esfuerzo y su sudor en la ingente tarea de levantar ese puente su pleno acuerdo con su general: había que salir a luchar contra Aníbal y detenerle. Nadie había llegado tan lejos o, mejor dicho, tan cerca de Roma con un ejército hostil en decenas de años y tenía que disolverse rápidamente este temor que se estaba apoderando de todos los romanos. El cónsul había ordenado disponer diversas naves que habían ascendido por el río y otras construidas allí mismo de forma que, puestas en paralelo, fueran formando el puente, pero la tarea debía completarse con multitud de troncos que adecuadamente sujetos uniesen las naves entre sí, quedando de esa forma un puente flotante lo suficientemente sólido como para que las tropas pudieran cruzar el Tesino con todos sus pertrechos de guerra cuando esto fuera necesario. Aníbal no debía cruzar este río. Se había escabullido en el Ródano y los había evitado al cruzar los Alpes, pero éste debía ser el final de su viaje.

Lelio se detuvo frente a la tienda del cónsul, custodiada por numerosos legionarios y los *lictores*. Había sido convocado personalmente por el cónsul. Tenía una orden escrita de su puño y letra sobre la cera de una pequeña tablilla y la enseñó a uno de los legionarios que enseguida se aproximaron a él cuando desmontó. El legionario cogió la tablilla con sus manos y ordenó a Lelio que esperara. Otros dos legionarios salieron a su encuentro y se apostaron a ambos lados de Lelio. No era lógico que un decurión que apenas tenía al mando unos treinta jinetes de una *turma* de caballería fuera convocado a solas por el cónsul. Quizá si hubiera una reunión de todos los oficiales antes de una batalla aquello tendría más sentido, pero un oficial de rango menor citado a solas era algo peculiar. El legionario escudriñó la nota pero al final pareció aceptar su incapacidad para descifrar el mensaje contenido en esas letras que no conseguía entender y se volvió para llevarlo a uno de los *lictores* de la escolta del cónsul. Todos los oficiales de la legión sabían leer y escribir, aunque sólo fuera para cumplir con los múltiples trámites burocráticos de gestión tan comunes en el ejército romano, pero la capacidad de leer no era ya tan frecuente entre los soldados. El *lictor* leyó la orden.

El propio Lelio compartía la confusión de los legionarios que le rodeaban. Él era un buen oficial y tenía una excelente hoja de servicios en varias campañas anteriores. Lo más probable es que el cónsul quisiera enviar un grupo de reconocimiento al otro lado del río y hubiera pensado en él por sus buenos informes y su experiencia. En cualquier caso, ésta era la conclusión a la que había llegado al comentar el asunto con algunos de los jinetes a su mando. En conjunto todos estaban emocionados y honrados por ser elegidos para una tarea de este tipo, por muy arriesgada que ésta fuera. No era extraño que en empresas de esta naturaleza un escuadrón de reconocimiento fuera masacrado en una emboscada y lo más habitual en estos casos era que el enemigo se esmerase en no dejar testigos de lo sucedido para mantener al oponente desinformado de lo ocurrido e incrementar su temor y dudas ante la ausencia de los soldados enviados como avanzadilla. Aun así, todos en su escuadrón estaban decididos y casi impacientes por conocer las órdenes del cónsul de Roma.

El *lictor* dio el visto bueno a la tablilla entregada por Lelio y le condujo al interior de la tienda. Ésa fue la primera vez que Cayo Lelio vio al cónsul. Éste estaba sentado, consultando notas que tenía en sus manos, examinando cuentas e inventarios sobre el material y los soldados de las legiones bajo su mando. Lelio permaneció de pie, firme, a unos metros del cónsul mientras éste terminaba la lectura de los documentos que sostenía en sus manos. Al fin, dejó los papeles sobre la mesa y se dirigió a su oficial.

—Cayo Lelio, decurión de la caballería de las legiones de Roma, excelentes servicios en múltiples campañas, ascensos rápidos fruto de sorprendentes muestras de valor, excelsos informes de todos sus superiores; aventurado en ocasiones pero prudente en la mayoría de sus acciones de guerra; siempre victorioso; alguien en quien los demás soldados confían en plena batalla; disciplinado, no discute las órdenes, hace que se cumplan; le gusta el vino y las mujeres, pero esto no incide en sus servicios; bien, todos tenemos que relajarnos. No me gustan los hombres que no tienen alguna debilidad, desconfío de ellos. Creo que en cualquier momento pueden explotar, derrumbarse al haberse creído siempre por encima de los demás. Los que se han emborrachado o han perdido la cabeza por una mujer en alguna ocasión saben que todos somos vulnerables, y eso es importante, ser conscientes de nuestras limitaciones, ¿no comparte esa opinión, decurión?

—Bien —empezó Lelio—, sí, creo que así es, mi general.

Lelio estaba confuso. No era ésta la forma en que esperaba que se desarrollase la conversación. Bueno, en realidad no había pensado ni que fuera a haber conversación alguna ni que el cónsul le fuera a consultar sobre sus opiniones acerca de nada. El cónsul callaba, como esperando que Lelio añadiese algo más a su breve comentario, pero a él no se le ocurría qué decir.

—Supongo —las palabras del cónsul le permitieron escapar del silencio denso de unos segundos antes—, supongo que te preguntas por qué te he hecho llamar.

—Sí... es decir, no. Quiero decir, habrá alguna misión que desea encomendarme a mí, o a mí y a mi destacamento, y en fin, aquí estoy para hacer lo que se tenga que hacer.

—Para lo que se tenga que hacer —Escipión repitió aquellas palabras despacio, como sopesándolas—. Sí, no esperaba menos. —Nuevamente el cónsul se detuvo y se quedó mirando en silencio largamente a aquel oficial. Estaba sin duda ante un hombre recto, con sus pequeñas debilidades, eso estaba claro; aquellas mejillas ligeramente sonrosadas no eran fruto sólo del frío de la mañana, sino de esa pequeña debilidad por el licor; pero aquel hombre inspiraba confianza, seguridad; se había batido en numerosas batallas y nunca había retrocedido. Se apuntó que había salvado a más de un jinete en una confrontación pero, como no pudo probarse a ciencia cierta, no obtuvo la condecoración que seguramente merecía. Aquel oficial, no obstante, no presentó ninguna queja. Nunca reclamaba excepto en una ocasión, y fue para solicitar las pagas atrasadas de sus subordinados, no la propia, transmitiendo con corrección una reclamación justa, evitando la insubordinación. No, a este hombre no era normal que se le amotinaran hombres bajo su mando—.
—Te he hecho llamar para encomendarte una misión, Cayo Lelio. Una

misión vital para mí, la misión más importante que he encomendado a nadie en mis años de servicio a Roma, y quiero que seas tú y tu destacamento de caballería el que la lleve a cabo, y no admito negativas ni comentarios.

Lelio se sintió orgulloso. Sin embargo, no entendió bien por qué el cónsul podía pensar que él fuera a hacer algún comentario a lo que se le ordenase o, menos aún, cómo iba tan siquiera a pensar en no llevar a cabo lo que se encomendase.

—Quiero, Cayo Lelio, que mi hijo tome el mando de tu destacamento pero que tú permanezcas en él como segundo. —El cónsul observó con detenimiento la reacción de Lelio a medida que detallaba las órdenes que le estaba dando—. Mi hijo es muy joven, sólo tiene diecisiete años, pero Roma vive tiempos duros, estamos en guerra y quiero que lo antes posible esté en condiciones de asumir el mando como tribuno en una legión; para ello debe empezar pronto, ya, a tener hombres bajo su supervisión y quiero que empiece con tu destacamento. ¿Algún comentario?

Lelio guardaba silencio nuevamente. No era éste en absoluto el encargo que había esperado recibir, y en su rostro la decepción había debido de quedar marcada. El cónsul leyó en aquellas facciones con claridad, pero tampoco dijo nada. Ya sabía que ningún oficial iba a dar saltos de alegría al ver su mando sometido a un jovenzuelo inexperto por el hecho de ser éste hijo del general en jefe. Por eso quería un oficial completamente disciplinado, inquebrantable en su fe en la autoridad del superior para que su hijo no encontrara problemas en su primer destacamento.

—Bueno —continuó el cónsul—, ya veo que todo está claro y que no hay comentarios por tu parte. Sinceramente, no los esperaba. Pero no he terminado, hay una segunda orden que te voy a dar, una orden mucho más importante y que puede dar lugar a excelentes recompensas por su adecuado cumplimiento o a una infinita ira por mi parte si no es cumplida por desidia o dejadez de tu lado.

Lelio prestó atención, tensó los músculos, dejó de parpadear.

—Te ordeno que defiendas la vida de mi hijo en la batalla en todo momento, te ordeno que evites que entre en una confrontación imprudente y que, si en algún momento has de desobedecer una orden suya para evitar que mi hijo ponga en peligro su vida de una forma absurda, así lo hagas; en ese caso tienes mi orden superior de no obedecerle; sé que tus hombres te respaldarán en todo momento y cuento con ello. También has de saber que esta orden queda entre tú y yo y no la debe conocer nadie, ni mi hijo ni, por supuesto, tus hombres. ¿Queda claro?

Quedaba clarísimo. El cónsul le ponía a su hijo al mando de un destacamento a la luz de todos para que todos le vieran al frente de unos hombres valerosos, pero en realidad, era él, Lelio, quien mandaba el destacamento, pero nadie debía saberlo, sólo el cónsul. Lelio no sabía bien qué pensar. No estaba seguro de estar satisfecho o cómodo con el mandato recibido, o si alegrarse por la confianza del cónsul. Estaba confuso, y la sensación de decepción permanecía sólida en su mente. Ante aquella maraña de pensamientos decidió hacer lo que estaba entrenado a hacer. No rebatir las órdenes recibidas.

—Así se hará, mi general —comentó Lelio—. He comprendido con claridad las órdenes y así serán ejecutadas.

El cónsul veía cierta tristeza en el semblante del oficial, pero también quedaba claro en sus palabras y en el tono firme con el que habían sido pronunciadas que Lelio seguiría aquellas órdenes al pie de la letra independientemente de que le agradasen o no. Su hijo estaría en buenas manos. Quizá no en manos amigas, pero sí en manos expertas en la guerra y disciplinadas y eso ahora era lo prioritario. Su hijo Publio debía ganarse ahora la amistad. Eso no se puede ordenar. Se manda sobre las acciones pero no sobre los sentimientos.

—Puedes marchar. Espero excelentes servicios de tu parte.

Lelio se dio la vuelta tras un saludo a su general y partió.

Una vez fuera inspiró con profundidad el aire frío del amanecer y contuvo sus ganas de gritar y maldecir. Había sido contratado como niñera de un mozalbete que apenas se mantendría en el caballo; en definitiva, le tocaba agachar la cabeza ante el hijo del general delante de todos sus hombres. No, no estaba decepcionado: estaba realmente iracundo, pero lo peor de todo era que sabía que no había nada que hacer sino obedecer.

El cónsul permaneció en su tienda. En unas horas llegaría su hijo. Estaba ansioso por recibirlo y por hablar con él. Hacía meses que no lo veía y tenía que admitir que lo echaba de menos. Echaba de menos a los dos, a Lucio y a Publio. Había llegado la hora de que Publio empezara su aprendizaje en el arte de mandar hombres. Escipión padre no tenía la plena seguridad de cómo saldría aquello. Quizá hubiera sido mejor que el joven Publio hubiera entrado en combate al mando del otro cónsul en el sur de la península itálica. Por alguna razón que no podía determinar, presentía que la gran batalla contra Cartago iba a tener lugar aquí, al norte. Quizá hubiera estado bien alejar a Publio de aquel inminente peligro, pero al mismo tiempo había tantos enemigos de la familia Cornelia apiñados en el Senado que alejar a Publio de su ámbito de poder y control y tenerlo cerca era algo de por sí positivo. Eran tiempos confusos, de cambio, más aún, de crisis. Era difícil educar a unos hijos en la política y el ejército sumidos en una incipiente guerra cuyo fin no acertaba a vislumbrar. El cónsul tomó de nuevo un viejo volumen, un rollo, que tenía en su mesa, escrito en griego, y continuó la lectura de las palabras de Aristóteles buscando en ellas la clarividencia que ahora le faltaba.

35

La *turma* de caballería

Norte del territorio itálico,
noviembre del 218 a.C.

Lelio regresó junto a su destacamento en el extremo norte del campamento romano. Desmontó rodeado de sus hombres, ávidos por conocer la misión que había llevado a su decurión a ser llamado ante el propio cónsul.

—¿Y bien? —preguntó un joven jinete con anhelos de gloria y aventura, un poco inconsciente y para quien ésta era su primera campaña militar—. ¿Cuál es la misión?

Lelio permanecía callado, sin mirar a Marco ni al resto de los hombres. Estaba inclinado estudiando una de las pezuñas de su caballo.

—Vamos, decurión, díganos al menos algo —pregunto Léntulo, un veterano del grupo, que ya había participado en numerosas batallas siempre junto a Lelio como oficial superior.

Lelio sabía que tenía que decir algo. Durante su trayecto de vuelta, regresando desde la tienda del cónsul en el centro del campamento hasta volver con sus hombres, había ocupado su mente en estudiar con detenimiento las alternativas que tenía: callar y no decir nada, mentir o, sencillamente, decir la verdad. La primera opción era imposible, pues la expectación que la notificación del cónsul había levantado entre los hombres era demasiada; él mismo la había aumentado al dejar entrever su propio interés por una misión de reconocimiento en territorio enemigo; no es que Lelio tuviera especial deseo por recibir condecoraciones, sino porque sabía de lo complicado de la situación: el ejército cartaginés no era un enemigo débil y tenía miedo que las misiones de reconocimiento fueran encomendadas a gente inexperta y que, en definitiva, la desinformación de los movimientos del enemigo pudiera conducir a una derrota del ejército consular. Sin embargo, después de la entrevista con el cónsul, todo aquello ya no era cosa suya. La segunda opción, mentir, podría darle un tiempo de sosiego con sus hombres, pero más tarde o más temprano se iba a descubrir la mentira y eso no haría sino minar la confianza que sus jinetes tenían en él. Estaba claro que lo único sensato era decir, tal cual, la verdad del mandato del cónsul; es decir, la orden pública por la que Publio Cornelio Escipión hijo pasaba a tener el mando del destacamento; las órdenes privadas del general con relación a que Lelio debía velar por la seguridad del hijo del cónsul y de que para ello incluso podía revocar una orden del nuevo oficial al mando quedarían entre el propio Lelio y el cónsul. Al menos eso, aunque sólo fuera eso, era un secreto alivio: si el mozalbete daba una orden de locos no habría por qué obedecerle, y los hombres harían caso a su oficial de toda la vida, al propio Lelio; en eso, sin lugar a dudas, el cónsul tenía razón.

—Se me ha notificado que el destacamento pasa a estar bajo el mando de Publio Cornelio Escipión, hijo del cónsul de Roma, general en jefe de este ejército —dijo al fin Lelio, sin mirar a nadie.

Cogió un cepillo y se dispuso a limpiar su caballo, algo para lo que había asignada la soldadesca más joven del campamento, pero que Lelio prefería hacer personalmente con su montura; tenía la teoría de que de esa forma el caballo obedecía mejor a su jinete, si éste le daba personalmente de comer y le limpiaba. Tareas ambas en las que el decurión se ocupaba con esmero y aprecio hacia su caballo. El animal piafó con agrado.

Marco y el resto de los hombres estaban digiriendo la información. Sólo Léntulo se apresuró a replicar.

—¡O sea que nos ha tocado de niñeras del hijo del cónsul! ¡Por

Cástor y Pólux! ¿Y qué más? Tantas batallas para esto. Es vergonzante... además, a fin de cuentas, cuántos años tiene..., ¿veinte, veintiuno...?

Lelio suspiró. Una vez empezada a contar, la verdad debía abrirse paso en todo su esplendor.

—¡Diecisiete! —respondió Lelio sin dejar de cepillar con casi impertinente detenimiento su caballo, el cual al menos ni preguntaba ni se quejaba; eso siempre le había gustado de los caballos: no preguntan, no hablan.

Sus hombres empezaron a quejarse a coro, se les oía explayándose a gusto: menudo desprecio al destacamento, es una injusticia, había más *turmae* con historiales menos brillantes; seguro que el cónsul quería que su hijo se apropiara de las hazañas por las que ya era conocido el destacamento entre el resto de la legión, todo ello aderezado con maldiciones varias y diversas imprecaciones a Hércules, Marte, Júpiter Óptimo Máximo y otros dioses menores como Mercurio e incluso el propio Baco. Lelio al final dejó el cepillo, dio una palmada afectuosa a su caballo y decidió poner orden.

—Publio Cornelio Escipión, hijo del cónsul, es el oficial en jefe de este destacamento y todos acataremos sus órdenes sin quejas ni remilgos y que quede bien clara una cosa —el tono de Lelio era serio, casi hostil a sus propios hombres; todos callaron—, el primero que suelte una insolencia a nuestro nuevo oficial al mando, aparte del castigo que éste disponga si es que dispone alguno, se las tendrá que ver conmigo al acabar el día; y se las verá conmigo a muerte. Tenemos un oficial en jefe nuevo. Aprovechad lo que queda de mañana para lamentaros, quejaros o gruñir; me da igual, pero al mediodía, a no ser que alguno de los dioses a los que tanto clamáis cambie las cosas, en cuanto se presente el nuevo oficial al mando, todo eso se acabó; y, si no, ya sabéis lo que os espera por mi parte.

Lelio nunca amenazaba. Lelio sólo informaba. Todos lo sabían. Vieron a su oficial alejarse entre la multitud de soldados de la legión; quería estar solo. Léntulo resumió para todos, especialmente los más jóvenes.

—Creo que Lelio ha sido muy claro y ha dado instrucciones precisas. Lo mejor será que todos las tengamos muy presentes. —Léntulo observó que los hombres, aunque a desgana, asentían en silencio. Todos acatarían las órdenes, pero nadie iba a sentir simpatía alguna por el nuevo joven oficial al mando.

36

El hijo del cónsul

Norte de la península itálica,
noviembre del 218 a.C.

El cónsul se afanaba en estudiar los mapas que sus exploradores habían bosquejado a partir de los reconocimientos de los días anteriores. El río Tesino era una frontera natural que los cartagineses tendrían dificultades en atravesar. Era allí donde se debía cerrar el paso de una vez por todas a Aníbal. ¿Qué hacer si el cartaginés emergía de las montañas con todo su ejército? Alguien le observaba. Un *lictor* había entrado en la tienda. El cónsul levantó la mirada.

—Se trata de su hijo, está aquí.

El cónsul sintió que el corazón le daba un vuelco de alegría.

—Que pase, que pase.

Al segundo apareció su joven Publio, alto, fuerte, con el uniforme de la caballería, sudor por los brazos, oliendo a caballo, con señales de fatiga por el largo viaje pero con una mirada brillante, atenta, intensa. El cónsul se levantó y abrazó a su hijo mayor.

—¡Por Cástor y Pólux y Hércules y todos los dioses! ¡Estás ya más alto que tu padre! ¡Si sigues así terminarás como tu tío!

El joven Publio sonrió.

—Eso lo dudo, padre, pero sí, parece que algo he crecido estos últimos meses.

—¿Meses ya? ¿Tanto tiempo? ¡Por Hércules, es cierto! Hace ya cinco meses que os dejé en Roma. Es cierto. —El cónsul parecía abrumado por la velocidad del tiempo. Casi ya medio año de campaña. Frunció el ceño. Y sólo una escaramuza con el enemigo. Aquello era lo más peculiar. Tantos días y ni una sola batalla campal. Era una guerra insólita.

—¿Estás bien, padre?

—¿Eh? Sí, sí claro. Ven, siéntate. Cuéntame, ¿qué tal el viaje?, ¿y tu madre, lleva bien mi ausencia y esta guerra extraña?, ¿y tu hermano?, ¿está bien Lucio?, ¿también ha crecido tanto como tú?

Publio sonrió. No sabía bien por dónde empezar. Su padre soltó una carcajada.

—Te he agobiado con preguntas y ni tan siquiera te he ofrecido algo de beber. ¿Agua? ¿Vino?

—Un poco de ambos estaría bien.

—Claro, claro —el cónsul llamó a un esclavo y éste salió de la tienda y regresó al instante con sendas jarras y copas y sirvió a padre e hijo. Entretanto el joven Publio intentaba calmar la curiosidad de su padre.

—Lucio ha crecido, no tanto, pero también ha crecido. Madre se ocupa de todos los asuntos, con ayuda del *atriense*. Está bien. Te echa de menos. Lo dice a menudo. Al tío no parece echarlo tanto a faltar. Las cosas van bien, aunque en Roma hay mucho nerviosismo. ¿Es cierto que Aníbal ha cruzado los Alpes?

El cónsul se reclinó en su silla antes de responder.

—No lo sabemos con seguridad. Tengo exploradores por todos los valles desde aquí hasta las montañas. Si sale de aquellos desfiladeros, lo sabremos enseguida y estaremos preparados para recibirle. El cartaginés no debe pasar de aquí y no pasará. ¿Qué se cuenta en el foro?

Su hijo ya sabía a qué se refería su padre con aquella pregunta, así que no se anduvo por las ramas y fue directo al asunto.

—Fabio Máximo solivianta a senadores, patricios y pueblo por igual. Critica tu decisión de dividir las tropas y de venir al norte en lugar de a Hispania, según lo acordado, pero en el Senado muchos te respaldan. Emilio Paulo ha defendido tu decisión y muchos comparten su forma de ver las cosas: un cónsul tiene que acudir allí donde vaya el enemigo, dijo. La gente ha aceptado la decisión.

—El viejo de Fabio teme una victoria mía contra Aníbal; cree que el cartaginés saldrá muy debilitado de los Alpes, sin duda, y que una victoria será cosa fácil. Por eso critica la decisión de que viniera aquí para detenerle.

Su hijo asintió.

—Eso mismo nos comentó Emilio Paulo la noche anterior a mi partida.

—Sí. Es interesante ver que coincidimos. En todo caso, la cuestión se zanjará pronto. En unos días nos enfrentaremos con Aníbal, o con lo que quede de él tras el paso por las montañas, al norte del río. He mandado construir un puente. ¿Lo has visto?

—Sí, padre. Al venir. Un gran trabajo.

Su padre sonrió orgulloso. Cambió de tema.

—Te he asignado una *turma* de caballería de buenos jinetes. Estaba al mando de un veterano, un hombre rudo pero leal, un buen legionario sin lugar a dudas. Cayo Lelio es su nombre.

—Cayo Lelio —repitió el joven Publio como grabando su nombre en su mente.

—Este decurión ha entrado infinidad de veces en combate. Sigue sus consejos. Tú estás al mando, pero déjate aconsejar por él. Has de intentar establecer una buena relación con este hombre: si él te acepta, todos le seguirán detrás, ¿me entiendes?

—Sí, padre.

—Bueno, pues eso es todo de momento. Es tarde ya. Todos debemos descansar y estar dispuestos para el combate. Pronto saldremos hacia el norte. Muy pronto.

Su hijo se levantó. El cónsul volvió a abrazar a su primogénito y lo acompañó a la salida de la tienda. Una vez fuera lo vio alejarse a lomos de su caballo en dirección al extremo del campamento donde se encontraba la *turma* de Cayo Lelio. Su hijo estaba allí. Sintió una mezcla confusa de sensaciones. Estaba feliz. Sólo verlo le había animado el espíritu, pero una profunda desazón le marchitaba la alegría inicial que aquel encuentro había despertado. Era demasiado joven para luchar. Demasiado joven. Si le pasara algo, no se lo perdonaría nunca. Le entraron dudas. ¿Sería Lelio el hombre adecuado para acompañar a su hijo? Estaba cansado. Ya no discernía bien lo correcto de lo inapropiado. Debía poner en consonancia sus acciones con sus palabras y predicar con el ejemplo.

—Buenas noches —dijo, dirigiéndose a los *lictores*.

—Buenas noches, mi general —respondieron los soldados de la guardia consular.

El general en jefe del ejército romano establecido junto al río Tesino entró en su tienda. Con ayuda de un esclavo se quitó la coraza, la espada y el resto de las prendas militares. Se quedó a solas. Apuró el vino que quedaba en su copa. Su hijo lo había bebido todo antes de salir. Influencia de Cneo. Ojalá el resto de las enseñanzas de su hermano hayan permeado igual, pensó. Se acostó e intentó dormir.

Era ya la hora de la primera guardia. El joven Publio dejó su caballo en los establos de la guarnición y se dirigió a su destacamento. Era demasiado tarde para encontrar a nadie despierto, más allá de los centinelas nocturnos y las patrullas de guardia con su ir y venir de *tesseras* y controles en los diferentes puestos de vigilancia, por eso se sorprendió al ver un oficial de caballería, un decurión, alto, maduro, junto a una de las hogueras que se habían usado para cocinar la cena de los legionarios. Publio se acercó a aquel hombre que, al abrigo de los rescoldos de la hoguera, buscaba calentarse las manos en aquella fría noche de noviembre. Se puso frente a él e imitó su gesto frotándose también las manos. El oficial tenía una profusa barba y una frente con incipientes arrugas. Iba armado y no tenía cara de ser un gran conversador, pero se le veía tan seguro de sí mismo que esa misma seguridad invitaba a hablar con él.

—No pensé que fuera a hacer tanto frío ya tan pronto —dijo el joven Publio para iniciar una conversación mientras seguía frotando sus manos una contra otra y aproximándolas a los rescoldos de la hoguera, inclinándose un poco para facilitar la operación.

El decurión le miró antes de responder.

—El norte es así —dijo con una voz grave.

Luego se hizo el silencio. Pasaron un minuto sin decir nada más, compartiendo el calor de la moribunda hoguera en aquella noche en vísperas de una guerra. Publio quería seguir hablando, pero no tenía muy claro por dónde continuar. Estaba pensando en marcharse sin más, cuando el decurión empezó a hablar.

—Es tu primera vez en campaña, ¿verdad?

—Sí, supongo que resulta demasiado evidente —respondió Publio.

El oficial le miró con detenimiento.

—No tanto. Es el hecho de que eres muy joven.

Publio asintió.

—¿Tienes miedo? —preguntó el oficial—, ¿por eso no duermes?

—Es que acabo de llegar de Roma para incorporarme a la caballería del ejército consular —luego Publio dudó en proseguir, pero al fin añadió—, pero mentiría si no dijera que tengo un poco de miedo.

El oficial abrió los ojos y escudriñó la mirada de su joven interlocutor nocturno.

—Todos lo tienen, aunque muy pocos lo admiten. ¿Tanto miedo como para flaquear en el campo de batalla? —preguntó el decurión.

—No, tanto como para eso no. Espero que no.

—Entonces todo está bien.

Publio pensó que era el momento de presentarse, pero le molestaba tener que desvelar que era el hijo del cónsul. Se dio cuenta de que aquélla era la primera conversación que mantenía con alguien que no conociera su auténtica personalidad en toda su vida. Junto a aquella hoguera que se consumía en la madrugada sólo había dos soldados, dos oficiales, uno muy joven, bastante nervioso en su primera campaña, y otro veterano, seguro, serio.

Volvieron a compartir el silencio de la noche durante varios minutos, hasta que el maduro oficial volvió a hablar.

—Mi nombre es Cayo Lelio, ¿y el tuyo?

El joven Publio no pudo evitar dar un pequeño paso hacia atrás. Ahora tenía que descubrir su nombre. Su interlocutor se acababa de presentar y además resultaba ser el oficial que estaba bajo su mando. Qué absurdo, pensó, que aquel hombre veterano, seguro y experto estuviera bajo sus órdenes y no al revés. En un instante pensó en cómo debería sentirse ante aquella humillación que su propio padre le había impuesto.

—Soy Publio... Cornelio Escipión.

Contrariamente a lo que esperaba Publio, el decurión no pareció sorprenderse.

—Sí, esperábamos al nuevo oficial al mando próximamente.

No había ni reconocimiento especial ni desprecio. El decurión se dirigía a él con corrección, sin mostrar más sentimientos. Otra cosa es lo que aquel veterano estuviera pensando. Publio, una vez superada su sorpresa inicial, decidió saber más de la situación con la que se iba a encontrar.

—Los hombres, los jinetes de la *turma*..., ¿cómo se han tomado la asignación de un nuevo oficial al mando?

Lelio le miró como valorando hasta qué punto se podía ser sincero con aquel joven patricio hijo del cónsul. No llegó a ninguna conclusión clara. Decidió aventurarse.

—Mal.

—Entiendo —dijo Publio. La hoguera estaba prácticamente apagada. El frío de la noche húmeda parecía penetrar por todos sus huesos. Estaba cansado.

—¿Muy mal? —Publio buscaba un resquicio de esperanza en su primera campaña. Lelio no era compasivo en según qué circunstancias.

—Muy mal —sentenció el decurión.

Publio bajó la cabeza. Meditó. Alzó el rostro y mirando fijamente a Lelio preguntó de nuevo.

—¿Obedecerán o tendré problemas de disciplina?

Lelio no le miraba ahora, sino que había buscado con sus ojos las estrellas, pero le escuchaba atento. Aquélla era una pregunta muy apropiada en un oficial que asume el mando de una nueva *turma* o manípulo. El jovenzuelo también era alto y eso siempre quedaba bien ante los soldados bajo su mando. Era su extrema juventud lo que crearía esa extraña sensación de ir comandados por un niño.

—No —dijo al fin Lelio—, no habrá problemas de disciplina.

Publio comprendió aquellas palabras en su justa medida: puede que hubiera problemas de disciplina pero no los habría porque para eso estaba él, Cayo Lelio, para impedirlos. El joven oficial buscaba algo positivo que decir con que halagar a aquel hombre, algo que mitigara aquella incómoda situación de verse sometido en el mando a un inexperto y descaradamente joven nuevo oficial que además ha sido puesto en dicha posición por ser el hijo del general en jefe de aquel ejército.

—No sé si valdrá de algo —empezó Publio—, pero me gustaría que supieras que estoy seguro de que si mi padre ha elegido tu *turma* de caballería para que éste sea mi primer destino en mi primera campaña, es porque está convencido de la valía de tus hombres y de que tú eres uno de los mejores oficiales de todo este ejército. Espero no desentonar en exceso y no avergonzar el crédito que el destacamento se ha ganado por sus propios méritos. Ahora me voy a dormir. Buenas noches.

—Buenas noches —respondió Lelio, y se quedó mirando cómo aquel joven se alejaba.

El hijo del cónsul estaba nervioso. Con aquellas palabras estaba buscando congraciarse. Bueno. Mejor así. Lelio intentó ponerse en su lugar: no debía de ser sencillo ser siempre el hijo de alguien tan importante e intentar estar siempre a la altura de lo que se espera de uno. Él nunca tuvo esas presiones. Tuvo otras. Las de luchar para ascender desde la nada. No tenía claro que ambos caminos fueran comparables en los obstáculos a superar para alcanzar el respeto de los que te rodean, pero aquella conversación le había dibujado una imagen diferente a la que se había forjado en su mente: esperaba encontrarse con un mozalbete mimado y orgulloso y, pudiera ser que lo fuera, pero al menos no había quedado patente en aquel primer encuentro. Decidió no dedicarle más tiempo a aquellas elucubraciones sin sentido. Los dioses dispondrán el destino de aquel joven y, como siempre en una campaña militar, será finalmente el campo de batalla el que dictamine su sentencia definitiva. Habrá que esperar al combate. Lelio escupió en el suelo. En cualquier caso habría preferido una misión de reconocimiento en el norte.

37

Al encuentro de Aníbal

Norte de la península itálica,
noviembre del 218 a.C.

El cónsul, apoyados sus brazos sobre una mesa, meditaba. La confirmación de que el cartaginés había conseguido su objetivo, cruzar los Alpes, no dejaba de sorprenderle. Estaba claro que Roma se encontraba ante un enemigo diferente a cuantos habían encontrado anteriormente; pero, aun así, el cónsul albergaba gran confianza en los planes que había elaborado y en la destreza de sus tropas para derrotar al enemigo. Su hermano Cneo iba camino de Hispania para cortar así los suministros de Aníbal y él mismo por su parte había juntado un poderoso ejército para poder enfrentarse al cartaginés y frenar su avance. Era el momento de poner los planes en marcha, de dar las órdenes pertinentes. Además, el enfrentamiento entre las dos caballerías, la romana y la cartaginesa, junto al Ródano, fue claramente favorable a las tropas consulares y eso había subido la moral al ejército.

En un primer momento pensó en hacer avanzar a todas las legiones y que todos los soldados cruzasen el río, pero, pensándolo mejor, concluyó que sería más conveniente hacer una salida de reconocimiento con la caballería. Para evitar emboscadas decidió salir con toda la fuerza de caballería. Eso implicaba juntar a más de dos mil quinientos jinetes combinando a un tiempo rapidez de movimientos y una fuerza de disuasión poderosa; los cartagineses tendrían que pensárselo bien antes de atacarlos. Además, decidió que junto con la caballería los acompañaran unos mil *vélites* de la infantería ligera, como tropas de refuerzo ante una posible batalla.

El cónsul, acompañado de su escolta, se situó en la puerta norte del campamento; de esa forma el general en jefe podía pasar revista al conjunto de tropas que se llevaba para esta misión de avanzadilla al otro lado del río. El último destacamento de caballería en salir del campamento fue el que comandaba su hijo. El cónsul no pudo evitar sentirse orgulloso al ver a su joven vástago cabalgando al frente de aquel grupo de jinetes. A su lado, a la derecha, ligeramente retrasado, cabalgaba Lelio. Escipión padre había tomado la decisión de que ese destacamento de ciento sesenta jinetes, junto con otras *turmae* con un número similar, quedaran en la retaguardia de las tropas que había seleccionado para esta misión. Quería que su hijo estuviera próximo a la primera línea de los combates que se pudieran producir para que aprendiera desde la proximidad la dureza y la crueldad de la guerra, y algo de estrategia; pero quería evitarle el peligro inminente que suponía entrar en combate directo al principio de una batalla, cuando el desenlace de la misma aún estaba por decidir.

Lelio y sus hombres, al salir del campamento en la cola de la formación, vieron confirmados sus temores de que el cónsul habría pensado en preservar a su hijo del combate, con todo lo que eso implicaba, es decir, que todos ellos, todo el destacamento quedaba a su vez alejado de la batalla que pudiera tener lugar.

Tras cabalgar unos quince minutos aquella mañana fría de noviembre llegaron junto al río Tesino. Era un lugar donde el río bajaba con fuerza, con turbulencias. Había una gran humedad en el aire. Hacía frío, caía una lluvia fina y el viento arreciaba con violencia.

El cónsul y su escolta que cabalgaban al frente de la caballería llegaron al emplazamiento del puente que los legionarios habían estado construyendo durante las semanas precedentes. El paso sobre el río, formado por más de quince naves puestas en paralelo unas junto a otras, era una impresionante obra de ingeniería militar romana. Con infinidad de troncos fuertemente anudados entre sí se tapaban los huecos que quedaban entre las naves. Habían construido un sólido puente flotante. El agua del río circulaba entre las quillas de las naves de forma que el espacio que quedaba entre nave y nave hacía las veces de ojos del puente.

El cónsul ordenó que el primer destacamento de caballería, en hilera de a cuatro, avanzase sobre el puente para cruzar el río. Las quince naves fueron absorbiendo el peso de los ochenta jinetes y sus monturas a medida que éstos avanzaban por el puente. Los caballos notaban los troncos vibrando bajo sus pezuñas, pero el puente, pese a las dudas que los brillantes ojos de los equinos planteaban, se sostenía firme.

Mientras los destacamentos de caballería iban cruzando el río, éstos iban formando al otro lado preparados para la carga por si los cartagineses los sorprendían en el proceso de cruzar el Tesino. El cónsul sabía que éste era uno de los momentos más delicados de toda la operación. Era, sin duda, el espacio de tiempo donde las tropas con las que había salido a hacer reconocimiento de la región quedarían más vulnerables ante un posible ataque sorpresa; por eso había dado órdenes estrictas de que los destacamentos que cruzasen el río estuvieran preparados para entrar en combate en cualquier momento. Sin embargo, no pasó nada. El conjunto de las tropas a caballo tardó media hora en cruzar el Tesino. A continuación le siguieron las tropas de infantería ligera, los *vélites*. Al cabo de otros treinta minutos todas las tropas se encontraban en el lado norte del río, reunidas de nuevo, dispuestas para continuar el avance.

Publio Cornelio Escipión ordenó que las tropas avanzasen siguiendo el curso del río. Y así lo hicieron durante varios kilómetros. El valle estaba en silencio. No se oían pájaros y, si bien es cierto que era invierno, aquello incomodó sobremanera al cónsul, de tal forma que decidió, contrariamente a lo que era la costumbre en los ejércitos de Roma, enviar exploradores por delante de las tropas para evitar un encuentro inesperado con el ejército cartaginés.

Las tropas levantaban una gran polvareda en su avance. Había sido un otoño seco en el norte y, pese a la humedad que las aguas del río despedían, el terreno por el que avanzaban estaba bastante seco, de modo que las pezuñas de los dos mil quinientos caballos y las sandalias pesadas de los mil infantes sacudieron el polvo del camino creando una nube que podría ser visible a gran distancia. Estaba claro que en forma alguna podría sorprender al enemigo.

Llevaban una hora de marcha junto al río cuando uno de los decuriones que cabalgaba al lado del cónsul señaló un punto del horizonte.

—Mi general, ¿ha visto eso?

A lo lejos, en la distancia, se vislumbraba una nube de polvo que a cada momento se hacía mayor. En ese mismo instante, cabalgando a galope tendido, llegaron varios de los exploradores. Sólo venían a confirmar lo que ya todos sabían: el ejército de Aníbal se encontraba ante ellos, apenas a unos miles de pasos de distancia; la nube que veían era el indicador además de que las tropas cartaginesas no estaban detenidas, de que también avanzaban sobre ellos a gran velocidad. Muy posiblemente el combate se cernía sobre la caballería romana y la infantería que los acompañaba.

El cónsul ordenó detener el avance de las tropas. Había que prepararse para la lucha. Rápidamente reunió en torno suyo a los tribunos de la infantería y a los decuriones de la caballería. Entre ellos estaba su hijo. Se trataba de una rápida reunión del Estado Mayor de las tropas que había traído consigo al norte del Tesino. Publio Cornelio Escipión, cónsul de Roma, dio órdenes precisas: la infantería debía posicionarse al frente, cargando sus jabalinas preparados para lanzarlas cuando los primeros jinetes de Aníbal se acercaran a ellos; detrás de la infantería en formación cerrada se situaría la caballería; quedarían cuatro *turmae* de jinetes en la retaguardia como tropas de refresco que sólo intervendrían en caso de necesidad. Los informes de los exploradores habían sido confusos y poco precisos. No quedaba claro cuáles eran exactamente las fuerzas con las que contaba Aníbal en ese momento. Solamente habían coincidido todos ellos en que el general cartaginés, en una operación similar a la que había hecho el cónsul, se había adelantado al grueso de su ejército con su caballería, dejando al resto de su infantería atrás. Escipión, aun desconociendo si Aníbal le superaba en número, estaba animado a entrar en combate, decidido a ello, entre otras cosas, por la experiencia anterior contra ese mismo ejército que ahora se dirigía contra ellos cuando las dos avanzadillas de la caballería se enfrentaron en el Ródano. ¿Por qué tendría que ser diferente ahora el sentido del combate? En cierta forma, el cónsul no podía evitar pensar que la estrategia de Aníbal de rehuir la lucha en la Galia y dar el rodeo de cruzar los Alpes pudiera en gran parte deberse a un cierto temor del general cartaginés a entrar en combate abierto con un ejército consular romano al completo. Escipión sentía además que sus tribunos, decuriones, jinetes y legionarios compartían esa misma sensación de posible victoria contra la caballería cartaginesa. Por ello, tras posicionar las tropas, aguardó tranquilamente a que Aníbal y su ejército se dibujaran en el horizonte y, al igual que ellos habían hecho, se dispusieran en formación de combate.

Aníbal dio orden a su ejército de que se detuviera. A su voz miles de caballos frenaron su avance. El general cartaginés observó el despliegue de las tropas romanas. Esta vez iba a atacar. Estuvo mirando la formación de la caballería romana durante varios minutos sin decir palabra alguna. Ninguno de sus oficiales se atrevió a cortar ese silencio. Por fin, Aníbal dio instrucciones. Aparentemente se trataba de algo muy simple. Una carga frontal con toda la caballería contra las tropas romanas. La única instrucción especial era que el avance tenía que ser al galope. Había que evitar que la infantería romana dispuesta en la primera línea pudiera hacer uso de sus jabalinas o, al menos, minimizar las bajas causadas por éstas. Ahora iban a combatir al cien por cien de sus fuerzas. Sabía que los soldados estaban deseosos de luchar y que haber derribado con sus propias manos la muralla de hielo que hacía unos días les cortaba el paso hacia la península itálica no había hecho sino alimentar el ánimo y las ansias de sus tropas por alcanzar su gran objetivo: Roma.

38

La batalla de Tesino

Norte de la península itálica,
noviembre del 218 a.C.

La caballería cartaginesa, siguiendo las órdenes de su general, se lanzó al ataque a galope tendido. El cónsul romano observó la carga y ordenó que la infantería ligera de primera línea se preparara para arrojar sus jabalinas, pero la caballería cartaginesa empezó a acelerar en su avance hasta transformar su carga ofensiva en un auténtico estruendo con miles de caballos haciendo volar sus pezuñas sobre la tierra de aquel valle. Los centuriones de la infantería ligera romana gritaron sus órdenes.

—¡Esperad a la señal! ¡No lancéis jabalinas hasta la señal! ¡Tenemos que esperar hasta que estén a nuestro alcance!

Pero la caballería cartaginesa avanzaba a tanta velocidad que, cuando los centuriones dieron la orden de arrojar las jabalinas, todo pareció ocurrir al mismo tiempo. Los legionarios romanos lanzaron sus afiladas armas y algunas de éstas alcanzaron sus objetivos, cayendo derribadas decenas de jinetes cartagineses, pero todos los que no habían sido derribados al segundo alcanzaron la formación romana y arremetieron contra las líneas de *vélites* arrasando todo a su paso. Primero embistieron a los legionarios de la primera fila ensartando a muchos con sus lanzas alargadas que arrastraban a un metro y medio de altura del suelo buscando los pechos de los soldados enemigos y enseguida, una vez clavadas sus lanzas en los cuerpos de los primeros legionarios, cogieron las que les quedaban partidas aún en sus manos, las arrojaron contra los enemigos que huían y desenfundaron las espadas. La caballería romana avanzó dejando espacios para que los legionarios de la infantería pudieran replegarse tras ellos. Y así lo hicieron a toda velocidad, esto es, los que pudieron salvarse de la sangrienta escabechina que la caballería cartaginesa en su carga había hecho entre sus filas.

Las dos caballerías se enfrentaron sin espacio para cargar la una contra la otra. Toda la primera línea de batalla se transformó en un inmenso desorden de miles de caballos y hombres, donde el nerviosismo de las bestias hacía cada vez más difícil que los jinetes pudieran o bien defenderse de los golpes del contrario o bien ser precisos en sus estocadas. Tanto los jinetes de un bando como de otro terminaban por desmontar para seguir la lucha cuerpo a cuerpo desde tierra. Los jinetes romanos se veían entonces reforzados por el regreso de la infantería superviviente a la carga inicial cartaginesa, que ahora se reagrupaba junto a los jinetes romanos para entre todos luchar cuerpo a cuerpo, metro a metro, contra los cartagineses.

El cónsul combatía en el centro de ese tumulto de hombres y bestias. Su hijo observaba desde la retaguardia los acontecimientos. El joven Publio, con su destacamento de caballería junto a otros tres grupos de jinetes de similar número que el cónsul había ordenado que quedaran retrasados como tropas de refresco, vislumbraba también en la distancia al general cartaginés, subido en su caballo, rodeado de un nutrido contingente de caballería que le salvaguardaba en todo momento, actuando a modo de *lictores* de aquel general extranjero. Pero lo peor, pensó Publio, estaba por venir, pues el general cartaginés disponía aún de dos inmensos contingentes de caballería a ambos extremos de su formación inicial. Se trataba de sendos regimientos de guerreros númidas procedentes del norte de África, excelentes jinetes, los mejores del mundo conocido. Aníbal había ordenado que el grueso de su caballería se lanzara sobre los romanos desde el centro de su formación, pero aún disponía de estos dos remanentes de caballería en los flancos. Publio, nervioso, observó cómo Aníbal alzaba su brazo; en el combate la enorme algarada de soldados, caballos enfurecidos y sangre envolvía a su padre. La batalla estaba igualada. Aníbal bajó su brazo de golpe, como si lo dejara caer, y los dos regimientos de la caballería númida se lanzaron contra los romanos. En su avance rodearon el gran tumulto sobrepasando las líneas de combatientes cartagineses y romanos hasta situarse en la retaguardia de la caballería romana. De esta forma el cónsul y sus tropas quedaron bloqueados. Los *vélites*, entre agotados, muchos de ellos ya heridos, y aterrorizados por los refuerzos del enemigo, comenzaron a escapar en una desordenada huida. Unos doscientos jinetes númidas los siguieron. La infantería era un objetivo fácil de batir por una caballería bien entrenada, especialmente cuando se perseguía a soldados aterrorizados que, obnubilada su razón por el miedo, olvidaban protegerse. Uno a uno, todos iban siendo acuchillados por la espalda. La infantería romana estaba siendo aniquilada, ensartado cada legionario como si de fruta madura se tratara.

Uno de los escuadrones de tropas de refresco, al observar el desastre en el que la batalla se estaba transformando para las tropas romanas, dio la vuelta y empezó su retirada. Acto seguido, los otros dos escuadrones que estaban a la derecha de Publio empezaron a agitar sus monturas nerviosos. Sus decuriones contemplaban a la *turma* del joven Publio, aunque en realidad tenían sus ojos fijos en Cayo Lelio, el oficial más experimentado de los que habían quedado en retaguardia.

Los númidas que observaron la retirada de una de las *turmae* de caballería romana y el nerviosismo del resto de los escuadrones romanos de la retaguardia, enfervorizados por su clara victoria, se lanzaron en persecución de los jinetes enemigos que habían iniciado la huida mientras otros aguardaban los movimientos de las restantes tropas.

Publio, atónito, observaba el desastre. Su padre estaba rodeado por las fuerzas cartaginesas, apenas ayudado por sus *lictores* y un centenar de sus hombres más fieles que le envolvían y protegían mientras éste intentaba dar órdenes para poder organizar una retirada razonable. Fue entonces cuando el joven Publio tomó la decisión. Se dirigió a Lelio y dio su primera orden como decurión en un campo de batalla.

—Vamos a atacar. Hay que salvar la vida de nuestro general.

—Esto... —Lelio dudó, pensó y continuó al fin con firmeza—. Esto ya no es posible, decurión. Es demasiado tarde. Demasiado tarde.

Publio le miró fijamente a los ojos. Lelio evitó sostener aquel pulso visual. El oficial romano estaba igualmente aturdido por lo que estaba ocurriendo pero su experiencia le decía que la batalla estaba perdida, que no había nada que hacer, más que buscar la forma de escapar vivos de aquella carnicería. Quizá éste era el momento, con decenas de númidas entretenidos en la persecución del escuadrón de retaguardia que había huido y el resto de los cartagineses ocupados en su combate con el grueso de la caballería romana. Recordó además la orden que había recibido del propio cónsul: evitar que su hijo entrara en una acción donde su vida estuviera en claro peligro. Puede que fuera posible lanzarse e intentar ayudar al cónsul. Quizá si no tuviera la otra orden del cónsul, del propio cónsul ahora rodeado, eso sería lo que intentase él mismo, aunque en el empeño perdiera la vida y probablemente la de todos sus hombres.

El joven Publio se quedó mirando a Lelio. Esperando una explicación a la respuesta que había dado. Como el oficial no decía nada, Publio repitió su orden. Esta vez más despacio, pronunciando cada palabra, como si aquél no le hubiera entendido.

—He dicho que vamos a atacar. No he preguntado lo que piensas y no me interesa si crees que es posible o imposible lo que yo he ordenado. Te he dado una orden, una orden concreta. Prepara los hombres para el ataque. Me aseguraste que no tendría problemas de disciplina.

Lelio sintió aquellas últimas palabras como una daga en su vientre, tragó saliva y decidió cumplir la orden, pero aquélla recibida y oculta dada por el cónsul. Volvió a hablar.

—Eso es una locura total. La batalla está perdida y, aunque lo lamente mucho, el cónsul también está perdido.

Los soldados escuchaban el debate entre su experimentado oficial y el nuevo decurión, apenas un muchacho, al mando del regimiento. Todos compartían la visión de Cayo Lelio. Lo mejor era buscar la forma de replegarse. Sin embargo, volvieron a escuchar la voz de Publio Cornelio, de aquel joven muchacho de diecisiete años, decidida y firme en su orden. Esta vez les habló directamente a ellos, sin mirar ya a Lelio.

—¡Jinetes de Roma, os doy una orden como vuestro oficial superior! ¡Vamos a atacar bajo mi mando! Seguidme. Tenemos la obligación de defender a nuestro general en jefe. ¡No podemos permitir que un cónsul de Roma caiga en manos de los cartagineses!

Y sin más, sin esperar a ver la reacción de sus hombres, sin volver a mirar a Lelio, simplemente inspirando profundamente, desenfunda su espada, aprieta fuerte las riendas de su caballo y se lanza, solo, hacia la vorágine de la batalla, cabalgando directo hacia donde se encuentran su padre y sus hombres luchando entre la vida y la muerte en un círculo cada vez más pequeño.

Cayo Lelio desmonta de su caballo. Arroja su escudo al suelo con rabia. Maldice su suerte y la de sus hombres y a todos los dioses. Pone los brazos en jarras contemplando al decurión alejarse al galope. Siente las miradas de los jinetes a su espalda. Nadie se mueve, ninguno obedece las órdenes de aquel decurión enloquecido que cabalga hacia su muerte.

Cayo Lelio inhala aire con profundidad hasta llenar por completo sus pulmones del viento frío de aquel valle aquella mañana de noviembre del 218 a.C. Henchido de locura monta de nuevo sobre su caballo. Agita entonces las riendas con fuerza y grita al aire que respiran, a las montañas que los envuelven y a los enemigos que matan y mutilan a los romanos.

—¡Al ataque! ¡Por Roma, por el cónsul!

Los jinetes de la *turma* se miran entre sí y azuzan sus monturas con golpes de talón en el vientre de los animales y chasquidos de las riendas. Una enorme polvareda se levanta a su partida y tras ellos sólo queda el silencio.

El cónsul daba las órdenes con decisión. Era lo único que le quedaba: firmeza en el mando, pues la estrategia había quedado ya abandonada. Se trataba de sobrevivir.

—¡Mantened las líneas, nos replegaremos manteniendo la formación! ¡Manteneos unidos! ¡Juntos!

Los soldados romanos luchaban con gran energía, pero los cartagineses combatían con una fuerza inusitada. La visión del cónsul tan próximo a ellos los animaba. Todos querían participar en el apresamiento o en la muerte de un cónsul de Roma. El premio que recibirían de su general en jefe sería magnífico.

Los romanos habían intentado mantener dos líneas en el círculo defensivo que había en torno a la posición de Publio padre, para de esa forma ir turnándose en el combate, sustituyendo los de la segunda fila a los de la primera cuando éstos estaban extenuados o bien cuando eran heridos; pero muchos habían sido ya los que habían caído o los que habían sido gravemente heridos o yacían completamente exhaustos. Tantas habían sido las bajas que sólo quedaba una línea de defensores en torno al cónsul. Éste no lo dudó ni un instante. Había llegado su turno y pensaba cumplir con su obligación de soldado igual que lo habían hecho y lo seguían haciendo sus hombres. Espada en mano se lanzó a cubrir la posición de uno de los soldados extenuados y empezó a combatir cuerpo a cuerpo. Los cartagineses, cada vez mayores en número, parecían multiplicarse por segundos.

El cónsul para un golpe con su espada. Se revuelve con rapidez y hiere de muerte al soldado cartaginés en el vientre. Otro soldado africano le sustituye. El cónsul vuelve a parar otro golpe con su escudo, y otro más de un nuevo soldado cartaginés que se ha unido en la lucha contra él. Publio, cónsul de Roma, retrocede un paso. Caen nuevos golpes que frena con un escudo abollado. Los golpes son cada vez más fuertes y se suceden con mayor velocidad. En una de las acometidas pierde el escudo, que queda en el suelo, perdido. El cónsul retrocede unos pasos. En circunstancias normales un grupo de sus soldados saldría a protegerle de forma inmediata, pero la batalla ya no se desarrolla en circunstancias de normalidad. Todos los *lictores* han fallecido en la contienda. Los pocos jinetes romanos que aún luchan junto al cónsul lo hacen ya por su propia supervivencia. Están rodeados por los cartagineses, más numerosos, más crecidos en su afán de victoria absoluta. Cada soldado romano está combatiendo por su propia existencia.

El cónsul se encuentra solo, con su espada, ante varios cartagineses que le acometen desde ambos flancos. Frena un nuevo golpe con la espada, se revuelve y hiere a uno de los enemigos en el hombro, pero no tiene tiempo y en ese momento, desde el lado contrario, una espada cartaginesa desgarra la piel de su pierna. El cónsul pierde el equilibrio primero; luego llega el dolor. La sangre brota por el muslo. Intenta incorporarse, pero la pierna derecha se niega a darle el impulso que necesita para levantarse. Cae otro golpe poderoso que detiene nuevamente con la espada. Intenta alzarse de nuevo, pero es imposible. La pierna derecha no responde y el dolor se acrecienta. En el sufrimiento siente el sudor que le cae por la frente. Ésta será su última batalla. Con un esfuerzo ímprobo se alza de nuevo, quemando así todas las reservas de su espíritu. Si ha de morir que sea de pie, luchando junto a sus hombres en el campo de batalla. Recuerda a su mujer y a sus hijos. Tarde para corregir cosas, tarde para decirles palabras que debería haber dicho. Los cartagineses se abalanzan sobre él. Es el fin del cónsul de

Roma. Publio Cornelio Escipión cae de rodillas; un soldado cartaginés se aproxima a él para asestar el golpe de gracia. La espada enemiga desciende poderosa, orgullosa sobre el cuello del general romano pero cuando está a punto de alcanzar su objetivo otra espada se interpone en su ruta mortal. El joven Publio acaba de llegar. Ha cabalgado al galope sin mirar hacia atrás hasta llegar junto a su general en jefe, junto al cónsul de Roma, junto a su padre. El joven soldado, con la furia y la fortaleza que otorga la juventud y su natural inconsciencia, se interpone entre su padre herido y los soldados cartagineses ávidos por abatir al cónsul y así conseguir las recompensas prometidas por Aníbal; pero en su lucha, dos de los cartagineses caen rápidamente a manos del joven oficial romano recién llegado. El joven Publio combate con la destreza adquirida en sus años de adiestramiento en Roma y con una extraña frialdad que sorprende a su mismísimo padre. El cónsul abatido, aún de rodillas, observa al oficial que le ha salvado la vida, por el momento, y enseguida reconoce la silueta de su hijo combatiendo. En un instante sus sentimientos se confunden. En un primer instante la felicidad lo embarga por ver su vida salvada y, más aún, porque un cónsul de Roma sea salvado nada menos que por su propio hijo; admira y se deleita en el valor de su primogénito, pero inmediatamente se percata de que la situación no puede ser más triste. Ese día no será el día de su propia muerte, sino también el día en el que vea morir a su hijo con él. La situación de la batalla no ha cambiado. No entiende bien cómo ha llegado hasta allí su hijo solo y sin refuerzos, pero todo apunta a una locura propia del joven espíritu de su vástago. El cónsul intenta levantarse, pero las piernas no le sostienen; intenta dar órdenes, pero la voz no le responde. Ha perdido mucha sangre en el esfuerzo anterior para alzarse y luchar de pie. Sin embargo, más allá de toda esperanza y de toda lógica, cuando el ánimo y la fe en los dioses se han desvanecido, de pronto, decenas de jinetes romanos irrumpen en la batalla. Son tropas de caballería romana de refresco que llegan con renovadas energías a la contienda. Acometen a los cartagineses con un vigor sorprendente que enseguida termina con varios de los enemigos más próximos a alcanzar al cónsul y a su hijo. Acto seguido el oficial que los dirige pone un caballo junto al cónsul. Dos jinetes desmontan y ayudan al general a subir a la montura. Entretanto ya son un centenar de jinetes romanos los que se han abierto camino y hacen que los cartagineses se retiren. Y siguen llegando más jinetes romanos que aseguran la posición. Los cartagineses intentan montar de nuevo sobre sus caballos, pero muchos de éstos han desaparecido en el fragor de la batalla. Así, a pie, los cartagineses se retiran.

Cayo Lelio ha dirigido el destacamento del joven Publio hasta donde se le había ordenado por parte de su oficial al mando. Y al lanzarse él con el destacamento contra los cartagineses, las otras *turmae* romanas que estaban a punto de emprender la huida se unieron a la carga y de esa forma habían juntado unos doscientos cincuenta jinetes que ahora mantenían a raya a los cartagineses. No obstante, la situación era de inferioridad en el conjunto de la batalla y no podían dilatarse en aquella lucha que los cartagineses dominarían en cuanto se recompusieran de la sorpresa inicial ante la llegada de estos refuerzos romanos ya inesperados.

—¡Hay que replegarse a toda prisa! ¡Montad en los caballos y retiraos! —gritó el joven Publio.

En esta ocasión nadie discutió su orden. Los romanos buscaron monturas, igual que lo hacían los cartagineses, y se subieron a ellas, con la diferencia de que los que no encontraban caballo subían junto con otro jinete en el mismo caballo y retrocedían juntos. El cónsul se mantenía sobre el animal que le habían proporcionado, escoltado por cuatro jinetes que Lelio había asignado para su protección. En el repliegue Lelio y el joven Publio cruzaron sus miradas. El joven oficial no ocultó su mezcla de sentimientos: desprecio ante las dudas iniciales de Lelio y su negativa a seguir las órdenes de un superior y alegría indescriptible de que al fin, fuera como fuera, allí hubiera llegado Lelio con los hombres necesarios para hacer posible la retirada suya y, más importante aún, la de su padre, la del cónsul. El general en jefe de las tropas romanas, al menos este cónsul, no caería en manos de Aníbal. No hubo tiempo para palabras. En unos segundos todos cabalgaban al galope en dirección al río Tesino.

Los cartagineses se reagrupaban con rapidez. Aníbal descendía desde la colina en la que había observado toda la acción y en unos minutos llegó junto a sus tropas. Se puso al frente y cabalgaron decididos tras los romanos, todos bajo su mando, seguros de su victoria cercana, encendidos por la sangre romana que habían derramado por doquier.

Aníbal pensaba, absorto, abrumado por los recuerdos. La entrada de aquel joven oficial romano para ayudar *in extremis* al cónsul ya abatido y rodeado le había traído a su memoria otra batalla, muy lejana ya en el tiempo, que se había esforzado en distanciar de su mente, que había intentado enterrar con infinidad de nuevas contiendas y lances para al fin poder olvidarse por completo de la misma. Y, sin embargo, aquel joven oficial romano había devuelto toda la viveza a sus recuerdos. De pronto, aquel atardecer junto al Tajo había regresado a su cabeza como empujado por el mismísimo Baal. Veía la figura de su padre Amílcar luchando entre espadas y escudos enemigos, con decenas de iberos golpeando sobre él, sobre su casco, contra su espada y escudo, luego agrietándole la coraza con afiladas puntas, y veía ahora la sangre de su padre ya tendido en el suelo, junto a aquel maldito arroyo que moría en el Tajo, cortando con su líquido transparente y en silencio la respiración de su padre, mientras que él, distraído por los enemigos, se afanaba en defender el cuerpo de su padre caído de los golpes mortales que cada guerrero ibero pugnaba por asestar sobre el general cartaginés abatido. Aníbal bajó la mirada. La cabeza parecía explotarle hasta el punto de que se llevó una de sus manos a las sienes y se quitó el casco. El aire frío de noviembre pareció devolverle un poco la compostura y trasladar algo de sosiego a su espíritu desolado. ¿Cómo algo tan lejano de pronto podía reavivarse hasta mortificar el corazón con tan extrema crueldad?

Maharbal se aproximó a su superior.

—¿Os encontráis bien, mi general?

Aníbal asintió y lentamente volvió a ponerse el casco. Sacudió las riendas y todos aceleraron el paso de sus caballos hasta avanzar al trote, evitando numerosos cadáveres de romanos repartidos por el valle. Algunos buitres comenzaban a trazar grandes círculos, aún lejanos, en lo alto de un cielo lánguido.

—¿Quién sería ese oficial? —preguntó Maharbal, entre hablando para sí mismo y dirigiéndose a su general. Realmente no esperaba recibir respuesta, pero Aníbal, con voz clara, transmitió la conclusión a la que sus recuerdos le habían conducido, pues entre el dolor y el sufrimiento de la memoria, había tenido ya fuerzas para deducir quién podía luchar de aquella forma por salvar la vida del cónsul.

—Aquél, sin duda, era su hijo, Maharbal. Era el hijo del cónsul. Sólo un hijo, para salvar a un padre, combate con esa esperanza en una posición perdida. Yo lo intenté, pero el agua de un arroyo me privó de la compañía de mi padre y a Cartago de su mejor general. Este joven ha tenido a sus dioses más atentos y su valor, porque hay que reconocerlo, ha sido valiente, se ha visto recompensado. Pero la mañana no ha terminado. No hemos terminado. Todavía estamos en combate. Adelante. —Y dirigiéndose a todos volviendo su rostro a sus jinetes—: ¡Al galope, a por ellos, que no crucen el río! ¡Hacia el río!

39

Un puente sobre el río

El río Tesino,
noviembre del 218 a.C.

Los romanos cabalgaron durante media hora. Los caballos estaban extenuados. Algunos se habían visto obligados a llevar a más de un jinete y el esfuerzo los tenía exhaustos. Alcanzaron así el puente de naves sobre el Tesino. Un jinete se aproximó hasta el joven Publio.

—¡Decurión! ¡El cónsul quiere hablar con vos!

Publio Cornelio Escipión hijo aceleró el ritmo de su caballo hasta ponerse a la altura del cónsul. Éste cabalgaba doblado sobre su montura, atenazado por el dolor y el sufrimiento. Uno de los soldados le había vendado la pierna con un paño que se encontraba completamente teñido de un rojo oscuro, denso, fuerte. Un reguero de sangre semiseca se había vertido desde la pierna hasta el vientre del caballo, perdiéndose en la parte inferior del animal.

—¿Querías hablar conmigo, mi cónsul? —preguntó el joven Publio.

Su padre no se levantó ni le miró. No estaba para esfuerzos extra ni para cumplidos, pero sí para dar las órdenes que eran necesarias. Su voz, aunque entrecortada por la fatiga, transmitió las instrucciones de forma suficientemente comprensible.

—En cuanto crucemos el río... hay que desmantelar el puente... El puente debe deshacerse..., los cartagineses no deben cruzar el río.

—Así se hará —fue la rápida respuesta del joven oficial. Quiso añadir alguna palabra que reconfortara a su padre del sufrimiento que padecía. No supo qué decir. Era difícil mitigar el dolor de quien sufría no sólo por las heridas recibidas sino, sobre todo, por la derrota a la que había conducido a su caballería. El cónsul tampoco añadió nada más. Así, el joven Publio se retiró y, acelerando nuevamente la marcha de su montura, fue junto a Cayo Lelio que cabalgaba al frente de aquella improvisada formación de repliegue.

—El cónsul ha ordenado que el puente sea deshecho una vez que crucemos.

Lelio asintió con la cabeza, sin mirarle. De alguna forma el joven oficial entendió que no hacía falta más. Y estaba cansado y no tenía ganas de discutir. No habrían estado de más unas palabras que subrayaran aquel leve asentimiento de cabeza, pero en la situación en la que estaban no había tiempo para sutilezas. Dejó que el destino dictaminara: si Lelio era el oficial que su padre había descrito, aquella orden de desmantelar el puente sería ejecutada concienzudamente, pero si no lo era, nadie sabía lo que podría haber detrás de aquel tenue asentimiento. La forma en la que había combatido Lelio hacía honor a su fama, pero sus dudas en el momento clave en el que había de lanzarse para socorrer al cónsul henchían la cabeza del joven Publio de incertidumbre.

Llegaron al río.

Los romanos fueron cabalgando sobre el puente. El primero en pasar fue el cónsul herido con su escolta. Los soldados que custodiaban el puente no podían ocultar su desolación. El cónsul se retiraba con apenas dos centenares de sus jinetes. Ya habían visto diferentes grupos de tropas que habían cruzado el río de forma desordenada y se temían lo peor; no obstante, de alguna forma ver al cónsul herido acompañado de un pequeño regimiento de caballería retirándose a toda prisa era algo que no habían esperado presenciar.

El regimiento de caballería fue cruzando el puente. Todos excepto un hombre. Cayo Lelio permaneció en la retaguardia. El joven Publio alcanzó el puente con los últimos jinetes. Observó entonces a su segundo oficial dirigiéndose a los soldados que custodiaban el puente.

—¡Es orden directa del cónsul de Roma que el puente sea desmantelado inmediatamente! ¡Rápido! ¡Coged las espadas y cortad todas las sogas que sostienen las naves sobre el río! Tenéis unos minutos para soltar las naves. ¡Apresuraos! ¡Corred de una vez, por todos los dioses!

Los soldados observaron al decurión que había frenado su avance y se había quedado para escuchar las órdenes de Lelio. El joven Publio corroboró las órdenes de su oficial.

—¡Ya habéis oído! ¡Tenéis unos minutos para deshacer el puente! ¡Marchad!

Los legionarios se pusieron a trabajar de inmediato. Un grupo se adentró en el puente y comenzó a cortar las sogas que sujetaban a los barcos entre sí. Otros cruzaron el puente y cogieron hachas para cortar las cuerdas que sostenían a varios de los barcos amarrados a la orilla del río. Lelio y Publio cruzaron juntos el río observando y animando a los soldados en su trabajo. Al llegar al lado dominado por las tropas romanas, ambos desmontaron y cogieron sendas hachas. Sin mirarse, pero como gobernados por el mismo sentimiento de urgencia y necesidad, se encaminaron cada uno a uno de los grupos de legionarios que se esforzaban en deshacer las cuerdas que sustentaban el puente en ese lado. No era una tarea tan sencilla como la que pudiera pensarse pues los romanos, en su afán por asegurar la estabilidad del puente, habían puesto un gran número de esas amarras en cada extremo. Eran sogas tan gruesas en algunos casos como el brazo de un soldado y habían sido untadas con aceite para protegerlas de la intemperie. Las espadas resbalaban en el óleo y apenas cortaban. Las hachas hacían más destrozo, pero en cualquier caso era un trabajo lento. Desatar los nudos era tarea imposible ya que los días de constante tensión sujetando las naves habían apretado tanto las cuerdas que sus líneas no eran discernibles allí donde habían sido entrecruzadas para forman cada nudo.

Una polvareda anunció en el horizonte la llegada de las tropas cartaginesas junto al río. Los legionarios que quedaban aún en la orilla del río por la que se aproximaban los enemigos se retiraron dejando alguna espada y algún hacha sobre el suelo, abandonadas, en su prisa por ponerse a salvo cruzando al otro lado del río. Al llegar a la otra orilla inmediatamente fueron interpelados por el joven Publio.

—¿Habéis cortado todas las cuerdas de ese extremo?

Los soldados no respondían. El decurión leyó en sus ojos que no habían terminado con la orden que habían recibido. Por un momento pensó en ordenar que regresaran a la otra orilla y que, aun a riesgo de su vida, cumplieran la orden. Sin embargo, reconsideró la situación en unos segundos donde sus pensamientos se pisaban unos a otros. Él mismo tenía miedo. Salían de un combate desastroso, con el cónsul herido, en franca retirada. Añadir a estas circunstancias una orden suicida para un grupo de legionarios no haría sino desmoralizar aún más al resto de las tropas. El joven Publio sintió las miradas del resto de los soldados que por un instante se habían tomado un respiro en su tarea para observar de qué forma el joven oficial, hijo del cónsul, pensaba resolver la situación: los soldados habían huido sin cumplir la orden, los cartagineses se acercaban y el puente seguía firme sobre el río.

—Coged hachas —empezó al fin el oficial—. ¡Coged hachas todos! Y el que no tenga hachas que use su espada. ¡Ayudad a los dos grupos de esta orilla del río! ¡Entre todos hay que cortar todas las cuerdas y empujar las naves para que el puente se deshaga antes de que lleguen los cartagineses! El enemigo no ha de cruzar el río por este puente. ¡Ésta no es una orden mía sino del cónsul y el que no cumpla en esta orilla el cometido esta vez no responderá ante mí, sino ante el propio cónsul!

Los soldados huidos de la otra orilla comprendieron que el joven oficial les estaba dando una segunda oportunidad y fuera por agradecimiento o por temor a tener que presentarse ante el cónsul para responder de no haber cumplido una orden suya, se abalanzaron sobre las cuerdas y con todas sus fuerzas empezaron a ayudar a sus compañeros a rasgar y cortar cada una de las decenas de amarras. Con el refuerzo del nuevo equipo de legionarios, todos concentrados ahora en una orilla, el trabajo empezó a dar frutos y las primeras cuerdas empezaron a deshacerse. Eran dos grupos de unos veinte legionarios y jinetes cada uno. Junto a ellos estaban los caballos de sus amos, esperando ser montados cuando éstos terminaran con su trabajo en el puente. Lelio y Publio ilustraban con el ejemplo de su sudor al resto de los soldados cómo acometer la orden que el cónsul había dado. En ese momento los cartagineses aparecieron en la otra orilla entre la inmensa nube de polvo que habían levantado.

—¡Seguid cortando! —gritó el joven oficial romano—. ¡No miréis a los cartagineses y seguid cortando! ¡Mientras no se adentren en el puente no podrán alcanzarnos con jabalinas o proyectiles! ¡Seguid cortando! ¡Seguid, por Roma, por el cónsul!

Los soldados, entre el sudor de todos y la sangre de los heridos que se habían unido a la tarea, continuaron en el esfuerzo. Los cartagineses llegaron junto al puente. Aníbal, acompañado de una pequeña escolta y sus lugartenientes se aproximó al borde mismo del pontón. Publio, tenso, nervioso, los observó entre las gotas de su propio sudor y algunas gotas de sangre, cuyo origen desconocía, quizá fuera suya o quizá de algún enemigo herido por él en la confusión de la reciente batalla. El general cartaginés estaba evaluando la resistencia del viaducto de naves. Publio le vio entonces dar una orden. Uno de los lugartenientes retrocedió y habló con un grupo de jinetes. Publio veía a sus soldados cortando las cuerdas. Ya casi todas estaban cortadas. Por fin, alguna de las naves empezó a moverse. El puente crujía pero se mantenía en su lugar.

—¡Las naves! ¡Empujad las naves corriente abajo! —clamó el joven decurión a voz en grito.

Las cuerdas ya estaban cortadas. Las naves se movían, pero el río, por la sequía del otoño, bajaba sin demasiada fuerza y, aunque profundo, no llevaba una corriente turbulenta, de forma que los barcos atados entre sí aún mantenían su posición por alguna jugada quizá que los dioses púnicos les estaban haciendo a los romanos. Los legionarios se agruparon y todos a una se adentraron hasta la cintura para empujar la nave más próxima a la orilla y alejarla de la ribera. Eran cuarenta soldados empujando con todas sus fuerzas, pero la nave parecía encallada. No había nada que hacer.

Publio se separó del grupo y dio otra orden.

—¡Los caballos! ¡Coged cuerdas, las cuerdas cortadas, y atadlas a los caballos! ¡Un extremo de la soga en el caballo y otro en la nave!

Los legionarios agruparon los caballos. Rápidamente ataron sogas a los cuellos y lomos de los animales y el otro extremo de cada cabo a diferentes puntos de la nave, desde el timón hasta las pequeñas ventanas por las que salían los remos. Veinte caballos fueron así atados en unos minutos.

—¡Tirad! —gritó Publio a legionarios y caballos a un tiempo.

—¡Empujad! —ordenó Lelio a los soldados que ayudaban empujando desde el río.

Los jinetes cartagineses se posicionaron a la entrada del puente. A una orden de Aníbal avanzaron sobre las naves. Era un grupo de sesenta jinetes, armados con jabalinas y espadas dispuestos al ataque. Su misión era doble: comprobar la estabilidad de la pasarela y arrojar las jabalinas mortales sobre los romanos para impedir que acometieran la destrucción del puente. Cabalgaron al trote sobre las tablas entrelazadas y las naves que formaban el viaducto. La maderas temblaban, pero resistían el peso del regimiento que se adentraba en formación de a seis. Mientras, un centenar de soldados cartagineses se apiñaba en torno a las cuerdas medio cortadas de la orilla que ya dominaban para asegurar estas amarras y evitar que el puente cediera por su lado.

Los cartagineses alcanzaron la mitad de la plataforma y prepararon sus jabalinas. Publio dudó entre ordenar a los hombres que se pusieran a salvo o insistirles en que siguieran con su labor. Cayo Lelio resolvió sus dudas con órdenes concretas.

—¡Empujad, malditos! ¡Y tirad! ¡Que los caballos tiren con todas sus fuerzas! ¡Es una orden!

Y así, caballos y romanos tiraron y empujaron con todas sus energías, los cartagineses avanzaron y lanzaron su primera tanda de proyectiles, la nave varada en la orilla romana crujió y de pronto cedió, se movió y desencalló empezando a flotar sobre el río, sobre la corriente, moviéndose muy despacio en dirección al mar; primero unos centímetros, medio paso, un paso, varios pasos, hasta que al fin la nave se alejaba arrastrada por la corriente. Cayeron entonces las jabalinas sobre los romanos que no pudieron disfrutar ni de un segundo de júbilo por haber conseguido su objetivo, hiriendo y matando a discreción. Lelio y Publio y la mitad de los hombres se salvaron recurriendo a los escudos que tenían desperdigados por el suelo entre espadas, hachas y sogas cortadas.

—¡Desatad los caballos! ¡Rápido, antes de que sean arrastrados por la nave! —de nuevo Publio recobraba el control de la situación.

La nave se alejaba definitivamente y consigo arrastraba a una segunda y una tercera y una cuarta y una quinta... El puente se deshacía por segundos, los cartagineses avanzaron más.

—¡Escudos arriba! ¡Protegeos!

Ordenaron Publio y Lelio al tiempo. Una segunda andanada de jabalinas llovió del cielo, pero esta vez los romanos protegidos a tiempo por sus escudos evitaron la mayor parte de las mismas. Los caballos estaban desatados ya en su mayoría; quedaban dos por liberar pero ya no había tiempo, las bestias luchaban por no ser arrastradas por la nave que los dragaba hacia el centro del río, piafaban y se sacudían, pero la fuerza de ambas bestias por sí solas no era suficiente y eran llevadas hacia el flujo del río, hacia la ribera primero, luego al agua y poco a poco absorbidos por las aguas silenciosas, impávidas, engullendo con indiferencia sus relinchos salvajes de pavor.

Romanos y cartagineses quedaron mudos un minuto al presenciar a los caballos pugnando por nadar y salvarse. Pronto, sin embargo, reaccionó la avanzadilla de jinetes cartagineses que aún se encontraba sobre lo que quedaba de puente: empezó a replegarse, a volver sobre sus pasos, pero los caballos sentían la pasarela moviéndose, veían las naves del extremo de la misma separarse una a una, crujiendo las maderas bajo sus pezuñas. El desorden se apoderó de la formación y el miedo poseyó tanto a jinetes como a bestias. Maharbal daba órdenes a gritos desde la orilla, intentando constituir una retirada bien coordinada de aquel regimiento.

Aníbal sacudió la cabeza suspirando profundamente. Todo era en vano. Igual que tenía clara una victoria cuando nadie sabía aún discernir hacia dónde se decantaría una batalla, de igual forma era consciente de cuándo una posición estaba perdida pese a que sus lugartenientes aún se empeñaban en corregir lo incorregible. El Tesino, sin turbulencia pero con el infinito tesón de la corriente decidida y de sus aguas frías, fue llevándose consigo al resto de las naves primero junto con centenares de maderos sueltos y, después, a bestias y jinetes cartagineses. Los romanos montados ya en sus propios caballos veían con asombro la facilidad con la que el río, una vez cortadas las cuerdas y empujada la primera nave, deshacía como un castillo de naipes todo el puente, arrastrando consigo jinetes y caballos. Y por primera vez en horas, los romanos respiraron con alivio. Lamentaban con profundo dolor la pérdida de sus compañeros que yacían en la ribera con las jabalinas clavadas en sus cuerpos, pero no había tiempo para el luto en aquellos instantes. Rápidos, ayudaban a los heridos y los encaramaban a los caballos que permanecían sin montura y, bajo las órdenes de un joven oficial de Roma, un tal Publio Cornelio Escipión, de diecisiete años, y su segundo oficial, Cayo Lelio, recio soldado forjado en mil batallas, abandonaron la posición con la satisfacción de haber dejado al enemigo detrás, detenido por el río, dando así cumplimiento fiel a la orden encomendada por el cónsul del ejército.

Se alejaron cabalgando en el silencio de una tarde nublada y oscura de noviembre. Lelio se puso junto al oficial al mando, dejando un espacio de un metro, de modo que quedara claro quién era el que mandaba aquel contingente de tropas, vencidas y exhaustas, y con bastantes heridos, pero todos orgullosos de haber luchado hasta el límite de sus posibilidades y, al menos, en medio del fracaso y la desolación de la derrota, haber conseguido frenar al enemigo siquiera por unos días, quizá unas semanas. Construir un puente no era tarea fácil. Ellos lo sabían. Deshacerlo, en según qué circunstancias, tampoco lo era. Eso lo acababan de aprender entre sudor, sangre y muerte.

Maharbal dirigía las operaciones para recuperar al máximo número de supervivientes entre los jinetes africanos que habían caído del puente, ahora ya inexistente. Aníbal permaneció sobre su caballo, observando atento cómo se alejaban los romanos dirigidos por aquel joven oficial. Las palabras de su lugarteniente lo rescataron de sus reflexiones.

—Veintidós hombres han sobrevivido —se explicaba Maharbal—. El resto ha perecido arrastrado por la corriente. Muchos no sabían nadar y otros se han hundido por el peso de sus armas y corazas. Y se nos ha escapado el cónsul. Ha huido con sus hombres. Una lástima. Habría sido una victoria absoluta.

Aníbal asintió con la cabeza sin dejar de mirar la otra orilla. Sin embargo, no tenía claro si debía preocuparse tanto por la huida del cónsul herido o, más bien, por la existencia de aquel joven oficial romano que había facilitado dicha huida, aquel decurión, el hijo del cónsul.

40

El debate de los cónsules

Junto al río Trebia,
norte de la península itálica,
noviembre/diciembre del 218 a.C.

Tito Macio estaba colérico. Primero los habían destinado a Lilibeo en Sicilia con idea de prepararse para invadir África y ahora se encontraban de vuelta emplazados en el norte de la península itálica, acampados junto a un río que llamaban Trebia, a finales de noviembre soportando un frío terrible. Había anochecido y, cubierto con una manta, se acurrucaba junto con otros soldados alrededor de un fuego intentando calentarse los pies helados por el viento gélido y la lluvia que había estado cayendo durante todo el día. Tito siempre toleraba mejor el calor que el frío, por eso se había alegrado cuando el destino inicial de su legión fue África.

—Estábamos mejor en Sicilia —comentó.

—No sé por qué dices eso —respondió Druso, su mejor amigo desde que en su primera guardia le advirtiera del peligro de dormirse estando de servicio cuando pasaba la patrulla nocturna a comprobar cada puesto de vigilancia.

—Bueno, si hay que luchar —aclaró Tito— o morir si es el caso, prefiero al menos no tener que pasar frío durante días y días. Al menos que la espera se haga relativamente agradable.

—En eso tienes razón —admitió su colega, y varios soldados asintieron con la cabeza.

Estaban todos ateridos por el viento helado que parecía adentrarse por todos los recovecos de sus mantas. Además, todo eran prisas en los desplazamientos de las tropas, de manera que apenas podían cargar con pertrechos, ropas o comida suficiente para cubrir sus necesidades a gusto. La moral no estaba muy alta y menos con las noticias que venían del norte. Primero fue la sorpresa de enterarse, cuando estaban en Sicilia, de que Aníbal había rehuido el combate en la Galia para cruzar los Alpes y entrar en la península itálica, y luego el desastre de Tesino donde la caballería romana había sido devastada por el enemigo. Además, el hecho de que uno de los dos cónsules yaciese herido tampoco ayudaba a infundir valor entre los legionarios.

Los soldados se apretujaron junto al fuego, recostándose unos al lado de otros para intentar complementar con el calor de sus cuerpos el tímido alivio térmico de las débiles llamas, pues la leña húmeda por la lluvia ardía mal y despacio. Tito, echado de costado, miraba su espada cuyo filo brillaba a la luz de la luna. Apenas habían tenido tiempo de ejercitarse para el combate, pues en lugar de pasar varios meses en Lilibeo adiestrándose, habían tenido que interrumpir la instrucción militar para emprender el largo camino que los llevase desde Sicilia al norte de la península itálica. Mucho viaje y poco entrenamiento. Si todos estaban igual de verdes que él en el uso de la espada o en el arte de lanzar una jabalina, aquello no tenía buen cariz. El caso es que se suponía que las legiones de Roma eran invencibles: vencedoras contra los cartagineses en aquella anterior larga guerra contra los púnicos; victoriosas contra el rey de Épiro; conquistadoras de multitud de ciudades en territorio itálico, de las grandes colonias griegas en la región del Bruttium; vencedoras ante los piratas ilíricos o los galos ligures. Un gran número de victorias debería sustentarse sobre algo más que unos días de instrucción, meditaba Tito. Quizá el secreto estuviera en sus líderes, en los cónsules y su capacidad para la estrategia militar. Sí, seguramente ése debería ser el secreto. A Tito le venció el sueño y cerró los ojos. Los cónsules velaban por ellos.

Publio Cornelio Escipión padre tenía vendado el torso, por un golpe que amorató su piel pese a llevar coraza, y una pierna estaba en alto, sobre un pequeño taburete frente a su silla. El muslo estaba enfundado en gasas blancas enrojecidas. Había perdido mucha sangre en su huida desde Tesino hasta alcanzar el campamento que habían montado sus legiones en las cercanías de Placentia. Estaba postrado en un *triclinium* que había pedido a sus *lictores* para evitar la humillación de recibir a Sempronio Longo, el otro cónsul recién llegado de Sicilia, tendido en un lecho. En la tienda estaban los tribunos y, detrás de éstos, el joven Publio junto con algunos otros oficiales de menor rango. El cónsul Publio Cornelio Escipión había dado la orden de venir a estos oficiales, centuriones de infantería y decuriones de caballería, entre los que también estaba Lelio, para que de esa forma, sin privilegiar a su hijo, éste pudiera estar presente en las negociaciones que iban a tener lugar.

Sempronio, seguido por varios de los tribunos de sus legiones, entró en la tienda.

—¡Te saludo, cónsul Publio Cornelio Escipión!

—Te saludo, cónsul Tiberio Sempronio Longo; sé bienvenido a nuestro campamento. —La voz de Escipión era más débil, pero mantenía un tono de dignidad que no pasó desapercibido para el otro cónsul—. Te puedo ofrecer algo de fruta. Hasta la hora de la cena es lo mejor que tengo... y algo de vino.

Sempronio Longo miró la comida que se le ofrecía, pero la rechazó, con cierto aire de desdén.

—No, gracias; creo que tenemos cosas más importantes que debatir.

Los oficiales de Publio Cornelio Escipión revelaron en sus rostros un enfado creciente por la actitud de desprecio del recién llegado. El cónsul ofendido permaneció impasible ante las provocaciones de Sempronio, hizo una indicación y dos esclavos retiraron toda la comida al instante.

—Bien, veamos de qué quieres hablar —respondió Publio Cornelio, esta vez de forma muy seca.

Sempronio por su parte hablaba sin sentarse, de pie, firme, haciendo gala de su excelente forma física frente a la debilitada figura de su colega.

—He venido aquí para comunicarte que, teniendo en cuenta tu actual estado, creo que lo más conveniente es que yo me haga cargo del mando de las legiones, de todas las legiones, quiero decir. Es evidente que no puedes acudir al campo de batalla en tu actual condición.

El enfado de los tribunos de Publio Cornelio se tornó en ira. Alguno iba a hablar, pero su general levantó la mano para que guardaran silencio.

—Sí, lo que dices salta a la vista. Estoy herido y necesito un tiempo para recuperarme; en cualquier caso eso no debe repercutir en la unión del mando ya que no considero que debamos entrar en combate en la actual situación...

—¿No entrar en combate? —interrumpió Sempronio—. Eso es absurdo. Aníbal está apenas a medio día de marcha y disponemos de cuatro legiones más todas las tropas auxiliares. Lo absurdo es esperar a que los cartagineses se organicen y consigan que se les unan más galos rebeldes. Toda la región que ha estado bajo tu mando es un desastre.

Publio se concentró en mantener la calma. Las heridas le dolían sobremanera y la conversación le agotaba; hacía esfuerzos sobrehumanos por que tal cansancio no se hiciera palpable ni en su expresión ni en el sudor frío que sentía transpirando por su piel.

—Los galos —empezó— son gente inconstante. Si aguardamos a que pase el invierno sin entrar en combate directo, con toda seguridad se volverán a sus casas, muchos de ellos abandonarán a Aníbal. Lo que debemos hacer es mantener nuestra posición impidiendo que el cartaginés avance más y aprovechar el tiempo en mejorar la instrucción de nuestras tropas. Además, el frío, la lluvia, el invierno en sí, y más aquí en el norte, no es el momento apropiado para combatir. En primavera atacaremos y sacaremos a este invasor de nuestro territorio, no ahora.

Sempronio sabía que la instrucción de sus tropas no era la idónea, pero qué importaba aquello si estaban luchando contra poco menos que salvajes africanos agotados por una marcha sin fin desde Hispania ayudados por una bandada de galos rebeldes. Además, no podían esperar a la primavera. El mandato consular estaba a punto de terminar. Con el año entrante habría nuevas elecciones y la victoria y el seguro triunfo sería para los cónsules entrantes, mientras que ahora, con Escipión herido, él, Sempronio Longo, y nadie más se llevaría toda la gloria de la victoria y el derecho a celebrar un magnífico triunfo por las calles de Roma con el salvaje Aníbal encadenado a su carro. Un espectáculo digno de los grandes reyes romanos del pasado... Pero allí estaba el otro cónsul, abatido y acobardado por sus heridas y su derrota, interponiéndose entre su gloria y su persona. Sempronio paseó su orgullosa mirada por los rostros de los tribunos militares del cónsul vencido y leyó en ellos lealtad a su general. No podría imponer su criterio sin contar con el apoyo de al menos algunos de aquellos tribunos.

—Bien —concluyó Sempronio—, si ése es tu parecer te propongo lo siguiente: pospongo mi propuesta de ataque hasta evaluar mejor la situación, pero creo que sería razonable enviar parte de la caballería hacia el norte para ver cómo están las cosas por allí. Sé lo que ha pasado en Tesino, de forma que daré instrucciones de que se sea cauto en dicho avance. Además, sugiero que nos acompañen algunos de tus tribunos para que así puedan informarte de todo lo que suceda.

Publio Cornelio meditó durante unos segundos. Estaba confuso. Aquello era una propuesta bastante razonable y negarse a aceptarla podría parecer ofuscación por su parte, una actitud que podría dar pie a que Sempronio alegase que no estaba en sus cabales después de la derrota de Tesino y quitarle el mando. Dio entonces la única respuesta posible.

—Si mis tribunos aceptan, a mí me parece bien —dijo y volvió su mirada hacia sus oficiales. Éstos lentamente, uno a uno, fueron asintiendo con la cabeza.

—De acuerdo —dijo Sempronio, y dirigiéndose a los tribunos del otro cónsul—, partimos al alba; los que tengan que acompañarnos, que acudan a la entrada del campamento al amanecer.

Sin mediar más palabra, Sempronio Longo dio media vuelta y salió de la tienda. Le siguieron sus tribunos, quedándose Publio Cornelio con sus propios oficiales. En el silencio de la tienda se oyó el viento nocturno deslizándose por el campamento y sobre el viento resonó alta y clara esta vez la voz de Publio Cornelio Escipión.

—¡Imbécil!

Algunos oficiales sonrieron ante la precisa evaluación que el cónsul acababa de hacer de Sempronio Longo y sus aptitudes para el mando. Publio padre designó entonces los oficiales que debían acompañar a Sempronio Longo y su caballería. Seleccionó a dos tribunos, un centurión y algunos oficiales de su caballería, entre ellos Cayo Lelio y su propio hijo.

Una vez salieron todos, el cónsul se dirigió a su primogénito, que abandonaba la tienda en último lugar.

—Un momento, Publio, quiero hablar contigo.

El joven retornó al interior y esperó mientras su padre se acomodaba en el *triclinium*. El cónsul suspiraba ahora por el dolor que había contenido durante la entrevista con su homólogo en el mando. Ante su hijo no sentía que tuviera que ocultar su sufrimiento. De algún modo deseaba que su primogénito viera todo lo relacionado con la guerra, la gloria de las victorias y la crueldad de las derrotas. Hasta ahora no había podido ofrecerle nada de lo primero. Quizá en el futuro. Ya se vería.

—Ten —dijo, sacando un volumen en un rollo que tenía guardado en un pequeño cofre en una mesa junto a su *triclinium*—, quiero que leas este volumen. Creo que no estaba entre los que estudiabas con Tíndaro. A mí me lo entregó hace poco Emilio Paulo; te lo tengo que presentar... a Emilio Paulo; un gran hombre, un buen senador y cónsul, ya sabes, hace unos años, aunque al igual que nosotros tenga poderosos detractores, como Fabio Máximo, que le critican. En fin, me salgo del tema. Este rollo, este volumen es interesante. Trata sobre la amistad, sobre cómo distinguir quién es tu amigo y tu enemigo, y en estos tiempos saber diferenciar entre quién te sigue por interés y quién te defiende por lealtad es esencial. En algunos casos saber eso puede salvarte la vida. Prométeme que lo leerás.

El joven Publio cogió el rollo y, delante de su padre, lo abrió y leyó la primera línea en voz alta.

—Ética a Nicómaco de... —giró un poco el rollo para leer mejor— Aristóteles.

—Bien, veo que tu griego sigue ahí. En fin, además el volumen te ayudará a preservar tu conocimiento de esa lengua. No quiero que la olvides. El texto es una selección de pasajes de una obra más extensa. Realmente, según me explicó Emilio Paulo, lo que aquí te entrego son los libros VIII y IX de la *Ética a Nicómaco*, pero éstos son los libros que se centran en el tema de la amistad. Lo leerás, ¿verdad?

—Por supuesto, padre. Lo leeré con atención.

—Bien, bien... entonces ya puedes marchar, ah... y mañana, por todos los dioses, ten mucho cuidado. No estaré en el campo de batalla para que tengas que salvarme otra vez, así que nada ya de heroicidades, ¿de acuerdo? Especialmente si a quien se tuviera que salvar fuera a Sempronio Longo.

Su hijo asintió con la cabeza entre sonrisas. Su padre le dirigió unas palabras más.

—Ese general cartaginés sabe estrategia, eso no es nuevo, pero ese cartaginés además juega con nosotros; lo siento en el ambiente; siento que lee en nuestros pensamientos, que juega con nuestras ambiciones y vanidad. Por eso estoy aquí herido. He pagado el precio de mi vanidad, de mi ambición combinada con un desprecio ingenuo por el enemigo. Tú aún eres joven y no estás lleno de esa pasión por el poder que mueve a muchos en Roma, pero Sempronio sí y la ambición puede ser una mala consejera cuando se lucha con alguien tan astuto como ese cartaginés. Cuídate y, mañana, haz caso a Lelio. Y... y no le guardes rencor ni tengas dudas de él. Si alguna vez te contradice en alguna cosa, piensa que lo hace por orden mía. En el campo de batalla escúchale como si fuera yo mismo.

El joven Publio dejó pasar unos segundos de profundo silencio antes de responder. En su mente aún pesaban las dudas de Lelio cuando le había ordenado que encabezara junto a él la carga para salvar al cónsul, a su padre, el mismo que le decía que confiase en aquel hombre. Al final respondió.

—De acuerdo, padre, así lo haré.

El cónsul indicó a su hijo con la mano que podía retirarse y, una vez salió de la tienda, dio una palmada. Un esclavo le trajo una copa llena de vino. El cónsul la bebió de un trago y se echó a dormir.

41

Un amanecer helado

Junto al río Trebia,
diciembre del 218 a.C.

Era un amanecer gélido que anticipaba las nieves que pronto cubrirían la región de Liguria. Cayo Lelio y el joven Publio cabalgaban juntos en dirección a la puerta principal del campamento, donde se estaba reuniendo la caballería de Sempronio para salir en misión de reconocimiento, tal y como se había acordado la noche anterior.

—¿Puedo decir algo? —preguntó Cayo Lelio.

—Claro —respondió Publio.

—Pues he de confesar que cuando tu padre... el cónsul, quiero decir, me encomendó servir bajo tu mando pensé que me iba a aburrir bastante, pero empiezo a tener la sensación de que a partir de ahora no voy a tener mucho espacio para el aburrimiento.

—¿Y eso te parece bien o mal?

—Bien, bien. Sólo tenía miedo de permanecer en la retaguardia aunque...

—¿Sí? —preguntó Publio.

—Aunque tampoco es necesario ir siempre al centro de la batalla como hicimos en Tesino.

Publio sonrió antes de responder.

—Parece que mi padre y tú pensáis lo mismo. Mi padre me ha sugerido anoche que hoy sea más cauto, más precavido.

—Un hombre sabio, el cónsul, tu padre.

Publio asintió. La caballería de Sempronio Longo ya estaba formada. Las trompetas sonaron dando la señal de iniciar la marcha. Ambos espolearon suavemente a sus caballos con sus tacones para entrar en la formación del regimiento de caballería que partía del campamento romano.

Cabalgaron durante unas tres horas al paso casi todo el tiempo y, en algunas ocasiones, con un ligero trote. Encontraron un par de pequeñas aldeas desalojadas y saqueadas. Había casas que todavía se consumían lentamente en sus cenizas. Todo el trigo y el resto de los víveres habían desaparecido. Aníbal estaba alimentando a sus tropas y un gran ejército como el que había traído desde Hispania necesitaba muchos recursos.

Llegaron a una llanura y Sempronio Longo detuvo la marcha: al final de la planicie se divisaba un grupo de jinetes cartagineses. El cónsul ordenó que la caballería se preparase para una carga. Lelio observaba a los jinetes púnicos.

—Cada vez hay más —comentó—. Yo diría que no son exploradores, cuento ya unos dos o tres cientos y llegan más. Creo que es la caballería númida de Aníbal.

—Los mismos contra los que luchamos en Tesino —apostilló Publio.

—Los mismos.

Los dos oficiales romanos vieron cómo en unos segundos, con una sorprendente agilidad, los cartagineses formaron su caballería. Sempronio Longo no esperó ni un momento y, sin mediar debate alguno con sus oficiales, ordenó que la caballería romana cargara contra los númidas.

Los romanos se lanzaron a galope tendido y los africanos respondieron de igual forma. Las dos fuerzas chocaron en el centro de la llanura y muchos jinetes de ambos bandos cayeron abatidos por el empuje de sus contrarios. Lelio y Publio cumplieron con lo que se esperaba de ellos y derribaron a sendos jinetes. Publio siguió abriéndose camino entre los enemigos que, más que atacar, parecían limitarse a protegerse de los golpes. Poco a poco muchos de los africanos que habían sido derribados se levantaban, buscaban sus monturas y, una vez de nuevo sobre sus caballos, comenzaban a replegarse. Lelio los observaba igual de extrañado que el joven Publio. Apenas había heridos entre los cartagineses y, sin embargo, se replegaban con rapidez. Sempronio Longo ordenó que el ataque prosiguiera, avanzando sobre la llanura y empujando a la caballería cartaginesa hacia el final de la planicie. Al cabo de unos minutos de combate los africanos dieron media vuelta y se retiraron por completo, galopando raudos sobre la hierba, dejando a los romanos solos, dueños de la llanura.

—¡Victoria! —gritó el cónsul Sempronio Longo— ¡Victoria absoluta!

Sobre la tierra de aquella pradera había numerosos cadáveres de ambos bandos, pero por mucho que Publio examinaba los cuerpos caídos, no observaba un mayor número de cartagineses muertos que justificara aquella veloz retirada. Se volvió hacia Lelio y leyó en sus ojos su misma sensación de confusión.

—Son los mismos de Tesino —comentó Lelio—, pero como si no lo fueran. No combatían así cuando nos atacaron y luchábamos por salvar al cónsul.

—Sí —dijo Publio—, y no sólo eso. Aquí ni siquiera han intentado rodear al nuevo cónsul.

La conversación entre Publio y Lelio pronto quedó apagada por los gritos de júbilo de la caballería de Longo y, en el centro de todos sus jinetes, el propio cónsul que, con ambos brazos en alto, ofrecía aquella victoria a los dioses. Publio volvió sus ojos hacia el lugar por donde habían desaparecido los jinetes africanos. No se veía nadie. El fondo de la llanura y las montañas colindantes estaban vacías.

42

La noche más larga

Junto al río Trebia,
diciembre del 218 a.C.

Maharbal se presentó de inmediato ante Aníbal. Éste aguardaba en su tienda, junto a sus oficiales, el informe de su jefe de caballería. Entre los líderes cartagineses se incluía esa tarde la presencia de Magón, hermano de Aníbal, que le había acompañado desde Iberia, en el tránsito por la Galia y los Alpes, hasta alcanzar la región de Liguria, donde ahora se encontraban, al norte de la península itálica.

—Todo ha salido según lo planeado —empezó a explicar Maharbal—. Los romanos están convencidos y satisfechos de su victoria.

—Perfecto —dijo Aníbal—. Ahora escuchadme bien: de aquí a dos días volveremos a hostigarlos con la caballería y quiero que se conduzca a las legiones romanas hasta esta posición. —Aníbal señalaba un punto en un mapa que estaba dispuesto sobre una mesa en el centro del corro que habían creado los oficiales a su alrededor. Continuó dirigiéndose a su hermano menor—. Magón, quiero que cojas esta noche parte de nuestras tropas, luego te concreto cuántos jinetes, y quiero que te sitúes en esta zona. Aquí hay un bosque. Has de alcanzarlo durante la noche, muy importante, sin ser visto. —Magón escuchaba con atención las observaciones de su hermano sobre el plano y ratificaba con su cabeza que aceptaba la misión.

—De acuerdo —apostilló.

—Entonces todo está claro —concluyó Aníbal—. Ésta es la noche del solsticio de invierno, la noche más larga del año. Eso te da más horas de oscuridad, Magón, para alcanzar el objetivo. Si todo sale bien, haremos que tras la noche más larga el día más corto que viene después les parezca a los romanos también el más largo de su vida. Desearán que nunca hubiera amanecido.

Las noticias de la victoria de la caballería romana sobre los númidas de Aníbal se difundieron rápidamente por todo el campamento romano levantado junto a Placentia. El cónsul Publio Cornelio Escipión, ante los informes que corroboraban lo explicado por su colega en el cargo, Sempronio Longo, no pudo oponerse a que éste asumiese el mando supremo sobre todas las legiones para lanzar una ofensiva a gran escala sobre las posiciones cartaginesas. Una vez Publio Cornelio hubo accedido a ceder sus legiones, sin decir una palabra de agradecimiento o de reconocimiento, Sempronio Longo salió de la tienda de su colega dejando al cónsul herido a solas con su hijo. El joven Publio fue el que inició la conversación con su padre, reclinado en el *triclinium*, masajeándose el costado y sobre todo la pierna donde le dolía aún la herida recibida en la batalla de Tesino.

—Padre, tengo un mal presentimiento y Cayo Lelio piensa igual que yo. La retirada de la caballería cartaginesa ha sido... peculiar. Aquellos hombres no se parecían en nada a los que nos encontramos en Tesino y, sin embargo, eran los mismos.

El cónsul escuchó con atención y luego consideró unos instantes antes de dar su respuesta.

—Es posible que Aníbal esté jugando con nosotros una vez más. Explicaría muchas cosas: primero se entretuvo conmigo, aprovechándose de mi desprecio a su habilidad como general y de mi infravaloración de sus tropas. Yo he pagado cara mi altanería y, si en efecto ésa es la estrategia del cartaginés, ahora le tocaría el turno a Longo, pero sólo tenemos intuiciones, Publio, sólo intuiciones. Eso no basta para detener una ofensiva como la que prepara Longo. Nadie le hará ver los hechos de la forma en la que tú y yo los estamos considerando. Además, Sempronio Longo tiene de su parte a los tribunos. O mucho me equivoco o ésta va a ser la tónica durante bastante tiempo en nuestra lucha contra este general cartaginés. Tendremos que ver dónde o, para ser más precisos, en quién encuentra Roma al líder sabio y valiente que a la vez sepa enfrentarse contra este enemigo. Pero ésa es otra historia. No debemos anticiparnos de esta forma a acontecimientos aún tan imprecisos e inciertos. Quizá todo termine en nada y Sempronio Longo consiga su magnífica victoria mañana al amanecer y Aníbal no sea más que un breve pasaje de nuestras vidas que no merezca ni unas líneas de recuerdo. Ahora lo que me importa, lo fundamental, es que te cuides, hijo mío, mañana en el combate y en los días posteriores: lucha y cumple con tus obligaciones como oficial de la caballería de Roma, pero protégete siempre que puedas si la locura ciega al cónsul obnubilado por su ansia de victoria a toda costa. Espero no tener que asistir nunca al triunfo de un mentecato como Longo en Roma obtenido con sangre de mi familia, ¿me entiendes, hijo? Eso nunca. Que los dioses no lo permitan.

—Te entiendo, padre.

El joven Publio se retiró para que su padre descansase. De regreso a su tienda observó cómo el campamento bullía en preparativos para la gran ofensiva. Los legionarios limpiaban sus armas, afilaban las espadas y las puntas de sus dardos y *pila*; revisaban sus cascos, escudos y corazas. Muchos practicaban el combate cuerpo a cuerpo bajo la tutela de los centuriones.

La hora de la cena llegó y la actividad se detuvo para que se distribuyera el rancho y los legionarios pudieran comer antes de acostarse.

Tito Macio bebía de su vaso y saboreaba el vino. Algo que hacía semanas que no podía hacer. Sempronio Longo quería congraciarse con la tropa y conseguir su favor para el combate que se avecinaba y había ordenado distribuir un vaso de vino —no más— por hombre. Los soldados comían y el estómago lleno y el alcohol del vino estimulaba su valentía.

—Yo creo que mañana ganaremos. —Era Druso quien hablaba así—. Los cartagineses han huido en cuanto hemos acudido con nuestra caballería y todos sabemos que la infantería romana es mucho mejor que la cartaginesa. En cuanto nos encontremos frente a frente y vean nuestras cuatro legiones y con ellas todas las tropas auxiliares, se darán media vuelta y se volverán por donde han venido.

Tito Macio no veía las cosas con tanta seguridad, pero no quiso contradecir a su amigo. Suspiró. Después de muchos años de soledad Druso, otro soldado auxiliar, se había convertido en el amigo que no tenía desde que el viejo traductor griego Praxíteles falleciera, en aquellos días en que trabajaba en la compañía de teatro de Rufo. Tito Macio pensó en el paso del tiempo mientras cenaba: qué lejos estaban esos días y qué distantes parecían; era como si la época en la que preparaba los vestidos de los actores, cuando él mismo en ocasiones se veía obligado a sustituir a alguno de los cómicos, demasiado borracho para ponerse en pie, y salía al escenario y declamaba su papel, hubiera sido la vida de otra persona. Tantos sucesos y tantos sufrimientos había entre esa vida y su actual condición de soldado que parecían existencias inconexas, sin relación alguna, pero así era la vida, su vida. Había dejado aquella forma de existir y ahora era un legionario de los ejércitos de Roma, cenando junto a su amigo y sus compañeros la noche previa a una gran batalla, a una gran victoria según vaticinaban todos. ¿Quién sabe? Igual estaba en la víspera de un cambio definitivo en su desdichada fortuna: un ejército vencedor siempre era premiado con agasajos por parte del cónsul triunfante y haber participado en una importante victoria militar te abría las puertas en muchos sitios. Tito Macio echó el último trago de su vaso de vino y se sintió más seguro de sí mismo de lo que nunca había estado en su vida.

Magón marchaba intentando discernir la ruta a seguir entre las sombras proyectadas por una tenue luna creciente. Le acompañaban mil infantes y mil jinetes. Los soldados cartagineses caminaban a paso ligero sorteando la maleza y las piedras del sendero elegido, siguiendo a la caballería. Un frío húmedo lo poblaba todo. La mayoría buscó consuelo en el recuerdo de otros cielos estrellados, lejos de allí, en su país, y al abrigo de los recuerdos de su patria y de saberse dirigidos por un poderoso general, zigzaguearon en silencio con su determinación puesta en la batalla sin cuartel que debía librarse la mañana siguiente.

Publio, el hijo del cónsul, se tumbó en su tienda y a la luz de una lámpara de aceite empezó la lectura del volumen que su padre le había regalado: la *Ética a Nicómaco* de Aristóteles. Su griego estaba algo oxidado, pero leer en voz alta le ayudaba a percibir con más claridad el sentido de cada palabra mientras giraba con sus manos los rollos que contenían el texto. Leyó durante varios minutos aunque sus pensamientos vagaban lejanos, en Roma, hasta que un pasaje captó su atención. «Hay tres motivos —decía el filósofo griego— por los que los hombres se quieren y se hacen amigos: la utilidad, la atracción física y la simpatía, se entiende la simpatía espiritual. Esta simpatía es el comienzo de la amistad, no la amistad misma... Cuando la utilidad es el motivo de que nazca la amistad, los hombres se aprecian mutuamente, no por ellos mismos, sino sólo por interés..., algo parecido sucede con aquellos que se hacen amigos por la atracción física. No se estima al amigo porque es el que es sino porque me reporta beneficios o me proporciona placeres. El fundamento de estos lazos es transitorio.»[3]

3. Extractos procedentes de la *Ética a Nicómaco. Libros I y VI* de Aristóteles, en su edición de 1993 de la Universitat de València.

Publio seguía con sus ojos aquellas frases con intenso interés, de forma que no vio la sombra de un soldado dibujarse en la tela de su tienda, «la amistad verdadera [se basa] sobre el carácter y las virtudes de los que son iguales entre sí. Son ésos los que se suelen buscar y encontrar. En la medida en que son buenos buscan el bien el uno para el otro. Tales amistades son raras, hay pocos hombres así. Tal cosa requiere tiempo y trato, hasta que cada uno se haya mostrado al otro digno de cariño y la confianza se haya confirmado...».

En ese momento la figura del legionario que se acercaba a la tienda descorrió la tela que daba acceso al interior y el rostro moreno y la barba poblada de Cayo Lelio se hicieron nítidos a luz de la lámpara de aceite. El joven Publio se sobresaltó. Las manos le temblaron y casi dejó caer los rollos con el texto que estaba leyendo.

—Perdona que te moleste —dijo Lelio—, me preguntaba si querrías tomar ese vaso de vino que nos regala Sempronio, en compañía.

Publio le miró y accedió.

—Sí, claro —dejó entonces los rollos del texto sobre su lecho, apagó la luz soplando y salió con Lelio al exterior.

Hacía frío. Los soldados del destacamento de caballería de Publio y Lelio esperaban a sus oficiales; cuando éstos llegaron se repartió el ánfora de vino que les había correspondido y llenaron sus vasos.

—¡Por la victoria! —dijo uno de los soldados. Y todos levantaron sus vasos y bebieron un trago. Publio pensó en cómo había cambiado el trato con aquellos hombres desde hacía unas semanas hasta ahora. Estaba claro que su modo de actuar en Tesino al salir en defensa del cónsul y al luchar por dejar a los cartagineses al otro lado del río había impactado en sus hombres. Publio se dirigió entonces a Lelio.

—Bebamos también tú y yo por algo más.

—Por lo que quieras.

—Bebamos por la amistad —dijo el joven Publio.

Lelio confirmó despacio con su cabeza que aceptaba aquel brindis y levantó su copa mirando al hijo del cónsul.

—¡Por la amistad! —dijo Lelio con voz alta y clara, y ambos oficiales agotaron hasta la última gota de vino en un largo sorbo que los unió, aunque ellos aún no lo supieran, para el resto de sus vidas.

43

La batalla de Trebia

**El río Trebia,
diciembre del 218 a.C.**

Tito Macio se levantó aquella mañana helado por el frío y sobresaltado por un griterío que venía desde fuera del campamento. El fuego se había apagado y el viento gélido del amanecer venía acompañado de aguanieve. Druso se acurrucaba en el suelo estirando su fina manta con sus manos en un vano intento por cubrirse desde la cabeza a los pies aun cuando la extensión de la lana era insuficiente.

Tito Macio se esforzaba por entender qué ocurría. Al igual que él, otros muchos legionarios se estaban levantando sorprendidos por los gritos que venían del exterior de las empalizadas. Los centuriones empezaron a dar órdenes para que todos se levantasen y se preparasen para salir a combatir: los cartagineses habían avanzado su caballería númida y ésta estaba acosando la zona en la que los romanos se habían fortificado.

Sempronio Longo se había levantado apenas hacía diez minutos y, tras una rápida reunión con los tribunos de sus legiones, decidió lanzar a toda su caballería contra los númidas y, no contento con eso, ordenó que se dispusiesen todas las legiones para seguir a los jinetes.

—¡Esos cartagineses van a entender hoy con quién están luchando! —dijo Sempronio Longo, sus ojos brillantes, con fulgor en sus pupilas y ansia en el corazón.

Tito Macio agarró un pedazo de pan que tenía guardado de la noche anterior y se puso a morderlo con avidez. Estaba muerto de hambre y el frío no hacía sino agudizar esa horrenda sensación de vacío de su estómago, pero el centurión de su manípulo le conminó a dejarlo señalándole amenazadoramente con la espada.

—¡No hay tiempo para el desayuno, legionario! —dijo el centurión—. ¡Órdenes del cónsul! ¡Todos preparados para combatir! ¡Ya comeréis después de la batalla!

Aquello enfureció a Tito. De lo único que se había alegrado de su ingreso en la legión era de que al menos en el ejército podía comer con cierta regularidad, pero desde que lo habían desplazado al norte, estaba aterido por el frío y ahora además le negaban la comida.

—Déjalo —dijo Druso—. Está claro que hoy no nos van a dar nada para comer hasta que hayamos acabado con unos cuantos cartagineses, así que, cuanto antes acabemos con ellos, antes comeremos. Vamos, sígueme.

La determinación de Druso consoló un poco el ánimo de Tito Macio y ambos se pusieron el casco, la coraza de piel, que era lo que podían permitirse unos soldados de tropas auxiliares, y cogieron sus espadas y *pila*.

—¡Vamos allá de una vez! —concluyó Tito.

En otro extremo del campamento, la caballería romana ya estaba formada y dispuesta para salir. El joven Publio y Cayo Lelio estaban sobre sus monturas. No se decían nada pero intuían que algo no encajaba, sin embargo, el cónsul Tiberio Sempronio Longo tenía el mando absoluto, al menos hasta que el otro cónsul, Publio Cornelio Escipión, se recuperase y no se podían discutir las órdenes del cónsul al mando, y menos en medio de un ataque enemigo.

La caballería romana salió al trote del campamento y al minuto empezó a galopar en dirección a los númidas. A quinientos pasos de las fortificaciones romanas, los jinetes de ambos ejércitos se enfrentaron en un combate duro bajo el viento y el aguanieve del invierno de Liguria. El joven Publio hirió a un par de jinetes númidas y Cayo Lelio hizo lo propio con otros dos, uno de los cuales cayó al suelo malherido. Los númidas empezaron a replegarse. Sempronio Longo dio orden de seguirlos y de que las legiones salieran del campamento y, a paso ligero, siguieran a su vez a la caballería romana para darles apoyo.

Los jinetes africanos huían por una llanura, lo que dio seguridad al cónsul Sempronio, ya que los romanos sólo temían las zonas boscosas donde los galos de la región presentaban con frecuencia emboscadas que causaban numerosas víctimas entre los legionarios. Por el contrario, un avance por terreno llano y despejado era algo que los romanos no temían. Había un bosque, pero los númidas se alejaban de él acercándose al río Trebia. Al llegar al mismísimo río, los jinetes africanos espolearon sus caballos para cruzarlo al galope por una zona por la que se podía vadear al ser de aguas poco profundas. La caballería romana hizo lo propio y el cónsul ordenó que la infantería siguiera los mismos pasos.

Tito Macio entró en el río. Pronto el agua le cubrió primero hasta la cintura y, al llegar al centro del río, hasta casi los hombros. La corriente no era fuerte, pero la temperatura del agua estaba tan baja que sintió como si hasta sus propios huesos se congelasen por dentro. Se fijó en Druso, cuyos dientes castañeteaban por el frío.

Al salir del río Trebia, los legionarios romanos estaban temblando y apenas tenían fuerza para mantener sus armas en la mano. Sólo la caballería, que apenas se había mojado hasta las rodillas, parecía estar en condiciones razonables para el combate, pero ya no había tiempo para retroceder o replantear la batalla. Al llegar a la llanura al otro lado del río los romanos comprendieron exactamente lo que les esperaba. En la distancia Sempronio Longo vio al ejército cartaginés dispuesto para el combate.

Aníbal dio orden de que los mercenarios baleáricos con sus hondas y su infantería más ligera, lanzas en ristre, se pusieran al frente del ejército. Ésta era la primera línea de combate de las tropas púnicas compuesta por unos ocho mil hombres. Por detrás, en una gran falange, avanzaba la infantería pesada, constituida por soldados traídos de Iberia, los recientes aliados galos de la región, que guardaban odio eterno a Roma desde tiempo secular, y los soldados africanos que habían acompañado a Aníbal, algunos incluso a su padre Amílcar, desde Cartago. En total unos veinte mil hombres.

La caballería númida, en su maniobra de repliegue, se dividió en dos grandes grupos que se unieron al resto de los jinetes del ejército púnico en ambas alas de la formación. Los africanos alinearon entonces un total de diez mil jinetes dispuestos para la batalla. Y, como remate final, el general cartaginés había formado dos pequeños grupos de elefantes, los supervivientes del tránsito de los Alpes, junto con las alas de la caballería. El general africano observaba el campo de batalla desde un altozano.

—Todo está dispuesto —dijo—, y Baal está con nosotros.

En el frío de la mañana, su voz sonó cálida, llena de fuerza y extraño poder. Sus oficiales se sintieron seguros y esperaron la señal de su líder.

Sempronio Longo sentía el frío en sus piernas mojadas por el agua del río, pero no reparó en los temblores de muchos de sus soldados de infantería ni en que las tropas no habían desayunado ni en el viento gélido que parecía navegar junto al agua del río.

—¡Las legiones al centro! ¡La caballería en las alas, que guarden los flancos mientras avanzamos!

Las órdenes se transmitieron a tribunos y decuriones y luego a los centuriones hasta llegar a toda la tropa: aproximadamente unos dieciséis mil romanos y veinte mil aliados.

La infantería ligera romana fue la primera en acometer a los cartagineses. Congelados por el frío del agua del Trebia, Tito Macio y Druso encontraron cierto alivio en correr aunque sólo fuera para entrar en calor. Sin embargo, pronto el miedo a morir hizo que sus otros sufrimientos se desvanecieran en su cabeza: los africanos los recibieron con una densa lluvia de proyectiles. Tito y Druso se guarnecieron bajo sus escudos al tiempo que veían cómo algunos compañeros más lentos caían atravesados por las flechas enemigas. Preocupados por su supervivencia, no vieron cómo la caballería romana empezaba a ceder en las alas. Los jinetes númidas atacaban con, para muchos, inesperada agresividad, y los confiados caballeros romanos se vieron sorprendidos por la furia de aquella lucha cuerpo a cuerpo a la que no estaban acostumbrados. La mayoría de los jinetes romanos sólo sabían de los númidas por sus dos aparentes claras victorias recientemente conseguidas bajo el mando del cónsul Longo y no entendían aquella ferocidad con la que los africanos lanzaban cada golpe. Como resultado, muchos romanos cedían terreno y otros, los más valientes, eran heridos o caían derribados al retirarse sus compañeros.

De nuevo el joven Publio y el veterano Cayo Lelio se vieron luchando con aquellos jinetes reconociendo en el primer cruce de golpes la tenacidad en la contienda de los africanos que habían encontrado anteriormente en la batalla de Tesino.

—¡Esta vez va en serio! —exclamó Publio.

—¡Así es, por Júpiter y por todos los dioses! —respondió Lelio mientras combatía con un fornido guerrero númida.

La *turma* de Publio y Cayo Lelio mantenía la posición a duras penas y con el coste de algunas bajas, pero el hijo del cónsul se percató de que se estaban quedando solos mientras el resto de la caballería romana retrocedía cada vez más.

—¡Hay que retirarse! —le dijo a Lelio y éste aceptó sin discusión. Poco a poco, de la forma más organizada que podían, fueron retrocediendo para no quedar rodeados por los jinetes númidas.

Con el retroceso de la humillada caballería romana los flancos de las legiones quedaron al descubierto. Tito y Druso también retrocedían tan velozmente como les permitían sus piernas y sus escudos, que llevaban en alto para protegerse de los dardos y las jabalinas que seguían cayendo en todo momento. Apenas habían tenido oportunidad de combatir. Sólo un breve cruce de golpes con un grupo de iberos cuyas estocadas habían dejado entumecido el brazo con el que Tito sostenía su escudo. En su repliegue, ni Tito ni Druso se percataron del desastre que se avecinaba. Las legiones de infantería pesada combatían con el frente cartaginés a la vez que se defendían de las embestidas de los jinetes númidas por los flancos.

Sempronio Longo, en la retaguardia, rodeado por parte de su caballería, observaba el desastre en el que se había convertido su ofensiva.

—¡No pasa nada! ¡El enemigo es fuerte pero podemos vencer! —intentaba insuflar seguridad en su voz elevando el tono de sus palabras, pero su nerviosismo quedaba implícito en el vibrar extraño de sus frases lanzadas al viento glacial y sus oficiales empezaban a desconfiar ya de aquel cónsul que los había conducido no ya a una pequeña derrota como en Tesino, sino a un desastre militar de consecuencias incalculables. —¡Que la caballería se reorganice! ¡Vamos a volver a atacar!

Aún no había terminado Sempronio Longo de decir esas palabras cuando, desde el bosque cercano, saliendo de la retaguardia romana, una fuerza de mil jinetes númidas y mil infantes cartagineses se lanzó sobre las desguarnecidas tropas de la infantería romana. Se trataba de las tropas de Magón, el hermano de Aníbal, que, siguiendo las instrucciones recibidas, se había emboscado entre los árboles la noche anterior al amparo de la larga oscuridad del solsticio de invierno y de la tímida luna nocturna. La infantería romana quedó rodeada esta vez al completo por los enemigos, mientras que la caballería romana observaba impotente el desastre total que se cernía sobre su ejército. Sempronio Longo enmudeció mientras sus oficiales le pedían, ahora ya sin reservas y sin vigilar la forma o el tono en el que expresaban su demanda, que ordenase una retirada general antes de ser completamente masacrados por los cartagineses. Sempronio Longo, no obstante, sólo escuchaba los gritos de sus soldados que caían muertos y el bramido de los elefantes que pisoteaban legionarios romanos. Aquellas bestias avanzaban protegidas por los jinetes númidas y los aliados galos e iberos que acompañaban a los cartagineses.

Ante la inactividad del cónsul, varios centuriones reagruparon a los hombres que podían seguirlos y se abrieron paso entre los enemigos. Nadie tenía deseos de volver a cruzar el río de aguas heladas del Trebia y menos rodeados de enemigos. Era mejor abrirse un camino todos juntos por donde salir. Tito y Druso se vieron favorecidos al producirse el reagrupamiento romano cerca de su zona.

Unos diez mil legionarios y soldados aliados pudieron salvarse y entre agotados, hambrientos y ateridos, llegaron, tras varias horas de larga y triste marcha, hasta las ciudades de Placentia y Cremona, bajo dominio romano, para guarecerse entre sus fortificadas murallas.

Publio y Lelio se replegaron junto al resto de la caballería cruzando el río. A pocos metros vieron al cónsul Sempronio Longo cabalgando cabizbajo, protegiéndose con su capa de la intensa lluvia que, aunque ahora los azotara con poderosa vehemencia doblegando aún más sus ánimos con el imperio de su humedad y fría insistencia, al mismo tiempo les había brindado una gran ayuda para facilitar el repliegue.

Aníbal observaba la retirada romana mientras las gotas de lluvia salpicaban todo su cuerpo. Estaba empapado. Sus oficiales esperaban la orden de replegarse o bien de emprender una persecución contra la infantería y caballería romanas que, cada una por su lado, buscaban refugio en las ciudades que controlaban en la región. Aníbal optó por el repliegue de sus tropas. La lluvia era demasiado intensa para continuar con las acciones militares y el objetivo principal de infligir una dura derrota a las legiones de Roma en propio territorio itálico ya estaba conseguido. Podía ver en el rostro de los jefes galos e iberos que acompañaban a sus oficiales cartagineses la enorme confianza que tenían depositada en sus decisiones desde aquel instante. A partir de aquel día empezaba la auténtica guerra contra Roma. Pronto llegaría la victoria absoluta y el plan de su padre sería cumplido fielmente de forma que el dominio sobre todo el Mediterráneo occidental pasara a manos de Cartago. Aníbal sonrió y se sacudió el pelo para secarse por un lado y por otro para no cegarse en sueños aún no cumplidos. Quedaba una inmensa labor todavía por realizar. Y complicada.

—Nos replegamos —dijo, y nadie discutió su orden. De hecho cada vez menos se atrevían tan siquiera a preguntar el porqué de sus mandatos.

Cayo Lelio y Publio, seguidos de la mayor parte de los jinetes de su *turma* de caballería, cabalgaban bajo la interminable lluvia que los envolvía. Lelio se puso al lado del joven Publio.

—Nuevamente nos hemos salvado, por los pelos.

—Así es. Se diría que los dioses están con nosotros.

—Bueno, para salvarnos la vida puede ser —continuó Lelio—, pero extraña forma de estar con nosotros es esa en la que nos conducen de derrota en derrota. Esto empieza a ser fastidioso. Estoy cansado de replegarme, de retirarme, de ver a cuántos he podido salvar de caer abatidos por el enemigo, los recuentos al llegar al campamento, sucios, cansados...

—Te entiendo, Lelio, te entiendo. Es una extraña forma. No sé si es causa del capricho de los dioses o capricho de nuestro cónsul al mando. Sin embargo, aquí estamos, y esta noche, aunque ya imagino que Longo no tendrá ganas de repartir vino, tú y yo tomaremos unas buenas copas juntos al abrigo de mi tienda, si te parece bien. Nos secaremos y repondremos fuerzas. Esta guerra no ha hecho más que empezar.

Lelio le miraba entre admirado y sorprendido. Le fascinaba aquella tenacidad en la lucha aun después de una serie de fracasos militares como los que llevaban cosechada aquel año entre el Tesino y el Trebia. Debía de ser la juventud que aportaba fuerzas suplementarias. Lelio hacía tiempo ya que había olvidado aquel espíritu juvenil con el que se emprendía una campaña. Todo era nuevo. El mundo estaba lleno de posibilidades. Hacía años que todo aquello se había desvanecido para él y, curiosamente, junto a aquel muchacho, aquellas sensaciones parecían retornar a su ser.

Entre la lluvia y el viento helado, Publio acertó a leer en la mirada de su interlocutor la sorpresa y la extrañeza ante sus palabras.

—Lelio —quiso aclararle—, mi padre dice que a veces la más grande de las victorias se construye sobre muchas derrotas previas. Esperemos que tenga razón.

—Esperémoslo pero, y no quiero por ello faltar al respeto a tu padre, ¿en qué se basa el cónsul Escipión para afirmar tal cosa?

—Ha leído mucho, ha leído mucho. Algo habrá aprendido en todos esos volúmenes de filosofía que colecciona y que me va entregando poco a poco.

Publio sonrió al final de sus palabras. Lelio sacudió la cabeza.

—Creo que necesitaremos algo más que historias de filósofos muertos para frenar a los cartagineses.

Publio mantuvo su sonrisa, dejando claro que no tomaba como ofensa aquella reflexión de Lelio. Mantuvo su sonrisa y su serenidad. En algún momento encontrarían la victoria y estaría apoyada en las palabras de su padre o en los textos que éste le pasaba; de alguna forma, de algún modo todo aquello debería encajar perfectamente y comenzar a fluir. Entretanto, no restaba sino resistir. Y estaban su padre y su tío Cneo y, mientras ellos combatieran, todo era posible. El joven Publio se dio cuenta de que ésa era su auténtica fortaleza: saber de la existencia de su padre y de su tío y que ambos luchaban en su mismo bando.

Tito y Druso cenaron aquella noche en silencio. Aún tiritaban por el frío pasado y quién sabe si por el miedo sentido en el campo de batalla. Engulleron las gachas de trigo sin hablar, aturdidos por los sufrimientos compartidos, dos soldados al servicio de Roma en un ejército mal gobernado que se retiraba a la deriva.

LIBRO IV

LA RESISTENCIA DE ROMA

Patiendo multa, venient quae nequeas pati.

[A fuerza de soportar mucho, llegará lo que no pueda soportarse.]

PUBLILIUS SYRUS

44

Cneo en Hispania

Hispania, septiembre del 218 a.C.

Cneo llegó a Hispania con las sesenta naves que su hermano el cónsul Publio Cornelio Escipión le había cedido para trasladar las dos legiones cuyo mando le había traspasado para atacar a los cartagineses y así cortar la línea de suministros de Aníbal procedente de aquella región.

Cneo Cornelio Escipión puso pie a tierra en Emporiae, una colonia griega amiga de Roma, en la costa noreste de Hispania. Varios oficiales romanos de las tropas supervivientes a las luchas contra los cartagineses de Aníbal primero y ahora de las guarniciones comandadas por Hanón, se acercaron para recibirle con los brazos abiertos.

—Gracias a todos los dioses que habéis llegado. Ojalá ahora se pueda cumplir el mandato del Senado de Roma y recuperar el control de esta región... —comentó un centurión romano nada más bajar Cneo de su barco.

—¿El Senado? —preguntó a voz en grito el aludido interrumpiendo a aquellos oficiales que le agasajaban en su recibimiento—. ¡El Senado, sí, y mi hermano! ¡Mi hermano me ha pedido que despeje de cartagineses toda la región desde los Pirineos hasta el Ebro y eso es lo que voy a hacer! ¡Lo que vamos a hacer todos! —Y elevó aún más su grave y poderosa voz para que le oyeran tanto los que se acercaban a las naves por toda la costa como los legionarios que comenzaban a desembarcar—. ¡Legionarios de Roma, vamos a perseguir a los cartagineses hasta que crucen el Ebro de vuelta a su casa con el rabo entre las piernas y vamos a combatir con ellos a muerte hasta que acabemos con esta tarea! —Y volviéndose a los iberos que, entre curiosos y sorprendidos, se acercaban para presenciar el desembarco de las tropas romanas recién llegadas, añadió—: ¡Y que los jefes de los pueblos iberos vayan decidiendo de qué lado están y rápido, porque seré generoso con los que nos apoyen desde este momento, pero también me ocuparé personalmente de aquellos que apoyen a los cartagineses hasta que maldigan el día en que su madre los parió! ¡Y a los cartagineses les decís que los busco y que no quiero cansarme en encontrarlos, así que vengan pronto y, si quieren, que se traigan a sus dioses con ellos porque les van a hacer falta! —Y luego para sí, en voz baja—. Ya tenía yo ganas de entrar en esta guerra e ir poniendo un poco las cosas en su sitio.

Ordenó que las legiones formasen y, sin aguardar un minuto, una vez todas las tropas estuvieron desembarcadas, inició una marcha hacia el interior de la región en busca de un enclave llamado Cesse por los habitantes de Iberia. Su objetivo era localizar la posición de las tropas de Asdrúbal y Hanón, el ejército que Aníbal había dejado tras de sí para mantener expeditas las vías de comunicación y aprovisionamiento entre su propia expedición a la península itálica y las ricas fuentes de víveres y pertrechos de Hispania.

Al cabo de varios días de marcha, un explorador pidió permiso para informar al procónsul. Cneo le recibió en su tienda, mientras comía pollo y bebía vino, y consultaba unos mapas y escuchaba los informes de sus tribunos.

—Los cartagineses han agrupado sus tropas en Cesse y están dispuestos al combate, mi general.

Cneo asintió e hizo una señal para que el explorador abandonase la tienda. En cuanto éste hubo salido, continuó comiendo, y con los carrillos llenos de comida y vino se las arregló para dar sus instrucciones a los tribunos presentes.

—¡Mañana vamos a Cesse y barremos del mapa a ese ejército! Que los soldados cenen bien esta noche y que beban algo de vino, sin excesos, que para eso ya me basto yo. ¿Alguna pregunta?

Después de las derrotas sufridas en Hispania, no estaba claro que aquella táctica del ataque frontal fuera a ser la mejor política, pero era cierto que desde la llegada de Cneo Cornelio Escipión a Hispania eran muchas las poblaciones y pueblos iberos que habían abandonado a los cartagineses y que todos los jefes de las diferentes tribus de la región esperaban una muestra de la auténtica fuerza de los romanos en la península; rehuir el combate también podía verse como una muestra de debilidad. Entre el mar de dudas en el que los tribunos se debatían por discernir qué podría ser mejor para acometer aquella difícil campaña contra el ejército cartaginés de Hanón y la resuelta decisión y seguridad de su procónsul, no había mucho margen de maniobra. Marcio, uno de los centuriones más experimentados, se anticipó al resto de los oficiales.

—Así se hará, procónsul —dijo, y salió de la tienda y tras él el resto, que le siguió con rapidez. Ningún oficial parecía estar a gusto a solas con el procónsul.

Cneo separó entonces su plato de comida y se acercó el plano de la región en la que se encontraban mientras que registraba en su mente la celeridad en la respuesta de aquel oficial. Lucio Marcio Septimio se llamaba. Siempre memorizaba el nombre de todos los tribunos, decuriones y centuriones a su mando. Era información útil. No entendía cómo su hermano Publio encontraba espacio en la cabeza para recordar también diálogos de las obras de teatro a las que asistía. Cneo era más selectivo. Se centraba en lo militar: oficiales, inventarios y mapas, ésas eran las cosas que estudiaba con detenimiento. Lucio Marcio Septimio. Un centurión bien dispuesto a cumplir las órdenes. Ése era siempre un dato importante a tener en cuenta en una campaña.

Al día siguiente, los romanos atacaron en perfecta formación a los soldados cartagineses. Las legiones avanzaron con el procónsul Cneo Cornelio Escipión al frente. Su gigantesca figura de dos metros se abrió paso, apoyada por varios hombres de confianza, por entre las filas cartaginesas y su arrojo pareció contagiarse como una centella entre el resto de los romanos. El procónsul había situado los manípulos al mando de Lucio Marcio en su ala derecha. Sabía que así no tendría que preocuparse más por un flanco. Los cartagineses lucharon con tenacidad, pero los romanos llevaban consigo una fuerza renovada que hizo retroceder a los africanos paso a paso primero y luego en desbandada general. Aquel día ocho mil cartagineses cayeron abatidos. La victoria fue absoluta. Cneo Cornelio Escipión, cubierto de sangre roja brillante procedente de los enemigos cercenados por su espada, se dirigió a sus hombres desde lo alto de la fortaleza de Cesse.

—¡Marte y Júpiter están con nosotros, legionarios! ¡De aquí hacia el Ebro hasta arrojar a los cartagineses fuera de nuestro dominio! ¡Los enemigos de Roma han de lamentar el día en que cruzaron ese maldito río!

Sus hombres gritaron de júbilo. Entre las poblaciones iberas corrió la voz: había un nuevo general romano en Hispania, un tal Cneo Escipión, valiente, que despreciaba el peligro, desconocedor del miedo, que había prometido guerra sin cuartel contra los cartagineses y a los que los apoyasen, y que acababa de barrer las tropas de Hanón. Decenas de jefes iberos deliberaban en sus poblados. A partir de aquel momento había que pensarse muy bien de qué lado se estaba.

45

Ojos negros de mirada profunda

Roma, enero del 217 a.C.

Publio Cornelio Escipión padre había regresado a Roma desde el norte para ceder la magistratura consular, por un lado, a quien fuera elegido para el cargo, cumplido su año de mandato, y, por otro lado, para terminar de restablecerse de sus heridas de Tesino. Con él regresó parte de las tropas y, entre otros muchos, su propio hijo. Ambos, Publio padre e hijo, caminaban aquella mañana de enero por las transitadas calles de una Roma que se preparaba para las nuevas elecciones consulares. Diferentes nombres sonaban como posibles candidatos a la máxima magistratura del Estado: Terencio Varrón, Cayo Flaminio, Emilio Paulo, Servilio y, como siempre, Fabio Máximo, pero no estaba claro aún cómo iban a desarrollarse los acontecimientos.

—¿Adónde vamos? —preguntó el joven Publio a su padre al salir de su casa. Caminaban por entre callejones estrechos y amplias avenidas con un paso constante, rápido y decidido, aunque el único que sabía el destino de aquella salida era su padre. Al joven le parecía sorprendente la recuperación de su *pater familias*. La herida en la pierna recibida en Tesino había sido grave y profunda; sin embargo, su padre avanzaba veloz y firme; apenas era visible una leve cojera al pisar con la pierna herida, sólo discernible para quien supiera lo acontecido hacía unos meses junto a aquel nefasto río del norte.

—Vamos a casa de Lucio Emilio Paulo —respondió al fin el interpelado.

El joven Publio se quedó pensativo. Lucio Emilio Paulo había sido cónsul el año anterior; era un personaje respetado por sus victorias en la guerra de Iliria pese a que Fabio Máximo intentó manchar su victoria con confusas acusaciones sobre malversación en las cuentas de aquella victoriosa campaña militar; apenas conocía nada más de él, aparte de que su padre siempre había hablado de este senador con gran estima. Pensó en preguntar cuál era el motivo de la visita y, ya puestos, por qué deseaba ir acompañado. Lo segundo podría tener una respuesta relativamente fácil: desde que regresaran del frente de guerra su padre había insistido en presentarle a todos los hombres influyentes de Roma que conocía, senadores, pretores, cuestores, censores. El joven Publio hacía lo posible por retener nombres, funciones y las valoraciones que de cada una de esas personas le hacía su padre. El hijo no veía a qué tanta prisa por presentarle a tanta gente en tan poco tiempo, pero su padre insistía en que estaban en guerra y que en una guerra cualquier cosa era posible y convenía estar preparado. No entendía bien el joven Publio el sentido de estas explicaciones, pero sabía que discutir con su padre en aquellos temas que éste tenía decididos era inútil, de forma que acataba los deseos del padre como si de órdenes de un superior en el campo de batalla se tratara, pues, a fin de cuentas, por el tono de decisión que su padre había empleado aquella mañana, casi venían a ser lo mismo.

—Se acercan las próximas elecciones para el consulado. Ya sabes que Varrón será muy probablemente elegido por las *comitia centuriata* como el cónsul representante del pueblo. Varrón es un loco. Temo mucho que pueda llevar a Roma al desastre. Necesitamos una persona con carisma y gran experiencia que, apoyada por el Senado, sea elegida como el otro cónsul.

El joven Publio se quedó sorprendido de recibir tantas explicaciones de golpe. Por algún motivo su padre deseaba que tuviera bien presente todo lo que se estaba decidiendo en Roma en esas semanas.

Al cabo de unos veinte minutos llegaron a la residencia de la familia del ex cónsul Lucio Emilio Paulo. Ésta se encontraba en lo alto de una colina; era una *domus* grande y rodeada de un amplio jardín. Toda la hacienda estaba custodiada por una elevada muralla de más de dos metros y medio de altura y por guardias armados en la puerta. A través de una inmensa verja de hierro oscuro se discernía un ancho camino que conducía a la puerta principal de la mansión. Los guardias reconocieron enseguida a Publio Cornelio Escipión y abrieron la verja.

Su padre era respetado y bien recibido en aquella casa. Sin embargo, al seguirle su hijo, uno de los guardias se interpuso y solicitó una aclaración.

—¿Quién es este que le acompaña, general? Sólo me está permitido dar paso a un pequeño grupo de personas conocidas por mi amo. Y este joven no figura entre ellos.

Publio padre no se alteró ni dejó entrever en el tono de su respuesta enfado o molestia por lo inquisitivo y estricto del centinela.

—Eres un fiel y buen servidor de tu señor. Cumplir sus órdenes te honra. Este que me acompaña es mi hijo, mi primogénito, y vengo a presentarlo a tu señor. Deseo que mi hijo conozca a aquellos que merecen ser respetados en Roma.

—Comprendo... —Pero el guardia no daba paso, pensativo.

—Si lo deseas, podemos esperar aquí mientras envías a alguien a preguntar a tu amo si mi hijo es bienvenido en su casa. No hay ofensa por esperar. —Con ello Publio padre concluyó y aguardó respuesta.

El soldado se debatía en silencio. La solución no era tan sencilla como todo eso. Su señor era una persona justa pero que se enojaba ante decisiones absurdas. Por un lado estaba la orden según la cual sólo podía pasar el padre, pero negarle la entrada al hijo de uno de los mejores amigos del señor de la casa no era en nada hospitalario y podía considerarse como una forma ridícula de celo en la tarea de custodiar la casa.

Publio padre se apiadó del guardia y decidió darle una solución.

—Quizá podrías escoltarnos a los dos hasta el patio de la casa del senador y dejarnos allí mientras informas a tu señor de quién le visita, de quién acompaña a esta visita y el objeto de nuestra venida. De esta forma mostrarías hospitalidad ante un amigo de tu señor y cautela al transgredir ligeramente una orden suya. —La expresión de Publio Cornelio padre era la de un general acostumbrado a dar órdenes, de forma que sus palabras transmitían la confianza de quien posee gran experiencia.

—Sí —respondió aliviado el guardia—, esto haremos.

Dejando al otro centinela junto a la puerta, el soldado acompañó a padre e hijo hasta la entrada de la gran mansión dejándoles pasar hasta un patio. En el centro había una fuente con un surtidor. El murmullo del agua al caer y el frescor de las plantas que rodeaban aquel patio transmitían una agradable sensación de paz y sosiego. Pese a estar en invierno, había amanecido un día despejado con mucho sol. El joven

Publio se sintió a gusto en aquella estancia, con el cielo abierto sobre ellos, con el aire fresco y el agua.

Fue el propio Lucio Emilio Paulo quien salió a recibirlos en persona.

—Ya veo, viejo amigo, que sigues siendo hábil en el arte de la persuasión —fueron las palabras de recibimiento que el senador dedicó a su padre— y te entretienes ahora en confundir a mis súbditos. Yo doy una orden precisa y aquí llegas tú y haces que la gente se confunda hasta no saber qué es lo apropiado.

—¿Acaso querías tenernos en la calle esperando, viejo bribón? —respondió Publio padre.

—Nada de eso, nada de eso... —se abrazaron los dos senadores, los dos excónsules—, sí me parece bien, pero es que me conmueve tu capacidad de persuadir a la gente para salirte con la tuya. Se te ha echado de menos en el Senado este año. ¿Y bien? —dijo entonces mirando al joven acompañante de su amigo—. Éste sin duda debe de ser tu hijo, corrijo, tu valiente primogénito, tu salvador en Tesino, ¿no es así?

—Así es.

El senador Emilio Paulo se distanció un par de pasos, examinando al joven que le estaba siendo presentado. Tras un par de segundos se adelantó y, antes de que el joven Publio pudiera reaccionar, se fundió en un abrazo con él. El senador tenía fuerza en sus venas más allá de la que uno podía pensar, pues el joven sintió en aquel intenso abrazo la fortaleza de unos musculosos y poderosos brazos. Por fin, le dejó libre y Publio hijo pudo decir algo.

—Es un honor para mí conocerle. Mi padre le tiene en gran estima.

—Ah, ¿y eso es bueno? —interrumpió el viejo senador.

Publio hijo, confundido, no supo qué responder. El senador entre risas continuó.

—Hay más de uno que solamente por eso, porque tu padre me estima, ya no me aprecia nada. Roma es una guarida de lobos. Pero estoy de broma, como ya verás, yo también aprecio a tu padre. Pero dejemos esta palabrería y veamos qué te trae por aquí de verdad, viejo Publio. Estoy encantado de conocer a tu hijo, pero me lo podías haber presentado en el foro en los próximos días. ¿Por qué has venido hasta mi casa, tan lejos del centro? Y no me engañes.

Publio padre sonrió.

—No, no lo pretendo. Mis dotes de persuasión no creo que pudieran llegar a tanto. Ya sabes a qué he venido.

—Ah... —por primera vez Lucio Emilio frunció el ceño y se puso serio—. Por eso... no sé, no sé... no eres el primero que viene por lo mismo, pero no... no lo veo claro.

—Permíteme al menos exponerte mis razones con un poco de calma —insistió Escipión padre.

—Bien, sí, eso sí. Parece que olvido mis modales y os retengo en el patio de mi casa...

En ese momento una joven de unos dieciséis años apareció en el patio. Entre niña y mujer, un rostro de facciones suaves, con la tez oscura por el sol y una profusa melena azabache, larga y sinuosa que caía sobre sus hombros y espalda; su cuerpo, no obstante, era exuberante, con amplios senos que se dibujaban bajo la toga blanca que lucía en la luz clara de aquella mañana; caminaba despacio, como si apenas rozaran sus pies el suelo, sin hacer ruido. Se quedó a la entrada del patio sin intervenir en la escena, observando.

El senador al volverse para invitar a sus amigos a entrar en la casa la vio y ésta retrocedió sobre sus pasos, pero la voz impetuosa del amo de la casa la detuvo.

—Ah, mi hija Emilia, siempre una grata sorpresa, la luz de esta casa y desde el fallecimiento de su madre, la esperanza de esta familia. Ven que te presente a dos buenos amigos.

La joven se acercó y el senador llevó a término las correspondientes presentaciones. En la proximidad, Publio hijo pudo ver de cerca la profundidad de la mirada de aquella jovencísima mujer: eran unos ojos negros como su pelo, como la noche, pero cálidos, con una mirada intensa, dulce, tranquilizadora. Acompañaban la paz del murmullo del agua, del cielo despejado, pero cuando se quedaban quietos, devolviendo la mirada, se apreciaba un ápice de travesura, de complicidad, de secreto.

—Y digo yo —continuó el senador—, ¿no será mejor, Publio, que dejemos a los jóvenes a su aire y que tú y yo nos dediquemos a dirimir el futuro del Estado? Más que nada lo digo por mi hija. No sé si tu muchacho aguantará tus largas explicaciones, pero estoy seguro de que eres capaz de aburrir a mi niña hasta el infinito. No tienes piedad cuando hablas de defender a Roma —y volvió a reír.

—Como desees. Estamos en tu casa.

—Bien, pues no se hable más —y dirigiéndose a su hija—, Emilia, ya que tu hermano anda perdido por el foro, o al menos eso prefiero pensar yo, ¿por qué no conduces al jardín y entretienes a este valiente joven mientras tu propio padre se aburre con el pesado de su padre?

—Como quieras, mi señor —fue la rápida respuesta de Emilia.

Los senadores salieron del patio y ambos jóvenes quedaron a solas. Para esto no se había preparado aquella mañana el joven Publio. Había sido llamado por su padre para una visita formal a un importante senador de Roma para tratar de asuntos esenciales de la ciudad, la patria y su gobierno, y ahora se veía a solas con una jovencísima muchacha, muy hermosa, pero con la que no sabía de qué hablar.

—No hace falta que hablemos si no quieres —empezó Emilia—. Quiero y respeto mucho a mi padre, pero le encanta poner a la gente en situaciones extrañas para ver cómo reacciona. Dice que así es como se conoce realmente a las personas. En sus reacciones ante lo inesperado.

Publio escuchó en silencio. Desde luego ése no era el inicio de conversación que había considerado para empezar a hablar con una joven patricia romana. Pero Emilia no se vio ni sorprendida ni desanimada por el silencio de su interlocutor, o al menos su desenfado y decisión no sugerían tal cosa.

—Mi padre ha dicho que vayamos al jardín, hace un día tan precioso que creo que será un paseo agradable... Si a ti te parece bien.

Publio al fin dijo algo.

—Sí, me parece bien.

Hablar, lo que es hablar no habla mucho, pensó la joven Emilia mientras lo acompañaba hacia la entrada de la casa para salir al jardín, pero es guapo. Se sonrió sin decir más.

—¿Por qué sonríes? —preguntó Publio, que no dejaba de observarla.

Estaban ya en el jardín. El aire fresco de la mañana teñido del calor del sol era una mezcla embriagadora para los sentidos, especialmente rodeados de aquel jardín repleto de plantas exóticas. Emilia dudaba en responder. Por fin se decidió.

—Por nada especial. Es sólo que mi padre y mi hermano, hace unos días, empezaron a hablarme con insistencia del tema del matrimonio, de elegir sabiamente y no sé cuántas cosas más sobre el asunto y...

—¿Y...? —La joven había captado el interés de su invitado, ¿o era miedo?

—Y entonces mi padre empezó a recitar nombres de posibles buenas elecciones. Y tu nombre estaba el primero de la lista.

—Ya... —el joven Publio vio confirmado que aquella mañana nada transcurría según había pensado. Decidió seguir la conversación que, al menos una cosa era evidente, resultaba diferente a cualquier otra que nunca había tenido con una patricia—. Y por eso la sonrisa.

—Sí; me ha hecho gracia que hace unos días me propusieran tu nombre como posible «sabia elección» y que de pronto, unos días más tarde, te encuentres aquí, nos encontremos aquí, poco menos que empujados por mi padre, solos.

—Ya... entiendo. No deja de ser una coincidencia.

—¿Tú crees? —preguntó Emilia.

—Bueno..., veo que hay tres posibilidades.

—¿Tantas? ¿Y cuáles son? —Y se sentó en un banco de piedra bajo un pino alto y robusto, pero a la luz del sol, ya que la sombra del enorme árbol caía más lejos. Publio permaneció de pie, explicando sus posibilidades.

—Uno: es posible que sea una coincidencia, nada más; dos: es posible que tu padre y el mío hayan tramado que nos conozcamos; tres: los dioses desean que nos conozcamos.

—¿Y cuál de las tres crees tú que es la cierta? —preguntó una interesadísima Emilia. Aquel joven era guapo y, según había oído de sus padres, excelente y valiente soldado, héroe que había salvado a su propio padre, un cónsul de Roma, en el campo de batalla de caer en manos de los cartagineses aun a riesgo de poner en grave peligro su propia vida. Heroicidades semejantes no podían dejar insensible a la joven patricia.

Publio no sabía bien por dónde proseguir. Además, otros pensamientos se agolpaban en su mente. Su experiencia con las mujeres era relativamente variada en lo sexual, con las prostitutas que en numerosas ocasiones había visitado con su tío Cneo y, ocasionalmente, alguna esclava en casa de su padre; y luego estaban las aburridas conversaciones con jóvenes patricias que le habían sido presentadas para «los mejores fines», normalmente seleccionadas con esmero por su madre; sin embargo, una conversación ingeniosa con una joven patricia, que además era muy hermosa, era algo nuevo para él.

—No hace falta que me respondas —la voz de Emilia, suave y tierna, se mezcló con sus pensamientos—. Me bastaría con que me hicieras un favor, un gran favor.

—Si puedo ayudarte, estaré encantado y orgulloso de poder hacerlo —Publio sintió que sus palabras brotaron con sinceridad de su corazón y no dejó de estar sorprendido. Eso sí le puso algo nervioso, pero la placidez de aquella joven patricia le envolvía y contrarrestaba sus dudas.

—Verás. Mi padre y mi hermano están muy insistentes con este tema del matrimonio y si consiguiera hacerles pensar que un joven romano, hijo de un senador y ex cónsul de Roma, de una excelente familia patricia, valiente oficial, se interesa por mí, aunque sólo fuera por un tiempo, pues sé que me dejarían tranquila con el tema, al menos por unas semanas, quizás meses...

El joven Publio escuchaba atento.

—... Supongo que bastaría con que vinieras a verme alguna vez, con cualquier pretexto; basta con que demos un paseo, aunque no hablemos.

Publio meditó bien su respuesta mientras observaba el pelo de la joven, acariciado con suavidad por una dulce brisa. Era un cabello precioso, denso, que daban ganas de acariciar. Por fin empezó a hablar despacio. Emilia le miraba con fulgor en sus ojos.

—Entiendo tu preocupación y que te resulte incómodo que tu padre te atosigue con el tema del matrimonio, y aun cuando me encantaría poder ayudarte en cualquier otra cosa que me pidieses, eres la hija de uno de los mejores amigos de mi padre y no podría hacer nada que pudiese poner en peligro la amistad de mi padre con el tuyo; si ahora fingiera interés por ti para luego no cumplir lo que mis acciones daban a entender, sería una afrenta a tu padre, a tu hermano, a toda tu familia, que sería difícil que me perdonaran y tendrían razón en no hacerlo, y eso también avergonzaría a mi padre.

Emilia bajó la mirada despacio. La suave brisa proseguía su recorrido por el jardín haciendo que el largo y ondulado cabello de la muchacha se agitara suavemente sobre sus hombros.

—Sí, evidentemente estás en lo cierto. Perdona. Creo que aún soy una niña en muchas cosas. Espero que no tengas mala opinión de mí.

—No —esta vez Publio respondió con rapidez—, no, en absoluto. No hay ofensa alguna.

Y pensó en añadir algo para salir de aquel diálogo que tanto se había complicado.

—Quizá, si no te importa —continuó Publio—, me gustaría ver el resto del jardín.

Emilia accedió y se levantó enseguida para guiar a su invitado por entre los árboles desnudos de hojas y los pinos siempre verdes. Estaba meditando y caminaba sin hacer comentarios junto al joven Publio cuando se volvió hacia él para preguntarle de nuevo.

—Admiras mucho a tu padre, ¿verdad?

El joven comprendió que no iba a ser tan sencillo conducir a la muchacha hacia una conversación frívola o ligera. Sin embargo, no se sentía molesto. En cierta manera aquel paseo resultaba agradable a la vez que muy distinto al que nunca hubiera hecho con ninguna de las múltiples jóvenes patricias de las mejores familias de Roma que se le habían presentado desde su regreso de Liguria.

—Sí, respeto mucho a mi padre y... —pensó unos segundos antes de concluir— sí..., para mí, sin duda alguna, es un modelo a seguir... aunque a veces resulta abrumador intentar estar a su altura.

Ésa era una confesión que nunca antes había hecho a nadie; hasta entonces sólo había sido un silencioso pensamiento en su mente que de pronto había cobrado voz y forma en presencia de aquella muchacha.

—Sí, te entiendo, a mí me pasa algo parecido —la voz dulce de la joven parecía fundirse con el viento—. Yo también deseo estar a la altura de lo que mi padre y mi hermano esperan de mí, pero no me parece sencillo.

Lucio Emilio Paulo observaba a su hija desde una de las ventanas de la *domus*. Publio le hablaba de Roma, de la guerra, del Senado y de las elecciones consulares para el año siguiente, con su elocuencia habitual, para persuadirle de que presentara su candidatura. Aunque mirara por la ventana no dejaba de escuchar atento las palabras de su amigo. No obstante, su interés estaba dividido entre los razonamientos de su colega en el Senado y la escena que estaba desarrollándose en el jardín de su casa.

El joven Publio y Emilia vieron por fin interrumpido su diálogo cuando los senadores aparecieron en el jardín. El primero en dirigirse a los jóvenes fue el amo de aquella casa.

—Hija mía, ¿le ha gustado a nuestro noble invitado la visita por el jardín?

—Sí, creo que a nuestro invitado le ha gustado el paseo.

—Así es —corroboró Publio hijo.

—Bien, bien, me alegro —y, volviéndose a su padre, Emilio Paulo continuó—, tu padre y yo ya hemos terminado de dilucidar los asuntos de Estado esta mañana y creo que otros deberes os reclaman en la ciudad. ¿No es así, Publio?

—En efecto —confirmó Publio padre—. Nos vamos, hijo mío, con el permiso del *pater familias* de esta noble casa, espero...

—Por supuesto, por supuesto —y Emilio Paulo se dispuso a acompañarlos a la puerta de acceso a la hacienda, donde los guardianes seguían vigilando el acceso.

El joven Publio observó que Emilia los seguía del brazo de su padre. Llegaron a la puerta conversando acerca del excelente tiempo de aquella mañana de invierno. Publio hijo pensó en el tremendo contraste entre lo frívolo de la presente conversación frente al intenso diálogo de minutos antes con la joven hija del senador. Por un instante echó de menos ese breve intercambio de pensamientos del que habían disfrutado.

Llegaron a la puerta. Su padre se despedía cordialmente del senador Emilio Paulo. Los jóvenes se miraron. En ese momento el joven Publio tomó la palabra.

—Me pregunto, noble Lucio Emilio Paulo, si mi persona sería igual de bienvenida a esta casa si en otra ocasión tengo la oportunidad de acercarme a ella para visitar a los que aquí viven, aun cuando viniera solo y no acompañado por mi padre.

No era frecuente que un joven oficial, por muy hijo de cónsul que fuera, se dirigiese tan directamente a un senador demandando lo que no era otra cosa sino permiso para ser recibido en su casa en cualquier momento.

Publio padre miró a su hijo sin mostrar reproche ante sus palabras, pero con notable sorpresa. El senador aludido guardó silencio unos segundos. Emilia inspiró profundamente. Los guardias de la puerta que habían escuchado la petición del joven oficial estaban atentos a la respuesta de su señor.

—Sea —empezó Emilio Paulo—, ordeno que el hijo de Publio Cornelio Escipión, del mismo nombre, siempre sea bien recibido en esta casa, cuando quiera que éste desee honrarnos con su presencia. Un joven oficial de Roma de la familia Escipión siempre será apreciado en casa de Lucio Emilio Paulo.

—Gracias. Agradezco profundamente esta deferencia con mi persona. Espero estar a la altura del honor y la confianza que depositas en mí.

Los guardianes habían escuchado la orden de su amo y tomaban buena nota. Nunca más debían poner dificultad a aquel joven para acceder a la casa de su señor, como lo habían hecho en aquella mañana.

—Y...

—¿Algo más aún? Mi querido Publio —dijo Emilio Paulo dirigiéndose a Publio padre—, tu hijo cuando solicita parece no tener fin. ¿Es esto frecuente en él?

—Pues no, no lo es. No es dado a solicitar cosas —Publio padre respondió mirando a su hijo que aún deseaba solicitar algo más.

—¿Y bien? —preguntó al fin Emilio Paulo.

—¿Podría dirigirme un momento a vuestra hija?

Emilia se había quedado retrasada unos pasos, dejando una prudencial distancia con los hombres que se estaban despidiendo en la puerta, junto a los guardias. No dejaba de mirar y escuchar con enorme interés el intercambio de solicitudes y concesiones entre el joven Escipión y su padre.

Lucio Emilio Paulo se volvió hacia su hija. Los ojos de la muchacha brillaban y sus mejillas estaban encendidas pero sin llegar al sonrojo, con el rostro alto, sin bajar la mirada. Sin duda hacía esfuerzos por controlar sus reacciones. Estaba esperando la respuesta del *pater familias*.

—Sí, si eso te complace, puedes hablar con ella.

El joven Publio avanzó unos pasos hasta situarse junto a Emilia. Una vez junto a la muchacha fue breve, no quería abusar de la paciencia del senador que tanto estaba transigiendo aquella mañana.

—Espero poder volver a verte, es decir, si esto te agradase.

—Me encantará volver a verte —fue también la breve respuesta de Emilia que esta vez sí bajó la mirada, y en voz baja, de forma que su padre no oyera, añadió— y gracias por fingir este interés en mí; pensé que al final no me harías el favor que te pedí.

—No lo hago.

Emilia entonces volvió a mirar al joven Publio a los ojos, confundida.

—No finjo. —Y con esas palabras el oficial dio media vuelta antes de que Emilia pudiese decir nada. Padre e hijo de la familia Escipión salieron de la casa y se marcharon andando. El senador Lucio Emilio Paulo y su hija los vieron mientras se alejaban poco a poco.

—Allá van dos hombres nobles de esta ciudad —comentó el senador a su hija—. En estos tiempos difíciles necesitamos más como ellos, necesitamos más... —luego guardó silencio, para al final continuar dirigiéndose a su hija—. Y bien, ¿me enseñarás a mí también el jardín que tan intensos efectos tiene en algunos jóvenes de esta ciudad, o esos paseos son sólo para la juventud?

—Son también para mi padre, sin duda, siempre que éste desee la compañía de su hija.

Ésta fue la respuesta de Emilia, que, no obstante, necesitó de un importante autocontrol para no dejar traslucir en su tono la combinación de emociones que la atenazaban y que la tenían navegando entre la más absoluta confusión y la ilusión más extraña que nunca jamás había sentido.

El padre de Publio no comentó nada mientras caminaban de vuelta a casa, pero de alguna forma estaba seguro de que su hijo iba a encontrar algo o, mejor dicho, alguien en quien ocupar su tiempo una vez que él partiera para Hispania.

46

El enemigo ciego

Entre Liguria y Etruria,
febrero del 217 a.C.

Había nuevos cónsules en Roma: Cneo Servilio Gémino y Cayo Flaminio. Ambos eran generales veteranos, curtidos en campañas anteriores. Aníbal sopesaba esta información en su tienda, sentado sobre una butaca cubierta de pieles de oveja para suavizar el frío de finales de aquel duro invierno de Liguria. Servilio permanecía en Roma, parece ser que intentando seguir con detalle los complejos preceptos religiosos romanos para conseguir el favor de sus dioses. Flaminio, por el contrario, más ágil, más decidido y menos escrupuloso en el fervor religioso, se había encaminado ya hacia el norte para enfrentarse a él, el invasor extranjero. Aníbal se sonrió. El cónsul romano se había establecido en Arrentium, entre Umbría y Etruria, con la idea de interponerse en su ruta hacia el sur. Aníbal escuchaba los informes de sus oficiales, mientras revisaba los planos que tenía extendidos ante sí en una amplia mesa de madera que sus soldados trasladaban de aquí para allá para que pudiera establecer siempre la estrategia a seguir con calma. Sus hombres se esmeraban en todo aquello que hiciera más fácil la vida a su general y, en especial, en todo lo que pudiera ser de utilidad para tomar las decisiones más acertadas en la campaña en la que le seguían. Su ejército había acumulado tal multitud de experiencias positivas desde sus primeros combates en Iberia como para desarrollar una infinita confianza en las decisiones de su líder. Eran los oficiales los que a veces dudaban más, pero cuando Aníbal hacía públicas sus determinaciones en un discurso ante los soldados africanos, en su lengua y luego en un corrupto ibero para sus mercenarios hispanos, ya no se atrevían a oponerse a sus designios. Además, el general se había rodeado de un pequeño número de intérpretes que le asegurasen que sus mensajes llegaran a todos y cada uno de los diferentes grupos de soldados que componían la compleja amalgama de su ejército. Todos los oficiales eran conocedores de la enorme simpatía que las tropas, especialmente las africanas y las iberas, sentían por su general. Por eso se sentían hoy especialmente incómodos ante una disensión sobre la estrategia a seguir entre ellos y el general que los gobernaba a todos.

Los oficiales de Aníbal insistían en una ruta más larga y lenta para alcanzar las legiones de Cayo Flaminio; sin embargo, el general cartaginés no compartía esa visión de las cosas. Miraba en silencio los mapas hasta que en su cabeza todo quedó claro. Sólo entonces se manifestó con contundencia.

—Iremos en línea recta por aquí —señaló la región del río Arno. Sus oficiales sacudían las cabezas en clara oposición—. Lo sé —continuó Aníbal—, sé que toda esta región ha sido inundada este invierno por el río que aquí llaman Arno, pero es la ruta más rápida y la única no vigilada por los romanos. Los exploradores confirman este punto y eso es lo esencial. En cuatro días podemos estar en Etruria, por sorpresa, sin que hayan controlado nuestros movimientos y comenzar el saqueo de la región. Tenemos que conseguir que Flaminio nos ataque con sus legiones antes de que se le una el otro cónsul. Ésa es nuestra mejor baza. Si dejamos que los dos cónsules se unan, será difícil nuestra victoria. El menosprecio que sentían ante nuestro ejército en Trebia ya no es un arma que podamos volver a utilizar. Es mejor adentrarnos en terrenos inundados que transitar por caminos secos, más largos y controlados por los romanos para luego encontrarnos con un agrupamiento de todas las legiones de Roma. Y esto no es una consulta. Es una orden.

Aníbal se alzó. Dobló los mapas y salió al exterior. Sus oficiales no se atrevieron a oponerse y en pocos minutos sus instrucciones estaban siendo difundidas a todos los regimientos de su poderoso ejército expedicionario.

La poderosa maquinaria de guerra cartaginesa abandonaba la región acompañada de refuerzos procedentes de diferentes tribus de los galos ligures que fortalecían aún más su contingente de tropas iberas, cartaginesas y númidas. Al principio la marcha fue sobre terreno seco y sin problemas más allá de las muchas horas de caminar sin detenerse apenas, la lluvia constante de aquellos días y la fatiga propia de aquellos esfuerzos. No obstante, a medida que avanzaban hacia el sur la tierra comenzó a pasar de estar húmeda por la lluvia a transformarse poco a poco en fango y, luego, del barro se tornó en un pantano denso, de aguas espesas, pegajosas. Los soldados hundían sus pies primero hasta los tobillos y luego hasta las rodillas. Aníbal encabezaba el ejército, hundiendo sus propias piernas en aquella agua estancada varios días después de las grandes avenidas del Arno, pero no cejaba en su determinación. Así pasó el primer día, con fatiga, lluvia y aguas pantanosas. Aquello era sólo el principio de un nuevo calvario. Lo peor estaba por venir: anochecía pero no se adivinaba en el horizonte ningún lugar que estuviera lo suficientemente seco y firme donde poder establecer un campamento. En la última hora del atardecer, Aníbal se restregó los ojos con sus manos empapadas de aquella agua maloliente y pesada. Ningún lugar a la vista donde establecer un cuartel provisional. Y no había tiempo para retroceder. Sus guías galos le confirmaron que el terreno seguía igual durante decenas y decenas de kilómetros. El general cartaginés volvió a restregarse los ojos. Sentía un picor peculiar que le hacía sentirse incómodo.

—Que los hombres descansen como puedan. Dormimos aquí. No se montan tiendas. No hay sitio, terreno firme sobre el que fijarlas, pero quiero centinelas toda la noche a quinientos pasos de la columna del ejército, por ambos flancos. Dormiremos todos sobre nuestros pertrechos empapados hasta el amanecer y al alba seguiremos. Las bestias, que permanezcan a la intemperie. Las que no sobrevivan las abandonaremos.

Así dijo el general y lanzó parte de sus pertrechos al suelo: telas y maderas se hundieron en el agua pantanosa hasta que al fin, después de echar las pieles de oveja, tocaron fondo de forma que se estableció una especie de suelo artificial sobre el que Aníbal se acostó y cerró sus ojos. El picor persistía y siguió rascándose ambos ojos inconscientemente mientras el sueño, impulsado por el cansancio de la larga marcha, se adueñaba de su cuerpo.

Sus hombres hicieron lo propio, intentado emular el ejemplo de su general: lanzaban sus pertrechos sobre las aguas pantanosas que los rodeaban, y cuando éstos parecían hacer pie en el fondo de aquel marjal, los cubrían con sus capas para luego recostarse sobre las mismas y terminar cubriéndose con las mantas que llevaban consigo. Eran unas condiciones horribles para intentar conciliar el sueño, pero el hecho de que su general compartiera las mismas penurias por las que ellos debían pasar los hacía sentirse próximos a su líder y nadie de entre los iberos o africanos lamentó su suerte. Entre los galos ligures recién unidos a la causa cartaginesa y a aquella extraña expedición contra Roma, las cosas eran diferentes. No entendían a qué tanta prisa. Ellos llevaban esperando años para vengarse de Roma y no veían la necesidad de acortar por aquellos pantanos, pero la tremenda disciplina de las tropas veteranas de Aníbal no les permitía ni tan sólo plantear sus quejas.

Aquella noche Aníbal se despertó en varias ocasiones por el picor de los ojos. En particular, le dolía el ojo izquierdo. En una de las ocasiones en las que su sueño se vio interrumpido por aquel horrible ardor se percató de la tímida luz del amanecer en el horizonte dibujando en lontananza la silueta de los Apeninos al este. Aníbal hizo llamar a varios médicos que acompañaban su ejército. Estaba tomando leche calentada al fuego de una hoguera cuando dos hombres de unos cuarenta años, barba tupida, pelo cano y extremadamente delgados, entraron en su tienda. El general dejó su desayuno y permitió que aquellos hombres le examinasen. Los dos le analizaron los ojos con detenimiento y luego se miraron entre sí. Al fin, el que parecía algo mayor se dirigió al paciente.

—Es una mala infección en los ojos la que tenéis, mi general. Es por esta extraña humedad. Si no queréis perder la vista, debemos alejarnos de esta ruta y buscar terreno seco cuanto antes. Entretanto podemos hacer empastes de barro y manzanilla para calmar la hinchazón y el picor.

Aníbal los escuchó atento.

—No podemos abandonar esta ruta. Es preciso que alcancemos Etruria lo antes posible.

—Entonces... —el mismo médico que había hablado antes dudaba ahora.

—¿Entonces? —preguntó Aníbal.

—Podéis perder la vista, mi general. Podéis quedar ciego. Deberíamos volver sobre nuestros pasos lo antes posible.

—Eso no es posible —Aníbal negaba insistente con la cabeza tal posibilidad mientras hablaba, pero ya no se dirigía a sus médicos; era más bien como si hablara a solas consigo mismo—, hay demasiado en juego, demasiado.

El general hizo entonces que vinieran los guías galos y les preguntó sobre el tiempo que les quedaba para, siguiendo la ruta hacia el sur, salir de aquellos pantanos.

—Dos o tres días más, general.

Entonces volviéndose a los médicos, Aníbal preguntó de nuevo.

—¿Aguantarán mis ojos dos o tres días más en estas condiciones?

Los médicos guardaban silencio.

—¿Y si cabalgara?

—Eso mejoraría las cosas, pues cuanto más alejado del agua estéis, mejor.

—¿Y si fuera a lomos de *Sirius*, el elefante que nos queda? Es mucho más alto que cualquier caballo. Me mantendría alejado del agua, al menos durante el día. Eso y los empastes, ¿qué pasaría entonces?

Los médicos se mesaban las barbas con las palmas de sus manos. Querían dar la mejor de las respuestas pero eran temerosos y, por la experiencia adquirida en el ejercicio de su profesión, cautos.

—Decidme con claridad la situación —insistió el general.

Nuevamente el más mayor volvió a dirigirse a Aníbal.

—El ojo izquierdo está muy mal. Si no regresamos, seguramente perderéis la visión del mismo. Es posible que con los empastes y sobre el elefante, lejos del agua, se pudiera salvar el otro ojo. Quizá los dos. Es difícil de pronosticar. Depende de lo que tardemos en salir de los pantanos, de que no llueva más. Necesitáis curas en ambos ojos, descansar en terreno seco y ver cómo evoluciona cada ojo. Es todo cuanto puedo deciros.

Ahora era Aníbal el que se mesaba sus largos cabellos. Se restregó los ojos con una de sus manos.

—No, mi señor, no debéis tocaros los ojos, no; os prepararemos el barro con manzanilla, pero no debéis restregaros los ojos; eso sólo empeorará vuestra condición.

Aníbal exhaló un profundo suspiro pero obedeció.

—El picor es horrible —dijo.

—Lo es, sin duda —asintió el médico que le hablaba—. Os prepararemos ese empaste y eso os calmará.

—De acuerdo —y volviéndose hacia los guías galos—, ¿tres o cuatro días más, decís, antes de salir de los pantanos?

—Así es, mi señor.

Aníbal asintió en silencio. Varios oficiales presentes asistían expectantes a aquel debate. Su general estaba ponderando si compensaba arriesgarse a perder su vista por obtener una, para ellos, incierta ventaja militar que no alcanzaban a entender. Ninguno sabía qué decir. Tampoco parecía que su general buscase consejo.

—Seguiremos entonces. Nos detendremos el mínimo tiempo posible por las noches. Avanzaremos sin descanso. Yo cabalgaré a lomos de *Sirius*. Vosotros dos me aplicaréis los empastes en los ojos y yo resistiré el dolor y el picor sin tocarme la cara. En tres días saldremos de estos pantanos.

Avanzaron sin descanso en largas marchas diurnas hasta conducir a hombres y bestias a la extenuación absoluta. Al salir de los pantanos, Aníbal, desolado por el dolor en sus ojos, sin apenas visión, se refugió en su tienda, pero antes de echarse a descansar, ordenó a sus oficiales que atacasen las principales ciudades de la región. Maharbal escuchó su mandato y lo ejecutó con disciplina. En los días siguientes, mientras Aníbal se debatía entre la luz y las sombras bajo el cuidado de sus médicos, el ejército cartaginés se hizo con las poblaciones de Florentia y Biturgia. El plan seguía adelante: arrasar Etruria para que el cónsul Flaminio decidiese atacar por sí solo, sin esperar la llegada de Servilio y sus refuerzos.

Cuando Cayo Flaminio recibió los informes de la caída de Florentia y Biturgia suspiró profundamente y ordenó que las legiones se preparasen para salir. Ésa fue su primera reacción, pero al fin se lo pensó dos veces y se contuvo. Decidió esperar unos días más a Servilio. Sabía que aquélla era la misma estratagema con la que Aníbal había manipulado a los cónsules del año anterior y no quería caer en la trampa. Esperó y esperó y siguió esperando.

En su tienda, Aníbal recibía los informes de Maharbal sobre la toma de ciudades en Etruria, con los ojos vendados, aguardando el dictamen de los médicos, que debían dilucidar si el gran enemigo de Roma se había vuelto ahora un enemigo ciego.

47

Trasimeno

Etruria, final de la primavera del 217 a.C.

Tito miró al cielo del amanecer aún cubierto por su manta, ya raída y desgastada por las largas noches del invierno pasado.

—Hoy saldrá un día claro y bueno y lucirá el sol con fuerza. El verano está aquí. Me alegro. A mí dadme luz y calor: el sol me alimenta el ánimo.

Druso no estaba seguro de que aquello fuera tan positivo.

—No sé —empezó—, a mí esto no me hace presagiar nada bueno. Con el buen tiempo el nuevo cónsul tendrá ganas de entrar en combate y visto lo visto, creo que mejor nos iría a todos si nos quedásemos quietos en una ciudad bien fortificada y dejásemos que ese cartaginés hiciera lo que le diera la gana hasta que se cansase.

Tito quiso rebatir aquellos argumentos pero no acertaba bien cómo defender su optimismo.

—Quizás —insinuó—, quizás este nuevo cónsul sea mejor general que el que nos condujo al desastre de Trebia.

—Puede ser —respondió Druso—, pero desde luego no es muy religioso. Abandonó Roma sin llevar a cabo todos los sacrificios necesarios. Servilio, el otro cónsul, en cambio, se quedó en la ciudad hasta cumplir bien con todas las ofrendas a los dioses siguiendo al pie de la letra lo que dicta el pontífice máximo y las sagradas costumbres; al menos eso se cuenta.

—No pensaba yo que fueras hombre religioso, Druso.

—Y no lo era, pero las derrotas, las derrotas le hacen a uno recapacitar, meditar, pensarse las cosas. Muchos dicen que el no seguir bien el orden de los sacrificios y no haber realizado las ofrendas que se debían haber hecho en su momento nos ha distanciado de nuestros dioses y por eso nos han abandonado.

Tito negaba con la cabeza.

—Yo no creo tanto en esas cosas. No digo que no se deban hacer las ofrendas pero no creo que estemos abandonados, en fin, no sé, quizás un buen general...

—¿Quizás? —le interrumpió Druso—, más nos vale. Aníbal ha entrado en Florentia y en Biturgia y sigue hacia el sur. Todos piensan que lo mejor es esperar a la llegada de las legiones de Servilio para que se unan a las nuestras, pero ya veremos qué es lo que hace nuestro nuevo querido general Cayo Flaminio. Esperemos que sepa algo más que dar su nombre a la larga Vía Flaminia que nos hicieron recorrer el año pasado desde Roma hasta el norte.

Tito se sentó junto a Druso. Juntos vieron el bullicio del campamento en aquella primavera que se extendía por la península itálica. En lo más hondo de su ser, Tito albergaba la esperanza de que aquella nueva estación trajese motivos para sustentar su optimismo más allá de la próxima batalla.

Cayo Flaminio aguardó los últimos informes: Aníbal evitaba dirigirse a Arrentium donde se encontraba con sus legiones y seguía hacia el sur. Estaba atacando Crotona, junto al lago Trasimeno. Sin duda, el general cartaginés declinaba el enfrentamiento con las tropas para seguir avanzando hacia Roma. El cónsul se dirigió a sus oficiales.

—¿Aún pensáis que debemos aguardar la llegada de Servilio?

El cónsul miró a su alrededor. Los tribunos dudaban. Tras lo transcurrido en el norte, en Tesino y, sobre todo, tras el desastre total de Trebia, lo sensato era esperar, pero era evidente que tampoco se podía permanecer impasible mientras Aníbal asolaba Etruria, se apoderaba de sus ciudades, saqueaba todo a su paso y encima se encaminaba hacia el sur, desdeñando el enfrentamiento con las legiones allí apostadas. Era difícil responder. El cónsul mantenía la mirada firme en sus tribunos.

—Os he hecho una pregunta y estoy esperando respuesta.

Aníbal, montado sobre un enorme caballo negro, dirigía el ataque sobre Crotona. Un joven oficial se acercó con noticias que su general aguardaba con interés.

—Mi general —empezó el oficial, pero esperó a que Aníbal se girase antes de decir nada más.

El general, tras unos segundos, se volvió hacia el recién llegado. El oficial vio el rostro de Aníbal con un parche oscuro sobre el ojo izquierdo, quedando solo el derecho al descubierto. La intensidad de la mirada, no obstante, pese a provenir de un solo ojo, fue suficiente para que el oficial entregase su mensaje bajando su propia mirada al suelo.

—Mi general, el cónsul Flaminio sigue con sus legiones en Arrentium. No se ha registrado ningún movimiento.

—Bien —respondió Aníbal—, ya saldrá. Ya saldrá y estaremos esperándole —y luego, dirigiéndose al joven oficial—, ¿hay algo en mi rostro que te moleste?, ¿por qué no me miras cuando te hablo?

El joven oficial alzó su cara lentamente. El resto de los comandantes que rodeaban a Aníbal sintieron la tensión que atenazaba a aquel joven soldado. La pérdida de la visión del ojo había tornado en agrio y susceptible el carácter de Aníbal. Además, le había hecho más distante, más frío, casi gélido. Antes su sola presencia inspiraba respeto, incluso algo de miedo en los que apenas le conocían. Ahora todos se sentían extraños ante él. Nadie sabía ya bien lo que pensaba. No estaba loco. Sus órdenes desde que salieron de los pantanos habían sido precisas y varias ciudades habían caído. Quizá Maharbal, su lugarteniente, o Magón, el hermano pequeño del general, tenían mucho que ver en ello, pero el plan seguía siendo trazado por Aníbal.

—No hay nada en vuestro rostro que me moleste, mi general —se explicaba el joven oficial—, bajaba mi mirada por respeto. Pocos nos sentimos dignos de mirarle directamente a los ojos... —aún no había terminado de decir aquello cuando el oficial se dio cuenta de que se había equivocado, no quería decir eso exactamente, quería decir que le respetaba, que todo el mundo le respetaba muchísimo, que le adoraban y va y menciona la tontería de los ojos; quería que la tierra lo engullese allí mismo o que los dioses le partieran en dos con un rayo antes de escuchar la respuesta de su general.

—¿Los ojos has dicho, oficial? ¿Qué ojos si sólo me queda uno? —dijo Aníbal.

Un denso silencio se apoderó de todos los presentes. El oficial tuvo claro que aquél era su último día. Tragó saliva. Aguardó su sentencia. Maharbal pensó en interceder. No había habido mala fe, palabras dichas sin pensar, inoportunas pero sin pensar. Iba a decir algo pero entonces Aníbal volvió a hablar.

—Eso ha tenido gracia. No mirarme a los ojos cuando sólo me queda uno bueno. Sólo uno, ¿entiendes, soldado? —Y comenzó a reír a carcajadas grandes, que resonaban en el valle en el que estaban acampados, carcajadas contagiosas que pronto hicieron que el resto de los presentes se pusieran a reír. Incluso el joven oficial, cubierta su frente por un sudor frío, su estómago encogido por un nudo que apenas si le dejaba respirar, esbozó una tenue sonrisa.

Al fin, cuando todos dejaron de reír, Aníbal despidió a su joven informador.

—Ve a tu puesto, oficial del ejército de Cartago. Me has servido bien. Y puedes decir a todos que Aníbal ha perdido la visión de un ojo, pero que por el otro ve más lejos y con más agudeza que los cuatro ojos de los dos cónsules de Roma.

El joven oficial se apresuró a alejarse y, aunque tardó un par de horas en recuperar la calma, una vez estuvo repuesto comenzó a narrar entre sus amigos y colegas en el mando las palabras de su líder. En unas horas todo el ejército de Cartago hablaba de su general tuerto y de su enorme valentía al transformar las penurias del destino y la guerra en audacia y determinación contra Roma.

Entretanto, Aníbal conversaba con Maharbal.

—Flaminio saldrá de su escondrijo y lo hará pronto. Corre la voz de que nos alejaremos de Crotona una vez tomada hacia el sur, hacia Roma. Eso será suficiente. Los romanos también tienen oídos entre los nuestros. Todos esos galos que nos acompañan. No sé si son de fiar.

—Así se hará, mi general.

Aníbal se alejó entonces del resto de los oficiales y cabalgó unos minutos a solas, seguido de cerca por varios hombres que lo escoltaban, contemplando el asedio de la ciudad.

Con el nuevo amanecer, el cónsul Cayo Flaminio salió de su tienda y raudo se dirigió a sus oficiales.

—¡Nos vamos! ¡Todos en pie, partimos para Crotona y el lago Trasimeno! Si allí está Aníbal, es allí adonde debemos marchar.

Los tribunos seguían dudando, pero el cónsul se anticipó a su respuesta y montó sobre su caballo. Tiró de las riendas y, de forma inesperada, el animal se puso nervioso, relinchó y alzó sus patas delanteras, agitándose de forma extraña. El cónsul pugnó por mantener el equilibrio sobre su caballo, pero el animal se alzó tanto que apenas tenía forma su jinete de sostenerse sobre la silla y, al fin, el cónsul de Roma cayó al suelo. El golpe sobre la tierra dura de Etruria fue doloroso, pero Flaminio no se permitió ni el más mínimo de los quejidos. Mientras se incorporaba, dos soldados ya habían cogido al animal por las riendas y lo tranquilizaban. Aquél era un mal presagio. Flaminio sabía de la importancia que sus oficiales daban a estos sucesos, pero no cedió un ápice en su determinación. Se sacudió el polvo del suelo, se tragó el dolor del hombro magullado sobre el que había impactado en su funesta caída, y volvió a montar sobre el mismo caballo.

—¡Nos vamos, he dicho!

Y no esperó respuesta. A caballo se internó entre las filas de tiendas del campamento romano dando indicaciones a todos los centuriones para que se pusiese en marcha la enorme maquinaria de un ejército consular romano compuesto de dos legiones, tropas aliadas y caballería. La mayoría de los legionarios no habían visto caer al cónsul y veían en la decisión de su líder un hombre al que seguir. Los soldados siempre valoraban el arrojo por encima de otras virtudes. El rumor, no obstante, de que el cónsul había sido derribado por su propio caballo al dar la orden de partir hacia Trasimeno corrió con rapidez.

—Dicen que el cónsul ha sido derribado por su caballo al ordenar salir hacia donde se encuentra el general cartaginés —las palabras de Tito salían nerviosas de su boca.

—Eso no es nada —respondió Druso—, peores cosas he oído yo.

—¿Peores? —preguntó Tito mientras recogían sus pertrechos, armas y mantas para emprender la larga marcha hacia el suroeste.

—Y tanto. Han ocurrido extraños prodigios por diferentes regiones. Malos presagios todos ellos. —Druso parecía regodearse en el suspense que promovían sus afirmaciones. Veía cómo captaba la atención no sólo de Tito, sino de gran parte del resto de los hombres de su manípulo. Ante tanta expectación no pudo sino continuar con su relato—; dicen que en nuestra lejana Sicilia, había soldados, como nosotros, entrenándose en el lanzamiento de jabalinas y que éstas, al ser lanzadas contra el viento, prendieron en el aire, se encendieron de la nada, desvaneciéndose en cenizas sin poder alcanzar ninguno de los objetivos marcados, como sugiriendo que nuestras armas no valen nada contra el enemigo. Y eso es sólo el principio: también se habla de escudos que de pronto se cubren de sangre, o de lugares donde por las noches en lugar de una se ven dos lunas al mismo tiempo. Todo es extraño estos días y si es cierto que el cónsul ha caído de su caballo al ordenar partir hacia Trasimeno, no creo que nada bueno nos espere allí.

—Pues yo he oído más —comentó uno de los soldados del manípulo—, cuando los oficiales ordenaron levantar los estandartes para iniciar la marcha, uno de los centuriones comentó al propio cónsul que uno de los estandartes se resistía a ser izado, tan agarrado lo tenía la tierra, que era imposible moverlo de su sitio hasta que el cónsul ordenó que se excavara en el suelo hasta poder arrancarlo de la tierra y partir hacia el sur, en busca de Aníbal.

Druso, que veía cómo la atención de sus compañeros se había vuelto hacia el nuevo propagador de malos presagios, no se dio por vencido y retomó su relato de malos augurios, pues aún había oído fenómenos más sobrenaturales con los que estremecer a su audiencia.

—Eso no es nada —continuó—. En Capua, el cielo entero parecía incendiado, en la Vía Appia, la estatua de Marte ha empezado a sudar. Y hay cabras en las que crece la lana y un gallo que se transformó en gallina. Sucesos extraños. En Roma se suceden decenas de sacrificios expiatorios para congraciarnos con los dioses, y eso está retrasando a Servilio en Roma, pero lo ocurrido a Flaminio esta mañana no termina de convencerme de que Júpiter y Marte estén velando por nosotros.

—¡Bueno, por Hércules! ¡Basta de cháchara! ¡En marcha! ¡Formad, a vuestras posiciones! —El centurión al mando del manípulo interrumpió la serie de relatos de terribles sucesos.

Tito se situó al final de la formación, junto a Druso, y esperó a que el centurión diera la orden de incorporarse al resto de las tropas que estaban iniciando la marcha; mientras tanto su cabeza repasaba uno a uno los diferentes presagios que se habían mencionado y su mente intentaba desdeñar aquel largo entramado de sucesos negativos contabilizando el gran número de tropas que constituía el ejército del que formaba parte: unos veinticinco mil hombres, entre infantería y caballería, legionarios y aliados; una fuerza suficiente para enfrentarse contra el cartaginés. Puede que todos aquellos sucesos no anunciaran una gran victoria, una derrota definitiva de Aníbal, pero en el peor de los casos se llegaría a un cierto equilibrio, tras el que sólo restaría esperar los refuerzos de Cneo Servilio, el otro cónsul. Tito empezó a caminar dándose ánimos. Roma tenía las suficientes fuerzas para acabar con aquel cartaginés y se conseguiría, tarde o temprano. Suspiró profundamente. Por su propio bien esperó que la victoria final fuera más bien temprano que tarde.

Marchaban junto al lago Trasimeno entre una densa niebla. Era la humedad que ascendía desde sus aguas, pesada y lánguidamente, hacia las colinas y las montañas que rodeaban aquel lugar, dificultando la visión más allá de diez o veinte pasos. Tito percibió el olor del lago y la intensa humedad, aderezada con el frío del amanecer, le recordó el gélido Trebia donde casi perece por congelación. Al menos aquella mañana, el nuevo cónsul no había dado la orden de entrar en el agua, sino de adentrarse por el valle que rodeaba el lago. Tito y Druso avanzaban siguiendo la formación de su manípulo y su regimiento a su vez seguía al manípulo anterior y así toda su legión que también se orientaba siguiendo la ruta marcada por la legión que le precedía. Entre la bruma lo mejor era estar atento a la línea de soldados que tenías delante, o de lo contrario corría uno el riesgo de perderse en aquel valle quedando a merced de las bestias o, peor aún, de alguna avanzadilla del ejército cartaginés.

Tito no lo sabía, porque ningún romano podía observar bien la distribución de las legiones al adentrarse en aquel valle en busca del ejército cartaginés, ya que caminaban cegados por la niebla del amanecer, pero todas las tropas romanas estaban siendo rodeadas por las fuerzas de Aníbal apostadas en las colinas que bordeaban el lago. Flaminio, al fin, advertido por uno de sus oficiales, distinguió las primeras formaciones cartaginesas y dio la orden de prepararse para el ataque, pero sólo alcanzaba a ver la punta del iceberg, pues detrás de los pequeños destacamentos cartagineses que el cónsul había divisado, se encontraban las colinas y, tras ellas, todo el ejército de Aníbal repartido en una larga serie de destacamentos dispuestos para atacar por el flanco derecho, de arriba hacia abajo, al descender por las colinas, a los manípulos romanos.

Tito sintió de pronto un griterío ensordecedor y, antes de que pudiera discernir de dónde procedía o de qué se trataba, decenas de jabalinas llovieron sobre ellos sin saber bien de dónde venían. Muchos compañeros cayeron tras aquella mortal lluvia de lanzas. La Fortuna quiso que Tito y Druso salvasen la vida y se cubrieron, como el resto de sus compañeros, con los escudos ya salpicados por la sangre de sus colegas muertos en aquella primera andanada de armas arrojadizas. El griterío se hizo ensordecedor y pronto decenas de siluetas confusas, espadas en mano, se hacían tangibles ante ellos, como sombras del Averno que surgían de la nada, cargadas de odio y furia y que se batían con un incontenible ardor que arrasaba todo a su paso. Tito vio a Druso luchando cuerpo a cuerpo con varias de esas siluetas, pero no tuvo tiempo de acudir en su ayuda porque pronto él mismo se vio rodeado por dos sombras cuyas espadas lanzaban golpes certeros que él se esforzaba en detener primero con el escudo y luego con su propia espada, haciendo uso de los conocimientos adquiridos en su reciente adiestramiento militar. Entendió en un instante que estaba en medio de una batalla de proporciones descomunales, aunque la niebla no dejase ver las fuerzas enemigas y éstas sólo se hicieran reales a unos pasos de distancia en forma de terribles sombras armadas y temibles en su vigor. Tito consiguió clavar su espada en uno de esos hombres desconocidos y escuchó un alarido de dolor que le transmitió el último aliento de una de esas sombras, pero al tiempo sintió el lacerante acuchillamiento de su propia espalda. Se giró entonces como por un reflejo, con su espada en ristre y segó la cabeza de otra sombra. Luego cayó de rodillas.

—¡Druso, Druso! —exclamó entre gemidos de sufrimiento y alzó la mirada buscando a su amigo y lo encontró, apenas a tres pasos de distancia, cubierto de sangre, tumbado hacia arriba, con la boca y los ojos abiertos, escupiendo sangre por el vientre y una pierna, regando con sus fluidos vitales la tierra húmeda de aquella ribera del lago Trasimeno.

Las sombras parecían haberse alejado de ellos, en busca de nuevos objetivos. Incluso la tremenda algarabía de las voces de aquellos extraños, con palabras desconocidas que gritaban en todo momento, parecía diluirse en la distancia. No se veía nada a más de cinco o diez pasos. La niebla lo inundaba todo, arrastrándose pesada y lentamente ajena al sufrimiento y la muerte que se extendía bajo su manto. El olor a sangre, que Tito había aprendido a detectar desde Trebia, le informaba del estado en el que se encontraba su manípulo. Ese olor y los gemidos que intermitentes perforaban la densa niebla hasta alcanzar los aún estremecidos oídos de Tito. No les habían dado opción ni de luchar, ni de pensar en luchar. Todo había sido tan rápido. Tito sentía un desconocido calor recorriendo su espalda como un dulce reguero que él ya adivinaba que se trataba de su propia sangre, pero ahora no tenía tiempo de pensar en sí mismo. De rodillas, gateando entre los cadáveres de sus compañeros llegó hasta Druso. Cogió el cuerpo de su amigo en brazos y lo asió con fuerza.

—¡Druso, Druso! —no le llamaba sino que gritaba su nombre. No le importaba si sus voces podían delatar su presencia y hacer de él presa fácil para los enemigos que campaban por todas partes cortando cuellos de legionarios moribundos.

Pronto llegaron las lágrimas a sus ojos, hasta transformarse en un sollozo casi mudo, henchidos sus pulmones y su corazón de rabia y odio. Sí, los dioses nos han abandonado, Druso, pensaba mientras le asía y se mecía con el cuerpo del amigo unido al suyo por la fuerza de sus brazos. Y fue en ese momento, partida su alma por el dolor irremediable de la pérdida de su único amigo, cuando Tito abrió sus ojos que había tenido cerrados durante minutos y, mirando a un cielo ausente por la densa niebla de aquel lago, maldijo a todos los dioses de Roma y los retó a que sobre él cayeran todas las maldiciones de las que fueran capaces de pensar porque desde aquel momento los aborrecía y renegaba de ellos. Aunque aquella maldición le fuera a costar los peores sufrimientos, Tito Macio vació su rencor arrojando todo su odio contra los dioses que los deberían haber protegido aquella genocida mañana de una infausta primavera. Dejó el cuerpo de su amigo y caminando entre los cuerpos muertos de sus antiguos compañeros de armas fue pidiendo a gritos que lo mataran, que lo mataran, pero lo que Tito Macio no sabía era que los dioses, esos mismos dioses de los que había renegado, ofendidos por su maldición y su osadía decidieron preservarle la vida, y aun cuando su herida era profunda, ésta, aunque dolorosa, se enjugaría para que al cabo de cuatro horas, cuando la niebla levantó, se encontrara vivo, superviviente, en un mar de cadáveres infinito, para así iniciar el largo y tortuoso camino que las deidades habían dispuesto para prolongar sus sufrimientos, más allá de toda posible expiación.

48

Querida Emilia

Roma, casa de Emilio Paulo,
mayo del 217 a.C.

Su padre estaba fuera, en el foro, intentando conseguir noticias sobre todo lo ocurrido en el norte. Se hablaba de una gran derrota, pero todas las noticias eran confusas. Emilia cogió el rollo con el papiro que le tendía un legionario al que había salido a recibir que contenía la carta de su amado Publio. La joven iba acompañada de dos fuertes esclavos de confianza de su padre. Emilia ordenó que se dejase entrar a aquel legionario y que se le sirviera comida y agua o vino si lo deseaba y que esperase a la llegada de su padre. Una vez atendidas las necesidades de aquel hombre pidió que la dejasen sola y se dirigió al jardín, bajo el gran pino en el que Publio y ella solían terminar sentándose para hablar y compartir preciosos atardeceres y sentimientos. Abrió el rollo despacio y comenzó a leer.

Querida Emilia:

Trasimeno ha sido un absoluto desastre. Más de quince mil hombres han caído muertos, entre ellos el propio cónsul, Cayo Flaminio; cuatro mil están presos por los cartagineses y centenares de hombres han quedado desperdigados por Etruria, heridos y confundidos, vagando por los caminos. Supongo que muchos llegarán a Roma en los próximos días o semanas. Dudo que se dirijan al norte porque lo cierto es que esos caminos parecen ya más dominados por los cartagineses que por nosotros. Te escribo desde el campamento que Cneo Servilio, bajo cuyo mando me encuentro ahora, ha establecido cerca de Rimini. Desde aquí partieron cuatro mil jinetes de nuestra caballería para enfrentarse a Aníbal pero han sido derrotados. Nuevamente los cartagineses han hecho numerosos presos. De momento parece que el cónsul Servilio no piensa en más enfrentamientos directos hasta recibir instrucciones del Senado. Por favor, comparte toda esta información con tu padre para que haga uso de la misma según estime conveniente. En mi opinión el Senado debería ser informado con rapidez de todo esto, pero lo dejo al criterio de tu padre, que sabe más que tú y yo juntos sobre la política que pueda ser mejor seguir a partir de ahora.

Te echo de menos, amor mío. Echo de menos nuestros paseos por el jardín en casa de tu padre y esos ojos oscuros y dulces con los que me mirabas cuando nos sentábamos bajo el gran árbol. Echo de menos tu larga serie de preguntas siempre sorprendentes para mí y, por encima de todo, tu sonrisa. Echo de menos el sonido de tu voz, tus manos y tus labios. Todo esto, mejor, no hace falta que se lo comentes a tu padre.

Cuídate mucho y que los dioses te protejan.

PUBLIO

Emilia enrolló con cuidado el papiro e inspiró el aire fresco del jardín. Cerró los ojos unos segundos intentando recordar el sonido de la voz de Publio y recuperar a la vez la sensación del tacto de sus manos sobre sus mejillas justo un instante antes de que posara sus labios sobre los suyos. Se escucharon voces, los esclavos salían rápidos a atender a su amo. Su padre había vuelto del foro. Emilia se levantó rápida y se dirigió a recibir a su padre y comentarle aquella parte de la carta que Publio le había instado a que compartiese con su padre. El resto del contenido procuraría que quedara en su intimidad.

49

Un triste regreso

Etruria, mayo del 217 a.C.

Tito Macio caminaba con los pies doloridos por la larga caminata que sus huesos acumulaban desde hacía días. Tras la batalla de Trasimeno, magullado y con una herida en la espalda, más escandalosa que grave, pues su enemigo pinchó en el hueso del omoplato evitando una herida mortal. Se vendó como pudo el hombro, cogió algo de comida que encontró entre los cadáveres de varios de sus compañeros y se alejó de aquel campo de batalla sin mirar atrás. Druso estaba muerto, el ejército romano, completamente derrotado, diezmado, y los caminos al norte y al este estaban controlados por los cartagineses. Sólo quedaba ir hacia el sur, hacia Roma, de nuevo hacia Roma, con los bolsillos vacíos, sin nada, pobre como antes, y vencido. Sus sueños de volver victorioso a aquella ciudad adoptiva junto al Tíber habían embarrancado en el más absoluto de los fracasos. Nadie le esperaba en Roma, nadie le echaba de menos. No tenía amigos ni conocidos en aquella ciudad, pero tampoco había otro lugar adonde ir y refugiarse de un mundo tumultuoso agitado por una guerra sin cuartel.

Tito caminaba al amanecer y al atardecer, pero evitaba las horas centrales del día. No tenía deseos ni de encontrarse con tropas cartaginesas ni con los grupos de legionarios que se iban reagrupando en su cansino y derrotado regreso a Roma. No. Buscaba la soledad. El ejército no le había dado nada más que un poco de comida a diario, siempre insuficiente en comparación con los esfuerzos a los que se había sometido. Aquel Estado, Roma, tenía un extraño modo de favorecer a los que estaban con él. La ironía total era que se viera obligado a tener que retornar a aquella ciudad, pero no había otra salida. Al menos conocía sus calles, sabía los barrios que eran más peligrosos: como mínimo conocía los puntos idóneos para mendigar, para reiniciar una vida de pura subsistencia.

Tito Macio entró de vuelta en Roma una tarde de finales de mayo del 217 a.C. Esperó a que un grupo de comerciantes, con sus carros llenos de vasijas, pieles, queso y otros productos, se arremolinaran a las puertas para confundirse entre ellos y evitar los controles que los triunviros, por orden del Senado, habían establecido en la entrada de la ciudad. Lo peor fue esquivar a las decenas de mujeres que se acercaban a todos los recién llegados y, con ojos entre nerviosos y asustados, preguntaban sobre sus seres queridos, legionarios y soldados bajo el mando del cónsul caído.

—Mi marido, ¿sabéis algo de la segunda legión?

—Y mis hijos, ¿dónde están mis hijos?

Tito se zafó a empellones de aquellas mujeres y se abrió camino hacia la ciudad. Sabía de su soledad. Al menos había personas que morían y tenían familiares que preguntaban por ellos. Él no tenía nada de todo eso. Unos minutos después deambulaba junto al Tíber, en el peor barrio de la ciudad, entre prostitutas, lenas, lenones, cortesanas y buenos clientes de los placeres de la carne. Tampoco tenía mucho dinero, de forma que seleccionó la taberna de aspecto más desagradable que encontró y entró en ella. Un hombre gordo, distante, frío, se acercó a la mesa en la que se había sentado y se puso a su lado sin preguntar nada. Sin mirar, sin establecer juicios, esperando.

—Gachas de trigo... y vino —dijo Tito.

Aquel hombre, que parecía el posadero de la taberna, no respondió y se limitó a desplazarse hasta detrás de un mostrador en busca, parecía ser, de aquello que se había pedido. Tito intentó asearse mientras esperaba la comida y el vino. Se limpió los mocos que le colgaban de la nariz con las mangas de su túnica; se echó saliva en las manos e intentó que el pelo le quedara relativamente liso; se sacudió el polvo del camino de las palmas de las manos e intentó extraerse la suciedad de las uñas. Eran esfuerzos bastante pobres, pero en aquel lugar nadie parecía molesto ni por su presencia ni por su aspecto. El posadero regresó a su mesa con las gachas y el vino y se quedó quieto junto a él. No dijo nada pero Tito entendió el mensaje. Rebuscó en una pequeña bolsa de piel que llevaba consigo y extrajo de la misma algo de dinero que puso sobre la mesa. El posadero asintió, cogió el dinero y, sin decir nada, regresó tras el mostrador de aquella lúgubre taberna. Tito Macio bebió un largo sorbo de vino y se quedó sorprendido por la inesperada calidad del producto. Había pensado que estaba malgastando los pocos recursos que le quedaban de su paso por el ejército, pero aquel vino bien lo valía.

Se quedó el resto de la tarde con sus gachas, bebiendo aquel buen vino, en la misma mesa que, sin que él lo supiera, había sido anfitriona de un general de Roma y su sobrino la tarde en que el último había sido invitado por el primero a iniciarse en los placeres de la carne por los que aquel barrio era tan conocido.

Tito Macio decidió entonces, entre sorbo y sorbo, que la mendicidad no era el camino y que, de algún modo, debía encontrar alguna forma de subsistencia. Tenía claro que no podía aspirar a nada especialmente grande ya que sentía que su maldición a todos los dioses pesaba en su destino y que el futuro para él siempre habría ya de ser duro y hostil. Algo humilde, de pura subsistencia, donde no despertase ni el interés de los dioses más aburridos ni la curiosidad de triunviros en busca de desertores, debía ser su objetivo para conseguir llenar su estómago con cierta regularidad.

50

La batalla naval

La desembocadura del Ebro,
verano del 217 a.C.

Cneo gritaba desde la proa de su *quinquerreme* capitana.

—¡Remad, remad, remad!

Los marineros del ejército de Roma se afanaban con los remos. Sus frentes sudorosas atestiguaban la valía de su esfuerzo. El general usaba su potente voz con fortaleza y sin descanso de modo que sus órdenes fueran audibles no sólo en su nave, sino en varios de los treinta y cinco barcos que componían su flota expedicionaria en Hispania.

—¡Remad, malditos, por todos los dioses! ¡Remad por vuestra vida, remad por Roma!

Habían salido apenas hacía dos días de Tarraco y los informes eran que se acababa de avistar la flota cartaginesa de cuarenta navíos anclada varios kilómetros río arriba. El barco de Cneo Cornelio Escipión había llegado justo a la desembocadura del gran río de aquella región. Bordearon el delta del Ebro a plena marcha. Al entrar en el estuario la corriente del río se oponía a la fuerza de los brazos de los remeros, pero el general romano compensaba con la tenacidad de sus órdenes aquella dificultad: ante sus voces y su firmeza, los legionarios de Roma redoblaban sus esfuerzos y batían los remos con una energía que ni ellos mismos sabían que pudieran tener entre sus brazos.

Desde que Cneo había llegado a Hispania su política había sido la misma y muy sencilla: ataques directos y frontales allí donde estuviera el enemigo, sin descanso, sin cejar en el empeño de derrotarlos una y otra vez allí donde estuviera, sin rehuir nunca el combate. Sus soldados, con las victorias que se iban acumulando, adquirían renovados ánimos que los impulsaban en cada nueva batalla. Habían derrotado a los cartagineses por tierra. Ahora restaba el mar. Podía parecer que Cneo no planificaba su campaña, pero nada más alejado de la realidad: su política de ataques rápidos y frontales había hecho que numerosos jefes tribales dudaran en continuar dando su apoyo a unos cartagineses que empezaban a perder terreno y que no acertaban a frenar a aquel general indómito que parecía ir apoderándose de toda Hispania paso a paso, sin detenerse apenas a respirar. Su empeño actual era dominar la costa, de modo que pudiera reducir la red de abastecimientos que Cartago enviaba a Hispania de forma regular por mar. Dominar la costa este de toda aquella región le permitiría mermar las fuerzas de las tropas de tierra cartaginesas. Habían llegado exploradores con noticias sobre el avance hacia el norte de la flota africana hasta adentrarse en el Ebro. Bien, se dijo Cneo, pues allí iremos.

—¡Remad, remad, remad!

Ya habían entrado en las aguas suaves del río, pero la corriente del mismo continuaba resistiéndose a la fuerza de los remos romanos.

Un centinela cartaginés oteaba el horizonte desde lo alto de una torre de piedra junto a la desembocadura del Ebro. Su misión era avisar de la proximidad del ejército romano cuando éste decidiera aproximarse por tierra desde Tarraco. Por eso el soldado mantenía fija su mirada hacia el norte, sin observar mucho lo que ocurría en el mar, a su derecha, allí donde el río se diluía en la inmensidad salada. Estaba cansado porque llevaba toda la noche sin ser relevado. Bostezó despacio abriendo su boca de par en par y cerrando los ojos. Se quedó medio dormido apoyado en el muro de la torre. Tuvo una sensación extraña. Abrió un ojo y vio a decenas de barcos ascendiendo por el río. No eran barcos cartagineses. Abrió los dos ojos. Se frotó el rostro con la palma de la mano izquierda. El sol del amanecer le dificultaba la visión de lo que ocurría. Dejó caer la lanza y se protegió los ojos con la mano derecha. Bajó corriendo de la torre. Al pie de la misma dormían varios soldados cartagineses. El centinela los despertó y les contó lo que había visto. Como no le creyeron, varios soldados ascendieron a la torre ya que desde el suelo no se veía nada, sino unas suaves colinas que impedían la visión del lecho del río. Al llegar a lo alto de la torre los soldados comprobaron que los barcos de los que había hablado su compañero eran, en efecto, la flota romana y que ya estaban sobrepasando la posición de su torre de vigilancia.

Asdrúbal, hermano de Aníbal, recibió la noticia de la llegada de la flota romana mientras desayunaba leche de cabra y migas de pan. Dejó el cuenco en el suelo y miró río abajo. Aún no se veía nada en el horizonte, pero el jinete que acababa de llegar estaba nervioso.

—¡Están a menos de veinte kilómetros, mi general! —había dicho. Remaban contra la corriente, pero veinte kilómetros era una distancia mínima. Asdrúbal ordenó embarcar sus tropas con rapidez.

Los cartagineses empezaron a subir a los barcos con cierta indolencia. A ningún soldado le gustaba interrumpir su desayuno, por exiguo que éste fuera. El rancho era sagrado y el momento de comer también. ¿A qué venían esas prisas?

Los mástiles de las *quinquerremes* romanas empezaron a definirse contra el sol del amanecer. Miles de cuencos de leche y migas cayeron al suelo, rompiéndose la mayoría, rodando otros hasta la orilla del río, haciendo que algunos soldados tropezaran y cayesen de rodillas. Lo que había empezado siendo una lenta maniobra de embarque se transformó en un atropellado abordaje sin orden, sin dirección. Algunos barcos se llenaron de hombres y víveres demasiado pronto sin dar tiempo a deshacer amarras e ir alejándolos de la orilla al tiempo que se cargaban de hombres y pertrechos quedando medio embarrancados en la costa arenosa del río. Otros flotaban ya sobre las aguas fluviales pero sin formación de combate. Asdrúbal, impotente ante la anarquía de sus hombres, escupía al suelo y maldecía su suerte.

—¡Remad, remad, remad! ¡Ni siquiera nos esperaban! ¡Preparad el abordaje! ¡La primera línea de barcos, que sobrepase la flota enemiga! Los rodearemos antes de que se den cuenta.

Los oficiales de Cneo volaban de un lugar a otro siguiendo sus órdenes. La flota romana ascendía en perfecta formación, desplegada en dos largas hileras de naves ocupando toda la anchura del río. La primera línea sobrepasó la confusa formación cartaginesa sin enfrentarse a los barcos enemigos para, nada más superarlos, virar ciento ochenta grados y atacar a los navíos cartagineses por detrás toda vez que la segunda fila de *quinquerremes* los alcanzaba por el otro lado. Los cartagineses, sin ninguna formación consistente, sin haber preparado la defensa de sus naves, armados con lanzas y espadas, intentaron defenderse de la acometida romana, pero una densa lluvia de armas arrojadizas proveniente de ambos lados los recibió lacerando infinidad de cuerpos, atravesando escudos, barcos, soldados. La sangre comenzó a impregnar la madera húmeda de las cubiertas. Los gritos de dolor de los heridos se esparcieron por el amanecer del río mientras el miedo y el pánico se desataban entre los africanos.

Asdrúbal se retiró callado, con algunas de las naves supervivientes que habían conseguido zafarse del cerco romano. Había visto a varios centenares de sus hombres nadando hacia las orillas y luego escapar tierra adentro. Aquella batalla había sido un desastre para sus intereses en la región. Se esforzaba en contar y recontar las naves supervivientes como intentando negarse lo evidente. Tardarían meses en recuperarse de aquello y, lo peor de todo es que tendría que recurrir al Senado de Cartago y solicitar refuerzos. Se giró hacia la costa. El delta majestuoso extendía su larga playa lamiendo el mar. En aquel instante, despacio, se arrodilló. Cerró los ojos y juró por Baal que, si los dioses le daban fuerzas, vengaría aquella afrenta lavando su honor con la sangre de aquel general romano esparcida sobre un campo de batalla repleto de cadáveres enemigos. Asdrúbal, hermano de Aníbal, general de Cartago, al mando de las fuerzas africanas en Hispania, musitó su juramento entre dientes, arrodillado, con la cabeza hundida en el suelo de la cubierta del barco. Sus hombres le miraron en silencio, respetando el refugio de la plegaria en donde su líder se había recluido sin importarle que le observasen. Habían combatido con él en numerosas ocasiones y la derrota era algo desconocido para su general. Asdrúbal era el favorito de su hermano, el gran Aníbal, que combatía en Italia.

—Controla Iberia hasta que mande por ti para que me ayudes con refuerzos, hermano —habían sido las palabras del hermano mayor. Se abrazaron y Aníbal partió hacia Italia.

Asdrúbal ahora, arrodillado con su humillación, sentía el mayor de los dolores: estaba faltando a la promesa que había hecho a su hermano. Había perdido veinticinco naves. Veinticinco barcos. Eso significaba la supremacía del mar para los romanos. Un fugaz segundo dejó que entre sus pensamientos brillase la agria luz del suicidio como única salida para mantener el honor, pero el instante pasó y retomó su plegaria a Baal, implorando canjear su existencia, si era necesario, por poder alcanzar Italia superando al nuevo general romano que ahora se interpondría entre él y su hermano Aníbal. De pronto, de un cielo sin nubes estalló un largo y sonoro trueno. Los marineros, estremecidos por la sorpresa y el temor, miraron al horizonte. No se divisaba nada más que agua y cielo claro. Sin embargo, el pavoroso trueno arrastró su resonancia sobre las olas y el viento durante largos segundos en los que todos permanecieron callados, quietos, sin remar siquiera. Asdrúbal, con la llegada a sus oídos del imponente trueno, abrió los ojos y se levantó lentamente. Buscó nubes en el cielo pero, al igual que sus hombres, tampoco vio ninguna. Empezó entonces a asentir despacio con la cabeza.

—¡Así sea! ¡Baal y yo tenemos un pacto! ¡Mi vida a cambio de alcanzar Italia y ver a ese general romano muerto sobre la tierra de Iberia!

Con aquellas palabras Asdrúbal se retiró al interior del barco, no sin antes dar las instrucciones necesarias para dirigir la pequeña flota superviviente hacia Qart Hadasht.

Cneo estaba exultante, rodeado de sus oficiales en la orilla del río, haciendo recuento de los barcos hundidos o apresados, de los enemigos abatidos y del botín capturado. Iba de un lado a otro sonriente y satisfecho consigo mismo y con sus tropas. Habían despejado el río y el mar. En cuanto llegase su hermano Publio con refuerzos, avanzarían hacia el sur. Tribunos y centuriones saludaban a su general con orgullo. Súbitamente un trueno largo y profundo ascendió por el río desde la lejanía. Los romanos escudriñaron el cielo pero no acertaron a ver nubes ni señales de relámpagos en el horizonte. Algunos soldados se pusieron nerviosos, pero como no pasó nada más, tras un instante de extrañeza todos prosiguieron con sus tareas de recoger pertrechos enemigos, víveres y armas abandonadas por el ejército derrotado. Al cabo de unos instantes nadie recordaba ese solitario trueno traído por la brisa del mar. Sólo Cneo se quedó pensativo con sus ojos fijos en lontananza, allí por donde una escasa escuadra cartaginesa había conseguido escabullirse. Sacudió al fin la cabeza levantando los brazos y luego dejándolos caer.

—¡Tonterías! —dijo—, ¡tonterías! ¡Historias para asustar a niños! —Y volvió de nuevo con sus oficiales para disfrutar de la victoria.

Estaba contento de poder recibir a su hermano Publio, que pronto llegaría para unirse a él en la lucha contra los cartagineses de aquella región, con una posición tan mejorada como la que había conseguido con aquella batalla.

51

La dictadura

Roma, verano del 217 a.C.

Quinto Fabio Máximo se vestía despacio atendido por tres jóvenes esclavas egipcias de tez morena y cabellos azabache, asustadas, temerosas de no satisfacer bien a su amo. Con su piel repleta de marcas de golpes y latigazos se movían cabizbajas y temblorosas alrededor del viejo senador. Él, por su parte, estaba exultante. En una esquina el joven Marco Porcio Catón, envuelto en su fina toga, escuchaba a su mentor.

—Hoy es el día —empezó Fabio—, en que Roma, por fin, se da cuenta de que no tiene a nadie a quien recurrir sino a mí. ¿Ves, mi querido Marco? Al final todas las minúsculas teselas del gran mosaico que compone esta larga guerra empiezan a encajar y todo gracias... ¿gracias a qué, Marco? —Fabio se volvió hacia su discípulo favorito al tiempo que preguntaba con una amplia sonrisa en su rostro esperando recibir el silencio como réplica.

—Gracias al miedo —respondió Catón, recordando una conversación que escuchó en aquella misma villa hacía ya bastantes meses.

Fabio mantuvo su sonrisa unos segundos, sin decir nada. Luego se volvió hacia las esclavas y, con furia, las conminó a macharse y dejarlos solos.

—Exacto —dijo Fabio—. He de reconocer, Marco, que tu sagacidad no deja de sorprenderme. Así es: el miedo nos ha ido abriendo el camino. El miedo, Marco, recuérdalo, administrado sabiamente es la mejor de las armas, especialmente para manipular a un pueblo inculto e influenciable. Roma tiene, por fin, miedo, el miedo necesario, el miedo justo para tomar decisiones que se deberían haber tomado hace ya tiempo; pero bien, en todo caso, hoy es el día en el que el Senado tomará esas decisiones y tenemos muchos enemigos lejos de Roma o, lamentablemente —el tono, no obstante, desvelaba una indiferencia rayando el sarcasmo—, muertos. Pobre Flaminio. La niebla nunca fue un buen aliado del soldado, pero adentrarse en un valle rodeado de cartagineses sin ver más allá de tu nariz, por Hércules, hay que ser estúpido. ¿Sabes cómo se derrotará a ese maldito Aníbal, Marco?

Esta vez Catón guardó silencio. La satisfacción de Fabio iluminó su rostro.

—Se le vencerá —continuó Fabio Máximo— invirtiendo la situación de Trasimeno: atacando a Aníbal desde las montañas, cercándole en un valle. Hacer con él lo que él ha hecho con nuestras legiones. Ésa es la forma. Pero lo primero es lo primero: ser nombrado dictador de Roma.

—¿Dictador?, ¿hoy?

—¿De qué te sorprendes, Marco? Hoy seré elegido dictador de Roma. Sólo he de jugar mis bazas en el Senado. Esta mañana acudirás al foro acompañado de un viejo senador y volverás junto al dictador con poder absoluto sobre Roma y todas sus legiones.

—Pero nombrar un dictador, esto sólo lo puede hacer el cónsul superviviente y Servilio está aún lejos de la ciudad.

Fabio Máximo exhaló un suspiro forzado, aparentando exasperación, cuando realmente estaba divertido viendo cómo había conseguido confundir a su pupilo que tan listo se creía.

—Te sabes tan bien la teoría, Marco y, sin embargo, desconoces tanto el alma humana. Ya has olvidado el miedo, ese miedo que todo lo puede. Cuando la gente teme que el terror se apodere de ellos, y Aníbal es el terror mismo, ha asolado regiones enteras de Italia, ha derrotado a iberos y galos, ha cruzado los Alpes, ha vencido a nuestras legiones, ha matado a un cónsul de Roma, herido a otro, cuando el terror está acechando, las normas, las leyes, se doblan, se cambian, se ignoran, Marco. El alma humana no atiende a lo que en momentos de sosiego y sensatez otros han pensado y diseñado con atención y racionalidad: leyes, normas, costumbres. No, el miedo quiebra todo eso. El Senado no es ajeno al temor de la gente, de un pueblo que demanda acciones concretas, algo diferente de lo que se ha estado haciendo hasta la fecha para vencer a ese animal africano que se acerca hacia Roma: si el cónsul no está en la ciudad, no te preocupes, Marco, que eso no le va a impedir al Senado decidir sobre el futuro del Estado, aunque para eso tenga que saltarse las leyes del propio Estado al que representa. —Fabio se acercó a Catón, posó su mano sobre su hombro y sacudió la cabeza como diciendo «parece mentira que aún no lo entiendas». Luego se encaminó a la puerta y salió. Catón le siguió, meditando concienzudamente.

52

Sacrificios

Roma, verano del 217 a.C.

En el jardín de su amplia casa estaban sentados el viejo ex cónsul Emilio Paulo junto a su hija Emilia, su prometido, el joven Publio Cornelio Escipión y un oficial amigo suyo, Cayo Lelio. Los esclavos sacaron fruta y vino. Lelio daba buena cuenta del vino mientras que el ex cónsul mordisqueaba una manzana, sin mucho afán. Todos escuchaban a Emilio Paulo, que, entre bocado y bocado, explicaba lo acontecido en el Senado.

—Han elegido a Fabio Máximo como dictador de Roma, el salvador, le han llegado a llamar algunos.

—Pero eso no es posible, no con el cónsul fuera de Roma —comentó Publio.

—Te sorprenderías, joven Publio —empezó Emilio Paulo— de lo que un montón de senadores asustados puede llegar a decidir. Yo me opuse, claro, y algunos otros, pero con tu padre y tu tío fuera, en Hispania, con algunos otros que han caído, como el propio Flaminio y, como bien dices, con el cónsul fuera de Roma, los senadores temen más que a nada al desorden, al vacío de poder y a un pueblo aterrorizado. Ante eso, se levanta Quinto Fabio Máximo y se postula como el gran salvador, pero claro, sólo si el Senado quiere, si considera que es necesario, él está ahí para servir a Roma cuando Roma le necesita, y luego pasa a describir sus grandes méritos, sus consulados anteriores, sus grandísimas victorias sobre los galos, su triunfo... ¡Como si nos las viéramos ahora con un grupo de galos en revuelta! ¡Por todos los dioses! Y el Senado le acepta, le abraza como la gran salvación, se le agradece su valor para dirigirnos en estos tiempos de tumulto y temor, ¡por Hércules, adónde hemos llegado!

Y el viejo ex cónsul arroja el corazón de la manzana, con rabia, contra la pared que rodea el jardín.

—Esclavo, haz el favor —añadió Emilio Paulo dirigiéndose a uno de sus sirvientes—, más vino, a ver si así puedo digerir la sesión de esta mañana.

—¿Dictador? ¿Solo? —preguntó Publio.

—Dictador, solo, claro, ésa es la idea, muchacho, bueno, han nombrado a Minucio Rufo como jefe de la caballería, pero tampoco es eso un gran alivio. Minucio es capaz de meter a la caballería en cualquier emboscada. Demasiado ambicioso. Estamos en manos de un manipulador y de un irresponsable —explicó Emilio Paulo y se bebió el vaso que se le acababa de servir—. Y eso no es todo. Aún falta lo mejor: Fabio Máximo ha hecho que se consulten los libros sibilinos porque consideraba que nuestros males vienen por no haber realizado con rigurosidad los ritos religiosos y ha echado la culpa de todo ello a Flaminio, por su apresurada salida hacia el norte al encuentro de Aníbal sin haber ejecutado todos los sacrificios preceptivos.

—Es buena estrategia ésa de acusar a un muerto que ya no puede defenderse y por el que nadie quiere dar la cara —comentó Publio, con una copa de vino también ya en su mano. Emilia era la única que había declinado la invitación para beber.

—Sí —continuó Emilio Paulo—, inteligente, hábil; nadie salió en defensa de Flaminio. Puede que Flaminio se equivocara al entrar en aquel valle, pero no creo que fuera mala idea intentar acudir al norte lo antes posible; pero es cierto, sobre todo de cara al pueblo, que debería haber tenido más cuidado e intentar hacer los sacrificios de costumbre. Ahora la duda, sembrada por Fabio, planea sobre todos y se ha acordado que se ejecuten sacrificios extraordinarios para congraciarnos de nuevo con los dioses.

—¿Extraordinarios? —preguntó Lelio.

—Sí. Escuchad bien: hay que hacer sacrificios a Júpiter, a Venus, Marte, Neptuno, Juno, Minerva, Vulcano, Mercurio, Apolo, Diana y Vesta. Y supongo que me olvido de alguien, pero todo esto no es sino engañarnos y devolver una falsa confianza a nuestro ejército. No digo que no debamos realizar los sacrificios, pero que sólo con eso no vamos a conseguir revertir el actual estado de las cosas. Esperemos que al menos el propio Fabio sea consciente de eso.

—Seguro que lo será —dijo Publio—. Una cosa es lo que dice en público y otra lo que él piensa en realidad.

—En fin, es posible; ésa es la típica idea que tu padre habría expresado si estuviera aquí —concluyó Emilio Paulo y le miró con interés renovado—. Bueno, y para terminar, Fabio ha ordenado que se celebren unos grandes juegos para los que el Senado destinará nada menos que trescientos mil ases. Más vino —y el viejo ex cónsul estiró el brazo con su copa vacía.

Una muchedumbre se agolpaba a las puertas del templo de Júpiter. Sólo había hombres romanos libres. Aquella mañana de verano no se había permitido la asistencia de mujeres, extranjeros o esclavos. El pontífice máximo, Lucio Cornelio Léntulo, acompañado de los tres *flamines maiores*, sacerdotes dedicados al culto de Júpiter, dirigía la ceremonia. Fabio, sentado en una amplia butaca, próxima al altar, asistía como observador privilegiado a la realización de todos los sacrificios: trescientos bueyes para el máximo dios. Observaba cómo la gente se acumulaba, deseosa de ver la forma en la que se ejecutaban los sacrificios que pudieran congraciar a la ciudad con sus dioses. En sus ojos se leía el miedo y su necesidad de sentirse protegidos. Fabio sonrió para sus adentros aunque exteriormente mantuvo una expresión seria y de aire preocupado. Sin duda, había tenido una buena idea al promover estos sacrificios. El pueblo, al verle allí, presidiendo en calidad de oferente de aquellos sacrificios, personificando la máxima representación del Estado, viendo la inmolación de cada animal, le identificaba con la tradición, con lo correcto, con el acercamiento de nuevo a los dioses y, en consecuencia, le identificaba con la protección celestial. Ésa era una idea que a Fabio le encantaba. Le daría un mayor margen de maniobra a la hora de reclutar nuevas legiones y tropas de apoyo para su próxima campaña contra Aníbal. Fabio estaba satisfecho de cómo evolucionaban las cosas, pero mantuvo su faz seria, meditabunda, atenta a las acciones de los sacerdotes asistentes.

El primero de los bueyes, todos machos por tratarse de sacrificios para un dios, llegó junto al altar de piedra levantado frente al templo de Júpiter. El animal iba conducido por el *popa*, un hombre grueso, alto y fuerte que tiraba de una cuerda a la que estaba atada la bestia. Tensando la soga con fuerza condujo al buey hasta el altar mismo, con cierta docilidad por parte del animal, lo cual era absolutamente necesario. Cualquier intento por parte de la bestia por zafarse del *popa* e intentar huir sería considerado como un mal presagio; pero aquel buey se dejaba conducir ajeno a los confusos sentimientos de los hombres que le rodeaban, desconocedor de sus conflictos, de sus guerras y, sobre todo, ignorante del miedo que los movía y que tenía sometidas sus voluntades.

Una vez en el altar, el *victimarius* encendió el fuego sagrado y, cuando la llama ya resplandecía con fuerza, sustituyó al *popa* en la tarea de sujetar al animal. A unos pasos del altar un *tibicen* se llevaba una flauta a los labios y empezaba a tocar una melodía que al mismo tiempo que sosegaba al animal, hacía callar al gentío y ayudaba a que el sacerdote pudiera ejecutar el sacrifico de forma correcta. En ese momento, Fabio Máximo se alzó de su asiento y con voz fuerte ordenó que la muchedumbre guardara el silencio preceptivo.

—*¡Fauete linguis!*

La gente calló, conteniendo sus lenguas, tal y como el dictador de Roma y oferente de los sacrificios le había ordenado. En el denso silencio el sacerdote encargado de esta primera víctima, el más anciano de los *flamines*, se cubrió la cabeza con su toga de forma que su rostro quedó invisible para todos los asistentes. Lentamente, con enorme solemnidad, se volvió hacia cuatro vestales que, junto al resto de los sacerdotes, sostenían una bandeja con *mola salsa*, harina y sal mezcladas con las manos de las propias sacerdotisas vírgenes. El sacerdote oficiante levantó en alto la bandeja para que todos pudieran ver bien que iba a usarla. Luego, bajándola, untó sus manos con la *mola salsa* y la vertió sobre el animal que iba a ser inmolado y sobre los instrumentos que estaban preparados para llevar a cabo el sacrificio. Tras la salsa especial, tomó una jarra con vino tibio y vertió también el líquido por el lomo del gigantesco buey, que permanecía quieto, envuelto en el silencio, la música y los ungüentos que se iban esparciendo por su piel. El *popa*, que había conducido el buey hasta el altar, cogió un cuchillo afilado y, suavemente, lo pasó por todo el lomo de la bestia; el filo del cuchillo brillaba al mojarse con el rojo del vino vertido sobre la piel del animal. Fabio Máximo, en pie, empezó una larga plegaria en favor del pueblo de Roma. Tras unos minutos de súplicas, ruegos e imprecaciones a Júpiter, el dictador terminó y volvió a tomar asiento. El *popa* dejó entonces el cuchillo afilado y tomó una enorme maza de piedra, se giró hacia el oferente y preguntó en voz alta y clara.

—*¿Agone?*

—*Agone* —respondió con fuerza y tensión contenida Fabio Máximo.

El *popa* alzó la maza al cielo, la música de la flauta llenaba todo con su tediosa melodía, el viento soplaba suave, la gente contenía la respiración y la maza se desplomó como un ariete contra la testuz del animal. El buey tembló, echó un soplido profundo y dobló las piernas. Antes de que pudiera mugir, lamentarse o emitir cualquier ruido, la maza volvió a desplomarse con toda la fuerza mortal que el *popa* era capaz de reunir. Los ojos del animal miraban sin ver, la sangre empezaba a regar el suelo del altar, y, por fin, la bestia cedió y se desplomó sobre el suelo. El *cultarius* tomó el cuchillo afilado que antes había acariciado el lomo del animal, y con agilidad y experiencia, alzó la cabeza del animal al cielo por tratarse de un sacrifico dedicado a una de las divinidades celestiales y segó el cuello del buey. La sangre manó como un río en busca del mar.

53

En el molino

Roma, 217 a.C.

Cuatro de la mañana. En plena noche, Tito Macio sale de su pequeña habitación rectangular de dos por tres pasos en una de las *insulae* junto al Tíber, una mínima estancia en la que se le va prácticamente todo el dinero que gana, y sale con destino a su trabajo. A las cuatro y media, después de cruzar gran parte de la ciudad, cerca del campo de Marte, entra en una gran casa donde está uno de los numerosos molinos que han proliferado en los alrededores de Roma. La ciudad, sea en guerra como ahora o en paz, ha visto crecer su población y todos necesitan pan. Los hornos caseros ya no dan abasto para satisfacer la creciente demanda y los molineros producen grandes cantidades de trigo molido o de polenta, que usan o bien para producir pan o para las gachas de trigo que decenas de miles de romanos consumen a diario: un alimento barato y del agrado de los pobladores de aquella metrópoli. Tito Macio entra en el molino. Hay dos lámparas de aceite encendidas en una enorme estancia donde una gigantesca piedra de molino espera para ser girada y así ir moliendo el trigo. Tito Macio coge con ambos brazos el madero que sirve de enganche con la piedra y empieza a empujar. El principio es lo peor, pero una vez que consigue poner en marcha la enorme maquinaria, el impulso de la propia piedra le ayuda a mantenerla en constante movimiento. Así hasta el amanecer, dando vueltas y vueltas sin fin. Con la luz del sol, el molinero le trae algo de agua y unas gachas que Tito devora en unos minutos. Luego vuelta al trabajo hasta el mediodía, donde disfruta de una nueva pausa con alguna fruta que le trae el dueño de la instalación. Después de media hora sigue con su trabajo, dando vueltas y vueltas hasta que se hace de noche. Con la caída del sol, Tito se retira, retorna sobre sus pasos y se refugia en la lúgubre estancia que puede pagarse con la mísera paga que recibe del molinero. Así pasan los días, las semanas, los meses. Roma en guerra, constante, perpetua contra Aníbal. Él refugiado, escondido, dando vueltas interminables a aquel molino. Sin pasión, sin deseos, sin nada. Un trabajo infinito que le da lo mínimo para comer insuficientemente, pero que le aleja del hambre absoluta y de las peligrosas calles en donde los mendigos y mutilados de guerra intentan subsistir. Por las noches se esconde en su estancia, casi a oscuras, sólo iluminada por una lámpara vieja de aceite que compró a un comerciante del foro con la paga de un mes de trabajo. Luego descubrió que no tenía nada que ver y desde entonces la mantiene apagada. Se queda dos o tres horas a oscuras, en su estancia, escuchando los ruidos de la calle, las voces de las putas, los regateos de los clientes, las órdenes de algún triunviro, una pelea, un pregonero anunciando algún espectáculo. Al final, el sueño se apodera de él, hasta que a las pocas horas, sin saber bien cómo, probablemente empujado por la necesidad de subsistir, se despierta, se levanta de entre las dos mantas que posee, una traída desde Trasimeno, la otra robada en el foro, hace sus necesidades en una vasija que luego vuelca en el otro extremo de la calle y, sin comer nada, parte hacia su triste trabajo. Así pasó un año entero. Con la mente en blanco, aún impactado por la guerra, intentando olvidar las batallas, el ejército, su propia vida, su miseria.

54

Un error inesperado

Italia central, 217 a.C.

Fabio Máximo estaba dispuesto a terminar con el azote de Aníbal y asentar su poder en Roma. Reclutó dos legiones, relegó del servicio al cónsul Servilio y adoptó el mando de las legiones que éste dejaba sin licenciarlas, haciéndose así con el control de dos ejércitos consulares completos. Alejó a los pretores de Roma, remitiéndolos a Cerdeña y Sicilia, aunque allí no fuera especialmente necesaria su presencia. Sólo le quedaba dominar la ambición irrefrenable de su segundo en el mando, su jefe de caballería Minucio Rufo, una pequeña molestia impuesta por el Senado, un escollo solventable.

Aníbal, entretanto, se dedicó a arrasar las regiones limítrofes con Roma.

—Iremos debilitando a nuestro enemigo poco a poco, cercenando sus dominios hasta estrechar un cerco lento pero definitivo —solía decir entre sus oficiales. Su táctica iba a ser la de siempre: arrasar territorios amigos de Roma para obligar a sus generales a entrar en combate en un terreno preestablecido por él, adecuado para una emboscada. Así arrasó las tierras de los Hirpini en la región del Samnium, tomando Telesia y destrozando Beneventum. Luego entró en Campania y asoló la mayor parte del rico *ager falerni*. Éstas eran tierras muy productivas, muy apreciadas por los romanos.

Fabio, sin embargo, evitaba entrar en combate con Aníbal, manteniendo las tropas alejadas de los valles, siempre vigilando al cartaginés desde las cumbres y los altiplanos de las montañas circundantes. De esta forma su ejército asistía impasible al espectáculo de fuego y desolación que el cartaginés extendía a su paso sin que nadie se le opusiera. Entre las filas de las legiones crecía la desazón y la decepción en su líder, un dictador que se negaba a usar el ejército para oponerse a los enemigos de Roma. Minucio Rufo agitaba a los soldados primero y luego a los propios oficiales en contra de la estrategia dilatoria del dictador. Fabio Máximo, no obstante, permanecía impasible a las críticas. Una noche conversaba con Catón, uno de los pocos que aún sentía fieles a su mando.

—¿Crees tú también que soy un cobarde, Marco? —preguntó Fabio Máximo, sentado en su *triclinium*, iluminado su rostro tenuemente entre las alargadas sombras proyectadas por dos pequeñas lámparas de aceite. Marco Porcio Catón respondió despacio, eligiendo con esmero sus palabras.

—No, no creo que seas un cobarde, aunque para muchos tu perseverancia en evitar entrar en combate con Aníbal pueda parecerlo.

—Bien; eres cauto y sincero. Sigamos. ¿Y por qué crees que evito el combate, si no es por cobardía? A fin de cuentas tengo cuatro legiones bajo mi mando, y todas las fuerzas latinas y aliadas. ¿Por qué,

Marco, por qué Fabio permanece en las cumbres, escondido, mientras Aníbal arrasa los territorios de nuestros aliados?

—Esperas.

—Bien, Marco, muy bien. Tienes todo mi reconocimiento. ¿Y qué espero?

—Un error de Aníbal.

Fabio asintió con la cabeza. A veces se preguntaba si era bueno tener a alguien que empezaba a tener ideas propias a su lado. Por otra parte, alejarlo sería ganarse su ingratitud y no tenía claro que quisiera tener al joven Marco Porcio Catón como enemigo; pobre del que terminara siendo objetivo de sus intrigas futuras. A todo esto, ¿intrigaría Catón contra él? No. Aún no tenía la suficiente fuerza y además esperaba la ayuda de su mentor. Fabio confirmó las intuiciones de Marco.

—Exacto. Un error de Aníbal es lo que esperamos. Hasta ahora los anteriores cónsules no han hecho sino seguir los pasos marcados por el cartaginés y entrar en combate donde y cuando éste lo ha deseado y ¿con qué resultado? Escipión fue derrotado y cayó herido; ahora tendrá que emigrar a Hispania y buscar su fortuna en aquella tierra inhóspita combatiendo alejado de Roma junto a su hermano; Sempronio perdió clamorosamente en Trebia y está acabado política y militarmente y Cayo Flaminio, además de perder sus legiones, está muerto y enterrado. No, no me parece que combatir allí donde Aníbal quiera sea la mejor estrategia.

Catón escuchaba atento: tras una exposición tan sintética pero a la vez tan precisa de los fracasos de sus predecesores en el mando resultaba tan evidente que lo que ahora hacía tenía tal sentido que costaba creer que las intrigas de Minucio Rufo y sus veladas acusaciones de cobardía pudieran surtir efecto alguno entre los hombres y, sin embargo...

—Es cierto, pero las imágenes del *ager falerni* en llamas son difíciles de tolerar para los legionarios de Roma —dijo Marco, midiendo el tono de sus palabras.

—Lo son. Claro. Por eso ellos son legionarios y yo su dictador y jefe supremo.

No hubo más conversación aquella noche. Catón salió de la tienda y su figura se perdió entre las sombras.

Casilinum,
Italia central, 217 a.C.

Aníbal había dado orden a los guías de dirigir el ejército hacia Casino, donde podrían encontrar tierras ricas, víveres y seguir con su táctica de arrasar regiones productivas y queridas por los romanos, presionando así aún más al viejo dictador para que éste, al fin, entrase en batalla campal.

Llevaban dos días de marcha, cuando Aníbal empezó a extrañarse por lo escarpado de las montañas que los rodeaban. Estaban en un valle profundo desde el que se contemplaba un paisaje agreste.

—Éste es un lugar inhóspito —comentó Aníbal entre dientes. Miró a su alrededor sin entender bien dónde se encontraban y frunció el ceño—. ¡Que vengan los guías!

Dos hombres con aire algo distraído, taciturno, profusas melenas, cubiertos de pieles de oveja, vinieron escoltados por guerreros númidas e iberos. Ambos guías procedían del norte de Italia, ganaderos galos próximos a la región del Po, que habían accedido a guiar a Aníbal por todos aquellos territorios a cambio de protección y dinero para sus familias. El general cartaginés había satisfecho con creces sus requerimientos en pago por sus servicios, pero cuando fueron conducidos aquella mañana ante Aníbal, éste presentaba un rostro temible.

—¿Dónde estamos? —preguntó el general de Cartago en un latín no muy bien pronunciado, lengua que usaban para hacerse entender con los galos.

Los guías dudaron. Era evidente que algo no marchaba bien.

—Llegando a Casilinum —dijo al fin el más mayor de los dos.

Aníbal no respondió, sino que abrió el ojo sano de forma sorprendente; luego se giró y se llevó una mano a la cabeza, acariciándose su larga cabellera con los dedos. Inspiró con profundidad. Sintió el viento que descendía por las agrestes laderas que lo envolvían. Observó la larga columna de su ejército, que se extendía varios miles de pasos, perdiéndose en el horizonte, zigzagueando por todo el lecho de aquel angosto valle. Seguía en silencio. Se llevó la otra mano a la cabeza y con ambas se mesaba los cabellos despacio, como intentando buscar una razón para lo sucedido. Espiró el aire que, sin saberlo, había contenido durante varios segundos en lo más profundo de su pecho y, al fin, se volvió de nuevo hacia los guías que, con ojos de miedo intentaban discernir en los gestos del general qué marchaba mal.

—Yo —Aníbal hablaba con exagerada lentitud— había ordenado conducir al ejército a Casino, no a Casilinum. —Tras sus palabras se alejó de aquellos hombres y se paseó durante unos segundos con los brazos en jarras. De nuevo se acercó a los guías—. Necesito que me respondáis con claridad y sin meditar un instante, si os paráis a pensar, ése será vuestro último pensamiento —y deslizó su mano hacia la empuñadura de la espada que llevaba ceñida al cinturón.

Los guías asintieron, tragando desesperación entremezclada con la saliva de sus bocas.

—¿Entendisteis bien mi orden de dirigirnos a Casino? —preguntó Aníbal.

—Sí —dijo uno de los guías con voz trémula.

—No —respondió el otro casi a la vez, dubitativo.

Aníbal los miró fijamente, esperando una aclaración. Al fin, el que había dicho que sí añadió una explicación.

—Bueno, no estábamos seguros del todo, pero pensamos, creímos...

Aníbal le interrumpió.

—¿Pensasteis, creísteis? ¿Y sobre una vaga creencia, en función de lo que pensasteis que se os había ordenado condujisteis a todo un ejército, a *mi* ejército, a esta trampa mortal?

Un oficial se acercó a Aníbal por la espalda.

—General, general. Tenemos informes de los exploradores de la retaguardia: los romanos han tomado los pasos por los que hemos accedido al desfiladero.

Aníbal levantó la mano y el oficial calló. Sin volverse a mirar a éste, sino manteniendo sus ojos fijos en los guías, volvió a preguntarles.

—¿Cómo sé yo ahora que no sois espías de Roma que nos habéis tendido una trampa al conducirnos hasta este callejón de montañas?

—No, no, mi señor, eso nunca. Ha sido un error —ambos hombres se esforzaban por persuadir al gran general cartaginés, pero, para mayor desesperación suya, vieron cómo aquél se alejaba y lanzaba una orden al grupo de oficiales que los rodeaba.

—¡Que los crucifiquen!

Los oficiales, ayudados de varios soldados cartagineses, apresaron a los dos guías, ahogaron sus súplicas a golpes y se llevaron a ambos hombres lejos de la visión del general.

Fabio Máximo, satisfecho, oteaba el horizonte desde lo alto de las montañas. Las tropas de Aníbal se agrupaban en una larga columna en lo profundo de un angosto valle rodeado por las legiones bajo su mando. El dictador, acompañado de su hijo Quinto y de su fiel servidor, Marco Porcio Catón, preparaba un plan de ataque.

—Ahora sí, ahora sí —decía entre dientes, casi sonriente—, mañana nos lanzaremos con nuestras tropas sobre el cartaginés. Tendrá que combatir desde una posición inferior. Ahora que él no quiere combatir es cuando nosotros entraremos en lucha.

Los tribunos asentían con la cabeza y los centuriones se frotaban las manos en previsión del botín de guerra que se podría capturar con el próximo amanecer. Fabio Máximo lanzó una sonora carcajada que retumbó por entre las peñas que descendían por el abrupto desfiladero.

—¿Cuántos víveres tenemos? —preguntó Aníbal en su tienda, abrigado por pieles de cabra y oveja mientras el atardecer se extendía en forma de alargada sombra sobre el valle y sobre sus tropas.

—Tenemos bastante trigo para pasar parte del invierno y ganado, mucho ganado, pero no sé si será suficiente para toda la estación fría —Maharbal era el que explicaba la situación de los pertrechos—. Ninguno esperábamos estar en un terreno tan árido como éste y llevar más víveres ralentizaba la marcha.

Aníbal asentía.

—Bien, bien. Exactamente, ¿cuántas cabezas de ganado tenemos?

—No sé; es difícil de precisar. Calculo que unas dos mil.

—Serán suficientes, tendrán que serlo —continuó Aníbal—, ¿y los romanos?

—De momento se limitan a tomar posiciones. No creo que ataquen hasta el amanecer, pero me parece que esta vez se echarán sobre nosotros. La posición es muy ventajosa para ellos. Esto es una ratonera. —Maharbal se mostraba desolado. Tanto combatir y tantas victorias para luego perderlo todo por un error tan estúpido como aquél, porque unos guías habían malinterpretado el nombre de un destino. Estaban bien crucificados.

—Que los hombres reúnan leña, ramas secas, palos y cuerdas, soga en pequeños trozos, miles de estos trozos. Y leña, mucha leña —fueron las extrañas órdenes de Aníbal. Maharbal, perplejo, no sabía qué hacer. El general, ligeramente comprensivo ante su confusión añadió algunas palabras más—. No pasaremos ni una noche en este lugar. Que los hombres cenen temprano, nada más recoger la leña, pero que no se enciendan hogueras.

La noche cubría montañas y valle con su espeso manto negro. Estaba acabando el verano y como las noches aún eran cortas, pronto amanecería. En uno de los puestos de guardia en lo alto de las montañas un legionario se esforzaba en escudriñar las sombras. Le había parecido que algo se movía a lo lejos, pero no: sin duda, sus ojos le engañaban. Sin embargo, al cabo de unos minutos empezó todo: se acercaban los *kalendae* de octubre y apenas había luna. Decenas de antorchas empezaron a moverse al pie de la ladera de la montaña desde la que vigilaba. Calculaba la posición de las llamas por lo que su memoria recordaba de cuanto había visto en las últimas horas del atardecer. Era una ladera de larga y pronunciada pendiente. Muy difícil de escalar para los cartagineses y desde la que al amanecer les atacarían. Ya no eran decenas sino centenares de antorchas y se movían. Avanzaban hacia él. El legionario llamó a un centurión. Éste, al escuchar la voz de alarma, vino enseguida.

—¿Cuánto tiempo llevan esas antorchas encendidas? —preguntó el oficial, nervioso—, ¿cómo no me has llamado antes?

—¡Han empezado ahora mismo! —se defendía el legionario de guardia.

Lo que ocurría es que las antorchas ascendían por la ladera a una velocidad inusitada, como si los cartagineses que las llevaban escalasen a toda velocidad la ladera de la montaña.

—Mire, centurión —comentó otro centinela del puesto de guardia de al lado, señalando hacia el otro extremo del valle—, por allí también asciende otra columna de antorchas.

—¡Dad la alarma general! —gritó el centurión— ¡Nos atacan, nos atacan! ¡Todos a sus puestos! ¡Los cartagineses ascienden por la montaña!

Fabio Máximo escuchó un tremendo escándalo en el campamento. Rápido cogió su espada y salió de su tienda. En el exterior los *lictores* le esperaban para acompañarle.

—¿Qué ocurre? —preguntó.

—Miles de cartagineses ascienden por las montañas, a toda velocidad —explicaba uno de los *lictores*—, están alcanzando ya los primeros puestos de guardia.

Los legionarios se protegieron con sus escudos y prepararon sus alargados *pila* para ensartar con ellos a los primeros cartagineses que accediesen a la cúspide de la montaña, pero a medida que las antorchas se acercaban, el suelo empezó a vibrar de una extraña forma, como si en lugar de soldados fueran elefantes lo que trepaba por las montañas, aunque todos sabían que eso era imposible porque los cartagineses ya no disponían de esos animales. Algunos, aterrorizados por el inmenso estruendo de los desconocidos porteadores de aquellas veloces antorchas, abandonaron sus posiciones, debilitando la primera línea de los romanos, que así, con varios puntos desguarnecidos, recibió las antorchas en un encuentro entre desiguales. Cuando las llamas, ya apenas a unos pasos de distancia, hicieron visibles a los que las transportaban, los romanos, espantados, comprendieron lo que se les venía encima: no eran soldados cartagineses, ni tampoco elefantes lo que se les echaba encima a toda velocidad, sino centenares de vacas y toros con antorchas atadas a sus cuernos, una multitud de enormes bestias totalmente presas del pánico que intentaban zafarse, huir de aquel fuego infernal que los perseguía y que, no importaba cuánto corriesen, les seguía allí adonde fueran y, peor aún, al ascender y moverse rápidamente, las llamas se habían avivado hasta empezar a quemar la raíz de sus astas y el dolor insufrible azuzaba a las bestias a una huida sin fin y sin destino que arrasaba todo cuanto encontraban a su paso. Así, no sólo los primeros puestos de guardia, sino toda la primera fila de los romanos cedió sin apenas poder presentar oposición al empuje de las enloquecidas bestias que, una vez superadas aquellas posiciones iniciales se adentraron incluso entre las tiendas de parte del campamento sembrando el mayor de los desórdenes. Entre la confusión y el caos, grupos armados de cartagineses, que habían seguido y atizado a las bestias para dirigir su ascenso por las laderas, se ocupaban de herir y matar a cuantos romanos confusos y desarmados encontraban a su paso.

Fabio Máximo se esforzaba por poner orden en medio de aquel caos. Y, tras una larga hora de confusión absoluta, una vez que la mayoría de aquellos animales de astas en fuego habían sido abatidos o desperdigados, empezó a recomponer la formación de sus legiones y contraatacar a los grupos de soldados cartagineses infiltrados y apostados por las cumbres que antes ocuparan los centinelas romanos que dieron la señal de alerta y que ahora yacían muertos bajo las sandalias de sus enemigos. Se trataba de soldados iberos expertos en combatir entre montañas, siempre en pequeños escuadrones, en una permanente guerra de guerrillas. Aquélla fue una larga noche para los romanos y, muy en particular, para Fabio Máximo. Al amanecer, sus ojos asistieron horrorizados a un triste espectáculo. Miles de cadáveres esparcidos por las cumbres y las laderas. Muchos eran iberos del ejército cartaginés, pero otros tantos eran legionarios de Roma y otros, soldados de las fuerzas aliadas de la ciudad del Tíber. Y, lo peor de todo, cuando Fabio Máximo se acercó a una de las más altas peñas desde las que poder otear el horizonte y examinar el valle, vio que ya no quedaba ningún soldado de Cartago en aquel territorio. Aníbal había sembrado la confusión por la noche con el ardid de las bestias enloquecidas por el fuego en sus astas y, aprovechando el caos resultante, había sacado el grueso de su ejército de aquel desfiladero de roca y piedra. A cambio de unos centenares de cabezas de ganado que, sin duda, recuperaría en los próximos días asolando los territorios colindantes, había salvado a su ejército y, por encima de todo, humillado al general enemigo. Fabio Máximo miraba a su alrededor sin creer aún lo que su ojos le mostraban. Más tarde o más temprano llegarían reacciones desde Roma.

55

Duelo de titanes

Italia central,
final del verano del 217 a.C.

Aníbal había escapado de las montañas de Casilinum y podía de nuevo moverse por territorio plano con libertad. Se decidió entonces a contraatacar con saña. Aquel nuevo general, Fabio Máximo, no era como los demás. Durante semanas había estado tentándolo para que entrara en combate allí donde pensaba que convenía a sus tropas y durante todo aquel tiempo ese general romano al que habían dado el título de dictador se negó a hacerlo, esperando, como fue el caso, que cometiera un error. Su estratagema le había salvado aquella vez, pero Aníbal comprendió que con el nuevo general romano tendría que ser aún más hábil y, si cabe, tan retorcido o más que él.

—Quiero que se ataquen todas estas granjas y villas, pero que se preserven de cualquier mal estas que he marcado en el plano —Aníbal señalaba los objetivos de los siguientes días a Maharbal, que le escuchaba con atención. Después de la proeza de salir de aquel angosto valle pese a estar rodeado por los romanos, el respeto y la admiración de todos los oficiales cartagineses hacia Aníbal y, en especial, de Maharbal no había hecho sino acrecentarse infinitamente. Por eso no preguntó el porqué de aquellas peculiares instrucciones, sino que se concentró en interpretar bien las señales del mapa para cumplir fielmente el requerimiento de su general. Aníbal valoraba aquella fidelidad y decidió recompensar aquella atención con una explicación de su estrategia.

—Esas tierras que vamos a respetar de nuestros nuevos ataques pertenecen al general romano que lidera ahora las legiones.

—¿Son de Fabio Máximo? —preguntó Magón, el hermano pequeño de Aníbal, presente junto al resto de los oficiales.

—Exacto, hermano; son de Fabio Máximo y por eso mismo las vamos a respetar.

—Pero... en fin... si puedo preguntar, si quieres explicarlo, si no, no importa, son tus órdenes. —Y con esas palabras Maharbal se disponía a marchar y salir de la tienda, pero Aníbal le cogió por el brazo y le detuvo.

—Siéntate, Maharbal, siéntate y escucha. Y tú, hermano. Escuchadme los dos. Quiero que se me entienda, necesito oficiales no sólo que respeten mis órdenes, sino que las entiendan. Sé que me seguís por convencimiento y por lealtad, pero quiero compartir con vosotros las razones que me han llevado a tomar esta estrategia contradictoria en apariencia, pero sólo en apariencia.

—Soy todo oídos —comentó Maharbal, sentado pero con la espalda recta, atento, interesado.

—Fabio Máximo es el primer general que comanda las legiones de Roma que sabe lo que se hace: ha evitado entrar en combate y rehuido todas nuestras provocaciones sin dejarse llevar por la ira o el nerviosismo. He sabido que entre sus hombres esa actitud no es valorada. Ya sabéis que tenemos espías por todas partes: tiene un lugarteniente, Minucio Rufo, impulsivo, similar en carácter a los cónsules que derrotamos anteriormente como Sempronio o Flaminio. Bien, hemos de conseguir deteriorar más aún la imagen de Fabio entre los propios romanos. A este general no le vamos a ganar en el campo de batalla: en Casilinum nos salvamos a duras penas. No, a este general le venceremos desde dentro, hemos de conseguir que sean los propios romanos los que le destituyan, los que le alejen del poder precisamente por seguir una táctica inteligente que ellos mismos no entienden que es la indicada. Eso es lo que debemos hacer. —En ese momento Maharbal tuvo la sensación de que Aníbal había dejado de hablar para él y para Magón y que era como si hablase para sí mismo, como si se regocijase en su propio plan, en su aguda astucia curtida en mil conflictos—. Por eso vamos a atacar y arrasarlo todo a nuestro paso excepto sus fincas; éstas quedarán intactas y los romanos, que no piensan más allá de lo que ven, concluirán que existe un pacto secreto entre Fabio Máximo y yo y esto le destruirá ante los ojos de sus hombres. Será relegado, Minucio tomará el mando supremo y entonces jugaremos con ese nuevo general en jefe y nos divertiremos con él hasta que termine como el cónsul Flaminio.

Aníbal se relajó en su butaca, sonriendo mientras Maharbal y Magón, entre admirados y confusos, le miraban con la boca abierta. No estaban seguros de que aquella argucia fuera a salir tal y como el gran general había planteado pero, ¿cómo oponerse a quien tantas veces veía mucho más lejos que todos sus oficiales juntos?

Fabio Máximo, dictador de Roma, paseaba por su tienda, las manos en la espalda, mirando al suelo, el ceño fruncido, arrugas en su frente, respirando con velocidad. Marco Porcio Catón, sentado en una esquina de la tienda, y el hijo del dictador, Quinto, eran, hasta el momento, los silenciosos interlocutores del viejo senador.

—Ya conocéis la nueva estrategia de Aníbal para generar sospechas sobre mis acciones, ¿verdad?

Ambos asintieron. El hecho de que los cartagineses estuvieran devastando todo cuanto encontraban excepto las grandes fincas que pertenecían a la familia del dictador de Roma era una noticia que había corrido por todas las calles de la ciudad y, peor aún, por todas las legiones. Tal y como había diseñado Aníbal, la estratagema estaba socavando a marchas forzadas la ya muy deteriorada imagen de Fabio Máximo entre los romanos.

—Repasemos la situación —continuó el dictador—, esto es lo que he pensado: en el último intercambio de prisioneros con Aníbal ellos nos han dado más soldados, creo que, si mi memoria no me falla, ¿unos doscientos cuarenta y siete legionarios de más?

Catón asintió mientras confirmaba la cifra en los informes escritos en varias tablillas que tenía en sus manos. En cualquier caso, aquélla era una pregunta retórica: a Fabio Máximo nunca le fallaba la memoria.

—En ese caso —prosiguió el viejo senador—, necesitamos dinero; veamos, según el tratado que tenemos de intercambio de prisioneros debemos pagar a razón de dos libras y media de plata por cada hombre de más que nos entregue el enemigo en el intercambio de prisioneros, eso hace un total de seiscientos diecisiete libras y media que debemos pagar a los cartagineses si queremos que sigan los intercambios en el futuro. Eso es mucho dinero.

—Mucho dinero —confirmó Marco Porcio Catón.

—Habría que escribir al Senado y solicitarlo. No se pueden negar —añadió Quinto.

—No, no se pueden negar —continuó Fabio—, pero pueden dilatar el tiempo de proporcionarnos el dinero necesario y aprovechar esos días para seguir cuestionando la estrategia defensiva que estoy utilizando contra Aníbal. Ya estoy oyendo a Emilio Paulo y su familia, a los Escipiones, a Marcelo, incluso a Varrón y a tantos otros explicando en voz alta y fuerte que si fuéramos más agresivos tendríamos más prisioneros y serían los cartagineses los que tendrían que pagar. No, hijo, al Senado no le vamos a pedir nada.

El dictador guardó unos segundos de silencio antes de proseguir. Una suave sonrisa comenzó a dibujarse muy leve en la comisura de los labios del dictador, apenas perceptible, pero no para Catón, que conocía cada gesto de su mentor.

—Vamos a cambiar las tornas y cazar dos jabalíes en el mismo bosque: en primer lugar, tú, Quinto, quiero que vayas a Roma y que vendas todas las fincas a las que se ha acercado Aníbal pero que ha dejado intactas. Y que las vendas rápido, sin reparar en conseguir un buen precio si es necesario. Eso sí, que los compradores te paguen en plata. Te espero aquí de regreso con unas setecientas u ochocientas libras, que es lo que más o menos he calculado que podemos sacar malvendiendo esas fincas. Y ése es el dinero que usaremos para pagar al cartaginés. Así, por un lado, acallaremos las críticas sobre supuestos pactos secretos entre Aníbal y yo, al vender las tierras que él ha respetado y no preservarlas para mi beneficio y evitaré la torpeza de ir a un Senado hostil a rogar dinero para cumplir los tratados de intercambio de prisioneros. Es cierto que sacrifico unas tierras, pero está claro que Aníbal busca menoscabar mi poder desde dentro para que Roma ponga al mando a otro inútil ambicioso e irresponsable que juegue según las normas que dicta el cartaginés. No, yo me mantendré en el poder aunque tenga que sacrificar parte de mi patrimonio. Aníbal aún no sabe con quién está luchando ni dónde estoy dispuesto a llegar. Quinto, a Roma. Lleva contigo una *turma* de caballería. Los caminos hoy día son inseguros.

Y con esas palabras el dictador se sentó en su silla, exhalando un profundo suspiro. Quinto se levantó, se despidió de su padre y salió de la tienda. Catón se quedó acompañando la soledad de Fabio Máximo. El joven tribuno miraba al viejo senador admirado por la hábil y sorprendente respuesta que Fabio había diseñado para a un tiempo combatir la retorcida estrategia de Aníbal y evitar tener que recurrir al Senado. Era en momentos como ése que Catón entendía por qué seguía los pasos de aquel hombre. Era cierto que cada vez con más frecuencia pensaba que ya lo había aprendido todo de él, pero en días como éste se daba cuenta de que otra vez le estaban dando una lección de estrategia y política.

56

En el foro

Roma,
final del verano del 217 a.C.

Emilio Paulo se encontró con su buen amigo y colega en el Senado Publio Cornelio Escipión, su joven hijo Publio y el amigo de este último, Cayo Lelio. Estaban paseando por el foro. A Emilio Paulo le acompañaban también su hijo primogénito Emilio y varios primos y otros familiares de los Emilio-Paulos. Los dos veteranos senadores enseguida empezaron a departir sobre el debate que acababan de presenciar en el Senado.

—Lo de Casilinum ha sido demasiado —empezó Emilio Paulo—. Muchos senadores están cansados de las tácticas dilatorias de Fabio. A mí me parece bien lo de reducir su mando—. Publio Cornelio padre asintió.

—¿Ha terminado la dictadura? —preguntó el joven Publio.

—No, no nominalmente —aclaró su padre— pero en la práctica sí: Fabio sigue como dictador, pero el Senado, de forma excepcional, ha decidido igualar a Minucio Rufo en la capacidad de mando.

—¿El jefe de caballería con el mismo mando que el dictador? Eso es absurdo —comentó el hijo de Emilio Paulo.

—Sí —continuó el viejo senador, su padre—, pero aún más: eso es humillante para Fabio. En cualquier caso eso es como si volviéramos en cierta forma al consulado con el dictador y el jefe de caballería con las mismas atribuciones que los cónsules.

—Fabio Máximo no digerirá bien esto —comentó Publio Cornelio Escipión padre, pero como si hablara para sí, como si pensase en voz alta. Emilio Paulo le miró. Un breve silencio se adueñó del grupo. Al fin el experimentado senador se dirigió a su colega Publio.

—Lo digerirá como ha digerido tantas otras cosas, aunque es posible que Minucio Rufo se le indigeste, pero escucha bien, mi querido amigo, Fabio Máximo aún saldrá vencedor de todo esto. Tiempo al tiempo. No sé cómo pero recuerda mis palabras: Fabio Máximo es un superviviente, siempre lo ha sido y siempre lo será. De todas formas, lo importante de hoy es tu mandato de procónsul.

El joven Publio abrió los ojos y Cayo Lelio la boca. Sabían que se había hablado de enviar refuerzos a Hispania pero Publio Cornelio aún no les había desvelado nada, centrándose en comentar el debate sobre el mando de Fabio Máximo y Minucio Rufo, sin dejarles tiempo a preguntar por el asunto de los posibles refuerzos para Hispania. Emilio Paulo advirtió en la sorpresa del joven Publio, su muy probable futuro yerno, y del oficial que le acompañaba, Cayo Lelio, que había hablado de más.

—Lo siento —se disculpó—, creo que he dicho algo más de lo que correspondía.

Publio Cornelio padre levantó la mano y moviéndola en el aire quitó importancia al desliz dialéctico de su colega.

—Quería esperar a comentarlo en casa pero, bien, así es —continuó ahora mirando a su hijo—, he recibido el nombramiento de procónsul y la misión de acudir a Hispania con dos legiones de refresco para ayudar a Cneo en sus esfuerzos por mantener a los cartagineses a raya e impedir que puedan cruzar el Ebro y acudir a Italia a reforzar a Aníbal. En fin, eso es lo que hay.

—¿Eso es lo que hay? —Emilio Paulo echó una sonora carcajada—, por todos los dioses, si ha sido una de las escenas más entretenidas que he visto en el Senado en los últimos años. Los que apoyan a Fabio intentaban evitarlo a toda costa.

—¿Evitarlo? ¿Cómo? ¿Cómo puede oponerse a que se envíen refuerzos a Hispania? —preguntó el joven Publio, mirando con admiración a su padre que con tanta discreción llevaba lo de su nuevo nombramiento. Emilio Paulo, encantado de ser el encargado de informar a todo el grupo, prosiguió con su relato.

—Bien. Los defensores de Fabio han argumentado, con una retórica aceptable, que la prioridad es la guerra en Italia y que se necesitan todos los recursos, todas las legiones aquí, para frenar a Aníbal, pero claro, los hechos en esta ocasión han podido más que las palabras, y es que cuando Fabio se ausentó durante unos días para hacerse cargo de una serie de sacrificios aquí en Roma, Minucio aprovechó para enfrentarse abiertamente contra Aníbal obteniendo un resultado muy positivo, nada concluyente, eso es cierto, pero ha sido la primera vez que nuestro ejército ha plantado cara al invasor cartaginés en territorio itálico sin ser derrotado. Eso ha hecho subir muchos puntos a Minucio en el Senado. ¿Adónde nos conducirá este jefe de caballería aupado a codictador? Eso sólo los dioses lo saben. Personalmente tengo mis dudas sobre este ascenso, pero ha sido interesante ver cómo Fabio y los suyos pierden adeptos en el Senado. Aunque todo es cambiante.

—También —intervino Publio Cornelio, el recién nombrado procónsul—, hay que reconocer que el oscuro asunto de los terrenos de Fabio que no eran atacados por Aníbal ha pesado lo suyo.

—Sí, aunque hay que admitir, incluso admirarse ante la maestría con la que el viejo Fabio ha sabido responder a la tortuosa estrategia de Aníbal. De Fabio espero muchas cosas malas, pero no un pacto con Aníbal. Eso no. De lo demás es capaz de cualquier cosa.

—Estoy de acuerdo —admitió Publio Cornelio padre.

—En fin —prosiguió Emilio Paulo con sus explicaciones al grupo—, y luego la gran victoria de Cneo sobre Asdrúbal, el hermano de

Aníbal, ha hecho que la balanza, joven amigo, se decantara a favor de tu tío y de tu padre en el asunto de Hispania. El resultado es que Fabio ha perdido esta mañana en el Senado: ha visto reducido su poder en Roma teniendo que compartir a partir de ahora el mando del ejército con Minucio y, a la vez, ver cómo se le entregan dos legiones a tu padre para acudir a Hispania como procónsul. Quizá habría ocurrido otra cosa si el propio Fabio hubiera estado presente para defenderse. Ahí la diosa Fortuna y el propio Aníbal nos han echado una mano. Ha sido un buen día. Los dioses reparten poder. Ellos sabrán bien lo que hacen. Estoy contento y tu padre, Publio, aunque no lo aparenta, porque tu padre es difícil que deje traslucir lo que piensa, también, así que os invito a comer algo a todos en mi casa; bueno, aunque es posible que alguno tenga otros intereses en mi casa más allá de probar mi comida y saborear mi vino.

El joven Publio bajó la mirada al suelo y, peor aún, sintió que las miradas de todos los reunidos se volvían hacia él. Y en el cúmulo de los desastres percibió que se sonrojaba mientras escuchaba cómo los dos senadores, Emilio Paulo y su propio padre se reían. Estaba claro que su interés por Emilia era público pero tampoco había por qué insistir sobre el asunto a cada momento. Su amigo Cayo Lelio intervino para alejar la atención del resto de su azorado compañero de batallas.

—Bueno, yo soy de los que se concentrarán en el vino, si no les parece mal.

—¿Mal? —preguntó Emilio Paulo—, en mi casa los que luchan por Roma en campo de batalla pueden beber hasta hartarse.

Lelio concluyó que aquel hombre era un gran senador y no pudo menos que considerar que la futura boda que empezaba a perfilarse y que uniría aún más si cabe a aquellas dos poderosas familias patricias sería un evento digno de no perderse.

Todo el grupo se dirigió hacia casa de Emilio Paulo. Publio Cornelio se situó junto a su hijo, caminando algo más despacio, dejando que el resto se distanciara unos pasos.

—Escucha, Publio, es importante lo que quiero decirte.

Su hijo le miró con atención.

—Bien, escucha. En los próximos días saldré para Hispania como hemos comentado. No sé el tiempo que estaré allí, pero por las noticias que nos llegan y lo que aprecio a leer entre líneas de lo que tu tío escribe en los mensajes oficiales al Senado, aquélla puede ser una campaña larga, más allá de las victorias conseguidas, pues los cartagineses tienen enormes recursos y fuerzas en todo aquel territorio, ¿me entiendes?

El joven Publio asintió. Le hablaba su padre, procónsul de Roma. Sentía respeto, admiración, interés.

—Bien —continuó el senador—, quiero que te quedes aquí, en la ciudad, y que cuides de tu madre y de tu hermano. Y sé que tendrás que volver a combatir, porque Aníbal es un hueso muy duro de roer y no sé si Fabio Máximo tiene claro lo complejo de la situación. Quiero que combatas con honor, pero evita los sacrificios inútiles. En Roma hay mucha gente ambiciosa pero no todos son buenos generales. Toma consejo de Emilio Paulo, es un hombre sabio y de gran experiencia en el campo de batalla; si coincidís, fíate de sus opiniones. Lelio es un buen amigo también. Presérvalo. Y atento a las maniobras de Fabio Máximo y ese joven que le acompaña, ese Marco... Marco...

—Marco Porcio Catón —completó el joven Publio.

—Sí, ése. No me gusta nada.

—También está Quinto, el hijo de Fabio.

—No, el hijo no me preocupa tanto; tiene ambición pero eso no es un delito, no le temo; incluso con el propio Fabio Máximo se puede hablar. Ya has visto hoy: aun como dictador, juntando las fuerzas adecuadas, se pueden conseguir cosas, pero ese Catón, ese Catón tiene la misma ambición que los Fabios, pero no sé si conoce límites a los medios para alcanzar sus objetivos. En fin, son varias cosas las que te he dicho en poco tiempo, pero sobre todo honor, prudencia y escuchar a los Emilio-Paulos y a Lelio en el campo de batalla. Creo que éstos son los mejores consejos que puedo darte. Y bien, lo de Emilia ya sabes que me parece bien.

Publio asentía a cada frase. Su padre parecía dudar. Al fin, se decidió a terminar sus pensamientos.

—Ahora lo que me preocupa es cuando tu madre se entere. La otra noche tuvo un mal sueño y sé que va a relacionarlo con mi nombramiento de procónsul. Yo no creo demasiado en todo eso, pero tu madre sí, y, a decir verdad, en alguna ocasión da la sensación como si sus ojos vieran más allá de lo que los demás alcanzamos a ver —y se quedó en silencio unos instantes—, en fin, ahora vayamos a casa de Emilio Paulo y correspondamos con afecto a su gentileza de invitarnos.

Padre e hijo aceleraron la marcha porque se habían quedado rezagados varias decenas de pasos. Lelio había observado que se quedaban atrás y fue a decirles algo pero vio al padre, al nuevo procónsul, hablando con seriedad a su hijo y comprendió que aquélla era una conversación privada y, con toda seguridad, de gran importancia. Sintió entonces una mano en su espalda y la voz del joven Lucio Emilio, el hijo del viejo senador.

—¿Te preocupas por Publio, el hijo mayor de los Escipiones?

—Bien, no, sí. Es mi amigo.

El joven Lucio Emilio asintió con consideración y respeto e invitó a Cayo Lelio a girar en una bocacalle para seguir al resto del grupo camino a su casa.

57

Un abrazo de hermanos

Tarraco, otoño del 217 a.C.

Cneo esperaba a su hermano en el puerto de la ciudad en la que había establecido su cuartel general. Publio bajó del barco mientras el resto de las naves iban fondeando en la bahía para poder ir descargando por turnos. El puerto de Tarraco aún no reunía las condiciones necesarias para albergar a toda la flota de Roma destinada a Hispania.

—¡Treinta barcos más! —dijo Cneo a la vez que abría los brazos para recibir a su hermano.

—¡Y ocho mil hombres, Cneo! ¡Dos legiones más! —respondió Publio.

Ambos hermanos se fundieron en un largo y fuerte abrazo.

—Se te ha echado de menos por aquí, Publio. Hemos estado hostigando a los cartagineses hasta echarlos al sur del Ebro, pero sin ti no resulta ni la mitad de divertido.

Publio escuchaba entretenido la peculiar forma que su hermano tenía de considerar la guerra.

—¿Y qué te han dado, hermano, el mismo cargo de procónsul? —preguntó Cneo sonriendo.

—Exacto.

—Hermanos y procónsules. ¡Esto hay que regarlo! —Cneo estaba feliz.

—Te lo habrías pasado bien viendo a los seguidores de Fabio intentando persuadir al Senado de que no se enviasen más tropas a Hispania, insistiendo en que se necesitaban todos los recursos para luchar contra Aníbal.

—Esa rata de río y sus secuaces...

—¿Aníbal? —preguntó Publio.

—No, Fabio, Quinto Fabio Máximo. Dictador, con cuatro legiones a su mando y es incapaz de enfrentarse a Aníbal en combate abierto.

Los dos hermanos caminaban por el puerto en dirección a la casa que Cneo había ordenado levantar en el centro de la ciudad.

—¿Hasta aquí han llegado las noticias? —preguntó Publio.

—Bueno, rumores, historias confusas, pero todas hacen hincapié en que Fabio rehúye el combate. He tenido que dejar claro a los cartagineses de Hispania que por aquí el mando romano tiene otra forma de conducir la guerra.

—Ya lo creo, Cneo. Y eso ha dolido más a Fabio. Mientras se muestra indolente en la lucha contra Aníbal, tú destrozas la armada de su hermano. Creo que varios senadores votaron a favor de estos refuerzos que traigo no por estrategia, sino para humillar a Fabio.

Publio prosiguió luego relatando el desastre del enfrentamiento en el desfiladero y cómo Aníbal se había escabullido de la encerrona de Fabio. Con esas historias llegaron a la casa que Cneo, a modo de una clásica *domus* romana, había hecho edificar para sí en Tarraco. Todavía no estaba acabada y se veían esclavos trabajando en las paredes exteriores, pero una vez cruzado el vestíbulo, el atrio daba lugar a un espacio de cierto sosiego en medio del bullicio en el que se había transformado aquella pequeña ciudad desde la llegada de Cneo primero y ahora con los refuerzos de su hermano. En la intimidad del atrio, compartiendo un ánfora de vino y algo de fruta, Cneo se dirigió a su hermano con un infrecuente tono de interés en su voz.

—¿Y el muchacho? ¿Es verdad lo que he oído, que te salvó en medio de una batalla contra Aníbal? Y te hirieron, te veo bien, pero ¿estás recuperado del todo?

Publio alzó levemente la mano para frenar el torrente de preguntas de su hermano. Se levantó y se estiró la toga y la túnica para mostrarle a Cneo su herida en la pierna. Una larga cicatriz recorría el muslo entero.

—Por todos los dioses, eso debió de doler.

Publio dejó caer la túnica y la toga sobre su cuerpo y volvió a reclinarse en el *triclinium*.

—Más me dolió la derrota. Tesino habría sido un día horrible en mi memoria si no es por el muchacho. Me salvó la vida, Cneo. Estaba rodeado, herido y ya no tenía fuerzas y apareció de la nada, interponiéndose entre los cartagineses y yo y luego vinieron todos sus hombres, una *turma* de caballería que le había asignado y nos sacaron de allí, a mí y a varios de mis hombres. Se comportó como un héroe. Sólo por eso me enorgullezco de esta herida. Cada vez que la veo me recuerda el valor de mi hijo y me da fuerzas para seguir.

Cneo escuchaba con los ojos abiertos. Publio continuó relatándole las intervenciones de su joven hijo en el puente sobre el río Tesino y su valía en Trebia pese a que esas batallas concluyesen en sendas derrotas.

—Estamos llevando mal la guerra en Italia, pero al menos nuestra familia mantiene alto su honor. El muchacho es muy apreciado por todos sus hombres pese a ser sólo un chaval.

—Y le he entrenado yo —dijo Cneo con el pecho henchido.

—Así es, y brindo por ello, hermano.

Los dos alzaron las copas y bebieron el vino a la salud de su hijo y sobrino.

—Desde el día que me derribó lo presentí, presentí que este chico haría cosas grandes. ¿Por qué no ha venido contigo? Aquí le terminaríamos de entrenar.

—Bueno, hay varias razones.

Cneo levantó las manos en señal de no entender qué puede haber retenido a su sobrino en Roma.

—No me mires así, Cneo. Lo pensé seriamente, pero está Pomponia y Lucio, y nuestros amigos y clientes en Roma. Alguien tenía que quedarse en la ciudad y velar por nuestros intereses. Fabio, pese a todos sus problemas con el Senado y con Aníbal, adquiere más poder cada vez. No podía marcharme y llevarme también a Publio. El muchacho ha madurado mucho. Él cuidará de los nuestros. Además... bueno, nada. Lo que te he dicho.

—¿Además qué? —preguntó Cneo.

—En fin, ya que insistes, ¿por qué no? Hay una mujer, una joven.

—¡Por Cástor y Pólux, haber empezado por ahí, en lugar de toda esa letanía de preocupaciones por la familia y nuestros intereses! Así que mi joven sobrino anda ya en líos de mujeres. Espero que no nos lo estropeen, que mi trabajo me costó curtirlo.

—No, no podría haber elegido mejor. Es Emilia, Emilia Tercia, la hija de Emilio Paulo.

—¿La hija del viejo senador? Eso es perfecto. Eso sería una alianza poderosa. Seguro que Fabio no lo verá con buenos ojos. Me gusta aún más.

—No, seguro que no. En cualquier caso, he estimado oportuno que el muchacho se quede en Roma y consolide ese posible lazo. Como dices, una unión con los Emilio-Paulos fortalecerá nuestra posición en el Senado.

—¿Y cómo ha sido? ¿Cómo has convencido a Publio? El chico puede ser muy testarudo.

—No le he convencido. Eso es lo más gracioso de todo el asunto. Me acompañó un día a ver a Emilio Paulo y se quedaron prendados el uno del otro.

—¿Nuestro Publio y el viejo senador?

—No, hombre, no. Publio y la hija del senador.

—¡Por Hércules, eso no! —gritó Cneo— ¡Amor no, no! Nos lo reblandecerá.

—En fin, Cneo, sea como sea se gustan y es un lazo que nos interesa. Sea porque se quieren o porque los convenzamos, qué más da. Lo esencial es que se formalice esa unión.

—Y el viejo ¿qué dice?

—Emilio Paulo está de acuerdo. Lo que hemos decidido es no presionarlos, dejarlos que se conozcan. Se escriben cartas.

—¿Cartas? —dijo Cneo despectivamente—. Cuando yo estaba en Roma mi sobrino hacía más cosas con una mujer que escribir cartas.

—Lo supongo, hermano; prefiero que no entres en detalle; ahora estamos hablando de la hija de un senador de Roma que ha sido cónsul y que probablemente lo vuelva a ser.

—Sí, eso es cierto. Disculpa, estaba de broma. La unión con esa chica es buena elección. El muchacho nos está saliendo perfecto. Sólo temo que la dulzura del amor le reblandezca para el combate. Un hombre enamorado no es el mejor de los soldados.

—A no ser que luche por la ciudad en la que vive su prometida y que sienta que lucha por defenderla.

—Bien, puede ser —concedió Cneo pero sin demasiada convicción.

—No te preocupes; la guerra con Aníbal va a ser complicada y, lamentablemente, seguro que Publio tiene ocasiones suficientes para mostrar su valor.

—Sí, puede ser, puede ser —pero Cneo seguía sin parecer muy persuadido de que las cosas fueran a ser así. Su sobrino enamorado. Con eso no había contado. Aunque la hija de Emilio Paulo era, sin lugar a dudas, una de las mejores elecciones que podía hacer.

—Escucha —la voz de su hermano Publio sacó a Cneo de sus meditaciones—, dejemos la familia y vayamos al asunto que me ha traído hasta aquí. ¿Qué has pensado para expulsar a Asdrúbal de Hispania?

—¿Asdrúbal? Sí, bien. Vamos a por él, lo buscamos, combatimos y lo derrotamos.

—Ya. No es una estrategia muy elaborada.

—No, pero de momento me va bien. Bueno, ahora en serio. Sí, he pensado unas cuantas cosas. Tenemos el control del mar pero si no le derrotamos en tierra esto no se acabará nunca. Ven, quiero enseñarte unos cuantos mapas que han elaborado mis exploradores iberos.

Cneo se levantó y su hermano le siguió hasta el *tablinum*. En la estancia, sobre una mesa sencilla de pino, desplegados y llenos de anotaciones, había varios planos de la región, desde los Pirineos hasta el Ebro, y desde el Ebro hasta Cartago Nova y el sur.

58

El principio del fin

Norte de Apulia,
otoño del 217 a.C.

Fabio Máximo había esperado aquel momento desde que le llegaron las noticias de Roma a través de un mensajero oficial. El soldado, un decurión de la caballería, experto en el combate pero nervioso ante el todopoderoso senador, entregó las tablillas con las órdenes del Senado. Fabio Máximo las cogió y leyó con detenimiento, por dos veces consecutivas sin alzar la mirada, la decisión del Senado de Roma que igualaba en rango y poder sobre las legiones al dictador, él mismo, con su jefe de caballería. No se le despojaba nominalmente del rango de dictador pero, a todos los efectos prácticos, era una vuelta al reparto de poder propio de los cónsules. Cualquiera en Roma estaría agradecido por la delicadeza del Senado que sólo lo rebajaba a un grado similar a cónsul, pero para quien tiene por costumbre ostentar dicho cargo con cierta frecuencia, aquel mensaje no dejaba de ser humillante. Nada se decía sobre la venta de sus propiedades para hacer frente al pago de los prisioneros que tenía el cartaginés. Era de esperar. Con aquello no había conseguido más que acallar los crecientes rumores sobre un pacto secreto entre Aníbal y él mismo. Ningún agradecimiento a su sacrificio económico. Ningún reproche oficial ni ninguna pregunta tampoco sobre el asunto. Quizá fuera mejor así. Tampoco había esperado nada más que atajar los calumniosos rumores que la estrategia de Aníbal había puesto en marcha. Acabar con un rumor no era tarea sencilla. Dio por buena la pérdida de sus propiedades en la región. Quedaba el asunto de la equiparación de Minucio al mismo nivel que el dictador. Eso, ahora, era lo prioritario. Devolvió las tablillas al mensajero, que las sostuvo en su mano sin saber muy bien qué hacer con ellas.

—Has entregado tu mensaje; puedes retirarte —dijo Fabio y se quedó a solas para reflexionar.

Minucio Rufo no tardaría en llegar para reclamar su cuota de poder. Catón miraba al dictador en espera de información. Sin prisa, pero con atención. Un siervo diligente, dispuesto. Fabio Máximo compartió con él el contenido del mensaje, la orden del Senado.

—¿No hay forma de eludir ese mandato? —preguntó Catón, dudando, sin estar seguro de la oportunidad de su pregunta.

—¿Eludir esa orden? ¿Hacer como que no ha llegado? —Fabio meditó unos segundos—. No, no es posible. En el mejor de los casos eso sólo retrasaría lo inexorable. El propio Minucio seguramente vendrá con una copia de esa orden en sus manos. Es astuto como conspirador, lástima que en el campo de batalla su inteligencia se diluya notablemente. No, tenemos que acatar el mandato del Senado con diligencia, sin discutirlo. El Senado de Roma otorga y quita poder. Tendría que haber acudido personalmente al Senado —aquí se levantó y elevó el tono de voz—. ¡Esos imbéciles se dejan convencer por cualquiera! ¡Por Cástor, Minucio Rufo con poder de cónsul! Hay que resolver esto con agudeza, Marco, con inteligencia.

El dictador cerró los ojos y se quedó quieto; sabía que la solución estaba allí, en su cabeza.

Al cabo de unas horas la alta y orgullosa figura de Minucio Rufo trazó su perfil en la puerta de la tienda del dictador de Roma.

—Adelante, adelante, querido Minucio —dijo Fabio, con tono cordial, invitando al recién llegado a pasar al interior, lo que éste hizo acompañado de varios oficiales de su caballería—. ¿Algo de vino?

Minucio rehusó el vino con el dorso de la mano, miró a su alrededor, vio a Catón y a varios tribunos de confianza del dictador y, volviéndose de nuevo hacia Fabio, mostró una tablilla. Fabio dejó la jarra de licor en la mesa y se sentó en su silla. Guardó silencio. No invitó a Minucio a sentarse. Miró la tablilla sin cogerla.

—Ya sé lo que pone —dijo al fin.

La fría respuesta del dictador no pareció incomodar a Minucio.

—Bien, pues a partir de mañana nos alternaremos en el mando de las legiones.

—No, no lo creo, Minucio.

—¿Perdón? —dijo el jefe de la caballería. Su tono de voz revelaba que no terminaba de creer lo que acababa de escuchar—. ¿Te niegas a obedecer el mandato del Senado de Roma?

Fabio sonrió lacónicamente. Se admiraba de la simpleza de su interlocutor. Los oficiales presentes en la tienda, tanto los favorables al recién llegado como los tribunos fieles a Fabio, estaban expectantes. Si Fabio Máximo no obedecía, eso sería rebelión militar, traición al Estado.

—No, por supuesto que no me niego a cumplir el mandato del Senado de Roma —aclaró el viejo senador para sosiego de sus afectos y confusión de sus enemigos políticos.

—Pues no entiendo a qué viene negarse al mando alterno de las legiones. Ésta es la costumbre cuando se dispone de un único ejército —insistió Minucio.

—Ah, sí, un solo ejército, cuatro legiones, creo que ahora nos vamos acercando a la clave de este debate. —Fabio empezaba a disfrutar con aquella conversación; había sido derrotado en el Senado, su imagen estaba desacreditada y a la baja, pero era Fabio Máximo y ante sí sólo tenía un bufón—. Verás, querido Minucio, hay más formas de cumplir con el mandato del Senado que la de relevarnos al frente de las legiones en días alternos.

—¿Otras formas?

—Por supuesto —Fabio le miró como quien está diciendo «parece mentira que no caigas en la cuenta, querido amigo»—. Claro, Minucio. —Fabio prosiguió con un intenso tono paternalista, hiriente para su interlocutor, que se veía obligado a escuchar como quien atiende a un maestro en la escuela—. Veamos. Te lo explicaré para que lo entiendas: el Senado nos ha equiparado en el mando sobre el ejército, lo que es, a efectos prácticos, y no me duele reconocerlo, volver al sistema consular; es como si tú y yo fuéramos cónsules, Minucio.

—Cónsules... sí... eso es cierto —aceptó Minucio mientras fruncía el ceño desconfiando, temiendo un subterfugio para engañarle.

—Bien, veo que me sigues. Tenemos cuatro legiones, es decir, dos ejércitos consulares. Te propongo un acuerdo para cumplir con el mandato del Senado, para que tú puedas ver satisfechas tus pretensiones de mando sobre el ejército y yo quede también contento: dividamos las legiones entre los dos, formemos dos ejércitos independientes.

Fabio observaba a su oponente en el mando que le escuchaba con la frente arrugada y los labios apretados. Fabio continuó hablando.

—Escucha, Minucio, es lo más práctico: tú y yo no nos vamos a poner nunca de acuerdo en cómo llevar la guerra contra el cartaginés. Un día tú querrás llevar al ejército a un sitio y al día siguiente yo lo querré llevar a otro. Así no llegaremos ninguno de los dos a nada. Con el pacto que yo te propongo tendrás dos legiones, con su correspondiente caballería y fuerzas aliadas a tu entera disposición durante estos meses que restan del año para que busques a Aníbal y le plantees batalla allí donde creas más oportuno. Incluso estoy dispuesto a más: dejaré que entres tú primero en combate con él. Minucio, te estoy dando esa oportunidad que estabas buscando. Sólo pido lo que el Senado me concede a mí también: el cincuenta por ciento del mando, es decir, el cincuenta por ciento del ejército. Piénsalo bien. Es justo lo que propongo. Y, aunque no sé si lo apreciarás, es sabio. O si no, al menos deberás admitir que es lo más práctico. Créeme, el mando alterno no es una buena política cuando se está en una guerra como ésta.

Minucio se pasó la mano derecha por la barba. Se volvió hacia sus oficiales y en voz baja intercambiaron algunas palabras. Fabio mantuvo su sonrisa mientras se servía una generosa copa de vino. Se llevó la copa a los labios y saboreó el caldo con deleite mientras esperaba la decisión de su colega en el mando. Minucio dejó a sus oficiales y encaró de nuevo al viejo senador al tiempo que éste dejaba la copa en la mesa y se cruzaba de brazos.

—¿Y bien, Minucio? ¿Cuál es tu decisión?

—Acepto. Dos legiones para cada uno con su caballería y sus tropas aliadas.

—Correcto. Dos legiones —dijo Fabio y se levantó—, la primera y la cuarta para ti, la segunda y la tercera para mí, ¿te parece bien?

Minucio se giró hacia sus oficiales. Varios asintieron.

—De acuerdo: la primera y la cuarta para mí.

—Bien —concluyó Fabio—, pues no hay más que hablar. El Senado ha sido obedecido. Mis tribunos se encargarán de organizarlo todo junto con los oficiales que tú designes y ahora, por favor, dejad que descanse un poco. Tenemos una guerra que seguir y no debemos olvidar que nuestro enemigo sigue siendo Aníbal.

Con esto se sentó en la butaca, cerró los ojos y escuchó cómo todos iban saliendo de la tienda. Cuando volvió a abrirlos, sólo Catón permanecía en el interior.

—Ya me marcho —dijo—, sólo quería manifestaros mi reconocimiento.

Y salió sin esperar respuesta del senador. Fabio se sirvió otra copa de vino, levantó el vaso y brindó mirando al cielo.

—Siempre es gratificante tener alguien entre el público que valore lo que haces. Quizá esto sea lo que sientan los actores. No sé. No sé. Lo suyo es teatro, lo mío, la realidad. En fin, como quiera que sea, hoy hemos salvado la mitad del ejército. La otra mitad, claro, está condenada a muerte.

Aníbal se sentía cómodo. De nuevo tenía ante sí la situación idónea: un nuevo jefe militar de Roma, Minucio Rufo en este caso, al mando de dos legiones, como si de un nuevo cónsul se tratara, igual de ambicioso que los anteriores que habían caído en sus emboscadas: Sempronio en Trebia, Cayo Flaminio en Trasimeno o el propio Publio Cornelio padre en Tesino. El general cartaginés oteaba el paisaje que separaba su campamento del campamento del recién ascendido Minucio.

—Esa colina —dijo señalando el centro del valle—, Maharbal, quiero que tomen esa colina y que se escondan entre aquellas grutas varias unidades de infantería ligera y de caballería.

En el centro del valle una colina pedregosa, llena de hendiduras y grietas que se entreabrían hasta constituir profundas cavernas, se alzaba irregular pero dominante como un vigía silencioso de aquel territorio. Al otro extremo de la misma, en la parte más honda del valle, el general romano había acampado con la primera y la cuarta legión. Aníbal detalló con más precisión sus órdenes. Maharbal escuchaba siguiendo con sus ojos las indicaciones que Aníbal hacía señalando en el paisaje que les rodeaba, marcando así las posiciones que debían ocupar los soldados aquella noche. Al caer el sol, el jefe de la caballería de Aníbal desplegó los hombres por las cavernas y las hendiduras del terreno, hasta ocultar quinientos jinetes y cinco mil soldados por las diferentes laderas de la colina.

Amanecía sobre las legiones primera y cuarta. Un centinela romano observó movimientos de tropas enemigas en lo alto de la colina que los separaba del campamento cartaginés. Dio la alarma y en pocos minutos Minucio Rufo había convocado a sus tribunos para establecer el plan de ataque.

—Hay que conquistar ese altozano e impedir que carguen sobre nosotros desde ahí. Aníbal juega a provocarnos. Se cree que es otro como Fabio o quizá el mismo Fabio contra el que sigue luchando. ¡Vamos a enseñarle al cartaginés por fin cómo combaten las legiones de Roma!

Los tribunos salieron enardecidos de la tienda del jefe de la caballería romana y empezaron a organizar el despliegue característico e imponente de las legiones de un ejército consular: los *vélites* de la infantería ligera se ubicaron en primera línea de combate y avanzaron hacia las posiciones del enemigo en la colina; tras los *vélites*, Minucio ordenó que se incorporara la caballería y al final la infantería pesada.

Los cartagineses, bien atrincherados en sus posiciones elevadas en lo alto del montículo, se mantuvieron firmes ante la primera embestida de los *vélites* hasta el punto de conseguir que éstos tuvieran que replegarse detrás de la caballería y reagruparse con la infantería pesada romana al llover sobre ellos una intensa lluvia de jabalinas y dardos que diezmaron sus líneas. La caballería prosiguió el ascenso con el grueso de las legiones, pero cuando ya estaban a punto de entrar en lucha con las fuerzas cartaginesas apostadas en lo alto de la colina, las unidades de infantería y caballería que Aníbal había ordenado apostar por los diferentes recovecos naturales de todo aquel terreno empezaron a emerger de sus escondites sorprendiendo a los romanos por los flancos y la retaguardia o incluso surgiendo entre las propias líneas de la formación romana. El perfecto despliegue de las legiones se transformó en una batalla campal, que tenía lugar por todas partes en donde la estrategia romana había desaparecido para convertirse en una lucha cuerpo a cuerpo mortal y cruel. En este combate sin tregua los esforzados iberos y galos y las experimentadas tropas africanas y númidas empezaron a ganar terreno pese a la encarnizada resistencia de los romanos, heridos en su orgullo y azuzados por su general Minucio, que no cejaba en su empeño por mantener la formación de su ejército, algo que resultaba ya del todo imposible. Pronto el combate se transformó de igualada lucha a un repliegue confuso y convulso de los romanos perseguidos de cerca por la infantería y caballería cartaginesa. De nuevo, el desastre se cernía sobre otro ejército de Roma, cuando por el fondo del valle empezó a aparecer una larga columna de soldados avanzando a marchas forzadas, en perfecta formación, preparados para entrar en combate.

Aníbal observaba la batalla junto a sus generales. Todo marchaba según lo planeado, cuando nuevas tropas entraron en el valle. Al principio eran unas columnas de lo que parecía ser infantería ligera romana, pero al poco tiempo quedó dibujada sobre el extremo de la llanura la formación inconfundible de una, no, de dos legiones romanas más. Fabio entraba en acción acudiendo en auxilio de su colega en el mando. Aquello no entraba en los planes del general cartaginés.

—Nos retiramos —ordenó Aníbal.

Sus oficiales le miraron dudando.

—Nos retiramos, he dicho. Hemos diseñado un plan para derrotar a dos legiones no a cuatro. Nos retiramos.

Y sin esperar más, subió al caballo que le proporcionó un soldado y, junto con su guardia, se dirigió a Geronium, a la espera de la llegada de sus tropas.

Quinto Fabio Máximo paseaba acompañado de Catón. Atardecía y los últimos rayos del sol proyectaban infinitas sombras sobre aquel valle repleto de cadáveres y heridos. Cada ejército había perdido miles de hombres. Aún no tenían claras las cantidades exactas de muertos entre los legionarios ni de los caídos entre las filas del enemigo, pero al menos habían conseguido lo más cercano a una victoria, ya que el general cartaginés había optado por retirarse. Fabio Máximo había disfrutado con la sumisión de Minucio Rufo en su tienda, tras el desastroso combate que aquél había iniciado, rogando disculpas por sus desprecios anteriores y agradeciendo la intervención de Fabio para salvar a sus tropas y a él mismo de una muerte segura. Fabio había saboreado aquel dulce momento de victoria con avidez pero con el agrio conocimiento de saber que aquél era sólo un pequeño sorbo de lo que había ansiado para sí y los suyos. Contemplando los cadáveres desmenuzados sobre la tierra comprendió que, si bien aquel día había logrado una importante victoria, en el conjunto de las cosas su gran estrategia había fracasado. Sí, había conseguido varias victorias: había salvado su nombre y su prestigio con la venta de sus fincas para liberar a los prisioneros de anteriores batallas y había conseguido dejar claro que su forma de conducirse en la guerra no era incorrecta si se consideraba el desastre del ataque de Minucio, recién investido con el grado de codictador. Sin embargo, aun con el prestigio militar intacto, sus opiniones eran contestadas en el Senado y, por encima de todo, la guerra se alargaba más allá de sus designios. Todo tendría que haber concluido en aquel desfiladero de Casilinum de donde el cartaginés se le había escapado de entre la punta de los dedos. Aquél había sido el momento clave cuando la combinación de la noche, unos bueyes asustados y la inteligencia de aquel enemigo que se apuntaba ya como casi indestructible habían dado al traste con los designios de su gran plan: crear una guerra que fuera más allá de las guerras en las que hasta entonces había combatido Roma para que Roma, presa del pánico y el terror absolutos, temiendo por su propia existencia, recuperara la antigua tradición de la dictadura y, desde ese poder, poner él fin a aquel temor y de esa forma conseguir el dominio absoluto sobre el Senado, sobre Roma, sobre el mundo. Había sido un buen plan, una estrategia bien diseñada hasta que algo falló: Aníbal. A partir de ese momento, se daba cuenta, todo era posible y eso implicaba no sólo que pudiera no vencerse, sino que se pudiera caer en la más absoluta de las derrotas. Los legionarios a su alrededor, sus oficiales, Minucio Rufo, los senadores que recibían las noticias a esas horas, a través de los mensajeros, de la gran victoria de aquel día, todos estaban alegres, esperanzados. Fabio sintió la angustia de saberse solo en la clarividencia de sus augurios: Roma estaba al borde de su destrucción, aunque nadie más lo supiera. Sólo quedaba por saber el nombre del loco que capitanearía aquella ciudad hacia su naufragio definitivo.

LIBRO V

LA MAYOR DE LAS DERROTAS

Vincere scis, Hannibal, victoria uti nescis.

[Sabes vencer, Aníbal, pero no sabes aprovecharte de la victoria.]

LIVIO, 22, 51, 4.

Frase que Maharbal dirige como reproche al gran general cartaginés.

59

El mayor ejército de Roma

Roma, primavera del 216 a.C.

Emilia, junto con gran número de familiares y amigos, se acercó hasta el Campo de Marte para despedir a las legiones que marchaban para terminar, en esta ocasión de una vez por todas, la guerra con Aníbal. El Senado había aprobado la decisión, propia de tiempos de emergencia, de incrementar el número de soldados por legión de cuatro mil a cinco mil. Y no sólo eso, sino que se había acordado proporcionar a los nuevos cónsules de aquel año, Terencio Varrón y Emilio Paulo, que al final accedió a presentar su candidatura según le habían pedido amigos y clientes, no dos legiones a cada uno, sino el doble: de forma completamente inédita en la historia de Roma, en aquel año del 216 a.C. se reclutaron hasta ocho legiones de cinco mil legionarios, a las que se completó con trescientos jinetes cada una, más las fuerzas aliadas y su propia caballería, hasta crear así el mayor ejército que nunca antes Roma había puesto en marcha: una inmensa fuerza armada de ochenta y siete mil hombres, el mayor ejército en la historia conocida por los romanos. Los cartagineses disponían tan sólo de entre cuarenta y cincuenta mil hombres, según todos los informes de exploradores y espías cotejados por el Senado.

Emilia había tomado posición en una ladera del Campo de Marte y desde allí observaba cómo las tropas desfilaban abandonando la ciudad para salir al encuentro de los cartagineses. Roma estaba henchida de orgullo y la joven Emilia compartía aquella sensación de forma especial: su padre era uno de los cónsules al mando y su prometido, un joven y apuesto recién nombrado tribuno incorporado al servicio en una de las legiones de su padre; pero no todo era satisfacción en el corazón de Emilia. Ajena a la desmedida confianza que los romanos ponían en aquel nuevo ejército, la joven sentía en su estómago la desagradable tenaza del miedo. Su padre y su prometido iban a la guerra, de nuevo. No temía tanto por su padre, al que había visto ir y venir en tantas ocasiones regresando siempre victorioso, como cuando venció en la guerra de Iliria, pero su querido Publio era tan audaz y estaba tan deseoso de cumplir con honor su cometido como tribuno de la legión que, pensaba Emilia, no dudaría en poner en peligro su propia vida si el deber lo requería, como ya hiciera en Tesino para salvar a su padre y detener a Aníbal. Emilia no quería para nada que su joven prometido cometiera una cobardía, pero su corazón dictaba deseos que iban contra la razón y la patria.

—Lo siento —se había confesado ante su padre aquella misma mañana—, sé que es impropio de la hija de un cónsul de Roma comportase así, pero es que... la verdad...

—La verdad —le ayudó su padre— es que quieres mucho a ese joven de los Escipiones, ¿no es así?

Emilia asintió, mirando al suelo, avergonzada. Acababa de pedirle a su padre que protegiera a su prometido y que evitara que pusiera en peligro su vida.

—Hija, escúchame bien. No hay que avergonzarse por querer de esa forma. Y pedir protección para un ser querido a tu padre no es indigno. No te puedo prometer que el joven Publio Cornelio no entre en combate, pues a eso vamos, pero te prometo una cosa, hija mía: ese joven que tanto te preocupa volverá sano y salvo a Roma. Volverá.

Emilia levantó su rostro y miró con ojos llorosos a su progenitor. Su padre había hablado con tanta seguridad que parecía absurdo ya hasta tener miedo por Publio. Su padre siempre había cumplido sus promesas.

Ahora, no obstante, asistiendo al desfile de las tropas desde aquella ladera, rodeada de las sonrisas y la seguridad de sus familiares y amigos, se dio cuenta de que se había pasado toda la mañana hablando con su padre sobre la seguridad de Publio y que había olvidado decirle que también se cuidara él, que también lo quería con locura, que sin él ella estaría como muerta. Estiró el cuello, porque los vítores de la gente anunciaban la proximidad de uno de los cónsules. En la lejanía, envuelto en una muchedumbre de decenas de miles de personas, acertó a ver la elegante figura de su padre caminando al frente de las legiones.

Emilio Paulo hizo llamar a dos tribunos para que le acompañaran durante la marcha de las legiones. En unos minutos el joven Publio y Cayo Lelio aparecieron y coordinaron su paso con el del cónsul para escuchar lo que el general en jefe tenía que comentarles sin detener el avance de las tropas.

—Fabio Máximo vino ayer a mi casa, por la noche —empezó el cónsul. Publio y Lelio, atentos, miraron a Emilio Paulo. Éste prosiguió con su relato.

—¿Os sorprende? A mí no tanto, no tanto. Estaba preocupado, por Terencio Varrón. Terencio le preocupa sobremanera y cuando algo pone nervioso a Fabio, éste no duda en dirigirse a quien considera oportuno. Así es Fabio: puede hacer el vacío a alguien durante meses o incluso atacarte en el Senado, pero en un instante, si necesita tu cooperación, se dirige a ti como si nunca hubiera cruzado una mala palabra contigo. Así es. Por mí que los dioses lo confundan, pero ayer estaba realmente tenso. «Emilio Paulo», me dijo, «cuídate de su ambición; sé que la gente detesta mi estrategia prudente, pero es la única que realmente se ha mostrado como efectiva; me dirijo a ti, Emilio Paulo, porque sé que tu experiencia puede ver más allá de nuestros enfrentamientos pasados; apelo a tu conciencia para que influyas este año en el ejército y sosiegues el alocado ánimo de Varrón. Temo un desastre». Y se fue.

—Sí, es extraña esa visita en mitad de la noche para comentar algo así —dijo Lelio.

—Más extraña es su preocupación —añadió Publio—, yo no he tratado mucho con Fabio Máximo, pero mi padre sí y no recuerdo que nunca le viera nervioso o preocupado.

—Exacto, exacto —se apresuró a intervenir Emilio Paulo—, lo que dices es muy adecuado; tu padre no te comentó que Fabio Máximo estuviera nervioso porque nunca lo ha estado, bueno, quizá... —dudó unos segundos, meditando, rememorando el pasado— sí, quizá cuando fuimos a Cartago, aquella embajada, ante la airada respuesta de los senadores cartagineses, todo ese griterío de voces a favor de la guerra; allí, diría yo, se sintió, me pareció detectarlo, incómodo, al menos incómodo, algo confuso quizá. Y aquella expresión la volví a ver ayer plasmada en sus ojos. Sí, era algo más: Fabio tenía miedo.

El silencio se apoderó de los tres. El paso rítmico de las legiones, en un avance acompasado de miles de soldados, generaba un poderoso estruendo, como un lento y constante bramido que ascendía por las laderas de las colinas de las afueras de Roma. Publio meditaba, al tiempo que avanzaba manteniendo el paso con el cónsul y su amigo Lelio. Era extraño aquel temor en un hombre como Fabio Máximo. Recordó entonces que una vez su padre le comentó que Fabio Máximo, además de senador, de cónsul y de dictador era *augur*, *augur* permanente: podía predecir el futuro. Eso añadía una dimensión adicional a su persona que acrecentaba el pavor que sentían por el anciano senador muchos de sus enemigos. ¿Habría visto algo Fabio Máximo en el futuro tan peligroso como para advertir a Emilio Paulo, uno de sus enemigos en el Senado? Publio echaba de menos a su padre. Emilio Paulo habló como si leyera los pensamientos de su joven tribuno.

—Lástima que Marte haya alejado a tu padre de nosotros. Su consejo hoy nos sería de gran valor.

—En todo caso —comentó Lelio—, tenemos ocho legiones y todas las tropas aliadas; éste es el mayor ejército del mundo. Yo creo que es Aníbal el que debe tener miedo, no nosotros. Es él el que está en territorio enemigo y cada vez con menos suministros. Algo de razón tenía Fabio en alargar la guerra, pero seguramente haya llegado el momento de poner fin a esta locura.

Emilio Paulo le miró sin decir nada y luego volvió sus ojos hacia el horizonte, hacia donde se encontraban las legiones bajo el mando de Terencio Varrón, que habían partido unas horas antes de la ciudad.

—Eso mismo creo que piensa Varrón —dijo el viejo cónsul—. La cuestión es saber si ya es el momento adecuado para terminar con Aníbal o si aún es pronto.

—Yo creo que la fruta está madura —insistió Lelio.

—¿Y tú, Publio? —preguntó el cónsul—. ¿Qué piensa nuestro tribuno más joven?

—Yo creo que si Fabio duda, debemos ser cautos. Recelo de su consejo, pero recelo aún más de ese general cartaginés. Aunque tengamos un ejército superior en número, creo que debemos ser cautos.

Emilio Paulo asintió con decisión.

—Te pareces cada vez más a tu padre —comentó—; seremos precavidos.

Publio sintió un profundo orgullo deslizándose por sus venas. Su mayor aspiración en la vida era aproximarse, al menos un poco, al gran prestigio y dignidad de su padre y, si fuera posible, al conocido valor de su tío en el campo de batalla. Las palabras de Emilio Paulo le hicieron sentir bien y, por unos minutos, la figura del temible general cartaginés quedó desdibujada entre los pensamientos más agradables de su mente.

60

Cannae

Apulia, verano del 216 a.C.

Abrigado por la noche, un hombre mayor, encorvado, vestido con una larga túnica gris de lana y cubierto su rostro por una capucha del mismo color, buscaba algo que comer entre los desperdicios que un grupo de soldados del ejército de Aníbal acababa de echar por encima de la empalizada del campamento. No era una pared alta, pues aquél no era un emplazamiento fijo para las tropas. Todos aguardaban la decisión del general. Roma enviaba un nuevo ejército contra ellos, uno más grande, más fuerte, se decía. Los soldados hablaban del futuro, del presente, de los problemas que les acuciaban. Unos centinelas iberos conversaban cerca de donde el viejo revolvía entre la basura. Los guardias llevaban túnicas blancas sucias, manchadas de sangre y espadas de doble filo terminadas en punta. Estaban tranquilos y un viejo carcamal muerto de hambre no era motivo de preocupación. No era extraño ver a niños o ancianos vagando cerca de los campamentos en busca de algo de comer. La guerra había llevado la devastación a toda la parte norte de Apulia y la devastación había conducido al hambre. También se acercaban mujeres al campamento. Éstas, si eran guapas y satisfacían a los centinelas, podían volver a sus casas con comida. Los niños podían mover a pena o ser rápidos y deslizarse en la noche y, a riesgo de su vida, escapar con algún pequeño trofeo: un trozo de carne, un pequeño saco de grano, unas verduras. Los ancianos, por el contrario, no tenían nada que ofrecer ni tenían ya la agilidad suficiente en sus piernas para poder robar. Sus flácidos músculos sólo les permitían remover la basura en busca de un resto comestible. Los guardias hablaban a pocos metros de aquel anciano arrodillado entre los desechos del rancho del ejército africano, en un dialecto de su tierra, en el que se refugiaban para no ser entendidos por los que los rodeaban ya que, quizá con la excepción de Aníbal y alguno de sus oficiales, nadie que no fuera de su tierra podía entenderlos.

—A los galos tampoco les han pagado.

—Sí. Lo sé. Ya son varias semanas.

—Y cada vez hay menos comida.

—Yo tengo hambre. Me comería a ese viejo si no es por lo seca que debe de ser su carne.

Rieron. El viejo no se inmutó por aquel comentario en una lengua ibera que debía de ser desconocida para él.

—Si esto sigue así —continuó el primero de los centinelas—, muchos piensan ya en pasarse a los romanos.

—¿Desertar?

—Llámalo como quieras. Yo lo llamo comer y sobrevivir.

El otro centinela asintió despacio. Vinieron entonces unos segundos de silencio.

—¿Y el viejo? —preguntó uno de los guardias.

—No sé.

Ambos miraron a su alrededor. El anciano se había desvanecido entre las sombras. No se preocuparon. Habría huido hacia los árboles con algo de basura o, más probablemente, sin nada, con su hambre a cuestas, hasta llegar a un claro del bosque donde sentarse y terminar muriendo a solas. Los guardias debían decidir si desertaban o, mejor dicho, cuándo lo harían. El ejército romano se aproximaba. No quedaba mucho tiempo y los víveres escaseaban. Muchas habían sido las promesas del general cartaginés cuando los trajo a aquel país y, si bien al principio las promesas se cumplían, el último año había traído pocas victorias y menos recursos y ellos no eran hombres pacientes.

Un anciano cubierto de una larga túnica gris, con una capa por encima de la cabeza ocultando su rostro, se alejó de la empalizada del campamento cartaginés rumbo al bosque cercano. Una vez difuminada su figura entre los primeros árboles, irguió su cuerpo hasta alcanzar casi su metro ochenta de estatura. Se estiró despacio, sin prisa alguna e inspiró con profundidad. La conversación que acababa de escuchar aún resonaba en sus oídos pero no le había hecho cambiar sus planes. Una vez henchidos sus pulmones de aire limpio, frondoso, verde, procedente de aquel bosque, desplegó sus brazos dejando caer la túnica. Bajo la luz del tenue sol que podía penetrar las copas de los árboles se distinguía un uniforme militar limpio, claro, sencillo, de oficial, de alto mando, pero sin alharacas ni adornos extraños. Sólo una serie de anillos en sus dedos proclamaban una distinción poco frecuente, pero difícil de ubicar para cualquier desconocido. Era un oficial cartaginés en medio de un mundo en guerra. Un extranjero en territorio enemigo que, no obstante, se movía con sorprendente calma. Una vez desprendido de su túnica, paseó por el bosque hasta encontrar un claro. Allí, acariciado por los rayos del sol naciente se sentó junto a un árbol y meditó durante media hora, en paz, en sosiego, pero con profunda intensidad. Debía tomar decisiones trascendentes en su vida, en aquella guerra y, sin saberlo aún, en la historia de la humanidad. Los mercenarios de Iberia estaban a punto de la rebelión y Roma lanzaba el mayor ejército de su historia contra los suyos. ¿Qué hacer? Eran momentos como aquél cuando echaba más en falta a su padre. Si estuviera él allí acudiría como cuando era niño, a refugio de su sombra a preguntar, «¿padre, qué debo hacer?, ¿padre, cuál es la mejor solución?». Pero el cuerpo de su padre fue enterrado junto a un largo río en Iberia y ya no estaba allí para preguntarle. Una sensación densa de desazón recorrió su piel incrementando el frío del rocío de la madrugada.

El oficial cartaginés se alzó y salió de aquel claro del bosque para, cruzando dos espesas hileras de árboles, emerger próximo a la empalizada del campamento del ejército africano en Apulia. Llegado junto a la puerta principal saludó a los centinelas africanos allí apostados y éstos devolvieron aquel saludo con una posición de firmes, ajustándose los cascos bien rectos sobre la cabeza, nerviosos, tensos, intentando aparentar que tenían bien controlado aquel puesto de vigilancia. El oficial se adentró en el campamento. La mayoría de los soldados se ponían en pie cuando veían a aquel oficial cruzando entre las hileras de tiendas que conformaban las grandes avenidas de aquella fortificación provisional. Así paseó aquel cartaginés hasta alcanzar el centro neurálgico de aquel campamento: la tienda del general en jefe. Ante ella, varios soldados veteranos de las guerras de Iberia, los Alpes, la Galia Cisalpina y las campañas en Italia vigilaban en pie, armados, despiertos, preparados ante cualquier eventualidad gracias a su disciplina y su perfecta rotación en las guardias. Aquel oficial cartaginés se acercó hasta la misma puerta de la tienda sin ser molestado por ninguno de los centinelas veteranos y, cuando alcanzó la mismísima entrada de la tienda de Aníbal, uno de los guardias de la puerta dejó su lanza rápidamente en el suelo y con sus manos plegó la tela que daba acceso al recinto. El oficial asintió con un saludo y entró en la tienda. En el interior Maharbal y Magón le esperaban.

—Os saludo —dijo el oficial cartaginés al entrar.

Los dos generales le recibieron en silencio hasta que Maharbal se atrevió a expresar con sinceridad lo que pensaba.

—No deberíais pasear a solas al amanecer por el campamento.

—Lo sé —dijo Aníbal—, pero como general en jefe del ejército cartaginés expedicionario en Italia soy yo quien decide qué debo hacer y qué no, a no ser que sea ahora Maharbal quien decida qué debe hacer Aníbal y qué no. Hasta ahora pensaba que sólo el Senado de Cartago tenía la potestad para limitar mis movimientos.

Maharbal agachó la cabeza, pero formuló al menos, aunque fuera mirando al suelo, una tímida respuesta.

—Ya sabéis que no es eso lo que deseo decir. Me preocupa vuestra seguridad. Vuestra vida es nuestro salvoconducto en estas tierras y en esta guerra. Nos preocupa que os pase algo y son muchos los enemigos y muchas las artes que está dispuesta a utilizar Roma para terminar con vuestra vida. No veo razonable que os paseéis a solas por el campamento. Es lo que pienso.

—Los soldados africanos me respetan —respondió Aníbal, firme, seguro, retador.

—Lo sé —prosiguió Maharbal mirando al suelo mientras Magón, el hermano menor de Aníbal, contemplaba la escena en silencio—, pero hay muchos mercenarios, y los iberos y galos no están contentos. Hay que ser precavido.

Aníbal asintió lentamente y se sentó en una silla en el centro de la tienda. En Hispania se casó con una joven princesa ibera, Imilce, para asegurarse la lealtad de aquellos guerreros pero decidió no traerla consigo a su campaña de Italia. Cuando partió de Hispania no consideró necesario traerse a su joven esposa. Ahora, con la perspectiva que da el tiempo, se percataba de que quizá aquélla no había sido la decisión más inteligente, pero ya era tarde para lamentarse. Tendría que pensar en otras fórmulas para asegurar la disciplina de las tropas iberas.

—Vamos a Cannae. Atacaremos aquel fortín. Salimos mañana —concluyó Aníbal.

Maharbal y Magón se miraron, volvieron sus rostros hacia su general en jefe que había cerrado su ojo derecho, el otro permanecía semicerrado, herido, al haber perdido la visión en los pantanos del norte; asintieron y, sin esperar más aclaraciones, que sabían que no iban a recibir, salieron de la tienda y, una vez fuera, debatieron entre ellos cómo sería mejor trasladar las órdenes oportunas a los cuarenta mil soldados de aquel ejército para marchar hacia Cannae. Ambos sabían que allí había víveres, grano y alimentos en gran cantidad acumulados por el ejército consular romano. Acordaron que sería bueno extender ese rumor para motivar a los mercenarios.

Aníbal, mientras, permanecía en su tienda. En su mente aún escuchaba cada palabra de los mercenarios iberos: estaban a punto de desertar y Roma se acercaba con ocho legiones. Lo lógico sería abandonar, lo genial sería atacar. Se levantó, cogió un ánfora de vino de una estantería junto a una de las paredes de tela de la tienda y un vaso. Podría llamar a un esclavo para que le sirviera, pero estimaba más estar a solas. Llevó ambos junto a la mesa en el centro del recinto. Escanció vino. Bebió en silencio, contemplando un mapa del centro-sur de Italia donde se detallaban las principales ciudades de Apulia, el Samnium y Campania. Observó la posición de Cannae y la de Roma. Calculó la ruta de las ocho legiones visualmente sobre el plano y mentalmente cuantificó las fuerzas romanas y las suyas. Roma dispondría de unos ochenta mil hombres, entre las ocho legiones y las tropas aliadas. Él sólo tendría la mitad. Era el final de su expedición en Italia. O no. Escanció una segunda copa de vino. Cannae. Suministros y víveres. Los mercenarios estarían agradecidos aunque dubitativos. Los romanos venían con dos nuevos cónsules. Uno cauto, otro atrevido, según los informes de los espías. Se turnarían en el mando. Como en Tesino. Era un enfrentamiento incierto. Sobre el papel favorable a Roma. En su mente no tan claro, no tan claro. Difícil. Habría que ver el viento, la luz del sol, la caballería, sus veteranos, la división en el mando romano. Cada variable era una posibilidad, cada posibilidad una incertidumbre, cada incertidumbre una oportunidad. Aníbal bebió a solas aquel amanecer. No llamó a ninguna esclava aunque empezó a sentir ganas de yacer con una mujer. Tenía que decidir el curso de la historia. Apartó el nuevo vaso de vino que acababa de servirse. Necesitaba la mente despejada.

Pasó el día y llegó la noche. El campamento cartaginés quedó desierto. Sólo los rescoldos de las hogueras brillaban en la madrugada.

Los exploradores romanos se arrastraban por el suelo húmedo arropados por la oscuridad de las últimas horas nocturnas. Aníbal se había ido. Retornaron a sus caballos y en una hora los dos cónsules recibieron la noticia de la marcha del general cartaginés.

—¡Es una huida! —declaró Varrón a viva voz.

—Se han marchado —aclaró Emilio Paulo—, el motivo y la estrategia están por determinar.

Con desdén Terencio Varrón desechó el comentario de su colega y se dirigió a los tribunos allí congregados, entre ellos el joven Publio y Cayo Lelio, que asistían como testigos privilegiados a aquel debate. En la mente de Publio la escena le traía a la memoria la discusión entre su propio padre y Sempronio Longo previa al desastre de Trebia.

—Romanos, los cartagineses huyen ante nuestra sola presencia —la voz de Varrón se dejaba oír con fuerza y arrastraba las voluntades por el potente vigor que rezumaba persuasión—. Nuestro ejército es demasiado poderoso para el enemigo. El propio Aníbal lo reconoce dejando Geronium y poniendo rumbo al sur hacia el interior de Apulia. Y yo digo: éste es el momento de terminar con el invasor. ¡Persigamos a los cartagineses sin tregua! ¡Acabemos con los enemigos de Roma!

Se oyeron vítores de algunos soldados. Los tribunos permanecieron en un más controlado silencio para no contrariar al otro cónsul al mando, pero estaba claro que sus rostros denotaban impaciencia por la prolongada espera a la que estaba siendo sometido aquel gran ejército y en general una gran coincidencia con las ideas expresadas por Terencio Varrón.

Era el turno de Emilio Paulo. Hacia él se volcaron todas las miradas. El joven Publio pensó en hablar para apoyar la estrategia más prudente del viejo cónsul, pero ¿quién iba a hacer caso de un joven tribuno de tan sólo diecinueve años? Abriendo la boca podría quizá causar más daño a quien quería ayudar. Emilio Paulo, al fin, formuló una respuesta.

—No considero oportuno seguir a Aníbal sin antes delimitar el fin de su estrategia, pero ya que mi otro colega al mando estima lo contrario y no teniendo yo tampoco en mi mano un argumento preciso para oponerme, acepto que el ejército de Roma siga al cartaginés, pero sin entrar en batalla campal.

Las últimas palabras de Emilio Paulo apenas llegaron a oídos de los tribunos, ya que los gritos de muchos soldados, festejando el levantamiento del campamento actual y la actitud de Varrón con sus brazos en alto y sus rápidas órdenes a los tribunos de su mayor confianza para ponerse en marcha apagaron la bien modulada voz del viejo cónsul. Pronto la mayoría marchó; Publio vio cómo Emilio Paulo se sentaba en una silla frente a la puerta de su tienda mientras un esclavo le traía agua. El joven Escipión se acercó.

—Ya ves, muchacho —le comentó Emilio Paulo—, el ejército está deseoso de entrar en combate con quien no ha hecho sino derrotarnos una y otra vez.

Publio pensó en Tesino, Trebia, Trasimeno y, sin embargo, estaba la victoria de Fabio cuando ayudó a Minucio Rufo a escapar del ataque del cartaginés; pero Emilio Paulo prosiguió con su costumbre de aparentemente leer el pensamiento de su joven oficial.

—Y lo de Fabio cuenta poco —se anticipaba el viejo senador—, una *victoria pírrica*, más bien una retirada estratégica de Aníbal. Si algo he aprendido de ese hombre es que ha sido él siempre el que ha elegido el terreno para combatir y las fuerzas que había en lucha en cada una de sus grandes victorias. La entrada de Fabio aquel día no la tenía planeada y ante la duda se retiró. El propio Fabio corrobora esta certeza mía con sus propios consejos: siendo él el único que hasta la fecha ha causado una cierta leve derrota a Aníbal es el primero en promulgar la estrategia de la prudencia y el tiento. Terencio nos lleva a donde sólo los dioses saben. Y los augures que he consultado se contradicen. Unos piensan que este ejército es invencible y otros temen lo peor. Estamos en manos de Terencio.

Publio quería expresar su apoyo al viejo cónsul, pero no sabía qué podía decir que animara al senador.

—En fin, en una hora partimos hacia Apulia. Escucha, Publio, si entramos en combate, sigue mis órdenes en todo momento, es importante.

—Así lo haré.

Emilio Paulo se quedó unos segundos contemplando al joven tribuno.

—¿Qué edad tienes, muchacho?

—Diecinueve años, mi cónsul.

—Diecinueve años y ya tribuno —el cónsul sonrió complacido—; mi hija es lista, muy lista, para lo bueno y lo malo; quedas advertido, mi joven amigo. —Y sin decir más, Emilio Paulo se alejó dejando al joven Publio entre orgulloso y confuso.

Dos soldados romanos jugaban a los dados. Era una madrugada cálida de verano y habían dejado sus capas de abrigo junto al fuego que habían encendido más por tener una luz que por calentarse. De hecho la sensación de frescor de la brisa del amanecer junto con el rocío sobre la piel desnuda de sus brazos y piernas era gratificante.

—Te toca —dijo uno de los soldados y le pasó al otro los dados. Había algunas monedas de plata sobre el suelo. Estaban apostando fuerte, absorbidos por la partida.

A su alrededor se veían unos muros semiderruidos: las murallas de la fortaleza de Cannae. Paredes desvencijadas, agrietadas y quebrantadas en multitud de lugares. Cannae había sido asediada, había resistido, caído, vuelto a ser asediada y vuelto a caer hasta quedar en ruinas. Representaba el ejemplo más claro de lo que estaba suponiendo la guerra para amplias regiones del territorio itálico. Su posición, no obstante, seguía siendo privilegiada, en lo alto de una colina desde la que se dominaba un amplio valle donde solía crecer el trigo, aunque la guerra no había permitido cultivar las tierras el año anterior. Sin siembra, el valle había quedado transformado en un inmenso tórrido mar de tierra y polvo durante los meses del asfixiante estío. Por ello, los ejércitos consulares del año anterior habían hecho acopio de provisiones en las regiones más al sur y las habían acumulado en el fortín de Cannae para así disponer de víveres en aquel territorio antaño fértil y ahora baldío por la guerra. De esta forma, junto a los muros en ruina se acumulaban centenares de sacos de grano, ánforas de vino y aceite y cántaros con agua, sal, frutos secos y miel. Todo lo necesario para abastecer a un gran ejército durante varias semanas, quizá meses, de lucha en aquella guerra que ya se prolongaba durante dos años.

Los dos soldados seguían enzarzados en su partida. Por fuera, alrededor del muro, pequeños grupos de legionarios patrullaban bordeando las murallas. Aún no habían tenido tiempo de levantar las empalizadas necesarias para hacer fuerte su posición en aquel lugar. El final de la dictadura de Fabio, las dudas de los cónsules del año anterior y las órdenes del Senado pidiendo que se defendiera la derruida fortaleza de Cannae hasta la llegada de los nuevos cónsules con las nuevas legiones, habían mantenido la guarnición en cierta indeterminación, sin saber si debían partir rápidamente con todos los víveres o bien fortalecerse en aquella fortificación en ruinas.

Aún era de noche cuando uno de los legionarios pensó que había visto algo entre las sombras de las rocas que rodeaban Cannae. Dudaba en avisar al oficial al mando de la patrulla, cuando se dio cuenta de que no podía hablar. Luego llegó el dolor. Cayó al suelo viendo cómo sus compañeros de guardia seguían una suerte similar. Caían dardos, decenas de ellos desde el cielo oscuro. Pensó en su familia y, con los ojos abiertos, dejó de respirar. En unos segundos treinta hombres desnudos, el cuerpo pintado de azul, armados con espadas y dagas, gateaban por el suelo, concluyendo con el filo de sus armas lo que los dardos habían iniciado. Con su destreza consiguieron que no hubiera mucho más que aullidos apagados de sufrimiento y sorpresa. Ascendieron a continuación un centenar de iberos con túnicas blancas y púrpuras tornadas en gris por el polvo de Cannae. Dejaron a los galos terminando su sangrienta tarea de concluir con las vidas de la patrulla romana y alcanzaron las murallas de la fortaleza. Habían seleccionado un entrante amplio, no bien guarnecido y por él se introdujeron en el fortín. Sólo entonces, al ver a los iberos campando a sus anchas en el interior de Cannae, se dio la voz de alarma entre los defensores, pero para ese momento, varios miles de iberos y galos rodeaban ya la colina de aquella ciudadela.

Fue una madrugada sangrienta.

Salió el sol.

Aníbal paseaba rodeado por sus hombres de confianza, aguerridos veteranos de África, por una fortaleza en ruinas, cubierta de cadáveres. Los mercenarios estaban satisfechos: los veía repartiéndose sacos de grano y ánforas de vino. Que beban, pensó. Había sido todo rápido y quedaba tiempo hasta la llegada de las legiones romanas de Emilio Paulo y Terencio Varrón. Aníbal tropezó con lo que pensó eran unas pequeñas piedras, resbaló y estuvo a punto de caer, pero haciendo alarde de unos extraordinarios reflejos para sus treinta y tres años, recuperó la vertical y maldijo en voz baja. Se agachó y cogió tres pequeños objetos: eran cuadrados por todas partes y tenían pequeños números romanos grabados en cada faz. Tenían algo de sangre fresca. Aníbal los contempló en silencio. Dados romanos. Miró a su derecha y vio los cuerpos de dos legionarios atravesados por flechas galas. La vida es una partida misteriosa, pensó el general, y se guardó los dados en el bolsillo. Caminó hasta el extremo sur de la fortaleza mientras a sus espaldas proseguía el reparto de víveres y bebida entre númidas, cartagineses, iberos y galos. Sus oficiales se ocupaban de mantener el orden en la operación intentando apaciguar ánimos y evitar peleas entre unos y otros. La fácil victoria y el amplio botín facilitaban aquella, en otras ocasiones, casi imposible tarea.

Aníbal miraba hacia el sur. Por allí debían venir las ocho legiones. Un ejército dos veces mayor que el suyo. Y todo de romanos y tropas aliadas. A sus espaldas sabía que tenía a mercenarios de muy diferente origen y de más dudosa lealtad. Los alimentos obtenidos en aquella escaramuza ayudarían a preservar la unión de sus tropas, pero ¿por cuánto tiempo? Examinó el valle polvoriento. La tierra sin labrar anunciaría la llegada de los romanos con tiempo suficiente para prepararse. Tanto polvo. ¿De dónde vendría el viento? Contempló despacio las laderas de las colinas que cercaban el valle.

Terencio Varrón encaraba a Emilio Paulo. Este último tenía el mando aquel día. Terencio estaba fuera de sí. Hacía días que habían acampado en Casilinum, desde cuyas fortificaciones se contemplaba la fortaleza de Cannae y tenían que presenciar cómo los cartagineses se repartían el botín de los víveres acumulados con gran esfuerzo y trabajo por parte del ejército romano del año anterior sin hacerles frente, sin hacer nada. Y además, las patrullas de aguadores romanos, cuando se acercaban al río próximo, el Aufidus, para aprovisionarse del líquido necesario para dar de beber a hombres y caballos, eran atacadas por la caballería númida sin que Emilio Paulo diera instrucciones más allá de proteger a las partidas de aguadores lo suficiente como para que realizasen su tarea sin devolver la provocación con expediciones de represalia que pudieran llevar a un enfrentamiento campal de los dos ejércitos al completo.

—¿Hasta cuándo hemos de parecernos a Fabio Máximo? —preguntaba Terencio sin mirar a su colega en el mando, sino dirigiéndose al gentío de legionarios que los rodeaba—. ¿Cuándo tendrá nuestro querido colega el ánimo de entrar en combate? —Y elevando el tono de voz—. ¿Para eso ha alistado Roma al mayor ejército de su historia, para que asista como niñas asustadas al espectáculo de su enemigo robándole la comida y el agua? ¿Somos legiones de Roma o pobres mujerzuelas aterrorizadas?

Emilio Paulo sabía que era difícil dar respuesta adecuada a la demagogia de su contrincante. Los legionarios se sentían seguros por su elevado número, por formar parte no de una ni dos ni cuatro, sino de hasta ocho legiones. Nunca antes se habían visto formando parte de una fuerza tan gigantesca. Nada podría detenerlos y menos el absurdo y cobarde desánimo de un cónsul viejo como Emilio Paulo. Éste sentía las miradas de desprecio de los legionarios y escuchaba los cada vez más frecuentes susurros entre dientes de los centuriones. Sólo contaba con el apoyo de sus tribunos de confianza, como el joven Publio, Cayo Lelio y algunos otros, y la coincidencia en valorar la cautela como la estrategia que se debía seguir de Servilio, uno de los cónsules del año anterior; pero era Terencio Varrón el que dominaba las almas del ejército y a quien los legionarios parecían estar más dispuestos a creer.

—Si no mandas atacar hoy, seré yo quien lo haga mañana —y con esa promesa Terencio se alejó arropado por sus tribunos, vitoreado por la gran mayoría de los legionarios que asistían interesados al enfrentamiento de sus cónsules.

Al día siguiente, fiel a su palabra, el cónsul Terencio Varrón ordenó que salieran las legiones y la caballería y que se dispusiesen en formación de combate en la llanura que se extendía entre Canusium y Cannae, entre el campamento general romano y las posiciones cartaginesas. Aníbal fue avisado en su tienda aquella mañana mientras aún yacía medio dormido sobre su lecho.

—Los romanos están sacando a su ejército —le informó Maharbal.

Aníbal se levantó con celeridad y mientras se ponía la coraza revisaba los planos que sus oficiales habían elaborado de la comarca. Maharbal indicó sobre uno de los mapas el lugar exacto en el que los romanos se estaban desplegando.

—¿Al sur del río? —preguntó Aníbal, pero no esperaba contestación, era como si hablase para sí mismo, por eso el asentimiento de su jefe de caballería quedó sin respuesta por parte del general en jefe. El general Himilcón y su hermano Magón entraron en ese momento. Ambos se acercaron a la mesa de los mapas.

—Que salga la infantería ligera —empezó a explicar Aníbal— y la caballería. Ocho mil infantes, pero toda la caballería. De momento reservaremos la infantería africana.

Las órdenes se transmitieron veloces y al cabo de unos minutos el cónsul Terencio Varrón llenó su rostro con una amplia sonrisa.

—Salen —dijo mirando a sus tribunos—, por Cástor y Pólux, las ratas cartaginesas salen de su madriguera. Que avancen las legiones.

La formación romana avanzó con *turmae* de caballería intercaladas entre los manípulos de las legiones. En medio del campo de batalla la infantería ligera cartaginesa entró en combate con los *vélites*. Los inexpertos legionarios apenas resistieron la primera acometida cartaginesa, pero Varrón ordenó que la infantería pesada de la retaguardia los sustituyese consiguiendo nivelar las fuerzas y, en poco tiempo, hacer que el fiel de la balanza se inclinase a su favor. Para ello contó con la ayuda de los lanzadores de jabalinas y la caballería. Los mercenarios cartagineses lucharon con fuerza, pero el poder de la infantería pesada de las legiones les hizo perder terreno y sólo la presencia de la inmensa caballería cartaginesa impidió el desastre absoluto. Algunos oficiales cartagineses solicitaron la salida de la infantería africana pesada, los más veteranos de las fuerzas expedicionarias, pero Aníbal se negó sin dar más explicaciones. En ese estado de cosas, el combate se convirtió en un repliegue continuo de las tropas cartaginesas, que resistían como podían la embestida de las legiones, hasta que, con la caída del sol, Aníbal ordenó la retirada completa y el refugio de todas sus fuerzas de a pie y a caballo en las fortificaciones de Cannae.

Terencio Varrón vio su victoria absoluta truncada por la llegada de la noche. Los dioses le eran esquivos, pero su orgullo crecía en su pecho.

—Sólo el descanso del sol nos ha privado de aniquilar al enemigo. Sólo han ganado un poco de tiempo. Mañana podremos rematar el trabajo.

Los romanos no se replegaron hacia Canusium sino que Varrón ordenó establecer el campamento general allí mismo, en el centro del valle, donde habían obligado a Aníbal a replegarse. Durante la noche los dos cónsules reavivaron el debate sobre la estrategia a seguir. Emilio Paulo seguía incómodo con aquella situación. Aníbal no había sacado a todas sus fuerzas, ¿por qué?

—¿Por qué el cartaginés no quiso combatir hoy con todo su ejército? —Emilio Paulo preguntaba a Varrón y los oficiales presentes. Una hoguera en el centro del espacio demarcado por las tiendas de los oficiales iluminaba la escena proyectando sombras temblorosas que se estiraban por el suelo en un extraño baile de siluetas negras.

—No es eso lo que debe preocuparnos —respondió Varrón visiblemente contrariado por la tozudez de su colega en el mando—, ¿qué me importa a mí lo que haga ese cartaginés? El caso es que hoy hemos sacado las legiones y se han tenido que refugiar. Todo confirma que debemos promover una batalla campal y combatir con todas nuestras fuerzas y así terminaremos con esta pesadilla que parece asustar tanto a nuestro colega en el mando.

Algunas risas apagadas se dejaron sentir entre los presentes. Emilio Paulo, con semblante adusto y serio, se dirigió a los que reían con tono firme y seco.

—Mañana me corresponde el mando y se actuará según mi parecer ya que todo acuerdo con mi colega resulta inútil.

Con esas palabras Emilio Paulo se retiró a su tienda seguido por el joven Publio, Cayo Lelio y el resto de los tribunos de su confianza.

Aníbal escuchaba el viento de la noche. Sabía que el día había dejado mal sabor de boca entre sus hombres y hasta entre sus generales más próximos, como su propio hermano pequeño o el mismísimo Maharbal. Una extraña batalla la de aquel día. Mañana tendría el mando Emilio Paulo. No habría combate, al menos generalizado, campal. Todo tendría que ocurrir, pues, pasado mañana. Quedaban cuarenta y ocho horas. El viento se deslizaba hacia el norte. El Volturno lo llamaban los habitantes de aquella región. Un viento fuerte en los días del estío, siempre hacia el norte. Hoy habían combatido al sur del río y el aire cogió de costado a ambos contendientes. Luego estaba el sol pero aquello resultaría demasiado obvio incluso para alguien tan impetuoso como el nuevo cónsul Varrón. No, debía ser más sutil. Lo que estaba claro es que debían conducir el enfrentamiento al otro lado del río, pero ¿cómo llevar allí al grueso del ejército romano? De momento, con relación al otro lado del río, los romanos sólo se habían limitado a establecer un pequeño campamento al norte del Aufidus pero de pocas tropas, diseñado sólo para dar apoyo a los aguadores de las legiones. Sí, miró entonces al suelo y luego al cielo lleno de estrellas en aquella noche cálida. Se luchará al norte, más aún, se combatirá hacia el norte, acariciados por aquella brisa. Eso era una parte, el principio, luego quedaba cómo concluir aquel enfrentamiento. Éstas podían ser sus últimas cuarenta y ocho horas en Italia, en el mundo, o el principio de todo y el fin de Roma. Aníbal sostenía entre sus dedos los dados con los que tropezó unos días antes. La vida y la muerte, una extraña partida. Pensó en tirar los dados al suelo y ver qué números salían, pero se lo pensó mejor y no lo hizo. ¿Superstición? ¿Miedo? Sacudió su cabeza y, paseando despacio por el campamento, protegido de cerca por un nutrido número de africanos que, a una respetuosa distancia, vigilaban por la seguridad de su general, se encaminó hacia su tienda.

Al día siguiente, Emilio Paulo confirmó sus dudas. Se sentía mal ubicado, en medio del valle. Los cartagineses lanzaban escaramuzas continuas contra las fuerzas del campamento romano de apoyo establecido al otro lado del río, amenazando la tarea de recogida de agua y humillando a los romanos en pequeños ataques, donde los jinetes cartagineses dejaban muertos a decenas de soldados que poco podían hacer para guarecerse de los rápidos embates africanos. Emilio Paulo dio orden de que un tercio, pero sólo un tercio de las tropas cruzara el río y fuera al norte para defender a los aguadores estableciéndose en el segundo campamento romano. La llegada de parte de las legiones al norte del Aufidus hizo que de nuevo los cartagineses, con la caída de la tarde, se replegaran después de rehuir con cuidado un enfrentamiento abierto con las tropas recién llegadas desde la orilla sur del río.

La noche llegó, pero esta vez no hubo debate entre los cónsules en el cuartel general. Varrón y Emilio Paulo no tenían nada que decirse; se limitarían a turnarse en el mando.

Amaneció el 3 de agosto del 216 antes de Cristo. Aníbal había dado orden de repartir un desayuno extraordinario entre sus hombres antes del alba, excepto en el caso de los jinetes númidas, a los que había hecho acostarse con la caída del sol y comer algo de madrugada. Cuando el sol despuntaba, los romanos establecidos al norte del río recibieron el ataque de toda la caballería númida con una inusitada fuerza y ansia de lucha. Las legiones allí establecidas consiguieron repeler el ataque pero ¿qué ocurriría si los cartagineses sacaban más tropas desde Cannae y las enviaban al norte del Aufidus? El cónsul Terencio Varrón, al mando del mayor ejército de Roma, ordenó que el resto de las legiones que aún permanecían al sur del río cruzasen el mismo, vadeando su cauce escaso en aquellos días del verano, acompañadas por toda la caballería.

Aníbal, desde lo alto de una de las semiderruidas torres de la fortaleza de Cannae, vio cómo con el alba todo el ejército romano cruzaba el río y se establecía al norte, desplegándose siguiendo el curso del mismo hacia el Adriático. Respiró hondamente. Al norte, por fin, están al norte. Lanzó entonces al aire, muy altos, los dados que guardaba entre sus dedos desde el día que conquistaran aquel fortín y los vio volar desplazándose ligeros hacia el norte empujados por la intensa y creciente brisa de aquella mañana. No se quedó para ver con qué números le favorecían —o no— los dioses. Lo que quería que le dijeran los dados ya se lo habían dicho al desplazarse varios metros hacia el norte navegando en el cielo empujados por el viento. Bajó de la torre donde le esperaban su hermano Magón, su jefe de caballería y el resto de los oficiales.

—Desplegamos las tropas. Formación de ataque según lo planeado, a lo largo del río, todos al norte del Aufidus. Hoy es el día. Un día grande, para bien o para mal. Y que Baal y el resto de los dioses estén con nosotros.

En lo alto de una de las torres de Cannae, tres dados apuntaban al cielo con tres seises.

Varrón dio orden de que todas las legiones menos una y sus correspondientes tropas aliadas partiesen hacia el norte del río. Dejaba en el campamento del sur unos once mil hombres de reserva con la misión de atacar el campamento cartaginés una vez éste quedara semivacío si Aníbal respondía por fin sacando también todas sus tropas para plantear una batalla en campo abierto. Quedaban otros tres mil hombres en el pequeño campamento de apoyo al norte del Aufidus.

Publio cruzó el río junto con Lelio entre las legiones que debían posicionarse en el centro de la formación. Estas legiones estarían bajo el mando de Servilio y Atilio, ambos cónsules del año anterior, el segundo en sustitución del malogrado Flaminio. Por su parte, Terencio Varrón quedaba al frente de la caballería aliada en el flanco izquierdo y Emilio Paulo al mando de la caballería romana en el flanco derecho. El sonido de las tubas y las voces de los oficiales se escuchó durante minutos mientras se establecía el despliegue completo de las tropas. Publio avanzó hasta las primeras filas de los manípulos desde donde pudo observar la infantería ligera de los *vélites* adelantada al resto de las tropas. Miró a ambos lados y observó cómo el ejército romano se extendía varios kilómetros en ambas direcciones. Hasta donde su mirada alcanzaba sólo se veían legionarios y más allá aún, fuera de su campo de visión, en sendos extremos de la interminable formación, sabía que estaban las *turmae* de la caballería aliada y romana. Miró entonces al frente. Ante el ejército de Roma Aníbal sacaba todas sus fuerzas de Cannae, que también cruzaban el pequeño río Aufidus. De esa forma el cartaginés iba a luchar de espaldas al curso del río. Era cierto que no era un gran río y que apenas llevaba agua y que no era invierno, sino agosto, de modo que, al contrario que en Trebia, el agua fresca del río era más un alivio que una dificultad. Pero le extrañaba que Aníbal, tan detallista en la elección de los enclaves para luchar, no hubiera tenido en cuenta aquello. Era como si quisiera poner a sus hombres una barrera que les impidiese retroceder, una señal inequívoca de la decisión de su líder: combatir hasta el final. ¿Y si ordenaba un repliegue? El río dificultaría la maniobrabilidad de sus tropas. ¿Por qué elegir ese sitio? Miró al cielo. No podía ser por tener el sol a sus espaldas, pues los romanos encaraban el sur, de modo que la luz del sol vendría para ambos por uno de los flancos sin menoscabar la visión a ninguno de los dos ejércitos. Había una suave brisa que a medida que amanecía y el cielo se poblaba de luz cobraba más intensidad.

—Es impresionante —comentó Lelio señalando al frente. Las tropas de Aníbal se habían desplegado ocupando la misma distancia que las romanas, casi tres kilómetros.

Publio asintió admirado por el poderío del cartaginés y la disciplina de sus tropas pese a estar compuestas de mercenarios de las más diversas regiones del mundo. En Tesino y en Trebia no hubo tiempo para apreciar el poder del enemigo.

Los cartagineses y sus aliados cruzaron el río en dos columnas, protegido el desplazamiento de los hombres por arqueros y lanzadores de jabalinas en la parte frontal, de modo que si los romanos decidían atacar antes de terminar el despliegue pudieran repeler la agresión con una lluvia de todo tipo de armas arrojadizas que diera tiempo a su propia infantería a reaccionar. No parecía dejar Aníbal mucho margen para la improvisación. Durante el despliegue cartaginés Publio continuó meditando sobre el río: vadeable sí, pero un obstáculo para todos, también para los propios romanos que, en caso de romper los flancos de la formación cartaginesa verían complicado atacar por la espalda a un enemigo que podría replegarse hacia el río. Después de todo, quizá aquella idea no fuera tan mala.

Una vez concluidas las maniobras de posicionamiento de las tropas, en el centro, justo enfrente de ellos, apenas a unos mil pasos se veía a hombres desnudos pintados con colores ocres, algunos azules y largas melenas, armados con gruesas espadas y lanzas; eran los galos que se habían unido a Aníbal desde su entrada en Italia; junto a ellos se veían los iberos vestidos con túnicas blancas y púrpuras blandiendo sus gladios de doble filo terminados en punta. Ambos grupos llevaban escudos y los golpeaban emitiendo un ensordecedor estruendo que surtía efecto en su objetivo de intimidar al enemigo. Publio miró hasta donde su vista se perdía buscando la caballería enemiga. En el horizonte observó los movimientos de grandes grupos a caballo que se establecían en las alas de la formación cartaginesa. Lo que no podía era discernir bien dónde se ubicaban los jinetes númidas y dónde los galos e iberos. Habían quedado con Emilio Paulo que éste les enviaría mensajeros con lo que ocurriera en su flanco para, de esa forma, estar comunicados durante la batalla. Al cabo de unos minutos, un joven centurión se acercó a Publio y Lelio con la información que anhelaban.

—Vengo desde la posición del cónsul Emilio Paulo —empezó el oficial—; es la caballería gala e ibera la que tienen enfrente. Unos ocho mil jinetes.

Lelio y Publio se miraron. Sabían lo que eso quería decir. El cónsul apenas contaba con dos mil cuatrocientos jinetes entre todas sus *turmae* de caballería.

—¿Se sabe algo del otro flanco? —preguntó Publio al centurión.

—Sí, dicen que son los númidas los que tiene frente a sí el cónsul Varrón, pero éstos son bastantes menos, unos dos mil, aunque es difícil de precisar ya que se mueven constantemente.

—Bien, centurión. Vuelve a tu posición.

El oficial se retiró por entre los manípulos de la infantería de regreso hacia la ubicación del cónsul que lo había enviado con aquel mensaje.

—Es imposible que el viejo aguante —comentó Lelio en referencia a Emilio Paulo.

—Es cierto —coincidió Publio—; pierde en una proporción de tres a uno y los galos e iberos son ya jinetes curtidos en muchas batallas. Ese flanco lo perderemos sin duda, sólo espero que el cónsul pueda replegarse a tiempo con las legiones.

—Varrón debería aguantar —añadió Lelio— eso nivelaría las cosas.

—Debería, tú lo dices, pero los númidas son los mejores guerreros a caballo que he visto nunca en combate; no tengo claro que Varrón sepa bien cómo combatirlos y, si perdemos ese otro flanco, nos quedaremos sin apoyo de la caballería. La batalla la tendremos que ganar aquí.

Nuevamente miró hacia el frente: galos e iberos agitaban los brazos con sus espadas en alto y en los extremos de la infantería estaban los soldados africanos, los más experimentados de Aníbal, los que habían luchado con él primero en Hispania y luego en toda su travesía por la Galia, los Alpes e Italia. Iban equipados con escudos, espadas, corazas y *pila* romanos, sustraídos a los cadáveres de las legiones arrasadas en Trebia y Trasimeno. De hecho, era difícil diferenciar aquellas tropas de las propias legiones de Roma. Excepto... Se veía que disponían de más espacio para cada soldado y más espacio entre líneas. Publio se volvió hacia sus tropas y observó que la orden de Varrón de invertir la configuración normal de los manípulos había hecho que los legionarios estuvieran mucho más agrupados de lo normal sin casi espacio para maniobrar. Como disponían de muchos más hombres, si se extendían en la formación clásica, varios miles de legionarios habrían quedado en las márgenes de la formación del ejército sin estar confrontados con las tropas de Aníbal, que eran la mitad en número. Varrón había ordenado que, en lugar de que cada manípulo tuviera dieciséis soldados al frente y diez filas de profundidad, que, de forma excepcional, aquel día, cada manípulo se constituyera con sólo diez soldados en cada fila con una profundidad de dieciséis filas. Eso daba mayor profundidad al inmenso ejército romano, y, en teoría, permitiría que todas las tropas entrasen en combate; sin embargo, Publio observaba cómo, una vez introducida esa modificación, el resultado final era un gigantesco apelotonamiento de hombres en una densa malla de soldados con apenas espacio para maniobrar. Sesenta y seis mil legionarios, no obstante, deseosos de entrar en combate imbuidos de las ansias de victoria transmitidas por Varrón y sus oficiales. Sí, concluyó Publio, tenían una gran superioridad numérica, pero eso no fue suficiente para los persas en Gaugamela frente a Alejandro.

El cónsul Terencio Varrón dio orden de que los *vélites* se pusieran en movimiento y entrasen en combate con la infantería ligera de Aníbal que también se encontraba avanzada. Así empezaron los primeros enfrentamientos de aquel largo día. Los guerreros más jóvenes de ambos bandos luchaban en pequeños grupos avanzando y retrocediendo alternativamente sin que ninguno de los dos bandos consiguiera vencer con claridad. Las posiciones de la infantería pesada se mantenían fijas hasta que Aníbal decidió terminar con aquellas escaramuzas y dar comienzo a la auténtica batalla.

El general cartaginés, al contrario que Terencio Varrón, que estaba en uno de los flancos con la caballería, se situó en el centro mismo de su ejército. Había confiado a su general Himilcón la caballería gala e ibera para que barriese a los jinetes romanos, mientras que a su hermano pequeño Magón lo retuvo consigo en el centro para tener a alguien de máxima confianza que le ayudase a dirigir las complicadas maniobras que había diseñado para con sólo treinta mil infantes enfrentarse a unas legiones romanas que le doblaban en número. A Maharbal le había mandado la misión más complicada: detener con sólo los dos mil númidas el avance de la caballería romana aliada al mando del cónsul Varrón. Sabía que Himilcón no tardaría en abrirse camino y no dudaba de que, si bien Maharbal pudiera ser que no consiguiera una victoria, era seguro que por allí no avanzaría Varrón con comodidad.

—¡Que avancen las falanges de galos e iberos! —dijo Aníbal; los había situado en el centro, entre otras muchas cosas porque desconfiaba de su lealtad y nada mejor que hacerles entrar en combate los primeros para asegurarse de que no huirían si las cosas se torcían.

Publio observó cómo las primeras líneas del centro de la formación cartaginesa avanzaban hacia ellos, sin embargo, la infantería africana de los extremos permanecía en sus posiciones. Aquello era extraño.

—¿Qué hacen? —preguntó Publio; pensaba que por su juventud aquél podía ser un movimiento que desconociera. Desde luego no estaba en ninguno de los volúmenes que había estudiado sobre estrategia militar y no era la forma en la que Aníbal había combatido en batallas anteriores.

—Ni idea —dijo Lelio, encogiéndose de hombros—; supongo que preserva parte de sus tropas como reserva. Sabe que le doblamos en número.

Pero la infantería gala e ibera avanzaba además de una forma peculiar, adelantándose más en el centro y menos en las alas, creando unas líneas de soldados curvas. Publio y Lelio, ubicados en la tercera legión, estaban no en el centro, sino hacia la derecha de la formación romana, de forma que cuando aquel avance galo-ibero adquirió la curva que trazaban en el campo de batalla, impedían la visión de lo que pasaba al otro lado de la llanura. Publio no podía verlo, pero intuía que Aníbal estaba dibujando una formación convexa cuyo diámetro en su parte inferior alcanzaría casi dos kilómetros, dejando en la base sendos grupos de infantería pesada africana sin moverse.

Varrón ordenó el avance del ejército romano. Publio y Lelio transmitieron las órdenes que llegaban del mando supremo del ejército a sus subordinados. Las legiones de Roma, en perfecta formación en línea recta, se adentraron en la llanura, pisando con sus decenas de miles de sandalias, pisadas que se unieron a los millares de los galos e iberos, contribuyendo todos con aquel movimiento de millares de hombres a levantar grandes nubes de polvo que despegaban de la tierra seca de aquel territorio sin siembra en medio de un caluroso verano. La brisa de la mañana se había transformado en un intenso viento que ascendía desde el sureste hacia el noroeste, arrastrando consigo todo el polvo que levantaban las grandes masas de soldados en movimiento, barriendo el valle justo en dirección opuesta al avance romano. Publio comprendió entonces por qué Aníbal había decidido luchar aquel día y en aquel lugar. El polvo cegaba a los romanos en su avance, dificultando su visión. Para ver tenían que protegerse el rostro, pero llevando una espada en una mano y un escudo en la otra aquello era complicado y ¿de qué desprenderse? La espada era imprescindible. Algunos optaron por abandonar el escudo, pero la lluvia de dardos y jabalinas que lanzaban los iberos hizo que la mayoría decidiese mantener en sus manos ambas herramientas y semicerrar los ojos para disminuir la molestia del polvo en movimiento veloz por el valle del Aufidus.

Publio acertó a ver a varios iberos que se acercaban a toda velocidad hacia su posición. Con el escudo frenó el potente golpe de una espada y con su arma pinchó por debajo del escudo a su atacante. Sus flancos quedaron cubiertos por un centurión y varios legionarios de los *príncipes* y los *hastati*. En el cuerpo a cuerpo la importancia del factor viento disminuyó un poco, aunque seguía siendo molesto y un obstáculo añadido que Terencio podría haberles ahorrado planteando la lucha en perpendicular al río. Claro que aquello era mucho pedir al cónsul al mando. Lelio, al que había perdido de vista por unos momentos, reapareció, su coraza cubierta de sangre, pero, a la luz de la agilidad en sus movimientos, debía de ser sangre enemiga.

—¡Adelante! —gritó Lelio animando a los enardecidos legionarios a avanzar contra los mercenarios de Cartago. Publio y Lelio combatieron juntos y, apoyados por los manípulos de legionarios, pronto avanzaron al tiempo que galos e iberos perdían terreno dejando cadáveres de compatriotas en su retirada, cuerpos acuchillados por las espadas romanas que eran pisoteados por las legiones en su incontenible avance. Hubo un pequeño receso al replegarse el enemigo con rapidez y reagruparse en nuevas líneas dejando unos veinte pasos entre un ejército y otro. Los romanos aprovecharon para reemplazar sus primeras líneas, agotadas ya por el esfuerzo, por la retaguardia dando paso a los *triari*. Publio y Lelio dejaron también que otros oficiales los relevaran en el mando de la infantería de primera línea y, así, aprovecharon para recuperar el resuello.

—¿Todo bien, Publio? —preguntó Lelio.

Publio tenía un pequeño corte en un brazo, aunque de escasa importancia, y el brazo del escudo le dolía por los golpes recibidos, pero, en general, estaba bien.

—Bien, bien —respondió entrecortadamente por lo rápido de su respiración. Sólo necesitaba un poco de aire. Desde la retaguardia observó cómo los *triari* proseguían con el avance que habían iniciado ellos. Los galos e iberos continuaban replegándose. La antigua formación convexa de las tropas cartaginesas había desaparecido en el continuo repliegue de su infantería hasta el punto de invertirse y empezar a crear una especie de bolsa, un saco sostenido en ambos extremos por las impertérritas falanges de la infantería pesada africana, que seguía sin entrar en combate. Los iberos y los galos estaban siendo barridos por los romanos, pero en su persecución atraían a las legiones hacia aquel saco que parecían guardar las tropas africanas.

—Esto no me gusta —dijo Publio, señalando a las tropas africanas que seguían sin participar en la batalla.

—A mí tampoco —confesó Lelio.

Ala izquierda cartaginesa

—Himilcón —ordenó Aníbal—, que Himilcón ataque ahora. ¡Quiero la caballería romana fuera de combate! ¡Ya!

Un jinete llevó la orden al galope. Himilcón asintió cuando el jinete le transmitió el deseo del general en jefe. No lo dudó un segundo y la caballería ibera y gala se lanzó hacia los caballeros romanos.

61

La caída del cónsul

Apulia, agosto del 216 a.C.

Ala derecha romana

Nos triplican en número, pensó Emilio Paulo, pero igualmente dio la orden de cargar contra el enemigo que acometía al galope contra ellos. El encuentro entre ambas fuerzas fue contundente y muchos jinetes de ambos bandos cayeron en el primer enfrentamiento. Las bestias relinchaban nerviosas, intentando evitar pisotear los cuerpos de los caídos, pero no siempre podían evitarlo y algunos tropezaban poniendo en peligro el equilibrio de sus jinetes, que no disponían de estribos sobre los que apoyarse.

Los iberos llevaban entre ellos honderos baleáricos, que aprovecharon la lucha cuerpo a cuerpo que se estableció para lanzar piedras contra las líneas de jinetes romanos más retrasadas. Emilio Paulo se esforzaba por mantener la formación de sus hombres y evitar que fuera desbordada por la superioridad numérica de la caballería enemiga, cuando una piedra que cruzó el aire silbando impactó en su cabeza. El casco mitigó el golpe en gran medida, pero el viejo cónsul sintió un chasquido en su cráneo, como si algo se soltase por dentro y, por un instante, perdió la consciencia. El temple de su caballo y la recuperación del sentido evitaron que el cónsul cayera al suelo, pero desde aquel momento sintió una extraña debilidad en todo el cuerpo, más allá de la normal por sus años.

—¿Se encuentra bien, mi general? —le preguntó uno de los *lictores* de su escolta.

El cónsul asintió y respondió conminando a que sus hombres impidieran el avance del enemigo, pero no se encontraba bien y al fin puso pie a tierra. Su guardia personal hizo lo mismo para defender a su general y, poco a poco, perdida toda posibilidad de reorganizar las líneas, todos los jinetes desmontaron. Himilcón mantuvo, no obstante, a parte de sus jinetes a caballo acosando a los romanos mientras otros jinetes luchaban desde tierra contra el enemigo. En pocos minutos la caballería romana estaba diezmada y cediendo terreno en una huida sin ningún orden. Los *lictores* rogaron al cónsul que volviese a montar para poder retirarse de allí y hacerse fuerte en el centro de las legiones romanas, a salvo de la caballería enemiga. Muy a su pesar, Emilio Paulo reconoció que allí no quedaba nada por hacer, que la posición estaba perdida y que lo mejor era refugiarse entre la infantería para, desde allí, ayudar en la batalla.

—Espero que Varrón haya tenido mejor suerte con los númidas. Vámonos de aquí —comentó Emilio Paulo, una mano en las riendas y otra en el casco. La cabeza parecía que le fuera a estallar o que le hubiera estallado por dentro. Galopando, él y su guardia personal se retiraron hacia las posiciones en las que se encontraban Lelio y Publio luchando contra la infantería ibera y gala.

Ala izquierda cartaginesa

Himilcón vio cómo su cometido estaba siendo conseguido a la perfección. La caballería romana había sido barrida, tal y como Aníbal había anticipado. Ahora quedaba seguir con la parte del plan que le correspondía. Reagrupó a todos sus jinetes y les ordenó que le siguieran.

Himilcón se lanzó entonces hacia el norte, bordeando las legiones romanas sin entrar en combate con ellas, alejándose hacia el horizonte seguido por sus miles de jinetes, sorprendidos de aquella maniobra, pero disciplinados siguiendo a su general. Eso sí, la nube de polvo de sus caballos fue un envenenado regalo para los confusos legionarios que veían con los ojos semicerrados cómo la caballería enemiga victoriosa, en lugar de lanzarse sobre ellos, se alejaba hacia el norte.

Ala izquierda romana

Terencio Varrón estaba satisfecho consigo mismo. Las cosas no podían marchar mejor. Las legiones avanzaban mejor incluso de lo que él mismo había previsto. El centro de la infantería cartaginesa cedía ante la contundencia del avance romano penetrando como una cuña, de forma que pronto conseguirían partir la formación de Aníbal en dos. A partir de ahí la superioridad numérica de sus fuerzas acabaría con los enemigos de Roma en unas pocas horas. Pensar que tantos generales habían sucumbido ante aquel cartaginés. No lo entendía. Un jinete le comunicó que Emilio Paulo tenía problemas con la caballería cartaginesa en el otro flanco. El pobre viejo. Seguramente terminaría cediendo. Aquello sería un inconveniente pero, con un poco de suerte, el viejo caería en el combate y así, aunque eso supusiera un pequeño contratiempo al tener luego que luchar contra ambas caballerías enemigas, podría después disfrutar por sí solo de la gloria de aquella victoria. Ya imaginaba su gran triunfo en Roma.

Frente a ellos estaba la caballería africana. Númidas decían que eran. Varrón ordenó que avanzara la caballería. Los doblaban en número. Terminarían primero con estos africanos y luego iría a resolver el desastre que hubiera organizado el viejo en el otro flanco. Avanzaron al encuentro de los númidas. Sin embargo, éstos rehuían el combate frontal. Se replegaban y, cuando los romanos se detenían, retornaban para atacar por los flancos. Cuando la caballería romana nuevamente se ubicaba para repeler el ataque de los númidas, éstos volvían a replegarse. Así llevaban una hora. Ya se cansarían. Mientras, las legiones avanzaban. Era cuestión de tiempo.

Centro del ejército romano

Emilio Paulo llegó junto a Publio y Lelio. En pocas palabras les explicó el desastre de su enfrentamiento con la caballería cartaginesa. Publio le comentó sus dudas con relación al continuado avance de las legiones. El cónsul miró con rostro serio a su alrededor. El muchacho tenía razón. Aquella maniobra era peculiar. Y la infantería pesada de Aníbal aún no había entrado en combate.

—¡Hay que detener este avance! —Emilio Paulo gritó para poder hacerse oír sobre el estruendo de la encarnizada lucha—. ¡Si seguimos adelantando nuestras tropas puede que nos ataquen por los flancos y la caballería, al menos por este lado, no podrá ayudarnos!

Publio y Lelio asintieron e intentaron contener el avance de las legiones, pero las órdenes que tenían los tribunos, muchos de ellos de la confianza de Varrón, eran las contrarias: avanzar sin parar un instante. Además, los legionarios estaban contentos de encontrar tan poca resistencia. Sentían que estaban, por fin, acabando con Aníbal. De esta forma, las órdenes de Emilio Paulo no surtieron ningún efecto y el viejo cónsul vio cómo las legiones proseguían con su avance entrando en aquel enorme espacio que el general cartaginés había dejado en el centro de su formación. En ese momento fue cuando Emilio Paulo tomó la decisión más importante de su vida: podía marcharse con su guardia hacia una zona segura bien alejado de la vanguardia o adelantarse con las legiones e intentar poner orden en aquel desatino. Meditó durante varios minutos. Suspiró al fin largo y despacio y cuando sus pulmones quedaron vacíos se dirigió a Publio y Lelio.

—Vosotros quedaos aquí, en la retaguardia; yo avanzaré con la vanguardia al frente de las legiones, ya que ésas son las geniales órdenes de nuestro querido colega en el mando, al que espero que algún día todos los dioses confundan para siempre jamás.

Publio fue a decir algo, pero el cónsul no dejó tiempo para aclaraciones o preguntas. Rodeado por los *lictores* fuertemente armados de su guardia personal se adentró en la formación romana, avanzando entre los manípulos hasta alcanzar la vanguardia. Allí los *triari* se turnaban con los *hastati* y los *príncipes* en el combate. Los *vélites* supervivientes estaban diseminados entre los diferentes manípulos. Era difícil moverse y las maniobras de reemplazar unas hileras de combatientes por otras de refresco eran complicadas. Además, tan agrupados eran un excelente objetivo para una lluvia de flechas o jabalinas. Emilio Paulo miró al cielo con temor. El molesto polvo arrastrado por aquel incansable viento le hizo intuir que lo peor estaba por llegar.

Centro del ejército cartaginés

Aníbal observaba todo desde el altozano en que se había ubicado para asegurarse así el control de todas las maniobras de sus tropas. La infantería gala e ibera estaba siendo diezmada, pero aquello no le preocupaba en demasía. La mayoría eran hombres de dudosa lealtad. Sin embargo, disponía de sus tropas de infantería pesada, compuestas de africanos veteranos y siempre fieles a su causa, intactas y dispuestas para entrar en acción. Himilcón, por su parte, ya había borrado a la caballería romana y había partido hacia su destino rodeando las posiciones de las legiones. Era el momento.

—¡Que avance la infantería pesada. Despacio, pero con firmeza! —dijo el general.

—¿No esperamos a que Himilcón termine su misión? —preguntó Magón.

—No. No te preocupes. Cumplirá bien su cometido. Que avance ahora la infantería pesada. No quiero esperar más. El día avanza, el viento pronto dejará de incomodar a los romanos y no quiero que llegue la noche antes de tener decidida la batalla. Hay que empezar ya.

Magón asintió varias veces y se alejó para comunicar a los oficiales africanos, que hacía horas que esperaban ansiosos, la orden de entrar en combate ya que, en efecto, el general reclamaba que había llegado la hora en la que debían ponerse en movimiento.

Al sur del río, campamento romano y fortaleza de Cannae

Al sur del río, lejos de la batalla principal, la legión dejada por Varrón se esforzaba en seguir las instrucciones que éste había dejado a su marcha hacia el norte: tomar la fortaleza de Cannae, para evitar que Aníbal tuviera un lugar donde refugiarse una vez infligida sobre él la derrota que el cónsul tenía prevista. Los romanos, no obstante, se encontraron con una guarnición de veteranos africanos que defendían el fortín de Cannae como si de Cartago se tratase. Los legionarios eran rechazados una y otra vez, con jabalinas, flechas y, en las pocas ocasiones que algunos llegaban a las derruidas murallas, con la espada en una tumultuosa lucha cuerpo a cuerpo.

Los romanos se reagruparon en el valle frente a Cannae. Estaban sorprendidos y desanimados. No sabían bien qué hacer.

Centro de la batalla

La infantería pesada africana compuesta de dieciséis falanges de mil veinticuatro hombres cada una repartida en dos bloques iguales en cada uno de los extremos de la formación cartaginesa empezó a avanzar, pero con mayor velocidad en los extremos más alejados de la batalla y mucho más despacio en los lados más próximos al centro del combate, allí donde se encontraban las legiones romanas. De esta forma en unos minutos, como si de dos puertas se tratara, se fueron plegando sobre los flancos de las legiones enemigas.

Publio y Lelio, desde la retaguardia, observaban impotentes el desplazamiento de la infantería cartaginesa que se cerraba sobre sus filas.

—¿Y la caballería de Varrón? —preguntó Publio—. Por todos los dioses, ¿dónde está la caballería, Lelio? Sin su apoyo, terminarán por rodearnos.

Lelio no supo qué responder. Miró hacia atrás, buscando los jinetes de Varrón, pero lo único que alcanzaron a detectar sus ojos fue la inmensa polvareda que levantaba la caballería de Himilcón al rodear la retaguardia romana.

—Ésos van a por Varrón —dijo Lelio—; creo que no debemos esperar mucho apoyo de nuestra caballería.

Ala izquierda romana

Terencio Varrón comenzaba a desesperarse con la táctica de los númidas. Lo mejor sería olvidarse de ellos. Desde la distancia observaba cómo la infantería pesada cartaginesa empezaba un extraño avance lanzándose sobre los flancos de las legiones. Quizá sería más oportuno dejar a una parte de la caballería con los númidas y coger varias *turmae* para proteger los flancos del ataque de las falanges africanas. Varrón meditaba sobre todo esto cuando, desde la retaguardia, infinidad de jinetes enemigos se aproximaban al galope. Entretenido por las maniobras númidas y el avance de las legiones, no había observado el largo recorrido de la caballería de Himilcón.

—¡Estamos rodeados! —comentó un decurión al cónsul en espera de una orden para solucionar el problema, pero Terencio Varrón no tuvo tiempo de decidir ya nada pues, aprovechando la llegada de Himilcón con más de seis mil jinetes iberos y galos, Maharbal lanzó al galope a todos los númidas, esta vez dispuestos a entrar en lucha sin cuartel. Los romanos pasaron de las pequeñas escaramuzas de hacía unos minutos a un combate total rodeados de enemigos que los embestían, se replegaban y dejaban que nuevos jinetes de refresco los reemplazasen. Varrón vio cómo su superioridad numérica contra los númidas había quedado invertida, pues con la llegada de la caballería de Himilcón eran ahora los cartagineses los que los doblaban en número, pudiendo turnarse en los ataques que mantenían de forma continua para no dar posibilidad a que los romanos se recuperasen.

Varrón vio cómo sus caballeros caían uno a uno y cómo, al perder fuerzas sus hombres, éstos derribaban cada vez menos enemigos. Y las legiones estaban siendo rodeadas por las tropas africanas. El cónsul no podía entender lo que estaba ocurriendo. Si eran el mayor ejército de

Roma, dobles en número que las tropas de Aníbal, ¿qué pasaba?, ¿qué estaba pasando?

—Hay que marcharse, mi general —comentó uno de los *lictores*—. Aquí no podremos protegerle mucho más tiempo. Lo mejor es escapar ahora antes de que sea demasiado tarde.

Varrón miraba confuso a su alrededor. Veía a sus jinetes atravesados por lanzas númidas, por dardos iberos y galos; llovían piedras del cielo lanzadas por los honderos baleáricos y en la distancia veía sus legiones rodeadas por las fuerzas cartaginesas. ¿Cómo podía haber ocurrido aquello? Los jinetes caían heridos o muertos por todas partes. Estaban siendo atacados por todos los flancos a un tiempo y el desorden absoluto se apoderó de la caballería aliada romana. Algunos empezaron a huir en pequeños grupos que eran atrapados por los númidas y masacrados antes de que pudieran alejarse de la batalla. Los *lictores* y un par de decuriones se dirigieron al cónsul para que se organizase un rápido repliegue. Terencio Varrón no acertó a recuperar el orden en su caballería y al final optó por escapar con un nutrido grupo de jinetes compuesto de sus más leales oficiales, los *lictores* de su guardia personal y aquellos que pudieron unirse a ellos entre la confusión y el desconcierto reinante. Varios grupos de númidas se acercaron para acosarlos y algunos jinetes romanos cayeron acribillados por flechas o con sus brazos y piernas heridos por tajos profundos de espadas enemigas. Sin embargo, la mayor parte de aquel grupo, al ser mayor en número que los anteriores que habían intentado escapar, consiguió zafarse de los jinetes bajo el mando de Himilcón y Maharbal y, azuzados por el miedo y el ansia de supervivencia, desaparecer entre la densa nube de polvo que el viento Volturno seguía agitando con fuerza. El grupo de jinetes romanos derrotados y en franca huida no relajó su humillante galope hasta alcanzar la cercana fortaleza de Venusia. Allí, Terencio Varrón desmontó y ordenó reforzar la vigilancia de las murallas y fortificaciones de aquella plaza, mientras su orgullo herido de muerte le reconcomía las entrañas. Se encerró en una de las torres de Venusia y, a solas con su rabia, soltó lágrimas de desazón y angustia no por los muertos y el fracaso de Roma, sino por el final de su gloria, de su carrera política y de su fugaz poder. Todo se lo había llevado el viento de aquel día nefasto, como un sueño es borrado de nuestra mente cuando abrimos los ojos y descubrimos que estábamos dormidos.

Centro de la batalla

Publio vio cómo se aproximaban los cartagineses con su infantería pesada africana fuertemente armada con los mismos cascos, espadas y escudos que los romanos llevaran en Trebia y Trasimeno. Los dioses, sin duda, se solazaban en jugar con el destino de los hombres: las mismas espadas que se forjaron en Roma para detener al invasor eran las que los hombres de Aníbal utilizaban para masacrar a los propios romanos.

—¡Hay que defender los flancos, Lelio!

Con rapidez ambos tribunos se afanaron en formar con varios manípulos una improvisada defensa del flanco derecho en el que se encontraban, confiando en que el buen sentido de algún otro oficial se encargase del flanco izquierdo. Un legionario, herido en el brazo pero con aspecto de fortaleza y espíritu de combate en sus venas, se acercó a Publio mientras éste daba órdenes.

—El cónsul, tribuno, el cónsul Emilio Paulo ha caído herido. El desorden es completo en la vanguardia y los cartagineses se reorganizan.

Los ojos del legionario volvieron su mirada del joven tribuno Publio Cornelio Escipión, al que se dirigía, hacia las falanges de cartagineses que se abalanzaban por los flancos. En su rostro de soldado curtido en mil batallas se adivinaba la certeza del mal presagio de aquel movimiento envolvente de las tropas enemigas.

—¡Lelio! —gritó Publio desde su posición—, ¡ocúpate de mantener la formación en este flanco! ¡Han herido a Emilio Paulo!

Y sin esperar respuesta de su colega y amigo, se desvaneció entre una densa masa de soldados que pugnaban por abrirse camino hacia el frente de combate, embarullados por la falta de espacio para maniobrar en la abigarrada bolsa de legionarios en la que se habían convertido las legiones de Roma. Avanzando hacia la vanguardia, Publio volvió a encontrarse con el polvo en su rostro empujado por el viento con una tenacidad terca y cruel que volvía a cegarle en su camino en busca del cónsul caído. Al cabo de unos minutos, abriéndose paso a empellones y gritos, el joven tribuno alcanzó la posición del general herido, apoyado junto a una roca de grandes dimensiones rodeado por los *lictores* de su guardia, con varios jinetes pie a tierra y una docena de caballos de la antigua fuerza ecuestre del ejército romano desperdigados en un extraño claro que la guardia del cónsul preservaba para alivio de su general herido.

Los *lictores*, que reconocieron al joven tribuno amigo de su general, se hicieron a un lado para permitirle acceder junto al cónsul. Emilio Paulo estaba sentado con una flecha cartaginesa en el muslo. Se había quitado el casco y un reguero de sangre brotaba de su sien derecha y se deslizaba con fluidez mortal por la mejilla y el cuello. Tenía un aspecto terrible, los ojos semicerrados para eludir el polvo en suspenso que rodeaba toda la batalla y que se mezclaba con la sangre vertida por su malherido cuerpo.

—¡Debéis marchar de aquí, mi general! —exclamó Publio nada más aproximarse al cónsul. Emilio Paulo sacudió la cabeza.

—Es ya demasiado tarde para mí, muchacho. No saldré de aquí ya. Así lo han querido los dioses, así será.

—Eso es absurdo —dijo Publio y se levantó para requerir la ayuda de los *lictores*—; ¡rápido, ayudad al cónsul a montar y preparaos para escoltarle fuera de esta zona! —Pero el cónsul alzó despacio su mano y el avance iniciado por los *lictores* se detuvo de inmediato. Debían obediencia total al cónsul, incluso herido, más aún en ese estado.

—Escucha, Publio, no te he hecho llamar para que me salves como hiciste con tu padre en Tesino. La vida se me escapa. No es la pierna sino esta herida en la cabeza. Un bárbaro me acertó bien desde el principio. Ha estado manando desde el comienzo de la batalla. No me quedan fuerzas ni arrojo. Permaneceré aquí y haré todo lo que esté en mi mano por mantener el orden. ¡No, no repliques ni contestes! ¡Eres tribuno de la tercera legión y estás bajo mi mando! —Aquí, además de elevar el tono de su voz de forma sorprendente, el cónsul, apoyándose en su espada se alzó y de pie continuó con sus palabras—. ¡Soy cónsul de Roma y me debes obediencia y fidelidad, así que ahora, tribuno de la tercera legión, escucha mis palabras y calla!

El joven Publio selló su boca asombrado por el esfuerzo sobrehumano del cónsul para imponer su autoridad más allá de lo que convenía a su propia supervivencia. Una vez asegurado el cónsul del silencio y la atención del joven tribuno, volvió a sentarse, casi desplomando su cuerpo maltrecho sobre el suelo. Varios *lictores* se acercaron, pero nuevamente la mano del cónsul se alzó y todos mantuvieron sus posiciones. Alrededor se escuchaban los gritos de los oficiales ordenando luchar y mantener las filas, y por encima de aquellas voces, un fragor inclemente de aullidos, golpes de espadas, silbidos de dardos y lanzas rasgando el aire, todo ello traído por un viento henchido de polvo y olor a sangre.

—Escucha bien, Publio. Has de marchar de aquí con aquellos oficiales de tu mayor confianza, abrirte camino por la retaguardia antes de que, además de la infantería, los cartagineses usen su caballería para hostigarnos. Varrón ha huido. Ya sé, ya sé, no digas nada. Los dioses lo maldecirán por su cobardía, pero ahora escúchame. Es importante. Forma un fuerte grupo de manípulos con tus más fieles y sal de aquí. Primero hacia el norte, a favor de este maldito viento. Igual que Aníbal lo aprovecha contra nosotros, tú puedes usarlo para luchar en dirección norte contra su infantería que nos acecha por detrás. Ayudado del viento y antes de que llegue su caballería, sal y luego gira hacia el sur, cruza el río lejos de la batalla y ve al campamento general que tenemos al sur. Varrón dejó allí dos legiones de hombres con la misión de atacar el campamento cartaginés. Seguro que Aníbal les habrá preparado algo, pero es difícil que les vaya peor que a nosotros. Con los hombres que saques de aquí y los del campamento debes replegarte a Canusio y hacerte fuerte allí hasta evaluar el resultado de esta batalla. A partir de ahí sigue tu criterio y, escúchame bien, muchacho: hazte valer, hazte valer por la fuerza si es necesario. No tenemos mucho tiempo. ¿Has entendido bien todo lo que te he dicho?

Publio asintió, aunque sin mucho convencimiento.

—Bien, bien, muchacho —continuó el viejo cónsul malherido; el aire entrecortado salía a trompicones de su boca mezclado en ocasiones con pequeños grumos de sangre que el general escupía a un lado sobre su ya ensangrentada coraza—; siento poner sobre tus hombros una carga tan pesada, pero intuyo en ti una fuerza que me anima a confiar en el más joven de mis tribunos; ahora sólo una palabras para mis hijos, sobre todo para Emilia; sé que Lucio Emilio estará a la altura de las circunstancias; salúdale de mi parte y dile que su padre luchó noblemente hasta el final; a mi hija... a mi hija es difícil qué decirle... qué decirle... escucha, dile que...

El cónsul contuvo la respiración, cerró los ojos. Publio pensó que había perdido el sentido y por un momento pensó en aprovechar esa pérdida de consciencia del cónsul para retomar su plan de sacarlo de allí, pero el anciano abrió los ojos de nuevo y le dijo las palabras que quería que transmitiera a su hija. Luego en voz alta ordenó a los *lictores* que sacaran de allí a ese tribuno para que cumpliera con sus órdenes. La fidelidad ciega de los *lictores* hacía imposible sacar al cónsul sin combatir contra todos ellos. Era un intento inútil iniciar una confrontación entre romanos rodeados de todas las fuerzas de Aníbal.

Publio partió de aquel círculo de dolor y sufrimiento establecido en torno a la silueta yaciente del cónsul caído y se encaminó hacia las posiciones de la retaguardia, donde debía de seguir luchando Lelio. En un último instante, Publio se giró y vio al cónsul montando a su caballo, ayudado por los *lictores* y, azuzando con los talones a su montura, dirigirse hacia el mismo centro de la más cruenta batalla que nunca jamás hubiera luchado Roma. Ésa fue la última vez que Publio vio la vieja silueta del cónsul de Roma, Emilio Paulo, el padre de su prometida, espada en ristre, enardeciendo con su poderosa y profunda voz a los legionarios que luchaban contra las fuerzas de Aníbal.

62

La retirada

Apulia, agosto del 216 a.C.

Retaguardia romana

Publio regresó a las posiciones de la retaguardia. La infantería africana estaba terminando de cerrar el cerco de las legiones. Lelio se esforzaba por reorganizar la confusa formación de los manípulos sin disponer de espacio suficiente para que éstos pudieran maniobrar. Caían dardos y jabalinas. Decenas de hombres heridos yacían en el suelo. Sus gemidos de dolor quedaban apagados por el fragor de la lucha, las espadas chocando en la primera línea de combate y los gritos de los oficiales.

—¡Lelio, Lelio! —dijo Publio—. ¡Nos marchamos de aquí! ¡Reagrupa a los manípulos de las legiones de este flanco, los hombres de la primera, la segunda y la tercera legión y abramos una brecha en las líneas!

Lelio miraba desconcertado.

—Es una orden del cónsul —aclaró Publio. Cayo Lelio asintió y se puso manos a la obra. Entre ambos consiguieron que varios manípulos se reagrupasen para atacar la falange de la infantería pesada que estaba cargando contra ellos. Fue una lucha inclemente, donde más de un centenar de legionarios cayó abatido, pero al concentrarse en un punto concreto de la línea enemiga, aunque desasistiesen otros sectores, consiguieron empezar a abrir una brecha entre las filas cartaginesas. El viento, al luchar hacia el norte, les favorecía, tal y como predijo el cónsul, y los cartagineses, confusos por el renovado empuje del enemigo y por el polvo en su rostro, cedieron en su vigor. Se consiguió abrir un pequeño pasillo entre las falanges africanas que los cercaban y, de esa forma, el joven Publio y Cayo Lelio lograron reunir varios manípulos de la segunda legión; a ellos se les unieron los tribunos Quinto Fabio Máximo, hijo del ex dictador, que servía en la primera legión, con un nutrido grupo de legionarios bajo su mando; y también Apio Claudio, de la tercera, que consiguió reunir varios manípulos de su legión; de esta forma, bajo el mando de estos tribunos y sus centuriones, unos cuatro mil soldados consiguieron zafarse del cerco y escapar de la masacre más absoluta de la larga historia de Roma.

Corrieron hacia el norte primero y luego veloces hacia el oeste, hasta alcanzar el campamento menor romano al norte del río, pero dudando de la seguridad de aquel enclave poco fortificado, decidieron seguir hacia el sur. Entretanto, la caballería de Himilcón había taponado ya la brecha que la carga de los tribunos había abierto en las filas de la infantería pesada cartaginesa. El general cartaginés, no obstante, desestimó por el momento dar caza a las tropas romanas que buscaban refugio en el campamento principal romano, cruzando el río en dirección sur.

En unos minutos de marcha forzada los legionarios supervivientes de la primera, segunda y tercera legión alcanzaron el campamento general romano establecido en el valle, al sur del Aufidus, entre Cannae y Canusio. Allí Publio, Lelio y el resto de los tribunos esperaban encontrarse con las dos legiones que Terencio Varrón reservó para atacar el campamento cartaginés una vez éste quedase desalojado y semivacío durante la gran batalla campal al norte del río; sin embargo, sólo unos cinco mil habían sobrevivido a los sangrientos enfrentamientos en torno al fortín de Cannae. De cualquier forma, los tribunos deliberaron y acordaron que se debía proseguir con el reagrupamiento de todas las fuerzas posibles, de modo que se enviaron mensajeros al campamento al norte del río, por si allí quedaban tropas, para que éstas se reunieran con las fuerzas concentradas en el campamento principal al sur del río.

Al cabo de unas horas, un nuevo tribuno llegó desde el norte del río, acompañado sólo por seiscientos legionarios. A Publio no le cuadraban las cifras.

—¿Cuál es tu nombre, tribuno? —preguntó el joven Escipión al recién llegado.

—Publio Sempronio Tuditano.

—¿Cómo es que no viene el resto de los hombres?

El recién incorporado tribuno miró al suelo; su rostro delataba vergüenza y desprecio.

—Han preferido quedarse. Tenían miedo a salir. Cuando recibimos a vuestros mensajeros, se entabló un debate muy tenso. Unos pocos estábamos a favor de salir y cruzar el río para reunirnos con el grueso de las tropas que habían pasado al sur del Aufidus, pero la mayoría ha preferido quedarse. Creen que el campamento del norte los protege de los cartagineses y se negaron a salir. Hasta tuve que encararme con los que querían quedarse, porque se negaban a abrir las puertas para que saliera con mis hombres.

Publio, Lelio y el resto de los tribunos miraban atónitos a Sempronio Tuditano. A eso había llegado el mayor ejército de Roma, a enfrentarse entre sí, unos manípulos contra otros, unos oficiales frente a otros, en medio de una desastrosa batalla campal.

—Has hecho bien en venir aquí, Sempronio Tuditano —respondió Publio quebrando el áspero silencio de humillación que se había apoderado de todos—. Aquí estás entre amigos. Tú y tus hombres sois más que bienvenidos.

Retaguardia cartaginesa

—¡Es una victoria absoluta! —anunció Maharbal regresando de sus posiciones avanzadas con la caballería.

Aníbal, en lo alto de una colina, rodeado de sus mejores generales, Magón, Himilcón y el propio Maharbal, observaba la retirada del enemigo.

—Han caído los cónsules del año anterior —continuó Magón eufórico, mirando a su hermano mayor con admiración mientras seguía con la letanía de bajas entre los generales romanos—, y creo que uno de los cónsules de este año. De sus generales sólo se ha salvado Varrón. Es una victoria completa, como dice Maharbal.

Todos estaban exultantes. Cansados, con pequeñas heridas en brazos, piernas, muslos, pero nada grave. Había sangre en sus corazas y cascos, pero en su mayor parte era sangre romana. Aníbal estaba satisfecho, pero se mantenía serio, centrado en los últimos movimientos de los romanos.

—Sí, sabemos que Varrón se ha dirigido a Venusia con unos dos mil hombres. Su ejército está diezmado. —Y con esas palabras Himilcón se sumaba a las valoraciones victoriosas del resto.

Aníbal asintió despacio pero, sin responder, señaló al horizonte. Todos se volvieron y observaron cómo un importante grupo de legionarios, apoyados por un pequeño destacamento de caballería, se abría paso entre las tropas cartaginesas para conseguir retirarse con cierto orden. Los cartagineses cedieron un poco de terreno, agotados como estaban también por el largo combate, porque incluso matar cansa.

—¡Que se vayan y que cuenten en Roma lo que aquí ha pasado! —concluyó Maharbal.

—Sí, eso está bien —confirmó Aníbal—, que nuestras tropas los dejen retirarse ya; vamos a perder más hombres en esa lucha de persecución y la victoria ya es nuestra. Es absurdo perder soldados sin necesidad y además no podemos permitírnoslo.

Aníbal permaneció quieto, mirando hacia lontananza, una mano cubriéndose el rostro para evitar la luz del sol de poniente. Algo había captado su atención: la columna de romanos, casi cuatro mil, que había conseguido reagruparse bajo el mando de algunos tribunos, era un triste espectáculo para el que se suponía que debía haber sido el gran ejército de Roma: centenares de hombres cabizbajos, heridos, exhaustos, sucios, caminando encogidos, asustados, encorvados sobre su dolor y su derrota.

Ejército romano superviviente al sur del río

Los tribunos estaban reunidos, haciendo balance, calculando sus fuerzas.

—Hemos cruzado el río con unos cuatro mil hombres, creo yo —dijo Quinto Fabio, mirando a los legionarios supervivientes de las legiones primera, segunda y tercera, sentados o tumbados, repartidos de forma desordenada por un amplio sector del campamento romano. Estaban agotados, hundidos.

—Sí —continuó Lelio—, y aquí había unos cinco mil más.

—Más seiscientos de Tuditano, eso hace unos diez mil hombres. Dos legiones —concluyó Publio—, esto es lo que se ha salvado al sur del río, dos legiones de ocho. Falta por saber con cuántos hombres se ha replegado el cónsul Varrón. Esto es un desastre.

Al ver el rostro de desesperación de los que le rodeaban, el joven tribuno lamentó haber pronunciado aquellas últimas palabras.

63

La deserción de los tribunos

Apulia, verano del 216 a.C.

Publio Cornelio, tribuno de las legiones de Roma, intentaba que los hombres mantuvieran la formación. El resto de los tribunos apenas daba muestras de ánimo suficiente como para transmitir órdenes con una mínima dosis de convicción.

—¿Adónde vamos? —preguntó Lelio, con la voz rasgada por una desesperanza que conmovió al propio Publio.

—A Canusio. Es la población más cercana bien fortificada en la que podemos encontrar refugio mientras vemos con qué fuerzas contamos más allá de las que hemos reagrupado aquí y entonces veremos qué se puede hacer.

—A Canusio, entonces —confirmó Lelio, aún con desazón, pero Publio detectó un tono más vivo en la respuesta. Lo vio alejarse comentando a todos los oficiales aquella orden. Ningún tribuno cuestionó la idea ni se planteó oponerse a que el más joven de entre todos ellos, con tan sólo diecinueve años, decidiera por todo el ejército superviviente. No había cónsules ya para mandar, no había apenas otros tribunos y los centuriones respetaban el coraje en el mando que el Escipión manifestaba: el nombre de aquella familia era respetado en el ejército y más en momentos de crisis. Quizá si el hijo de Fabio Máximo hubiera hecho algo por rebatir aquellas órdenes, las cosas hubieran sido diferentes, pero o no sabía o no quería decir nada. Poco a poco, en la más triste marcha militar que Publio jamás dirigiría en su vida, aquellos diez mil soldados, despojos del mayor ejército que nunca jamás hubiera alistado Roma, se arrastraron hasta alcanzar la pequeña ciudadela de Canusio. Allí acamparon, derrotados, sin alma ni ánimo, dejándose caer por entre las callejuelas de la ciudad, sentados, apoyados contra las paredes de sus casas unos, otros intentando levantar junto a la fortaleza algo que de alguna forma pareciese un campamento romano, con los pequeños pertrechos que habían podido salvar de la catástrofe. Apenas había víveres y poca agua. Los heridos más afortunados eran vendados con trozos de tela arrancados de las propias ropas de otros soldados. Otros se desangraban entre horribles alaridos de dolor sin que los pocos médicos supervivientes tuvieran tiempo de acercarse a ayudarlos. Canusio era el cementerio de las legiones de Roma.

En medio de aquel panorama de desesperanza el miedo comenzó a abrirse camino más allá de los padecimientos físicos de los hombres. ¿Cuánto tardarían los cartagineses en perseguirlos y darles caza? Las fuerzas de Aníbal apenas habían sufrido bajas comparables a las de los romanos y disponía bajo su mando de unas tropas eufóricas dispuestas a seguir a su líder a cualquier lugar. El miedo prende como una chispa entre la leña seca y, así, el temor empezó a propagarse, primero entre los legionarios, luego entre los oficiales de menor rango, hasta llegar a los centuriones y los propios tribunos supervivientes. Éstos, al fin, decidieron convocar una reunión para debatir sobre los pasos a seguir en aquellas terribles circunstancias. Junto a las murallas de Canusio, que a la mayoría de los soldados empezaban a antojárseles como una pobre defensa para las huestes cartaginesas embravecidas por la sangre enemiga vertida en Cannae, se reunieron Quinto Fabio, hijo de Fabio Máximo, Lucio Publicio Bíbulo, Apio Claudio Pulcro, Lucio Cecilio Metelo y Sempronio Tuditano entre otros, junto con el joven Publio; también fueron llamados varios de los centuriones de mayor rango y algunos de los oficiales de caballería más expertos, entre los que se incorporó Lelio. En total veinticinco hombres reunidos para dilucidar el destino de las escasas fuerzas que Roma había conseguido salvar del desastre y la muerte. Metelo fue el que empezó el debate.

—Estamos derrotados. No hay nada que hacer, sino ver la forma de salvarse. Hay que dirigirse a la costa por el camino más corto y buscar las naves de nuestra flota para buscar refugio en algún reino amigo. Refugiarse allí y esperar.

Aquello era alta traición, pero de alguna forma, tras ver diezmadas seis de las ocho legiones junto con innumerables tropas aliadas, las palabras de Metelo no fueron recibidas con especial desagrado por muchos de los presentes. Esto animó al tribuno a continuar con su discurso.

—Es horrible lo que estoy diciendo, lo sé, pero tenemos que entender todos que Roma, la Roma que todos hemos conocido, amado y respetado, ha llegado a su fin. Roma ya no existe como tal. No tiene ejército que la defienda. Las legiones han sido destrozadas por el poder cartaginés y Aníbal no tardará mucho tiempo en alzarse contra la ciudad. Han caído Atilio y Servilio y Emilio Paulo y Terencio ha huido. Nuestra única posibilidad es escapar hacia la costa.

Las palabras de Metelo parecían tener todo el sentido del mundo, pero era duro de escuchar, de aceptar. El miedo, no obstante, se había apoderado de todos y los informes que habían llegado de algunos exploradores que Publio y Lelio habían organizado para averiguar más sobre el auténtico estado de la situación sólo traían noticias que ahondaban en la magnitud del desastre: los cónsules del año anterior habían muerto, y lo mismo había ocurrido con el cónsul Emilio Paulo, como decía Metelo; y del otro cónsul, Varrón, no se sabía nada de momento; pudiera ser que estuviera vivo, pero aún no se conocía dónde podía estar y no llegaban emisarios con órdenes suyas, de forma que eran ellos, los tribunos y oficiales allí reunidos, los que tenían que decidir.

Publio había escuchado la intervención de Metelo con la boca entreabierta primero y luego apretando los labios con fuerza. Cuando se hizo el silencio y Metelo, con un fulgor brillante en los ojos se volvía hacia sus colegas, mirándolos a todos, en espera de asentimiento, Publio Cornelio Escipión rompió a hablar como un torrente al que sus aguas hubieran contenido en un embalse hasta que la presa revienta y desparrama el líquido como un mar de furia.

—¡No puedo dar crédito a lo que mis oídos escuchan ni a lo que mis ojos ven! Me pregunto, pregunto a los mismos dioses, ¿estoy muerto?, ¿estoy soñando? Porque veo a tribunos, centuriones y oficiales de Roma planeando una deserción en masa. Metelo dice que la Roma que nosotros hemos conocido está muerta. Yo digo que puede que eso sea así, pero no porque nuestro ejército haya sido derrotado, sino porque aquí reunidos, los presentes estamos decidiendo matarla por la espalda y a traición. ¿Huir a la costa, marchar de aquí?

En el ardor de su intervención el joven Publio se había hecho con el centro del espacio donde se habían reunido, de forma que para hablar a su audiencia iba girando sobre sí mismo, dirigiendo sus palabras en un momento a unos y al instante al otro lado. Todos le escuchaban absortos, tensos, como si los pies de cada oficial estuvieran clavados en el suelo.

—No hay lugar en este mundo lo suficientemente seguro y protegido para preservar a un traidor a Roma —continuó Publio—, pero es que además no puedo creer que vuestros corazones estén de veras considerando semejante sedición. ¿Quién de aquí no tiene amigos, familia, casa, hacienda en Roma? ¿Qué creéis que esperan vuestras familias y vuestros amigos de vosotros? ¿Queréis dejarlos solos ante Aníbal? Y sí, he dicho Aníbal. Veo vuestros rostros palidecer ante la sola mención de su nombre y me avergüenzo y escupo en el suelo. —Y detuvo sus palabras un segundo para subrayar su intención con el gesto mencionando; se aclaró la garganta y prosiguió a la misma velocidad, con mayor intensidad—. Los oficiales de Roma asustados por un nombre. Sí, puede que sea el mayor enemigo contra el que jamás hayamos luchado, quién sabe, puede que los dioses le hayan elegido como hacedor de nuestro desastre y conductor de nuestro fin, pero en lo que a mí respecta, mis familiares y mis amigos, mi casa y mi hacienda, saben qué esperar de mí. Yo partiré hacia Roma en unas horas, en cuanto se puedan reorganizar los hombres y atender los heridos. Marcharé hacia Roma para luchar por esa Roma que Metelo os dice que está muerta. Yo lucharé hasta la última gota de mi sangre incluso por el solo recuerdo de lo que Roma fue un tiempo. Y no sólo eso, no sólo eso. Aún os digo más.

Pero Publio se contuvo. Muy, muy despacio, se llevó la mano derecha a la empuñadura de su espada. Dudó. Se lo pensó dos veces y, finalmente, decidió continuar. Prosiguió, mirando fijamente a los ojos a Metelo y al resto de los tribunos.

—Os digo además que aquel que se atreva a desertar recibirá de mi propia mano el justo castigo que tal traición merece. Espero que mis palabras os hayan despertado de vuestra locura, pero no pienso detenerme a intentar convencer al que siga enajenado. Si alguien se niega a volver a Roma, que lo diga, pero para cumplir su deseo tendrá antes que matarme. Y si hace falta que uno a uno me enfrente a todos, así será. Veremos entonces de lado de quién están los dioses.

Nadie se atrevía a hablar. Publio, su mano en la empuñadura de la espada, dispuesta a desenvainarla al más mínimo movimiento, giraba sobre sí, rodeado de los oficiales derrotados, supervivientes al desastre de Cannae. Cayo Lelio fue el primero en romper el silencio.

—Ya sabes que mi espada estará siempre junto a la tuya. Y antes de enfrentarse a ti, tendrán que matarme. Para mí Roma es nuestro objetivo.

—Bien —respondió Publio y se aproximó hacia la posición de Lelio.

—Yo también estoy contigo.

—Y yo.

—Y conmigo podéis contar también. A Roma.

Eran las voces de otros tres tribunos, Lucio Publicio, Apio Claudio y Sempronio Tuditano.

—También yo. Roma es nuestro sitio y hacia allí debemos ir —dijo Quinto Fabio, sorprendiendo a Publio. Con él todos los tribunos excepto Metelo estaban del lado de Publio. El joven Escipión se acercó entonces hacia Metelo hasta quedar a un par de pasos de distancia.

—¿Y bien, Metelo? Quedas tú entre los tribunos. ¿Qué tienes que decir?

Los labios de Metelo temblaron sin decir nada. Durante unos segundos ambos tribunos mantuvieron los ojos fijos en el contrario, sosteniendo una mirada intensa cargada de pasión y fuerza hasta que Metelo bajó los ojos.

—De acuerdo. Vayamos a Roma y que los dioses nos protejan —concedió al final.

—Bien —respondió con rapidez Publio mirando al resto—, ésa es la orden de los tribunos.

Bajó él entonces la mirada y se pasó la mano derecha, que hasta ese momento había estado clavada sobre el puño de la espada, por encima de su cabello.

—Estoy cansado. Hoy ha sido un día muy largo y doloroso para todos —añadió sin ya mirar a nadie—, os dejo; decidid quién debe tomar el mando en nuestra marcha de regreso a Roma. Acataré lo que decidáis. Me voy a asegurarme de que se atienda lo mejor posible a los heridos. Lelio me comunicará vuestra decisión sobre el mando de las tropas.

Y sin volverse, salió del corro de oficiales por el hueco que éstos abrían a su paso para dejarle salir. Descendió desde el borde de las murallas de Canusio hacia el campamento romano y fue a las tiendas en las que se habían concentrado gran parte de los heridos en la batalla. Se entretuvo hablando con los dos médicos que, agotados, con las manos ensangrentadas, le comentaban que necesitaban agua y vendas para continuar y gente que los ayudase para trasladar cuerpos de un lado a otro y vino para emborrachar a los soldados a los que tenían que amputar algún miembro. El joven tribuno pasó así media hora, escuchando a los médicos, tomando nota de sus necesidades y dando las órdenes oportunas para que se atendieran las necesidades que éstos le planteaban. Luego se paseó entre los heridos, firme, erguido, serio. En los ojos de aquellos hombres se leía el miedo, peor aún, la desesperación, el desamparo. Sin embargo, se dio cuenta de que algunos de ellos respondían a su paso levantándose en señal de respeto o, algunos que no podían alzarse, inclinaban la cabeza mostrando su reconocimiento al rango del alto oficial que por allí pasaba. Publio sabía que esos hombres llevaban horas sin recibir ni la más mínima muestra de la existencia de una autoridad. Se acercó a muchos de los que se alzaban o le hacían alguna señal y les preguntó por su parte en la batalla, por quién o cómo habían sido heridos: unos explicaban que habían sido atacados por los iberos o los galos, pero la gran mayoría confesaban que habían sido heridos por los africanos cuando luchaban desesperadamente por defender los flancos del ejército. Luego estaban los que se habían visto sorprendidos por la caballería enemiga y los que habían sido presa de jabalinas o piedras arrojadas por los temibles honderos baleáricos. De cada uno escuchó su relato, que todos abreviaban conscientes de que el tiempo de un tribuno era algo valioso y que no era frecuente que un oficial de tan alto rango caminase entre los heridos y se preocupase por sus sufrimientos.

Publio salió de aquellas tiendas aturdido por el olor a sangre y la sensación sobrecogedora de abatimiento que se había apoderado de todos aquellos legionarios. Sin embargo, percibió la extraña sensación de que de algún modo su futuro estaba unido a cada uno de esos hombres. Sin saber por qué, pensó que aquélla no sería la última vez que iba a ver aquellos rostros acercándose a él y hablándole de sus acciones en una batalla. Publio sacudió su cabeza. El enfrentamiento con los tribunos le había agotado y ya no sabía ni lo que percibía ni lo que sentía. Vio entonces a Lelio bajando desde el lugar de la reunión de los oficiales al tiempo que el resto de los tribunos y centuriones deshacía el corro del cónclave en el que se acababa de decidir quién debería tomar el mando. ¿Habrían cambiado de opinión? ¿Habría vuelto Metelo a intentar persuadir al resto para que traicionaran a Roma? Antes de que pudiera responderse mentalmente a tales preguntas, Cayo Lelio llegó junto a él.

—Ya está decidido: vamos a Roma, como se había quedado tras tu intervención —dijo Lelio como si leyera sus pensamientos.

—Bien, bien, ¿y quién tiene el mando? Cualquiera me parecerá bien excepto Metelo, pero si se ha decidido que sea él yo lo acataré aunque...

—El mando —le interrumpió Lelio— lo tienes tú.

—¿Yo? Pero si soy el tribuno más joven.

Lelio levantó sus manos con las palmas abiertas hacia arriba y levantó las cejas.

—Puede ser —dijo—, pero tú tienes el mando.

—¿Y todos estaban de acuerdo?

—Bueno, para ser sincero han sido Lucio Publicio y Apio Claudio los que te han propuesto; a ellos se han sumado casi todos los centuriones y el resto de los oficiales; Quinto ha concedido con la cabeza y Metelo no ha dicho que sí, pero tampoco ha dicho que no. Pero lo que procede ahora es que tú mismo te laves las heridas de los brazos.

—Tienes razón.

Publio tenía pequeños cortes en brazos y piernas a medio cicatrizar, pero ocupado primero en evitar la deserción de los oficiales y luego en que se atendiera bien al resto de los heridos, no se había ocupado de atender a su propio cuerpo.

—Vamos a por agua —dijo Lelio y Publio le siguió en silencio, casi como un niño siguiendo a su madre que se ocupa de curarlo. El joven tribuno estaba abrumado. Había recibido el mando de manos del resto de los oficiales y tribunos aun siendo el más joven. Siempre había soñado con estar al mando de una legión y servir con honor a su patria, lo que nunca había esperado ni podía haber imaginado es que su primer mando sobre un número de soldados equivalente a dos legiones iba a tener lugar tras la mayor de las derrotas, comandando a los supervivientes y heridos de la peor de las batallas en las que Roma hubiera luchado. El destino nos conduce por caminos extraños e inesperados.

64

El molino y el teatro

Roma, agosto del 216 a.C.

Tito no pudo dormir aquella noche. Extrañas noticias venidas desde el frente de guerra se habían difundido por la ciudad: una derrota aún mayor que las sufridas hasta ahora parecía haber tenido lugar en Cannae. El mayor ejército que nunca jamás Roma había armado antes, ocho legiones con todas sus tropas aliadas, había sido derrotado, arrasado por Aníbal. La ciudad se convulsionaba. Sus habitantes corrían de un lugar a otro contándose las horribles noticias y todos parecían estar presos del pánico. Eran las cuatro de la mañana y Tito debía salir para acudir al molino a incorporarse a su trabajo diario o, de lo contrario, no le pagarían y se vería sin comida y sin posibilidad de satisfacer el coste del alquiler de su estancia, refugio del frío, la lluvia y, en las noches de verano, de todos los maleantes, borrachos y ladrones que poblaban las calles de la ciudad nocturna.

Tito estaba cercano al foro cuando un gran griterío le sorprendió por una de las calles adyacentes. Una muchedumbre encabezada por sacerdotes entre los que le pareció distinguir al pontífice máximo llevaba una mujer presa. Se trataba de una de las vírgenes vestales que, según gritaba la multitud enfervorecida, había sido infiel a sus votos y había entregado su pureza a un hombre que ya había sido ejecutado por las autoridades, lo que significaba que el pontífice máximo o algún otro alto sacerdote lo habría apaleado hasta morir delante de un gentío anhelante de muerte, ciudadanos que con sangre ajena buscaban congraciarse con unos dioses que los habían abandonado. Había que restablecer la paz con los mismos, limpiar las ofensas que los dioses debían de considerar que los romanos habían perpetrado contra ellos. De otra forma no se podía entender la inacabable serie de derrotas bélicas, a cuál más desastrosa, hasta llegar a la destrucción completa del mayor de sus ejércitos. Tito volvió a centrarse en la joven que arrastraban por los pelos y por los brazos, estirados, amoratados por los golpes recibidos en su cruel traslado, gimoteando entre sollozos y aullidos, una prisionera impotente ante la fortaleza física de sus captores.

—¿Adónde la llevan? —preguntó Tito a uno de los que observaban la muchedumbre avanzar hacia el foro.

—A enterrarla viva. Es la sentencia que procede por romper sus votos y traer la desgracia sobre Roma.

Así era. Los romanos buscaban culpables del mayor desastre militar de su historia y aquellos que se hubieran deslizado en sus cometidos serían los primeros en caer. Y sólo era el principio de un sangriento amanecer. Pasó la multitud y tras ella vinieron legionarios con dos parejas de esclavos: una mujer y un hombre galos, y, a continuación, una joven y un joven griegos y tras ellos otro tumulto de ciudadanos coléricos. Eran conducidos para un sacrificio humano. Roma iba a perpetrar sacrificios humanos. Algo desconocido en años, en decenios, en siglos. La ciudad estaba perdida, desesperada, sin rumbo. Legiones y legiones caían ante su mortal enemigo. Nadie parecía poder frenarla. El equivalente a cuatro ejércitos consulares había desaparecido en Cannae. No había nada que impidiese el avance del cartaginés sobre la ciudad. Sólo los dioses podrían salvarlos. Había que aplacar su rencor, regar con sangre humana sus altares y elevar las plegarias al cielo humillados, de rodillas, postrados.

Tito escuchaba las rápidas conversaciones de los que le rodeaban: los libros sagrados habían sido consultados, y los sacerdotes, y se había dictaminado que eran necesarios sacrificios más allá de toda costumbre. Las parejas de esclavos, encadenados entre sí, eran empujadas por los legionarios camino del foro.

Tito Macio no quiso saber nada más de todo aquello. Quizá en unos días entrase Aníbal en aquella ciudad y acabase con todos, con los que han de ser sacrificados según los sacerdotes y con los que ahora actuaban de verdugos. Quién sabe, quizá para él y otros miles de semiesclavos y esclavos, libertos y otros miserables de la ciudad, la llegada de un nuevo orden fuera lo mejor. Entonces un pensamiento terrible y sombrío le aturdió. Si bien pudiera ser que una vez Aníbal conquistase la ciudad las cosas mejorasen para él, pues poco más podían empeorar a no ser que fuera seleccionado como víctima para uno de aquellos despreciables sacrificios, también podría ocurrir que, si el general cartaginés se acercaba a la ciudad, aquello derivase en un asedio; un largo e infinito asedio, porque Roma no se rendiría sin luchar; de eso estaba seguro. El Senado presionaría para levantar una larga e intrincada defensa y Aníbal rodearía la ciudad durante semanas, meses, puede que incluso años. Y con el asedio sin fin vendrían el hambre y las enfermedades. Más penurias que añadir a la miseria que ya padecía. Además, los primeros en sufrir todo aquello serían los más desfavorecidos. Fue en ese momento cuando Tito concibió la idea de escapar de Roma. Veloz puso rumbo hacia la puerta más próxima de la ciudad. En pocos minutos llegó a la misma, esquivando centenares de personas que, en dirección contraria, se encaminaban hacia el foro. En la puerta, para su pesar, Tito descubrió un obstáculo insalvable: legionarios, armados con *pila*, espadas y corazas vigilaban el paso. A los pocos que entraban se les preguntaba de dónde venían, sus nombres, adónde iban. Algunos eran apartados a la espera de confirmar alguna de las informaciones que habían dado. Se les veía nerviosos, asustados, igual que los propios soldados que los custodiaban a la espera de ver qué se debía hacer con ellos. Y, lo peor de todo: nadie salía. Sin duda, el Senado ya habría dado órdenes de cerrar el paso a todos los que fueran a salir. No querrían una desbandada general y que la ciudad quedase sin ciudadanos a los que recurrir cuando llegase el momento de establecer la última defensa. Un asedio. Eran los prolegómenos de un asedio. Tito había escuchado historias terribles sobre los interminables asedios de ciudades como Sagunto. Ocho meses. Al final, todos muertos. Todos. Después de una implacable lucha, horribles enfermedades y hambre. Un jinete llegó hasta las puertas. Deseaba salir. Fue detenido por un grupo de centinelas. El caballero mostró una tablilla que los legionarios observaron sin poder leerla. Vio cómo la pasaban a un centurión que estaba al mando del puesto de control. El oficial leyó con detenimiento el mensaje escrito y dio orden de dejar pasar al jinete. Tito vio cómo caballero y montura se perdían por la Vía Appia hacia el sur, alejándose de la ciudad. Bajó la mirada. Él no tenía salvoconducto que mostrar y sus ropas raídas, sucias, malolientes no iban a concitar ninguna confianza entre aquellos legionarios. Se quedó unos minutos observando la calzada por donde se perdía la figura de aquel jinete y sintió lo hermoso que debía de ser disfrutar de libertad en un mundo en paz. Sólo tener un trabajo honesto, lo suficiente para comer y no temer a cada momento por la guerra. Un mundo imposible, una fútil añoranza. Nunca estuvo mejor que cuando trabajaba para Rufo en el teatro. Si Praxíteles viera en qué se había transformado aquella ciudad. El viejo griego le contaba cómo terminó hastiado de las constantes guerras entre las diferentes ciudades griegas: los etolios, los aqueos, Esparta, los macedonios, Rodas, Pérgamo, siempre en guerra unos con otros. En Roma el anciano griego disfrutó de unos breves años de paz.

También aquí se había desvanecido el sueño de sosiego de aquel viejo. Tito sabía que era miseria y dolor lo que le quedaba por ver en esta vida. Recordó su maldición a los dioses. Si los que le rodeaban lo supieran, él sería el primero en ser sacrificado. Qué importaba. Aunque gritase, nadie escucharía a un miserable como él. Condujo sus pasos de nuevo hacia el molino. Entró en él. El amo no estaba, sino que seguramente estaría junto con el resto de los ciudadanos, vagando por la ciudad o presenciando algún sacrificio. A Tito le dio igual. Se limitó a asir la gran barra de madera del molino, tensó sus músculos y empujó en silencio. El sudor empezó a correr por su frente. La inmensa rueda del molino fue girando, despacio primero y luego con mayor velocidad y en el esfuerzo del trabajo Tito diluyó sus pensamientos y se alejó de la algarabía, el desorden y el pánico que gobernaban aquella ciudad. Su única obsesión era que el amo del molino encontrase el trabajo hecho cuando al final del día regresase, para así recibir su ínfima paga y poder seguir sobreviviendo en aquel mundo que se desmoronaba a pedazos.

65

La defensa de Roma

Roma, agosto del 216 a.C.

Quinto Fabio Máximo se abría camino a empujones acompañado de su fiel discípulo, Marco Porcio Catón, y escoltado por varios esclavos de confianza. La ciudad era un puro tumulto. Al llegar al foro una muchedumbre se interponía entre ellos y el acceso hasta el Comitia, donde los pretores habían convocado al Senado, esto es, a los senadores supervivientes al desastre, para asistir a una reunión de emergencia. Fabio Máximo pronto comprendió qué había atraído a tanta gente. En medio del foro, sin atender a ninguno de los rituales ni convenciones sagradas, estaban dando muerte a dos parejas de esclavos extranjeros. Éstos aullaban de dolor mientras eran degollados por improvisados *popas* quienes, desconocedores del oficio y el arte del sacrificio, no acertaban siquiera a dar muerte a las pobres víctimas seleccionadas al azar por una multitud convertida en una masa de locura cuyas futuras acciones eran imprevisibles.

Máximo, no obstante, protegido por su guardia, alcanzó el Senado. A las puertas, un centenar de legionarios de las *legiones urbanae* custodiaban la entrada, dejando acceder al interior sólo a los senadores. Catón se quedó junto a los esclavos de Máximo viendo cómo su mentor entraba con paso firme y decidido en el edificio del Senado. Observó también cómo desde distintos puntos llegaban otros senadores que, sin embargo, miraban recelosos a sus espaldas cuando ascendían las escaleras.

Fabio Máximo no miró atrás. El pasado cercano era mejor olvidarlo y centrarse en el futuro inmediato. ¿Le quedaba futuro a Roma? Ésa era la cuestión sobre la que se debía decidir. Los pretores Philus y Pomponio recibían a los senadores. Máximo los saludó con un leve asentimiento. Entró en el Senado y tomó asiento en su lugar habitual, en el centro de la primera fila, según le correspondía en calidad del más veterano miembro de la institución. Así fueron entrando uno a uno, hasta unos ciento ochenta senadores. Faltaban más de cien, pero éstos no podrían llegar jamás. Estaban muertos. Algunos habían caído en las recientes derrotas de Trebia y Trasimeno, pero la mayoría formaba parte de las ocho legiones que acababan de ser masacradas por Aníbal en Cannae. La ambición era grande en la clase senatorial y muchos quisieron apuntarse a aquel gran ejército seguros de participar en una fácil victoria con la que engrosar sus arcas y su prestigio personal. Un error de cálculo sin solución ya para todos los que habían caído en el campo de batalla. El espectáculo de la gran sala a tan sólo media capacidad, con decenas de espacios vacíos entre las grandes bancadas de piedra, era el mejor retrato de Roma. Para mayor desánimo, sobre el silencio reinante se imponía el ruido de la muchedumbre que fuera de aquel recinto gritaba, lloraba, imploraba, sacrificaba hombres y bestias y vagaba despavorida por una ciudad sin control.

Quinto Fabio Máximo meditaba. ¿Era el fin de Roma? Su plan de enfrentarse a Cartago y acceder al poder en medio de aquella guerra parecía haber desembocado en un desenlace desastroso, imprevisto y, con toda seguridad, inexorable. Algunos senadores se alzaron y empezaron a hablar de desalojar Roma. Otros argumentaban que lo mejor era guarecerse en la ciudad. Pronto varios senadores hablaban a un tiempo; era como si la algarabía del exterior hubiera penetrado en el recinto sagrado de las reuniones del Senado. Aquello ya no era sino una riña callejera.

Quinto Fabio Máximo se levantó de su banco y se situó despacio en el centro de la sala. No habló, sino que esperó que el resto de senadores callara. Permaneció en pie, contemplando el suelo, serio, sin decir nada, hasta que el silencio absoluto se adueñó de la sala y, algo curioso, como si la muchedumbre del foro sintiese que algo estaba a punto de ocurrir, también pareció decrecer el ruido y el alboroto del exterior.

—Tenemos dos legiones en la ciudad —empezó el viejo senador, dos veces cónsul y ex dictador de Roma—, las *legiones urbanae*. Eso nos da diez mil soldados ya armados y adiestrados para proteger las murallas de la ciudad. Es un principio, pero antes que nada hay que controlar la confusión y el tumulto que se han apoderado de Roma. Las mujeres deben permanecer en casa. No necesitamos más lloros ni lágrimas. Deben limitarse los ritos funerarios al interior de las casas y, de hecho, lo más conveniente será que se ordene que todo el mundo permanezca en sus casas a no ser que tenga un motivo justificado para salir. Los que deseen noticias sobre sus familiares y amigos que han combatido en Cannae deben esperar en sus hogares para recibir noticias allí mismo según se vayan recibiendo informes del frente de guerra.

Fabio Máximo alzó sus ojos a su alrededor y contempló cómo se le escuchaba con atención y cómo varios senadores asentían, los más favorables siempre a sus opiniones, pero observó también que los más críticos con su gestión el año anterior, cuando se le acusaba de demasiado prudente en su forma de llevar la guerra, permanecían en silencio y no contradecían sus sugerencias.

—Debemos reunir información —continuó Fabio Máximo—; es imprescindible que conozcamos si hay o no hay supervivientes. Sugiero que jinetes, armados de forma ligera para que puedan desplazarse con rapidez, partan de Roma por la Vía Appia y por la Vía Latina para recibir noticias de lo que ha ocurrido exactamente. Debemos saber si hay supervivientes y cuántos son éstos en efecto y, más importante aún, debemos saber qué está haciendo Aníbal y, si es posible, intuir qué va a hacer a partir de sus movimientos futuros. Hay que establecer guardias numerosas y eficaces en las puertas de la ciudad y nadie debe abandonar Roma. Es más, se debe persuadir al pueblo de que lo mejor que pueden hacer es permanecer en la ciudad, protegidos por las murallas y nuestros hombres. También sugiero que retorne un veterano general como Claudio Marcelo, cuya experiencia es garantía en estas fechas de cierto control, desde la lejana Sicilia, que se le otorgue el grado de pretor y que acuda a Canusio para hacerse cargo de las tropas, que según se comenta, han sobrevivido a tan humillante derrota. A partir de esto podremos empezar a decidir qué hacer en los próximos días. Estas cosas son las más urgentes y pienso que deben ponerse en marcha ahora mismo.

No hubo votación, sino un asentimiento general. Nadie contradijo las palabras de Fabio Máximo. Los pretores se pusieron manos a la obra y, con ayuda de senadores y oficiales de las *legiones urbanae*, se despejaron las calles del enorme gentío que las poblaba. Todo el mundo fue informado de las medidas que se estaban tomando y de que se debía permanecer en casa. Para asegurarse de que todos comprendían que aquello era algo más que una sencilla sugerencia, los triunviros y pequeñas unidades de legionarios empezaron a patrullar las calles deteniendo a los que no seguían las instrucciones del Senado. En las puertas se establecieron guarniciones de soldados fuertemente armados y centenares de centinelas fueron distribuidos por todas las murallas. Varias decenas de jinetes salieron al galope de la ciudad, la silueta de sus monturas proyectándose alargada sobre las vías Appia y Latina en la última hora de un atardecer rojo sangre que iluminaba lánguido el que muchos pensaron iba a ser la noche del final de Roma.

66

Maharbal y Aníbal

Apulia, agosto del 216 a.C.

En la llanura a los pies de la fortaleza de Cannae, una unidad de jinetes africanos escoltaba a diez presos romanos que eran obligados a marchar veloces a pie para mantener el paso con el trote de los caballos. Un oficial alto, moreno, con barba poblada, encabezaba la comitiva. Era Cartalón, un noble cartaginés a quien Aníbal había puesto al mando de aquel destacamento que partía de Cannae con dirección a Roma.

Maharbal contemplaba la escena perplejo. Ésos eran todos los soldados cartagineses que su general en jefe ordenaba avanzar hacia la ciudad contra la que llevaban dos años en guerra, la misma ciudad que los había humillado en la anterior guerra y la misma ciudad que había visto desaparecer todo su ejército bajo el poder de la caballería y la infantería cartaginesas. Aníbal se limitaba a enviar a Roma una pequeña unidad para negociar el cobro del rescate de los miles de presos romanos que habían hecho aquellos días, especialmente los que se entregaron en el campamento romano al norte del río. Y no habían pasado ni unos minutos desde que Aníbal había ordenado a todos los oficiales que preparasen una larga marcha hacia el sur de Italia. Hacia el sur, no hacia el norte, hacia Roma. Aquello era absurdo. Maharbal era el primer sorprendido por su reacción, pero se vio a sí mismo replicando, por primera vez en su vida, a su general en jefe.

—Eso es un sinsentido, mi general —la voz disonante de Maharbal, prácticamente interrumpiendo las órdenes de Aníbal, dio paso al silencio en medio de la reunión de los oficiales en la tienda del general de los ejércitos de Cartago en la península itálica—; lo siento, pero debo decirlo. Es lo que piensan muchos soldados y muchos de los aquí presentes: ¿para qué hemos aniquilado el ejército de Roma? ¿Para ir ahora hacia el sur? No tiene sentido. ¿De qué vale ganar una gran batalla si luego no se aprovecha la victoria hasta sus últimas consecuencias? Hay que ir a Roma.

En el denso silencio, Aníbal optó por sentarse en la gran silla, cubierta de pieles de oveja, que los soldados habían dispuesto junto a la mesa de los mapas. Magón fue a decir algo para replicar a la rebeldía de Maharbal, pero Aníbal levantó despacio su mano y su hermano guardó silencio. Aníbal prefirió dejar que el silencio perviviera durante largos segundos. Se limitó a observar a Maharbal con atención. Éste al fin empezó a sentir un sudor frío por su amplia frente y cómo varias gotas de líquido salado se deslizaban por la piel de su rostro. Seguía haciendo calor en aquel tórrido estío itálico, pero su cuerpo estaba habituado a calores más inclementes en Numidia; aquel sudor tenía un origen no térmico. Maharbal mantuvo la mirada de su general durante varios de aquellos eternos segundos pero, al fin, bajó sus ojos sin añadir más. Ya había dicho bastante. Para muchos demasiado. La cuestión era, en cualquier caso, saber si para Aníbal también aquéllas habían sido demasiadas palabras o no. Nadie nunca antes había osado contradecir al general y, por muy peculiar que pudiera parecer la estrategia de alejarse ahora de Roma, era difícil oponerse a quien no había hecho sino acumular victoria tras victoria, incluso allí donde todo parecía estar en contra. Por eso nadie más se había atrevido a transformar en palabras sus dudas ante aquella nueva y sorprendente estrategia de su líder.

—Mis órdenes son —dijo Aníbal cuando consideró oportuno quebrar la tensión que crecía por momentos en espera de su respuesta— prepararnos para ir al sur. Quiero un puerto de mar en el sur y eso vamos a conseguir. Y que parta alguien de confianza, Cartalón estaría bien, es un buen oficial, con un grupo de prisioneros romanos para negociar su libertad. Lo que pague Roma nos vendrá bien para costear la campaña contra ellos mismos. Será divertido verlos buscar dinero para liberar a sus familiares para que con ese mismo dinero sigamos hostigándolos hasta su rendición incondicional —aquí el cartaginés se detuvo y soltó una sonora carcajada que arrancó más risas entre el resto de los generales, excepto en Maharbal; luego Aníbal prosiguió retomando su expresión seria y serena—. Creo que está todo dicho y que todos tenéis cosas que hacer para preparar la marcha al sur. Dejad que los hombres disfruten un par de días de esta victoria, que coman y beban bien y luego hacia el sur. Podéis retiraros todos... todos menos... Maharbal.

Magón, seguido de Himilcón, fue el primero en salir. Tras ellos el resto de los oficiales corrió con prisas hacia el exterior de la tienda. Nadie tenía interés en quedarse allí, con Maharbal y la más que segura furia de su gran general. Algunos miraron al jefe de la caballería cartaginesa como quien mira a un muerto.

Maharbal permaneció en la tienda, esperando la bronca y la reprimenda, cuando menos, de su líder, temiendo incluso por su vida, pero seguía sin entender cómo aquel general de generales al que en el fondo tanto admiraba, se obstinaba, porque sí, ésa era la palabra, se obstinaba en no aprovechar la ocasión para marchar al fin sobre Roma, sobre una Roma herida de muerte. Maharbal esperó gritos o, directamente, el filo de la espada de su jefe. Se puso frente a Aníbal y aguardó lo que tuviera que venir.

Aníbal se levanta despacio y desenvaina su espada. Maharbal observa aterrado el movimiento y responde de la misma forma, sacando con suavidad, pero con firmeza, su propia espada africana. En el exterior de la tienda los guardias escuchan el filo de las armas al deslizarse por sus vainas de plata y bronce. Varios oficiales se acercan a la tienda. Los centinelas de Aníbal dudan en entrar para proteger a su líder, pero éste les ha ordenado a todos, menos a Maharbal, que salgan de la tienda. En el interior, Maharbal empuña en alto su arma. Aníbal sostiene la suya con fuerza, pero aún si alzarla. Están a tres pasos de distancia. Maharbal entonces arroja desde lo alto su espada, dejándola caer sobre el suelo, a sus pies.

—Nunca lucharé contra ti —dijo Maharbal con sorprendente serenidad—; si crees que merezco la muerte por decir lo que pienso, que así sea y que los dioses bendigan tu acción. No entiendo tus órdenes y así lo he manifestado, pero nunca lucharé contra ti. Sólo sé luchar a tu favor y así lo haré hasta el final de mis días, incluso si ese final lo dictaminas tú ahora. No veo mejor forma de morir ni mejor verdugo.

Aníbal suspiró largo tiempo, envainó su espada y volvió a sentarse.

—Coge tu espada Maharbal; un soldado sin arma no me sirve.

El general de la caballería se agachó y recogió su espada del suelo. La insertó en su sitio, junto a su cintura y volvió a ponerse firme ante su líder.

—Maharbal, ¿tenemos catapultas?

El interpelado abrió los ojos. No entendía aquella pregunta.

—No, mi señor, no tenemos.

—Bien. Maharbal, ¿tenemos *escorpiones*?

—No, mi señor, no tenemos.

—Maharbal, ¿tenemos una torre de asedio? —continuó preguntando Aníbal.

—No —respondió Maharbal que empezaba a entender el sentido de aquellas cuestiones—; no, es cierto, pero podemos construir ese material de guerra.

—¿Podemos construir ese material? —Aníbal sonrió casi con ternura—. ¿Y cuánto, si puede saberse, tardaremos en construir todas esas máquinas? ¿Una semana, un mes? ¿Varios meses, quizá? ¿Y cuántas catapultas, *escorpiones* y torres de asedio se necesitan para que caiga la ciudad de Roma a la que tú te empeñas en empujarnos? En Sagunto no conseguimos nada hasta que construimos y llevamos hasta la muralla la torre de asedio y utilizamos decenas de catapultas y *escorpiones* que ya teníamos hechos y que trajimos desde Qart Hadasht, y ¿contra qué fuerzas combatimos?, apenas unos centenares de soldados y unos pocos miles de ciudadanos sin experiencia, valerosos sí, hasta el fin, pero sin experiencia. ¿Sabes tú lo que nos vamos a encontrar en Roma? En Roma tienen dos legiones dispuestas que ni siquiera han salido de la ciudad, diez mil hombres armados esperándonos; luego están las milicias, triunviros los llaman allí, cuyo número desconozco, y luego los miles de ciudadanos que armarán sin duda para la defensa, defensa que tendrán todo el tiempo del mundo en preparar cuando averigüen, porque lo harán, no lo dudes, que estamos preparando armamento de asedio; ¿cuánto crees que tardarán en reclamar sus tropas desplazadas en Sicilia, Cerdeña o Hispania, por mencionarte algunos sitios? Antes de que ese asedio empiece, habrán congregado todos los aliados que les quedan en Italia; unos no responderán, eso es cierto, a su llamada por temor a nuestro ejército, pero otros sí. Muchos pueblos itálicos aún les son fieles porque Roma lleva ejerciendo su poder sobre ellos durante decenas de años y nosotros sólo estamos aquí unos meses. No, Maharbal, no. Tardamos ocho meses en abatir Sagunto, peor pertrechada para su defensa y desasistida por todos y nosotros disponiendo de todo el armamento de asedio necesario. Aquí no luchamos contra una pequeña ciudad abandonada por sus amigos y sin recursos a los que acudir en una situación de emergencia, además de que no poseemos el armamento necesario. Nuestro ejército tiene su mejor baza en el movimiento, en el despliegue de fuerzas veloz, golpeando en diferentes lugares con fuerza mortal. Roma es aún sólida en sus bases, aunque hayamos cortado varios de sus tentáculos con el norte y con Hispania. Ahora toca el sur. Y, por encima de todo, ¿tú crees que yo he empezado esta guerra para conquistar una ciudad, no importa lo importante que sea esa ciudad? Si es eso lo que piensas, entonces es que me crees alguien demasiado pequeño. Cuando entiendas de qué estamos hablando, de qué trata esta guerra, serás tú quien dé las órdenes. Mientras tanto, limítate a obedecer y nunca, ¿me oyes bien?, nunca jamás vuelvas a contradecirme en público o será lo último que hagas en esta vida. Ahora sal y nunca más vuelvas a pedirme explicaciones ante otros oficiales. Tu lealtad te ha salvado esta vez, pero no lo hará en una próxima ocasión. Que mis palabras penetren en tu mente y que los dioses preserven tu vida y te hagan entender lo que te he explicado hoy, algo que hasta la fecha sólo había compartido con mis hermanos. Sal ya.

Maharbal dio media vuelta y salió de la tienda. Fuera, decenas de oficiales, Himilcón y Magón esperaban el desenlace de aquella entrevista. Junto con la frescura del aire, el jefe de la caballería sintió la intensidad de las miradas de todos clavadas en su persona.

—Vamos hacia el sur —respondió Maharbal a las preguntas silenciosas de los que le rodeaban. Avanzó rápido entre el corro de oficiales que se hacían a un lado abriendo un estrecho pasillo por el que caminó hasta alejarse de la tienda de Aníbal y los que allí estaban y descender colina abajo hacia donde sus hombres, nerviosos por los rumores que corrían por el campamento, le esperaban.

Magón entró en la tienda de su hermano mayor.

—Creo que ha entendido —respondió Aníbal—; he compartido con él parte de las razones. Es leal y valiente. Su fidelidad a las órdenes servirá de ejemplo a los demás. Ahora debemos proseguir con el plan. Hermano, debes marchar lo antes posible hacia las ciudades Brutias, en el extremo sur de la península. Varias se pasarán a nosotros con tu sola presencia. No dudes en anunciarte a esos pueblos como mi hermano, como el enviado de Aníbal al sur de Italia. Luego, la parte más importante y compleja de la misión: tendrás que cruzar el mar hasta Cartago y, una vez allí, presentarte ante el Senado y el Consejo de Ancianos y solicitar refuerzos. Llévate los anillos de todos los patricios y senadores romanos muertos en Trebia, Trasimeno y Cannae. Eso allanará un poco el camino, aunque ya sabéis que Hanón y los suyos se opondrán en el Senado. Siempre se han opuesto a nuestra familia, a nuestros planes y, en especial, a esta guerra.

—Cuenta conmigo para persuadir al Senado —respondió Magón con decisión—. Regresaré a Italia con más tropas sea como sea, aunque me vaya la vida en ello. Y Asdrúbal también lo hará. Juntos, los tres hermanos, terminaremos con el poder de Roma.

Aníbal miró a su hermano con sentido aprecio.

—No lo dudo, hermano, no lo dudo. Baal es testigo de tu determinación y sé que tu corazón está con nuestra familia. Nuestro padre hoy se sentiría orgulloso de nosotros. Estamos cerca, pero no hemos terminado; hemos de continuar y no desfallecer.

—¿Y tú qué harás, hermano? —preguntó Magón.

Aníbal no era tan intolerante con las interpelaciones de sus hermanos, los seres en los que más confiaba, a los que más amaba en la tierra, los únicos con los que compartía sus objetivos, sus anhelos y, en alguna contada ocasión, sus dudas. Se dirigió al plano y señaló un punto al sur de Roma.

—Aquí, a Nápoles. Ése será nuestro puerto o... Bien, si eso no resultase, tengo pensadas otras opciones. Tengo informes interesantes de la situación compleja en la que se encuentran varios de los grandes puertos del sur. En sus senados hay división. El temor a Roma es grande, pero el temor ante nuestro avance crece. Cada gobierno empieza a dudar sobre con quién establecer su fidelidad. Me aprovecharé de esas divisiones. Tú ocúpate de conseguir los refuerzos, que yo conseguiré un puerto donde desembarcarlos. En que cada uno consiga el objetivo aquí marcado reside la victoria. Y ahora, bebamos por ella, que creo que nos lo hemos merecido.

Aníbal dio un par de palmadas y dos esclavas entraron veloces como gacelas.

—Traed vino y volved acompañadas de más esclavas. Ya sabéis lo que quiero —y volviéndose hacia Magón—, es hora de que nos relajemos un poco y disfrutemos ahora que los dioses parecen bendecir nuestros movimientos en Italia.

Los centinelas escucharon a los hermanos riendo y voces de mujeres jóvenes suaves que luego se tornaban en gemidos. Mirando hacia el valle, los guardias veían un inmenso ejército celebrando la mayor victoria nunca vista sobre las legiones de Roma. Habrían de pasar siglos antes de que alguien fuera testigo de algo similar.

67

El día más triste

Roma,
final del verano del 216 a.C.

El joven Publio llegó a Roma con los supervivientes de Cannae que se refugiaron en Canusio. Hasta allí fue enviado por el Senado el general Marcelo para hacerse cargo de aquellas tropas y traerlas de regreso a la ciudad en donde se juzgaría la validez o cobardía de aquellos supervivientes al desastre. Una vez en Roma, y a la espera de dicho juicio, tras saludar a su madre y su hermano en su propia casa, apenas unos minutos, sin ni siquiera ponerse una toga limpia, el joven Publio se dirigió hasta allí donde sabía que debía conducirle el deber: hasta la casa de Emilio Paulo. Una vez alcanzó la entrada a la gran hacienda del cónsul caído, observó que aún no se veían señales externas de duelo. Las noticias recibidas por la familia todavía habrían sido confusas y esperarían que alguien de confianza confirmase los horribles presagios sobre la vida o muerte del *pater familias* de la casa. Los guardias le dejaron pasar sin problemas y sin preguntarle por su nombre. Una vez alcanzó la puerta de la gran casa llamó golpeando con la palma de su mano dos veces.

El *atriense* abrió la puerta y de inmediato reconoció al joven que con frecuencia recibía el favor de su amo. El esclavo abrió la puerta de par en par y lo invitó al vestíbulo.

—Esperad un momento, os lo ruego, mientras anuncio vuestra visita.

Publio asintió y aguardó hasta que el *atriense* regresó y le invitó a pasar al atrio. Una vez en él, Publio vio a los familiares de Emilio Paulo en torno a su hija. Emilia, pálida, aterrada, le miró nada más entrar. Publio sintió que aquél y no otro era y sería para siempre el peor momento de su vida, que nunca jamás iba a sufrir lo que ahora tenía que padecer. Estaba equivocado, pero en aquel momento así lo sintió en su corazón. Emilia, abrazada por su hermano Lucio Emilio, se deshizo del cobijo que éste le ofrecía, movido por el afecto y la compasión, y avanzó hasta estar frente a Publio.

—Dime que no es verdad —dijo Emilia entre ojos llorosos, casi gritando—. Dime que no es cierto, dime que mi padre vive, que se ha salvado y que pronto se reunirá con nosotros. Sé que vive.

Emilia pronunció aquellas últimas palabras pese a que todo le hacía presentir lo contrario. En su mente entre niña y mujer aún quedaba espacio para creer en que una mentira dicha en voz alta podía terminar transformándose en verdad dulce.

Publio permaneció callado y engulló dolor en estado puro. Nadie de los presentes culpaba a aquel joven tribuno de Roma que, con heridas en sus brazos, golpes marcados en el rostro, con su uniforme cubierto de polvo y sangre seca que sus esclavos no habían conseguido aún terminar de limpiar bien de sus ropas, se mantenía inmóvil ante la hija de Emilio Paulo.

—¡Por todos los dioses! —vociferó Emilia— ¡Dime algo! ¡Soy la hija de Emilio Paulo, cónsul de Roma y exijo saber qué ha sido de mi padre!

—Tu padre ha muerto en combate, de forma noble, honrosa, entre sus hombres... —Pero Emilia no le escuchaba ya; sacudía su cabeza de lado a lado con furia, se tiraba de los pelos, negaba y maldecía.

—¡No, no, no! ¡No es cierto! ¡Mientes, todos mentís! ¡No es posible!

Publio intentó seguir con sus explicaciones.

—El cónsul combatió con infinito valor sin temor de su vida, junto a sus hombres hasta el final, se preocupó por salvar el máximo de soldados... ¡Emilia, parte de esta sangre es su sangre!

Emilia se tapó los oídos y cerró los ojos. No quería ni ver ni escuchar más. Estaba roja de ira, de rabia, de pena. Su padre tenía que volver y estar junto a ella como siempre había sido, como siempre había hecho después de tantas batallas. No podía ser aquello. ¿Por qué le mentían y por qué de entre todos aquellos hombres y mujeres tenía que ser Publio el que dijera las mentiras más horribles?

—¿Por qué me hieres de esta forma, Publio, tú de entre todos los hombres, por qué me hieres así, por qué? ¡Mientes, miserable! ¡Mientes, traidor! —Y se lanzó sobre él y empezó a lanzar puñetazos con todas las fuerzas que eran capaces de reunir sus diecisiete años. Lucio Emilio y varios familiares se adelantaron para refrenar el injusto ataque de Emilia, pero Publio levantó sus manos con la palma extendida y todos se quedaron quietos. Emilia se arrojó con toda la violencia que su pequeño cuerpo fue capaz de reunir contra el joven tribuno y le golpeó en la cara malherida, en los brazos con cortes recién cicatrizados, en el vientre, en cualquier parte donde sus pequeños brazos alcanzasen. Su juventud y su ira se tradujeron en una sorprendente fortaleza que abrió varios de los cortes en la piel de Publio que no profirió ningún grito, que no se movió un ápice, que no permitió que nadie tocase a Emilia durante el largo minuto que permaneció golpeándole y gritándole, acusándole y haciendo que varias de sus más recientes heridas volvieran a manar manchando de sangre la toga del tribuno, el pelo de la propia Emilia, el suelo del atrio de la casa de Emilio Paulo. Así hasta que la hija del cónsul fallecido cayó vencida por los nervios y el dolor, y quedó arrodillada frente a Publio. El joven tribuno se agachó, pasó dulcemente sus dedos por las mejillas sonrosadas de su prometida y, herido, ensangrentado, la cogió en brazos y cruzando entre sus parientes que se dividieron en dos grupos para dejarle pasar, siguiendo al *atriense*, condujo a Emilia hasta su habitación y allí, sobre un lecho de sábanas blancas, la dejó, desmayada, pero respirando, sometida a un sueño profundo que, al menos por unos momentos, la alejaba de su dolor y su ira.

Publio permaneció unos minutos junto al lecho hasta asegurarse de que todo estaba bien. Una esclava, junto al *atriense*, se dirigió en voz baja al joven tribuno.

—La cuidaremos bien, señor, la cuidaremos bien.

Publio asintió, se levantó y salió de la habitación para regresar al atrio. Allí se reencontró de nuevo con todos los familiares de Emilio Paulo. Publio no pidió agua para lavar sus heridas ni algo para comer ni un asiento donde sentarse. Se dirigió a todos con voz apesadumbrada, mirando a Lucio Emilio.

—Lo siento. Hice lo que estuvo en mi mano para poder salvar al cónsul. Le quería como a mi propio padre.

Lucio Emilio se adelantó al resto para responder al joven tribuno.

—Lo sabemos; estamos seguros de ello. Nadie os echa nada en cara. Ha sido una derrota para todos y la pérdida del cónsul Emilio Paulo, mi padre, es... es desoladora para todos. De todas formas, por nuestra parte el compromiso entre Emilia y vos permanece vigente para nuestra familia.

—Gracias —respondió Publio—, aunque habremos de esperar el juicio del Senado a todos los que hemos participado en esta terrible derrota.

—Esperaremos, pero nuestra familia estará con la vuestra diga lo que diga el Senado y todos sabemos de vuestro heroísmo en el campo de batalla y después para evitar la deserción del resto de los tribunos. Roma os debe mucho. Emilia es vuestra para cuando deseéis honrar vuestra palabra.

—Gracias otra vez —volvió a decir el joven Publio—; prometí a su padre que la cuidaría siempre y pienso hacerlo, contando con vosotros, aunque... aunque también tendremos que ver lo que piensa Emilia...

—Emilia —le interrumpió el joven Lucio Emilio— está confusa y destrozada. No hagáis caso a sus palabras. Ya le habíamos comentado varios de nosotros el fallecimiento de nuestro padre, pero no, no nos ha querido creer a nadie y así ha seguido hasta que lo ha escuchado de vuestros labios. ¿Qué más prueba queréis de su amor hacia vos? Son vuestras palabras a las que otorga credibilidad incluso por encima de las de los de su propia familia. Juzgadla por sus actos hacia vos y no por sus palabras y su incontrolada ira en este terrible momento de dolor. ¡Y por Hércules, que alguien traiga agua para lavar las heridas de este tribuno de Roma!

Al momento el *atriense*, previsor, que ya lo había preparado todo, se acercó junto con otra esclava, con agua y vendas. Publio fue atendido en medio del denso silencio de aquella casa preñada de tristeza por la ausencia definitiva del *pater familias*, muerto en el campo de batalla como cónsul de la ciudad, defendiendo, luchando por Roma.

68

El juicio a los derrotados

Roma,
final del verano del 216 a.C.

Era día de audiencia y toma de decisiones en el Senado de Roma. Presidía Marco Junio Pera, nombrado dictador por unos días para coordinar las decisiones que debían tomarse en aquellos graves momentos. La situación era límite y se había recurrido de nuevo a la figura del dictador, y de un nuevo jefe de la caballería, es decir, de lo que de ésta quedaba después de Cannae. Este segundo cargo recayó en T. Sempronio Graco. El dictador, respaldado por el Senado, tomó decisiones que rayaban la desesperación: se alistaron dos nuevas legiones y *turmae* de caballería hasta reunir mil jinetes recurriendo a todos los adultos mayores de diecisiete años, pero, aun así, no eran éstos suficientes recursos con los que afrontar el peligro que se cernía sobre la ciudad. Los nuevos generales de Roma manifestaron al Senado que se necesitaban más hombres si se quería hacer frente al ejército cartaginés. Se recurrió a lo impensable tan sólo unos meses antes: se armaron ocho mil esclavos, resarciendo a sus propietarios con dinero del Estado y, más allá, para muchos, de todo límite de lo razonable, se propuso que seis mil convictos, reos de muerte, fueran liberados a condición de que sirvieran en el ejército; se les daba la posibilidad de redimirse en el campo de batalla, salvando a la patria, a la misma ciudad que los había apresado y condenado a morir. Se aceptó la propuesta. Sin embargo, al tiempo que se buscaban más recursos extraordinarios mediante los que sobreponerse a la tremenda catástrofe de Cannae, llegaban noticias del abandono de la fidelidad a Roma de multitud de diferentes tribus y regiones. Los hirpinos, los samnitas, los brucios y metapontinos, la mayoría de los griegos de la costa y hasta Argiripa se pasaban al bando cartaginés. Roma sólo dominaba la Italia central: el Lacio, la Umbría y Etruria. En el resto sólo les quedaban pequeños reductos de dudosa lealtad en la península itálica y las fuerzas desplazadas para mantener el control sobre las colonias de Sicilia y Cerdeña, además de las tropas leales y firmes desplazadas a Hispania bajo el gobierno de los procónsules Cneo y Publio Escipión. Así estaban las cosas cuando los tribunos y oficiales que habían sobrevivido a Cannae y regresado a Roma fueron conducidos al Senado para ser juzgados.

De esta forma Quinto Fabio, hijo de Quinto Fabio Máximo, Lucio Publicio Bíbulo, Apio Claudio Pulcro, Lucio Cecilio Metelo, Publio Sempronio Tuditano, Cayo Lelio y Publio Cornelio Escipión, hijo del procónsul de Hispania, entraron en el Senado para afrontar el dictamen del Senado con relación a su conducta en la batalla. En este caso Fabio Máximo guardó silencio, por encontrarse su hijo entre los juzgados, pero, sin duda, el hecho influyó notablemente en la sentencia final a los tribunos de la misma forma que la presencia del hijo de Fabio Máximo influyó también en que en esta ocasión no se recurriese a él como dictador, para evitar que fuera él el que tuviera que presidir un juicio en el que se juzgaría a su propio hijo. Nadie quería enfrentarse con quien de alguna forma había mostrado el mejor de los autocontroles en los momentos en que a Roma llegaron las peores noticias posibles sobre el funesto desenlace de la batalla, pero tampoco querían tenerlo como dictador si también se debía decidir sobre su propio hijo, además del resto de los tribunos supervivientes a Cannae. Al fin, se valoró positivamente el hecho de que los tribunos, con sus acciones en la batalla y con su repliegue posterior hacia Canusio, hubieran conseguido salvar el equivalente a dos legiones, aunque fuera a base de retales de diferentes unidades desperdigadas durante la contienda. Por ello, se les preservó de la condena que el Senado tenía reservada para el resto de los componentes de todas y cada una de aquellas unidades. No se felicitó a los tribunos, pero tampoco se les dio condena alguna y se dictaminó que el tiempo y el respaldo o no de los dioses a cada uno de aquellos tribunos en futuras y muy próximas contiendas con el enemigo cartaginés decidiría por ellos. No se quiso hacer diferencias entre unos y otros, y se evitó así entrar en las escabrosas propuestas de deserción de Metelo, para de esa forma evitar así también dar paso a que se hablara de la firmeza y dignidad de la defensa que el joven Publio Cornelio Escipión hizo de los valores de Roma, algo que Fabio Máximo se esforzaba por mantener en mero rumor sin que llegara a rango de reconocimiento oficial. No obstante, sí se alabó la decisión de Sempronio Tuditano de unirse en la noche a los supervivientes del campamento sur para, juntos, ir hacia Canusio, aunque esto le llevó a enfrentarse con los que se quedaron en el campamento norte, que luego serían apresados por las tropas de Aníbal. En aquellas moduladas intervenciones, tanto Publio como Lelio coincidieron en ver la mano oculta de Fabio Máximo pese a su silencio aparente, pero no era aquél momento de disputas sobre viejos rencores cuando Roma estaba luchando por su propia subsistencia. Ambos callaron y acataron los dictámenes del Senado sin reclamar entrar en pormenores ni en que se reconociera la heroica intervención de Publio frente a Metelo para evitar la deserción en masa entre los supervivientes al desastre. Al fin, los tribunos, cabizbajos pero suspirando con gran alivio en sus corazones, salieron del edificio.

El día, no obstante, era largo y aún restaban dos complejas decisiones que tomar: qué hacer, no ya con los tribunos, a los que habían exonerado de culpa, sino de qué forma tratar a los legionarios supervivientes a Cannae y si pagar o no el rescate por los prisioneros que estaban ahora en manos de los cartagineses. Dos decisiones difíciles en las que el Senado dudaba entre obrar con mesura y tiento o bien actuar de forma enérgica y sin lugar a enmienda. Fue en este debate, salvada ya la difícil posición de su hijo, cuando Quinto Fabio Máximo se alzó de nuevo y se hizo escuchar por todos los senadores de Roma.

—Como veis, hoy he permanecido en silencio largo tiempo —comenzó el viejo senador—; además, cuando las decisiones que se han tomado han sido todas ellas sabias y tomadas con firmeza no había lugar para mis comentarios, pero veo que ahora el Senado duda. El Senado ahora no sabe bien qué hacer con los que han sido derrotados, con los que han traído a Roma la mayor de las humillaciones. Y me sorprendo. ¿Cómo dudar ante quien ha traído la vergüenza sobre nuestra ciudad? ¿Es que acaso vamos a premiar con agasajos a los que se han dejado vencer doblando en número al enemigo? ¿Es así como hemos de animar a los nuevos soldados que estamos alistando en las legiones? «No pasa nada; luchad si queréis, si os place, pero si tenéis miedo, si el temor os vence, no dudéis, escapad, marchad y refugiaos, que Roma luego os premiará por vuestra cobardía.» ¿Es eso lo que deseáis que se difunda desde aquí hoy? ¿Y esperáis luego que los nuevos legionarios defiendan la ciudad, especialmente aquellos que son esclavos o reos de muerte? ¿Qué disciplina vamos a encontrar en esos hombres con un gobierno que perdona a los débiles y cobardes en el campo de batalla?

Fabio Máximo guardó silencio. Nadie osó responder a sus preguntas. Él tampoco esperaba respuesta alguna. Continuó:

—Sé que dudáis pensando en el bien de Roma. Tenemos pocos recursos, hemos tenido que recurrir a jóvenes de diecisiete años, a esclavos y hasta a convictos para poder plantear una defensa capaz ante el enemigo y por eso pensáis, reflexionáis, dudáis al fin de actuar como se debe, pero yo os digo: estáis equivocados. Estimáis que dos legiones pueden sernos de mucho servicio en una situación tan extrema como la que nos encontramos hoy día, pero yo afirmo de nuevo que os equivocáis los que así pensáis. Roma no combate con vencidos. Roma no necesita a derrotados. La gloria, la fuerza de Roma se sustenta sobre el valor de nuestras legiones, no sobre los que huyen en el campo de batalla. Estos legionarios no habrían encontrado siquiera el camino de vuelta si no es por el mando de los tribunos a los que habéis perdonado haciendo gala de una enorme magnanimidad. Es correcto salvar al que está dotado para el mando en las situaciones comprometidas, pero es erróneo dar más oportunidades a los que siendo su función combatir, son incapaces de hacerlo con honor. Preferiría combatir con los legionarios muertos caídos en batalla que con los que se han salvado. Además, habláis de dos legiones cuando lo que tenemos son pequeños grupos de unidades, de manípulos que se han reagrupado de forma inconexa. Lo que tenemos aquí, lo que estamos juzgando es escoria de Roma, miseria que ha sido derrotada, humillada. No merecen seguir combatiendo por Roma. Si tuviéramos el tiempo y las condiciones para ello, me plantearía seriamente considerar la pena capital para todos y cada uno de esos legionarios vencidos, pero como no tenemos ni el tiempo ni los recursos adecuados para dar ese castigo ejemplar, propongo que nos defendamos con las nuevas legiones de jóvenes romanos valientes, con las *legiones urbanae*, con los esclavos y los convictos y que se destierre para siempre de Roma a los vencidos en Cannae, que se les destierre a Sicilia y que allí, si valen de algo, defiendan nuestros intereses y los de sus familias deshonradas, pero que nunca jamás, nunca, regresen a Roma o al menos que no se les permita regresar hasta que el cartaginés haya sido derrotado de forma absoluta y Cartago sometida a Roma. Yo declaro a estos supervivientes como legiones vencidas, legiones malditas.

Fabio Máximo se sentó y aguardó la decisión de sus colegas. Marco Junio Pera ordenó que se procediese a votar la propuesta del ex dictador. La mayoría de los senadores se alzó sin dilación y los pocos que habían dudado, al ver el amplio respaldo que obtenían las palabras de Fabio, se alzaron también. Sólo quedaban los espacios desnudos de los senadores ausentes, muertos o presos por Aníbal.

—Bien —dijo el dictador Marco Junio—, se acepta la propuesta de Quinto Fabio Máximo por unanimidad; guardó entonces una breve pausa, se pasó la palma de la mano derecha por la frente hasta llegar al cabello y, por fin, concluyó con su sentencia—. Los legionarios supervivientes de Cannae serán desterrados. Propongo que el procedimiento sea el siguiente: se reagruparán los diferentes manípulos y unidades supervivientes constituyendo dos legiones. Se constituirán en la quinta y la sexta legión de Roma cuyo destino será Sicilia y allí se desplazarán en los próximos días con la condena de no regresar nunca a Roma hasta la derrota definitiva de Aníbal y la rendición incondicional de Cartago. La quinta y la sexta serán, hasta ese momento, legiones malditas. Sólo tras una victoria absoluta sobre Cartago se podrá reconsiderar por parte del Senado esta sentencia.

Los senadores asentían. Era una sentencia terrible, quizá algo extrema, exagerada para algunos, pero para Fabio y muchos de sus seguidores, necesaria en el contexto actual: no se podía dar a entender que se animaba a huir ante el enemigo, un enemigo que ya se acercaba a las puertas de Roma. No. Eran momentos que requerían una inusitada firmeza. Por otro lado, para los senadores era agradable, entre tanto desastre, escuchar expresiones como las que el dictador acababa de proclamar: rendición incondicional de Cartago. Sin embargo, en su fuero interno sentían que estaban tomando decisiones basadas en un inconmensurable orgullo, un sentimiento que quizá los estuviera alejando de la realidad, una realidad que se aproximaba más a si Roma se rendiría incondicionalmente, que a la remota posibilidad de que se consiguiese revertir el curso de la guerra hasta conducir a una derrota de Cartago; pero después de las palabras de Fabio y de la votación, nadie se atrevió ya a añadir nada. En aquella ciudad convulsionada y atemorizada nadie quería ser acusado de antipatriota y Fabio Máximo parecía, pese a no ejercer formalmente como dictador, haberse apropiado de todo aquello que significaba ser patriota. Eso iba estrechando los márgenes de maniobra del Senado. ¿Hasta dónde sería capaz de llegar Fabio Máximo? ¿Hasta dónde estaba dispuesto el Senado a seguirle?

En ese momento las puertas que daban acceso a la gran sala donde estaban reunidos los senadores se abrieron y un centurión entró despacio, dubitativo, nervioso, buscando con sus ojos la mirada del dictador. Marco Junio le hizo una señal para que se acercase. El centurión acudió diligente junto al dictador y le habló en voz baja. Marco Junio Pera se llevó el dorso de la mano derecha a la boca, meditando.

—Bien —dijo en voz alta y clara—, que esperen un momento.

El centurión salió de la sala. El dictador se dirigió al cónclave de senadores que le miraba expectante.

—Estimados amigos, éste es un día difícil para Roma. No sólo hemos tenido que tomar medidas extraordinarias para controlar el orden público y preparar la defensa de la ciudad para un más que posible e inminente ataque, sino que además hemos juzgado primero a oficiales de alto rango y a los supervivientes de la reciente derrota de nuestras tropas. Se han tomado decisiones graves que sé que a todos os han consternado, pero aún tenemos que tomar más decisiones complicadas.

Fabio Máximo, al igual que el resto de los senadores, escuchaba con gran atención, sentados, pero con las espaldas rectas, erguidas sobre sus asientos de piedra. Con frecuencia muchos traían almohadones para acomodarse en la gran sala y evitar el frío de la piedra, pero aquel día de enormes tribulaciones, pocos habían tenido tiempo para recordar algo tan nimio. Fabio, como tantos otros, sentía el frío gélido de la piedra traspasando su túnica y su toga, pero era verano y el frío no era desagradable. Era la dureza del material lo que le molestaba, pero aquel día, como bien decía Marco Junio, no era momento de pequeñeces. En eso Máximo estaba de acuerdo con el dictador, pese a que dudase de su competencia y sintiera que el Senado debía haberle encomendado a él tal misión. Muchos se opusieron ya que hacía apenas unos meses que Fabio Máximo había sido dictador y nadie quería que un senador se acostumbrara a ostentar el cargo de dictador con frecuencia. Estaba seguro además de que la estrategia de Aníbal, preservando sus fincas en los ataques del año anterior, pese a que luego las vendiera para pagar el rescate de muchos prisioneros, había causado mella en su imagen y la calumnia y la duda se habían instalado, hasta cierto punto, sobre su persona: se le escuchaba y se le respetaba; más aún, se le temía, pero el Senado se había vuelto cauto a la hora de otorgarle poderes especiales. Y que su propio hijo estuviera entre los oficiales juzgados por la derrota de Cannae tampoco había ayudado. Pero ¿qué sería lo que ahora se llevaba Marco Junio entre manos?

—Me informan —empezó el dictador—, de que ha llegado a Roma una delegación de varios prisioneros apresados por Aníbal tras la batalla. Vienen a informar al Senado del coste de su rescate y de las condiciones que sobre el mismo ha establecido Aníbal. Se trata de diez delegados de los prisioneros acompañados por un caballero cartaginés. El cartaginés espera a las afueras de la ciudad nuestra respuesta. Los prisioneros han sido detenidos en la puerta y tres de ellos han sido traídos hasta el Senado. Creo que es oportuno que los escuchemos y que nos presenten su caso antes de fijar nuestra opinión. Luego podemos decidir si convenimos con las condiciones que se nos planteen o bien cuál es nuestra contraoferta. También me gustaría que supieseis que la voz ha corrido por la ciudad y la guardia me ha confirmado que un gran número de personas se está congregando en el foro a la espera de nuestra decisión sobre el asunto. Muchos de los que allí se están reuniendo son familiares y amigos de los que han caído prisioneros de Aníbal. Sé que el Senado no se somete nunca al chantaje ni a las amenazas del pueblo, pero pienso que es importante que conozcáis el estado de cosas antes de tomar cualquier determinación.

Marco Junio Pera hizo una señal a los guardias de las puertas del Senado y uno de los legionarios se ausentó para, al instante, regresar acompañado de tres hombres, desprovistos de uniforme, vestidos tan sólo con túnicas engrisecidas por el polvo del camino recorrido hasta alcanzar la ciudad, sin armas, con marcas en las muñecas de los grilletes que se habían visto obligados a llevar durante los días de cautiverio bajo el control de las tropas cartaginesas. Eran Lucio Escribonio, Cayo Calpurnio y Lucio Manlio. Se trataba de un tribuno y dos centuriones de las tropas rendidas a Aníbal tras Cannae en el campamento menor al norte del Aufidus. Los ahora prisioneros venían custodiados por un grupo de legionarios armados con espadas, escudos, corazas y *pila*. Al estar rodeados por estos últimos, el contraste entre los que se habían rendido y la figura de un legionario romano libre y armado resultaba aún más humillante a los ojos de muchos de los allí presentes; no obstante, en muchos senadores se albergaba la esperanza de volver a ver con vida a multitud de parientes y amigos que se encontraban entre los apresados por el general cartaginés. Era importante ver cuánto dinero pedía Aníbal por rescatar a estos soldados y decidir la mejor forma de reunir la cantidad necesaria para satisfacer el rescate, por muy humillante que pudiera resultar todo aquello.

Con el permiso de Marco Junio Pera, el primero de ellos se situó en el centro de la gran sala y tomó la palabra.

—Estimados senadores, a vosotros me dirijo en nombre de miles de vuestros compatriotas que ahora sufren el peor de los cautiverios. Aníbal, como sin duda sabréis, no es el rey Pirro en el trato a los prisioneros. Sin embargo, todo lo sufrimos y todo lo resistimos por nuestra patria. —Aquí Lucio Escribonio se detuvo y navegó con sus ojos por la gran sala en busca de miradas de complicidad y aceptación a sus palabras iniciales; encontró una mezcla de compasión y desconfianza que le hizo ver que, si bien había posibilidades de persuadir al Senado para que se pagara el rescate de todos los cautivos, debería ser extremadamente cauteloso en su discurso: la vida de sus compañeros y, lo que le preocupaba bastante más, la suya propia, dependía de ello. Continuó—. Estimados senadores, Cannae quedará como un día nefasto en nuestra historia. Se combatió desde el alba hasta la noche. Cincuenta mil de los nuestros yacen muertos al norte del río Aufidus. Se luchó con valor hasta la última gota de nuestra sangre, hasta que ya no tuvo ningún sentido aquella carnicería y con la última luz de aquel terrible día, unos pocos supervivientes conseguimos replegarnos en el campamento establecido al norte del río. La noche llegó y resultaba imposible salir de aquel encierro. Los cartagineses dominaban los caminos y nos cuadruplicaban en número, de tal modo que sólo nos restaba resistir. Y así se hizo, hasta que al día siguiente quedó claro que toda lucha era inútil. Era sólo cuestión de tiempo que fuéramos diezmados por el enemigo y, pregunto yo, ¿qué servicio podríamos entonces prestar a la patria siendo ya sólo unos miles de cadáveres más extendidos sobre la tierra entre Canusio y Cannae? ¿Era aquélla nuestra mejor forma de servir al Estado o cabían otras posibilidades? Roma necesitaría soldados hábiles pronto ante un enemigo cada vez más poderoso. Algunos recordaron que no es extraño a nuestra historia negociar con el enemigo un rescate mediante el que salvarse y poder así subsistir para contribuir en posteriores batallas a la defensa de la patria. Así lo hicieron nuestros antepasados tras la batalla de Allia en la guerra contra los galos. ¿Por qué no hacer de nuevo lo que antepasados ilustres hicieron ya en momentos donde toda esperanza está ya perdida? De esta forma se convino en mandar una delegación para negociar con Aníbal un rescate razonable y se llegó a un acuerdo: quinientos denarios por cada jinete, trescientos por cada soldado y cien por cada esclavo. Y diréis, ¿por qué pagar estas cantidades? A esto yo os respondo: nos consta, por lo que nos dicen nuestros familiares, que el Senado está vaciando las arcas del Estado para pagar a los amos de ocho mil esclavos a los que armar para que actúen en la defensa de Roma, y pregunto yo, ¿se pueden comparar esclavos con legionarios expertos en el arte de la guerra y que, además, os costarán menos que pagar por todos esos esclavos a los que estáis recurriendo? ¿Qué mejor forma de fortalecer la defensa de Roma que la de recurrir a soldados ya preparados e instruidos en el combate? Y si el peso y la abrumadora realidad de estas razones no os convencen, sólo os pido que miréis en vuestros corazones y que, por todos los dioses, al tiempo que lo hacéis, escuchéis al pueblo de Roma que clama por nuestra libertad, que es la libertad de sus familiares y amigos, con llantos y gritos de dolor desde el foro. ¿Vais a desoír el clamor de vuestra propia sangre, vais a negar el sentimiento de compasión que abunda en vuestros corazones, vais a cegaros frente a la realidad de la razón misma que no hace sino subrayar la necesidad de liberarnos? —Lucio, rojo, encendido su rostro por la pasión en la que había concluido su discurso, detuvo su parlamento para respirar, recuperar el aliento y mantener fijos sus ojos en cada uno de los senadores, sintiendo cómo en todos ellos su voz había penetrado hasta lo más hondo, de modo que su ánimo recobraba confianza, hasta que su mirada se cruzó con unos ojos fríos, helados, impertérritos que sin parpadear congelaron la sangre del propio Lucio: eran las pupilas oscuras de Quinto Fabio Máximo las que así le observaban; Lucio, no obstante, con orgullo y seguridad de haber conseguido el apoyo de la mayor parte de los senadores, mantuvo, retador, la mirada de su evidente oponente. Y, de esa forma, clavando sus ojos en Fabio Máximo primero y luego en el dictador Marco Junio Pera que presidía la sesión, dio término a su discurso—. En vuestras manos está, pues, dar vida a la esperanza de vuestros compatriotas, de los que claman por sus familias en el foro y de los que, cubiertos de cadenas, se ven obligados a arrastrarse ante Aníbal; sólo unas palabras más: pensad bien, ¿quién luchará con más ahínco sino aquel que ha sido humillado a tal extremo por el enemigo y, en última instancia, fue salvado por la generosidad de su patria? ¿Qué mejores soldados encontraréis sino aquellos que profesan odio al enemigo y tendrán siempre una deuda de vida con su patria que los liberó del yugo de la tortura y la esclavitud?

Con estas preguntas Lucio Escribonio se inclinó ante el dictador y el resto de los senadores y, alejándose del centro de la gran sala, retomó su posición junto con sus dos compañeros que, conmovidos por su enfervorecida defensa, saludaron con palmadas en la espalda a su compañero de cautiverio. Ninguno de los dos tenía dudas de que el rescate sería concedido por el Senado. De hecho, los senadores hablaban entre sí de forma airada, entre grandes aspavientos y marcadas muestras de asentimiento hacia lo que acababan de escuchar.

—Hay que satisfacer el rescate.

—Es importante recuperar a estos soldados.

—No podemos dejar a nuestros familiares a merced de ese salvaje.

Y así decenas de comentarios iban circulando por el Senado, de boca en boca, pasándoselos de unos a otros hasta que llegaban a la proximidad de Quinto Fabio Máximo y otros viejos senadores que se mostraban menos conmovidos que el resto de sus colegas, aunque no supieran bien cómo formular una respuesta contraria a conceder el rescate tras el emotivo discurso de Escribonio. Fabio Máximo se tapó el rostro con ambas manos, sentado pero inclinado hacia delante, sopesando las circunstancias en silencio, mientras sus oídos se empapaban de los comentarios que corrían por toda la sala. Marco Junio Pera compartía en gran medida la visión de la gran mayoría en el sentido de satisfacer el rescate, pero la expresión seria de algunos senadores y, en especial, la actitud callada de Fabio Máximo, le hicieron tomar con voz poderosa la palabra para establecer el orden en aquel delicado debate. Aquel día estaba resultando agotador. Una jornada de sentimientos encontrados en medio de la mayor crisis de la ciudad desde su caída ante los galos hacía ya más de siglo y medio.

—¡Senadores, senadores! ¡Silencio! ¡Silencio! —Poco a poco los senadores fueron retomando sus asientos, y el murmullo de los comentarios fue apagándose—. Bien, hemos de decidir sobre si se satisface el rescate en las condiciones que los prisioneros acordaron con el general cartaginés o..., o si alguien considera que debe actuarse de otro modo..., éste es el momento para hablar. El Senado escucha.

La mirada del dictador barrió la sala despacio. Nadie se alzaba. Tampoco lo esperaba el dictador, al menos, hasta cruzar sus ojos con Fabio Máximo. Al llegar a él, en efecto, el viejo ex dictador de sesenta y siete años se levantó con parsimonia infinita pero con una firmeza que no podía pasar por alto ninguno de los presentes. Fabio se situó entonces, de nuevo, en el centro de la sala, justo donde había intervenido Lucio Escribonio en representación de los prisioneros, y tomó la palabra al tiempo que se inclinaba ante el dictador en señal de reconocimiento a su autoridad y por concederle la posibilidad de expresarse de forma abierta y directa.

—Estimados colegas, amigos y, por qué no decirlo, oponentes también —y esbozó una sonrisa al tiempo que miraba a algunos de los más afines a los Emilio-Paulos y Escipiones que allí se encontraban, con lo que, acompañado de una suave sonrisa, consiguió arrancar algunas risas entre los unos y los otros, relajando un poco el ambiente tras la intensa intervención de Lucio—; bien, pues, colegas todos, en este sagrado lugar, éste es un día duro para todos y cada uno de nosotros. Hasta tal punto se atropellan unos acontecimientos con otros que es fácil perder la perspectiva de las cosas y dejarse llevar por la enorme fuerza de los sentimientos, sentimientos, no lo pongo en duda, todos justos y llenos de dignidad, tal y como corresponde a vuestras personas. Pero creo que, llegados a este punto, quizá sea importante recapitular un poco para entender mejor exactamente lo que se está juzgando. Veamos: hemos empezado esta que sé será recordada en los anales como histórica sesión del Senado juzgando a los oficiales que sobrevivieron al desastre de Cannae y que, si bien no supieron darnos la victoria, al menos sí fueron capaces de regresar a Roma como soldados libres, sin honor en la batalla pero sin tener que venir a implorar un rescate por sus vidas. Bien. A estos oficiales se les ha valorado su capacidad para, en medio de una deleznable derrota, salvar una cantidad significativa de hombres. Por ello se les ha perdonado de igual forma que, sin embargo, tampoco se les ha premiado. Bien, justa decisión. Sigamos: luego el Senado ha debatido sobre qué hacer, no ya con estos oficiales, sino con los soldados que se salvaron y, ante tanta deshonra acumulada en un campo de batalla donde nuestras tropas eran diezmadas por el enemigo pese a que lo doblaban en número, ¿qué decisión ha tomado el Senado? No sé si lo recordáis —aquí Fabio Máximo hizo una breve pausa, retórica, en espera de ninguna respuesta, sino sólo de ganar el dominio, el control de la situación—, aquí se acaba de acordar desterrar a todas esas tropas por su nula capacidad de combate. Es cierto que estamos necesitados de soldados, pero de legionarios valientes y no huidizos y por ello, de forma sabia, el Senado ha condenado al destierro a todas estas tropas y declarado las legiones quinta y sexta en las que se integrarán todas estas unidades como legiones malditas para Roma. Se ha preferido recurrir a jóvenes, esclavos y convictos antes que defendernos con los que no supieron defender nuestros intereses en Cannae. Ahora bien, yo no discuto esta decisión que, como bien visteis, apoyé con mis palabras, pero de igual forma que hemos declarado a esas futuras quinta y sexta legiones como malditas y desterradas, hemos de reconocerles, al menos, un valor: fueron tropas que como mínimo supieron salvarse a sí mismas. Es cierto que nos han traído la humillación de la derrota y por ello son desterradas y despreciadas, pero al menos, no han venido, además de traernos una derrota inaceptable, a rogarnos que paguemos el rescate por unas vidas cuyo valor, es justo aunque doloroso decirlo, es más que cuestionable. Debo ser delicado en mis palabras porque sé que hablamos de romanos y que entre ellos hay familiares y amigos de todos los presentes aquí, míos también. Pero bien, tomadas todas estas difíciles decisiones, el día se nos alarga y los dioses nos ponen ante la más que difícil prueba de seguir juzgando a los derrotados de Cannae. Hasta este momento sé que se ha obrado con ecuanimidad, pero ahora me asalta la duda y el temor a que Roma vacile y que en su vacilación proporcionemos al enemigo unos recursos adicionales con los que ahora no cuenta: quinientos denarios por cada jinete, trescientos por cada legionario, en fin, así se han dado en llamar, y cien más por cada esclavo. Y se nos dice que ese dinero es menos de lo que nos está costando armar a los esclavos de la ciudad. No sé si, echando cuentas, al final sea más o menos una cantidad que otra, pero lo que sí sé es que una cosa es dar dinero del Estado a conciudadanos que ceden sus esclavos para la defensa de la ciudad y, algo muy distinto, es regalar dinero a nuestro más mortal enemigo. Pues en todo esto conviene recordar que si hay algo de lo que carece Aníbal hoy día es de dinero, oro y plata con la que pagar a sus miles de mercenarios galos e iberos. Varios miles de denarios, en pago por el rescate de los prisioneros de Cannae, estoy seguro de que serán muy bienvenidos por Aníbal. Sé que vuestros corazones ven el dolor y el sufrimiento de los allí apresados y encadenados, pero os invito también a que dibujéis en vuestra mente la sonrisa de Aníbal y la celebración con vino itálico junto con sus generales y su hermano Magón, mientras cuentan su nuevo oro y cómo se congracian con todos sus mercenarios con el mismo, repartiéndolo por doquier, inflamando los ánimos de los iberos y de los galos y de sus tropas africanas, anunciándoles que este pago que ahora reciben es sólo el aperitivo de lo que les espera cuando marchen sobre Roma. Sí, con el rescate se liberaría a estos que aquí hoy se han defendido, pero tened presente que ese mismo dinero el Estado lo daría para alimentar a su más mortal y voraz adversario. Y, me diréis, que no sea el Estado sino que se permita que de forma privada cada familia que pueda haga frente al rescate que le corresponda en función de los que deba o decida liberar. Y a esto yo os digo que, si bien se preservarán las esquilmadas arcas de la ciudad, la celebración de Aníbal será la misma y las sonrisas de los mercenarios igual de complacidas, pues al cartaginés y su ejército no les importa ahora tanto de dónde provenga ese dinero sino el hecho de recibirlo y, a fin de cuentas, Aníbal siempre podrá presentarlo ante sus soldados como dinero romano y no mentiría. Y bien, ahora que ya hemos revisado lo que hemos juzgado hasta ahora en este día y que hemos examinado las consecuencias que un pago del rescate tendría en el fortalecimiento de nuestro enemigo, juzguemos ya pues a estos hombres que nos ruegan por dinero para salvar sus vidas. ¿Quiénes son con exactitud estos que a sí mismos se dan el nombre de legionarios? Yo os lo diré. Son aquellos que en el campo de batalla primero huyeron, que luego en el campamento norte se escondieron y que, por fin, ante la llegada del enemigo a las puertas de su escondrijo, como colofón a su gran jornada, se rindieron. Y yo os pregunto, senadores, ¿es esto lo que hacen las legiones de Roma: huir, esconderse y rendirse? ¿Es eso lo que se enseña a nuestros soldados hoy día? Y se ha osado aquí hablar de nuestros antepasados, como si éstos se hubieran dedicado a huir, esconderse y rendirse. ¿Tendríamos la Roma que hoy tenemos con antepasados así? ¿Habríamos conseguido doblegar a los galos de Italia central, a los etruscos, a Umbría, Campania, Sicilia, Cerdeña huyendo, escondiéndonos y rindiéndonos? ¿Es esto lo que Roma premia ahora? Porque si es así, yo no me reconozco en esta nueva Roma que premia a los cobardes. Cobardes digo, porque este mismo día se nos ha manifestado cómo un tribuno con sólo seiscientos de esos soldados consiguió pasar en mitad de la noche del campamento norte al sur y así unirse al resto de las fuerzas de los otros tribunos para al menos de esa forma alcanzar juntos Canusio y luego Roma, sin tener que rendirse ante el enemigo. ¿Y mientras que a estos que, por lo menos, fueron capaces de regresar a Roma, los castigamos con el destierro, vamos a premiar a estos otros que se rindieron pagándoles el rescate, diciéndoles lo bien que hicieron en no arriesgar sus vidas? ¿Qué debemos esperar entonces de las nuevas legiones: que luchen hasta el fin en defensa de Roma o que, tranquilos, que no se preocupen, que si las cosas se ponen difíciles, se rindan, que ya vendrá luego el Senado a rescatarlos con dinero para ir haciendo cada vez más fuerte y más rico al enemigo? ¿Por Cástor y Pólux y por todos los dioses, es que tiene esto algún sentido? ¿Es que en el Senado se ha perdido la razón y ya no se gobierna, sino que se agasaja con dádivas a los que huyen? Si antes dije que no quería a los supervivientes libres de Cannae en la defensa de Roma sino en el destierro, sólo me queda por decir que de los soldados que huyen, se esconden y se rinden no es que los quiera en el destierro, es que no quiero saber nada de ellos. Y si tanto valen, como esta tarde han osado decir ante nuestros ojos, que lo demuestren salvándose, rebelándose, luchando y no arrodillándose ante el enemigo y luego rogando a sus familiares que les den dinero para los cartagineses para que con esas mismas monedas luego se financie a los que vendrán a violar, matar y asesinar a cuantos reunimos el oro con el que se les liberó. No, yo no pienso formar parte de semejante Roma. A los que son derrotados y sobreviven, cuando se debería haber ganado, se les destierra y a los que se rinden sólo resta dejarlos en manos de su nuevo amo, pues al negociar con éste un rescate, además de perder el poco honor que les quedase, para mí, como sé que para muchos de los presentes, ya no son ciudadanos romanos, sino esclavos de Cartago y yo no pago dinero por esclavos de extranjeros.

Y con esto Fabio Máximo terminó su largo discurso, pronunciado, especialmente en la última parte, con intensidad, pero con voz serena, sentida, pero calmada. Entre los senadores el debate se reabrió con discusiones vehementes. Lo que antes de la intervención de Fabio Máximo estaba tan claro, ya no lo parecía tanto. La decisión era mucho más controvertida ahora. Pagar a un enemigo necesitado de dinero era darle aliento y fuerzas para lanzarse sobre Roma. Ahí, el viejo ex dictador había puesto el dedo en la llaga. Por otro lado, estaban los familiares y amigos apresados. Todo era confuso. Entre los senadores de mayor edad, las palabras de Fabio Máximo habían calado de forma evidente y senadores como el anciano Torcuato Manlio apostaban con firmeza por la decisión de no pagar el rescate. El dictador Marco Junio, finalmente, decidió ordenar el debate y plantear una votación.

—Ésta es la más difícil de las decisiones de una jornada cargada de determinaciones graves e ingratas, pero debemos tomar una decisión. Las posiciones han quedado planteadas con claridad. Se ha permitido a los representantes de los prisioneros defender su causa y apuntar las razones que justifican su actitud y su solicitud del pago del rescate; por otro lado, el senador Quinto Fabio Máximo ha podido exponer sus argumentos en sentido contrario recordándonos todas las consecuencias que tal pago del rescate conllevarían y ha compartido con todos su juicio sobre los que se rindieron a Aníbal. Creo que podríamos pasar días, semanas debatiendo sobre lo que es justo hacer y es posible que nunca alcanzásemos el acuerdo, pero no hay tiempo. Hay una ciudad que gobernar y que defender y una respuesta que dar rápidamente a los representantes de los prisioneros y, a través de éstos, al enviado de Aníbal que aguarda a las afueras de la ciudad. ¿Qué mensaje va a mandar el Senado de Roma? Los que estén a favor de satisfacer el rescate que se levanten ahora.

Lucio Escribonio y sus dos compañeros de cautiverio vieron cómo poco a poco se fueron levantando varios grupos de senadores, pero sus corazones se congelaron cuando, después de unas decenas, los movimientos entre los bancos se detuvieron, permaneciendo un gran número sentados. El dictador, asistido por otros senadores, empezó el recuento de votos. Los prisioneros intentaban hacer lo propio, pero desde su posición en un lateral de la sala era difícil determinar con precisión el número exacto de los que se habían alzado y sus nervios los traicionaban de forma que se descontaban una y otra vez y se veían obligados a volver a empezar el recuento.

—Creo que entre setenta u ochenta con nosotros —dijo Lucio.

—No son suficientes —comentó uno de sus compañeros—, pero hay que ver cuántos se atreven a votar en contra.

El dictador anunció el resultado de la votación.

—Setenta y nueve a favor de pagar el rescate. Ahora, sentaos, y que se alcen los que opinen que Roma no debe satisfacer este pago por los prisioneros.

Más despacio, algunos de los senadores más viejos, dirigidos por Manlio, se alzaron, y a éstos los siguieron algunos otros, pero la gran mayoría observaba expectante a Quinto Fabio Máximo. Éste miró a su alrededor. Sólo unos treinta estaban en pie. En ese momento Máximo se levantó y con él, como una cascada, decenas de senadores de ambos lados de la sala se alzaron. Aunque no todos. Estaba claro que había un pequeño grupo de senadores que no había optado por ninguna de las dos opciones. Eran ciento ochenta y nueve los senadores supervivientes, después de la interminable serie de derrotas militares que había ido diezmando de representantes el Senado de Roma, donde normalmente se reunían hasta trescientos antes de ir cayendo en Trebia, Trasimeno y Cannae.

El dictador contó despacio y, cuando hubo terminado de hacerlo, inspiró profundamente. Repitió la operación. Una vez bien seguro y confirmada su cuenta con la de otros dos senadores anunció el resultado definitivo.

—Ochenta y ocho en contra de pagar el rescate —una breve pausa en medio de un sepulcral silencio y sobre éste la voz angustiada del dictador de Roma, Marco Junio Pera, segando con sus palabras la esperanza de los prisioneros—; el rescate no será pues pagado ni con dinero público ni privado; nadie podrá pagar bajo pena de muerte. Los representantes de los prisioneros serán devueltos a Aníbal para que transmitan la decisión del Senado y que los dioses se apiaden de ellos y de sus familias y amigos. Y ahora que sean escoltados por la guardia. Ordeno también que las *legiones urbanae* patrullen las calles de Roma. Que todo el mundo vaya a sus casas y que se disuelva a la muchedumbre del foro... con la fuerza si es necesario. No se tolerarán ni tumultos ni revueltas en las calles de la ciudad. Estamos en guerra y hay que prepararse para la defensa. Ruego que la totalidad de los senadores muestre con su ejemplo el modo en que un romano debe acatar las decisiones aquí tomadas, más allá de su acuerdo o desacuerdo con las mismas. En la obediencia por parte de todos a nuestras decisiones reside el fundamento del Estado. Que Júpiter y Marte y los dioses Quirites protectores de la Urbe nos asistan en estos momentos de dolor y peligro y que nunca jamás contemplen mis ojos una reunión del Senado como la que hemos presenciado hoy. Se levanta la sesión.

Aníbal no ocultó su sorpresa cuando Cartalón le transmitió la respuesta que a él, a su vez, le habían traído unos desesperados y cabizbajos prisioneros de vuelta del Senado, entre lágrimas y ruegos por sus vidas.

—¿Roma no paga el rescate? —Aníbal frunció el ceño; había contado con ese dinero para satisfacer algunas de las pagas pendientes a los galos y los iberos; aquello era un contratiempo. Una respuesta radical—. Quiero, Cartalón, que nuestros espías trabajen con esmero: he de saber qué pasó en el Senado y quién ha promovido esa respuesta —aunque, en el fondo, el general cartaginés intuía con bastante certidumbre de quién podía provenir una decisión tan fría y tan calculada que, sin duda, suponía un obstáculo en sus planes; sólo alguien con la cabeza fría de Fabio Máximo podía concebir una respuesta tan dura.

—Así se hará, mi señor, pero... —aquí Cartalón dudó un momento.

—¿Pero? Habla, oficial.

—¿Qué hacemos con los prisioneros?

—¿Con los prisioneros? —preguntó Aníbal, como recordando

algo ya lejano en su mente—. Con los prisioneros, claro, algo habrá que hacer con ellos. —Se hizo el silencio; echó un trago de vino puro, sin mezclar; sintió el escozor del alcohol descendiendo por la garganta. Dejó la copa de vino vacía sobre la mesa. Sintió las miradas de su hermano Magón y de Maharbal tras de sí, de Cartalón y del resto de los oficiales presentes—. Los prisioneros... sí..., ¿qué hacer con ellos...? Bien. Quiero a trescientos de los prisioneros apartados del resto y bien custodiados: patricios, senadores, si queda alguno vivo entre ellos, a familiares de éstos. Los usaremos como rehenes en su momento. Que los galos y los iberos se diviertan con los demás. Que los hagan luchar, que los torturen o que los despedacen. Me da igual, mientras acaben con todos ellos. Si a Roma no le interesan, no tienen tampoco ningún valor para mí. Si Roma los desprecia, yo también.

Así, durante una larga noche de cielo despejado, con miles de estrellas como testigos mudos del sufrimiento y la locura humanos, se oyeron espadas golpeándose entre sí, se presenciaron combates cuerpo a cuerpo entre hermanos, entre padres e hijos sobre los que un enfervorizado público de guerreros iberos, celtas y galos cruzaba apuestas sobre quién sobrevivía o sobre quién caería primero; se oyeron terribles aullidos de dolor, chasquidos de huesos que se quebraban entre risas provocadas por el vino fresco de ánforas oscuras, y se propagó el olor a muerte por cada rincón del valle. Al amanecer, los buitres disfrutaron de un auténtico festín de carne fresca de miles de cadáveres ensangrentados y heridos agonizantes expuestos sobre la tierra, un regalo del ejército cartaginés a las bestias aladas.

69

El viejo arcón

Roma, octubre del 216 a.C.

El joven Publio regresó a la casa de los Emilio-Paulos para el funeral. Iba vestido, como correspondía, con túnica y toga gris oscuro elaboradas con lana virgen de Pollentia, en la región de Liguria. Todo fue algo extraño al no disponer del cuerpo del fallecido, perdido en el fragor de la peor de las derrotas que nunca jamás antes hubiera sufrido Roma. No se pudo hacer, pues, la *deductio* completa llevando el cadáver hasta el lugar de la incineración y posterior enterramiento fuera de las murallas de la ciudad. Sin embargo, los Emilio-Paulos hicieron el resto de los ritos de la *deductio* y así, tras dos días de música fúnebre y de gemidos de plañideras, desfilaron con todas sus *imagines maiorum* por las calles de Roma. El Senado otorgó a la familia del cónsul caído un permiso excepcional para poder llevar a cabo en público sus muestras de dolor más allá de la prohibición general de realizar funerales. Se quería evitar que la ciudad se convirtiese en un triste espectáculo de miles de entierros, millares de plañideras y dolor público generalizado, lo que de seguro habría trastornado los ánimos y debilitado la moral que debía recuperarse a toda costa para afrontar el avance del enemigo. Ahora bien, negar a la familia de un cónsul caído en el campo de batalla su derecho a honrar a su *pater familias* habría sido sacar las cosas de quicio. Así, en la *deductio* se mezclaban estatuas de antepasados y actores con máscaras representando sucesos relacionados con las grandes victorias del magistrado muerto. La larga comitiva de togas grises terminó en el centro del foro y allí Lucio, el primogénito de Emilio Paulo, honró su memoria con una larga *laudatio* en la que rememoró todas las virtudes, heroicidades y grandezas de su padre. De este modo se hacían así partícipes a todos los ciudadanos de la grandeza de su linaje, de sus grandes antepasados y de la reciente pérdida que acababa de padecer la familia en servicio a la ciudad.

Hasta pasados los ocho días correspondientes al luto oficial no le fue posible a Publio volver a ver a Emilia. Tampoco quiso insistir, aunque presentía que disponía del favor de la familia y que, si presionaba, le dejarían hablar con la que era su prometida, pero prefirió asistir al sepelio y luego mantener una distancia respetuosa durante el luto. Además, las palabras de Emilia aún reverberaban en sus oídos: «Mentiroso, traidor.» Sabía que eran el fruto amargo de una persona fuera de sí. También recordaba cómo el hermano de Emilia apuntó que ella se negó a dar por muerto a su padre hasta que lo oyó de sus propios labios.

Publio llevaba días reuniendo fuerzas para volver a acercarse a Emilia. Se dio cuenta de que combatir contra el ejército de Aníbal o evitar la sedición en tropel de los tribunos de las legiones de Roma era más sencillo para él que aproximarse a alguien tan querido como Emilia en momentos de tanto dolor; pero ése era su deber: asistirla, protegerla, cuidarla. Lo había prometido a su padre herido de muerte en el campo de batalla y estaba decidido a honrar tal juramento. No sólo eso: sentía que su posible felicidad futura, si es que en aquellos tiempos se podía pensar en ser feliz, dependía en gran medida de poder llevar a buen término la muy deseada tarea de proteger y cuidar siempre a Emilia.

—Está en el jardín —le dijo el *atriense* de la casa del cónsul fallecido una vez en el vestíbulo—; pasad, pasad, por favor. Está desolada. No habla con nadie. Veros le hará bien —el esclavo hablaba conmovido por el dolor de su joven ama—. Siempre se alegraba de veros y lo mismo con vuestras cartas, señor.

Pasaron por el atrio y luego por el *tablinum* hasta alcanzar el jardín. Emilia estaba sentada junto al frondoso árbol bajo el que tantas tardes habían pasado los dos, el mismo árbol que los abrigó con su sombra el día que se conocieron cuando Emilia se divirtió coqueteando con él como si, pese a ser ella un par de años más joven, le conociera desde la infancia. Sí, ésa era precisamente la sensación que había tenido el día que hablaron por primera vez: que se conocían, que se comprendían, por eso fue sencillo entenderse con ella, aunque las preguntas fueran con frecuencia inesperadas; la conversación fluyó fácil, entretenida, inteligente. Y era tan dulce su voz. Y tan hermosa. Ahora la veía bajo el mismo árbol, sola, sombría, distante, pero igual de bella. No. Más aún. Dos años habían pasado desde que se conocieron. Los senos de Emilia habían aumentado, igual que las suaves curvas de todo su cuerpo. Publio se acercó despacio hasta estar a un par de pasos de ella. Taciturna, miraba en dirección opuesta y no sintió su presencia. ¿Estaría roto ya el fino hilo de complicidad, tan delgado, pero tan intenso que siempre los había unido? Publio dudó varias veces antes de hablar.

—Emilia —dijo al fin, sin saber muy bien qué más añadir.

Ella oyó aquella voz fuerte, agradable, decidida y se giró con parsimonia. Había lágrimas en sus ojos. No había dejado de llorar ni un solo día desde la muerte de su padre. O, mejor dicho, desde que el propio Publio confirmase tal horrible suceso. Emilia se levantó y se echó en sus brazos. Publio la recibió con delicadeza y fuerza al mismo tiempo.

—Lo siento, lo siento —musitó ella entre sollozos—. Te he dicho cosas terribles. No era yo, era mi dolor, mi dolor. Perdóname, por favor, por todos los dioses, perdóname.

—No hay nada que perdonar, dulce mía. Nada que perdonar. Estoy aquí. Contigo. Siempre.

Permanecieron varios minutos abrazados. Sólo se oía el sollozo ahogado de Emilia que empapaba con sus lágrimas de cristal la toga de Publio. El viento, quizá por respeto, tal vez por tacto, había detenido su constante trasiego entre las hojas de los árboles.

Se sentaron en el banco. Publio decidió hablar por los dos.

—Tengo que decirte algunas cosas que me dijo tu padre antes de morir y de las que no he podido hablarte antes. Son pensamientos para ti que me transmitió cuando estaba muriéndose. ¿Crees que puedes escucharlos ahora?

Emilia, detrás de sus lágrimas, asintió lentamente.

—Bien —continuó Publio, limpiando con el dorso de su mano algunas de las finas gotas que se deslizaban por las sonrosadas mejillas de Emilia—. Tu padre me dijo que eras lo mejor que ha tenido en esta vida, que le has alegrado todos estos años y que espera haber sido todo lo que tú soñabas.

Emilia escuchaba muda, sus sollozos detenidos por unos segundos, los ojos abiertos de par en par.

—Tu padre me dijo que ha luchado por Roma siempre, pero que, desde que tú naciste, ha vivido por ti. Me dijo que sentía mucho que, perdida tu madre, ahora él te dejara también sin su compañía y protección, pero que toda la familia te cuidaría y te protegería —el joven hizo una pausa y añadió unas palabras más, rápidas, en voz baja, como con miedo—. Luego me preguntó a mí si deseaba casarme contigo.

Aquí Publio detuvo su relato.

—¿Y tú qué dijiste? —preguntó Emilia.

Por un instante a Publio le pareció ver que otra sensación distinta al dolor asomaba en la mirada de Emilia.

—Le dije que sí, que casarme contigo y cuidarte y protegerte y tenerte conmigo siempre era lo que más deseaba en este mundo.

Emilia no dijo nada, pero antes de que Publio se diera cuenta, la tenía abrazada a su cuerpo nuevamente deshecha en sollozos. El joven tribuno decidió concluir su relato hablando con ternura al oído de la muchacha.

—Tu padre me dijo entonces que, si tú me aceptabas, buscásemos en su estancia, en el arcón grande, en el fondo. Me dijo que sabrías dónde mirar. Sus últimas palabras fueron para ti, para que te recordase que él siempre estaría contigo y que te querría siempre. Terminó diciendo que los dioses le reclamaban en el reino de los muertos. Luego tuve que marcharme. No pude quedarme con él más tiempo. Le ofrecí mi caballo para salvarse, pero dijo que era demasiado tarde ya para él y me ordenó como cónsul de Roma que me montara en mi caballo y me alejara de allí. Incluso hizo que sus *lictores* me expulsaran de aquel lugar. Obedecí al fin. Ahora no sé si hice lo correcto. Lo siento.

Emilia se separó un poco de él, le miró a los ojos, y, aún con voz un poco débil, pero con cierta decisión, respondió despacio.

—Hiciste lo correcto. Si mi padre ordenó que te alejaras de allí y le dejases, eso es lo que debías hacer. Él era el cónsul y tú un tribuno a su servicio en una de sus legiones.

La sorprendente y sucinta síntesis de Emilia le dejó perplejo. Como en tantas otras ocasiones, la rápida resolución de la joven le dejaba un poco confuso, pero se sintió bien por dos cosas: por ver confirmada por ella la corrección de sus acciones y por detectar en las palabras de Emilia la acostumbrada determinación de la muchacha que desde el primer día cautivó su corazón.

—Ven, vamos —dijo Emilia levantándose con rapidez y llevando de la mano a Publio. Era casi cómico ver a aquel fuerte y alto joven conducido por una pequeña muchacha que apenas le llegaba al hombro.

—¿Dónde vamos?

—A la estancia de mi padre.

Entraron en la casa y, cruzando el atrio, se introdujeron en el *tablinum*. Una vez allí, Emilia señaló a Publio un gran arcón arrinconado en una de las paredes laterales. El joven tribuno abrió el arcón. Estaba repleto de rollos, volúmenes de filosofía, historia y estrategia militar. Muchos en latín, algunos en griego. Fue sacándolos metódicamente, con cuidado y pasándoselos a Emilia, que los ponía a su vez en la mesa de la estancia. Pasaron así unos minutos hasta que en el fondo del arcón, entre los últimos rollos, vieron cómo asomaban dos pequeñas tablillas plegadas. Publio las sacó y las separó con cuidado. Los dos jóvenes leyeron en silencio.

Yo, Emilio Paulo, cónsul de Roma, si no me encontrara ya entre los vivos por causas de esta prolongada guerra contra el poder de Cartago, manifiesto que en el supuesto de que el joven de nombre Publio Cornelio Escipión, en la actualidad tribuno de la primera legión de Roma, a mi servicio en el ejército consular, hijo y sobrino respectivamente de Publio Cornelio Escipión y Cneo Cornelio Escipión, procónsules de Roma *cum imperium* sobre las legiones destacadas en Hispania, solicitase casarse con mi muy amada y siempre querida hija Emilia Tercia, que esta unión es grata a mis ojos y cuenta con mi bendición y autorización, lo cual manifiesto para que quede en conocimiento de todos mis familiares y amigos.

EMILIO PAULO
Cónsul de Roma

LIBRO VI

EL MUNDO EN GUERRA

Numquam est fidelis cum potente societas.
[Nunca es segura la alianza con el poderoso.]

T. PHAEDRUS, 1, 5, 1.

70

A la luz de una vieja lámpara de aceite

Roma, invierno del 216 a.C.

La guerra contra Aníbal continuaba como algo perenne en el tiempo. La ciudad había pasado del pánico del año anterior a soportar la guerra casi frente a sus puertas como algo normal. El nerviosismo persistía pero las idas y venidas de Aníbal eran ya parte del comentario diario. Tito era testigo mudo de todo aquello en sus largas caminatas antes del amanecer y luego de regreso a su pequeña habitación con la caída del sol. El resto del tiempo, en el molino, empujando la gigantesca piedra, se olvidaba de todo. Desde hacía semanas había encontrado una diversión que le ayudaba a pasar el tiempo eterno de su trabajo circular e interminable moliendo la polenta. Mientras sudaba en el esfuerzo de empujar y empujar sin fin, su mente le hacía viajar hacia situaciones y personajes de los que había leído tiempo atrás, cuando trabajó en el teatro. Al igual que ya hiciera en las frías noches de la campaña del norte, cuando le costaba conciliar el sueño por el viento gélido y el miedo a entrar en combate, Tito recurrió a recrear desde los recuerdos de su memoria las escenas de algunas obras de teatro cuya representación había visto, hasta que, pronto, sus pensamientos fueron deslizándose hacia otra fuente de entretenimiento: comedias griegas, antiguas, que habían pasado por las manos de Praxíteles y las suyas en sus tiempos de estudiante de griego con el anciano emigrante heleno. Con Praxíteles había leído comedias de Menadro, Filemón, Dífilo, Posidipo, Batón, Teogneto y otros cuyos nombres no acertaba a recordar. Últimamente su mente vagaba en los recuerdos de una obra de Demófilo: la primera obra que le enseñó Praxíteles y con la que empezó a aprender a leer el griego. Recurría a ella porque era la que mejor recordaba y le gustaba poder ver en su cabeza la evolución de todos los personajes, desde que hacían acto de aparición en las primeras escenas hasta el desenlace final. Recordaba los chistes, las bromas y algunos juegos de palabras que se le antojaban intraducibles al latín. Recordaba cómo Praxíteles le decía que para representar esas obras en Roma, se tendrían que traducir con cierta libertad, para cambiar un juego de palabras por otro que tuviera un efecto similar en latín aunque fuera distinto en su contenido: «Lo que importa es el efecto, la broma, que el público se ría, pero que encaje con la acción general de la obra, ¿me entiendes, Tito? Hay que traducir el espíritu de las palabras, no las palabras mismas.» Nuevamente, la voz de Praxíteles retornaba a sus oídos. Un día de rueda de molino le daba para recrear la misma obra hasta dos veces, recitando mentalmente para sí las escenas que recordaba. Más adelante pasó a rellenar sus vacíos de memoria con sus propias escenas para mantener el conjunto de la obra en su imaginación. Llegó el momento en que incluso esa actividad se le quedó corta para rellenar las infinitas horas en el molino y fue entonces, una tarde de invierno del 216 a.C., tomando unas gachas de trigo en un breve descanso en su labor, mientras toda Roma andaba envuelta en las elecciones consulares en las que Fabio Máximo, de nuevo se apuntaba como candidato, que Tito Macio concibió la idea de empezar a traducir al latín aquella obra griega. Estaba comiendo con las manos, llevándose un bocado a los labios cuando se dio cuenta de que aquello le iba a llevar tiempo, mucho tiempo. Rompió entonces a reír, de forma tan clara y espontánea que escupió la comida que acababa de llevarse a la boca. Si había algo de lo que disponía con creces era de tiempo. No tenía nada que hacer, al menos con la mente, mientras daba esas infinitas vueltas a la rueda de aquel maldito molino que, eso sí, al menos le alimentaba.

Así, durante unas semanas fue componiendo varias escenas en latín, pero pronto se dio cuenta de que, pese al ejercicio al que sometía a su memoria, llegaba un momento en el que tendría que poner por escrito lo que iba imaginando mientras trabajaba en el molino. Aquella necesidad conllevó una serie de cambios drásticos en su rutina diaria. Para empezar, necesitaba algo con que escribir y luego papiro, bastante papiro. Las tablillas no serían suficientes. Lo ideal sería un rollo de papiro en blanco para poder ir transcribiendo lo que su mente iba dibujando. Acudió entonces una tarde al foro, al atardecer, de regreso del molino, y en el mercado husmeó entre diferentes puestos hasta encontrar lo que buscaba: un comerciante que vendía rollos con algunas obras y todo lo necesario para la escritura: *stilo*, tinta negra o de color, *schedae*, rollos, *et cetera*. Los clientes del establecimiento eran esclavos *atrienses*, capataces de fincas rústicas y algún patricio. Todos bien arreglados, cada uno en su nivel, pero desde luego de aspecto muy diferente al suyo. Tito observó su túnica raída, sus uñas sucias, sus sandalias desgastadas, sus tobillos y pies llenos de polvo. Esperó a que el comerciante se quedara sin clientela y, cuando estaba a punto de cerrar, le abordó con humildad.

—Disculpad que me acerque a vuestro establecimiento... —dudó en cómo seguir; las palabras le costaban; tenía millones en su mente, pero se dio cuenta de que llevaba semanas sin hablar con nadie. En el molino el molinero le daba la comida y a veces pasaban semanas sin que le dijera nada—. Quiero decir que os ruego que disculpéis mi mal aspecto. No he querido molestar mientras atendíais a otros... a vuestros clientes, quiero decir; sólo necesitaría un poco de papiro y algo con que escribir. Tengo una *mina*.

Una *mina* era todo lo que había podido ahorrar después de complementar las gachas de trigo del molino con algo de queso y leche ocasionalmente y de pagar el alquiler de su habitación junto al Tíber.

El comerciante le miró con desprecio y estuvo a punto de ahuyentarle para que le dejara en paz, pero Tito extendió su mano con el dinero y el mercader recapacitó: el dinero es bueno venga de donde venga. Sin dirigirse a Tito, entró en su tienda y rebuscó entre el material que tenía desechado. Allí encontró un par de rollos cuyas láminas de papiro estaban mal enlazadas y dificultaban el proceso de enrollar y desenrollar; cogió también un par de estiletes y algo de tinta negra demasiado aguada que otros ya habían rechazado y salió donde le esperaba Tito, ansioso, pasándose el dorso de su mano por la barba mal afeitada.

—Esto es todo lo que puedo daros. Tomadlo o dejadlo.

No eran materiales exquisitos y en cualquier otra circunstancia los habría rehusado como, sin duda, pensó, ya habrían hecho otros en mejor situación que la suya. Él, no obstante, no podía permitirse elegir y estaba claro que el comerciante no tenía intención de proporcionarle nada mejor.

—Está bien, está bien —dijo Tito y cogió los rollos y el papiro y la tinta aguada entregando a cambio su dinero.

El comerciante cogió la moneda y, sin responderle, le dio la espalda. Tito se sabía humillado, pero la felicidad de tener con qué escribir le compensaba todo, aunque las miradas de asco que el mercader le había dedicado le hacían entender nuevamente por qué, poco a poco, se había ido alejando de la sociedad que le rodeaba. Aquella noche, encendió su lámpara de aceite y sobre las dos mantas raídas de su habitación, comenzó a transcribir la introducción que había pensado para su obra. El papiro, no obstante, no estaba bien liso. Desenrolló más; se limpió las manos como pudo, frotándolas entre sí, y luego restregándolas con una de las mantas, y entonces con ambas palmas alisó el papiro. Empezó de nuevo. El *attramentum* no dejaba un trazo claro, sino unas líneas imprecisas que no podían leerse bien. La tinta estaba demasiado clareada con agua. Al fin, descubrió que escribiendo con especial lentitud la marca del trazo del *stilo* quedaba razonablemente plasmada sobre el papiro. Suspiró. Continuó, despacio, enfatizando cada letra, como si dibujase cada palabra. Aquello sería más largo aún de lo que había anticipado:

Hoc agite sultis, spectatores, nunciam, quae quidem mihi atque vobis res vertat bene, gregique huic et doinis atque conductoribus... [Ahora, espectadores, prestad atención, por favor; y que todo sea para bien mío y vuestro, de esta compañía, de sus directores y de sus contratistas. Tú, pregonero, haz que el público sea todo oídos. (Después de que el pregonero ha realizado su cometido.) Anda, vuelve a sentarte. Procura tan sólo no haber trabajado en balde.

Ahora os voy a decir a qué he salido a escena y qué es lo que quiero: quiero que sepáis el título de esta comedia, pues, por lo que respecta al argumento, es muy breve. Y ya voy a deciros lo que dije que quería deciros: el título de esta comedia en griego es Ovαγóξ. La escribió Demófilo, y Macio, que la tradujo en lengua bárbara, quiere que se titule...[4]*]*

Aquí detuvo Tito su mano y con ello la escritura y se quedó aquella noche meditando el mejor título posible para su obra, pues se dio cuenta de que, aunque varias escenas ya estaban en perfecto latín en su mente, nunca se había parado a pensar el título concreto para la obra. Desde el río venían los gritos de un *lenón* a algún cliente mal pagador de los servicios de alguna de las prostitutas de la calle, se oía el ruido de los carros que distribuían mercancías por la noche en dirección al mercado y unos borrachos cantaban en un latín indescifrable su cogorza

4. Este texto, como el resto de los fragmentos que luego se reproducen procede de la traducción y edición de José Román Bravo (1998). El latín procede del autor original.

hasta que alguien los avisó de que los triunviros se acercaban. Tito, a solas en su habitación, se quedó profundamente dormido entre las temblorosas sombras de la débil luz de su vieja lámpara de aceite.

71

El reparto del mundo

Palacio real de Pella,
Macedonia, 215 a.C.

Era el día que el rey Filipo V de Macedonia reservaba para audiencias de embajadores de los territorios bajo su dominio y de otros enviados de reinos vecinos, amigos y enemigos. Tenía tan sólo veinticinco años, pero ya llevaba seis años en el trono y había conocido la guerra en varias ocasiones. Los etolios, al sur, eran especialmente beligerantes y se oponían con tenacidad a reconocer el poder de Macedonia sobre todos los confines de Grecia. No hacía mucho que habían devastado varias ciudades. Filipo lamentaba de forma particular la destrucción del teatro de Epidauro. Tenía planes para su reconstrucción. Esta vez no sólo las gradas del público serían de piedra, sino también la antigua escena de madera, que sería reemplazada por otra de sólida piedra y mármol. Así se levantaría de nuevo el gran teatro. Sí, los etolios al sur, pero luego estaba el más grande y poderoso vecino: el reino seleúcida que se extendía al este, en Asia Menor, Siria y la antigua Persia, por un lado, y el reino tolemaico rigiendo el devenir de Egipto. Filipo estudiaba un mapa de todo el Oriente. En el plano se dibujaban las siluetas de lo que llegó a ser el gran imperio de Alejandro Magno. Tan descomunal, tan vasto que a su muerte nadie pudo retenerlo todo y se troceó en tres grandes pedazos: la gran Persia hasta el río Indo para Seleúco, Egipto para Tolomeo, Siria y Asia Menor para Antígono, y Macedonia y Grecia para Lisímaco y Casandro. Cada general estableció monarquías independientes que derivaron en largas dinastías. Era el mundo heleno que legó Alejandro a la humanidad. Ahora Antíoco III, descendiente de Seleúco el Grande, tenía pretensiones de reconquistar el viejo imperio de Alejandro y pugnaba contra Egipto por el control de Siria y las ricas costas fenicias, por un lado, y con el propio Filipo por el dominio de Asia Menor. Filipo había derrotado a los etolios reestableciendo así su control sobre las ciudades griegas y había llegado a un cierto entendimiento con Antíoco para que éste luchase con Egipto a cambio de que redujese sus pretensiones en Asia Menor y al tiempo asegurarse las islas del Egeo sobre las que Egipto tendría que disminuir su influencia al tener que concentrarse en defenderse de los seleúcidas de Antíoco. Oriente era un enrevesado campo de batalla. Filipo estudiaba con detenimiento las estrategias a diseñar para reestablecer la hegemonía macedónica sobre Grecia y asegurar todas sus fronteras con su imperial vecino del este y mantener a raya la influencia egipcia del norte de África. Durante este tiempo, el rey de Macedonia había menospreciado el Occidente. Cartago era allí la fuerza preponderante desde tiempos de Alejandro. La única ciudad fenicia que mantuvo su independencia después de que el gran conquistador se hiciera con Tiro y Sidón en su despliegue político y militar por Oriente. Pero Cartago se mantenía en sus áreas de influencia. Se adentraba hacia África y hacia la lejana península ibérica. Y ahora atacaba Italia, pero aquello no le concernía.

—Majestad, han llegado los emisarios cartagineses —anunció un hombre mayor, pelo cano, nariz aguileña, encogido de hombros, con mirada furtiva, Demetrio de Faros, un rey depuesto por los romanos. Los romanos, sí, pensó el joven Filipo. Ahí tenía otro vecino que crecía y que empezaba a resultar molesto. Los romanos se hicieron con las colonias griegas de la Magna Grecia en el sur de Italia primero. Luego decidieron intervenir en el Adriático. Los piratas de Demetrio de Faros obstaculizaban el comercio por mar. En eso llevaban razón los romanos, pero finalmente establecieron tras la guerra un protectorado en la costa de Iliria que tenía su frontera con la propia Macedonia. A Demetrio le obligaron a dejar su isla, Faros. Desde entonces éste se refugió en la corte de Filipo y actuaba como su consejero en todo lo relacionado con el Occidente. Un consejero resentido con Roma. De eso el joven Filipo era muy consciente.

—Que pasen —dijo Demetrio de Faros a los guardias de la gran sala del trono.

Uno de los soldados atravesó la puerta de bronce y se dirigió a la antesala donde dos oficiales cartagineses con uniformes y armas romanas esperaban mientras admiraban las riquezas atesoradas en aquel palacio. Estaban en el corazón de Macedonia, cuna del gran Filipo, padre de Alejandro y ahora residencia de Filipo V. Aquél era un reino secular que había llegado hasta la India y, aunque ahora reducido en poder, controlaba una importante región entre el Adriático y el mar Negro, además de ser el dominador de las ciudades griegas continentales, del Egeo y de parte de Asia Menor, con sus más y sus menos, con varios pequeños reinos que pugnaban por su independencia, cierto, pero Macedonia permanecía como la potencia hegemónica en la región. Los oficiales cartagineses entraron en la sala del trono y saludaron con marcadas reverencias al joven monarca, que los recibió sentado, con atuendo militar, espada en la cintura, escudo, lanza y casco próximos, al pie del trono. Un hombre de guerra. Los oficiales cartagineses se sintieron satisfechos de aquella presencia.

—Bien, hablad —dijo el joven rey—, os escucho.

La voz segura y decidida del monarca impresionó a los oficiales. El más veterano, un fornido hombre de unos treinta años, con densa barba y varias cicatrices visibles en sus piernas y brazos desnudos, respondió al rey.

—Nos envía, como ya sabéis, Aníbal, general en jefe de los ejércitos cartagineses en Italia —el griego del oficial no era muy fluido, pero se hacía entender—. Mi general os propone un pacto para detener la expansión de Roma. Yo no sé expresar bien los detalles de este acuerdo en vuestra lengua, pero aquí os traigo un documento en griego donde mi general os indica los puntos para un posible acuerdo entre Cartago y Macedonia.

El oficial mostró un rollo que sostenía en su mano. El joven monarca no hizo ademán de tomar el documento. En su lugar hizo una pregunta.

—¿Y mi embajada? ¿Qué ha ocurrido con Jenófanes, a quien envié para entrevistarse con vuestro general hace casi un año?

Los oficiales cartagineses se miraron entre sí. El oficial que llevaba la conversación guardó el rollo bajo su capa antes de responder.

—Majestad, la entrevista tuvo lugar, en efecto, en el monte Tifata, cerca de Capua, en Italia central...

—Sé dónde está Capua, soldado; no necesito lecciones de geografía de un extranjero, sino que se me explique dónde está mi embajador. No tengo por costumbre repetir la misma pregunta dos veces y menos en mi palacio. Os aconsejo, soldado, que no me hagáis perder el tiempo. Mi paciencia es escasa. No os dejéis engañar por mi juventud.

Quizá estaría bien que recordaseis que estáis hablando con un descendiente de Alejandro Magno.

El monarca levantó la mano y decenas de guardias macedonios armados con espadas y escudos rodearon a los embajadores cartagineses. Los oficiales africanos reconocieron su error: se habían mostrado demasiado cómodos para estar ante un rey y sí, era cierto, la corta edad del monarca los había conducido a tratarle con cierto paternalismo, lo cual había exasperado a su majestad. «Filipo V combate con poderosos reinos vecinos, con Siria, con Egipto y con las rebeldes ciudades griegas que se le oponen, además de mantener a los celtas a raya en sus fronteras del norte; no menospreciéis su capacidad o no regresaréis vivos de esta embajada.» Las palabras de Aníbal al despedirlos en Capua resonaban con sorprendente nitidez en aquel palacio real, rodeados por los guardias macedonios. Los oficiales se arrodillaron ante el rey.

—Jenófanes se entrevistó con mi general en Tifata —retomó la palabra el veterano cartaginés mirando al suelo, rogando a Baal que le sacase con vida de aquella sala—; allí ambos acordaron lo que se recoge en el documento que os mostré como un acuerdo válido para ambas partes, pero Jenófanes fue hecho preso por los romanos cuando regresaba a Macedonia; eso es cuanto sabemos. Lamentamos semejante acontecimiento. Mi general decidió entonces enviarnos a nosotros para poder cerrar el pacto entre ambos estados, siempre que a vos os pareciese oportuno.

—Claro que —comentó el joven rey—, ahora los romanos son conocedores de este posible pacto.

—Así es, majestad —de rodillas, los ojos en el suelo.

—¿Y cuándo pensabais compartir conmigo esa información?—preguntó el monarca.

—No teníamos intención de ocultar ese hecho, majestad.

—Llevan espadas y ropas romanas —comentó Demetrio de Faros que, hasta el momento, se había mantenido en silencio.

—Estas armas y esta ropa son producto de nuestras victorias sobre los romanos en Trebia, Trasimeno y Cannae —se defendió el oficial cartaginés.

Demetrio de Faros guardó silencio.

—El apresamiento de Jenófanes está recogido en este documento que os estaba mostrando. Es la mejor prueba de que ni nosotros ni mi general teníamos intención de ocultároslo.

Filipo V de Macedonia volvió a reclinar su espalda sobre el respaldo de su trono. Quizá aquellos emisarios no mintiesen. Era una lástima lo de Jenófanes. Siempre había sido un fiel servidor. El destino no es siempre justo con los mejores.

—Ese documento, entregádmelo. Veamos si lo que decís es cierto.

El veterano oficial cartaginés sacó el rollo de debajo de su capa, se levantó despacio, avanzó un par de pasos y, antes de que pudiera dar otro más, un guardia se acercó y tomó de su mano el rollo. El soldado macedonio, rápido, se aproximó a su rey y le entregó el rollo. Filipo V lo abrió y empezó a leerlo, sin prisa, digiriendo cada frase, cada propuesta. El oficial cartaginés volvió a arrodillarse y a fijar sus ojos en el suelo. Los guardias macedonios, espadas en ristre, seguían rodeándolos a la espera del dictamen de su rey. De esta forma, los cartagineses no pudieron ver los lentos asentimientos que Filipo hacía con su cabeza, muy leves, pero perceptibles para los presentes, de modo muy especial para Demetrio de Faros, que presentía un cambio en el sentido del viento. Filipo V alzó de nuevo su mano y los guardias se retiraron diez, veinte pasos hasta quedar junto a las paredes de la sala. Los cartagineses suspiraron, pero no se atrevieron a moverse.

—Alzaos —dijo al fin el rey—; creo que entre Cartago y Macedonia se abre un tiempo para la amistad. Debéis de tener hambre después de un viaje tan largo.

—Hemos descansado poco para llegar lo antes posible ante vuestra presencia, majestad. Cualquier cosa que nos ofrezcáis será recibida con sumo agrado por nuestra parte, majestad.

El rey sonrió. El veterano cartaginés parecía, por fin, haber encontrado el tono adecuado para dirigirse a su alteza, salvar la negociación y salir vivo de aquel lugar.

—Que estos hombres coman y que les envíen alguna mujer —ordenó el rey—; quiero que vuelvan satisfechos y vivos junto a su general.

Hubo un cierto tono irónico cuando dijo la palabra «vivos» que los cartagineses captaron, aunque, en realidad, nunca fueron conscientes de lo cerca que habían estado de morir.

Los soldados africanos salieron y, tras ellos, a una señal del rey, todos los guardias de la sala. Sólo quedaron Demetrio de Faros y el monarca.

—¿Qué opinas, Demetrio?

—Es una oportunidad de recuperar la salida al Adriático y barrer a los romanos de ese protectorado que han osado establecer junto a las fronteras de Macedonia.

—Y una oportunidad de que tú recuperes el trono, ¿no es cierto, Demetrio?

—Eso sólo si vuestra majestad así lo dictamina.

—Sabia respuesta, Demetrio, sabia respuesta. ¿Crees que Aníbal derrotará a los romanos por completo?

Demetrio de Faros meditó unos segundos antes de responder.

—Sí, creo que sí. Después de Trebia, Trasimeno y Cannae, Roma está muy debilitada; muchos de sus aliados naturales en Italia están abandonando su fidelidad a Roma. Y Capua ha caído en manos de Aníbal.

—Qué lástima, Demetrio, que hayas dudado unos segundos. Esa duda tuya la tengo yo también; la tengo —y el monarca se levantó y paseó con las manos cruzadas en la espalda por la amplia sala del trono—; en cualquier caso, no podemos dejar pasar esta oportunidad. Pactaremos con ese general cartaginés y atacaremos el protectorado romano en Iliria. Quién sabe, Demetrio. A lo mejor vuelves a ser rey.

Demetrio de Faros sonrió con suavidad e inclinó su cuerpo ante el joven monarca macedonio. Después, tras pedir permiso y éste serle concedido por el rey, se retiró. Filipo V de Macedonia continuó paseando por aquella gran sala. Quizá las dudas de ambos fueran infundadas, pensó. Tal vez no. Hacía un año que ya ascendió por el Adriático para enfrentarse con los romanos, pero éstos habían dispuesto una poderosa flota esperándole. En aquel momento rehuyó el combate y decidió que se mantuviera el *statu quo*. En la próxima ocasión no se retiraría. Habrá que ver cómo luchan esos romanos. Si un cartaginés puede derrotarlos, un macedonio también.

72

La unión de dos familias

Roma, enero del 215 a.C.

El 215 a.C. en el foro de Roma se hablaba sólo de dos cosas: del pacto al que Aníbal había llegado con Filipo V de Macedonia para luchar juntos contra Roma y de la unión de dos de las más importantes familias de la ciudad mediante el matrimonio del joven tribuno Publio Cornelio Escipión, hijo y sobrino de los Escipiones, procónsules de Hispania, con la joven huérfana Emilia Tercia, hija del cónsul caído en Cannae, de la familia de los Emilio-Paulos. La historia de la autorización del viejo cónsul escrita en un papiro y guardada en un viejo arcón había corrido de boca en boca por toda la ciudad haciendo las delicias de matronas maduras, jóvenes patricias soñadoras y sirvientes y esclavos de toda condición.

En casa de Emilia, el primero de estos temas, aun de gran importancia para todos los allí presentes ya que, de un modo u otro, todo lo relacionado con la guerra de Aníbal les afectaba de forma muy directa, había pasado a un segundo plano en los últimos días presionados por los preparativos de la boda. En el atrio de su casa, la joven asistía nerviosa al largo debate entre su hermano Lucio Emilio y su prometido Publio, en busca de una fecha adecuada para la celebración de las nupcias.

—Bien, si eliminamos los días lunares —comentaba Lucio Emilio mirando unas tablas con un calendario romano—, tenemos que descartar las *kalendae*, las *nonae* y los *idus* de este mes; y tampoco podemos contar con los días posteriores a estas fechas y hemos de dejar pasar los *Parentalia*. No sería un momento ni correcto ni propicio.

—De acuerdo, pero tanto a tu hermana como a mí nos gustaría celebrar la boda antes de los *Lemuria* —comentaba Publio, cuando la propia Emilia, saltándose las normas que el decoro marcaba, irrumpió en la conversación sobre su futuro enlace.

—Y no en mayo, por favor, trae mala suerte.

Los dos jóvenes la miraron con condescendencia y se sonrieron. Ambos se habían acostumbrado a los atrevimientos de la joven, fruto de un relajamiento en la disciplina en la educación de Emilia por parte de su padre una vez que su madre falleció. Mayo no estaba entre los meses inapropiados para casarse y, de hecho, se podría ajustar bien teniendo en cuenta las limitaciones que las diferentes fiestas en honor a los muertos y otras festividades presentaban a la hora de seleccionar un día aceptado por todos como propicio para el enlace. Sin embargo, mayo era tradicionalmente considerado como un mes desafortunado para los casamientos y estaba claro que Emilia era partícipe de dicha superstición. Publio no quería contrariarla. Además, sabía que había muchos ojos puestos en aquella unión y quería evitar que nadie pudiera presagiar desgracias para los contrayentes o para sus familias por seleccionar un día inadecuado. Publio no tenía muy claro el valor de todo aquello, pero había aprendido de su padre a no menospreciar el poder de las creencias de la gente y la importancia de las apariencias.

—Entonces ¿qué tal abril? —propuso Publio—, de esa forma dejamos pasar también las celebraciones y sacrificios de marzo para la nueva campaña de guerra —y volviéndose a Emilia— y abril es la primavera, la luz.

Emilia sonrió sin decir nada y bajó la mirada.

—Bien —asintió Lucio—, me parece bien abril. Consultaré a los augures para asegurarnos un día que no sea *endotercisi*, probablemente a finales de abril.

—A finales de abril —confirmó Publio—, pero evitemos consultar al viejo *augur* de Fabio Máximo; no creo que vea esta unión con buenos ojos y preveo cierta subjetividad en su interpretación del futuro.

—Por supuesto, sin Fabio —confirmó Lucio y ambos jóvenes se echaron a reír. Fabio era *augur* vitalicio, pero había otros augures a los que consultar. Publio y Lucio Emilio se levantaron y con un fuerte abrazo sellaron su acuerdo para celebrar el casamiento que uniría aún más a sus dos familias.

Publio, acompañado por un esclavo, regresó a casa chapoteando entre los charcos de las calles bajo una densa lluvia. Su corazón estaba feliz. Pronto Emilia sería suya y podría estrecharla entre sus brazos cada noche.

Roma, abril del 215 a.C.

Es la noche antes de la boda. Emilia, vestida con una túnica engalanada de púrpura, acompañada por su hermano Lucio, recoge todos los juguetes que decoraron su infancia. La mayoría eran regalos que su padre le había traído cuando regresaba del foro. Una vez amontonados todos en un arca, dos esclavos la levantan y se quedan esperando las instrucciones de su amo Lucio Emilio. La vida de Emilia debía seguir hacia un nuevo destino. Todo lo que la acompañó en su infancia y en su pubertad debía quedar atrás. Emilia se quita la pequeña *bulla* que pende de su delgado cuello y la entrega a su hermano que, despacio, con delicadeza, la coge en su mano derecha y la cubre con la mano izquierda. Lucio le concede unos segundos a su hermana que ésta aprovecha para respirar profundamente hasta tres veces.

—Bien, vamos —indica Lucio.

El joven *pater familias* sale de la estancia, la *bulla* de su hermana envuelta en sus manos, seguido de los esclavos con el arca llena de juguetes y, cerrando la pequeña comitiva, Emilia, caminando lentamente, su mirada clavada en el suelo. Pocos ya serán los pasos que dé en aquellas habitaciones que la vieron crecer junto a su familia.

Todos juntos salen al atrio, donde los espera un amplio número de familiares y amigos. Allí, junto al pequeño altar de los dioses Penates de la casa, se consagran juguetes y *bulla*, haciendo una imprecación especial a Junio, para que proteja a Emilia en la nueva vida que la espera. La joven se quita la túnica que lleva y se pone la *túnica recta*, blanca como la leche y larga hasta cubrirle los pies. Se sienta y una mujer, amiga de la familia, que sólo se ha casado una vez, la ayuda a recogerse el cabello con cariño y esmero, envolviendo su tupida melena negra en una pequeña redecilla de color rojo. Así, después de saludar a todos los presentes, Emilia se retira de nuevo a su estancia, ahora mucho más amplia, casi vacía al haber limpiado todos los estantes y el suelo de sus recuerdos infantiles. Se echa sobre el lecho y aguarda la llegada del nuevo día. Apenas si puede dormir. Piensa en su futuro marido y en la vida que le espera con Publio. Sabe que es afortunada: muchas no conocen al que será su esposo hasta el mismo día de la boda; ella, en cambio, ha podido hablar con él innumerables veces, incluso en momentos de desdicha, cuando le dieron la noticia de la muerte de su padre, sintió el abrazo de los poderosos brazos de aquel joven que se iba a casar con ella. ¿Es amor lo que siente por él? Sabía poco del amor. Algunos poemas leídos casi clandestinamente, lo que decían sus esclavas: «Es como si el estómago se te encogiera y no pudieras ya comer y luego es una felicidad indescriptible; y siempre así, de un extremo a otro, mientras dura», le decían. Ella había sentido lo del estómago cada vez que Publio venía a visitarla a casa; siempre tenía miedo de que ya no quisiera hablar con ella, de que se hubiera cansado, de ya no resultarle divertida o guapa o lo que sea que buscan los hombres. Se siente feliz por unos instantes, pero una alargada oscuridad se apodera de sus pensamientos: aquella larga e infinita guerra contra Aníbal que nunca termina. Esa guerra sabe que afectará a su vida. Su futuro marido es un importante tribuno militar y más tarde o más temprano se verá obligado a volver al frente. Publio había salido ileso de Tesino, Trebia, Trasimeno, y de la mismísima Cannae. ¿Seguirán los dioses velando por él? ¿Y ella? ¿Sabrá estar a la altura de las circunstancias? De la satisfacción de su prometido dependía gran parte de la alianza entre sus dos familias. Ella sentía que le quería desde el primer día que entró en su casa y se dedicó a pasear y conversar con ella, tratándola con ternura, casi como a una niña, pero mirándola como a una mujer, o eso le parecía. Ya no está segura de nada. Cierra los ojos y, arropada por esos cálidos recuerdos, rogando a todos los dioses que siempre protejan a su querido Publio, concilia al fin un débil sueño.

Con el amanecer, dos esclavas mayores la ayudaron a vestirse según correspondía a tan especial ocasión: se hizo un peinado complejo en el que se fundían hasta seis trenzas postizas adornadas con cintas; era una forma de arreglarse el pelo muy similar a la de las sacerdotisas vírgenes que consagraban su vida a la religión. Emilia quedó peinada como una *vestal* pura. Luego, sobre el tocado del cabello, se echó un fino velo de tono anaranjado cubriéndole la pálida frente. Temblaba. Tenía miedo y no quería confiar sus temores a esclavas o amigas de la familia. Tenía pánico a hacer algo inapropiado durante la ceremonia y que se considerase un mal presagio. Tenía pavor a que por su culpa su ya próxima felicidad pudiera verse deteriorada por un desafuero a los dioses. Echaba de menos a su madre más que nunca. Y a su padre. Sobre todo a su padre. En su cabeza bullía cada una de las cosas que debía hacer y cómo hacerlas. Mientras le ponían la corona de flores de verbena, arrayán y azahar, revisaba mentalmente cada paso que debía tener en cuenta.

Se levanta. La *túnica recta* está suelta. Emilia es delgada y el vestido le viene grande, pero la mujer amiga de la familia que la asiste a la hora de vestirse toma un cinto de tela y ciñe bien la túnica elaborando el complicado *nodus Herculis*. Un nudo difícil de deshacer, igual que la unión que va a tener lugar en unos minutos. Sobre la túnica blanca, la mujer echa un manto de color crema y, a continuación, ayuda a Emilia a ponerse unas sandalias del mismo color. Lucio entra entonces en la estancia y se pone detrás de su hermana. Separa las cintas del tocado con cuidado y pone un collar metálico alrededor del cuello de la novia. Le da un beso en la mejilla.

—¿Estás preparada?

—Sí —asiente Emilia con decisión. Su hermano sonríe.

—Bien —le responde y la conduce de la mano hasta el atrio de la casa.

En esta ocasión no son sólo los amigos y familiares de su familia los que aguardan a la novia, sino que con ellos están también todos los familiares y amigos del novio que han podido acudir, entre ellos Pomponia, la madre, y Lucio Cornelio, el hermano de su prometido. No están los procónsules: tanto Publio Cornelio Escipión como Cneo Cornelio Escipión permanecen en Hispania, combatiendo por Roma. Publio padre ha enviado una carta para tan señalado momento que el hermano del novio lee en voz alta:

—A Lucio Emilio Paulo, *pater familias* de la familia de la prometida de mi primogénito: con agrado recibo la noticia de la próxima boda de mi hijo Publio Cornelio Escipión con Emilia Tercia, hija de Emilio Paulo, senador que fuera cónsul de Roma en dos ocasiones. No me es posible estar en la ciudad y acompañaros en tan feliz jornada, pero desde aquí envío mi bendición y autorización a tal enlace, así como la bendición de mi hermano Cneo. Que los dioses protejan esta unión y que de ella surja la fuerza de Roma para doblegar a nuestros enemigos. Firma: Publio Cornelio Escipión, procónsul de Roma *cum imperium* en Hispania.

Luego Lucio dio lectura a la carta de su padre que Emilia y el joven Publio encontraron en el viejo arcón de la *domus* familiar. Tras leer ambas cartas, Lucio se retira del centro del atrio y toma de nuevo su lugar junto al novio y su madre. La celebración da comienzo. Un *popa* trae un cordero grande que dócilmente es llevado hasta el altar familiar. Lucio Emilio lo sacrifica y vierte la sangre del animal en honor de los dioses. Se separa entonces del animal ya muerto y deja que se acerque un anciano que avanza ayudado por un largo bastón de pino que maneja como una estaca. El anciano es el *auspex* de la familia de la novia. Se inclina sobre el animal sacrificado y con unas manos huesudas y arrugadas saca las entrañas del cordero y las vierte sobre el altar. Un espeso silencio llena de solemnidad aquel momento mientras el anciano escudriña las vísceras con detenimiento. Nadie apresura a aquel hombre ni comenta nada. Sólo se espera en medio de una gran atención. El *auspex* al fin se yergue de nuevo y, mirando a todos los presentes, comparte con ellos su vaticinio sagrado. Emilia mira al suelo. Publio mira a Emilia. Ambos, sin saberlo, contienen la respiración.

—Los auspicios son buenos. No veo nada malo ni inusual en las entrañas de este animal. La unión cuenta con el favor de los dioses. La celebración puede seguir adelante.

Emilia y Publio exhalan un largo suspiro al mismo tiempo. Publio, que la observa, sonríe. Ella, no obstante, mantiene su mirada fija en el suelo. Mientras, su hermano Lucio Emilio ha sacado las *tabulae nuptiales* que diferentes amigos y familiares de ambas familias van firmando hasta que se consiguen los diez testigos preceptivos para validar la unión que va a tener lugar. Terminada la recogida de firmas, los familiares del novio y la novia se separan en dos grupos dejando un pequeño pasillo en el atrio por el cual se desplaza una mujer mayor. La *pronuba*, vestida de blanco, con su lento caminar, se acerca hasta ponerse en el centro del atrio. Lucio Emilio acompaña entonces a su hermana junto a la *pronuba* y Pomponia hace lo mismo con su hijo. La *pronuba* toma entonces las manos derechas de Publio y Emilia y las une frente a ella.

Se hace un silencio aún más profundo que cuando el *auspex* analizaba las entrañas del cordero sacrificado. La calma deja sentir el sonido del viento que agita las tiernas hojas de la primavera de los árboles del jardín de aquella casa. A un tiempo, las voces de Publio y Emilia se funden en una sola y pronuncian la fórmula nupcial sagrada de Roma.

—*Ubi tu Gaius, ego Gaia* —dice Publio.

—*Ubi tu Gaius, ego Gaia* —pronuncia Emilia a la vez, con cuidado de que su voz no sobresalga por encima de la de su prometido.

El silencio es rasgado por un estruendo de vítores y palmas de todos los presentes.

—*¡Feliciter, feliciter, feliciter!*

Lucio Emilio invitó a todos los amigos y familiares a pasar al jardín de la casa precedidos por los ya marido y mujer. En el peristilo de la casa de los Emilio-Paulos había un sinfín de *triclinia* y mesas con todo tipo de viandas: higos secos, manzanas, peras, ciruelas, uvas, membrillo, frutas de colores llamativos, muchas de las cuales eran vistas por primera vez por los allí invitados: melocotones de Persia y ciruelas de Armenia; también se habían traído quesos de cabra y de oveja, unos tiernos y otros más curados; rebanadas de pan con miel, cerdo asado y cortado en finas lonchas; cordero crujiente, muy tostado; conejo con salsas aromatizadas por especias exóticas; asado de toro en salsa; pero nada de carne de cabra, la más común en Roma, inaceptable en una boda de aquel nivel; sí que había pato, ganso, perdices, agachadizas, tordos, grullas, becadas y carne de paloma. En el centro, presidiendo todo aquel interminable festín emergían dos grandes jabalíes asados enteros; Lucio hizo traer también pescado salado para los que no estimasen tanto comer carne, en un esfuerzo por que todo el mundo se sintiera feliz aquel día, junto con un sinfín de diferentes manjares por los que todos paseaban los ojos al tiempo que sus estómagos se preparaban para recibirlos. Y por todas las mesas abundaban las jarras del mejor vino de los viñedos de la familia de los Emilio-Paulos. Los cocineros de la casa habían recibido la ayuda de los esclavos de la familia de los Escipiones para poder hacer frente al enorme reto de tener todo aquel banquete dispuesto a tiempo.

Familiares y amigos se sentaron a comer, a disfrutar de la multitud de viandas que salían de la cocina, donde los esclavos continuaban trabajando a pleno rendimiento, y del vino que corría en abundancia. Se habló de la familia, de la importancia de aquella unión, de los fuertes lazos que así se consagraban entre los dos poderosos clanes romanos. A esto Pomponia asentía respetuosa ante el joven Lucio Emilio, heredero de la gloria de su padre recién fallecido en Cannae.

—¿Qué pasará ahora con la guerra? —preguntó Lucio Cornelio, el hermano de Publio. La pregunta no iba dirigida a nadie en particular, sino que, apartado como había estado de los últimos grandes acontecimientos, al ver allí reunidos a varios de los oficiales participantes en las últimas batallas, no pudo contener su ansia por saber adónde creían aquellos veteranos tribunos que conduciría todo aquello. Su madre le miró con cierta reprobación, pero enseguida Lelio tomó la pregunta de Lucio como una invitación abierta a debatir sobre temas en los que él se sentía mucho más cómodo que discutiendo sobre intrincadas genealogías de las diferentes familias patricias de Roma. De alguna forma, allí, entre amigos, saboreando buen vino y con el estómago repleto, uno se sentía más seguro, con las fuerzas suficientes para acometer aquel terrible asunto de la guerra contra Cartago o, lo que era lo mismo, contra Aníbal.

—Es difícil de decir —empezó Lelio—, primero, aún no está claro que la división que ha hecho Aníbal de su ejército haya sido acertada.

—Bien, puede ser —comentó Lucio Emilio—, pero Magón consiguió que muchas de las ciudades del sur, las ciudades brucias, se pasaran a los cartagineses. Y luego ha cruzado a Cartago para pedir refuerzos. Eso sí es peligroso.

—Sí, eso es lo más peligroso —comentó el joven Publio que, dejando por un instante de contemplar a su novia, su esposa, se introdujo en una conversación que enseguida le atrajo—; eso es lo realmente peligroso, pero tenemos que agradecer a los dioses que el Consejo de Ancianos cartaginés está igual de confundido que nuestro Senado. Hanón, tengo entendido, se manifestó en total desacuerdo con la idea de enviar más tropas a Italia.

—Sí —dijo Lucio Emilio—, sin embargo al final reunieron elefantes y un fuerte contingente de caballería, creo que unos cuatro mil nuevos jinetes, para que cruzasen a Italia con un nuevo general, un tal Bolmi... Bo...

—Bomílcar —añadió Lelio—, a mí también me costó aprender ese nombre. En cualquier caso, la división del ejército ha hecho a Aníbal más débil en Italia central. Su intento de tomar Nápoles fracasó y la rendición de Capua la consiguió al manipular al Senado de la ciudad y pactar con el líder de la ciudad, con Pacuvio.

—Lo de Capua es alta traición a Roma —dijo Lucio Emilio con tono indignado, casi vociferando; el vino empezaba a hacer mella tanto en invitados como en el propio anfitrión—; me consta que Fabio Máximo está dolido de forma muy particular con la ciudad y no tardará en hacer que dirijamos varias legiones contra Capua.

—¿Y los trescientos rehenes romanos que retienen en Capua, los que les entregó Aníbal para que los utilizasen como defensa ante un posible ataque? —preguntó Emilia, por primera vez introduciéndose en la conversación.

—Esos rehenes —respondió Lelio—, son los pocos supervivientes de los que se rindieron en Cannae que Aníbal ordenó salvar de la masacre a la que condenó al resto y ya sabemos todos la poca estima en la que Fabio Máximo tiene sus vidas. No, no creo que eso resuelva nada a favor de los ciudadanos de Capua cuando nuestras legiones se lancen sobre ellos. Lo malo es que Aníbal ha prometido a Capua el control de Italia si Roma es derrotada y así, a cambio, se asegura su lealtad, sobre todo mientras nuestras legiones no se muestren más eficaces para expulsar al invasor cartaginés. Lo de Capua ha sido un golpe terrible.

—Sí —dijo Publio—, pero Aníbal no ha conseguido vencer la resistencia de nuestro gran general Marcelo en Nola ni tampoco consiguió la rendición de Casilino. Es como si los vientos fueran cambiando.

—Sí, puede ser —intervino Lucio Emilio—, pero siempre que no lleguen refuerzos de África, o de Macedonia. No tenemos que olvidar el pacto con Filipo V. Las fuerzas se han equilibrado en Italia, pero es Aníbal quien juega con la ventaja de esperar tropas de refresco, mientras que nosotros tenemos los mismos recursos y cada vez más frentes que atender: están los galos en el norte, cada vez más sublevados, y las cosas en Sicilia y Cerdeña no están tranquilas.

—Lástima que el intento de asesinato de Aníbal fracasara —comentó Lelio mirando el fondo de su copa.

—¿Intentaron matar a Aníbal? ¿Entonces es cierto lo que se comenta en el foro? —preguntó Lucio, el hermano de Publio, los ojos grandes, abiertos.

—Sí —explicó Lelio—; el hijo de Pacuvio estaba descontento con la rendición que su padre hizo de la ciudad de Capua a los cartagineses y cuentan que intentó apuñalarlo durante la cena, pero la guardia de Aníbal intervino antes de que pudiera conseguir su objetivo. Una lástima, porque eso habría simplificado mucho las cosas. Una auténtica lástima. Con la de enemigos que el general cartaginés va acumulando, me pregunto quién será el que acabe con su vida. Pero, volviendo a lo que decía Lucio Emilio, es cierto lo de los galos. La muerte del cónsul Postumio y la pérdida de sus legiones en el norte nos han dejado sin fuerzas más allá que para resistir, mientras que Aníbal está midiendo los tiempos a la espera de lanzarse sobre nosotros en cuanto reciba las tropas que espera.

—Y bien poco que tardó Fabio Máximo en aprovechar la ocasión de la muerte de Postumio —comentó Publio—; iban a nombrar a Marcelo cónsul, pero Fabio manipuló a todos los que de él dependen hasta conseguir ser nombrado él cónsul en lugar de Postumio para lo que queda de año.

—Su tercer consulado —apuntó Lucio Emilio— y, seguramente no será el último.

—¿Cuántas veces puede un senador ser cónsul? —preguntó Emilia en voz baja—, ¿no hay un límite?

—No, no hay un límite fijado —le explicó Publio— aunque se procura que el cargo no recaiga en la misma persona y que, si es el caso, no sea de forma consecutiva, pero Fabio Máximo utiliza la excepcionalidad de la guerra para defender que son precisas medidas extraordinarias y, entre éstas, claro, él incluye el que se le nombre cónsul tantas veces como juzgue oportuno.

—Aunque hay que reconocer que estuvo firme tras Cannae —comentó Lelio.

—Firme, sí —concedió Publio— pero esa insistencia suya por estar en el poder empieza a ser sospechosa.

—Sea como fuere —intervino Lucio Emilio levantando su copa— las pocas buenas noticias que llegan a Roma son la resistencia de tu padre y tu tío en Hispania, donde los Escipiones han derrotado a Asdrúbal, el otro hermano de Aníbal, impidiendo que alcance Italia por tierra desde Hispania con refuerzos africanos. La victoria de tu padre y tu tío ha frenado al hermano de Aníbal, que debía regresar hacia aquí con miles de soldados cartagineses de refresco para Aníbal y eso merece un brindis. ¡Por que los dioses protejan a los Escipiones de Hispania, que tan bien protegen a Roma!

Y todos alzaron las copas. Se brindó y se bebió con gusto aquella copa. Publio recordó a su padre y a su tío. Parecía que era ayer cuando éstos le adiestraban en el arte de la guerra. Desde entonces la guerra había estallado y Roma había sido derrotada en varias ocasiones por los cartagineses y, entre tanta derrota, sólo destacaban tres puntales en Roma: la pertinaz resistencia de Fabio en los momentos de mayor crisis, la audacia del general Marcelo en los últimos combates con Aníbal y las victorias de su padre y su tío en Hispania contra el hermano del general cartaginés. Publio sintió el profundo orgullo de ser hijo y sobrino de los ahora procónsules de Hispania. Había notado en los últimos días, cuando paseaba por el mercado y por el foro, pendiente de los preparativos de su boda, cómo la gente le miraba con un respeto abrumador, cómo se le atendía con aprecio y cómo con frecuencia muchas de las personas con las que hablaba se despedían deseando lo mejor para su padre y su tío. La gente estaba atemorizada por la posibilidad de que Asdrúbal consiguiera llegar a Italia, repitiendo así la ruta y la hazaña realizada por su hermano mayor unos años antes. Lo que antes parecía imposible, cruzar los Alpes con un ejército, ya no lo parecía y había quien aseguraba que Asdrúbal Barca había jurado por sus antepasados que fuera como fuera llegaría a Italia de nuevo con tropas suficientes para ayudar a su hermano y derrotar a Roma. De momento su padre y su tío, los Escipiones, se interponían en su camino. La derrota infligida a Asdrúbal había sido grande, pero si algo habían demostrado los Barca era una determinación más allá de toda lógica. Publio temía en silencio por la vida de sus familiares apostados en Hispania, pero calló sus dudas. Su mirada se cruzó con la de su madre y por un instante pensó que Pomponia seguía leyendo en su mente igual que cuando era niño, por eso cerró los ojos y, cuando los volvió a abrir, observó que su madre había desaparecido. Pensó en levantarse y acudir en su busca, pero se contuvo. Lo más seguro es que estuviera atendiendo en la cocina a los esclavos que había traído para ayudar en el banquete. La voz de Lelio, ya algo bebido, le devolvió al momento presente.

—¿Y qué me decís de la meretriz con la que Aníbal se acuesta en Arpi? Dicen que es la mujer más guapa del mundo. Creo que la ibera Imilce que se casó con Aníbal se va a quedar sin marido.

Lelio estalló en una sonora carcajada y varios veteranos le acompañaron con regocijo.

—Disculpa que te contradiga, querido Lelio —replicó raudo Publio una vez que las risas se diluían—, pero la mujer más guapa del mundo es mi Emilia y estoy seguro de que más de uno lo confirmará.

—Así es, mi hermana es, sin duda, la más guapa —afirmó Lucio Emilio.

Emilia se ruborizó.

—Bien, claro, bien —se defendió Lelio—; la de Arpi, en todo caso, la más guapa después de Emilia, por supuesto —y decidió añadir algo más para congraciarse con su joven amigo Publio al que parecía haber ofendido—. Tan bella es vuestra esposa —dijo levantando su copa mirando a Publio— que no necesita ni joyas ni colgantes de ningún tipo para subrayar su hermosura. Emilia Tercia, declaro, nunca deberá temer por la *lex oppia* que obliga a nuestras hermosas romanas a contenerse en el uso y exhibición de joyas en público, pues ella misma es la mayor joya de todas.

Todos asintieron y fueron testigos de cómo el joven esposo levantaba su copa y bebía de la misma mirando a Lelio. El rostro de Emilia estaba rojo carmesí. Ella se esforzaba por esconder su rubor mirando al suelo.

—Eso está mejor —añadió Lucio Emilio, buscando rescatar a su hermana de las miradas de todos sus invitados—, pero es cierto, no deja de sorprender el hecho de que Aníbal se busque una concubina después de haberse casado con una ibera de Cástulo; esa relación de Arpi no creo que contribuya a apaciguar los ánimos de los mercenarios iberos que han venido con el cartaginés desde Hispania.

—Puede que no —comentó Publio—, pero demuestra hasta qué punto Aníbal se siente seguro en Italia mientras espera refuerzos de África, de Macedonia o de Hispania. Creo que no tiene dudas de que más tarde o más temprano llegarán esas tropas.

—Fabio no ha dudado en reclutar más esclavos para el ejército —dijo Lelio—, lo terrible es que se niega a mandar refuerzos a Publio y Cneo Escipión en Hispania. Eso es injusto con los Escipiones y peligroso para su campaña en aquella región.

Publio escuchó con atención las últimas palabras de Lelio y sintió la preocupación instalándose en su ánimo. Vio entonces cómo su madre se reincorporaba a su *triclinium*. Tenía los ojos húmedos, brillantes.

—En cualquier caso —empezó entonces Publio—, ésta es mi boda y creo que basta ya de charla sobre la guerra. Por Cástor y Pólux, éste es el día de mi unión con la más bella de las mujeres y no quiero que se hable más de guerra.

Publio miraba a su madre mientras pronunciaba estas palabras. Pomponia sonrió y Publio sintió agradecimiento en aquel gesto.

Comieron durante horas sin parar, entre risas y un gran jolgorio general, hasta el atardecer. Publio y Emilia, sentados el uno junto al otro, se miraban con frecuencia, cómplices y, ocasionalmente, reían. Eran felices.

Cuando las sombras empezaban a estirarse por el jardín, llegó la hora de dar fin al convite y de que el marido se llevase a su mujer a su nuevo hogar para dar inicio así a una nueva vida como mujer casada. En ese momento, Emilia, ante la ausencia de sus padres, se lanzó al cuello de su hermano Lucio y rompió a llorar, gimoteando sin dejar que nadie deshiciera el nudo que sus delgados brazos trazaban en torno a su hermano mayor. Lucio Emilio reía y lo mismo el joven marido aunque algo sorprendido por la autenticidad con la que la joven esposa jugaba su papel de virgen arrastrada, raptada por un hombre que pronto la haría suya. Al cabo de unos minutos, el llanto de Emilia cedió ligeramente, momento que Publio tomó como la señal para continuar con los ritos de la unión nupcial. Cogió los brazos de Emilia y los asió con firmeza al tiempo que, con cuidado de no causarle daño, la separó de su hermano. Emilia fingió oponerse a tal escisión, pero fuera fingida o no su negativa a alejarse de su hermano, la fuerza de Publio era muy superior y pronto la joven esposa estaba abrazada por el marido y separada de sus familiares hasta ser conducida fuera de la casa. Una vez en la calle, Emilia dejó de luchar y Publio aflojó su firme abrazo. En la calle los esperaban varios flautistas y cinco hombres altos con antorchas que empezaron a desfilar para empezar la *deductio* desde la casa de la novia hasta llegar al hogar del marido. Tras los cinco hombres y sus antorchas desfilaban los amigos y familiares y, a continuación, tres niños pequeños que en cada caso debían tener ambos padres aún vivos. Cada niño mostraba en sus manos un utensilio propio de la vida en el hogar: el primero llevaba un huso, el segundo exhibía una rueca y el último llevaba otra antorcha encendida, pero ésta elaborada con espino albar. De este modo pasearon por las calles de una Roma en guerra que, al ver pasar la feliz comitiva, parecía olvidarse, siquiera por unos instantes, de la continua guerra y el constante peligro que los acechaba mientras Aníbal continuaba asolando gran parte de Italia y pactando alianzas con otros pueblos para someter y poner fin a la existencia de aquella ciudad que ahora se regocijaba con la boda de dos jóvenes patricios de sus más importantes familias.

—*¡Hymenaneus, Hymenaneus!* —gritaban los amigos de los novios invocando al dios de las bodas.

A punto de llegar a casa de los Escipiones, desde el séquito que seguía de cerca a los novios, se lanzaron nueces para todos los niños que se acercaban a presenciar la feliz comitiva. Músicos, portadores de antorchas, niños, familiares y amigos se congregaron junto a la puerta en espera de la feliz pareja. Al llegar ésta al umbral, Publio cogió el mechón de lana y el pequeño frasco de aceite que le entregaba su hermano y los ofreció a su mujer. Abrieron entonces la puerta de la casa de par en par y Publio cogió en brazos a Emilia, con fuerza y, con extremo cuidado de no trastabillar, entró en la *domus* que ahora sería de ambos. Emilia se acurrucó como un cachorro, abrazada al cuello de su marido. No hubo tropiezos y juntos entraron en su hogar. Todos respiraron con sosiego y los vítores y felicitaciones se repitieron al tiempo que los músicos retomaban su oficio.

En el interior, en el atrio de la casa del marido, Publio hizo nuevas ofrendas a su mujer: en esta ocasión se trataba de ofertar un poco de fuego y un poco de agua, que Emilia aceptó. A continuación ella, a su vez, ofreció dos monedas, un *as* para su marido y otro para los dioses Lares de aquel hogar. Sacaron entonces la imagen del dios Mutinus Tutinus y la tumbaron en el suelo, dejando el enorme falo del dios en alto. Emilia, con cuidado, se sentó encima de la estatua, junto al inmenso falo. Permaneció así unos segundos para asegurarse de que el contacto con el dios de la virilidad aseguraba su futura fertilidad; luego se levantó y volvió junto a su esposo.

Empezaron las despedidas. En pocos minutos, el atrio fue vaciándose de amigos y familiares hasta que sólo quedaron la madre y el hermano del marido. Tanto Pomponia como Lucio, tras desear las buenas noches a la joven nueva pareja, se dirigieron a sus respectivas habitaciones. Ambos novios quedaron entonces solos en el atrio.

Era ya de noche. El aire fresco de la primavera recorría las paredes de aquel hogar centenario. Emilia miraba admirada los mosaicos donde se describían las hazañas militares de los antepasados de su marido. Fue a decir algo, pero se vio sorprendida por el abrazo poderoso de Publio y, de pronto, los labios de su marido sobre los suyos. No era la primera vez, pero sí con aquella intensidad. Ya no era un beso furtivo arrancado entre las sombras de los árboles del jardín de su padre. Emilia comprendió que no tendría que esperar mucho para sentir a su marido en todo su ser. Publio la cogió en brazos y cruzó el atrio con su mujer en brazos. No había esclavos a la vista. El joven tribuno había dado instrucciones precisas a todos sus sirvientes: nadie tenía que molestarlos una vez que los invitados abandonaran la casa. Emilia se acurrucó abrazando el cuello de Publio. El joven patricio sintió el latido de su mujer rápido, repetido, intenso, como si de un pequeño conejo asustado se tratara. Estaban ya en la habitación que Publio había ordenado que se preparase para su noche de bodas. Alrededor del lecho había una infinidad de pétalos de flores y ramas de romero y tomillo que, acariciadas por la brisa suave que entraba desde el atrio, impregnaban la estancia de efluvios relajantes y sugerentes. Publio sentó a su esposa sobre el lecho. Deshizo despacio la redecilla que ceñía el pelo de Emilia hasta que el cabello largo, lacio, oscuro quedó libre, suelto. Lo rozó con las yemas de sus dedos. Emilia miraba al suelo. Publio bajó su mano hasta detenerla a la altura de los pechos de su mujer. La mano rebuscó entre los pliegues de la toga de Emilia hasta palpar con firmeza un seno. Emilia se estremeció y cerró los ojos.

—No te haré daño —era la voz suave de su marido—; tranquila. Nadie te hará daño.

Emilia asintió, pero su cuerpo parecía temblar. Publio la tumbó sobre la cama. Sentado sobre el lecho buscó con sus manos el *nodus Herculis* y se entretuvo durante un minuto deshaciendo aquel complejo haz de cruces y giros de la cuerda que, anudando la túnica de su esposa, se interponía entre la hermosura del cuerpo desnudo de su mujer y el tacto de sus fuertes manos y su creciente deseo.

La cuerda, al fin, cedió. Deshecho el nudo, Publio tiró de la túnica hacia arriba. Emilia extendió los brazos facilitando la tarea a su marido. Así, en la débil luz de las lámparas de aceite, el cuerpo desnudo de la joven patricia parecía tan frágil como hermoso. Su marido se quedó quieto. Sin hacer nada. Ella permaneció tumbada, sin saber bien qué hacer. ¿Debía moverse?

—Realmente los dioses están de mi lado —dijo Publio con voz suave—. Eres aún mucho más bella de lo que había imaginado.

Y se hizo el silencio. El joven esposo pasaba las yemas de sus dedos por la piel desnuda de su mujer. Emilia cerró los ojos.

—¡Abrázame, por favor! —se sorprendió a sí misma rogando a su marido. Éste aceptó la sugerencia y la levantó, sentándola a su lado, llevando su pequeño cuerpo junto al suyo, asiéndola con fuerza. Estuvieron así unos segundos. Publio sintió cómo el corazón de su mujer latía con más sosiego. La besó en el pelo, en las mejillas, en los labios, en las manos, la tumbó despacio, en el vientre, en los muslos, en los pies. Se levantó y se desnudó sin dejar de mirarla.

—Mantén los ojos cerrados —dijo él con firmeza. Ella obedeció. Saber que su marido se desnudaba, que estaba a punto de poseerla y, sin embargo, no ver incrementó el ansia de amor que embargaba a Emilia hasta el punto de sentirse extrañamente húmeda en su interior. De pronto, el inmenso cuerpo de su joven marido sobre su vientre, las manos de él en sus senos, sus delgadas piernas abiertas, y como un pinchazo en su ser. Lanzó un gemido, pero el dolor se desvaneció entre un mar de sensaciones desconocidas. Mantuvo los ojos cerrados mientras su cuerpo se derretía con su esposo en su interior y agradeció a los dioses haber nacido aunque sólo fuera para conocer aquella noche, aquel momento, aquella pasión.

73

Una pelea nocturna

Roma, 214 a.C.

Tito Macio había concluido la *Asinaria*, que así era como había convenido denominar su obra, por tratar la misma de la gestión del dinero producido por la venta de unos asnos y las múltiples circunstancias cómicas que con relación a dicho pago surgen entre diferentes personajes: una cortesana, su amado, otros amantes competidores, padres, madres, esclavos. Acababa de regresar del molino, había repasado la última escena y sólo le restaba el gran momento de firmar su texto. Había escrito ya su nombre, Tito Macio, pero sabía que para presentarse en el mundo del teatro era buena idea usar un nombre completo que se asemejara a los romanos que usaban de tres secciones en su forma de llamarse con un *praenomen*, un *nomen* y un *cognomen*. Tito servía como *praenomen* y Macio como *nomen*, pero necesitaba de un *cognomen* para completar su nombre. Estaba sentado sobre las mantas, apoyada su espalda en la pared con las piernas bien estiradas intentando recuperar sus músculos del esfuerzo realizado durante la dura jornada de trabajo empujando la rueda del molino. Se había quitado las sandalias y vio sus pies desnudos, encallecidos por caminar eternamente, día tras día, en círculos infinitos. Le dolían. A su complexión de pies planos no le favorecía nada aquel esfuerzo continuo, igual que ya le torturaron durante las largas marchas en las campañas del norte. Se quedó con la mirada fija en ellos y se sonrió. Recordó cómo le llamaban en Sársina, de niño, por tener aquel defecto en los pies. Era el apodo que se daba en Umbría a todos los que tenían los pies planos. Le pareció una posibilidad, pero el nombre sonaba en latín muy similar a la palabra que se empleaba para referirse a un perro de orejas grandes y caídas. No parecía adecuado, ¿o sí? A fin de cuentas estaba firmando una comedia, donde todo estaba hecho para que el público se riera, ¿por qué no empezar a hacer sonreír a la futura audiencia con el nombre del propio autor? Sí, definitivamente sí. Tito se inclinó sobre el papiro del cuarto rollo que había necesitado para completar la obra y añadió un tercer nombre a los dos anteriores. Ahora tenía ya un nombre completo. Tito como *praenomen*, Macio como *nomen* y un *cognomen* con el que completar la terna. Ya podía salir a presentar su obra a Rufo.

Había anochecido y la seguridad de las calles de Roma, especialmente en aquel barrio, brillaba por su ausencia, pero ¿quién querría robar a alguien como él, vestido casi en su totalidad de ropa harapienta y maloliente? No lo pensó más. Envolvió entre los pliegues de su túnica los rollos que contenían su obra y se encaminó hacia el río primero para, bordeando el barrio de las putas nocturnas, cruzar el foro y llegar cerca de la Vía Appia, en el otro extremo de la ciudad, donde Rufo vivía antaño. Era posible que ya no estuviera allí, pero alguien le podría decir dónde encontrarle. Sentía un optimismo jovial, casi infantil. Caminaba como un chiquillo al que le hubieran regalado pasteles. Pensó, antes de salir, en dejar los rollos en su habitación hasta asegurarse de la actual residencia de Rufo, pero sus ganas por presentar lo que él creía era una gran obra de teatro le vencieron y se llevó los rollos consigo.

Evitando a las putas y sus ofertas, algunas razonables y otras de locura, alcanzó el río. Era una noche tranquila de primavera, bulliciosa en las calzadas por donde los carros transitaban a gran velocidad cargados de todo tipo de mercancías y enseres para el mercado que debía abrir al amanecer. Fue junto al río aún, antes de poder girar para encaminarse hacia el foro, cuando apareció aquel grupo de jóvenes medio borrachos. Iban bien vestidos, hijos de patricios aburridos que, tras una noche de juerga entre las putas, habían decidido terminar la fiesta embriagándose en alguna de las sucias tabernas del Tíber. Sus buenas ropas no levantaron las sospechas de Tito. Ése fue su error y su perdición.

—Mira, un pobre, un miserable del río —escuchó que decía uno de aquellos jóvenes tras cruzarse con él.

—Son escoria —escuchó que decía otro—, escoria que ensucia las calles de Roma. Es por basura como ésa por la que no podemos derrotar a ese miserable de Aníbal. Contaminan el espíritu de Roma con su suciedad.

Tito empezó a apretar el paso. No quería ningún mal encuentro y esa noche menos que nunca. Llevaba sus preciados rollos consigo y podían estropearse en una pelea. No tenía miedo a luchar. Nada podía ser peor que el adiestramiento militar o las desastrosas batallas en las que se había visto envuelto, pero sus preciados rollos podían ser dañados, con sus palabras, con sus versos, sus escenas, sus cinco actos, toda su obra, el esfuerzo de un año. Los jóvenes corrían tras él.

—A por él, acabemos con la miseria de Roma, por Hércules, esta noche haremos limpieza en las calles de Roma —gritaron y se abalanzaron sobre él. Tito no sabía exactamente cuántos eran y si estaban armados. Al cruzarse con ellos había mantenido baja la mirada para evitar precisamente airar a nadie, pues sabía de las suspicacias de los habitantes de la noche romana. Sin embargo, con borrachos aburridos, hijos de patricios en busca de pelea no había contado. Le derribaron y cayó al suelo. Sonó un chasquido en el interior de su cuerpo. Algo parecía haberse roto, o torcido. Un dolor agudo en el hombro derecho. Mucho más daño del que se habría hecho en cualquier otra circunstancia, pues paró todo el golpe con su hombro y su brazo derecho porque no quiso soltar los rollos de entre sus manos. Se había roto algún hueso quizá pero había salvado su obra y eso era lo fundamental, pero, de pronto, le cogieron de los brazos y al agitarle sus preciados rollos, su tesoro se desparramó por el suelo. Dos rollos quedaron sobre la calzada bien cerrados, pero los otros dos se abrieron al caer y se desplegaron varios pasos tal y como eran de largos. Quiso levantarse para salvar sus rollos pero una andanada de patadas llovió sobre él hasta que instintivamente se acurrucó en posición fetal y se protegió la cabeza con las manos. Le golpearon hasta que se hartaron. Debían de ser cuatro o cinco.

—Dejadle. Ni siquiera pelea. Esto es aún más aburrido que las putas.

—¿Y si le matamos?

—Eso, matémosle.

Tito Macio respiraba aún, entrecortadamente, intentando recuperar el aliento y fuerzas suficientes para desembarazarse de aquellos imbéciles, escapar de sus golpes y recuperar su obra. Miraba desde el suelo, tumbado de lado, a través de los huecos que dejaba semiabiertos entre los dedos de sus manos. Los rollos seguían allí donde estaban.

—Mira —dijo uno de los jóvenes—, llevaba esto.

Tito vio cómo uno de ellos cogía uno de sus rollos y lo enseñaba a los demás.

—Parecen rollos de papiro.

—Los habrá robado.

Tito Macio, aprovechando que los jóvenes parecían haberse distraído con los rollos, se levantó.

—Dejad eso —dijo en voz alta, aunque no pronunció con claridad y su frase quedó en un gemido ahogado en la sangre que brotaba de su boca. Una patada le había partido el labio inferior y un diente. Escupió en el suelo.

Todos se volvieron a mirarle. Primero se sorprendieron, pues lo habían dado por prácticamente muerto, pero luego rieron a carcajadas.

—Por todos los dioses. Parece que aún respira la rata del río.

—Dadme esos rollos, me pertenecen —esta vez su pronunciación resultó comprensible. Sin embargo, las risas de sus agresores seguían reinando entre las sombras.

—Dadme esos rollos, los he escrito yo, me pertenecen. —El tono de su voz era ya una mezcla de petición y súplica. Le dolía todo el cuerpo. No podía luchar. Sólo quería recuperar su obra, regresar a su pequeña habitación y recostarse hasta que sus heridas curasen.

Se hizo un breve silencio.

—Mientes —dijo uno de ellos al fin—. Los has robado. No es posible que miserables como tú se dediquen a escribir —y cogió un rollo y lo lanzó con todas sus fuerzas hacia el río.

Tito Macio se giró y vio cómo el rollo caía bien en mitad del caudaloso cauce. La luz de la luna se reflejaba en él y observó cómo el Tíber se llevaba sus palabras, perdidas para siempre. Se giró de nuevo hacia los jóvenes. La ira se apoderaba de él. Quedaban tres rollos. Sin mediar palabra se abalanzó sobre ellos y con una fuerza bestial salida desde lo más profundo de sus entrañas la emprendió a golpes con todos. A dos los derribó de un solo puñetazo, pero al tercero, mucho más alto y fuerte que él, no pudo tumbarlo. El cuarto entró entonces en acción y luego se les unieron los dos que habían recibido los puñetazos iniciales. En la lucha Tito les arrancó uno de los rollos y lo apretó contra su pecho mientras todos a una volvían a golpearle. Esta vez su objetivo era matarle y lo habrían conseguido, si no es porque los gritos de Tito llamaron la atención de los triunviros que patrullaban la zona y se acercaron para ver qué ocurría. Cuando los soldados de la milicia de Roma llegaron la visión de Tito Macio era bastante triste. Estaba acurrucado en un charco de sangre que le brotaba de la cabeza y de un brazo. Le dolía el estómago y el hígado. Abrió los ojos desde el suelo y vio cómo los jóvenes se alejaban entre risas y cómo arrojaban al río los otros dos rollos que no había podido recuperar: uno, dos y... por Hércules y todos los dioses... tres. Miró entonces a sus manos y vio que durante la pelea le habían arrancado el rollo que había conseguido recuperar. Sólo le quedaba un pequeño trozo de papiro entre sus manos. Los triunviros, una vez disuelta la pelea y viendo que Tito, aunque medio arrastrándose, aún podía moverse, se limitaron a darle una patada más y ordenarle que se fuera. Medio a gatas, apoyándose en una pared, Tito se levantó y empezó, cojeando, su camino de regreso a casa. Una vez en su habitación, tras una penosa marcha de regreso, muy a duras penas se arrastró y se tumbó sobre sus mantas sucias para recuperar el aliento. Al cabo de unos minutos, encendió la lámpara para examinarse las heridas: cortes por todas partes, algunos profundos y mucha sangre. Arrancó algunos trozos de una de las mantas rasgándola y se hizo unos vendajes rudimentarios. Podía intentar buscar ayuda, pero había perdido su obra. Ya nada le importaba. Tampoco era probable que nadie le brindase asistencia a él, un pobre desarrapado, un mendigo miserable, herido, asqueroso. Sentado, con la espalda apoyada en la pared, entre sollozos apagados, se acercó el pequeño pedazo de papiro donde estaba todo lo que quedaba de su obra: sólo tres palabras sueltas. Irónicamente el destino sólo le había permitido preservar su firma al final del texto, su nombre, con su *praenomen*, su *nomen* y su *cognomen*: Tito Macio... Plauto.

Se acurrucó en una esquina esperando desangrarse y dejar ya de una vez aquel mundo de hambre, sufrimiento y soledad. Hacía unas horas aún tenía algo por lo que luchar, pero el río se había llevado su última esperanza.

74

El cuarto consulado

Roma, 214 a.C.

Catón esperaba a su mentor. Se asomó a la puerta principal y admiró el camino que serpeaba entre cipreses. Era una ruta de suaves curvas que iba desde la calzada que conducía a Roma hasta terminar su sesgado recorrido en la entrada de la villa de Fabio Máximo en las afueras de la ciudad. La guerra continuaba y con ella Catón había visto a Fabio crecer en poder, padecer tremendos ataques, superarlos y subsistir no ya en el Senado, como uno más, sino permanecer en el centro del control de Roma. Acababa de ser reelegido para un cuarto consulado en lo que bastantes calificaban de una elección más que discutible: Otacilio Craso y Emilio Régilo, hombres de prestigio pero sin experiencia militar de renombre, habían sido los senadores electos. Catón presenció cómo Fabio Máximo se alzó en el Senado y rebatía con furia aquella decisión.

—¡Roma está en medio de la más cruenta de las guerras que nunca jamás ha tenido que afrontar! Y ante esto, ¿elegimos a hombres sin experiencia en el mando militar para enfrentarse al general más hábil contra el que nunca hemos luchado? ¿Es así como Roma quiere vencer o es así como Roma quiere suicidarse? Porque si es esto último lo que se busca, aquí me tendréis, a vuestro servicio, el primero para morir con honor, pero si aún no se ha caído en tanta desesperación, si aún no somos todos iguales a los que negociaron su rendición ante el cartaginés en Cannae, si aún hay quien piensa que la victoria no sólo es posible, sino que debe ser nuestra única salida, si es esto otro lo que se desea, entonces estos cónsules, sin entrar a menoscabar su honorabilidad, no nos valen para el campo de batalla. ¡Que Roma decida lo que quiera, pero que luego Roma sea consecuente con lo que ha elegido!

Aquellas palabras encendieron la cólera de los que veían en aquella intervención una nueva manipulación de Fabio Máximo para ser reelegido y continuar en el poder, pero muchos senadores sintieron el miedo en sus carnes y observaban a los recién elegidos cónsules, Craso y Régilo, con desconfianza e incertidumbre. Máximo se sentó y se limitó a contemplar el debate que condujo a una nueva convocatoria de todas las centurias de la ciudad y, reunidas todas las tribus, se transmitió la argumentación de Fabio Máximo y las consecuentes dudas que sus palabras habían suscitado en el Senado. En el foro se reproducía la misma discusión, divididos en sendos bandos, unos defendiendo la necesidad de seleccionar a líderes más expertos en la guerra y otros en que se discutía lo impropio e irregular de repetir unas elecciones consulares. Catón volvió a ser testigo de cómo el miedo, blandido con brillantez retórica por su mentor, concluyó en la consecución de sus objetivos: unas nuevas elecciones. El resultado fue bien diferente al obtenido hacía apenas unas horas: Quinto Fabio Máximo salía reelegido como cónsul, su cuarto mandato, mientras que Claudio Marcelo ocuparía la otra magistratura aquel año, su tercer mandato. Roma seleccionaba así a los hombres de más experiencia para proseguir la guerra contra Aníbal. Aníbal. Aníbal. La sola mención de aquel nombre causaba estragos y torcía las estructuras del Estado. Por acabar con Aníbal se podía rehacer todo, cambiar todo, incluso lo impensable: repetir elecciones. Los enemigos de Máximo callaron ante el miedo plasmado en los ojos de los romanos. Se consolaron con que al menos esta vez no era una dictadura lo que tenía bajo sus manos el anciano senador, sino un nuevo consulado compartido con otro general de renombre respetado y apreciado también por el pueblo: Marcelo se había ganado la consideración de los romanos por su resistencia ante el cartaginés en el asedio de

Nola, donde Aníbal no consiguió doblegar al general romano ni con los refuerzos que Bomílcar, uno de los nuevos generales de Aníbal recién llegado de África, había conseguido reunir.

El poder en Roma quedaba aquel año dividido entre dos grandes y poderosos cónsules. Los únicos que de una u otra forma habían resistido al cartaginés: de Fabio se valoraba su capacidad estratégica, de Marcelo, su audacia en el campo de batalla. Durante meses se hablaba en el foro de que Roma, por fin, había encontrado la forma de luchar contra Aníbal mediante la combinación de un escudo, Máximo, y de una afilada espada, Marcelo.

Sin embargo, Catón, reflexionando a la espera de la llegada de Fabio Máximo de su paseo matutino por el bosque cercano donde el anciano cónsul se adentraba para meditar y relajarse, no pensaba que aquélla fuera una estrategia así observada por los personajes involucrados: ambos, Fabio y Marcelo, compartían el objetivo de derrotar a Aníbal y, si bien era cierto que sus métodos eran diferentes, y hasta allí había llegado el pueblo en su intuición, sin duda también eran distintos sus proyectos últimos: con toda probabilidad Marcelo buscaba renombre, gloria y prestigio y que todo esto quedara plasmado en una gran victoria, en un magnífico triunfo en Roma; no obstante, Marco Porcio Catón, aquí miró al suelo frunciendo el ceño, se preguntó: «¿Cuál es exactamente el objetivo final de Fabio Máximo?»

—¿Y bien, mi leal Marco? ¿Qué informes me traes? ¿Será éste el año de nuestra victoria final?

Marco Porcio Catón levantó sus ojos del suelo y vio a Fabio Máximo frente a él. Bien afeitado, erguido pese a sus años, algo más grueso que hacía unas semanas, pero sin estar gordo; ágil en sus movimientos y sigiloso. No había oído pasos que anticiparan su llegada.

—No lo sé, mi señor; tenemos más fuerzas que nunca, pero Aníbal es poderoso y tiene también poderosos amigos —respondió Catón.

—Bien, bien, bien. Vayamos por partes. ¿Más fuerzas que nunca, dices? Sí, en eso llevas razón. Dieciocho legiones con las últimas seis que hemos reclutado este año. ¿No es así?

—Dieciocho legiones más las fuerzas de Hispania —completó Catón.

—Humm. Sí, correcto. Siempre tiendo a olvidarme de ese par de legiones extra en Hispania. Debe de ser algún curioso desliz de mi mente, olvidarme de esos Escipiones. Quizá son legiones que doy por perdidas hace tiempo.

Máximo se echó a reír. Catón esbozó una malévola sonrisa llena de complicidad con el viejo cónsul, pero guardó silencio. Había aprendido a no comentar las ironías del anciano mandatario. Máximo apreció aquel silencio.

—Bien —prosiguió—, veinte legiones. Nunca Roma había tenido tantas fuerzas, es cierto, pero nunca antes tuvimos tantos frentes a los que atender. Por sorprendente que esta circunstancia pueda parecerte, quién sabe, es posible que algún día nos parezca algo normal. ¿Me miras extrañado? En fin, no anticipemos circunstancias. Son presagios de un viejo *augur*. Vayamos a nuestro tiempo. Veamos. Corrígeme si me equivoco. Empecemos por los pretores: Tiberio Graco en Luceria y Terencio Varrón en territorio piceno... Deberíamos haberlo mandado a Sicilia con el resto de los supervivientes de Cannae, pero le salvó la presencia de mi hijo entre los tribunos, eso le salvó. En fin, y Marco Pomponio en el norte, ocupándose de esos incómodos galos. Cornelio Léntulo en Sicilia y Tito Otacilio con la flota. ¿Quién me dejo?

—Entre los pretores a nadie, mi señor. Queda Quinto Minucio en Cerdeña y Marco Valerio en las costas del Adriático, como propretores.

—Correcto, correcto, y luego me quedan los procónsules de Hispania y mi colega en el cargo, el cónsul Marcelo asediando Siracusa, la traidora Siracusa pasada al bando cartaginés. —Máximo observó cómo Catón asentía; preguntó entonces—: ¿Y cómo van las cosas? Estás sudoroso. Has venido cabalgando con rapidez. No puede ser presagio de buenas noticias. ¿Debo sentarme o las podré digerir en pie?

—Creo que sentado podríais descansar de vuestro paseo.

—Siempre tan sutil, Marco; pero seguiré tu consejo. Adivino largos informes y eso siempre es tedioso —dijo Máximo al tiempo que daba una palmada. Tres jóvenes esclavas egipcias de tez muy morena, con túnicas en extremo cortas dejando a la vista brazos y muslos, se acercaron a su amo, que había tomado asiento en una silla en el centro del atrio, junto al *impluvium*. Traían vino, agua, copas y una pequeña mesita sobre la que dispusieron todos los elementos. Servidas dos copas acercaron una a su amo y otra al invitado. Marco no tenía ganas de vino, pero tomó el cáliz y se mojó los labios. Fabio Máximo tomó dos grandes sorbos y, copa en mano, se dirigió de nuevo a Catón.

—¿Cómo va todo? Sé escueto, ya sabes que no me gustan los rodeos.

—En el norte Pomponio mantiene las posiciones contra los galos lo mejor que puede; la situación no es buena pero no es lo más preocupante.

—Bien, sigue.

—El general Marcelo no consigue grandes cosas en su asedio. Los siracusanos resisten. Marcelo ha ideado nuevas estrategias para intentar acercarse a las murallas y tomar la ciudad por asalto: montó torres de asedio sobre plataformas que había establecido encima de parejas de *trirremes*. Los barcos unidos servían de soporte para las torres que se acercaban por mar hasta las mismas murallas de la ciudad, pero los siracusanos, además de defenderse con proyectiles de todo tipo, han desarrollado nuevas máquinas de guerra, con enormes garfios de una portentosa fuerza. Los garfios se ensartan en nuestras naves y luego las levantan en el aire con poleas gigantescas para al fin dejarlas caer sobre el agua. Al estrellarse varias se hundieron y otras quedaron inutilizadas para el asedio. Las torres se vinieron abajo. También usan espejos con los que ciegan a nuestros soldados. Marcelo ha desistido de momento. Parece que un tal Arquímedes es el que dirige la defensa o, al menos, el que ha diseñado esas máquinas.

—Nos hace falta ese hombre vivo. Y necesitamos Siracusa. No podemos permitir más sediciones. Primero fue Capua la que nos abandonó. Si dejamos que Siracusa triunfe pasándose al bando cartaginés, pronto no nos quedarán ciudades amigas. Tenemos que recuperar ambas. Cueste lo que cueste. Que Marcelo prosiga el asedio. Y a ese Arquímedes, lo quiero vivo. Nos hace falta gente con su inteligencia.

Marcelo ya había ordenado que en caso de entrar en la ciudad se respetase la vida del ingeniero griego, pese al sinfín de muertes que sus máquinas habían provocado entre sus hombres. Preguntado por sus legionarios, el cónsul Marcelo había sido claro.

—¡Precisamente por eso, porque sus máquinas son capaces de acabar con tantos legionarios, le necesitamos vivo!

Catón pensó en añadir este comentario de Marcelo a sus informes, pero decidió omitirlo.

—¿Dónde estás, Marco? ¿Ya no hay más que contarme? —la voz de Máximo le devolvió al presente.

—Capua resiste a nuestros ataques y ha recibido refuerzos de Aníbal: mercenarios iberos y jinetes númidas. Aníbal, entretanto, ha ido al sur y ataca Tarento.

—Está claro que Aníbal busca un puerto en el sur para recibir más refuerzos y pertrechos. Es importante que Tarento no caiga. Ya hemos perdido Capua, de momento al menos, y no podemos permitir perder más enclaves en suelo itálico.

—Nuestras fuerzas aliadas con los propios tarentinos están resistiendo.

Fabio Máximo asintió. Catón guardó silencio, parecía dudar.

—¿Eso es todo? —preguntó el cónsul.

—No, perdonad; hay más.

—Bien, Marco, habla.

—Marco Valerio ha conseguido detener las incursiones de Filipo V de Macedonia por la costa adriática, pero ahora el rey macedonio asedia por tierra Apolonia. —Catón lanzó la información con celeridad inusual. Le pesaba. Añadir la existencia de otro enemigo más a la ya eterna lucha contra Aníbal no era algo grato de presentar al cónsul de Roma. En la velocidad de su expresión, Catón pareció encontrar la única formar de transmitir sus pésimas noticias.

—¿Apolonia, la capital de nuestro protectorado junto a su reino? —Fabio Máximo dejó la copa en la pequeña mesita y juntó las puntas de los dedos de sus manos mientras meditaba—. Era de esperar que Filipo, nuestro joven y belicoso vecino, volviera a la carga, pero no pensé que fuera a hacerlo tan pronto. No tan pronto. ¿Y por tierra dices? Tiene su lógica. Por tierra los macedonios han conseguido siempre sus grandes victorias. Debemos enviar refuerzos. Esto no debe ir a más.

—Ya... eso he pensado... pero...

—¿Pero...?

—Apenas hace unos meses denegasteis refuerzos para los Escipiones en Hispania. Será difícil argumentar ahora que sí pensáis que se deben enviar al otro lado del Adriático.

—Sí, es posible. —Fabio Máximo observó inquisitivamente a Catón—, quizá tú ya has pensado en algo.

—Bien, sí. Una alternativa, aunque sólo para minimizar un poco el problema. El enfrentamiento a largo plazo no sé cómo podremos solucionarlo sin recurrir a nuevas legiones y estamos escasos ya de recursos. Una alternativa sería enviar sólo un pequeño contingente, unos mil o dos mil hombres que entraran en la ciudad por la noche y ayudasen en su defensa. Eso creo que lo aceptaría el Senado. No se trata de enviar legiones, como pidieron los Escipiones; sería enviar un pequeño grupo de manípulos para socorrer a una ciudad amiga. Con vuestra habilidad podréis persuadir al Senado sin problemas.

—Es muy posible, sí, ¿pero cómo van a entrar esos hombres en una ciudad asediada por miles de macedonios?

—Mis informadores aseguran que los macedonios están muy confiados en su asedio y que no han levantado empalizadas en torno a la ciudad; su campamento está desperdigado, sin orden. Por la noche podríamos conseguir introducir una guarnición en la ciudad.

—Bien —concedió Fabio—, me aseguraré de conseguir esa pequeña guarnición. Como dices, es posible persuadir al Senado siempre que no pidamos más legiones, pero con estos soldados, incluso aunque consigamos hacer desistir a Filipo de su actual asalto, no será suficiente para asegurarnos el control de ese frente, como muy bien has apuntado; con esto sólo retrasaremos el problema esencial: la apertura de un nuevo conflicto contra otro poderoso e incómodo enemigo —en ese momento Fabio Máximo continuó hablando mirando al suelo, distraído, absorto en sus propios pensamientos—, tendremos que encontrar algo con lo que mantener ocupado a Filipo hasta que nos deshagamos de una vez para siempre de Aníbal... algo o alguien que consiga preocupar a nuestro joven vecino lo suficiente como para que nos deje tiempo. Hemos de ver la forma.

Catón esperó la conclusión a la que parecía estar llegando el viejo cónsul, pero éste permanecía callado. Parecía que su mente navegaba alejada de aquel atrio, lejos de Roma, en regiones distantes, remotas. Al fin, alzó la mirada y retomó la palabra.

—Te voy a contar una historia Marco Porcio Catón. Ya sé que a menudo piensas que poco más puedes aprender ya de mí, pero hoy te voy a honrar con una lección de historia y arte de la guerra. ¿Ves aquel arcón, al fondo, en el *tablinum*? Bien, ábrelo y tráeme unos rollos con el nombre griego Indiká escrito en los extremos.

Catón, sorprendido, se levantó y siguió con precisión las instrucciones. En el *tablinum* encontró un arcón grande de madera con rebordes de bronce. Lo abrió y observó que estaba repleto de rollos de diferentes colores y con nombres en diversas lenguas, latín, griego, fenicio y otras cuyos caracteres desconocía por completo. En la parte superior de aquella numerosa colección de volúmenes se veían dos rollos con el nombre Indiká grabado en griego. Los tomó y se los entregó al cónsul.

—Vuelve a tomar asiento, Marco. Supongo que no sabes qué volumen es éste, ¿verdad?

—Algo he oído hablar, pero no sé los detalles. Creo que tratan de la historia de la India, pero no sé quién los escribió y por qué.

—Bien, Marco, eso está bastante bien, pero si quieres llegar lejos, si tienes ambición y ansías lo mejor para Roma, eso que me has dicho no es suficiente. Hay que saber más, Marco. La información y la sabiduría sobre el arte del gobierno y de la guerra acumulada en volúmenes como éstos es oro, puro oro. Otros coleccionan obras de teatro, poesía, entretenimiento para un pueblo débil. Yo sólo guardo libros sobre cosas prácticas, sobre aquello que realmente importa. Te explicaré: los Indiká son, como bien has dicho, una historia del imperio de la India bajo el gobierno de la dinastía Maurya escrita por Megástenes, embajador de Seleúco Nicátor, uno de los antiguos generales de Alejandro Magno. En estos libros se nos narran multitud de episodios sobre el gobierno de aquella región, pero me interesan de forma especial las referencias a Kautilya, un sacerdote consejero de Sandrakuptos en lengua griega, Chadragupta para su pueblo. ¿Me sigues? Bien, Alejandro Magno llegó hasta la India y sometió el reino oriental y a su monarca Poros, pero el gran general macedonio se detuvo allí. La mayoría de los escritos nos dicen que fue a causa de la rebelión de sus tropas, cansadas de tanto combatir y de aquella marcha sin final, pero hay otros que consideran, y yo con ellos, que quizá a eso debieron añadirse las dudas de Alejandro sobre la posibilidad de someter el reino occidental de la India en manos de Sandrakuptos, pero divago, eso es otra historia. Sólo quería que te ubicaras en el tiempo para comprender la importancia de estos textos y de lo que narran. Lo que me interesa aquí es que este poderoso Sandrakuptos, del que hasta es posible que tuviera cierto miedo o, al menos, gran respeto, el propio Alejandro Magno, siempre invencible en el campo de batalla, tenía un consejero de nombre Kautilya y este hombre escribió un muy lúcido tratado sobre el gobierno y la guerra: el Arthashastra. Para mi desdicha no dispongo del original de ese volumen, pero algunas referencias aquí contenidas nos trasladan algunas de las ideas de este hombre del que tanto se fiaba Sandrakuptos. Y te voy a decir una de sus ideas: *«tu mejor amigo es el vecino de tu enemigo»*. ¿Entiendes, Marco, ves adónde quiero llegar?

Catón miraba con los ojos abiertos. No alcanzaba a comprender de qué forma aquellas historias de embajadores, antiguos generales macedonios, herederos del poder de Alejandro Magno, y viejos emperadores indios podían guardar relación con el acoso al que uno de sus descendientes, el rey Filipo V de la actual Macedonia, los tenía sometidos en las costas del Adriático aprovechando la debilidad de Roma en su guerra contra Aníbal.

—Bien —continuó Fabio Máximo entre satisfecho consigo mismo y divertido por la aparente confusión en la que su interlocutor se encontraba sumido—; veo que la lección de historia no ha conseguido iluminarte. Te traduciré las enseñanzas de Kautiliya: tenemos a un vecino molesto en grado sumo, el rey Filipo de Macedonia, que, aprovechando nuestros múltiples frentes de guerra con Cartago y la dispersión de nuestros ejércitos en la Galia, en Cerdeña, Hispania, Sicilia e Italia, decide atacarnos, ¿correcto?

Catón asintió, aún sin entender adónde quería llegar el cónsul.

—Y yo pregunto, ¿a quién tiene de vecinos Filipo, además de a nosotros?

—¿De vecinos? —Catón empezó a encajar las piezas de aquel rompecabezas, *«tu mejor amigo es el vecino de tu enemigo»*—. Están los tracios al norte...

—Unos bárbaros —interrumpió Máximo—, no se puede tratar con ellos.

—Al este está el reino seleúcida de Antíoco III...

—No, domina Persia y parte de Asia Menor, demasiado grande, demasiado ambicioso, demasiado arriesgado.

—En el Egeo Filipo tiene problemas con Tolomeo Filópator de Egipto...

—Sí, es una opción, pero alguien más próximo nos vendría mejor.

—Están las ciudades griegas de la liga etolia, al sur de Macedonia.

—Exacto, Marco. La liga etolia será «nuestro mejor amigo» en el futuro próximo. Eso, claro, requerirá tiempo. No es algo que podamos conseguir en unos días, ni siquiera en unos meses. De momento enviaremos ese grupo de tropas a Apolonia, pero el secreto de la victoria y, más aún, de la supervivencia está en marcar tus objetivos a largo plazo, con tanto tiempo que ni tus enemigos sean capaces de intuir por dónde serán atacados el día de mañana. La liga etolia. Ése es nuestro objetivo: un levantamiento de esas ciudades contra Macedonia. Tiempo al tiempo.

Fabio Máximo tomó su copa y bebió con ansia hasta el último sorbo. Estaba a gusto consigo mismo. Catón le observaba meditabundo. Aquél era un proyecto extraño, incorporar a aquella guerra más contendientes, pero quizá aquel sacerdote o consejero indio tuviera razón y, a largo plazo, encontrar enemigos de tus enemigos podría resolver aquel problema. Lo que estaba claro es que empezaba a ser insostenible atender a tantos frentes. Roma estaba llegando al límite de sus fuerzas y no se adivinaba un desenlace rápido del conflicto. Catón tomó su copa y, en esa ocasión, acompañó con avidez al viejo senador. Cuando terminó dudó, pero al fin planteó su interrogante.

—Señor...

—¿Sí...? —la voz de Fabio Máximo era distante, meditaba aún sobre su estrategia.

—¿Por qué Aníbal no se lanzó sobre nosotros, sobre Roma, tras Cannae?

—Era pronto. —Máximo respondió con rapidez, como quien ya ha reflexionado sobre un asunto y ha llegado a conclusiones evidentes—. Pronto. Teníamos recursos, las *legiones urbanae*, estábamos derrotados pero no vencidos, no vencidos, querido Marco. Y no disponía de armamento para el asedio. No, no éramos la fruta madura que el cartaginés espera recoger. Primero quiere apoderarse de Italia, hacer de nuestros aliados latinos y de las ciudades griegas del sur, ciudades y aliados cartagineses. Luego volverá a recoger los despojos de Roma. Por eso, Marco, por eso hay que evitar que consiga refuerzos ya sea por el norte o por mar desde el sur. Por eso tenemos dos legiones en Hispania y, cuando desaparezcan a manos de su hermano, enviaremos más, pero no ahora, no mientras estén al mando los Escipiones. Y por eso mismo debemos cuidar nosotros del sur y de sus puertos. De momento no puedo decirte más. Con tu inteligencia deberías poder desentrañar lo que resta por hacer... pero ahora estoy ya cansado... retírate y déjame reposar.

Marco Porcio Catón se despidió con una leve reverencia y abandonó la estancia. Su cabeza se esforzaba por discernir los planes de su mentor al tiempo que digería sus conclusiones sobre la estrategia que Aníbal había marcado para terminar con el poder de Roma. Las conversaciones con el viejo cónsul siempre daban mucho que pensar.

75

Sífax

Numidia,
norte de África, 213 a.C.

Los jinetes romanos se detuvieron a las puertas de Cirta, la ciudad del norte de África, el lugar donde semanas atrás los enviados del rey númida, Sífax, habían pactado con los procónsules de Hispania una reunión en la que deliberar sobre el transcurso de la guerra contra Cartago. Los caballeros romanos habían navegado desde Tarraco hasta las costas de Numidia y, tras desembarcar, habían cabalgado durante toda la mañana y toda la tarde. El sol yacía en el horizonte y el calor asfixiante que los había perseguido en su trayecto dejaba paso a una brisa nocturna fría que los envolvía de forma inesperada, a la vez que miles de dudas sobre el posible éxito de su misión henchía de nerviosismo el ánimo de aquellos legionarios recién desembarcados en el norte de África.

Cirta no era una ciudad en el sentido en el que los romanos entendían el término. Se trataba más bien de un nutrido y extenso agrupamiento de pueblos nómadas, con apenas algunas edificaciones de importancia en medio de un mar de tiendas cubiertas de polvo y arena. Desde que dejaron la costa, de forma intermitente, se habían encontrado con cadáveres devorados por las bestias, armas semienterradas en la arena y carros abandonados al borde de los caminos. Eran los restos del enfrentamiento entre Sífax y el ejército cartaginés. Numidia era una tierra salvaje y peligrosa dividida en dos bandos irreconciliables. Al este reinaba Gaia, una mujer ya mayor pero tenaz en su afán por mantener el control que consideraba suyo por herencia dinástica. En el oeste, Sífax gobernaba considerándose el único rey legítimo de toda la región. Cartago vio en aquella división de sus vecinos el mejor caldo de cultivo para promover una guerra civil que le permitiese controlar todo aquel territorio y mantener así tanto la explotación de sus riquezas como el flujo de valerosos jinetes númidas con los que completaba sus ejércitos y que tan buenos servicios habían prestado a Aníbal en sus victorias itálicas. El Senado púnico se alineó con Gaia y su hijo Masinisa. Sífax se defendió con gran fortaleza, más bien por los amplios recursos de sus tierras fértiles del oeste, que por una gallardía que le era impropia a su carácter complaciente y hedonista, pero hasta tal punto intimidó a Cartago que el Senado hizo venir a Asdrúbal desde Hispania para poner orden. El hermano de Aníbal recondujo la situación y en unos meses Sífax se veía obligado a replegarse a sus territorios abandonando su ofensiva sobre el este de Numidia, pero Cartago libraba una guerra mucho más temible contra Roma y el ejército de Asdrúbal fue reenviado a Hispania para derrotar a los procónsules Escipiones primero, con el objetivo final de cruzar los Pirineos y la Galia para unirse a las fuerzas de Aníbal en Italia. Aquello llamó la atención de Sífax. Un día estaba en su tienda, tendido su largo cuerpo, con sus musculosos brazos desnudos, su piel morena y oscura, tersa, acariciada por las manos de dos esclavas que, temerosas de su amo, se esmeraban en proporcionar su masaje con ternura y suavidad —dulzura obligada pero dulzura al fin y al cabo— cuando hizo llamar a varios de sus oficiales.

—Esta guerra contra Cartago no la podemos ganar solos —dijo y se sacudió las esclavas de encima. Éstas, rápidas, se escabulleron detrás de los cojines sobre los que el rey estaba recostado y desaparecieron de la vista de todos, escondiéndose hasta que alguna palmada de su amo indicase que su presencia era necesaria.

—¿Y qué sugerís, mi rey? —preguntó el oficial más veterano.

—Hemos de pactar con los romanos. Si los cartagineses los temen tanto como para ordenar a Asdrúbal que se retire de vuelta a Iberia antes de terminar con nosotros, es que son temibles de verdad. Debemos contactar con ellos y pactar. Tenemos un enemigo común: estarán interesados. Enviad mensajeros —y sin esperar respuesta alguna de sus oficiales dio dos palmadas, dejando claro que la compañía que su alteza deseaba ya no era la de sus hombres, sino la de sus mujeres.

Los oficiales no tardaron en organizar varios grupos de mensajeros que partieron para Hispania con el fin de contactar con los romanos.

Mario Juventio Thala, centurión de una de las legiones desplazadas a Hispania, encabezaba el reducido grupo de jinetes que se detenía a la entrada de Cirta. Varios jinetes númidas salían a su encuentro: primero una decena y, casi sin saber de dónde, los romanos se vieron rodeados por más de cien númidas. Mario mantuvo la compostura. En su mente perduraban las palabras de Publio Cornelio Escipión, procónsul de Roma.

—Hemos tratado con enviados númidas. Debes partir allí, selecciona hombres de confianza, Mario y, una vez allí, debes pactar con el rey Sífax. Está en guerra contra Cartago, pero ha sufrido grandes pérdidas y serias derrotas ante Asdrúbal. Irás allí y ofrecerás el apoyo de los hombres que selecciones: hemos acordado que enviaremos oficiales que instruirán a sus tropas en tácticas de guerra para que derroten a Gaia, la reina númida apoyada por Cartago. Sífax reinará sobre toda Numidia a cambio de su acoso a los cartagineses en África. ¿Entiendes bien la situación?

Mario asintió. Se había pasado la mano sobre la barbilla recién rasurada, pero ante la pregunta del procónsul tensó los músculos y se puso firme. El otro procónsul, Cneo Cornelio, completó las explicaciones de su hermano.

—Como ya sabes, Aníbal ha pactado en Italia con el rey Filipo de Macedonia. Roma también necesita aliados y Sífax puede sernos de gran ayuda. Por sí solo ya hizo que tuvieran que llamar a Asdrúbal de vuelta a África durante un tiempo, pero con adecuada instrucción, sus tropas serán algo más que bandadas de excelentes jinetes: debes convertir a esos nómadas en algo que preocupe y ocupe a Cartago durante los próximos meses.

—Así lo haré. Así lo haré, mi general.

Mario salió de la estancia contemplando a los dos procónsules de Hispania mientras ambos retomaban su conversación sobre unos planos de la región.

Los guerreros númidas los habían rodeado por completo y bajaron sus lanzas apuntando hacia las corazas de sus pechos. Mario ordenó a sus hombres que no desenvainasen las espadas y que no hicieran movimiento alguno.

—¡Venimos en son de paz! —dijo Mario en latín y, ante la ausencia de respuesta por parte de los númidas, repitió su mensaje en griego, pero aquello tampoco alteró la situación y las lanzas que los rodeaban se acercaban peligrosamente a ya tan sólo diez pasos. Mario ordenó a sus hombres que arrojasen, despacio, al suelo sus *pila* y sus espadas. Los romanos dudaron, pero ante la insistencia del oficial al mando, obedecieron. Esto detuvo a los númidas unos segundos, pero no se veía más reacción.

—¡Sífax! ¡Vengo a hablar con Sífax! —gritó Mario al fin y encomendó su alma y las de sus hombres a los dioses. Quizá no deberían haber arrojado las armas después de todo. Sin embargo, los númidas, al escuchar el nombre de su rey, alzaron sus lanzas y dejaron de acercar sus afiladas puntas a las gargantas de los romanos. Uno de los jinetes, cubierto de una larga capa por la que Mario interpretó que debía de estar al mando, hizo un gesto con la mano y los jinetes africanos emprendieron el camino de retorno hacia Cirta. Mario ordenó a sus sudorosos y nerviosos hombres que recogieran las armas y que siguieran a aquellos jinetes.

En unos minutos cruzaron al trote gran parte de aquel mar de tiendas hasta alcanzar una de las pocas edificaciones de piedra y adobe de la ciudad. Era un palacio en construcción aún, rodeado de decenas de guardias. Un númida, en griego bastante corrupto, hizo entender a Mario que sólo él sería admitido en el edificio y que sus hombres tendrían que esperar. El oficial romano asintió y, tras ordenar a sus soldados que le esperasen, entró en el edificio.

En Tarraco, los procónsules compartían vino suavizado con agua fresca.

—¿Crees que Mario conseguirá un pacto con Sífax? —preguntó Publio.

—Bueno, más le vale, o no le volveremos a ver —concluyó Cneo mientras escanciaba más vino en ambas copas.

Mario vio una gran sala de paredes blancas, recién pintadas, cuyo olor aún se hacía palpable en el ambiente, llena de soldados con lanzas en todas partes. En un extremo estaba un hombre gigante, cuya corpulencia trajo a la memoria de Mario la imagen del procónsul Cneo, tumbado sobre un montón de cojines y alfombras rodeado de varias mujeres cuya hermosura, a medida que el oficial romano se aproximaba al rey de los númidas occidentales, resultaba cada vez más evidente. Había también abundante comida dispersa por las alfombras: frutos secos, pasteles de diferentes colores, cocos recién abiertos y frutos de colores intensos, naranjas unos, otros amarillos, desconocidos para Mario. También había numerosas jarras y unos cuantos vasos, sin embargo, no parecía que allí bebiera ni comiera nadie que no fuera el rey.

De pronto, las palabras de Sífax le sorprendieron mientras admiraba aquella extraña suntuosidad en medio de una ciudad de nómadas.

—¿Te sorprende que algunos sepamos vivir bien en medio de estas tierras? No lo niegues. Se lee en tus ojos.

Mario calló, ya que se le impedía negar lo que habría sido la respuesta mejor que podría haber dado. El rey hablaba griego con bastante soltura.

—Siéntate, romano, siéntate.

Tanta amabilidad despertó las dudas en Mario.

—¡Siéntate, he dicho! ¿O crees que estoy acostumbrado a repetir mis órdenes, romano?

Mario obedeció y se sentó en el único lugar posible: el suelo, sobre las alfombras, frente a la comida.

—En fin, veamos —continuó Sífax—, pido ayuda a Roma y qué me envía Roma: diez soldados. Eso, digámoslo así, no parece un gran ejército, ¿no crees, romano?

—Mi misión... Podemos adiestrar a tus hombres en tácticas con las que luchar mejor contra los cartagineses.

—Ah..., ésa es la idea. Entiendo. No sé. Quizá esté bien. De eso sabéis mucho los romanos, ¿no? De luchar contra los cartagineses.

Mario asintió.

—Lo que no comprendo es por qué, si sabéis tanto, no sois capaces de sacudiros a ese Aníbal de encima. No sé hasta qué punto pueden serme de utilidad los conocimientos guerreros de los que no aciertan ni a proteger sus territorios más próximos.

Mario pensó en varias respuestas ante aquel comentario humillante, pero optó por el silencio.

—En fin, si esto es lo que me da Roma, lo tomaré. Instruiréis a mis hombres, empezando por mis oficiales pero, que quede claro, espero resultados óptimos de este adiestramiento; si no, más les valdría a tus jefes haberme enviado una hermosa mujer romana o ibera con la que solazarme. Las caricias de una mujer son conmigo casi tan persuasivas como un ejército bien armado.

Mario guardó silencio pero tomó oportuna nota de aquel comentario. En boca de un soldado extranjero aquello no sería más que una fanfarronada, pero en la persona de un posible aliado, aquello podía ser anuncio de sólo los dioses saben qué. Hablar de mujeres en medio de una negociación sobre un pacto entre pueblos para combatir a los cartagineses le parecía algo absurdo y estrafalario al disciplinado oficial que era Mario. Quizá aquel largo enfrentamiento contra la reina Gaia tenía un poco ofuscado al rey númida en lo que hacía referencia a las mujeres, seres que ni en Roma ni en Cartago ni en casi ningún lugar tenían capacidad de influencia sobre los acontecimientos del mundo. O, al menos, eso pensaba Mario.

Sífax miraba fijamente a su invitado romano y sonreía con cinismo. «Qué poco sabe este hombre de la vida», pensó, «espero que sepa algo más de la guerra».

76

En busca de Rufo

Roma, del 214 a.C.
hasta la primavera del 213 a.C.

Dos días después, Tito se sorprendió de seguir vivo. Los dioses debían de disfrutar tanto viéndole sufrir que habían decidido prolongar su tortura. Pensó largo rato en quitarse la vida. Podría arrojarse al río y hundirse con su obra. Sonrió melancólico. Sería una muerte apta para la mejor de las tragedias, pero él pretendía, había pretendido, ser autor cómico. Si no se mataba, tendría que subsistir. Tenía un hambre voraz. Las heridas habían cicatrizado bajo las vendas sucias. Tenía algo de fiebre, pero sin salir de allí no habría comida así que, herido, magullado y con algo de calentura tanto en su cuerpo como en su ánimo, Tito Macio acudió, como siempre, al molino para no perder su única fuente de ingresos.

Convivió con aquellos cortes mal vendados, abriéndose en ocasiones por el esfuerzo de hacer girar la piedra del molino, durante los primeros días tras la brutal paliza que había sufrido, pero lo peor no era el sufrimiento físico, sino la desazón absoluta en la que se había sumido su espíritu. Maduraba en su cabeza una salida a su dolor por la pérdida de su obra escrita con sudor, sobreponiéndose al agotamiento cada noche, en la oscuridad de su angosta habitación. Su maldición contra los dioses lanzada al cielo tras la muerte de su amigo Druso en la batalla de Trasimeno parecía perseguirle y las divinidades se mostraban tercamente persistentes en tomarse dilatada venganza por haber renegado de ellas aquel terrible amanecer entre la niebla junto a aquel lago del norte, cuando el cuerpo aún caliente de su amigo legionario teñía con su sangre la hierba verde de las montañas de Etruria.

Durante días Tito se transformó en un ser sin alma. Caminaba con la mirada perdida, vacía, de su habitación al molino, vueltas infinitas a la rueda y, al finalizar la jornada, de regreso a su habitación para repetir ese mismo ciclo al día siguiente; así hasta el final, pensó, sin más, siempre. Cansancio, fatiga y nada.

Sin embargo, su espíritu irreductible, con el paso de las dos primeras semanas recobró cierto vigor y, sin decirse nada a sí mismo con claridad, sin que pareciera que tomaba decisión alguna, se encontró de nuevo en el mercado comprando más papiro y tinta para volver a escribir. En las semanas siguientes, pero como si no hiciera nada especial, impulsado por una extraña inercia, volvió a transcribir la obra, palabra a palabra, verso a verso, escena a escena, al completo, casi tal y como la había escrito inicialmente. Cambió alguna cosa, alguna broma absurda que no recordaba bien por otra que le pareció más apropiada. Las palabras se vertían sobre el papel como si fuera la sangre de un suicida tras cortarse las venas: cada línea fluía por sí sola, suave, dócil, constante, hasta que cuando volvió a firmar el último rollo de su nuevo manuscrito, sintió que un enorme suspiro lo embargaba y dejó expulsar durante casi medio minuto todo el aire de sus pulmones. Había tardado seis meses en reproducir su comedia. Hasta allí todo había pasado como por sí solo, pero ahora sí, en ese momento debía tomar una decisión que entraba en colisión con su rutina y su sustento: volver a buscar en la noche la casa de Rufo para así evitar perder su trabajo en el molino, o bien ausentarse del molino sin decir nada, a sabiendas de que una falta podía suponer el final de su empleo, pero al menos así se garantizaría llevar a cabo la tarea de buscar a Rufo, abrigado por la seguridad del día, evitando las peleas y los peligros de las nocturnas calles de Roma. Esto último, tras una larga reflexión, es lo que decidió.

Una mañana cambió su rutina y se encaminó por el río primero y luego atravesando el foro hasta llegar cerca de la Vía Appia en busca de la casa de Rufo. Su memoria parecía indiferente a sus sufrimientos y le prestó un notable servicio pues la encontró con cierta rapidez. Llamó golpeando con la palma de la mano en una puerta que se veía sucia, polvorienta. No hubo respuesta ni nadie abrió. Se fijó entonces en los goznes y vio telarañas por las esquinas del umbral. Aquella puerta no se había abierto en semanas, meses quizá. Una voz se dirigió a él desde el otro lado de la calle.

—No vive nadie en esa casa desde hace más de dos años —era un hombre mayor el que se dirigía a él. Estaba sentado en el suelo, frente a su pequeña tienda de cestos.

—Busco a Rufo, el director de la compañía de teatro. En tiempos vivía aquí.

—Sí, Rufo. Le recuerdo. Un miserable. —El viejo hablaba mientras con sus manos, de forma diestra y ágil, entrelazaba mimbres diferentes para formar otra cesta que añadir a su oferta de productos.

Tito estaba de acuerdo en la definición de su antiguo patrón como miserable, pero ahora no quería entrar en un debate sobre la ética de Rufo, sino localizarle.

—¿Sabéis dónde vive ahora?

El viejo se echó a reír.

—Los dioses tuvieron el buen sentido de llevarse a ese avaro de nuestra vista. Está en el Orco y ojalá le tengan sufriendo. El muy mezquino se murió y me dejó a cuenta más de treinta cestos.

Tito observó con detalle aquellos cestos y reconoció en sus formas la de los cestos que se usaban para guardar pelucas de los actores y diversos trajes para escena, pero mientras que parte de su mente vagaba en aquellos recuerdos, la parte más ocupada por la inmediata actualidad se debatía en un océano tempestuoso de incertidumbre y decepción. No había contado con la ausencia de Rufo. ¿Qué hacer ahora con su obra?

—¿Y quién lleva ahora la compañía? —acertó a preguntar Tito en un esfuerzo final por encontrar una salida de aquel callejón del destino.

—Cayo Servilio. Cayo Servilio Casca. Otro ladrón.

Tito se sorprendió de la precisión en el nombre, pero el anciano le aclaró el porqué de tal conocimiento.

—Intenté que él, como nuevo gestor de la compañía, se hiciera cargo de la deuda, pero el miserable, así le maldigan los dioses, dijo que no había ningún documento con esa deuda. Y yo qué culpa tengo si no hay documentos, le dije, si Rufo venía y me pedía lo que quería y luego tenía que ir detrás de él durante meses para que me pagara. Y sólo lo hacía cuando necesitaba más cestos y yo se los negaba. Cayo Servilio Casca es el dueño ahora. Que los dioses maldigan sus pasos.

Mucho trabajo quería aquel anciano que los dioses hicieran.

—¿Y sabéis dónde puedo encontrar a ese hombre?

El anciano levantó la mirada hacia Tito y dejó de trabajar en su cesta.

—¿Intercederéis para que me pague la deuda?

Tito meditó su respuesta.

—Os seré sincero —empezó—. No tengo dinero ni influencia sobre este hombre que decís pero voy a... a ofrecerle un negocio y, si acepta, yo mismo os satisfaré la deuda. Es lo mejor que puedo deciros.

—¿Un negocio? ¿Qué clase de negocio?

Aquel viejo lo quería saber todo, pero Tito tampoco tenía muchas alternativas.

—Una obra. He escrito una obra y se la voy a ofrecer para la compañía. Si acepta, con lo que me pague yo os pagaré la deuda, pero necesito saber dónde vive este hombre.

—¿Una obra? ¡Por Hércules, un escritor! ¡Ahora sí que estoy seguro de que no cobraré nunca!

Tito se desesperaba, pero contuvo la respiración y aguardó sin decir nada.

—Vive allí —el viejo señaló tres puertas más abajo y sin decir más reanudó su trabajo tejiendo con destreza el cesto que le había ocupado la mayor parte de aquella mañana.

Tito tampoco añadió más y sin despedida, de igual forma que tampoco había habido presentación ni saludo, dejó a aquel hombre y, una vez junto a la puerta señalada, volvió a llamar. Mientras esperaba intentó asearse algo, alisando un poco su arrugada y desaliñada túnica y sacudiéndose un poco del mucho polvo que cubría sus sandalias desgastadas.

Un esclavo alto, moreno, con el pelo bien cortado y una túnica impoluta abrió la puerta.

—¿Qué queréis? No os conozco —dijo al tiempo que le miraba de arriba abajo formando una clara concepción despreciativa de quien había llamado a la puerta.

—Soy Tito, Tito Macio, trabajaba hace tiempo para Rufo y tengo un negocio que ofrecer a tu amo con relación a la compañía de teatro. Es un buen negocio.

—¿Un negocio? ¿Qué negocio?

Todos parecían hacer las mismas preguntas aquella mañana.

—Una obra de teatro. Tengo una buena obra de teatro que ofrecerle. Tu amo necesitará obras.

—Mi amo ya tiene muchas obras de todo el mundo que merece la pena. Tu nombre no me suena de nada y tu aspecto no me suscita mucha confianza. No creo que deba molestar al amo con tu presencia —y empezó a cerrar la puerta.

—¡Por favor, por todos los dioses, escuchadme, os lo ruego! —dijo Tito aceleradamente y mostró los rollos que traía consigo—. Aquí tenéis la obra. Sólo os pido que se la deis a leer y que sea él quien juzgue. Si no la quiere, sólo tiene que decirlo y me marcharé sin más. Por favor. Por favor.

Tito extendía ambos brazos con los rollos en sus manos. Estaba a punto de arrodillarse, aunque estaba tratando con un esclavo, pero no fue necesario.

—Bien. Se lo comentaré al amo —dijo el *atriense* y cogió los rollos—, pero no esperéis nada.

Y cerró la puerta.

Tito se sentó despacio apoyándose en la pared. El sol de la primavera calentaba su cuerpo. Esperó en silencio. Pasó una hora, dos. Llegó el momento de la comida. Lo sabía por su estómago, pero no tenía nada con qué apaciguarlo. Pensó en su obra para intentar alejar el hambre de su mente. Nada. El sol comenzó su descenso por el horizonte. La tarde pasaba lenta. Empezó a anochecer. Nada. Tito pensó en llamar a la puerta de nuevo, pero no quería molestar y que le tomasen por impertinente. Eso sería el fin de sus posibilidades en aquella casa. Se levantó y empezó el camino de regreso a casa. Si acaso vendría mañana a ver si había respuesta. Tendría que esperar. Encogido de hombros, triste y hambriento empezó a caminar cuando en ese momento, para su sorpresa, la puerta se abrió y el esclavo se dirigió a él.

—¡Eh, tú! ¡Ven! El amo quiere verte.

Cayo Servilio Casca era un hombre obeso, mayor, de unos cincuenta años, edad que intentaba ocultar llevando una estrafalaria peluca rubia que Tito no tenía claro que fuera capaz de exhibir en público. Servilio Casca tenía papada y manos y dedos gruesos. Frente al *triclinium* sobre el que estaba recostado una profusa mesa rebosaba de todo tipo de manjares: carne de buey, poco frecuente a no ser que hubiera sacrificios en el foro y siempre cara; pollos asados, manzanas, nueces y otros frutos secos que no acertaba a reconocer; pasteles de todo tipo, cerdo cortado cocido en espesas salsas de diferentes colores; uva blanca y uva negra; numerosas copas vacías volcadas y otras copas llenas; jarras de vino en cada esquina de la larga mesa y seis *triclinia* más para los invitados al convite: varios hombres entre los cuarenta y cincuenta años, probablemente comerciantes bien situados, amigos de su anfitrión, celebrando una pequeña orgía de comida y otras cosas: varias jóvenes esclavas estaban a los pies del *triclinium* de Servilio Casca mientras otras dos limpiaban la mesa de platos y copas vacías. Todos los invitados estaban en diferentes grados de embriaguez. Dos de ellos roncaban profusamente. El resto le miraba enigmáticamente sin entender bien a qué se debía la presencia de aquel harapiento en su fiesta. ¿Sería otro entretenimiento que Casca les había preparado?

—¡Que lo azoten! —dijo uno de los invitados y eructó—. ¡Va tan sucio que da asco! Tus nuevos amigos dan pena, Casca.

El aludido no respondió. Miraba con una amplia sonrisa al recién llegado. Tito se limitó a dejarse examinar. No mentía el *atriense* cuando decía que su amo estaba muy ocupado y que, en consecuencia, no se le podía molestar. Ocupado había estado. Probablemente ya estuviera aburrido de comer y de hacer lo que fuera que habían estado haciendo con aquellas esclavas. Dos de ellas llevaban las túnicas rotas, arrastrándolas por el suelo en sus idas y venidas para retirar los platos de la mesa. El estómago de Tito hizo ruidos que evidenciaban que sus jugos gástricos se habían despertado ante toda aquella exhibición de comida.

—¿Tienes hambre? —preguntó Casca.

Tito asintió con la cabeza, pero su atención pronto se desvió de la comida a sus rollos que, al retirar una de las esclavas un par de jarras de la mesa, aparecieron ante su vista: uno de ellos manchado de vino, el resto, aparentemente intacto. Casca se percató de lo que estaba mirando.

—Ah, sí: tu obra. Tu gran obra, sin duda —y se echó a reír.

Tito se mantuvo callado. El orgullo lo había dejado fuera. Sabía que si quería conseguir algo de aquella entrevista que no fuera una patada o unos azotes, como ya alguien de los presentes había sugerido, lo mejor era mostrarse humilde y encajar todos los insultos hasta conseguir que alguien se leyera la obra. Si luego seguían insultándole, quizás es que merecía entonces tales apelativos y lo mejor que podía hacer era regresar al molino o a la mendicidad hasta el final de sus días.

—Bien —dijo Casca deteniendo bruscamente su carcajada—, verás, no es que no haya leído tu obra por desprecio, pero ocupado como estoy en tantas cosas no tengo tiempo para leer lo que no me interesa así que, antes de dedicarle un minuto de mi tiempo a tu obra te haré algunas preguntas. Sólo si me ofreces algo que pueda ser de mi interés, la leeré.

Tito Macio asintió. No había esperado un examen.

—¿Es una tragedia tu obra? —preguntó Casca.

Tito dudó.

—Vamos, responde —insistió Casca cogiendo una copa de vino de uno de sus invitados dormidos, la suya estaba vacía, y echando un largo trago.

No tenía sentido mentir, de forma que Tito respondió con sinceridad.

—No. Es una comedia.

—¿Una comedia? —Casca se incorporó ligeramente en su *triclinium* y dejó la copa enfrente de su invitado—. Bien; primera respuesta correcta. Estoy harto de tragedias. Roma se hunde. Estamos en guerra no sé ya cuántos años y todos los autores parece que no tienen otro deseo que regodearse en la tragedia. ¡Por Cástor y Pólux, como si no sufriéramos ya bastantes desastres en el campo de batalla! Espero ser encargado de las representaciones por alguno de los nuevos ediles de Roma, que sé que andan buscando nuevas obras para que sean presentadas con el fin primordial de distraer al pueblo, ¿y qué tengo yo? Dos tragedias más: una de Ennio y otra de Livio Andrónico. Bien escritas, sí, eso me dicen ambos y lo son, pero por todos los dioses, son tragedias, tragedias y más tragedias. Y luego tengo a Nevio con su última comedia, pero Nevio me pone más nervioso cada día con ese afán suyo por criticar a los patricios, a los poderosos dice él. En fin, no sé por qué comparto contigo estos asuntos. Supongo que agradezco unos oídos sobrios frente a la general embriaguez que me rodea.

Casca volvió a su carcajada sonora que nuevamente detuvo de igual brusca forma.

—¿Y es divertida tu comedia? —fue su siguiente pregunta.

—Yo creo que sí; con ese fin la escribí.

—Bueno, se ve sinceridad en tus palabras. No sé si alguien así tiene futuro en el teatro. Pero bueno, por Hércules, has respondido bien a ambas preguntas. Me leeré las primeras líneas de tu preciada obra. Siéntate, allí, en el vestíbulo y espera.

El esclavo que le había abierto la puerta le condujo hasta el vestíbulo. Allí había un par de pequeños taburetes y Tito Macio se sentó en uno de ellos. Y esperó. Desde allí podía escuchar lo que se hablaba en el interior.

—No le has azotado. Eres malo, Casca. Malo.

La voz del borracho era débil y pronto pareció añadirse un nuevo ronquido a los otros dos.

—Casca —dijo otro de los invitados despiertos—, me voy a una de las habitaciones con esta esclava.

—Y yo también.

—A mí no me dejéis atrás.

Casca se quedó solo, acompañado de los ronquidos de sus invitados desmayados por el vino y la comida. Abrió el primero de los rollos y empezó a leer con atención. Al principio, cansado como estaba, no prestó demasiada atención, pero al poco tiempo sacudió la cabeza. Dejó el rollo, con cuidado, sobre la mesa, cogió una jarra de agua y se mojó las manos y luego, bien empapadas se las pasó por la frente para despejarse un poco. Se secó las manos en su túnica blanca plagada de manchas grasientas y volvió a tomar el rollo. Prosiguió con la lectura. Estaba leyendo el diálogo inicial entre un esclavo y su amo y tenía gracia. Aquello era gracioso, pero se trataba tan sólo de la primera escena. Continuó la lectura: la segunda escena era un monólogo; correctamente escrito, pero se perdía un poco de la vivacidad del principio. Casca frunció el ceño y suspiró. Se podría corregir, pero si la siguiente escena era aburrida, lo dejaba; sin embargo, el siguiente cuadro era brillante, un vivo diálogo, mordaz como pocos, entre una *lena* y un cliente. Fin del primer acto. Bueno, en conjunto bastante bien. La primera escena del segundo acto volvía a la fórmula del monólogo, pero breve, bien, bien, y luego otro diálogo, entre dos esclavos, dos auténticos bribones y éste sí que era divertido. Aquello era realmente entretenido; la tercera escena era de continuidad, para explicar la trama, pero con ágil concisión, para en la cuarta desplegar un larguísimo diálogo en donde los dos esclavos toman el pelo al mercader. Esta obra estiraba las escenas de diversión hasta el infinito y sometía las secciones de contenido que sujetaban el entramado de la obra a su mínima expresión. Primaba la diversión por la diversión. Era perfecto. Perfecto. Casca siguió leyendo, durante una hora, rollo a rollo, hasta llegar al final, riendo a ratos, en ocasiones con el ceño fruncido, y, las más de las veces, con una distendida sonrisa en sus labios. Llegó al final y sus ojos terminaron posados sobre la firma: Tito Macio Plauto. Casca estalló en una sonora carcajada que desveló a uno de sus borrachos amigos que alzó la mirada confundido, preguntó si pasaba algo, pero antes de que nadie le respondiera volvió a su letargo anterior.

Tito Macio esperaba nervioso en su silla el dictamen sobre su obra. Se decía una y otra vez que lo más probable era que aquel hombre, medio borracho y vicioso, le ordenara a su *atriense* que le diera una patada y lo echara de casa, pero él no pensaba irse sin que le devolvieran su obra. En ese instante llegó el esclavo. Tito se levantó y se protegió con la pared, guardando sus espaldas, iba a pedir su obra antes de que le empezaran a pegar, cuando las palabras del esclavo quebraron sus esquemas.

—El amo quiere que volváis al atrio. Seguidme.

77

Las Lupercalia

Roma, febrero del 212 a.C.

Era el sexto año de guerra contra Cartago. Aníbal asediaba Tarento. Capua permanecía en manos del enemigo. Marcelo seguía combatiendo en Sicilia, pero Siracusa resistía. Se luchaba en Cerdeña, la Galia Cisalpina seguía en rebelión y amenazaba las fronteras del norte y el rey Filipo de Macedonia, aunque repelido su primer ataque contra el protectorado romano de Iliria por las tropas desplazadas hasta allí por mandato de Fabio Máximo, no se desdecía de su pacto con Aníbal. Roma mantenía un pulso con el mundo en el que no ya su hegemonía, sino su propia supervivencia estaba en juego. Y Roma lo sabía. El Senado lo sabía. De los ejércitos regulares consulares anuales en donde se agrupaban hasta ocho legiones entre legionarios romanos y aliados, la ciudad se veía obligada ahora a mantener en activo, a un mismo tiempo, hasta un total ya de veinticinco legiones para poder abarcar todos los frentes: el Adriático, el Mediterráneo occidental, Hispania, y el más temido de todos, el frente abierto por Aníbal en la propia Italia. El desánimo y el agotamiento hacían mella entre los romanos: el dinero, el oro y la plata se dedicaban a la guerra y los campos eran arrasados por los combates o quedaban desatendidos ante la ausencia de campesinos. En medio de aquel funesto paisaje, el joven Publio Cornelio Escipión, hijo y sobrino de los procónsules de Hispania, contra todo pronóstico por causa de su juventud pues apenas contaba veintitrés años, fue elegido edil de Roma. Su cargo conllevaba la gestión de diversos asuntos que afectaban a la ciudad, además de la organización de los juegos y festejos que debían acompañar las diferentes fiestas del calendario romano. Eran tiempos difíciles para que un edil pudiera congraciarse con un pueblo atemorizado por la continuada presencia de Aníbal en suelo italiano y exhausto por los esfuerzos de aquella guerra: los unos habían visto empobrecerse sus negocios ante la inseguridad de las fronteras, otros tenían hijos o padres o tíos en alguno de los múltiples frentes de guerra y todos habían perdido al menos a un ser querido en aquella interminable locura.

Era el 15 de febrero y el nuevo edil de Roma se dirigía, acompañado de su mujer y dos esclavos como salvaguarda, en dirección a la colina del Palatino. Muchos le reconocían y le saludaban con respeto. Una de sus primeras medidas había sido la de ordenar distribuir aceite entre todos los ciudadanos. Era una forma modesta, las arcas del Estado y las suyas propias no daban para mucho, de contribuir a mitigar en alguna medida las carencias de los habitantes de Roma. Y los romanos, conscientes de las limitaciones, agradecían el gesto del nuevo edil que, algo era algo, parecía mostrar una cierta sensibilidad hacia las penurias de la plebe. Además, el aceite, usado como condimento, como comida misma o para cocinar, estaba siempre presente en la mesa romana, de forma que con poco gasto y mucha habilidad el joven edil había sabido entrar bien en su mandato. Una buena edilidad abría el camino en el *cursus honorum* y, si bien no era garantía de ascenso en la carrera política, siempre era una ayuda y lo que estaba claro es que una mala gestión en uno de los primeros cargos de responsabilidad civil podía significar el fin de la vida pública de quien cometiera errores que el pueblo no olvidaría con facilidad; por eso, en aquellos tumultuosos tiempos de miedo y penuria pocos fueron los que se aventuraron a presentar su candidatura, algo que, no obstante, no arredró al joven Escipión.

En aquel estado de cosas, el joven Publio y su mujer se sintieron más tranquilos cuando esa fría mañana de febrero, camino de la gruta del Lupercal, en la ladera del Palatino, vieron que eran saludados con aprecio y no con desdén o furia por los que se cruzaban con ellos. Sin duda, la pertenencia a una de las pocas familias romanas que aportaban buenas noticias a Roma también ayudaba a esa impresión favorable que el pueblo se iba forjando de aquel joven edil. Tanto su padre como su tío continuaban impidiendo que los cartagineses cruzasen el Ebro y acudiesen con otro ejército en ayuda de Aníbal, lo que, con toda seguridad, podría suponer el principio del fin para Roma. Y no sólo eso, sino que habían conseguido reconquistar la semiderruida fortaleza de Sagunto. Una conquista que, irónicamente, no era suficiente ya para dar término a aquella guerra que su caída encendiera hacía ya más de seis años. Era, no obstante, una victoria moral que al menos contribuía a insuflar ánimos a unos romanos cansados ya de oír hablar de derrotas.

Aquellos saludos de respeto y las buenas noticias de Hispania hacían que, pese a todo, en medio del fragor de aquella guerra el joven matrimonio de Publio y Emilia se sintiera entre los afortunados del mundo. Sin embargo, una sombra enturbiaba el horizonte de los pensamientos del nuevo edil de Roma: llevaban casi tres años casados y Emilia no se quedaba embarazada. El asunto preocupaba al joven Escipión desde hacía tiempo y sabía que también perturbaba, probablemente aún más, a su mujer. Con el paso de los meses se convirtió en un tema tabú y ninguno de los dos lo mencionaba ya. Su madre, Pomponia, cooperaba con su discreción, lo cual ambos agradecían sobremanera. Publio necesitaba herederos y, aunque aún era muy joven para preocuparse, el tema permanecía anclado en su mente ensombreciendo su existencia, acumulándose junto con las preocupaciones por su padre y su tío en Hispania y con los quebraderos de cabeza de todos los esfuerzos que se debían volcar en aquella guerra. Por eso, aquella fría mañana de invierno decidieron acudir a la ceremonia de las *Lupercalia*. Las creencias religiosas del joven edil no es que fueran muy profundas; más bien era detallista en su aplicación en todo lo tocante a la vida pública, como no podía ser de otra forma, pero era bastante más relajado a la hora de vivir la religión en la esfera privada, donde hacía más caso de sus intuiciones que de los dioses. Pero las celebraciones en honor del dios Lupercus eran específicas para promover la fecundidad y no acudir, en sus actuales circunstancias, ya pasaría a formar parte del cotilleo público. Por eso se vistieron con toga y túnicas impolutas y resplandecientes y salieron aquella mañana hacia el Palatino y la gruta Lupercal.

A los pocos minutos de llegar aparecieron, saliendo de la caverna, los *luperci*, semidesnudos, cubiertos sus cuerpos con apenas unas pieles que ocultaban sus órganos sexuales, haciendo frente al frío y al viento que se había levantado. Llevaban las caras marcadas con la sangre de los animales sacrificados aquel día en honor de Lupercus. Unos llevaban pieles de chivo, otros de cabra y uno de perro, pero todos iban armados de unas largas tiras de piel de cabra que llamaban *februa*, de donde los romanos decidieron extraer la raíz del nombre de aquel mes. Los *luperci* se acercaban a los ciudadanos allí congregados y buscaban a las mujeres más jóvenes. Al acercarse a ellas blandían sus *februa* y golpeaban las manos extendidas de las jóvenes romanas que, sonrientes unas y ruborizadas otras, recibían con agrado y entre sonrisas de sus acompañantes las sacudidas secas de aquellas pieles sagradas. Uno de los *luperci* se detuvo ante Emilia y, al ver al edil de Roma junto a ella, dudó. Entonces Emilia extendió su mano. El *luperci* miró al edil y éste asintió. Se alzaron en el aire los *februa* y las tiras de piel chocaron contra la mano de Emilia. La joven se estremeció, más por la sorpresa del tacto áspero de aquellas pieles que por el dolor. El *luperci*, una vez cumplido su cometido, saludó con una suave reverencia al edil de la ciudad y se dirigió, ya más relajado, a otros grupos de jóvenes que allí se estaban congregando.

Emilia y Publio se retiraron despacio del lugar, entre las miradas de los romanos, con la sensación de que, al menos, habían sido fieles a las tradiciones de la ciudad y, si bien eran conscientes de que se murmuraba sobre la posible esterilidad de Emilia, no podrían a ello añadir que no siguieran de forma escrupulosa los dictados de los dioses romanos para circunstancias como aquélla. Publio pensó en acercarse a su mujer y besarla para que se tranquilizara. Sabía que a Emilia no le gustaba ser el centro de atención, pero se contuvo. Las muestras públicas de afecto, incluso entre cónyuges, estaban mal vistas en general, pero de forma particular en quien ostentaba un cargo público y, más aún, en tiempos de guerra y carencia. Publio no quería dar pábulo a comentarios que en minutos llegarían a oídos de sus enemigos políticos, Fabio Máximo y su apadrinado Marco Porcio Catón, ambos siempre estrictos en sus costumbres y celosos de que todos fueran igual de escrupulosos con las formas, los servicios religiosos y las leyes de Roma. Publio se limitó a abrazarla por la cintura un instante, sostener su cuerpo con fuerza y luego, con suavidad, separarse para continuar caminado junto a ella de regreso a casa. Emilia le miró y le sonrió. No dijeron nada más, ni siquiera cuando llegaron a la *domus* de los Escipiones. La falta de un hijo seguía pesando sobre sus almas.

Una vez en casa, Emilia se dirigió a su habitación a descansar mientras que el edil de Roma se dedicaba a atender primero los asuntos de la familia y luego los del Estado que le competían en razón a su nuevo cargo. En el vestíbulo se acumulaban una decena de personas que venían para pedir consejo o instrucciones. Empezó recibiendo en el atrio del hogar familiar al esclavo encargado de velar por el mantenimiento de los cultivos de las propiedades familiares en Liternum. Allí, al igual que en otros muchos lugares, se padecía la carencia de trabajadores para el campo y la recogida de algunas cosechas de frutales peligraba.

—De acuerdo —respondía Publio tras escuchar las explicaciones de su sirviente—, tomo nota de todo. Mi hermano Lucio partirá para allá en los próximos días y velará por poner orden en todos estos asuntos. Ahora puedes descansar en esta casa y salir mañana de vuelta a nuestras propiedades del campo.

El esclavo, capataz de la finca, asintió y se retiró con una reverencia a su joven amo. Siempre había tratado con el padre, pero aquel joven sustituto había escuchado con atención el informe que traía y el hecho de que decidiese enviar a su hermano pequeño a revisar todo aquello subrayaba que su venida a Roma a solicitar ayuda no era tomada en vano.

Después trató con mercaderes que planteaban reclamaciones sobre los problemas que los triunviros creaban en su celo por vigilar todo lo que entraba y salía de la ciudad para evitar el estraperlo que con tanta facilidad emergía en tiempos de guerra y escasez. El edil tomó buena nota de todas aquellas quejas y al fin pudo recibir a un amigo que, con paciencia, había esperado en el vestíbulo su turno para ser recibido. Al verlo entrar, el joven Publio se levantó de su asiento y se acercó a abrazarlo.

—¿Pero cómo no me avisan de que Cayo Lelio está esperando verme? —comentó en voz alta el joven edil—. ¡Alguien va a tener que ser castigado por semejante ultraje, hacer esperar al mejor de los amigos!

—No, amigo, no. No se ha de castigar a nadie —respondió Lelio sonriente—; lo de la espera ha sido cosa mía: un edil de Roma debe atender antes los asuntos del Estado y luego a los amigos.

—Bien, hombre, bien. ¡Pero que nos traigan vino! —dijo Publio dirigiéndose a un joven esclavo— ¡Y que sea el mejor que tengamos en casa! ¡*Mulsum* para mí!

En unos minutos una mesa tenía todo lo necesario: una jarra de vino tinto, una de agua y otra con *mulsum* acompañada de un cuenco con miel para añadir en caso de que se desease reforzar el dulzor de la bebida. Sacaron también dos *triclinia* y frutos secos. Cómodamente recostados, los dos amigos brindaron juntos.

—¡Por los procónsules de Hispania! —propuso Lelio.

—¡Por ellos, sin duda! —respondió Publio—. Y, por todos los dioses, ¿alguna nueva de mi padre y mi tío de la que aún no tenga conocimiento?

—Sí, y buenas noticias son. Vengo de hablar con los Emilio-Paulos, tu familia política: hay un levantamiento general de los númidas al mando del rey Sífax en África y parece que tu padre y tu tío están detrás del asunto. Se dice que han enviado mensajeros para pactar con el rey númida. En todo caso, pronto tendremos confirmación del tema, pero lo importante es que el Senado de Cartago reclama a Asdrúbal y sus refuerzos de vuelta a África. Eso diluye la ofensiva que los cartagineses habían lanzado en Hispania.

—Sí, eso suena a estrategia ideada por mi padre. En fin, buenas noticias son, en efecto, ya lo creo. Esperemos que se confirmen del todo. ¿Y en otros frentes?

—Más noticias buenas: Marcelo ha entrado en Siracusa.

—No puede ser. Venimos del Palatino y hemos pasado por el foro. No se comentaba nada. Es imposible.

—Amigo mío, eso era esta mañana y ya estamos a media tarde. Quizá no te des cuenta, pero el tiempo ha ido pasando. El foro es ahora una pura fiesta. Marcelo ha entrado en Siracusa: tenemos el control de la ciudad clave de Sicilia.

—Eso son magníficas noticias. ¿Se sabe algo de aquel griego, ese ingeniero Arquímedes, que tantos quebraderos de cabeza dio con sus ingenios mecánicos y sus argucias en la defensa de la ciudad?

—Ha muerto.

—¿Muerto? —la información le dolió—. Es una lástima.

—Así es —coincidió Lelio—. Marcelo había dado órdenes expresas de que se le capturase con vida, pero en medio de la batalla el pobre viejo cayó en manos de alguno de nuestros legionarios más jóvenes y éste no supo distinguir entre un enemigo más y el genio griego de la ingeniería. Muerto en el campo de batalla. Dicen que cerca del puerto.

—Sí que es de lamentar. Hombres de esa talla no se encuentran a menudo. Me pregunto cuántos más han de perecer antes de que consigamos la victoria. Esta guerra está costando demasiado esfuerzo, demasiadas vidas. Aunque por las noticias que traes, parece que las cosas comienzan a enderezarse con Hispania y Sicilia más controladas, los problemas en Numidia... Pero ¿y Aníbal? ¿Sigue en Tarento?

Lelio asintió.

—No cejará —añadió Publio—. Lo intuyo desde hace tiempo. Tiene Capua y ahora va a por Tarento. Es una salida natural al mar por el sur. Si Tarento cae y los cartagineses aplastan el levantamiento de Sífax, los refuerzos para Aníbal no tendrán que cruzar toda Hispania y la Galia, sino ir directamente en barco hasta Tarento. Ése es el peligro inmediato ahora.

—Sí, pero las murallas de Tarento son inexpugnables. Es imposible que tome esa ciudad —comentó Lelio.

—También era imposible que nos derrotasen en Cannae donde los doblábamos en número y ya ves lo que hizo Aníbal. Creo que los hechos nos han mostrado que con este general debemos ser cautos en lo que se considera posible o imposible.

—Puede ser —respondió Lelio—, por cierto, eso me recuerda que las legiones quinta y sexta, desplegadas en Sicilia, han pedido a Marcelo que interceda por ellas ante el Senado para que se les levante el destierro al que están sometidas o para que al menos se las haga participar de forma activa en la guerra.

—Eso es lo mismo que decir que se lo piden a Fabio Máximo y Máximo no estará por la labor —dijo Publio.

—¿Por qué crees eso? Vendrían muy bien dos legiones adicionales.

—Por el orgullo de Máximo: él las condenó hasta que se derrotase a Aníbal y Aníbal sigue en Italia. No, esa petición no tendrá ninguna respuesta positiva por parte del Senado ni aun cuando la plantee un victorioso Marcelo. Menos aún si la plantea Marcelo. Es de los generales que hacen sombra a Máximo y éste se tomará esa petición como un pulso personal. No, estos hombres de la quinta y la sexta se equivocan. Si quieren conseguir algo, deben dirigirse directamente al que los condenó, sin intermediarios. Y más te digo: después de esto, dudo mucho que Fabio Máximo conceda el perdón a esos hombres tras una victoria sobre Aníbal. Les tiene rencor porque al igual que tú y que yo, su hijo Quinto estuvo en Cannae y, como a nosotros, parte de esa vergüenza nos mancha. El que nos eximieran *in extremis* no borra el hecho de que tú y yo estuvimos allí, y también su hijo. Fabio debe de pensar que desterrando a esas legiones destierra la memoria de aquella batalla.

—¿No crees que esos hombres o nosotros mismos podemos hacer algo alguna vez que borre esa derrota de nuestro pasado? —preguntó Lelio.

El silencio se apoderó del atrio. Se oía el fluir del agua en la fuente del jardín al que se accedía por el *tablinum*. Pomponia y Emilia estaban en sus habitaciones. Los esclavos, en sus tareas, habían desaparecido del atrio, a excepción del joven mozo que estaba atento a cualquier señal del edil de Roma.

—No lo sé —empezó el joven Publio—. Lo he pensado en muchas ocasiones y no veo respuesta a tu pregunta, pero te diré una cosa: siento que mi destino, nuestro destino, el de todos los que participamos en aquella horrible batalla de Cannae está unido. Ahora estamos separados y no tengo idea de qué caminos llevaremos en el futuro cada uno, Lelio, pero siento que en algún momento nuestras vidas volverán a cruzarse con la quinta y sexta legión de Roma y, si eso ocurre, ése será el momento de lavar, juntos, nuestro pasado.

—Las legiones malditas, las llaman —dijo Lelio, en voz baja, casi con miedo.

—Legiones malditas, en efecto, eso es lo que son —concluyó Publio.

El *atriense* de la *domus* de los Escipiones entró en el atrio.

—¿Qué ocurre?, ¿por qué nos interrumpes? —preguntó Publio, molesto, con sus pensamientos aún en Sicilia, rodeado de legionarios maldecidos por Roma.

—Lo siento, mi señor, pero el hombre que esperabais ha llegado según estaba citado.

—¿El hombre, qué hombre...? Ah, por Cástor y Pólux, es cierto: el director de la compañía de teatro, es cierto. Que pase, que pase —y dirigiéndose a Lelio—; es el director de una de las compañías de teatro de la ciudad: he de organizar los festejos del año y tenemos que planificar, entre otras cosas, las obras que se representarán. Parece tan absurdo ocuparse de estas cosas cuando el mundo está en pie de guerra... pero el teatro ofrece entretenimiento y toda distracción que brindemos al pueblo es poca en estos momentos de tumulto e incertidumbre, ¿no crees?

Lelio asintió. Pensó en comentar que donde hubiera un buen combate de gladiadores se quitaran todas las obras de teatro del mundo, pero no dijo nada sobre el asunto y sonrió antes de despedirse.

—Bien, creo que es mejor que deje a solas al edil de Roma con sus ocupaciones y busque otro lugar donde descansar.

Publio se levantó y le volvió a abrazar.

—Que sea guapa, no mereces menos —dijo el edil de Roma—. Y cuídate, que ese barrio es peligroso.

—No sé de qué me hablas —respondió el oficial romano mesándose la barba con la mano derecha—, pero me cuidaré —y, riéndose, pensando para sus adentros que precisamente a por eso iba, a por una mujer guapa en el barrio de las putas de la ciudad, junto al río, concluyó que su cabeza no albergaba demasiados secretos para su joven amigo. Al salir, se cruzó en el vestíbulo con un hombre obeso, mayor, con una ridícula peluca rubia en la cabeza. Lelio le miró fijamente y aquel hombre le saludó con una leve inclinación del cuerpo. Un actor, sin duda, pensó Lelio y se reafirmó que la vida política no era para él: no se veía tratando con semejantes personajes sin perder la compostura.

El *atriense* invitó a Casca a que entrase en el atrio.

—¿Deseas vino o alguna cosa? —preguntó Publio a su nuevo interlocutor. Casca contempló las jarras sobre la mesa y los frutos secos. Sí, le apetecía sobremanera un poco de vino y algo de comer.

—No, gracias, mi señor —respondió Casca. Pensó en lo oportuno de mantener un tono oficial en aquella conversación con el nuevo y sorprendentemente joven edil de Roma. No quería que el licor nublase su conocimiento. Aquélla era la negociación más importante del año. El edil dio una palmada y un par de esclavos retiraron con rapidez la comida, la bebida y la mesa. Casca, ante una señal de su anfitrión, se reclinó en el *triclinium* que antes había ocupado Lelio.

—¿Y bien? —empezó Publio—, ¿qué tenemos para este año? Espero grandes cosas de ti. Me han hablado bien, pero por eso espero que tus actos no desmerezcan las referencias que he recibido de tu persona y de tu compañía.

Casca recibió con una reverencia de la cabeza aquellos comentarios de la máxima autoridad civil de la ciudad en lo tocante a festejos, organización de juegos y otras cuestiones del devenir diario de la urbe.

—Tengo dos, no, tres buenas tragedias, de autores ya conocidos por el público. Veamos —Casca sacó un pequeño rollo de debajo de la túnica y comenzó a leer sus anotaciones—. De Livio Andrónico tengo dos obras que agradarán, sin duda, por su gran fuerza dramática, *Aquiles* y *Andrómeda*. Estoy seguro de que impactarán.

Casca alzó su mirada del rollo que estaba consultando y observó que el edil no parecía muy convencido. No se desalentó. Continuó leyendo sus anotaciones.

—Bien. Tengo algo especial del gran Ennio: *Alexander*. Eso gustará sin duda. Es una obra épica.

Publio asintió algo más convencido, pero aún no estaba satisfecho.

—Eso último —empezó el edil de Roma— puede estar mejor: una obra que espero que ensalce el valor del gran general puede estar bien, pero Ennio es siempre tan poco oportuno en sus temas. Alejandro es, a fin de cuentas, macedonio, y quizá no sea el mejor momento para reproducir las hazañas del antepasado de un rey como Filipo que no hace sino atacarnos y pactar con Aníbal, ¿no crees?

—Sí, claro, por supuesto; no lo había considerado desde ese punto de vista, pero sin duda estáis en lo cierto. Entonces, quizá, mejor las tragedias de Livio.

—¿Y comedia? —preguntó Publio—. ¿Es que ninguno de tus autores escribe alguna comedia con la que distraer a la gente de la guerra y los trabajos a los que todos nos vemos sometidos por la misma?

—Sí, comedia, claro, por supuesto, mi señor. Tengo algunas cosas interesantes. Veamos..., permitid que consulte mis notas, la memoria mía ya no es lo que era; pensar que antes era capaz de memorizar obras enteras, ahora, sin embargo..., pero no, eso os aburre, veamos... Sí, por ejemplo, está Nevio, con una comedia divertida: *La muchacha de Tarento*.

—Esperemos que Tarento no caiga en manos de Aníbal antes de que la obra se represente y espero también que la obra venga sin la acostumbrada crítica política que acompaña a sus obras —incidió Publio.

—Bien, bueno, me ocuparé de que todo esté controlado.

—*Debidamente* controlado —insistió el edil de Roma.

—Así se hará, sin duda, mi señor —Casca hizo una nueva reverencia con la cabeza. Dudó en si añadir algo o mejor dejar la conversación en ese punto. No parecía que ninguna de sus propuestas estuviera entusiasmando demasiado a la autoridad que disponía de la potestad de contratar sus servicios o bien prescindir de los mismos, y no quería tentar su fortuna.

—Ibas a decir algo. Habla. —Publio no era hombre al que se le pasase por alto la duda en la faz de su interlocutor.

—Bien, veréis, tengo también un autor nuevo, Tito Macio, Tito Macio Plauto, para ser exactos.

—¿Plauto? Es un nombre extraño para un escritor, ¿no?

—Bien, sí, pero he leído su trabajo. Tiene una comedia, *La Asinaria* la llama, sin ningún contenido político, puro divertimento, ágil, encantará, estoy seguro. Creo que es lo que buscáis.

—Os pido comedias y o bien me proponéis a autores de dudosa honorabilidad en lo político con títulos desafortunados, o bien a un completo desconocido. Casca, esperaba más de ti.

—Bien, siento no poder ofrecer más. Lo cierto, con todo el respeto sea dicho, mi señor, es que no hay tanto donde elegir. Seguiré buscando, por supuesto, pero esto es lo que tengo por el momento.

El edil guardó unos segundos de silencio. Casca pensó que su contrato para representar varias obras aquel año estaba a punto de desvanecerse en el aire.

—Bien —concluyó al fin Publio—. Esto es lo que haremos: empezaremos con las tragedias de Livio, pero no se representará la obra de Ennio, no, al menos hasta que terminemos con el enfrentamiento con Macedonia. Y luego, a partir del verano se representará la comedia de Nevio, de la que espero no recibir ninguna queja desde el Senado. Recuerda que Fabio Máximo y otros senadores no hacen sino esperar una oportunidad para prohibir el teatro para siempre, así que por la cuenta que te trae, sé meticuloso en tu supervisión de la obra. Y bien, al final, para las *Saturnalia* de diciembre, le daremos una oportunidad a tu nuevo autor y espero por tu bien que guste. No querría terminar el año desagradando al pueblo. ¿Estamos de acuerdo?

—Sí, claro. Me parece perfecto: Livio, tragedias, comedia de Nevio, supervisada, supervisada, por supuesto, y luego el autor nuevo, Plauto —Casca repetía las palabras con esmero—, no os defraudaré, mi señor. El pueblo estará contento del teatro de este año. Os recordarán con agrado.

—Bien, Casca. Tengo mi confianza puesta en ti y en las obras que hemos comentado. Ahora, por favor, déjame descansar. He tenido un largo día. Marcha y que los dioses estén con tus escritores protegidos.

Casca se levantó y, con pasmosa velocidad, desapareció por el vestíbulo. No quería dar ocasión a que el edil pudiera replantearse la oferta que acababa de hacer: dos tragedias y dos comedias; cuatro obras. Aquello estaba bien; más que bien. Ahora tendría que tratar con los escritores. Caminaba ya por la calle de regreso a su casa. Los escritores. Eso significaba celebrar con Livio las nuevas representaciones, explicar a Ennio la inoportunidad de su *Alexander*; eso requerirá tacto, igual que controlar a Nevio. Eso sería lo más difícil de todo. Y, en fin, luego sosegar al impaciente de Tito Macio, para que aguarde anhelante pero paciente el momento de estrenar su primera obra. Ya está, le diría que fuera escribiendo otra entretanto. Sí, ésa sería la mejor forma de invertir su tiempo. Claro que si luego el estreno resultaba un fracaso, allí terminaría su carrera, pero había que considerar la posibilidad, por remota que ésta fuera, de que la obra cosechase éxito. Si así fuera, el edil, el pueblo, todos desearían más y Casca tendría más para ofrecer. Aquél se presentaba como un año lleno de posibilidades.

78

Las profecías de Aníbal

Tarento, 212 a.C.

Maharbal contemplaba las murallas de Tarento admirado por su altura y su fortaleza. Aquella ciudad era inexpugnable. En gran medida le recordaron las fortificaciones de Qart Hadasht en Hispania: poderosas murallas dando cobijo a un puerto natural cuyo acceso quedaba perfectamente controlado desde la ciudad. No tenía ni idea de qué hacían allí: la empresa era en todo punto una aventura imposible. Es cierto que, si había alguien capaz de imposibles, ése no era otro que Aníbal, pero hasta él mismo ordenó replegarse tras Cannae en lugar de acudir a asediar Roma. Maharbal no veía qué diferencia podía haber entre intentar tomar una ciudad u otra, ambas fuertemente protegidas y con importantes guarniciones romanas para guardarlas.

—Leo en tus ojos la duda, Maharbal, ¿me equivoco? —comentó la profunda voz de Aníbal a sus espaldas. Maharbal se volvió sorprendido. Pensaba que estaba solo.

—Son estas murallas. Parecen infranqueables y, como explicaste en Cannae, no tenemos armamento adecuado para un asedio de este tipo. Ni siquiera pudimos tomar Nola cuando la protegía Marcelo. No quisiste tomar Roma y quieres tomar Tarento. La verdad, no veo a qué acudir aquí, en lugar de proteger el territorio que dominamos en

Italia central; Capua, por ejemplo, está siendo asediada por los romanos por haberse pasado a nuestro bando y nosotros aquí...

—Nosotros estamos aquí —interrumpió Aníbal—, para tomar Tarento de una vez. Ya sé que estuvimos aquí el año anterior sin conseguir nada útil y ya sé que las ciudades fuertemente protegidas se nos resisten al asedio por falta de medios, pero, Maharbal, me sorprendes al comparar Roma con Tarento.

—¿Por qué? Ambas están igualmente protegidas.

—Puede ser, pero una es Roma misma, la otra es una ciudad aliada a Roma y como todo aliado, susceptible de traición.

Maharbal abrió bien los ojos. Era eso. Había un plan, algún contacto.

—Es evidente que se nos necesita en Capua, pero si conseguimos Tarento, cazaremos dos jabalíes en el mismo bosque, como les gusta decir a los romanos: por un lado obtendremos un puerto en el sur de Italia por el que obtener refuerzos de África y por otro fortaleceremos nuestra posición en el sur. El centro está en disputa, pero tenemos plazas importantes como Capua que luchan ya contra Roma, a nuestro favor, en el norte los galos atormentan a las tropas romanas allí emplazadas, Asdrúbal ha regresado a Iberia y pronto se enfrentará contra los procónsules y hemos abierto un nuevo frente en el Adriático con el apoyo de Filipo. Sí, ya sé que ha sido rechazado en Apolonia, pero Filipo sigue a nuestro lado. Lo volverá a intentar. Quiere recuperar el territorio del protectorado romano de Iliria. Y si tomamos Tarento, nos haremos fuertes en el sur.

Maharbal pensó que aquello era cierto, pero que no era menos cierto que Marcelo había conquistado Siracusa recuperando con esa ciudad gran parte de Sicilia para el bando romano, y todo eso pese a las defensas de Arquímedes. Y luego estaba el problema de Sífax. Maharbal intentó ser objetivo en su respuesta y fue con tiento.

—Es muy cierto lo que dices, pero Asdrúbal no puede ocuparse de aplastar a los rebeldes de África, como Sífax, y al mismo tiempo derrotar a los procónsules romanos en Iberia. Es demasiado para él —pensó en añadir lo de Sicilia, pero estimó más conveniente no presentar más problemas en los frentes de aquella interminable guerra.

—Sí, es verdad —respondió Aníbal—; se exige demasiado a mi hermano, pero Asdrúbal es hábil y fuerte: ha terminado con el levantamiento de Sífax y ya está de vuelta en Iberia. Te haré dos profecías esta noche y ya sabes que no soy amigo de adivinar el futuro, pero te diré estas dos cosas. Uno: esos procónsules, los Escipiones, son hombres muertos, sólo que no lo saben. Asdrúbal los derrotará y, más tarde o más temprano, alcanzará Italia por el norte para unirse con los galos. De esa forma estrangularemos a Roma con una pinza, con mi hermano y los galos por el norte y nosotros avanzando desde el sur. Y dos: esta misma noche, entraremos en Tarento. Y basta ya de cháchara. Que los hombres cenen temprano y bien, comida abundante, pero sin vino.

Maharbal escuchó con atención las palabras de su general: lo conocía bien y se empapó de aquellos presagios. Aníbal nunca lanzaba anuncios o amenazas que no sintiera como auténticos, pero mucho pedía de su hermano y demasiado fácil parecía pintar la toma de la fortaleza de Tarento. En cualquier caso, la noche estaba desplegándose sobre la región y las llamas de las hogueras empezaban a extenderse por el campamento. En cuestión de horas se dilucidaría la primera de aquellas premoniciones: la caída o no de Tarento. Sólo si se cumplía esa predicción, consideraría que quizá la otra también pudiera tener algún fundamento.

Era noche cerrada. Había un aire que agitaba las copas de los árboles. Filémeno se ajustó la capa con la que cubría su cuerpo del frío nocturno mientras esperaba junto con varios de sus hombres en un claro del bosque. Era lo acordado. Ésa sería una velada especial. Los que al fin se habían decidido a acompañarle aquella noche estaban tensos, nerviosos. A simple vista parecían formar parte de una partida de caza a la espera de una pieza de interés para lanzarse sobre ella con sus flechas y lanzas. Esa noche, sin embargo, a su atuendo habitual habían añadido escudos y cascos que habían sacado ocultos entre los bultos de los caballos. La falta de luz hizo el resto. Los centinelas de la guarnición romana de Tarento no se percataron de esos innecesarios complementos para una cacería, a no ser que lo que se estuviera pensando fuera en terminar cazando hombres aquella noche, romanos para ser precisos. Filémeno sonrió, pero había amargura contenida en aquel gesto del rostro. Aquella noche había salido de Tarento aparentando, como en otras ocasiones, que salía a cazar para traer alimento a la ciudad. Llevaba semanas haciendo lo mismo, retornando siempre con abundante carne fresca que luego distribuía en el mercado de la ciudad para apaciguar así un poco el hambre en aquellos tiempos confusos de guerra permanente. Los centinelas romanos le dejaban ir y venir a cambio del soborno acostumbrado: varias de las piezas cazadas no pasaban de la guarnición romana que vigilaba las puertas. Así, los centinelas llevaban saciando su gula desde hacía meses. Sólo controlaban que regresasen todos los que salían cada noche y que no entrase nadie que no hubiera salido. Estaban tranquilos. Filémeno mantenía su sonrisa torcida mirando el cielo estrellado. Ni su padre ni muchos de sus amigos volverían a ver aquellas estrellas. Habían sido tomados como rehenes cuando empezó la guerra. Era la forma habitual mediante la cual Roma se garantizaba la fidelidad de las ciudades de cuya lealtad dudaba, como Tarento. Pero en medio de la confusión de aquella guerra, los rehenes se escaparon de Roma. No fueron muy lejos y tras ser atrapados, cazados, pensó Filémeno, fueron conducidos de nuevo a Roma, juzgados por traición, torturados y despeñados desde lo alto de una roca. Para Filémeno y otros muchos tarentinos aquello supuso el final de su alianza con Roma, sólo que no podían manifestarlo aún. El Senado romano, diligente, envió refuerzos suplementarios para la guarnición de Tarento con la intención de, ante la ya ausencia de rehenes, asegurarse, no obstante, el control de aquel enclave marítimo.

—Pronto llegarán los cartagineses —dijo Filémeno cortando la madrugada con su voz resuelta.

Sus compañeros asintieron. Tenían miedo, pero la necesidad y el odio a Roma los empujaba. Por el extremo norte observaron una gran masa oscura, como si el bosque se moviese hacia ellos. La luz tenue de las estrellas era insuficiente para vislumbrar con claridad lo que ocurría y no había luna. De hecho, por eso habían acordado aquella noche. Filémeno recordaba las palabras del general cartaginés.

—La próxima noche sin luna, allí donde termina el bosque, al norte de la ciudad. Allí nos encontraremos. Tenlo todo preparado y yo cumpliré mi palabra.

Habían acordado que Filémeno y sus hombres se encargarían de conseguir que se abriesen las puertas de la ciudad en medio de la noche y que cooperarían en la lucha por el control de la ciudad, que pasaría al bando cartaginés al amanecer. Aníbal se había comprometido a cambio a respetar la vida y los bienes de todos los tarentinos y que sólo se quedaría con las propiedades de los romanos y con el control del puerto para poder usarlo como vía marítima para recibir refuerzos desde África. Filémeno meditaba sobre aquel acuerdo mientras observaba la masa oscura que descendía por la ladera desde el bosque. Las primeras sombras comenzaban a definirse con mayor precisión: lanzas, escudos, espadas, corazas, uniformes militares iguales a los romanos, arrebatados a aquéllos en decenas de combates. El ejército de Aníbal los rodeó en la densa penumbra de la noche.

Aníbal, acompañado por cuatro soldados de su confianza, se acercó hasta quedar a unos pasos de Filémeno y sus hombres. El noble tarentino se adelantó junto con otro ciudadano de la ciudad y bajo la titilante luz de las estrellas reafirmaron el acuerdo al que habían llegado unas semanas atrás.

Maharbal observaba aquel encuentro sin saber bien qué se estaba tratando. Estaba ocupado en mantener el orden y el silencio entre las filas de los jinetes númidas. Aquél era un terreno pedregoso, irregular y con árboles. Todo lo contrario a lo que sus jinetes requerían. Se sentía incómodo. Sin embargo, en el gesto y el andar de la silueta de Aníbal adivinaba seguridad y decisión. Quizá, después de todo, el general sabía lo que hacía y aquella noche tomasen Tarento. Quizá allí donde en otras ocasiones habían fallado, esta noche triunfasen. Volvió a pensar en las extrañas profecías de Aníbal. Tenía curiosidad por ver hasta qué punto se cumplían, de manera especial la relacionada con la futura llegada a Italia de Asdrúbal con refuerzos para concluir la guerra con los romanos, pero el propio Aníbal había establecido primero la toma de Tarento como unidad de medida en el cumplimiento de sus propias premoniciones. Quedaban siete u ocho horas de noche y Maharbal aún veía poco hecho y mucho por hacer.

El avance nocturno continuó durante dos horas más. Esta vez el ejército pudo acelerar la marcha de forma notable gracias a Filémeno y sus compañeros, que actuaban como guías a través de un bosque y unas colinas que conocían a la perfección. A cinco horas del amanecer alcanzaron a vislumbrar la silueta de las murallas de Tarento, recortada en el horizonte negro definido por la luz de las antorchas que la guarnición romana mantenía encendidas durante toda la noche en las decenas de pequeños puestos de observación y en las torres de la fortificación defensiva que rodeaban toda la ciudad. Y por encima de la primera barrera de murallas, se veían más luces y una segunda red de muros: la ciudadela, una fortaleza dentro del propio recinto amurallado, desde la que se controlaba el acceso al puerto.

A mil pasos de las murallas, el ejército cartaginés se detuvo. Los hombres de Filémeno se adelantaron, seguidos de cerca por un nutrido grupo de jinetes númidas al mando de Maharbal. El comandante de la caballería dudaba de aquella empresa más que nunca, pero Aníbal había sido explícito.

—Sigue a estos hombres y, cuando abran la puerta, entrad y luchad por el control de la misma. Mantenedla abierta y en unos minutos estaremos allí con todas las tropas. Te ayudarán desde dentro.

Maharbal asintió y seleccionó a cuatro decenas de sus mejores jinetes. Al galope dieron alcance a los tarentinos que cabalgaban al paso. Maharbal redujo la marcha de su caballo. Los tarentinos aceptaron de buen grado a los nuevos acompañantes en su aproximación a la ciudad.

Al cabo de un par de minutos, las murallas de Tarento empezaron a crecer de forma magnífica ante los ojos de Maharbal. Ya habían estado allí el año anterior, pero nunca tan cerca. Era una fortaleza inaccesible. Nuevamente le vino a la memoria Qart Hadasht en Iberia. Igual de imponente, imposible de tomar por la fuerza sin una traición: murallas altísimas y poderosas y, en muchos lugares, mar, dificultando aún más un asedio. De hecho, como en Qart Hadasht, los tarentinos aprovecharon que el mar ya los protegía de forma natural para concentrarse en fortalecer y fortificar de forma especial las murallas que protegían el flanco de acceso terrestre a la ciudad. Y precisamente hacia ese lugar inexpugnable es adonde dirigían sus monturas aquella noche.

Dos centinelas romanos jugaban a los dados en lo alto de la torre que protegía la puerta principal de la ciudad. Estaban cubiertos con sendas mantas para resguardarse del frío, sentados sobre la piedra de la fortificación sin prestar demasiada atención a los movimientos que se dieran por el exterior.

—Dos seises y un dos —dijo uno de ellos—; buena jugada, pero no suficiente.

El que hablaba tomó los dados y estaba a punto de lanzarlos sobre el suelo cuando se oyó un silbido. Ambos dejaron de jugar y despacio, con la parsimonia de la costumbre, se alzaron y miraron por encima de la muralla.

—Ya está aquí otra vez ese griego. Espero que hoy venga con algo mejor que aves para comer o no le dejaré entrar.

—Calla ya y pregúntale, por todos los dioses.

El centinela interpelado por su compañero elevó su voz hacia el exterior.

—¿Qué nos traes esta vez, Filémeno? Hoy no se te da paso si no traes algo que merezca la pena —y ambos legionarios se echaron a reír.

Fuera, junto a las puertas, Maharbal vio cómo Filémeno consultaba con sus hombres en voz baja hasta que tras asentir varios de ellos, devolvió la respuesta con vigor, hablando al viento en latín, mirando a la torre.

—¡Jabalíes! ¡Cuatro jabalíes y uno es para vosotros y toda la guardia! ¡Ésta es vuestra noche de fortuna!

—Por Hércules —se escuchó desde la torre—, que le abran las puertas y rápido. Esta madrugada desayunamos carne fresca.

Las puertas de la ciudad de Tarento se abrieron con la pesada lentitud de su enormidad de madera maciza y refuerzos de bronce y así los romanos dieron paso a su particular Caballo de Troya.

Pasados unos minutos, en la ciudadela, justo en el otro extremo de la ciudad, un centurión entró en la residencia de Cayo Livio, jefe de la guarnición romana en Tarento.

—Mi señor, se combate junto a la puerta este de la ciudad. Parece que un grupo de tarentinos se ha rebelado.

El comandante romano se levantó del lecho aturdido y nervioso, pero enseguida articuló la pregunta clave.

—¿Y las puertas? ¿Están abiertas o cerradas?

—No lo sé, mi señor. Aún no hemos conseguido recuperar el control del acceso a las mismas.

—¡Pues manda a los hombres que necesites, por Cástor y Pólux y todos los dioses!

El centurión salió raudo a cumplir las órdenes.

Pero ya era tarde para salvar la ciudad. Desde la distancia, a mil pasos de las murallas, Aníbal observaba la operación con el detenimiento y el deleite de quien ve su plan en funcionamiento después de haberlo meditado durante semanas. Tarento, con su vientre abierto, dejaba penetrar a centenares de cartagineses que, una vez asegurado el control de las torres próximas a la puerta, se adentraban por las calles de la ciudad matando a cuantos romanos les salían al paso. Los romanos, a su vez, intentaban detener aquel avance, pero cuando conseguían una formación ordenada de sus hombres y el control de una calle, eran atacados por la espalda por grupos de tarentinos en rebelión, lo que los cartagineses aprovechaban para cargar contra los confusos defensores.

Cayo Livio no tardó en comprender cuál era la situación y en lugar de ordenar la salida del resto de las tropas instó a que los legionarios que aún sobrevivían al ataque inicial y que combatían en las calles de la ciudad antigua se retirasen y se refugiasen con el grueso de la guarnición en el único punto que aún dominaban: la ciudadela. De esta forma, en pocas horas, con la llegada del amanecer, Aníbal hizo su entrada en una Tarento dominada por los cartagineses, a excepción del pequeño bastión de la ciudadela, donde los romanos, atrincherados y protegidos por las murallas de aquella fortificación, se habían hecho fuertes decididos a resistir el largo asedio que les esperaba.

Había un centenar de legionarios presos por los cartagineses. Eran soldados que se habían visto incapaces de alcanzar la ciudadela antes de que Cayo Livio ordenase cerrar sus puertas para evitar la entrada del enemigo. Los legionarios que quedaron fuera se vieron abocados a una muerte en combate, muchos, y, otros, a una rendición humillante y llena de incertidumbre. Aníbal contemplaba a los prisioneros sin bajar de su caballo. Fue entonces cuando Filémeno se le acercó.

—¡General! ¡Reclamo a esos prisioneros para nosotros! Los romanos juzgaron a nuestros familiares en Roma y es justo que ahora nos corresponda a nosotros juzgar a sus compatriotas.

Aníbal giró su caballo hacia Filémeno. Desmontó despacio. Rodeado de sus hombres de confianza se aproximó hacia Filémeno, pero el general alzó la mano indicando que le dejasen avanzar solo hacia el tarentino. De esa forma, sin acompañamiento, se aproximó hasta Filémeno, que con tanta decisión se había dirigido hacia él. Aníbal con voz grave y seria le preguntó.

—¿Es eso un ruego o una orden, ciudadano de Tarento?

Filémeno contuvo su respiración. Tenía la espada en su mano, goteando aún sangre. El general cartaginés se había aproximado hasta apenas dos pasos y ni siquiera había desenvainado su arma. Aquel cartaginés no tenía miedo de un hombre armado. Filémeno meditó su respuesta. Se dio cuenta de que él sí tenía temor, pero sabía que se estaban jugando muchas cosas en aquel momento. No había puesto en peligro su vida y las del resto de los que se habían rebelado para pasar de un sometimiento a otro aún peor.

—Ni un ruego ni una orden. Es una petición, general —dijo—. Una petición —repitió.

Aníbal guardó silencio. Miró a su alrededor. Más de un millar de tarentinos esperaban su respuesta. Había sido una ayuda casi divina para acceder al dominio de la ciudad. Aquél era un golpe importante contra los aliados de Roma en el sur de Italia y sólo le pedían disponer de unas decenas de prisioneros. En realidad era el tono del tarentino lo que le había molestado, pero parecía que Filémeno había captado la idea de que tenía que ser cauteloso en su forma de plantear peticiones.

—Ésta es una petición justa —respondió Aníbal y, a una señal suya, los cartagineses cedieron los legionarios presos, desarmados y aterrados a los tarentinos. Luego, pasando junto al tarentino, que tuvo que hacerse a un lado para no chocar con el general cartaginés que avanzó como si Filémeno no se encontrase allí, se retiró a una de las casas de la antigua guarnición romana en la ciudad antigua y ordenó que le trajeran vino y agua para celebrar aquella victoria. Maharbal le acompañaba mientras inspeccionaba unos planos que se albergaban en aquel edificio y otros que le trajeron sus soldados procedentes de diversas casas romanas en la ciudad.

—Bien, mi buen Maharbal —dijo Aníbal mientras escanciaba él mismo vino fresco en sendas copas—, como verás, Tarento ha caído; la primera de mis profecías se ha cumplido. Pronto caerá el resto del sur de Italia y sólo tendremos que sentarnos a esperar que Asdrúbal llegue por el norte para lanzarnos, esta vez sí, sobre Roma. Tu tan ansiado deseo podrá así cumplirse y, ahora sí, con garantías de éxito.

Maharbal aceptó de buen grado la copa que su general le ofrecía. Se oyó el grito desgarrador de un hombre y luego otro igual de desolador.

—¿Y eso? —pregunto Aníbal, sin temor, sólo por curiosidad.

—Son los tarentinos —respondió Maharbal, tomando un sorbo de vino—. Están despeñando a los prisioneros romanos desde las murallas de la ciudad. Es su venganza por la muerte de sus compatriotas rehenes a manos de los romanos.

Aníbal asintió y no hizo comentarios al respecto, pero le llamó la atención el rostro serio de Maharbal.

—Te veo preocupado. Hemos cumplido la primera de mis profecías y, sin embargo, no pareces satisfecho. ¿Qué te perturba?

—La ciudadela. Hemos tomado la ciudad antigua y parte de los accesos al puerto, pero los romanos controlan aún la ciudadela y con ella el control del puerto no es completo.

Maharbal pensó en añadir que de esa forma el cumplimiento de la profecía tampoco era completo, pero se contuvo.

—Bien, es cierto —respondió Aníbal—, pero la ciudadela caerá bajo nuestro asedio. Es cuestión de tiempo y paciencia. Paciencia, mi buen Maharbal. Paciencia. Ahora, cuando termines el vino, haz el favor de velar por que se asegure el control de la ciudad. Yo voy a descansar. Hace dos días que no duermo y, si no descanso un poco tras la toma de una ciudad como Tarento, no sé ya cuándo voy a hacerlo.

Maharbal vació el contenido de la copa de un trago y, con la garganta aún caliente por la caricia del licor, se despidió con un saludo oficial, mano en el pecho, de su general. Maharbal supervisó entonces las operaciones de toma de las casas romanas y del botín que de éstas se sacaba. Ordenó e insistió en que se respetasen las propiedades y las casas de los tarentinos. El pillaje sería castigado con la muerte. Los cartagineses obedecieron con disciplina: en aquellos momentos, dormir bajo techado, con agua y comida abundante y la protección de una muralla se les antojaba recompensa más que suficiente para las últimas campañas de victorias inciertas y de fracasos frecuentes. Eran los amos de Tarento. A nadie parecía preocuparle en demasía la pequeña guarnición romana atrincherada en la ciudadela. Maharbal pronto se dio cuenta de que él era el más molesto por aquello. Examinó sus pensamientos. Pronto comprendió el porqué de su desazón. Tarento no estaba tomada al completo o él, al menos, no lo veía así, de forma que la primera profecía de Aníbal sólo se había cumplido en parte. ¿Pasaría lo mismo con la segunda y más importante premonición? ¿Llegaría Asdrúbal a Italia, por el norte, con un poderoso ejército con el que atacar a los romanos después de derrotar a los Escipiones en Hispania? ¿O algo fallaría también en aquella profecía? Al fin sacudió la cabeza, intentando así quitarse de encima las preocupaciones y se llamó estúpido a sí mismo. Acababan de asestar un golpe mortal a la estrategia romana en la península itálica y él andaba preocupado por profecías, anuncios y adivinaciones. Tarento era de ellos y los pobres romanos escondidos en la ciudadela, más tarde o más temprano, serían pasto del odio que los tarentinos tenían acumulado contra ellos por el largo sometimiento de su ciudad. No, aquel amanecer no había lugar para temores absurdos.

LIBRO VII
EL TEATRO DE LA VIDA Y LA MUERTE

Vita mortuorum in memoria vivorum est posita.
[La vida de los muertos permanece en el recuerdo de los vivos.]

CICERÓN, *Orationes Philippicae in M. Antonium*, 9, 5, 10.

79

Las *Saturnalia*

Roma, diciembre del 212 a.C.

—¿Se sabe algo ya? —preguntó Lucio Emilio Paulo, con cierta preocupación.

El joven Lucio Emilio, el hermano de Emilia, junto con Lelio y Lucio, el hermano de Publio, habían llegado a la *domus* de los Escipiones de regreso del foro. Allí encontraron a Publio caminando como una fiera enjaulada de un lado a otro del atrio. No les respondió inmediatamente. Todos esperaron hasta que el joven edil de Roma pareció percatarse de la pregunta.

—No, nada —respondió Publio, abriendo la boca como con prisa, distraído, absorbido por sus pensamientos—. Llevan tres horas encerradas en su habitación, pero no sé nada.

—¿Y madre? —preguntó su hermano Lucio.

—También dentro, con ella y las esclavas.

—Ya. —Lucio bajó la cabeza.

Lelio pensó que sería buena idea introducir otro asunto en la conversación y distraer así la preocupación que mostraban los semblantes de todos los presentes.

—En el foro ya se sabe lo que ha decidido el Senado sobre la petición de Marcelo —dijo hablando rápido.

—¿La petición de Marcelo? —preguntó Publio, confuso.

—Sí, hombre —se explicó Lelio—, la petición de la quinta y sexta legión, los malditos de Cannae, los desterrados en Sicilia.

—Ah, sí, por Cástor y Pólux, a veces no sé en qué estoy pensando. —La faz de Publio puso de manifiesto un vivo interés por el asunto; Lelio se sintió orgulloso de haber conseguido su objetivo de atraer su atención.

—Máximo —continuó Lelio— ha insistido en el Senado en que esas legiones ni deben volver a Roma ni tan siquiera combatir. Es la peor de las humillaciones. Los detesta. Y ha ganado: su moción para que permanezcan en destierro permanente ha sido la más votada, además, por mucha diferencia. Apenas algunos amigos de los Metelos y de los nuestros se han atrevido a contravenir la propuesta de Fabio Máximo. Esos hombres no regresarán nunca a Roma..., al menos con vida.

—Nunca —repitió Publio entre dientes, como pensando en voz alta. Había duda en su voz. Un extraño tono que hizo que los demás se volvieran hacia él.

—¿Dudas de que se cumpla lo que ha designado Máximo con respecto a esos hombres? —preguntó Lucio Emilio.

—No, no es exactamente así —se explicó Publio— y sí; no sé; nunca es una palabra demasiado definitiva. También se dijo que Aníbal nunca saldría vivo de los Alpes y ya veis.

—Son cosas diferentes —dijo Lucio Emilio—. Aquello fue una hazaña de un gran general, por mucho que nos pese ahora reconocerlo, pero esas legiones no tienen mando ni líderes ni son hombres de combate. No tienen nada, no cuentan con nada ni nadie para revertir su destino. Su futuro está marcado. Morirán en el destierro, si no es que Máximo decide que al fin sean ejecutados uno a uno.

—Es posible, sí, seguramente será así... —dijo Publio. No tenía ganas de discutir ya sobre el tema. Su preocupación presente había vuelto a apoderarse de su mente y su ánimo; en aquel momento, el destino de las legiones quinta y sexta le quedaba demasiado lejano. En ese instante, su madre, Pomponia, entró en el atrio, acompañada por una esclava. La esclava llevaba una pequeña manta blanca de lana manchada de sangre y Pomponia, un bebé que lloraba a pleno pulmón. La madre de Publio se situó frente a su hijo y a sus pies, sobre la manta ensangrentada que tendió la esclava, dejó el cuerpo desnudo del bebé.

—Es una niña; parece sana, por la forma de llorar, y tu mujer está bien —dijo Pomponia—. Te corresponde a ti ahora aceptar o desechar a esta niña.

Publio no lo dudó y bajo la atenta mirada de todos los que allí estaban presentes, se arrodilló y tomó al bebé en sus brazos.

—Sí, claro que la acepto —y se quedó mirando a la criatura como atontado—. Es preciosa. Se llamará Cornelia. Cornelia —dijo el joven edil de Roma y, con la niña en brazos, sin mirar a nadie, dejó el atrio en busca de la madre de su recién nacida hija. Alrededor del *impluvium* quedaron Lelio, Lucio Emilio, Lucio y Pomponia.

—Dices que mi hermana, Emilia, está bien, ¿verdad? —preguntó Lucio Emilio.

—Así es —respondió Pomponia, segura, tranquila, serena—. Está bien; algo cansada, pues el parto ha durado varias horas, pero está bien. Puedes descansar en paz esta noche. Mañana podrás verla. Es mejor que ahora no la agobiemos con visitas. Se lo iba a decir a mi hijo, pero ya has visto que no me ha dado demasiadas opciones.

Pomponia se acercó al altar de los dioses Lares de la casa y vertió, entre oraciones silenciosas, leche y algo de vino que le había traído una joven esclava.

—Siento —continuó Lucio Emilio en voz baja y con respeto hacia las oraciones de la *mater familias* de aquella casa— que mi hermana no os haya dado un niño. Sé cuánto lo deseabais y también cuánto lo anhelaba Publio.

Pomponia se volvió despacio hacia Lucio Emilio.

—Bueno —respondió con sosiego—, es a mi hijo al que le competía decidir sobre el asunto, pero ya veis que ha aceptado el designio de los dioses y el fruto de su mujer sin mayores dudas. Lo que mi hijo acepte lo acepto yo. Y con agrado.

Lucio Emilio se inclinó ante Pomponia sin añadir más.

—Bueno —interrumpió Lelio—, pues si ya tenemos un nuevo miembro de la familia y si la madre está bien y el padre feliz, en fin, pienso yo, que esto debería derivar hacia algún tipo de celebración, ¿no?

Pomponia sonrió.

—Sin duda, Lelio, como siempre, tienes razón. Las horas del parto parece que han nublado mi sentido de la hospitalidad. Os pido a todos disculpas por ello. Hasta que mi hijo tenga a bien honrarnos de nuevo con su presencia, creo que no estará de más que en las presentes felices circunstancias, la casa de los Escipiones celebre con vino y comida el buen desenlace de este nacimiento.

Pomponia hizo entonces señales a la esclava y en pocos minutos el atrio se llenó de jarras, copas, agua, miel, frutos secos y carne de cerdo cocida que Lelio fue el primero en saborear con el deleite profundo del que se sabe bien recibido en una casa de amigos.

80

La tarde del estreno

Roma,
22 de diciembre del 212 a.C.

Era la tarde del estreno. Tito Macio Plauto corría frenético de un lado a otro del escenario. Aún faltaban varias horas para la representación pero él se había presentado allí mismo con el alba. Quería supervisar cada mínimo detalle, tenía que estar seguro de que todo saldría bien. Si fracasaba, que fuera porque sus palabras, porque su obra no mereciera el éxito, pero no quería que su gran oportunidad se desmoronara ante sus ojos por culpa de unos malos actores, por el exceso de un borracho, por un escenario endeble o a causa de un público hostil manipulado. Eso último era lo que más le preocupaba. Sabía que la otra compañía de teatro de la ciudad se había visto perjudicada en la asignación de representaciones por parte de los ediles, mientras que la compañía de Casca había salido muy favorecida. Casca parecía que había sabido hacer valer sus contactos con el nuevo edil de Roma encargado de estos asuntos para las *Saturnalia* de aquel final de año. Un edil joven, Publio, de la *gens* Cornelia de la familia de los Escipiones, hijo y sobrino de los procónsules de Roma en Hispania; poderoso pero joven y seguramente influenciable, pensaba Tito, por alguien tan manipulador como Casca. O quizá no. Casca le había vuelto a repetir por enésima vez aquella mañana que la selección se ganó porque él ofrecía más comedias mientras que la otra compañía sólo presentaba una larga serie de tragedias y el edil de Roma también compartía la visión de Casca de que el pueblo necesitaba algo más catártico que las desgracias ajenas.

Aquella concesión tan completa a favor de la compañía de Casca era lo que había generado el resquemor en la compañía competidora y Tito Macio sabía lo que eso significaba, lo recordaba bien de su etapa anterior en el teatro: varios de los actores de la compañía que no había obtenido representaciones se introducían en las obras que se representaban e intentaban mediante bromas, gritos, risas inoportunas, empujones e incluso alguna pelea, confundir al público y atraer para sí su atención. La tarde anterior, en una representación de una obra de Livio Andrónico, lo habían conseguido y pese a lo bien construido que estaba el argumento de la misma, el público fue perdiendo interés a medida que las gracias de los actores infiltrados iban adquiriendo más sagacidad. Tito había presenciado más de una vez cómo una buena obra podía ser destrozada por esos grupos y temía lo peor para el estreno de su primera comedia. «¿Mi primera obra?», pensó. Si aquello salía mal, sería la primera y la última. Además, si habían podido hacer eso con un autor conocido y bendecido ya por el pueblo como Livio Andrónico, prefería no pensar lo que podrían conseguir con alguien desconocido como él.

—Te veo nervioso —era la voz de Casca, a sus espaldas—, tranquilízate. Sé lo que piensas. He mejorado la seguridad. Tengo varios de mis mejores hombres en las entradas al recinto y he dado instrucciones de que no dejen pasar a ninguno de los imbéciles de ayer tarde.

—Pero eso es ilegal, todos tienen derecho a entrar —respondió Tito.

—Ilegal, ilegal... ilegales son tantas cosas. Tampoco está permitido lo que ellos hacen. Si intentan entrar, los echaremos a patadas, y no sólo eso: he ordenado que se los lleven bien lejos de aquí y que, de paso, les den una buena paliza. Lo de ayer no lo olvidaré fácilmente. El edil está molesto. Y eso que no pudo venir, pero le han llegado comentarios negativos del espectáculo que ofrecimos y estoy seguro de que es por el desastre que se organizó entre el público. Ninguna tragedia sobrevive una algarabía semejante. En tu caso hay esperanza: estamos ante una comedia. Eso tiene más posibilidades.

—Sí, pero si empiezan a pelearse, los puñetazos atraerán más al público que las burlas representadas, por divertidas que sean.

Casca guardó silencio. No podía rebatir aquella aseveración. Tito continuó exponiendo sus temores.

—Y en fin, incluso si conseguimos sobrevivir a esos idiotas de la otra compañía y sus fechorías, están los gladiadores. He oído que esta noche se preparan unas luchas con guerreros exóticos y seguro que vienen aquí a anunciarse buscando al público. Puede que mi obra sobreviva el escándalo de unos actores vengativos infiltrados entre el público, pero es imposible competir contra los gladiadores.

Tito hablaba desolado, como si diera ya el estreno por perdido.

—Has sufrido mucho, lo sé —empezó Casca buscando animarle—, no creo que nada de lo que pueda acontecer hoy pueda ser peor que las muchas penurias que has padecido, ¿no crees? Ánimo. El texto es bueno, la obra está bien. He visto los ensayos y es divertida, muy entretenida. Gustará.

—Eso si los actores que tienes recuerdan los diálogos y si el que hace de Líbano está medianamente sobrio.

—Bueno, eso es cierto en parte; en cuanto a ese actor, el que actúa como Líbano, tampoco te interesa que esté completamente abstemio. En el fondo es un gran tímido. Necesita beber para salir a escena. Si te da problemas, dale un par de vasos de vino y empújalo al escenario. En cuanto el licor haga su efecto, las palabras fluirán por su boca como un torrente. Luego, claro, hay que controlar que no beba más de la cuenta durante el resto de la obra.

Con esto Casca lo dejó para atender a unos patricios que se acercaban curiosos al recinto del teatro para ver cómo era todo aquel bullicio unas horas antes de que empezase la representación.

Quedaban quince minutos para el comienzo. El teatro estaba prácticamente lleno y seguía entrando gente. Las *Saturnalia* llegaban a su fin y el pueblo quería aprovechar cualquier evento que le hiciese sentir el carácter festivo de aquellos días, que lo alejase de sus preocupaciones diarias y, sobre todo, que lo hiciese olvidar el continuo estado de guerra que soportaba desde hacía ya más de seis años. Roma había estado en guerra con frecuencia; de hecho, apenas había estado en paz y pocas veces se podía cerrar la puerta del templo de Jano para indicar tal estado de tranquilidad; pero aquélla era una guerra que se luchaba en su propio territorio y en donde sólo unas *pírricas* victorias se veían sazonadas con flagrantes derrotas. Se había conseguido enderezar ligeramente un poco el rumbo de la guerra en la península itálica, pero la presencia de Aníbal seguía pesando sobre el ánimo de todos los romanos, cercana, como una espada de Damocles a punto de caer sobre ellos. Las festividades y, muy en especial, las *Saturnalia* con su carácter descontrolado, eran un tiempo especialmente apetecido en aquellos momentos y el teatro, si se presentaba una comedia, un lugar apropiado para disfrutar de aquel ambiente de olvido y enajenación colectiva. La obra era de un desconocido, pero Roma estaba dispuesta siempre a conceder oportunidades. Nadie se había presentado por primera vez siendo famoso. Eso sí, el juicio sería implacable: éxito y una carrera como comediógrafo durante años para el autor, o fracaso y ostracismo, soledad y, con mucha probabilidad, miseria para el escritor poco favorecido por el público. El punto medio no era algo muy apreciado por el pueblo romano: éxito o fracaso, victoria absoluta o derrota, vida o muerte.

Tito Macio sabía de todo aquello: si su primera obra era despreciada por los espectadores, ése era el principio y el fin de su carrera como autor teatral y su regreso inexorable a la mendicidad y la podredumbre. Roma agasajaba a sus ídolos de igual forma que usaba como carnaza fresca a los caídos. En Sicilia estaban desterrados los legionarios supervivientes del desastre de Cannae, las legiones malditas, los vencidos por antonomasia. A un autor de teatro fracasado no hacía falta que se le desterrara: la miseria y el hambre, una muerte humillante y lenta sería su condena. Tito ya había saboreado bastante de aquellos platos de la pobreza y el sufrimiento. La obra estaba escrita. Ya no se podía cambiar nada ni corregir una coma. Sólo le restaba volcar sus esfuerzos en sostener el montaje en el endeble entramado de aquella compañía de actores inseguros, la mayoría esclavos, algunos borrachos y todos igual de atemorizados que él. Habían presenciado el desastre del montaje de la obra de Livio con los ataques y abucheos promovidos por los actores y tramoyistas de la otra compañía y eso no había hecho sino acrecentar su pavor. Su futuro también dependía de la obra que representaban. Todos se salvaban o todos se hundían. Iban en un mismo barco que Tito Macio intentaba pilotar en medio de una mar revuelta.

—¿Y Líbano y Deméneto? —preguntó Tito. Se dirigía a los actores por el nombre del personaje que representaban para ver si así cada uno se identificaba al máximo con su personaje, o el mínimo suficiente para que no olvidaran en escena el papel que les tocaba representar.

—Aquí —dijo un joven actor junto a otro mayor, de unos cincuenta años, ambos con sus pelucas correspondientes y ya maquillados.

—Bien, bien. Estad listos. En unos minutos salgo a escena para presentar la obra y entráis vosotros. Haced bien vuestro papel y seré generoso con vosotros. Hundidme y os acordaréis de mí.

Y antes de que el joven actor, cuyas rodillas temblaban, pudiera decir nada, Tito desapareció. Iba en busca de su propia peluca y su toga para salir a escena.

—¡Un minuto! —era Casca, gritando desde un extremo del escenario—. ¡El teatro está lleno! ¿Dónde está Tito?

Le indicaron un lugar cubierto con telas que a modo de tienda hacía de vestidor justo detrás del escenario. Tito, en su interior, estaba terminando de ponerse la toga ayudado por un joven mozalbete que le recordaba los tiempos en los que él se había dedicado a ayudar a otros a vestirse para salir a escena. Él también salió alguna vez a escena, pero ni había tanta gente como hoy ni el teatro había alcanzado la popularidad de ese momento, ni la obra que se representaba era la suya. No acertaba a ponerse bien la peluca. Casca entró en la tienda.

—Ánimo, Tito —dijo Casca—, el propio edil está sentado en la primera fila. Ha venido con su mujer y su familia. Parece que está celebrando el nacimiento de su primogénita. Eso nos favorece. Está de buen humor y bien predispuesto a pasar un buen rato. Y tengo a mis hombres acechando para echar a todos los miserables de la otra compañía. Ya hemos atrapado a dos y hemos dado buena cuenta de ellos; ésos no vuelven ni esta noche ni en un mes. Al menos hasta que se les recompongan los huesos.

Tito asentía mientras se ajustaba la toga. Dos. Se habían deshecho de dos, pero la otra compañía contaba con más de treinta personas entre actores fijos y colaboradores. Y el edil. Bien. En primera fila. Celebrando el nacimiento de su hija. ¿O hijo? ¿Qué había dicho Casca? No importaba eso ahora. Bien. Asentía con la cabeza.

—Te toca. Te veré desde el público —Casca se volvió para salir, se detuvo un instante y de nuevo mirándole concluyó con una idea que le bullía en la mente—. Tito Macio, no sé si triunfarás esta noche o no, pero lo que has escrito está bien. Por si te vale de algo —y se fue.

El muchacho que le ayudaba a vestirse también salió. Tito Macio se quedó a solas. Cerró los ojos. Inspiró profundamente una vez, dos, tres, cuatro, cinco. Abrió los ojos. Se levantó y, como disparado por un resorte, sorteando al resto de los actores, sin mirar a nadie, con paso firme sobre sus pies planos que tantos estadios habían recorrido ya por el mundo, llegó junto a los peldaños de la escalera que conducía al escenario; subió por ellos y, sin detenerse en el extremo de la tarima, avanzó a grandes zancadas hasta situarse en el centro del escenario del teatro que Roma había levantado a las afueras del foro. Alzó sus ojos al cielo. Era una tarde fresca y el cielo de diciembre se dibujaba con nubes oscuras que presagiaban lluvia, pero éstas eran frecuentes en aquella época del año y quizá no descargasen o esperasen a que cayera la noche. Faltaban unas horas para el atardecer. Eran sus horas, su tiempo, unas horas durante las que Roma estaría con sus ojos fijos en su obra. Bajó su mirada y ante él el público: miles de personas de pie, por todas partes, llenando el amplio recinto rodeado por una pequeña empalizada de madera: soldados, muchos, legionarios en servicio y hombres que habían servido en alguna o varias de las campañas contra Aníbal; bastantes heridos, algunos mutilados; libertos, comerciantes, mercaderes, jóvenes, algunos niños y esclavos con sus amos y esclavos solos, *atrienses* en su mayoría, con la confianza de sus amos para conducirse a su albedrío por la ciudad, y más aún durante las *Saturnalia*, donde los valores y las costumbres de Roma se revertían: los que mandaban servían y los servidores eran libres; muchos bebidos, otros bebiendo. Se veían vasijas de vino y vasos de mano en mano. Había mujeres, muchas también, con sus maridos, matronas, lenas, prostitutas de calle y cortesanas caras, amantes de patricios, senadores, ex cónsules. Y unas pocas filas al principio, junto al escenario con las autoridades de Roma: el edil, Publio Cornelio Escipión en el centro, a su lado una joven y hermosa mujer, su esposa sin duda, y al otro lado una distinguida patricia, ¿su madre? Alrededor amigos y otros patricios, tribunos de la plebe, un pretor, otros ediles, senadores. Roma a sus pies, pero no en silencio. Una algarabía general de miles de conversaciones cruzadas, risas y gritos surgía de toda aquella muchedumbre haciendo imposible que se oyera otra cosa que no fuera aquel enorme tumulto de voces entremezcladas.

Tito avanzó unos pasos hasta situarse al borde de la escena. Abrió la boca. No le salieron las palabras. La cerró. La volvió abrir.

—*Ahora, espectadores, prestad atención... por favor... espectadores...*[5]

La algarabía, el ruido y la indiferencia permanecían adueñadas del lugar. Tito elevó su voz con fuerza.

—*¡Ahora, espectadores, prestad atención, por favor! ¡Y que todo sea para bien mío y vuestro, de esta compañía, de sus directores y de los contratistas!* —dijo mirando al edil que había contratado aquella obra, su obra. Publio levantó la mirada. Tito vio los ojos oscuros, intensos de aquel joven fuerte, bien vestido, rodeado de amigos, poderoso. No leyó rencor ni odio. Algo de interés, mucha curiosidad. Sin condescendencia. Estaba feliz. Eso era evidente. Tito se volvió hacia un heraldo.

—*Tú, pregonero, haz que el público sea todo oídos.*

5. La cursiva indica que se trata de extractos de la obra *La Asinaria* de Tito Macio Plauto, según la versión española editada por José Román Bravo en Cátedra. Ver referencia completa en la bibliografía.

El heraldo subió al escenario por la misma escalera por la que había accedido Tito y a voz en grito pidió silencio de mil formas distintas, por favor, con educación y con amenazas y hasta imprecaciones a los dioses. Muchos rieron, pero poco a poco, si bien no un silencio, al menos sí se estableció una algarabía significativamente más reducida que la anterior, de forma que un actor con potentes cuerdas vocales podría hacerse oír, al menos, unos minutos. De la agudeza de sus palabras y del interés que éstas despertaran en el público dependería que aquel estado tornase a un tumulto ensordecedor o se encaminase hacia un silencio poco frecuente en aquellas representaciones.

Tito volvió e intentó apoderarse de la escena.

—*¡Anda, vuelve a sentarte! ¡Que tu trabajo no haya sido en balde! ¡Ahora... ahora os voy a decir a qué he salido! ¡Y qué es lo que deseo! ¡Quiero que sepáis el título de esta comedia!*

Y así Tito presentó su obra: *La Asinaria*; se refirió al autor griego en el que se había basado y al título de la pieza en la lengua helena. Aquellos datos no parecieron cautivar al auditorio que asistía con bastante indiferencia a su parlamento.

—*¡Tened la bondad de estar atentos y que Marte...!* —concluía ya Tito elevando aún más su voz— *¡Y que Marte, como en tantas otras ocasiones, también ahora os sea propicio!*

Con esa imprecación al dios de la guerra, Tito se retiró del escenario. Observó a algunos soldados asintiendo con cierto reconocimiento por los buenos deseos vertidos desde la escena con relación a su pugna con Aníbal, pero nada más. No hubo aplausos para la reaparición de Tito en un teatro después de tantos años.

La Asinaria, acto I

Al hacer mutis por el lado del escenario que, supuestamente, de acuerdo con las convenciones del teatro romano, debía conducir al foro de la ciudad, siempre griega en estas comedias, se cruzó con el joven actor que hacía de Líbano y el actor más mayor que representaba a Deméneto. Tito se quedó en el extremo del escenario, oculto tras unas telas que impedían ser visto por el público y asistió al inicio de la representación: Deméneto se lamentaba de ser un padre con tan poco dinero y de verse subyugado al poder de su esposa, una mujer rica que, con una amplia dote, gobernaba realmente los destinos de aquella casa.

Deméneto deseaba favorecer los amoríos de su hijo Argiripo, enamorado de una cortesana cuya madre le pedía veinte minas para poder verse de nuevo con su hija. Deméneto no tenía ese dinero y rogaba a Líbano, su esclavo, que le ayudara a encontrar un medio para conseguir ese dinero y así poder dárselo a su hijo para que éste se lo entregara a su vez a la madre de su amada.

—*¡Róbame!* —gritaba Deméneto a su propio esclavo para alentarle a que hiciera lo que fuese necesario para conseguir ese dinero.

—*¡Vaya tontería! Me mandas quitarle ropa al desnudo.*

Y así Líbano iniciaba una larga burla sobre la pobreza real de su amo sometido al yugo de su rica y poderosa mujer, aunque al fin salió de escena prometiendo a su amo que hallaría la forma de conseguir ese dinero. Deméneto se queda solo en el escenario y habla al público.

—*No puede haber un esclavo peor que éste, ni más astuto ni del que sea más difícil guardarse, pero si quieres un trabajo bien hecho, encárgaselo a él: preferirá morir de mala muerte que faltar a sus promesas. Por mi parte, yo estoy tan seguro de que ya está conseguido el dinero como de que estoy viendo ese bastón.*

Y señaló al bastón de mando del edil de Roma, que el joven Publio Cornelio sostenía en su mano mientras asistía a la representación. El aludido inclinó la cabeza en un gesto de reconocimiento. No esperaba esa alusión tan directa desde la escena a su presencia. Estaba claro que aquel autor buscaba el cariño de la gente. De momento la obra resultaba entretenida, pero era aún muy pronto para saber si todo aquello conduciría a un éxito o a un desastre. Cualquier cosa era posible y el murmullo de la gente, aunque había disminuido, todavía no estaba completamente dominado por la escena. Tras el gesto de asentimiento de Publio, el actor continuó con su monólogo.

—*Pero, ¿a qué espero para marcharme al foro, como era mi propósito? Me voy y esperaré allí, en la tienda del banquero.*

Diábolo entró entonces en escena y se presentó como el competidor de Argiripo por el amor de la joven cortesana en disputa en aquella obra. La madre de la joven, igual que a Argiripo, le ha echado de casa pidiéndole más dinero, igual que antes había hecho con Argiripo. Diábolo se lamentaba en escena de sus sufrimientos y maldecía a la vieja *lena* que así le trataba después de todo el dinero que ya le había dado. Termina Diábolo su monólogo imprecando a Cleérata, la madre de la joven cortesana, para que salga a hablar con él y concretar la forma que ella estipula para obtener el favor de los encantos de su preciosa hija. Y Diábolo termina sus frases y se queda allí, quieto, sobre el escenario, sin que nadie salga, y sin decir nada más. Y es que él ha terminado. Es el momento del tercer cuadro del acto pero no acude el actor que debe hacer de Cleéreta.

Entre el público se oyen risas, pero no por la obra, sino por el absurdo de la espera de Diábolo.

—¡Parece una estatua muda! —se oyen entre el público las primeras bromas de la clac de los actores de la compañía rival, que no pueden desperdiciar una ocasión como ésa para mofarse de la obra que se representa en lugar de la que ellos habían ofrecido al edil de la ciudad. La gente se ríe. Diábolo sigue quieto en escena, confuso, sin saber qué hacer. Tito Macio pregunta entre bastidores qué pasa con el actor que representa a Cleéreta. El joven Líbano le conduce hasta él: un hombre borracho y sin sentido está tumbado de bruces junto a la escalera que accede al escenario; ha vomitado y un desagradable olor rodea su cuerpo sucio; el vestido está manchado por todas partes; incluso la peluca tiene algo de vómito por dentro.

—¡Por todos los dioses! ¿Qué ha hecho este imbécil? —exclama Tito.

—Anoche nos fuimos a una taberna —explicaba el joven que hacía de Líbano—. Bebió mucho. Se lo dijimos pero ya ves. Tenemos que parar la obra.

«¿Parar la obra?», pensó Tito. «¿Parar la obra?» No parecía haber otra salida, pero, ágil, Tito se agachó sobre el cuerpo inconsciente de aquel actor borracho y le arrancó la peluca de Cleéreta. Y así, sin más, se la puso en la cabeza y salió a escena.

—*Ni por un puñado de filipos de oro daría yo una sola de tus palabras, si se presentara un comprador. Todas las injurias que lanzas contra nosotras son oro y plata de ley.* —De esta forma Tito daba réplica al pobre Diábolo y así terminaba el suplicio de éste en su soledad en el escenario. Se inició así la última escena del primer acto de la obra. Tito se sabía el texto de memoria, podía representar el papel de cualquiera de los personajes a la perfección, pero la improvisación le había llevado a tener que salir sin cambiar su aspecto más allá de añadir a su atuendo la sucia peluca que llevaba en la cabeza. La clac de la otra compañía empezó ahora sus ataques en toda regla.

—¡Parece que andan escasos de actores en esta compañía!

—¡Deben de ir justos de dinero! ¡Ni siquiera tienen para vestidos diferentes!

—¡Y huele a perro por aquí!

Las carcajadas se generalizaron entre el público. Aquel último comentario era una clara alusión al *cognomen* que Tito había decidido utilizar, Plauto. Quizá, pensó Tito, aquello de Plauto no había sido tan buena idea al fin y al cabo. Casca, que asistía atónito a la salida a escena de Tito como Cleéreta, algo nada previsto en los ensayos, se repuso, no obstante, y dio indicaciones a sus hombres infiltrados entre el público para que detectaran los grupos de alborotadores y los echasen del teatro, al tiempo que, de reojo, vigilaba las reacciones del edil, que, de momento, no mostraba ni desprecio ni aprecio por el espectáculo que estaba presenciando. Tito, mientras tanto, se esforzaba por salvar la escena, el acto, la obra, su vida.

—*La tendrás* —dijo, refiriéndose como madre de la joven cortesana— *para ti solo Diábolo, si sólo tú me das siempre lo que te pida. Siempre tendrás lo prometido, pero con una condición: que me des más que nadie.*

El actor que actuaba como Diábolo se vio más seguro, pese a las bromas del público, aunque tan sólo fuera por el hecho de no verse ya abandonado en escena como un pasmarote.

—*¿Y cuándo acabará esto de dar? Porque, desde luego, eres insaciable. Apenas acabas de recibir y ya estás dispuesta a pedir de nuevo.*

—*¿Y cuándo* —replicaba Tito en el papel de Cleéreta— *se acabará eso de tenerla, eso de amarla? ¿Es que eres insaciable? Acabas de devolvérmela y ya me estás pidiendo que te la vuelva a enviar.*

Parte del público rio, esta vez, por la ingeniosa respuesta de Cleéreta. Tito respiró con algo más de sosiego. Al menos, reían alguna de las bromas de la obra y no sólo los insultos y mofas de aquellos grupos de alborotadores.

Entretanto, los hombres de Casca se movían por entre soldados, esclavos, libertos, oficiales, putas y mercaderes, buscando sin descanso a los que proferían gritos contra la obra. Iban armados con palos y tenían muy claras sus órdenes.

El diálogo en escena continuaba. Diábolo al fin pide a la anciana que concrete exactamente cuáles son sus condiciones, pero eso sí, para poder disfrutar de su hija durante todo un año completo sin que se le siga pidiendo más y más a cada momento. Tito le responde con su voz fingida de vieja *lena* que lo que ha de hacer es traer, cuanto antes, veinte minas. Con ellas garantizaba que Filenia, que así se llama su joven hija cortesana, sería suya durante todo ese tiempo. Sale entonces de escena Tito, dejando a Diábolo nuevamente solo para que concluya el acto prometiendo a todos que él antes que nadie, especialmente antes que su competidor Argiripo, conseguirá ese dinero y así a Filenia, la joven que todos desean.

—*Rogaré, suplicaré a todos los amigos que encuentre. Dignos e indignos, estoy dispuesto a abordarlos a todos, a probarlos a todos. Y si no encuentro quien me deje dinero, estoy decidido, recurriré a un usurero.*

Diábolo sale de escena. El primer acto ha llegado a su fin. Hay algunos aplausos. Prosigue, sin embargo, el bullicio que, con el escenario vacío, recobra fuerza. Tito analiza la situación. Las cosas no han salido como estaban pensadas, pero el público permanece allí; ha habido bromas, pero son sobre todo de los alborotadores contratados para tal fin. Casca reapareció entre bastidores.

—Estamos buscando a esos imbéciles; pronto los echaremos, pero ¿se puede saber qué haces tú de Cleé...? —pero no terminó la frase. El mal olor le hizo volverse y vio al actor que debía representar a la vieja *lena* desvanecido sobre el suelo.

—¡Por Hércules! Me callo. Has salvado de momento la representación.

—Sí, vamos ahora a por el segundo acto. Le toca a éste —y señaló a Líbano; el joven se había acurrucado en una esquina, entre telas y vestidos y se negaba a moverse.

—¿Qué pasa ahora? —preguntó Tito.

—No quiere salir —le explicaron—, tiene miedo. Dice que las cosas van mal y que tiene miedo a que le insulten y le tiren cosas.

—¡Por Cástor y Pólux! —dijo Tito mirando al cielo; la maldición de los dioses parecía perseguirle aquella noche con especial saña, y luego mirando a Casca—, ¿vino, dijiste que con él funciona el vino?

—Sí —dijo Casca—, démosle a beber una jarra.

Uno de los esclavos que acompañaban a Casca, a modo de guardaespaldas, salió en busca del vino y, como no era algo difícil de conseguir en aquellas fiestas, regresó al instante con una jarra llena. Tito la cogió y fue junto al actor que representaba a Líbano.

—¿Cómo te llamas, muchacho?

—Décimo, señor. Lo siento. No puedo salir.

—Bien, tranquilo; bebe unos tragos y, si no puedes salir, no te preocupes. Ya encontraremos una solución. —Sin embargo, al tiempo que Tito pronunciaba esas palabras, se daba cuenta de que no había más solución que la de que aquel muchacho se recompusiera y se hiciera el ánimo del volver a escena. Tito ya había reemplazado a uno de los actores y le tocaría representar el papel de Cleéreta hasta el final de la obra. Eso no le preocupaba, pero si hacía de más personajes, los alborotadores se encargarían de hundir la representación, y ya cargados de cierta razón. No era extraño que un actor representase más de un personaje, pero que el autor representase a tres personajes centrales era demasiado. El joven actor bebió dos, tres buenos tragos de vino.

—¿Qué tal estás? —preguntó Tito, intentando controlar el nerviosismo para no transmitírselo al muchacho y que su situación empeorase en vez de mejorar.

—No me atrevo. Lo siento.

—Bien —dijo Tito, suspirando con fuerza—, pues no saldrás, pero sólo si te bebes la jarra entera. O te bebes la jarra o te saco a palos al escenario.

El muchacho, que vio a los hombres de Casca acercarse, con gruesas estacas en las manos, vio que aquello se ponía mal. Cogió la jarra y de un largo y continuado trago se la acabó. Con ello se sintió más seguro, al haber cumplido lo que se le pedía para no tener que salir a escena, pero para su horror, escuchó la sentencia de Tito Macio.

—Cogedlo y arrojadlo a escena. —Si él se hundía no sería solo ni sería él el único que hiciera el ridículo ante toda Roma aquella infausta tarde.

La Asinaria, acto II

Casca asintió confirmando las instrucciones de Tito y los dos aguerridos esclavos asieron al joven actor que pugnaba por zafarse de sus captores y lo subieron a las escaleras del escenario y una vez allí, lo empujaron con fuerza, de forma que, rodando por el suelo, con un litro de vino en el cuerpo, mareado y con pánico, retornó Líbano a escena. La entrada dando tumbos surtió al menos un efecto inesperado: atrajo la atención del público que, sorprendido por aquel infrecuente comienzo de un segundo acto, calló por un momento. Líbano se levantó y se sacudió el polvo. Sintió las miradas de todos. Pensó en salir corriendo, pero los esclavos de Casca le esperaban esta vez blandiendo unos palos terminados en un pincho terrible. Aquélla no era una opción. Miró entonces hacia el otro lado del escenario. Tito Macio, en previsión de alguna idea semejante por parte del joven actor, había corrido por detrás del escenario hasta alcanzar el otro acceso al mismo y, acompañado por otros dos esclavos armados, vigilaba al pobre Líbano. Éste se vio atrapado, sin salida. Bueno, le quedaba una posibilidad para evitar que el público la tomase con él y se divirtiese arrojándole comida, o palos o lo que fuera que encontraran a su alrededor: empezó a recitar su papel. Empezaba el segundo acto.

—Por Hércules, Líbano, ya es hora de que espabiles e imagines un engaño para conseguir el dinero. Ya hace un buen rato que dejaste a tu amo y te fuiste al foro para conseguir el dinero.

Y continuó. El vino empezaba a hacer efecto sobre él, pero en lugar de atenazarle o hacerle dudar, conseguía que las palabras fluyeran bien, rápidas, divertidas de su boca. Tito, admirado de aquel milagro, contemplaba al joven actor boquiabierto. Líbano continuaba actuando, la atención del público fija en él. Entraba entonces en escena Leónidas, otro esclavo de casa de Deméneto, compañero de fatigas y de fechorías del propio Líbano. Leónidas irrumpe en el escenario y hace partícipes a todos de un hecho sobresaliente: se ha enterado de que la mujer de su amo, Deméneto, ha vendido unos asnos por veinte minas a un mercader y que éste viene ahora a pagar ese dinero al *atriense*, al esclavo capataz de la casa de Deméneto, pero que el mercader no conoce a dicho *atriense*, ante lo que Leónidas no dudó en presentarse ante el mercader como el *atriense*. El mercader, claro, duda y dice que, como no conoce a Sáurea, que así es como se llama el *atriense* auténtico de Deméneto, no puede darle el dinero allí, sino sólo en casa de Deméneto; compartida esa información, Líbano y Leónidas pactan que el propio Leónidas continúe haciéndose pasar por el *atriense* de Deméneto para cobrar el dinero y que Líbano reforzará con sus palabras aquella mentira ante el propio mercader para conseguir que éste se confíe y así robar el dinero, evitando que llegue el dinero al *atriense* auténtico. Y con esas minas después podrán volver ante Deméneto para que éste a su vez se las dé a su hijo que, por su parte, las usará para pagar a Cleéreta y así conseguir a su amada Filenia antes de que Diábolo haga lo propio. Con esto se conseguía usar el dinero de la madre de Argiripo para pagar los devaneos amorosos de su propio hijo. Todo encajaba, claro que tenían que engañar al mercader.

Tito contemplaba cómo su obra empezaba a moverse por sí sola, como una gran maquinaria de guerra, como las que había visto en los campamentos romanos en los que había servido, que, una vez puesta en marcha, ya nadie pudiera parar. Quizá no fuera la mejor imagen para definir lo que estaba ocurriendo. O quizá sí. De entre el público llegaron más gritos, pero, de pronto, los gritos quedaron cortados. Los hombres de Casca habían cazado a uno de los grupos de alborotadores de la compañía rival compuesto de cuatro jóvenes actores y dos esclavos más mayores. A uno de los actores le abrieron la cabeza allí mismo con un palo y lo sacaron del teatro cogido por los pies, a rastras. Los dos esclavos huyeron y los tres actores restantes fueron capturados, cubiertas sus caras por unos sacos y llevados al exterior. Allí, a una conveniente distancia del recinto teatral, junto a un muro, entre las alargadas sombras del atardecer, los hombres de Casca molieron a palos a cada una de sus víctimas, hasta que las súplicas de éstos se trasformaron en sollozos de dolor. Los dejaron allí, sobre un charco de sangre y regresaron a por el resto de los alborotadores.

En el escenario Leónidas había dejado de nuevo a Líbano solo, pero éste campaba a gusto por el tablado, seguro de sí mismo, dominando la escena. Entra entonces el mercader, acompañado de un mozalbete, y se dirige a la puerta de Deméneto para llamar y dar así el dinero de los asnos al *atriense* de aquella casa. Líbano lo ve y sabe que debe impedirlo para que el auténtico *atriense* no salga a cobrar el dinero.

—*Anda, chaval, llama a la puerta y dile a Sáurea, el* atriense, *si está dentro, que salga* —dice el mercader.

—*¿Quién* —interrumpe Líbano— *es el que está rompiendo nuestra puerta? ¡Eh, tú! ¿No me oyes?*

—*¡Todavía no tocó nadie! ¿Estás bien de la cabeza?*

La gente ríe. Tito no da crédito a lo que está pasando. Los hombres de Casca están trabajando bien; ya se han deshecho de varios alborotadores y Líbano lo está bordando en escena. Y, para colmo de satisfacciones, el mercader le da una buena réplica, explicando el porqué de su interés de ver al *atriense*. Líbano comenta entonces que el *atriense* no está, que ha salido esa mañana al foro. El mercader responde que precisamente del foro viene y que allí se le ha presentado un esclavo como el *atriense* de Deméneto, pero que claro, no se ha fiado. Líbano pasa a describir la figura de Leónidas como si se tratase del propio *atriense*.

—*Era chupado de cara, algo pelirrojo, barrigudo, de mirada torva, de gran estatura y gesto ceñudo.*

—*Un pintor no hubiera podido hacer mejor su retrato* —comenta el mercader en un aparte mirando al público haciéndolo cómplice de su sorpresa al tiempo que la gente sonríe al ver cómo el plan de los dos esclavos empieza a surtir efecto.

Leónidas, haciéndose pasar por el *atriense* y fingiendo no ver al mercader, empieza a insultar y criticar a Líbano por no hacer bien todas las tareas que le había, supuestamente, encomendado aquella mañana. El propio mercader, ante la injusticia con que Leónidas trata a Líbano, intenta interceder, pero sin conseguir nada. Leónidas sigue maltratando y riñendo a Líbano como si fuera el auténtico *atriense* de aquella casa: hasta tal punto llega en sus desmanes que el propio mercader está agotado por sus incontenibles peroratas de insultos hacia Líbano y amenaza con largarse de allí sin entregar el dinero a nadie, ante lo que Leónidas cambia de estrategia y empieza a hacer caso al mercader. Algunos alborotadores que aún quedan entre el público intentan gritar y hacer alguna broma, pero la misma gente que los rodea los hace callar. El público está interesado por el desarrollo de la obra, por la trama urdida por los esclavos y por saber si al fin éstos serán capaces de engañar al mercader y quedarse con el dinero. Líbano insiste en presentar a Leónidas como Sáurea, el *atriense* de casa de Deméneto, y que por ello tiene derecho éste a criticarle como capataz de aquel hogar ya que su labor es la de supervisar el trabajo del resto de los esclavos. El mercader, no obstante, se muestra desconfiado y no parece dispuesto a entregar el dinero a un esclavo al que no conoce por muy *atriense* que éste sea.

—*A pesar de todo, no me convencerás de que confíe este dinero a un desconocido como tú* —replica el mercader a Leónidas—. *Cuando no se le conoce, el hombre es un lobo, no un hombre, para el hombre.*

El joven Publio, que al igual que el resto del público estaba cada vez más absorbido por la obra, escuchó aquella afirmación del mercader del escenario y se quedó pensativo, sopesando cuánta profundidad en una frase de una comedia, pero la acción seguía y, si no prestaba atención, corría el riesgo de perderse el desenlace de aquella obra que le estaba sorprendiendo más de lo que hubiera podido esperar.

La Asinaria, acto III

Los tres actores dejaron la escena sin que el mercader soltara su dinero, quedando en suspenso el desenlace de aquella situación, para dejar paso a Tito Macio que, nuevamente, en su improvisada caracterización de la vieja *lena* Cleéreta, entraba en escena, esta vez acompañado de un muchacho de voz afeminada que hacía el papel de Filenia, la joven cortesana tan deseada por todos en aquella obra. Ambos se enzarzan en una disputa en el escenario, en donde la vieja *lena* defiende el interés por encima del amor mientras que su hija habla de la pasión que siente por Argiripo y su desdén por el dinero. En éstas estaban Tito Macio y su joven compañero de reparto, mientras Décimo, Líbano en escena, pedía detrás del escenario que por lo que más quisieran le dejaran beber algo más de vino, pero los hombres de Casca se lo negaban.

—Tito Macio ha dicho que no bebas más hasta el final de la obra; luego él te dará a beber todo lo que tú quieras.

—Pero, lo necesito; no podré seguir sin más vino...

Los esclavos de Casca blandieron en el aire sus palos con pinchos. Tito Macio y el joven muchacho que hacía de Filenia dejaron el escenario y Tito cruzó su mirada con Líbano. Éste agachó la cabeza y salió de vuelta al escenario acompañado de Leónidas. Juntos, en el tablado de madera, desvelan en su diálogo a todo el público cómo el viejo Deméneto había fingido reconocer en Leónidas la persona de Sáurea, el *atriense* de la casa, de forma que el mercader, al fin, había cedido el dinero a Leónidas. Los dos esclavos reían en el escenario y con ellos gran parte del público disfrutaba de la gesta de los dos jóvenes malhechores. Entra entonces a escena Argiripo acompañado de Filenia, lamentándose de la imposibilidad de seguir juntos ya que veinte minas los separan, el precio que la madre de Filenia ha puesto a Argiripo, a Diábolo o a cualquier otro, para poder disfrutar de sus encantos. Líbano y Leónidas, desde una esquina del escenario contemplan la escena divertidos, a sabiendas de que en su poder está el dinero que necesitan los jóvenes enamorados para poder disfrutar de su amor. Tito Macio, no obstante, había evitado un desenlace tan sencillo de la obra, de modo que el público, esperando que Leónidas entregue el dinero a Argiripo sin más argucias, se ve sorprendido por una nueva treta que deciden urdir los dos esclavos, borrachos de victoria tras haber engañado al mercader: Líbano y Leónidas deciden que entregarán el dinero a Argiripo, pero eso sí, primero se reirán de él y de Filenia, haciendo que éstos accedan a sufrir todo tipo de humillaciones para conseguir el dinero que tanto ansían.

—*Escuchad* —dice Leónidas a Argiripo—, *prestad atención y devorad mis palabras. En primer lugar, nosotros no negamos que somos tus esclavos, pero, si te entregamos veinte minas, ¿cómo nos llamarás?*

Argiripo se humilla ante sus esclavos y dice que los llamará patronos, dueños, amos, que hará lo que ellos quieran. Éstos ríen y con ellos el público.

—*Dile a ella* —dice entonces Leónidas señalando a Filenia—, *a quien le vas a dar la bolsa del dinero, que me lo ruegue, que me lo pida.*

Filenia empieza a rogar a Leónidas por el dinero que necesitan y que los esclavos tienen en su poder. El público observa con deleite la escena. Casca sonríe sin parar. Una escena brillante para celebrar las *Saturnalia* y su canon invertido donde los esclavos pueden mandar y los amos servir. Genial. Y la gente se ríe. Se ríe.

—*Leónidas* —empieza el muchacho que interpreta a Filenia agudizando aún más su voz—, *ojito mío, rosa mía, corazón mío, dame el dinero. No separes a dos enamorados.*

Leónidas se aleja de Filenia y se pasea por la escena entre el jolgorio general del teatro.

—*¡Pues llámame tu gorrioncito* —exclama a viva voz para hacerse oír por encima de las carcajadas—, *tu gallina, tu codorniz, llámame tu corderito, tu cabritillo o, si quieres, tu ternerito. Cógeme por las orejitas, junta tus labios con los míos.*

Ante el último descaro de Leónidas, Argiripo, tal y como marca el guión, salta como un loco, fuera de sí. Tito Macio, desde el extremo del escenario está disfrutando.

—*¿Besarte ella a ti, granuja?*

Leónidas presiona, chantajea, si no hay beso, abrazos, mimos de Filenia, no hay dinero. Argiripo, humillado completamente por la necesidad, transige y lo tolera todo. Y los esclavos continúan mofándose de su amo y de la joven cortesana. Los obligan a suplicar, a arrodillarse, y todo ante el disfrute absoluto del público asistente. Ya no se oye a ningún alborotador: o están fuera, descalabrados por los hombres de Casca, o, ya callados, asisten interesados al transcurrir de la obra. Tito, orgulloso, contempla el desarrollo perfecto de la escena, el interés de los espectadores, cuando de pronto ocurre el desastre. Voces desde fuera del recinto anuncian la llegada de un grupo de gladiadores que van a combatir a muerte.

—¡Gladiadores, gladiadores exóticos, venidos de África, de Asia, de Hispania! ¡Iberos, númidas, helenos! ¡Combatirán a muerte ante vosotros!

Tito sacude la cabeza en total desesperación: combates de gladiadores a las puertas del teatro. Ahora todo el mundo saldrá y dejará el recinto medio vacío o vacío por completo. Y todo marchaba tan bien. Podrían enviar a los hombres de Casca, pero no serviría de nada: una cosa era aporrear a unos cuantos esclavos y actores de poca monta y otra muy distinta enfrentarse a un grupo de gladiadores fuertemente armados y adiestrados en la lucha cuerpo a cuerpo. No, los hombres de Casca no durarían ni cinco minutos en manos de esos gladiadores; contra ellos no se podía hacer nada. Y los triunviros, los únicos que podrían imponerse, no se metían en estos asuntos. Tito Macio cierra los ojos y maldice su suerte y no ve cómo en el escenario la escena que escribiera meses antes a la luz de su lámpara de aceite en aquella angosta y húmeda habitación prosigue bajo la atenta mirada del público. Líbano ha cogido el testigo y es quien impreca ahora a Argiripo y Filenia. A esta última le pide que le llame «patito, pichoncito, cachorrito, golondrina, chovita, gorrioncito, chiquitito». Y luego la conmina a que lo abrace. Argiripo nuevamente salta intentando detener tales humillaciones, pero una vez más se ve obligado a transigir para conseguir las veinte minas que los esclavos tienen. Sin embargo, ni Leónidas ni Líbano se dan por satisfechos: quieren más y ordenan al propio Argiripo que los lleve a caballito, usando al patricio de montura. Argiripo se niega, pero el chantaje sigue surtiendo efecto y, para placer y deleite de todo el público, los esclavos se salen con la suya y montan sobre el hijo de su amo. Los gladiadores se pasean por las puertas del teatro, pero apenas si sale nadie. No entienden qué ocurre, de forma que ellos mismos, junto con el resto de los feriantes que los acompañan, equilibristas, saltimbanquis y mimos, entran en el recinto del teatro para ver qué está pasando y averiguar por qué la gente no sale.

Tito abre los ojos y asiste al desenlace de la escena que tantas horas le costó construir: Líbano y Leónidas, por fin, acceden a entregar el dinero a su joven amo y, entre risas, se despiden de los jóvenes amantes, una vez que han satisfecho todas sus saturnales fantasías de sentirse por encima de sus amos, aunque tan sólo fuera por unos breves pero divertidos y gozosos minutos. Termina el tercer acto. La gente aplaude a rabiar. Tito y Casca se encuentran de nuevo tras el escenario. Casca le observa admirado mientras el anterior da las instrucciones para el cuarto acto. Casca está conmovido. Nunca había visto nada igual en todos los años que llevaba dedicados al mundo del teatro:

aquel autor debutante había superado los desastres promovidos por actores borrachos y tímidos, había resistido las bromas de la clac de alborotadores de cada noche, ayudado por sus hombres, pero si la obra no fuera entretenida, de nada habría servido la intervención de sus esclavos desalojando a todos aquellos mentecatos; pero, por encima de todo, Tito Macio Plauto había conseguido evitar que el público dejase el teatro para acudir, a mitad de representación, a una pelea de gladiadores. No sólo eso, sino que había visto cómo los propios gladiadores y toda su comitiva de energúmenos que los acompañaban entraban en el teatro para ver la obra. Aquello no tenía precedentes. Casca sentía que estaba asistiendo a algo histórico, pero todavía quedaban dos actos: ¿sería Tito Macio capaz de mantener el interés del público? Habría que verlo. Casca dejó a Tito ocupado en dar instrucciones a Diábolo que debía volver a escena y se dirigió a su sitio cerca del edil de Roma. Desde la distancia observó al edil con sus amigos: estaba en animada conversación; su mujer también participaba. Se les veía contentos, satisfechos. Aquello estaba bien. Casca paseó su mirada por el resto de asientos de las autoridades. Allí vio a alguien que le extrañó descubrir entre los presentes: el joven Catón, el fiel servidor de Quinto Fabio Máximo. Qué extraño. Máximo detestaba el teatro. ¿Qué hacía entonces su mano derecha en aquel teatro? De hecho, tampoco se veía muy contento a Catón: estaba serio, mirando de reojo hacia ambos lados; volviéndose de vez en cuando hacia el público, valorando, evaluando, considerando... Pero ¿el qué? Antes de que sus pensamientos pudieran meditar con mayor detalle sobre aquella inesperada presencia entre el público, Diábolo apareció en escena. Comenzaba el cuarto acto.

La Asinaria, acto IV

Diábolo había pedido a un siervo suyo, un parásito, que redactara con detenimiento cada una de las cláusulas del contrato que haría firmar a Cleéreta cuando le entregara a ésta las veinte minas que él ya había conseguido por su cuenta para conseguir el favor de Filenia, desconociendo que Argiripo ya tenía también las veinte minas necesarias reclamadas por la vieja *lena*, en este caso el dinero que le habían procurado Leónidas y Líbano engañando al mercader y que le habían dado, eso sí, no sin antes hacerle pasar un sinfín de humillaciones y vejaciones de todo tipo. El parásito leía a Diábolo una tras otra las cláusulas más suspicaces que nadie pudiera haber imaginado para controlar de forma absoluta la voluntad de una mujer, haciendo las delicias de un público que veía cómo, tras un aparente desenlace de la obra, seguían nuevas escenas donde continuaba complicándose la trama.

—«*No dará ningún motivo de sospecha* —leía el parásito de una tablilla en la que tenía anotadas todas las condiciones que Filenia debería cumplir una vez entregadas las veinte minas a su madre, mientras que Diábolo se regocijaba en la lectura de aquellas leoninas cláusulas—. *Al levantarse de la mesa, no pisará con su pie el pie de ningún hombre y, cuando tenga que subir al lecho vecino o bajar de él (ya que por su condición estará colocada en el* medius lectus, *siempre entre dos personas), no dará la mano a nadie. No le enseñará a nadie su anillo ni le pedirá que le enseñe el suyo. No acercará sus talones a ningún hombre más que a ti y, al arrojar los dados, no dirá "por ti", sino que pronunciará tu nombre. Invocará la protección de cualquier diosa, pero la de ningún dios; ... A ningún hombre hará señas con la cabeza, ni guiños con los ojos, ni señales de asentimiento. Además, si se apagara la lámpara, no moverá ni un solo miembro de su cuerpo en la oscuridad.*»

Diábolo complacido replica a su fiel servidor.

—*Muy bien. Está claro que así ha de comportarse... pero en la alcoba... no, borra eso. Ardo en deseos de verla moverse. No quiero que tenga un pretexto para decir que se le ha prohibido.*

Carcajadas generales entre el público. Las cláusulas continúan con las decenas de comportamientos en los que la pobre Filenia no podrá incurrir, hasta que al fin Diábolo y el parásito salen un momento de escena para volver en unos segundos y en un nuevo diálogo desvelan al público que han ido a casa de Filenia y Cleéreta no les ha permitido ya entrar porque Argiripo ha llegado primero con el dinero. Diábolo clama al cielo, increpa a los dioses, maldice su suerte y jura que eso no quedará así. Junto con su parásito traman venganza: deciden que acudirán a Artemona, madre de Argiripo y mujer de Deméneto, para informarle de que su marido, junto con su hijo Argiripo, se encuentra en casa de una cortesana disfrutando de los placeres de la carne en connivencia y a sus espaldas. De esta forma, cuando ya el público pensaba que se había llegado al final, comienza un nuevo acto en donde todos desean saber en qué queda aquella venganza y cómo reaccionará la poderosa mujer traicionada cuando sepa de los amoríos de su hijo y del acompañamiento y consecuente infidelidad de su marido en casas de fulanas y, para colmo, todo ello a costa de su propio dinero, las veinte minas que nunca llegaron a manos de Sáurea, su esclavo *atriense*, por las argucias de Líbano y Leonidas, esclavos de su marido.

La Asinaria, acto V

El quinto y último acto de la obra abre con Argiripo viendo cómo su padre, Deméneto, se solaza acariciando y besuqueando a Filenia. Argiripo ha tenido que humillarse ante sus propios esclavos para conseguir el dinero y ahora le queda tolerar que su padre disfrute de Filenia, ya que fueron las órdenes de su padre las que llevaron a los esclavos a robar el dinero necesario para pagar a la madre de Filenia. Argiripo intenta sobrellevar lo mejor que puede las nuevas humillaciones ante el general disfrute de un público divertido y entretenido por el argumento de la historia.

—*El amor filial, padre, impide que me duelan los ojos. Aunque yo la amo, trataré de soportar con resignación verla recostada a tu lado* —comenta Argiripo con voz abrumada.

—*Aguanta solamente un día, ya que te he dado la posibilidad de estar con ella un año entero y te conseguí el dinero para sus amores* —le responde Deméneto, su padre en la escena.

Termina así la primera escena del quinto acto, para, con la entrada por un extremo del escenario, de Artemona y el parásito, dar inicio a la escena final de la obra. Tito Macio Plauto observa a los actores desde detrás de las telas, a un lado del escenario, y, sin darse cuenta, sus labios, en voz baja, recitan, palabra a palabra, cada línea en sincronía con cada uno de los actores. Tiene lágrimas en los ojos. Se oye entonces un trueno. Va a llover. Por Hércules, no ahora, ahora no. Por todos los dioses, sólo cinco minutos más, cinco minutos más. Tito inspira con profundidad buscando ahogar en el aire su tormento. Sus plegarias silenciosas parecen tener eco entre los dioses: el hombre que hace de Artemona hace caso omiso del estruendo que rasga el cielo y, para sorpresa de Tito, lo mismo hace el público más interesado en escuchar los lamentos de la matrona ultrajada y traicionada por su marido que en refugiarse de la incipiente lluvia.

—*¡Y yo, desgraciada de mí, que pensaba que tenía un marido ejemplar, sobrio, cabal, morigerado y amantísimo de su esposa!* —clama Artemona al cielo, mientras la fina lluvia se esparce por el aire de la ciudad.

El actor que hace de parásito, encogido, en una esquina del escenario, señalando el otro extremo del mismo, donde Deméneto acaricia a Filenia junto a su hijo, le da la rápida réplica a Artemona.

—*Pues desde ahora debes saber que es el mayor de los granujas, borracho, bribón, libertino y aborrecedor de su esposa.*

Artemona y el parásito callan, dejando que ahora se escuche la conversación entre Deméneto y Filenia, en la que el marido infiel desconoce que está siendo espiado por su propia esposa, roja de ira. El público se divierte intuyendo la inminente atronadora entrada final de Artemona en aquella escena de amantes traidores.

—*¡Por Pólux* —comenta Deméneto al oído de Filenia—, *qué aliento más perfumado, comparado con el de mi mujer!*

Filenia, cortesana hábil, deja que el ardiente marido infiel se explaye en sus diatribas contra su mujer.

—*Dime, por favor, ¿es que le huele mal el aliento a tu mujer?* —pregunta Filenia.

—*¡Puf...! Preferiría beber agua de cloaca, si fuera preciso, a darle un beso* —responde Deméneto.

El público ríe a carcajada suelta. La gente está feliz. Casca navega con su mirada por el recinto: está repleto; nunca antes había visto tanta gente al final de una representación. Los ojos de Casca, no obstante, se detienen en la faz del edil de Roma. El joven Escipión está serio, se ha llevado una mano a la frente, como si le doliera la cabeza. ¿Será la molesta lluvia? Es extraño. Hasta hacía tan sólo unos instantes parecía estar tan entretenido como el resto del público. Su joven esposa le dice algo. ¿De qué hablarán? Desde la distancia no puede escuchar y nunca fue bueno en el arte de leer los labios.

—¿Estás bien, Publio? —pregunta Emilia, sorprendida por el repentino cambio en el estado de ánimo de su marido.

—No es nada. Estoy bien, sí.

Pero Emilia conoce ya demasiado bien a su marido como para dejarse engañar.

—Algo te ha pasado. Estás pálido.

Y así es. Publio se siente enfermo de repente. El aire se ha enfriado con la lluvia, pero no es eso. Es una sensación extraña, compleja, difícil de definir y más aún de explicar y menos allí, en medio de aquel tumulto de gente, todos riendo. Tanta felicidad. De pronto, había tenido como una difusa visión sombría, de profundo dolor, una especie de premonición desgarradora, lejana y próxima a un tiempo. No quería preocupar a Emilia y menos por un sentimiento confuso, absurdo, un sinsentido del alma.

—Estoy bien —dijo—, estoy bien; veamos cómo termina la obra.

Emilia no dijo más y fingió volver a interesarse por la obra, pero sus ojos y su corazón vigilaban atentos el ceño fruncido de su marido.

En el escenario el joven muchacho que hacía de Artemona anticipaba cuál sería parte de su venganza en cuanto cogiera a su marido y lo arrastrara fuera de aquella casa de fulanas. Si aquel miserable decía que tenía mal aliento, Artemona ya tenía pensado parte de su futuro castigo.

—Juro por Castor que me pagará con creces todo este aluvión de injurias. Pues, si vuelve hoy a casa, mi venganza consistirá principalmente en besarlo.

Pero los insultos de Deméneto hacia su esposa van mucho más allá y, entre las risas del público, éste continúa maldiciendo a su mujer, jurando que va a robarle el mejor de sus mantos para dárselo a Filenia. Ante tal ristra de injurias Artemona no resiste más, irrumpe en casa de Filenia y arranca a su marido de los brazos de la cortesana.

—Estoy completamente perdido —aúlla Deméneto.

—¿Y qué? ¿Le huele el aliento a tu esposa? —pregunta Artemona.

—Le huele a mirra —replica Deméneto, cada vez con la voz más compungida al entender que su mujer, sin duda, ha estado escuchando todo cuanto ha dicho.

—¿Y ya me robaste el manto para dárselo a tu amiga? —continúa Artemona interrogando a su marido entre las risas, casi lágrimas de muchos de los asistentes a la representación. Al fin, Artemona hace que su marido se levante y deje a la cortesana para volver a casa. Éste, no obstante, pertinaz en su infidelidad, musita un último ruego.

—¿Y no puedo quedarme a cenar, que ya se está preparando la cena?

Artemona es sucinta en su respuesta.

—Por Cástor que cenarás hoy, pero una buena paliza, como te mereces.

Deméneto mira al público, como suplicando a todos por su intermediación para salvarle de su próxima condena.

—*¡Mala noche me espera! Mi mujer me lleva a casa ya juzgado y sentenciado.*

Y para acrecentar más, si eso es posible, sus males, Tito, desde bastidores, pronuncia en silencio las palabras a las que Filenia da voz en el escenario.

—*No te olvides del manto, cariño.*

El público ríe, Artemona pega a su marido, éste se defiende, al tiempo que observa cómo su hijo Argiripo triunfa al fin y se queda con su amada Filenia para disfrutar ambos de su mutua pasión. Tito sacude la cabeza de un lado a otro, como no dando crédito a lo que ha conseguido: la representación completa de su primera obra. Ahora le toca a él darle el broche final. Los actores abandonan la escena. Tito Macio Plauto espera un segundo y enseguida sube, por última vez, aquella ya lluviosa tarde, al escenario. Tiene que decir su parlamento final.

Asciende las escaleras, camina lento, con pasos grandes hasta alcanzar el centro de la escena y, al contrario que hace tres horas, el público, respetuoso ante el autor de la obra que acaban de disfrutar, guarda un profundo silencio.

—*Si este viejo echó una cana al aire a espaldas de su mujer, no hizo nada nuevo ni extraordinario ni diferente a lo que suelen hacer los demás. Ahora, si queréis interceder por el viejo, para que no sea azotado, creemos que podéis conseguirlo dando un fuerte aplauso.*

Tito extiende los brazos hacia el público y baja su cabeza, esperando el dictamen final del pueblo de Roma. El público rompe en un sonoro e infinito aplauso, el aplauso más bello que nunca jamás había escuchado Casca, el más intenso que nunca habían percibido todos los actores de la compañía, el más largo, el más denso; un aplauso que regaba el corazón de Tito por encima del dolor y el sufrimiento en la rueda del molino, en el campo de batalla, en la miseria. Era un aplauso procedente de los mismos que le habían enviado a luchar a una guerra que no era la suya, un aplauso de los mismos que apenas le habían dado limosna suficiente para subsistir entre las calles de aquella inmensa ciudad. Tito extendió aún más sus brazos, como si quisiera tocar con las yemas de sus dedos a cada uno de los presentes. El agua de la lluvia arreciaba cada vez con más intensidad, pero ni la gente dejaba de aplaudir ni Tito dejaba el escenario. Los actores contemplaban aquel momento acompañados ya por Casca, que había acudido a bastidores para felicitar a su protegido, pero ni él ni los actores se atrevían a interrumpir aquel instante de gloria. Aquella noche había ocurrido algo especial en Roma. Se acababa de establecer un vínculo especial, una alianza desconocida hasta entonces entre un autor y su público. La gente seguía aplaudiendo y, poco a poco, un grito fue extendiéndose por todo el recinto. Tito Macio escuchó cómo un nombre emergía de miles de gargantas romanas aquella noche, y no era el de un general victorioso, un cónsul triunfador o un valeroso tribuno. No. Era otro el nombre que aquella noche henchía el viento de la ciudad.

—¡Plauto, Plauto, Plauto! —clamaban miles y miles de voces, agradecidas, felices, conmovidas—. ¡Plauto, Plauto, Plauto! —se oía por encima de la lluvia, de los truenos, de la soledad eterna en la que hasta ese momento Tito Macio había subsistido. Ya no sería nunca más un don nadie, un miserable, un harapo del pueblo; ya ni siquiera volvería a ser Tito Macio, sino tan sólo Plauto, Plauto, Plauto.

81

La agonía de Capua

Capua, 211 a.C.

La ciudad estaba rodeada por una red de empalizadas, fosos y pequeñas plazas fuertes que los romanos habían levantado durante los dos años que duraba ya el asedio de Capua. La ciudad se había pasado al bando cartaginés en el 216 tras la derrota romana de Cannae, dando ejemplo a muchos pueblos y poblaciones en Italia central que siguieron a la gran Capua en su defección de la metrópoli romana.

Roma no había olvidado esa traición y todo lo que la misma había conllevado. Tal era la saña con la que los romanos se empleaban en aquel asedio, que Aníbal había tenido que intervenir el año anterior para, con su ayuda, aliviar el cerco que los romanos tendían contra aquella ciudad, la capital de Campania. Roma había marcado Capua como principal objetivo a recuperar en el frente italiano y, desde entonces, los cónsules acechaban con sus dos ejércitos la urbe campana de forma perenne, sin descanso. Aníbal consiguió algunas victorias que dieron cierto respiro a Capua. Primero derrotó a ocho mil legionarios inexpertos de una de las nuevas levas que apenas había tenido tiempo para el adiestramiento y luego asestó una derrota absoluta al ejército romano en Herdónea. Sin embargo, pese a aquellas victorias del general cartaginés, los romanos se las ingeniaban para mantener en mayor o menor medida un asedio continuo e interminable sobre Capua.

Tarento, 211 a.C.

Mientras tanto, Aníbal, pese a sus victorias en Campania, se veía obligado por las circunstancias de Tarento a retornar al sur para poner orden en aquella región. Y es que la ciudadela del puerto de Tarento seguía en manos de la guarnición romana, que, al igual que hacían los campanos en el centro de Italia, resistían un asedio constante, esta vez, por parte de los cartagineses.

—Un nuevo mensajero de Capua, mi general. —Era la voz de Maharbal. Aníbal se volvió con lentitud. Dejó de observar las murallas de la ciudadela de Tarento y de valorar los puntos débiles por donde se podría volver a intentar un nuevo ataque; otro más de una larga serie de fracasos.

—¿Y qué quiere? —preguntó Aníbal.

—La situación de Capua es insostenible —aclaró Maharbal—. Necesitan una vez más de nuestra ayuda o la ciudad se rendirá.

—¿Se rendirán? —la voz de Aníbal denotaba cierta incredulidad—. ¿Saben lo que les espera en manos de los romanos si ceden?

—Sí, mi general —continuó Maharbal—, pero aun así tendrán que ceder, aunque luego recurran al suicidio; eso dice el mensajero. En cualquier caso, la ciudad se perderá y eso...

—Y eso no podemos permitirlo —interrumpió Aníbal—. Eso no podemos permitirlo. Si tan desesperados están como para considerar el suicido colectivo, será mejor que regresemos al norte y que en esta ocasión, de una vez por todas, deshagamos aquel cerco. Hemos de lograr que los campanos se puedan aprovisionar bien de víveres y agua para el próximo invierno. Eso nos dará el tiempo suficiente para, manteniendo nuestras posiciones en Campania, asegurarnos el dominio del sur, con el control del puerto de Tarento. Luego llegarán los refuerzos. Pero llevas razón, mi buen Maharbal: no podemos perder Capua. ¡Vamos al norte! ¡Una vez más al norte! ¡Que se preparen las tropas para una larga marcha!

Y tras esas palabras dio la espalda a Maharbal y volvió a contemplar las murallas de la ciudadela de Tarento. Tendría que esperar aquella fortaleza dentro de la ciudad portuaria puerta del sur de Italia. Tendría que esperar el momento oportuno. Ahora debía encontrar la forma de romper el asedio de Capua. Cartago le había dado fuerzas para una conquista, para la toma de Roma y sus aliados, pero ahora se encontraba, años después, teniendo que gestionar una invasión y no tenía ni el ejército ni los recursos suficientes para semejante empresa. Los refuerzos no llegaban. Sus líneas de aprovisionamiento eran dificultadas por guarniciones romanas que surgían por todas partes. Sus aliados eran inconstantes y confusos en sus pactos, exceptuando quizá el rey Filipo. Su ejército expedicionario era una amalgama de pueblos que sólo se mantenían unidos por su odio a Roma y por la tenacidad de su liderazgo, pero Aníbal se sentía cansado. Se sentó sobre un banco de piedra. Varios soldados de su guardia personal vigilaban que nadie se acercase para molestarle mientras reflexionaba. Sólo a sus hermanos, y ahora sólo a Maharbal, se les permitía cruzar esa frontera que la guardia de Aníbal marcaba a su alrededor. Aníbal había sido herido en el campo de batalla en el asedio de Sagunto, había perdido un ojo en los pantanos del norte, pero lo que más temía era una daga por la espalda, una traición pagada por Roma. Maharbal había partido ya para organizar todo lo necesario para acudir en ayuda de Capua. Capua, sí, ésta era su preocupación actual. El año anterior no consiguió que los romanos aflojasen el cerco pese a atormentarlos con dos duras derrotas. Roma había puesto en pie de guerra toda Italia, acumulaban legiones y más legiones, aunque muchas fueran inexpertas y apenas un obstáculo para el experimentado ejército africano, númida, galo e ibero que él lideraba, pero los romanos siempre encontraban más recursos con los que resistir y con los que atacar las ciudades amigas de Cartago. Y unos y otros, romanos y cartagineses, habían convertido a Capua en un enfrentamiento singular, en algo más que en lo que era, un enclave militar central en aquella guerra. No, Capua ahora era el símbolo de aquella confrontación, era el fiel de la balanza, que determinaría hacia qué lado terminarían por inclinarse los favores de los dioses: quien se quedara con Capua ganaría aquella guerra. Y Aníbal lo sabía. Por eso, aquella mañana fría en Tarento, contemplando el cambio de guardia de los vigías romanos en la ciudadela, tomó la decisión más difícil de su vida, una determinación desesperada o una estrategia genial, en la que alguna vez había pensado ya, pero de la que siempre, en última instancia, había huido por temor al fracaso. Ya no había más margen: con el retraso en la llegada de refuerzos desde Hispania o desde África, ésta era la única decisión posible, el único camino, la salida final. Aníbal se encomendó a Baal y conminó al dios supremo de su pueblo a que le marcara con signos precisos si ésta debía ser la solución y el futuro.

82

Un mensajero

Roma e Hispania,
enero del 211 a.C.

Mario Juvencio Tala cabalga encorvado sobre su montura por las calles de Roma. Se balancea sobre el caballo siguiendo el ritmo del paso del animal que le lleva. Va cubierto por una larga túnica cuyo color blanco, oculto bajo una fina capa de polvo, resulta ya imposible de discernir. Es polvo de miles de estadios recorridos sin apenas detenerse, tierra de países lejanos, salitre de los barcos en los que ha navegado, polvo también de los inseguros caminos de una península itálica en guerra. En la fase final de su periplo ha visto a *turmae* de caballería cartaginesa moviéndose libres por los caminos. Extraños movimientos de tropas extranjeras que no hacían sino anunciar que la situación en la metrópoli no estaría mucho mejor que en Hispania. Se escabulló de los jinetes cartagineses escondiéndose entre los árboles que salpicaban los bordes de las calzadas, conteniendo la respiración, apaciguando a su exhausto caballo, cabalgando de noche, arropado sólo por la tenue luz de la luna, bajo un cielo de estrellas.

Ahora en la propia Roma, se ha cubierto la cabeza con parte de la túnica, a modo de capucha, de forma que su rostro queda invisible para los viandantes, alargando así su lento desfile incógnito, apesadumbrado, incierto. Todos los que se cruzan con aquel hombre se apartan de su camino. Nadie quiere interponerse en la ruta de aquel emisario del infortunio venido de tierras lejanas.

Los romanos estaban acampados en una amplia llanura, ligeramente al sur del Ebro. Habían cruzado el río con la firme determinación de lanzar una ofensiva definitiva contra los cartagineses en Hispania. Los dos generales al mando, procónsules *cum imperium*, se habían reunido para decidir la estrategia final de ataque. Publio Cornelio Escipión padre y su hermano Cneo debatían aquella mañana sobre la viabilidad de dividir sus fuerzas en dos contingentes, de forma que uno se dirigiera hacia el norte para hacer frente a los dos ejércitos púnicos mandados por Magón Barca, el hermano pequeño de Aníbal, y el general Giscón, y el otro permaneciera esperando la llegada del tercer ejército cartaginés de la península comandado por Asdrúbal Barca, el otro hermano de Aníbal, mayor que Magón y mucho más experimentado en la guerra. Al fin decidieron que Publio padre avanzaría sobre Magón y Giscón mientras que Cneo, llevándose consigo los refuerzos de los veinte mil mercenarios celtíberos que ahora volvían a apoyar a los romanos, atacaría a Asdrúbal Barca. Salieron entonces ambos generales romanos de la tienda en la que habían debatido. Delante de los *lictores* que los escoltaban y ante los ojos de sus hombres, los dos procónsules, hermanos de sangre, se abrazaron. A continuación celebraron un sacrificio de varios animales, una docena de bueyes, seis por cada ejército romano que partía para la lucha, y encomendaron su fortuna a los designios de los dioses.

—Suerte, Cneo —dijo al fin Publio—. Espero que nos veamos pronto y celebremos juntos la próxima victoria.

Cneo respondió alto y claro para que le oyeran todos cuantos los observaban.

—¡Así sea, hermano! ¡Hasta pronto! ¡Que los dioses estén contigo y tus hombres!

—¡Que estén con los dos! —añadió Publio.

Y, tras un nuevo abrazo, ambos montaron sobre los caballos que sus escoltas tenían preparados para ellos y se alejaron en direcciones opuestas.

Era extraño que la gente no se agolpara alrededor de aquel jinete recién llegado a la ciudad en busca de noticias, pues todos deseaban saber de la guerra en Campania y también en el sur, de Aníbal, del frente abierto en Iliria contra Filipo V y, sobre todo, de Hispania, allí donde las tropas romanas dirigidas por los Escipiones Cneo y Publio Cornelio estaban consiguiendo las victorias más claras para la República. Sin embargo, aquel jinete inspiraba un aire de desaliento infinito, una densa sensación de desánimo que ahuyentaba a los curiosos.

El ejército romano de Publio Cornelio Escipión empezó a ser hostigado por la caballería númida que habían traído consigo los cartagineses. Los enfrentamientos eran diarios y, al final, el general romano optó por montar un campamento sólido donde refugiarse a la espera de decidir la estrategia oportuna para enfrentarse en batalla abierta contra el ejército cartaginés sin sufrir más bajas. Llegaron entonces varios exploradores. El procónsul escuchó sus noticias.

—El enemigo cartaginés va a reunirse con el jefe hispano Indíbil y todos sus hombres, los suesetanos, son unos siete mil quinientos hombres armados, se unirán a las tropas cartaginesas; quiere que se unan a ellos para atacarnos juntos.

Publio Cornelio Escipión padre ponderó el riesgo de intentar impedir esa unión de fuerzas saliendo con sus propias tropas a campo abierto. Al final decidió que un pequeño contingente del ejército se mantuviera en la fortificación mientras él salía con el grueso de sus fuerzas para frenar a Magón y Giscón antes de que éstos se unieran a Indíbil. Fue una salida y una marcha nocturna, dura, agotadora. La velocidad y la sorpresa eran claves en aquel movimiento.

Con la primera luz del amanecer, ambos ejércitos se encontraron cara a cara y, sin apenas tiempo para formar unas líneas claras de combate, ambas fuerzas entraron en una encarnizada lucha cuerpo a cuerpo. Publio Cornelio cabalgaba de un extremo a otro del frente animando a sus soldados, dirigiendo, donde esto era posible, las acciones de sus hombres.

Nadie se atrevía a acercarse y preguntar algo tan sencillo como «¿de dónde vienes, viajero? ¿Tienes noticias de la guerra? ¿Te envía alguno de nuestros generales?». No, nadie le detenía, nadie le preguntaba.

Así avanzó por los caminos hasta alcanzar las puertas de la ciudad. Allí los legionarios de las *legiones urbanae*, que custodiaban los accesos a la ciudad, le interpelaron, no sin cierta incomodidad por tener que detener a aquel extraño.

—¿*Quo vadis?*

El hombre detuvo su caballo.

—Mi nombre es Mario Juvencio Tala. Vengo de Hispania. Tengo informes para el Senado y un mensaje privado para Publio Cornelio Escipión hijo.

Los legionarios consultaron entre sí. El aspecto del hombre era el de un centurión de Roma y su uniforme coincidía con el de las legiones de Hispania. Al fin, el oficial al mando tomó la decisión de dejarle pasar, pero ordenó que varios hombres le siguieran a distancia.

Mario cabalgó al paso por las laberínticas calles de Roma, despacio, con su montar de agotamiento eterno, pero con tremenda perseverancia, seguro de su ruta, conocedor de su objetivo. Le seguían, pero aquello le era indiferente. También le siguieron númidas armados, apuntando su cuerpo decenas de afiladas lanzas cuando fue como emisario a la corte del rey bárbaro Sífax en África. Aquello le parecía sencillo, pese al enorme riesgo que conllevó aquella misión, en comparación con la información que debía transmitir aquel día en el mismo corazón de Roma.

Los cartagineses lanzaron multitud de jabalinas sobre las tropas romanas. Los soldados se protegían con los escudos. Luego se luchaba palmo a palmo. En ese momento el general romano, preocupado en poner orden en la formación de sus hombres, no vio la jabalina que navegaba por el aire, cortando el viento helado del amanecer. Uno de los *lictores* se percató de la situación e intentó interponer su propio cuerpo entre la jabalina y el procónsul de Roma, pero llegó tarde. El arma completó su viaje mortal hasta estrellarse en la espalda del general romano. Se oyó el crujido de los huesos de la columna vertebral astillándose, quebrándose en mil pedazos. Publio Cornelio Escipión padre cayó del caballo, sobre el suelo, sintiendo la tierra húmeda de rocío en sus sienes. Respiraba con dificultad. Vio la caballería númida rodeando a sus soldados. Pensó en Cneo. Deseó que tuviera mejor suerte. Sintió una punzada profunda de dolor seco, luego un inmenso cansancio. Ya no sabía si respiraba. Oyó gritos de sus hombres.

—¡Han alcanzado al general!

El procónsul se percató de que los númidas encontraban poca resistencia. Los romanos luchaban retrocediendo. Cneo tendría que conseguir la victoria por sí mismo. Y Publio y Lucio, sus hijos, deberían valerse ya solos en Roma, en esta guerra infinita... Sintió el sabor de la sangre en su boca y se atragantó. Tosió sobre el suelo y escupió su dolor a borbotones rojos mientras perdía la noción del tiempo. Por un momento pensó que yacía en su casa, junto a su mujer y hasta recordó el olor del perfume que ésta llevaba las noches de verano. Quiso alzarse. Le parecía humillante terminar así, de esa forma, sin poder ofrecer más resistencia, pero, aunque él no lo sabía, la lanza le había atravesado las vértebras partiendo su columna en dos; también había herido el corazón y la sangre apenas fluía por sus venas. Sus recuerdos se desvanecían en su mente como hojas secas que arrastra el viento de otoño.

Mario al fin se detuvo ante una imponente *domus* en el centro de la ciudad. Era la residencia de la familia de los Escipiones. Allí desmontó. Se acercó a la puerta y la golpeó con fuerza. Pasaron unos segundos antes de que hubiera alguna respuesta desde la casa. Los legionarios que le seguían esperaron a una distancia prudencial. El mensajero se sacudió algo del polvo del camino con algunas palmadas sobre sus hombros y piernas, sin mucho afán, sin mucho interés por las apariencias. Era más un gesto con el que ocupar la espera. Un esclavo alto y armado abrió la puerta.

—¿Quién es? ¿Qué deseáis? El señor de esta casa no recibe a extraños.

—Lo sé —comentó el mensajero—. El *pater familias* de esta casa no está aquí, sino lejos, en Hispania. Traigo un mensaje para su familia.

Cneo dispuso sus tropas en formación de ataque. Formación clásica, con las legiones romanas en el centro: *vélites* en la vanguardia, seguidos de las líneas de *príncipes* y *hastati* y en la retaguardia las tropas más experimentadas, los *triari*. En las alas situó a sendos contingentes de los mercenarios hispanos. Asdrúbal Barca dispuso sus tropas para contrarrestar el ataque romano, con una formidable falange de soldados púnicos que se oponía a romanos e hispanos. Todo estaba dispuesto para el combate. Cneo estaba a punto de dar la orden de ataque cuando, sin él ordenarlo, los hispanos comenzaron a moverse, pero no contra los cartagineses ni contra los romanos: los celtíberos simplemente se marchaban, abandonaban el campo de batalla dejando a los romanos solos ante un ejército cartaginés que, sin su concurso, doblaba en número a los legionarios. Cneo estaba iracundo, pero no podía hacer nada en aquel momento. Habían sido traicionados. Los celtíberos se habían vendido a los cartagineses y, por un precio que él desconocía, habían acordado no combatir a favor de nadie. Sin las fuerzas romanas que se habían quedado con su hermano Publio, Cneo estaba en flagrante inferioridad. Era una locura atacar. Sintió el temor en el rostro de los soldados que podía observar más próximos a él. Los cartagineses no avanzaban. De momento se limitaban a observar cuál sería la reacción de los romanos al verse solos.

Mario había hablado con voz firme, sin prisa. Había cabalgado y navegado durante semanas para llevar su mensaje a esa casa y cada paso que había dado le atenazaba más el corazón. Si por él fuera, preferiría no haber llegado nunca, haberse perdido en un abordaje por piratas o en una emboscada por los cartagineses en Hispania desde donde salió o en los caminos de la península itálica. Cada día se había encontrado cabalgando más despacio. En un principio lo había atribuido al enorme cansancio de aquel viaje sin pausa, pero ahora que acababa de llegar a su objetivo, a aquella casa, se dio cuenta de que no era cansancio, sino pena y dolor y miedo a entregar su mensaje lo que había ralentizado, de forma inconsciente, su marcha. Ahora lo veía claro, pero aquel instante de lucidez no hizo sino avivar su desazón.

Cneo no consultó a sus centuriones. Sin dudarlo, dio la orden de replegarse. Había que salvar el ejército y reunirse con su hermano. Juntos podrían conseguir la victoria. Las trompas sonaron indicando la orden del procónsul. Los soldados respiraron aliviados. Ninguno había retrocedido un paso mientras los celtíberos desertaban, pero sus corazones se habían hundido. Con el sonido de las trompetas veían aliviados que su general era un valiente pero no un loco. Las tropas romanas se replegaron. Los cartagineses observaban, de momento, sin avanzar.

El *atriense* abrió más la puerta para contemplar al viajero cuya respuesta le había sorprendido. Le miró en silencio unos segundos.

—Esperad aquí. Veré si la familia desea recibiros.

El esclavo dejó al mensajero en el vestíbulo y se dirigió hacia el atrio de la casa en busca de alguno de sus amos. Pasaron unos minutos. El viajero contempló los inmensos mosaicos del suelo del atrio. Al fondo, una cortina gruesa que daba acceso al *peristilium* impedía ver qué ocurría en aquella parte de la casa. El esclavo desapareció por un pasadizo junto al *tablinum*.

Mario meditaba sobre cómo dar las noticias que traía consigo. «¿De qué forma se anuncia el horror cuando éste se apodera de una casa?», pensó. «¿De qué modo se explica el final de alguien tan importante como un procónsul de Roma?» Al fin, reapareció el *atriense* de aquella casa.

—Seguidme.

El viajero siguió al esclavo a través del atrio hasta llegar a la cortina que daba acceso al *peristilium*. El esclavo descorrió la cortina e invitó al viajero a que pasara al interior. Así lo hizo. De esta forma el mensajero entró en el patio al aire libre de la casa de los Escipiones en Roma. Allí le esperaban la mujer del *pater familias* de la casa reclinada en un *triclinium* y, a ambos lados, de pie, los dos hijos, Publio y Lucio, y junto al primero su mujer Emilia Tercia. Ésta sostenía una niña pequeña en sus brazos. Varios invitados y clientes de la familia los rodeaban. Todos adivinaban que aquel mensajero traía noticias de vital importancia y aguardaban en silencio. Al mensajero le sobrecogió, si cabe aún más, el corazón el ver a toda aquella gente expectante, pero de entre todos, destacaba la mirada intensa y penetrante del mayor de los hijos del procónsul. Publio tenía fijos sus ojos en Mario, como si intentara anticipar el contenido del mensaje que había traído a aquel hombre desde tierras tan lejanas con tanta urgencia que ni tan siquiera había podido asearse en unos baños públicos o en su propia casa. Publio sabía que tanta urgencia sólo podría traer desventura.

Aquéllos, pensó Mario, eran unos ojos que leían en lo más hondo de los corazones de los hombres y entonces tuvo miedo de que le leyeran en su alma con demasiada rapidez. Había dedicado los días de su viaje por mar a diseñar la mejor forma de entregar sus noticias poco a poco. Sin embargo, aquella mirada parecía leer a toda velocidad cada una de las líneas que había imaginado decir.

Los cartagineses permitieron que el ejército de Cneo se replegara, pero en cuanto éste se desvaneció en el horizonte, Magón y Giscón dirigieron sus tropas para reunirse lo antes posible con Asdrúbal Barca. Comoquiera que éstos, una vez derrotado Publio Cornelio Escipión padre, habían avanzado ya una gran distancia, los tres ejércitos cartagineses se reunieron pronto. Asdrúbal Barca, como el general de mayor rango y experiencia, tomó el mando y ordenó que la caballería númida se adelantara y hostigara a Cneo y sus tropas antes de que éstas alcanzasen el Ebro en busca de tierras más seguras en el norte.

Los jinetes númidas, veloces y ágiles, vislumbraron las tropas romanas en retirada y se lanzaron sobre las columnas de legionarios. Eran ataques breves que no buscaban un enfrentamiento campal, sino simplemente entorpecer la retirada romana. Y lo conseguían. Los legionarios, para protegerse de las lanzas de la caballería númida, se veían obligados a detenerse, girarse y protegerse con sus escudos al tiempo que con sus espadas y *pila* repelían los continuos ataques númidas. Cneo no quería mandar a su pequeño contingente de caballería a luchar contra un auténtico ejército a caballo, hostil, ágil y experimentado, para no perder sus únicas fuerzas montadas.

La noche caía sobre el valle que estaba cruzando. Cneo condujo a todas las tropas a una colina para que formaran un círculo y, desde esa posición de altura, protegerse. No había ni tiempo ni material para levantar una fortificación. Con los últimos rayos del sol arrastrándose sobre la llanura, Cneo divisó la vanguardia de los tres ejércitos púnicos. El general romano ordenó entonces que los soldados cavasen una zanja profunda que sirviera de foso de protección y así al menos complicar el inexorable ataque del enemigo, pero, para desesperación de los legionarios, el terreno sobre el que se habían establecido era pétreo, pura roca. No había tierra en la que excavar. Ninguna zanja ni trinchera era posible. Y los cartagineses se aproximaban, un inmenso ejército, enfervorizado, eufórico de victoria. Como no se podía cavar, Cneo ordenó que dispusieran todos los pertrechos, suministros, equipajes y armas que no fueran a utilizarse en el combate para formar así una barricada. Era todo lo que podía hacerse en aquellas circunstancias.

La noche cayó sobre la colina y el valle. Los cartagineses encendieron antorchas. Los romanos vieron cómo miles de fuegos en movimiento los rodeaban por todos lados. Cneo, al menos por un momento, albergó la esperanza de que no fueran a atacar por la noche. Tampoco es que eso pudiera suponer gran alivio, pero al menos tendría tiempo de pensar algo. Alguna cosa. Algo podría hacerse.

Fue una noche triste, larga y breve a la vez. Cneo ordenó que los hombres descansasen excepto los centinelas y que todos cenaran pronto para reposar el máximo tiempo posible antes de la contienda. Con las primeras luces del alba ordenó que se desayunase para reponer fuerzas, pero muchos hombres apenas si probaron bocado. Él mismo fue incapaz de predicar con el ejemplo.

Los cartagineses empezaron el ataque lanzando sus destacamentos de jinetes númidas contra las improvisadas barricadas romanas. Una vez más ataques breves y retirada rápida. Los romanos estaban atemorizados. Cneo, aprovechando un receso en los primeros embates de los africanos, se dirigió a sus hombres proyectando su voz con todas sus fuerzas.

—¡Legionarios de Roma, será una jornada difícil, pero combatiremos hasta el final de la misma, hasta el nuevo amanecer! ¡Luchad juntos, unidos y no cejéis en el combate! ¡Del esfuerzo de todos depende la vida de cada uno! ¡Yo lucharé con vosotros hasta el final!

No era un gran discurso ni muy denso de contenido, pero surtió efecto. Los soldados romanos sintieron el valor de su jefe y recordaron cómo no quiso hacerlos luchar en campo abierto contra un enemigo mayor. Había intentado salvarlos a todos, pero las circunstancias no lo habían permitido. Ahora les pedía que combatieran y debían hacerlo. Por Roma, por su patria, por su vida.

Los cartagineses se lanzaron al ataque por todos los frentes. Ahora eran contingentes de infantería pesada. Lanzaban jabalinas y, mientras los romanos se protegían con los escudos, otros soldados cartagineses se aproximaban con antorchas ardiendo que lanzaban sobre la barricada. De esta forma, pronto todos los pertrechos que los romanos habían apilado a su alrededor para defenderse prendieron en llamas. Los romanos veían al ejército cartaginés moviéndose tras aquel pavoroso incendio y, súbitamente, grupos de soldados enemigos penetrando por aquellos lugares donde el fuego había devorado la mayor parte de los pertrechos de la barricada. Cneo mandaba legionarios a defender aquellos espacios por donde entraban los cartagineses.

La contienda duró horas en un combate de desgaste donde cada vez quedaban menos romanos para defender los cada vez mayores huecos de la barricada y, por el contrario, el número de cartagineses parecía no tener fin. Daba igual el número de guerreros púnicos que caían a manos de los romanos; nuevas tropas venían a sustituir a las anteriores en una procesión sin otro final previsible que el de la completa aniquilación de los romanos. Cneo, no obstante, mantuvo su voz firme y serena, transmitiendo órdenes certeras para preservar el máximo tiempo posible las posiciones desde las que se defendían. Se movía en medio de la más gélida de las sensaciones. ¿Por qué había tantos cartagineses? ¿Dónde estaba su hermano Publio?

Mario se sacudió con una mano parte del polvo que llevaba sobre su toga gastada y engrisecida y, al fin, empezó a hablar.

—Os saludo, Publio Cornelio Escipión, primogénito de la familia de los Escipiones, hijo y sobrino de los procónsules de Roma en Hispania, y saludo a vuestro hermano Lucio Cornelio Escipión, a vuestra madre Pomponia y a vuestra esposa, Emilia Tercia, hija del que fuera honorable cónsul Lucio Emilio Paulo, y saludo a todos los aquí presentes. Mi nombre es Mario, Mario Juvencio Tala. Soy centurión de la primera legión de Roma en Hispania bajo el mando de vuestro tío Cneo Cornelio Escipión. Vengo enviado por Lucio Marcio Septimio y traigo noticias de la guerra en Hispania.

El silencio se hizo aún más profundo. Las palabras del mensajero eran repetidas fantasmagóricamente por el eco proveniente de las arcadas de la segunda planta del *peristilium.* Unas arcadas que rodeaban a todos los presentes. Publio seguía leyendo con su mirada el rostro del viajero recién llegado a su casa.

—Las noticias que traigo no son buenas para esta familia. Ruego que no se me tome por enemigo por traer las funestas noticias que Lucio Marcio Septimio, actual comandante de las tropas en Hispania, me ha encomendado.

Al escuchar aquellas palabras, Publio bajó la mirada e inspiró aire en una ansiosa inhalación en la que intentaba encontrar oxígeno suficiente para apaciguar sus peores temores. No necesitaba escuchar más. Si ahora había un nuevo comandante romano en Hispania eso sólo podía significar una cosa. Él lo había presentido al final de la obra de teatro, durante los *Saturnalia*, apenas hacía unas semanas, pero una y mil veces se había dicho a sí mismo que aquello no era un signo de una terrible premonición, sino tonterías de un joven asustado, fruslerías impropias de ocupar la mente de un tribuno del ejército romano y, menos aún, de un edil de Roma, y, sin embargo, ahora todo parecía derrumbarse a su alrededor. El resto de los presentes comprendía también ahora la auténtica dimensión del desastre que se había desatado sobre aquella casa, sobre aquella familia. Pomponia, la única persona que tenía la suficiente entereza como para mantener una fría calma en medio de la mayor de las catástrofes, se dirigió al mensajero.

—Esta familia no confundirá tu presencia con la de un enemigo por traernos noticias funestas por terribles que éstas sean. Apreciamos tu coraje al venir, pues nadie quiere ser mensajero de infortunios, y agradecemos la celeridad con la que has acometido el encargo a juzgar por la apariencia de tus ropas, testigos mudos de un largo viaje, pero soy yo ahora quien te ruega, quien te conmina, centurión, a no alargar más nuestras dudas y la congoja que embarga nuestros corazones. Dinos en una frase lo peor de tu mensaje.

El mensajero admiró el valor de aquella mujer. Inspiró, tragó saliva y fue conciso en sus palabras.

—Publio Cornelio Escipión y Cneo Cornelio Escipión, procónsules de Roma, han perecido en el campo de batalla. Combatieron con inmenso valor y lealtad a Roma hasta el final. El primero cayó en una emboscada con los cartagineses y el segundo víctima de la traición de los aliados iberos que abandonaron al procónsul justo antes de entrar en combate con las tropas de Cartago.

Todos los presentes volvieron sus ojos sobre la familia de los Escipiones. La madre miraba al suelo abrumada por el dolor sin decir nada. Su autocontrol sólo le permitía no deshacerse en lágrimas y gemidos, pero ya no le daba para hablar. Los hijos guardaban silencio. Emilia cogió el brazo de su marido Publio con fuerza.

La posición estaba perdida por completo. Ya no había líneas que mantener. La colina estaba repleta de enemigos y los romanos luchaban contra cientos de soldados cartagineses que ascendían por todas partes. Cneo y unos pocos retrocedieron colina abajo por un espacio que parecía menos poblado de enemigos. Se abrieron camino juntos a golpes de espada, protegidos por sus escudos. Pronto los generales cartagineses se percataron de que el último procónsul de Roma en Hispania intentaba huir. Lanzaron la caballería contra el pequeño grupo de legionarios que protegían al procónsul. Los jinetes se abalanzaron con inusitada violencia contra los legionarios que huían. La mayoría cayó en la primera acometida, el resto se dividió en dos grupos: uno más numeroso, de unos cincuenta hombres que consiguieron zafarse del choque y adentrarse en un bosque cercano, y otro, más pequeño, que quedó en el valle con el procónsul.

La caballería númida detuvo su marcha, giraron sobre sí mismos y retornaron sobre los supervivientes que quedaron con el procónsul: tres *lictores* de la guardia personal del general, el propio Cneo Cornelio Escipión y cinco legionarios más permanecían en pie, en medio del valle. Entre las montañas se oían los aullidos de dolor de los romanos que estaban siendo masacrados en lo alto de la colina donde había permanecido el grueso de las tropas. Cneo comprendió que aquél era el final. Blandió su espada al viento y los *lictores* y legionarios que le acompañaban imitaron su movimiento de desafío a los jinetes cartagineses. Éstos aguardaban la señal de su general. Asdrúbal Barca, dominador de Hispania, se sonrió y miró a sus colegas, su hermano Magón y el general Giscón.

—Es innegable que estos generales de Roma tienen valor; lástima que hoy no tengan estrategia.

Y dio con su brazo la orden final de ataque. La caballería cargó con violencia sobre la línea de romanos. Dos de los *lictores* y cuatro legionarios cayeron atravesados por las lanzas de los jinetes. Un *lictor*, un legionario y Cneo evitaron con un rápido movimiento las lanzas y asestaron golpes mortales con sus espadas en los jinetes que pasaron junto a ellos. Tres jinetes cayeron al suelo derribados. La caballería ya no esperaba nuevas órdenes y cargó contra los romanos de oficio, para vengar a sus compañeros abatidos por aquel enemigo que persistía en intentar eludir su inexorable destino de derrota y muerte.

El grupo de legionarios que había conseguido adentrarse en el bosque ascendió a toda velocidad por la ladera de un monte. Un centurión experimentado había tomado el mando. Su nombre era Mario Juvencio Tala, en el que los procónsules habían confiado para misiones difíciles en más de una ocasión. Pronto alcanzaron un altozano que permitía ver por encima de las copas de los árboles. El grupo de legionarios se detuvo. A Mario le habría gustado ser ciego aquel día.

En el valle, la nueva carga de la caballería númida derribó al legionario y al *lictor* supervivientes, que cayeron bajo las lanzas cartaginesas. Cneo fue herido en el costado pero se mantenía en pie. Tenía una lanza clavada que se había partido por la mitad. La lanza le impedía el movimiento, pero se mantenía, aunque débil, sobre sus piernas. Arrojó el escudo al suelo. El dolor le atravesaba, la sangre brotaba a borbotones por la herida. Cogió con una mano la lanza e intentó sacársela, pero no tenía suficientes fuerzas. Los cartagineses habían detenido su ataque. Asdrúbal contemplaba la escena. Sonrió al recordar el pacto que había hecho con Baal cuando se retiraba navegando por la desembocadura del Ebro y alzó el brazo para frenar una nueva carga de la caballería. Aquél era el general que le había derrotado en el río y el que, junto con su hermano, el otro procónsul, había estado impidiendo su avance hacia Italia para ayudar a Aníbal. Quería disfrutar del momento. Los tres generales cartagineses avanzaron para observar la escena con mayor claridad. Cneo inspiró aire como para recuperar fuerzas y miró a su alrededor. Vio a los generales cartagineses y a un grupo de sus hombres en lo alto de una colina, dentro ya del bosque. Bien por ellos, pensó. Alguien se iba a salvar de aquella carnicería. Pero no podía morir así, ante aquellos generales enemigos y humillado ante legionarios suyos que le observaban desde la distancia. Cneo soltó entonces su espada y con las dos manos tiró de la lanza al tiempo que gritó para arrancarse dolor y lanza a la vez. Cayó de rodillas. Puso la mano izquierda sobre la herida abierta para disminuir la sangre que manaba sobre la hierba de aquel valle y con la derecha cogió de nuevo la espada. Ayudándose de ella como si de un *scipio* o bastón se tratara se alzó de nuevo, y herido y sangrando y vacilante pero con orgullo y decisión repitió el movimiento de desafío a los cartagineses blandiendo con agilidad sorprendente la espada al viento, haciendo el giro característico con el que los miembros de su familia retaban al enemigo, esperando un nuevo ataque, solo, sin escolta ni legionarios, sin tropas a las que mandar, sin aliados, sin amigos, solo, rodeado por miles de cartagineses, solo, sin su hermano ni su familia, respirando el aire frío de aquella batalla.

Mario observaba mudo e impotente el martirio de aquel general y pensó que, si sobrevivía, nunca jamás encontraría nadie con tanto valor. Qué desperdicio para Roma. Qué insensatos los senadores que negaron refuerzos a aquel procónsul.

Asdrúbal y los otros dos generales se detuvieron. El hermano de Aníbal inspiró profundamente y, exhalando el aire de sus pulmones, volvió a dar la orden de ataque. Esta vez sólo dos jinetes se abalanzaron sobre Cneo. A galope tendido, blandiendo sus lanzas en el aire, apuntando al pecho del romano se echaron sobre el procónsul. Éste retrocedió un paso para apuntalar mejor su estocada defensiva y con la espada golpeó las lanzas desde un lado partiéndolas. Los legionarios que rodeaban a Mario contemplando la escena lanzaron un grito de júbilo. Los jinetes númidas sobrepasaron a Cneo sin derribarle pero frenaron para volver a cargar, esta vez con las espadas en mano. Cneo los esperó. Mario y los legionarios supervivientes sacudieron sus cabezas en señal de desesperanza infinita. Cneo sentía sus fuerzas debilitándose por momentos. Apenas podía mantener la vertical. Sus pies helados se empapaban del calor de su propia sangre, su vida misma que se derretía sobre la tierra. Uno de los jinetes se abalanzó sobre él para matarle con la espada. Cneo paró el golpe con su propia arma, pero el ímpetu del cartaginés le derribó y cayó de espaldas. Cneo quiso levantarse pero su cuerpo ya no respondía. Se quedó sobre la hierba, una mano en la herida, otra en la espada, mirando al cielo. Dibujada en el horizonte vio la sombra de un cartaginés cernirse sobre él. Sintió entonces otra lanza que lo atravesaba y de pronto dejó de sentir, de pensar, de ser... Sólo le quedaba el murmullo de la fuente del jardín de la casa que lo vio nacer, donde jugaba con su hermano las tardes de verano, mientras sus padres dormían y el viento mecía las hojas de los árboles con la ternura y la paciencia del calor cálido de Roma. Aun así, como movido por los dioses, con la lanza clavada en su pecho, su cuerpo se irguió y, apoyando una mano en el suelo, empezó a levantarse de nuevo. Ya no veía, ni escuchaba ni sentía. Sólo concentraba sus inexistentes fuerzas en ejecutar el acto de levantarse. Un procónsul de Roma muere en pie o no muere.

Mario observaba atónito aquella exhibición de pundonor más allá de todo lo imaginable. Los legionarios asistían con las bocas abiertas a la lección de dignidad que les daba su general hasta el último instante de su existencia. Varios empezaron a llorar.

Cneo permanecía así de pie, temblando, sin ver al enemigo, resistiendo.

El general cartaginés Asdrúbal Barca, hermano de Aníbal, desmontó de su caballo. Estaba sobrecogido por la perseverancia de aquel procónsul. No era de una estirpe normal. No estaba hecho de la madera del resto de los romanos a los que se había enfrentado. Asdrúbal acertó a interpretar el último deseo de aquel general romano. Se acercó despacio hasta Cneo, una triste figura de sangre y heridas abiertas, que se tenía en pie más por influjo de sus dioses que por fuerzas propias. Los númidas, al ver acercarse a Asdrúbal, espada en ristre, se distanciaron dejando espacio a su general en jefe. Éste, una vez situado a tres pasos de Cneo habló en griego, para asegurarse de ser entendido, en voz alta y clara.

—Cneo Cornelio Escipión, procónsul de Roma, soy Asdrúbal Barca, general en jefe de Cartago en Hispania y hermano de Aníbal. Será mi espada la que termine con tu vida. Vete allí donde sea que vuestros dioses os lleven a los romanos, pero vete sabiendo que nunca vi a nadie combatir con tanto valor hasta el final.

Cneo asintió despacio con la cabeza. No había fuerzas para más.

La espada de Asdrúbal atravesó el pecho, las costillas y el corazón del procónsul y éste se desplomó sin decir nada, sin pronunciar un solo gemido, sobre la tierra empapada de su propia sangre. En su mente el murmullo de una lejana fuente parecía acercarse más y más, hasta inundar su alma con una embriagadora sensación de paz.

Asdrúbal sacó la espada del cuerpo del general romano y se quedó largo tiempo contemplando la faz de aquel guerrero. Jamás había visto nadie que tardase tanto en morir ni que luchase con semejante temple.

Mario y sus hombres dieron media vuelta y se adentraron en el bosque. Corrieron durante todo el día sin parar, huyendo, sin pronunciar palabra, sin decirse nada, sin casi pensar. Buscaban la supervivencia y olvidar lo presenciado, olvidar su fracaso, su sufrimiento y, sobre todo, el dolor de su general caído en combate. Pero cuando Mario relató a Lucio Marcio Septimio, el nuevo centurión al mando en Hispania, lo que habían contemplado, éste, tras un largo y pesado silencio, le encomendó su nueva misión.

—Marcharás a Roma e informarás al Senado de lo que aquí ha ocurrido. Les dirás que hemos detenido a los cartagineses en el Ebro, pero que sin refuerzos no podremos resistir mucho tiempo. Marcharás también a casa de la familia de los procónsules e informarás personalmente del valor y de su honorable servicio a Roma. Es una misión que nadie querría, pero lo menos que se puede enviar a esa familia que tanto ha entregado en esta guerra es un soldado con rango de centurión que haya sido testigo de los últimos momentos de uno de sus seres queridos. Varios soldados te escoltarán hasta Tarraco.

Publio estaba junto a la fuente del centro del jardín. El relato del mensajero había dejado a todos sin habla. Sobre las respiraciones contenidas se oía el murmullo del agua. Publio recordó, sin saber por qué, a su tío jugando con él junto a aquella fuente. Entre el murmullo agridulce de aquellos recuerdos se oía la voz del mensajero explicando cómo un centurión, Marcio, había sido elegido por el resto de los oficiales supervivientes en Hispania como comandante en jefe a la espera de recibir instrucciones del Senado. Era Marcio el que le había ordenado partir para informar al Senado, pero había insistido en que debía detenerse también en la casa de Publio y Cneo Escipión e informar a su familia de lo acontecido.

En medio del silencio, una voz habló titubeante. A Publio le costó reconocerse en aquel extraño timbre lleno de melancolía y duda.

—Que den agua y comida a este hombre, madre, te ocuparás de eso, ¿verdad? Ahora necesito unos minutos para pensar. Unos minutos. Enseguida vuelvo.

Publio se dirigió hacia el *tablinum*, mientras todos se hacían atrás para dejarle paso. De ahí se adentró en los aposentos de la familia. No tenía muy claro adónde ir. Al fin, sin saber muy bien cómo, se encontró en la biblioteca de su padre. Aquél le pareció un sitio tan adecuado como cualquier otro. Allí se detuvo. Allí tomó asiento en un taburete. Apenas entraba luz por la puerta. Las estanterías de los dos armarios estaban llenas de los rollos con los volúmenes que su padre había ido coleccionando durante su vida. Ya no compraría más. Allí estaba la traducción que Livio Andrónico hizo de la *Odisea* con la que les empezó a enseñar a leer latín hasta que al fin contrató al viejo Tíndaro para que prosiguiese con sus enseñanzas. Aquélla era la misma estancia de la que Cneo decía que sólo merecía la pena entrar en ella por los tratados de guerra y la colección de mapas de su padre. Cneo nunca fue hombre de letras. Nunca lo fue. Era de otra forma. Él los enseñó a luchar, a batirse en el campo de batalla. Ahora sus dos fuentes de conocimiento y de apoyo, sus dos sostenes en la vida habían sido fulminados por aquella guerra. Ya no estaban allí. Era así de cierto y así de sencillo. ¿Qué haría ahora? ¿Qué tocaba hacer ahora? En circunstancias de crisis todo se solucionaba reuniéndose su padre y su tío: ellos debatían, discutían a veces, pero siempre encontraban la mejor solución. Ahora no estaban. La guerra podría haberse llevado a uno. Era algo que siempre temió, pero para lo que intentaba prepararse. Pero los dos a la vez, aquello era algo tan terrible como inesperado. Abrumador.

—Los dos han muerto —pronunció en voz alta y su voz resonó en la soledad de la estancia. Lo decía en alto como para convencerse de lo inexorable de aquel acontecimiento. En el *peristilium* esperaban decenas de personas. Se había marchado, sin saber qué hacer, sin saber qué decir. Su madre estaba destrozada. En cualquier otro momento, para cualquier otra crisis podría haber recurrido a ella para pedirle consejo, pero no ahora. Eso sería cargarla con un nuevo dolor: la incompetencia de su hijo para asumir su responsabilidad. Pero cómo entrar de nuevo en aquel lugar y qué decir a todos los presentes. «No os preocupéis, yo me encargo de todo, soy el primogénito y asumo mi condición.» Sonaba patético. Se echarían a reír. Su padre era un político apreciado entre casi todos los senadores de Roma, y temido incluso por Fabio y los suyos, además de notable en el campo de batalla. Su tío era de otra pasta. El relato de su muerte había conmocionado a los presentes. ¿Quién era él para pretender suplantar tanta valía, tanta dignidad? Sólo era un joven alocado que había cometido alguna heroicidad absurda en el campo de batalla de la que había salido a salvo gracias a la protección de Lelio, procurada con inteligencia por su propio padre. Luego había asistido de nuevo en la guerra para ser copartícipe de derrota en derrota ante Aníbal, para ser testigo y superviviente del mayor desastre del ejército de Roma en Cannae. Perdonado por el Senado, por su condición de patricio miembro de una de las más importantes familias de la ciudad, por salvar los restos de aquel ejército y no perjurar de su patria. Sí, algunos de esos episodios eran ejemplo de cierta dignidad, pero incomparables con los de su padre y su tío. ¿Qué tenía él que ofrecer a los familiares, clientes y amigos de los Escipiones? Donde su padre y su tío ponían sus cargos senatoriales, sus magistraturas y promagistraturas, él sólo era un edil de Roma. Podía organizar juegos, representaciones teatrales y regalar aceite entre los pobres de la ciudad.

—Grandes glorias —volvió a decir en alto, con voz desgarrada entre cínica y socarrona; no se merecía ni vivir en la misma casa en la que habían habitado su padre y su tío. Era indigno de ellos y no había nada para reparar aquello. La familia de los Escipiones estaba deshecha, terminada, sin destino. Cuanto antes lo asumieran todos antes podrían familiares, amigos y clientes buscarse otros que defendieran sus intereses.

83

El destino de Aníbal

Campania, invierno del 211 a.C.

La hierba estaba húmeda. La sentían por la piel de los brazos desnudos mientras se arrastraban por el suelo. Estaban en Capua. Esto es, junto a los campamentos militares, empalizadas y fortificaciones que los romanos habían levantado en torno a la ciudad. Maharbal, agazapado, acompañado por una decena de sus hombres, contemplaba el valle repleto de fosos, guarniciones de soldados, patrullas de legionarios y un desfile de máquinas de guerra recién construidas con madera que los legionarios habían obtenido talando centenares de árboles de los bosques cercanos. Capua no podía resistir mucho más. Habían hecho bien en dejar Tarento y acudir en su ayuda, aunque ahora quedaba por dilucidar la forma en la que quebrar semejante cerco militar. Su mente se impregnaba de desánimo al ver lo difícil que sería romper un asedio en el que los romanos parecían haber puesto el alma. Pero ya estaban allí, y eso era lo esencial.

—Mi general, va a ser imposible interrumpir el asedio romano —dijo uno de sus hombres, en voz baja, pegado al suelo sobre el que se deslizaban como serpientes para evitar ser descubiertos por los centinelas enemigos.

—Ya veremos. Recuerda que nosotros contamos con un arma secreta —respondió Maharbal con una leve sonrisa.

—¿Un arma secreta, mi general? No sabía yo..., ¿cuál es esa arma?

Maharbal volvió a sonreír al responder.

—Aníbal.

El general gateó entonces hacia atrás hasta descender del promontorio al que habían subido para otear el valle. Sus hombres le siguieron y en pocos minutos estaban cabalgando de regreso hacia el encuentro del grueso del ejército cartaginés.

Maharbal esperaba encontrarse un gran campamento de tropas africanas estableciéndose en preparación de una gran batalla a la que, de un modo u otro, su líder se las ingeniaría para arrastrar a los romanos, al menos a uno de los dos ejércitos consulares que acechaban la ciudad, o a los dos a la vez. En Cannae ya se enfrentaron contra ocho legiones a un tiempo, de forma que cuatro no suponían un temor especial.

Para su sorpresa, Maharbal y su pequeño grupo de jinetes no se encontraron con el ejército cartaginés levantando un vasto campamento: no había empalizadas en construcción ni zapadores trabajando alrededor de las mismas ni obras de fortificación de ningún tipo. Ante ellos se veía al poderoso ejército africano venido del sur avanzando en columna de a cuatro en una larguísima hilera que serpeaba por entre los valles de Campania, pero no en dirección a la asediada capital de la región, sino hacia el norte.

Maharbal azuzó su caballo hasta hacerlo galopar. Los hombres vitorearon a su general de caballería al verlo volar sobre la hierba de Italia. Los jinetes númidas que lo habían acompañado en la expedición de reconocimiento apenas podían mantenerse a una distancia de unos cien pasos que a cada instante se dilataba por la agilidad de Maharbal sobre su potente y hermoso corcel negro.

Al poco tiempo, el general de la caballería africana alcanzó la posición de Aníbal en la vanguardia del ejército cartaginés.

—Mi general —empezó Maharbal—, Capua está a la derecha... ¿Dónde pensáis... levantar... el campamento? —Hablaba entrecortadamente a causa del esfuerzo de su larga galopada.

—No levantaremos un campamento hasta el anochecer —respondió Aníbal sin mirarle.

Aquello no tenía sentido. Ni tan siquiera era el mediodía. Y a las alturas del año en las que se encontraban, con la primavera aún por llegar al corazón de Italia, aún quedaban seis o siete horas de luz. Para cuando anocheciese estarían a decenas de estadios de allí. ¿Para qué cruzar toda la península desde el sur para luego alejarse de su objetivo?

—Con el debido respeto, eso nos aleja enormemente de nuestro destino, mi general —comentó Maharbal.

Aníbal esbozó una mueca a modo de sonrisa lacónica en sus labios.

—Eso depende de cuál sea nuestro destino, Maharbal —respondió Aníbal, que se quedó pensativo; continuó hablando, pero no dirigiéndose a Maharbal, sino como si meditase en voz alta—. Destino, sí. Ésa quizá sea la palabra más adecuada.

Maharbal se quedó en silencio, sin saber qué añadir. Detuvo su marcha. Ante él el ejército de Cartago proseguía su avance hacia el norte, dejando atrás Capua. Recordaba aún las palabras de Aníbal aceptando la necesidad de ayudar a aquella importantísima ciudad aliada de Cartago en la guerra y, sin embargo, ahora que estaban a tan sólo unos pocos kilómetros de la misma para poder cumplir con su cometido, se alejaban de ella, conducidos por un general que, ensimismado y taciturno, mascullaba palabras sobre el destino.

84

Un nuevo *pater familias*

Roma, enero del 211 a.C.

En el jardín permanecían todos los amigos de la familia en un penoso cónclave perturbador e incómodo. Un hombre, uno de tantos clientes de la familia, musitó algo sobre salir y dejar a los Escipiones a solas. La voz de Pomponia, serena, seria, aunque con un vibrante timbre rasgado de dolor, estremeció a los presentes con una sugerencia que, a todas luces, era un aviso para navegantes.

—No es correcto abandonar la casa de un patricio sin despedirse de su *pater familias*, esto es, siempre que en esta ciudad todavía se consideren las tradiciones sobre las que hemos levantado nuestro Estado.

Viniendo de una mujer cualquiera, aquellas referencias a la tradición, al respeto a la figura de la nobleza y de su cabeza de familia y al Estado habrían resultado hilarantes, pero era la viuda de un procónsul de Roma. Pomponia no era una mujer cualquiera. Pero parecía que algunos clientes ya se sentían demasiado nerviosos ante la doble pérdida de dos de sus más poderosos avales para el adecuado devenir de sus negocios en la ciudad y en las colonias y poblaciones aliadas, de tal modo que la misma voz que había barruntado entre dientes que se disponía a partir se atrevió a formular un comentario aún más osado haciendo visible su rostro y su figura: un hombre de unos treinta años, engordado bajo la protección de los Escipiones, Tiberio de nombre, mercader de esclavos y gladiadores. Útil para muchos, aunque conocido por su impertinencia por todos.

—Lo entiendo, mi señora, pero es que, lamentándolo muchísimo, el *pater familias* de esta casa, tal y como se nos ha narrado, ha fallecido en Hispania, sin lugar a dudas, de forma digna y gloriosa, pero ya no está entre nosotros para despedirnos de él, o ¿quizá sugerís que debamos dirigirnos a vuestra persona a tal efecto?

Lelio y Lucio saltaron ante aquel comentario ofensivo, pero se encontraron con la mano alzada de Pomponia que se levantó de su *triclinium* y con voz más firme y controlada dio respuesta a aquel cliente retador en medio del horror y el desastre personal.

—Tenéis razón, Tiberio Graco, pero vuestra preocupación por dejarnos en paz y sosiego con nuestro dolor —el tono de ironía salpicado del más hondo de los desprecios que impregnaba las palabras de aquella viuda resultó palpable para todos—, os impide ser preciso en vuestro análisis de la situación, pero yo os lo aclararé para vuestro conocimiento y el de todos los presentes: mi marido ha muerto, eso parece un hecho, y su hermano también, pero el *pater familias* de esta casa es ahora el edil de Roma, que acaba de salir un momento y, si mi latín no es diferente del vuestro, he entendido con claridad que ha manifestado su intención de regresar en unos minutos. Su padre y su tío han caído en acto de servicio por Roma, quizá podáis esperar esos minutos pare ver qué es lo que desea comentar a todos los aquí reunidos el *pater familias* del clan patricio que durante tantos años ha estado atento a velar por vuestros negocios; o quizá no, a lo mejor sois de la opinión de que la noticia recibida no merece más atención por el edil de Roma que la compra o la venta de un nuevo esclavo para la cocina de una modesta *domus*.

Pomponia se volvió a sentar, esta vez sin reclinarse. Tiberio, observado por todos, inclinó su cabeza sin abrir la boca aunque nada hizo tampoco por continuar con su intención inicial de marcharse. Pomponia vio cómo sus palabras habían surtido el efecto deseado, pero sabía también que no era prudente prolongar en el tiempo aquella tensa espera. Aprovechando que Emilia se acercó para preguntarle si deseaba algo, agua, vino, una toalla, se dirigió a su hija política en voz baja.

—Ve a buscar a Publio y dile que debe dirigirse a la gente aquí congregada, que ya habrá tiempo para el dolor y el luto. Búscale en vuestra habitación o, no, mejor, seguro, en la biblioteca. Allí pasaba horas enteras con su padre. Ve, hija mía. Es importante.

Emilia asintió y salió del jardín moviéndose con agilidad entre el tumulto de gente que resultaba demasiado lento para apartarse con la celeridad requerida por su pequeña figura. Estaba nerviosa por la tensión acumulada entre todos los presentes, por las terribles noticias, por el desprecio de Tiberio, maldito tratante de esclavos. Miserable donde los haya. Emilia se secó las lágrimas que corrían por su piel suave y tersa. Eran fruto del dolor, de la rabia y de la impotencia entremezclados. Su espíritu le pedía sacar a golpes a aquella rata que se atrevía a ofender a su nueva familia aprovechando la peor de las crisis. Primero había sido su amadísimo padre, Emilio Paulo, el que cayera bajo el ataque de Aníbal y ahora eran el padre y el tío de su marido los que caían a manos del hermano del general cartaginés. ¿Cuántos más se llevaría por delante aquella guerra? Aturdida entre sus pensamientos, no se dio cuenta de que ya estaba en la biblioteca. Tal y como había predicho Pomponia, allí estaba su hijo, sentado en la penumbra, encogido, una triste silueta. Tuvo miedo. El mandato de Pomponia, no obstante, era preciso y además justo y de sentido común. Se dio cuenta de que tenía temor por su marido: se le exigía demasiado a alguien tan joven, hacerse cargo del destino de una de las familias más poderosas con tan sólo veinticuatro años; aquél era un encargo desmedido a todas luces. Aunque, pensó con rapidez, había reyes que accedían al trono siendo sólo unos jóvenes muchachos: Filipo de Macedonia era un ejemplo o el propio Alejandro Magno, y decían que el mismísimo Aníbal se había hecho con el control del ejército cartaginés de Hispania en una edad similar... No, Aníbal tenía entonces veintiocho años, sí, recordó una conversación sobre el tema con Lelio, hacía unos días, en la fiesta de celebración del nacimiento de Cornelia. Pero, ¿cuánto tiempo llevaba allí detenida sin decir nada a su esposo? Los demás esperaban.

Emilia se acercó despacio y, en la voz más suave que pudo, le transmitió el mensaje de Pomponia. Publio escuchó sus palabras y, aunque nada había dicho Emilia sobre los comentarios de Tiberio, el joven edil detectó en el tono de su mujer que algo había pasado en su breve ausencia.

—¿Alguien ha dicho alguna cosa inapropiada? —preguntó Publio con una serenidad que sorprendió a su mujer.

Emilia tardó en responder, pero la mirada fija y tranquilizadora de su esposo le sosegó el ánimo y, aunque entre sollozos ahogados, le trasladó los comentarios de Tiberio Graco y la respuesta de su madre. Publio asintió despacio.

—Ve de vuelta y dile a mi madre que enseguida estoy allí. Y que no se preocupe... que no se preocupe que... me haré cargo de todo.

Emilia partió y dejó de nuevo a su marido en la soledad de la biblioteca.

«Me haré cargo de todo», pensó, y una mueca de desazón y cinismo se dibujó en su faz. Había dicho exactamente lo contrario de lo que había decidido. No hacía ni un instante que había tomado la determinación de rendirse y anunciar que la familia entraba en luto y que, ante la ausencia de su padre y su tío, no se veía en condiciones de asumir los negocios e intereses que abarcaban sus progenitores recién fallecidos en Hispania, pero el desprecio de Tiberio Graco era sólo el preludio de lo que vendría si no se hacía firme y se arrojaba toda la responsabilidad de gobernar aquella familia sobre sus espaldas: hacerse cargo de todo. Sólo un planteamiento decidido en ese sentido sería lo que permitiría la supervivencia del clan. Pero, ¿cómo hacerse cargo de todo si apenas era la tímida sombra de su padre y su tío?

Publio, no obstante, movido por el deber y la disciplina aprendidas, en contra de sus sentimientos y de las pocas fuerzas que sentía, se levantó y salió de la biblioteca. Caminó despacio por el atrio, cruzó el *tablinum* y entró de nuevo en el *peristilium*. Allí, entre los árboles del jardín, permanecían todos, quietos, sin decir nada, esperando sus palabras. Habían sacado unas bacinillas y unas toallas para que Mario, el mensajero, pudiera lavarse las manos y el rostro. Allí, en esa persona, o en Lelio, o en Lucio Emilio, su cuñado, o en tantos otros de los presentes, había hombres válidos, resueltos, amigos. Su hermano Lucio, aún más joven que él, estaba encogido detrás de su madre. Era absurdo el destino, y la diosa Fortuna, desdeñosa con su familia. No se había detenido a pensar con detalle cómo exponer lo que pensaba, pero habría que romper aquel solemne silencio con rapidez y despachar a todos los presentes. Su madre ya empezaba a sollozar, aunque sin temblores. Era de admirar que hubiera resistido las noticias con aquella entereza y que hubiera sacado fuerzas de flaqueza para repeler el miserable ataque del despreciable Tiberio. No se lo perdonaría nunca a Tiberio, su altanería en momentos de sufrimiento tan grande, tampoco sería fácil justificarse a sí mismo por haber dejado a su madre sola en esos instantes en los que todo se derrumbaba. Pero había necesitado de unos minutos de silencio y concentración sin todas las miradas examinándole. Debía poner en orden su corazón, y, más importante aún, su razón y actuar en consecuencia. Emilia tenía las mejillas empapadas, aunque sin emitir gemido alguno y Lucio abrazaba a su madre con los ojos cerrados. Publio movió los músculos de la garganta y la lengua en busca de saliva, pero no la había y, con una voz que le pareció extraña por su fortaleza pese a la adversidad, se dirigió a todos los presentes.

—Mi padre y mi tío... han muerto. Tras estos... acontecimientos... asumo la condición de nuevo *pater familias* y con ello... —le costaba, pero prosiguió igual que un legionario agotado continúa marchando bajo la atenta mirada de los centuriones— asumo los intereses, negocios y propiedades de mi familia en Roma, en las ciudades latinas y en el extranjero. Y, siguiendo las leyes de Roma y la dignidad de mis predecesores, seré fiel a atender los asuntos... todos estos negocios —no tenía claro cómo continuar; todos le miraban y le escuchaban. Examinó los rostros: interés, compasión, aprecio, duda, interrogantes, amistad, desdén; había donde elegir, según la faz que escrutase. Decidió ser más explícito—. Soy tribuno militar y edil de Roma, muy lejos de las altas magistraturas que mi padre y mi tío ostentaban hasta hace bien poco, pero en la medida de mis fuerzas y hasta donde llegue mi capacidad e influencia, atenderé a todos los presentes. Sé que cuento con amigos, o eso creo —dijo y miró a Lucio Emilio, el hermano de Emilia. Éste asintió y tomó la palabra un instante.

—Tu familia fue generosa con la nuestra tras la muerte de mi padre. Nos apoyasteis y reafirmasteis vuestra amistad al casarte con mi hermana. Por justa correspondencia y por afecto sincero, más allá del agradecimiento y la lealtad que se deben a tal alianza, puedes contar con la familia de los Emilio-Paulos para ayudarte en los intereses de tu familia y de tus amigos y clientes.

El joven se acercó a Publio y se abrazaron con fuerza. Lucio Emilio se separó y se retiró entonces para permitir a Publio que continuara hablando.

—Bien, hay aquí más cosas pendientes —continuó el joven edil de Roma y detuvo su mirada en los ojos de Cayo Lelio que, emocionado, asistía a su declaración de principios al asumir el liderazgo de aquella poderosa familia sumida en la peor de las catástrofes—. Cayo Lelio, prometiste a mi padre defenderme en todo momento y así lo has hecho poniendo en peligro tu vida cuando cumplir con tu juramento así lo ha requerido. Los dioses son testigos de que, si no fuera por ti, hoy yo no estaría aquí. En Tesino te mostraste imprescindible y, desde entonces, siempre has sido fiel a tu voto, pero he aquí que mi padre ha fallecido. Te libero de la obligación de velar por mí, Cayo Lelio, y te agradezco los servicios prestados. Siempre serás bienvenido en esta casa y me honrará que nos visites con frecuencia y que compartamos aún muchos sucesos futuros, pero ya será sin que ningún voto te ate en tu lealtad a mi persona y a esta casa.

Todas las miradas se volvieron hacia Cayo Lelio que, pese a sus treinta y muchos años, sintió que el calor le aprisionaba por dentro y que su rostro debía de estar tornándose de un inoportuno púrpura que delataba sus sentimientos más profundos, pero se sobrepuso a la confusa maraña de sensaciones que le aturdían y acertó a responder con tono alto, fuerte y claro.

—Estimado edil de Roma y amigo, Publio Cornelio Escipión, *pater familias* de esta casa. Agradezco tus palabras y los inmerecidos elogios a mi persona y todo lo confirmo y suscribo excepto una cosa de la que ruego excuses mi atrevimiento al contrariarte: no acepto que nadie de este mundo me libere de aquello que prometí a tu padre junto al río Tesino. Prometí velar por ti y tu seguridad siempre, y sólo él, a quien consagré dicho voto, podría haberme liberado del mismo. Los dioses han querido llevarse a tu padre de entre nosotros antes de que éste estimase conveniente liberarme de dicha obligación, de forma que ya nadie puede hacerlo. Seguiré entonces fiel a mi juramento hasta que llegue la única que puede decidir que es el momento de dar término a dicho compromiso, y ésa no es otra que la que vendrá un día a sorprenderme con su visita fría e inmisericorde: la propia muerte. Espero que perdones y soportes que sólo en esto te contradiga.

Publio le miró con admiración. No había esperado semejante respuesta.

—Cayo Lelio, es posible que tengas razón —le respondió—; sólo tu corazón sabe de qué forma se debe entender el juramento que expresaste a mi padre. Si así lo concebiste, así será. Ésta, he de reconocer, es una contradicción que me llena de orgullo. Espero, no obstante, que tus trabajos y esfuerzos encuentren algún día la justa recompensa que tal lealtad merece; aunque he de confesarte Lelio que, en las actuales circunstancias, soy bastante pesimista en lo que el futuro sea capaz de ofrecerte desde mi familia —entonces, recordó las palabras que Emilia le había comentado con relación a la intervención de Tiberio Graco y hacia él se volvió ahora su mirada—; por cierto, que eso me recuerda que no soy el único en considerar la presente situación de mi familia con cierto pesimismo, ¿no es así, Tiberio Graco?

El tratante de esclavos fue a responder, pero la mano alzada de Publio le indujo a contenerse.

—He de aclarar —continuó Publio— que cuando dije que me ocuparía de los asuntos de todos mis clientes no he sido del todo preciso, pues con ello quise decir que de todos menos de uno: Tiberio Graco, sal de esta casa y que los dioses te maldigan; cualquiera puede dejar de recurrir a los servicios de mi familia si estima que ya no podemos ayudarlos, y que los dioses se muestren generosos con ellos en el futuro, pero lo que nunca admitiré es que el mismo día en el que se nos informa de la muerte de mi padre y de mi tío venga un miserable a humillar a mi madre y mi mujer delante de todos los que nos conocen.

—¡Por Castor y Pólux, estimado edil —empezó Tiberio— yo no quise decir...!

—¡Fuera de aquí, miserable! —Publio no daba margen a la negociación—. ¡Marcha de aquí antes de que te haga arrojar como a un perro y de que pague contigo toda la furia contenida que llevo en mi ser! ¡Sal ahora que aún estás entero, imbécil!

Tiberio Graco recogió su toga que colgaba por el suelo, de tan alargada como gustaba llevar y, rápido, se escabulló entre los presentes hasta alcanzar la puerta. Pomponia y Emilia suspiraron con alivio y Cayo Lelio dejó que su mano soltase la empuñadura de la espada y se relajase.

Publio continuó explicando su plan de acción para los próximos días.

—Bien, primero se organizará el luto que corresponde a la pérdida que nuestra familia ha sufrido y, luego, acudiremos al foro para poner orden en los diversos asuntos que estamos gestionando, sólo pido la consideración de unos días para reemprender los negocios que a todos os ocupan y por los que hasta aquí habéis venido...

Una enorme algarabía, el ruido de un gran tumulto de gente corriendo por la calle, gritos de centenares de personas, empezaron a escucharse desde el exterior. Publio, entre extrañado y sorprendido, se vio obligado a detener su parlamento. La curiosidad y el temor se apoderaban a partes iguales del resto de las personas presentes en la casa de los Escipiones. A una mirada del edil de Roma, el esclavo *atriense* salió raudo a la calle para averiguar qué pasaba. Regresó en cuestión de segundos y vociferando para hacerse escuchar por encima de los miles de gritos que parecían surgir de todas las esquinas de la ciudad exclamó el peor de los anuncios.

—¡Aníbal está a las puertas de Roma!

85

El destino de Roma

Roma, invierno del 211 a.C.

—Es aquel de allí —indicó un legionario al viejo senador, cónsul en cuatro ocasiones—, el que cabalga al frente de aquel grupo de jinetes númidas. Todos se dirigen a él para preguntarle. Debe de ser él. Le llevo observando casi media hora.

Fabio Máximo no respondió, pero siguió con su mirada a aquel jinete erguido, diestro en su forma de cabalgar. Es posible que el legionario tuviera razón, pero también podría tratarse de alguno de los generales de Aníbal, alguno de sus lugartenientes en el mando, quizá aquel hábil general que dirigía su caballería. ¿Cómo se llamaba? Maharbal. Quizá. No podía tratarse de sus hermanos porque ambos estaban en Hispania acechando a las legiones allí establecidas, buscando la forma de atravesar el Ebro y reforzar al ejército de su hermano en Italia y, ahora que habían acabado con los Escipiones, aquel plan podría pronto ponerse en marcha. La noticia, aunque sólo corría en forma de rumor, de la derrota de los Escipiones mezclada con la presencia visible ante Roma de Aníbal había desesperado al pueblo.

Fabio Máximo oteaba desde lo alto de la *muralla Servia*. En otro tiempo, hacía decenas de años, aquellas murallas se levantaron para protegerse del ataque de las tribus latinas con las que pugnaba Roma por el control del Lacio, Etruria y Campania y, luego, para protegerse de las incursiones galas que descendían desde el norte. Pero desde aquellos tiempos remotos, el poder de la ciudad había ido creciendo sin parar hasta dominar aquellas regiones además de Lucania y el resto de los territorios de la península itálica hasta el mismísimo Brutium y las ciudades de la antigua Magna Grecia, además de Cerdeña, gran parte de Sicilia y de extender su área de influencia por el Adriático y las diferentes colonias griegas y ciudades independientes en las costas de la Galia o Hispania. El temor de sufrir un ataque directo sobre la capital de aquel incipiente imperio era una idea que se había ido desvaneciendo entre los romanos. Ahora, sin embargo, con esta interminable guerra contra Cartago, el mundo parecía haberse vuelto del revés y lo que antes era del todo imposible resultaba un peligro inminente. Ya cundió el pánico cinco años antes, tras el desastre de Cannae, pero desde entonces los romanos, poco a poco, parecían haber ido recuperando terreno al tiempo que los cartagineses perdían parte del empuje inicial con el que irrumpieron en Italia. Y, ahora precisamente, cuando Roma estaba volcada en recuperar sus antiguas posesiones y en castigar a aquellas ciudades que como Capua se habían pasado al enemigo invasor, era en ese momento cuando, de pronto, el fantasma de Aníbal se aparecía ante las mismísimas puertas de la ciudad en carne y hueso, cabalgando libre, rodeado de su poderoso ejército de mercenarios y africanos, estudiando el mejor momento para lanzar su ataque.

Máximo frunció el ceño intentando visualizar con mayor nitidez aquella figura que, ágil, a lomos de su caballo, daba instrucciones a sus mercenarios para levantar un inmenso campamento apenas a unos kilómetros de la ciudad. Fabio Máximo se percató entonces de que no podría reconocerle, de que nunca había visto a Aníbal en persona. Cuando acudió a Cartago con la embajada del Senado para terminar declarando la guerra, Aníbal no estaba allí, sino en Hispania, asediando Sagunto. ¿Cómo sería aquel hombre? Quizá algún día podría tener el gusto de verlo pasearse bajo el peso de frías cadenas por el foro de Roma. Quizá no. Un hombre así no suele dejarse atrapar vivo, pero siempre se podría recurrir a la traición de alguno de sus oficiales de confianza. Tendría que madurar ese plan. Ahora eran otras las urgencias.

Máximo descendió de las murallas sin despedirse de los legionarios que las custodiaban. Caminaba protegido por varios *lictores*. De forma excepcional el Senado había decidido que todos los que en alguna ocasión hubieran ostentado el cargo de cónsul, censor o dictador asumieran plenos poderes militares para contribuir a la defensa de la ciudad y, sobre todo, para controlar el tumulto de las masas que, enloquecidas por el pánico, se debatían en funestas consideraciones que llegaban a la posibilidad de rendirse sin combatir revolviéndose contra sus gobernantes, en un intento final de evitar la cólera del general cartaginés.

Protegido por su escolta, el viejo senador Fabio Máximo recorrió las calles que desde las murallas conducían hasta el foro, en el corazón de Roma, para al fin llegar al edificio del Senado, en aquellos momentos rodeado por varios centenares de soldados armados de una de las *legiones urbanae*.

La situación era crítica y un encendido debate estaba en pleno desarrollo cuando Fabio Máximo hizo su entrada en la gran sala de reuniones del Senado. Al aparecer, el resto de los senadores calló por un instante. En ningún otro momento se habían atrevido a iniciar un debate sin su presencia. Estaba claro que todos estaban ofuscados ante la presencia de Aníbal frente a Roma. Fabio Máximo decidió pasar por alto aquel desliz de sus colegas y tomó asiento en su lugar habitual, en la bancada de piedra más próxima al centro de la sala. Los senadores aguardaron a que Máximo se sentase y reanudaron la discusión. Fabio escuchaba atónito. Algunos hablaban de negociar, los menos. Una gran mayoría se inclinaba hacia la idea de enviar mensajeros a los cónsules que asediaban Capua para que retornasen *ipso facto* para proteger a Roma, mientras que algunos opinaban que era el momento de ordenar un repliegue general de las fuerzas dispersas en diferentes frentes, en Sicilia, Cerdeña, Hispania y la frontera con la Galia Cisalpina, para acometer la tarea de enfrentarse con Aníbal y derrotarle de una vez por todas. A estos últimos algunos respondían que eso estaba bien a medio plazo pero que en el corto término sólo se podía recurrir a las tropas de los cónsules Cneo Fulvio y Publio Sulpicio en Capua, además de que algunas de las tropas en el extranjero ya se habían perdido, como las legiones de Hispania. La muerte de los Escipiones había caído como un doloroso jarro de agua fría sobre el ánimo del propio Senado. Las peores noticias parecían acumularse en pocas horas: dos de sus mejores generales caían en combate en Hispania, los iberos se pasaban de forma generalizada al bando cartaginés, Marcio, el centurión al mando en Hispania, pedía refuerzos y anunciaba que no podría mantener la frontera del Ebro por mucho tiempo, Aníbal acechaba a las mismísimas puertas de Roma y Capua no cedía en su resistencia pese al asedio persistente de los dos ejércitos consulares. ¿Qué hacer en medio de aquel desastre?

Máximo se alzó despacio. No pidió la palabra, sino que, como era su costumbre, se limitó a esperar que el resto de los senadores guardara silencio. No necesitó mucho tiempo. En pocos segundos todos habían callado por completo.

—Aníbal —empezó el anciano ex cónsul y ex dictador—, no ha venido a atacar Roma, sino a liberar Capua.

Aquí se detuvo unos segundos, esperando que el sentido de sus palabras permeara entre el temor de los senadores hasta empapar sus ánimos y encender la llama de la razón. Algo difícil, pensó, pero o bien conseguía que allí se estableciera un poco de sentido común o la ciudad, entonces sí, esta vez sí, estaría perdida.

—Aníbal —continuó, empleando el nombre del enemigo más temido por Roma con pasmosa sencillez, sin ningún resquicio de nerviosismo o pavor, como quien habla de un reyezuelo celta en alguna remota región más allá de los Alpes—, Aníbal pudo atacarnos, debió atacarnos tras Cannae, pero no lo hizo. Ya consideró en aquel momento, y con acierto os digo yo, que Roma era demasiado fuerte como para caer ante su ejército. No tiene lo necesario para un largo asedio. Ha venido con un ejército de infantería y caballería válido para el combate en campo abierto pero no tan útil para un asedio. Tenemos las dos *legiones urbanae* a nuestra entera disposición. Podemos resistir con fortaleza si controlamos nuestro miedo y, por encima de todo, el temor del pueblo. Hay que repartir patrullas de legionarios que controlen los movimientos de la gente, ordenar que todos se recluyan en sus casas, que se cuantifiquen las reservas de comida y se pongan bajo supervisión militar. Hay que proteger todas las murallas y establecer un servicio de mensajeros que nos mantengan informados de los acontecimientos en Capua y, por todos los dioses, lo que de ninguna manera hemos de hacer es aquello que precisamente Aníbal anda buscando: no debemos retirar nuestras tropas de Capua. Capua debe caer y pagar con sangre su sedición y para ello Roma debe resistir. Nuestra fortaleza será el camino de la victoria. Si nos mostramos débiles, ése será nuestro fin y, os digo a todos, si somos débiles, mereceremos la derrota y la muerte.

Y con esas palabras Fabio Máximo se sentó, despacio, mirando con tiento su banco, limpiando algo de polvo de los almohadones que le acomodaban sobre la fría piedra. El debate se recuperó tomando las propuestas de Fabio Máximo como referencia. Se aceptaron con rapidez todas aquellas relacionadas con el fortalecimiento de la seguridad en el interior de la ciudad y en las murallas que la circundaban y, al fin, con relación al asunto principal se decidió que se enviarían mensajeros para pedir que viniera en ayuda de Roma no los dos, pero sí uno de los dos ejércitos consulares, quedando en manos de los propios magistrados la decisión sobre cuál de los dos acudiría a defender la ciudad. Esta difícil decisión se acordó por consenso ya que el propio Máximo la aceptó al ver que de esa forma se mantenía el doble objetivo de no cejar en el asedio a Capua al tiempo que se buscaba la mejor fórmula para defenderse de Aníbal. Él no habría llamado a ninguno de los ejércitos consulares, pero era tal el temor que la presencia del general cartaginés había suscitado entre el pueblo y los mismísimos senadores que, sin duda, era necesario que corriera la voz de que un ejército consular vendría pronto en ayuda de la ciudad, contribuyendo esas noticias a que todo se sosegara. Así sería posible establecer un poco de orden en aquella confusión donde la mayoría de los romanos sólo alcanzaba a ver miedo y fantasmas.

Ya estaba todo acordado cuando Fabio Máximo, esta vez ya sin levantarse de su asiento, tomó de nuevo la palabra sin esperar a que se hiciese silencio, pero haciendo valer su potente voz de modo que su última intervención de aquel día se dejó oír retumbando entre las paredes del Senado.

—¡Y, por todos los dioses, que se ordene salir a varias *turmae* de caballería que impidan que Aníbal se pasee a tan sólo unos pasos de las murallas de nuestra ciudad! ¡Es humillante! ¡Si Aníbal quiere ir de paseo, que vuelva a Cartago! ¡Parecemos más mujerzuelas asustadas que senadores romanos!

En apenas diez minutos, cuatro *turmae* de la primera de las *legiones urbanae* salieron de la ciudad y, sin dar casi tiempo al enemigo a reaccionar, se lanzaron al galope contra los grupos de jinetes númidas que patrullaban en torno a las murallas estudiando los puntos débiles de la *muralla Servia*.

Aníbal se había retirado a su tienda en su recién levantado campamento con vistas a Roma y revisaba los pertrechos de los que disponía para atacar la ciudad con la que llevaba en guerra más de siete años y contra la que su padre y su familia combatieran ya en el pasado. Estaba ponderando la forma física en la que se encontraban los nuevos elefantes que había traído desde el sur, aquellos que le habían llegado como refuerzos desde África para sustituir a todos los que perdió desde que saliera de Hispania. Contaba con treinta y tres. No eran muchos, pero suficientes para ser útiles en el asedio y, de forma especial, en una batalla en campo abierto. Pronto vendrían los ejércitos consulares. Ése sería el momento de la verdad en el que el destino de todos quedaría decidido de una vez para siempre en una batalla campal a las puertas de la mismísima Roma. Así parecía que, de forma definitiva, lo habían dictaminado los dioses. Así sería, pues. Se oyó el estruendo de armas y gritos de guerra. Aníbal se volvió hacia la ciudad. Los romanos habían organizado una salida con parte de su caballería y se las veían con los númidas de Maharbal. Desde la distancia sólo se acertaba a vislumbrar un millar de jinetes de ambos bandos enzarzados en una lucha cuerpo a cuerpo en medio de un mar de polvo. Tras varios minutos, los númidas empezaban a replegarse siguiendo a Maharbal. Aníbal observaba la escena acompañado por su guardia personal. Alguien fue a hacerle un comentario, pero el general alzó la mano. No quería interrupciones mientras analizaba un combate. Maharbal hacía bien en alejarse. Esa salida de los romanos no iba a decidir nada y había tantas bajas de unos como de otros. Además, desde las murallas los dardos y lanzas del enemigo ayudaban a su caballería, de modo que combatir así, junto a las murallas, era una lucha desigual para la caballería númida y Maharbal sabía que sus jinetes serían necesarios para la batalla principal que tendría lugar en poco tiempo.

Aníbal miró al cielo: estaba completamente limpio, azul, despejado. Mañana llegarían los ejércitos consulares, aliviándose así el sitio de Capua y permitiendo que Bortar y Hanón, los generales cartagineses al mando en aquella ciudad, pudieran hacer salidas de aprovisionamiento. Mañana Aníbal estudiaría al ejército enemigo y al día siguiente, si perduraba el buen tiempo, saldría él en persona a encontrarse con su destino.

Los centinelas cartagineses detectaron movimientos de tropas durante la noche. Con toda seguridad estaban llegando los ejércitos de Capua para defender la ciudad. Aníbal dejó órdenes precisas antes de acostarse de que no se le molestase por lo obvio y que sólo se le despertara en caso de que los romanos atacasen, algo muy improbable, en medio de la oscuridad reinante.

—Y que las tropas descansen también —continuó Aníbal—; quiero que todos estén dispuestos, con sus cinco sentidos, para la batalla que se nos avecina —y con esas palabras se retiró a su tienda.

Al amanecer, mientras desayunaba gachas de trigo disueltas en leche de cabra, caminaba con su tazón en la mano escudriñando el recién instalado campamento romano levantado frente a la ciudad durante la noche. De pronto, arrojó la taza al suelo, haciéndose ésta mil pedazos que quedaron esparcidos sobre la hierba suave de la pradera.

—¡Ahí faltan tropas! —exclamó—. ¡Por Baal y Tanit, quiero saber qué pasa en Capua! ¿Qué dicen los mensajeros de Capua?

Maharbal partió raudo a recabar información. Aníbal, mientras, repasaba con sus ojos las tiendas levantadas por los romanos según alcanzaba a discernir en los primeros albores del amanecer. Daba igual cómo contase. Allí no estaban todos los soldados de Capua. No eran necesarios los informes que había solicitado. Éstos sólo verificarían lo que resultaba evidente. Los romanos habían dividido sus fuerzas. Un ejército consular en Capua y otro a Roma. Alguien controlaba su miedo, lo administraba con habilidad. Seguramente aquel viejo senador, Máximo, seguiría siendo el alma de aquella ciudad. Lástima no haber podido terminar con él después de Cannae, cuando aquél actuaba de dictador, pero nunca se puso a su alcance, siempre evitando el combate directo. El único cebo que aquel senador había mordido fue el de Sagunto declarando la guerra en Cartago. Desde entonces, siempre movía a los demás como si se tratase de sus muñecos.

—Han llegado mensajeros de Capua —era Maharbal quien le hablaba; Aníbal le escuchaba sin girarse, con los brazos en jarras mirando a Roma—; el asedio continúa con uno de los dos ejércitos consulares. Parece que sólo Fulvio ha venido en ayuda de Roma.

Aníbal, sin volverse, alzó una mano en señal de que había recibido el mensaje. Maharbal se retiró a una distancia prudencial de unos treinta pasos. Aníbal, con los brazos enarcados aún, seguía observando Roma. Bien, un cónsul más se interponía entre su destino y su intención. Ya habían caído otros: Flaminio y Emilio Paulo; y otros fueron heridos. Uno más no costaría tanto trabajo. Se preguntó entonces cuántos cónsules más debería matar aún antes de que Roma aceptase la derrota.

—El sol parece haber detenido su curso —comentó Maharbal para sí, pero, pese a la distancia, Aníbal le escuchó.

—Es cierto —dijo, mirando al cielo gris del amanecer. Maharbal tomó aquella respuesta como una invitación para aproximarse y hablar con el general.

—Es como si no quisiera amanecer nunca —comentó Maharbal.

—Son los dioses romanos —concluyó Aníbal—. Temen el nuevo día y lo retrasan.

Pomponia estaba recluida en casa junto con Emilia. Los esclavos atendían sus quehaceres por inercia. Los pensamientos de todos estaban en lo que fuera a ocurrir aquel día a las puertas de la ciudad.

—Es un extraño amanecer —comentó Emilia, observando el cielo desde el atrio de la *domus*—. Es como si hasta los dioses estuvieran de luto por... —pero se lo pensó dos veces y detuvo sus palabras. Pomponia sonrió con ternura y la llamó a su lado.

—Ven aquí, Emilia, por favor, y recuéstate junto a mí.

Emilia se reclinó en el *triclinium* contiguo al de su suegra.

—No debes temer mencionar a mi marido o a su hermano en mi presencia. No son tus palabras las que me puedan herir al referirte a ellos. Sé que los apreciabas. Es gente miserable como aquel Graco la que odio, que ni tan siquiera se atreva a pronunciar su nombre. De hecho, el oír referencias a ellos por tu parte o por parte de Publio, Lucio o cualquier otra persona que los conoció y los apreció en su valía me hace sentir más cerca de ellos —aquí guardó un minuto de silencio—; pero llevas razón: la luz de este nuevo día es... demasiado pálida, fantasmagórica. Los augures dicen que no es un día peligroso, pero a mí me lo parece.

—Publio, Lelio y los demás estarán ya junto al resto del ejército de Fulvio y las legiones de la ciudad —comentó Emilia.

—Así es. Así es.

Y las dos guardaron silencio, sintiendo en la compañía mutua la única luz de esperanza en aquella mañana gris de invierno apagada por el dolor y la incertidumbre.

—Ésos son elefantes nuevos —dijo Lelio, saludando así al nuevo día.

—Sí —respondió Publio.

Su *turma* de caballería se había unido a las de las *legiones urbanae* reforzando una de las alas del ejército consular de Cneo Fulvio. Todas las tropas estaban en perfecta formación y a la espera de las órdenes del cónsul, los tribunos y centuriones. La *muralla Servia* quedaba a sus espaldas, perfectamente guarnecida por más de veinte mil legionarios dispuestos a dar la vida por su ciudad. Ante ellos, Aníbal había formado su ejército de mercenarios iberos, galos, africanos y tropas cartaginesas de elite. El general invasor había traído sus hombres más veteranos y venía arropado, como bien decía Lelio, por nuevos elefantes. Publio recordaba la conversación que tiempo atrás mantuviera con su padre acerca de aquellas gigantescas bestias. Se podía combatir contra ellos y vencerlos si no eran muchos y, especialmente, si se contaba con la ayuda de fortificaciones próximas. Aníbal había situado sus elefantes en la vanguardia, listos para atacar en la primera acometida, pero Publio había visto que Fabio Máximo asumía el mando de las tropas de las murallas y cómo éste había dado instrucciones para que tanto arqueros como los mejores lanzadores de jabalinas se dispusieran para masacrar con una lluvia de misiles a aquellos feroces paquidermos en cuanto éstos estuvieran a pocos pasos de las murallas. Eso daría una buena posibilidad a la infantería de acabar con el ataque de las bestias africanas. Aun así, se escuchaba el bramido salvaje de los elefantes y Publio sentía el temor infernal que éstos despertaban en su ser y en el de todos los legionarios que le rodeaban. Los caballos relinchaban temerosos, asustados. En Cannae Aníbal se presentó frente a los romanos sin elefantes ya que había perdido a todas estas bestias en los Alpes y luego al resto excepto a uno en los pantanos del Po. Ahora los romanos se veían obligados a hacer frente al peor de los enemigos aún más fortalecido con la ayuda de estas nuevas bestias de guerra.

—Los elefantes están nerviosos —dijo Maharbal.

—Lo sé —respondió Aníbal—; presienten algo extraño pero no sé qué es. Admito que estoy confundido. Los elefantes nunca se comportan así antes de una batalla. Se asustan a veces durante el combate, pero nunca antes. Y este cielo plúmbeo, es como si pesara sobre todos nosotros. Ayer hacía un sol radiante y, sin embargo, hoy, el día que debemos decidir el futuro del mundo, el sol se niega a presidir el amanecer. Es un presagio extraño.

En ese momento un relámpago partió el cielo con un fulgor cegador y al segundo fue seguido por un poderoso estruendo que estalló en los oídos de los soldados de ambos ejércitos. Una densa lluvia empezó a descargar sobre la hierba de la pradera que rodeaba Roma y en apenas un minuto todo se tornó en una espesa oscuridad, que más se asemejaba a la noche que al día. Sólo los destellos de los relámpagos dejaban ver al general el confuso movimiento de los elefantes que, buscando refugio de la inesperada tormenta, se revolvían contra las filas cartaginesas sin que sus conductores pudieran hacer nada por controlar a las bestias en su retirada. Los iberos y los galos se hacían a un lado dejando paso a aquellos monumentales animales.

Los romanos no parecían digerir mucho mejor la torrencial lluvia: los legionarios se cubrían con sus escudos y la caballería se replegaba hacia la ciudad. En aquellas condiciones era imposible guerrear para ninguno de los dos contendientes.

—¡Que la infantería mantenga las posiciones una vez que los elefantes se hayan refugiado en las tiendas del campamento! —ordenó Aníbal— ¡Y la caballería, que se reagrupe pero que esté dispuesta al combate!

La lluvia no arreciaba y cuando parecía que era ya imposible que lloviese más, el aguacero se tornó en tempestad completa y Aníbal, empapado hasta los huesos, veía cómo del cielo caía un mar de agua infinito que lo inundaba todo. El barro empezó a apoderarse de la tierra y, pese a la hierba, allí donde había más arena que tamiz vegetal el fango se adhería a la piel de los soldados apresando sus pies. La infantería cartaginesa resistía como podía el castigo inclemente del cielo, pero ya no había ánimos para luchar sino tan sólo para mantenerse en pie bajo aquel océano de lluvia, viento y frío.

—¡Por Baal y todos los dioses! —exclamó Aníbal impotente—. ¡Nos replegamos! ¡Todos al campamento, a las tiendas, excepto los centinelas de guardia!

Aníbal se mantuvo firme en su puesto supervisando la retirada de sus tropas hasta que el último de sus soldados se hubo replegado. Desde el altozano de su posición observó cómo los romanos hacían lo propio y recogían también a su ejército en el campamento junto a las murallas. Los dioses le habían jugado una mala pasada, pero mañana sería otro día. Tarde o temprano terminaría aquella lluvia.

Llevaba dos días y dos noches sin parar de llover. Emilia estaba recogida en su habitación, sola, intentando conciliar un sueño al que nunca conseguía entregar su cuerpo y menos aún su mente. Sus pensamientos vagaban por las distantes murallas de Roma, allí donde su marido estaría entre sus soldados, con suerte al abrigo de alguna tienda esperando, como ella, un nuevo día de sol que condujera al desenlace de aquella espera sin término. Oyó pasos en el atrio. Era pasada la medianoche y no debería haber ningún esclavo trabajando por la casa. Pensó en levantarse y averiguar qué ocurría, pero tuvo miedo. Las pisadas eran claras, seguras. Alguien cruzaba el atrio. Los esclavos tenían orden de no dejar pasar a nadie que no fuera de la familia, o a Lelio, que ya era uno más en aquella casa.

Emilia agudizó los sentidos. Tensó los músculos de su pequeña figura, acurrucada entre las sábanas de su cama. Sus ojos fijos en el dintel de la puerta. Con la lluvia las nubes ocultaban la luna y la única luz era la que producían las dos antorchas que mantenían encendidas por la noche en el atrio. Hacía un frío húmedo, denso, que se colaba por las rendijas que trepaban desde el suelo de su habitación por las paredes hasta adentrarse en sus huesos aprovechando la ausencia de su marido. Las pisadas se detuvieron ante su puerta. Emilia vio la alargada sombra de un hombre corpulento definiéndose sobre el suelo de la estancia dibujada por la luz tintineante de la llama de la antorcha más próxima a su cuarto. Emilia suspiró con una indescriptible sensación de paz.

—¿Publio?

—No quería despertarte —respondió su marido en voz baja.

—No, pero me has dado un susto de muerte.

Publio se acercó hasta el lecho y se sentó en la cama. Dejó que Emilia le abrazase con fuerza durante unos segundos. Luego la besó con cariño en las manos, en las mejillas, en los labios.

—¿Mejor? —preguntó él.

—Sí.

Pasaron unos instantes mirándose en el silencio de la noche, acariciados por las sombras temblorosas.

—¿Cómo es que has podido venir? —preguntó ella.

—La tormenta se alarga. El cónsul ha pensado que era mejor que las tropas se refugien en la ciudad hasta que escampe. De esta forma nuestros hombres estarán mejor protegidos, más secos y con mejor ánimo para cuando la lluvia deje paso al sol. Entretanto, los cartagineses tendrán que conformarse con la protección de las tiendas. No es lo mismo. Estarán más cansados. Es una buena idea. Todo el mundo ha estado conforme. Se han quedado varios manípulos en el exterior para evitar un ataque sorpresa. El resto, a la ciudad.

—A mí también me parece buena idea.

—Lo suponía —respondió Publio—; aunque estoy un poco cansado esta noche para...

—Idiota —dijo ella y le pegó un puñetazo en el hombro—. Sabes que no me refería a eso.

Publio sonrió divertido. Desde el primer día en que se conocieron le encantaba bromear con ella, de todo, de cualquier cosa. Su unión era sin duda de gran conveniencia para ambas familias, pero Publio se daba cuenta de que, además, había tenido la indescriptible fortuna de que la elección conllevase también una persona que además de apropiada en lo social y muy hermosa, era aguda, inteligente y, por encima de todo, divertida. En tiempos oscuros como los que estaban viviendo, Emilia era una bahía donde refugiarse. Publio se levantó y se quitó el uniforme militar. Dejó la espada con cuidado de no hacer ruido sobre una de las sillas y, desnudo, se tumbó junto a su mujer. Abrazados los dos, escuchando el son intermitente y rítmico de la intensa lluvia impactando sobre el *impluvium* del atrio, cayeron profundamente dormidos. Emilia soñó con que tenía otro hijo: un varón. Aquello llenó de felicidad su ser dormido. Publio soñó también con que tenía un hijo varón, pero éste era ya mayor y un mensajero, venido del frente, traía la peor de las noticias posibles, peor aún que la muerte.

Al alba la lluvia empezó a remitir. Desayunaron fruta, leche y algo de queso. Hablaron de la mejoría del tiempo y de que él pronto tendría que volver a las murallas junto a Lelio y el resto del ejército consular y las *legiones urbanae*. Ninguno mencionó al otro nada sobre sus sueños. Ambos pensaron que era mejor así.

—¡Por fin la lluvia nos da un respiro! —Maharbal, cubierto por una gruesa manta, miraba al cielo de un atardecer gris. Estaba perplejo por la inexplicable duración de aquella tormenta.

—Ha sido una lluvia extraña —confirmó Aníbal. Esperaremos a mañana, para que los hombres se recuperen un poco y atacaremos al amanecer si el sol es el que por fin se hace con el control del firmamento. Aguardaremos hasta que los dioses romanos se cansen de echarnos agua.

Amaneció sobre Roma un día claro de cielos despejados. Alguna nube blanca, empujada por una suave brisa, volaba despacio sobre el horizonte como un recordatorio de la tormenta que ya se desvaneció por completo la tarde del día anterior. El cónsul Cneo Fulvio había dispuesto todas las tropas de nuevo en formación de ataque frente a las murallas. Los cartagineses repetían la operación de hacía unos días, desplegando a sus mercenarios iberos y galos en la primera línea del centro, seguidos por la infantería pesada africana, la caballería númida en las alas y, por delante de todos, los elefantes apoyados por pequeños grupos de infantería ligera prestos para lanzarse sobre las legiones que protegían la ciudad.

Aníbal cabalgaba a lomos de su caballo negro. Llevaba puesto su uniforme de gala, cubierto con una larga túnica roja que lo hacía visible ante todos sus enemigos. Eso le convertía en blanco fácil, y por eso se protegía con su guardia personal y se mantenía en la retaguardia, pero sabía que pasear su figura a caballo a tan sólo unos centenares de pasos de Roma hacía temblar hasta la última de las piedras de aquella indómita ciudad. Azuzó su montura y ésta relinchó con las primeras luces del alba. La tormenta había dejado mucha humedad y una fina niebla que creaba un amanecer de cielo plúmbeo pese a estar despejado de nubes. Aníbal sabía que los romanos verían en aquella niebla un heraldo de infortunio similar al que acompañó a las legiones masacradas por el propio Aníbal junto a la neblina del lago Trasimeno. En el frío del amanecer, los ollares del caballo de Aníbal despedían un vaho espeso que ascendía hacia el cielo como presagios de almas que se desvanecen. El sol apuntó sobre el arco del cielo y la luz intensa lanzaba rayos de luz que rebotaban entre la neblina del alba. Aníbal alzó su brazo. Sintió el viento de la mañana cortando con su frescor poderoso la piel de su antebrazo descubierto. Los conductores de los elefantes le miraban atentos. Iberos, galos, cartagineses y númidas contenían la respiración. Los romanos apretaban sus mandíbulas. Aníbal fue a bajar su brazo cuando el sol desapareció. Los haces de luz que se habían desplegado entre la neblina del amanecer se diluyeron en un suspiro. Un viento gélido barrió la pradera que rodeaba aquella región del mundo trayendo consigo sin que nadie supiera bien de dónde un ejército de nubes negras que se instaló de nuevo sobre la ciudad de Roma y sus alrededores. Aníbal miró al horizonte con ojos perplejos; sus hombres tampoco podían creer lo que estaban viendo ni los propios legionarios que conformaban su enemigo a batir. Varios truenos volvieron a quebrar el silencio contenido en miles de gargantas y, tras su estruendo, los elefantes fueron los primeros en bramar con temor ante lo desconocido. Eran truenos sin relámpagos venidos de algún lugar más allá de la tierra.

Aníbal mantenía en alto su brazo y los oficiales de su ejército seguían aguardando la señal para iniciar el ataque, pero de nuevo una torrencial lluvia lo inundó todo por sorpresa. Aníbal bajó entonces despacio, no dando una señal, sino relajando su cuerpo, en lo que todos sabían interpretar como que se posponía la orden de ataque. Miles de cartagineses, galos, iberos y númidas suspiraron desde lo más hondo de sus corazones mientras aguantaban bajo sus escudos el inusual empuje de aquella nueva tormenta. Todavía había fango bajo sus pies de la anterior tormenta y en pocos minutos el terreno se hizo impracticable para cualquier ejército. Los hombres se encontraron con sus tobillos hundidos en el barro y sólo los caballos o los elefantes podían moverse con cierta seguridad, pero todas las bestias tenían miedo de aquellos truenos que no cesaban, y anhelaban el refugio de los establos.

Maharbal se acercó a su general en jefe.

—Esto es obra de los dioses, los romanos o los nuestros, no sé de cuáles, pero esto es obra suya.

Aníbal no respondió, pero asintió con la cabeza un par de veces. Tardó aún diez minutos en ordenar la retirada del ejército, una espera demasiado larga para los soldados de ambos bandos, pero durante la que nadie se movió un ápice de sus posiciones.

—Bien —dijo al fin Aníbal—; tendrá que ser en otro momento y lugar, pero en algún momento será. Más tarde o más temprano nos las veremos en el combate definitivo y ese día los dioses despejarán los cielos porque querrán asistir a la mayor de las batallas.

Y, desmontando de su caballo, a pie, se retiró a su tienda, escoltado por su guardia, observado por sus soldados y por los del enemigo.

Fabio Máximo no se protegía de la lluvia. Ésta se había convertido en una aliada demasiado querida como para tratarla con desdén. Desde lo alto de las murallas veía al ejército de Aníbal no ya replegándose hacia su campamento, sino levantando todas las tiendas e iniciando una retirada hacia el sur. Roma había vencido aquella vez sin entrar en batalla. Ahora restaba retomar Capua y, a partir de ahí, recuperar todo el terreno perdido. Estaba contento. Para sí mismo, por unos momentos, reconoció que había temido por el desenlace. No. Con Aníbal nunca se podría ganar en combate abierto. Se tendría que pensar alguna argucia distinta para someterle. Algo se le ocurriría. Entretanto, todavía quedaban muchos hombres de paja de los que disponer.

—Benditos los dioses por esta lluvia —dijo Lelio, cuando cruzaban las puertas de regreso a la ciudad.

—Sí —respondió Publio—, pero algo me dice que esta imagen tendrá lugar algún día.

—¿Qué quieres decir?

—Nuestros dos ejércitos enfrentados y Aníbal al frente del bando enemigo.

—Bueno —consideró Lelio— eso ya ha pasado varias veces.

—Sí, claro, pero quiero decir con esa sensación de combate definitivo con la que todos nos sentíamos hace unas horas.

—Ya. Bien. Es posible.

—Es seguro, Lelio. Aníbal no cejará hasta conducirnos a una batalla clave, en donde todo dependa del resultado final de la misma. Con ese propósito vino a Italia y no es hombre al que un par de tormentas vayan a hacerle desistir de sus objetivos.

—Quizá pensarás que es poco noble por mi parte —continuó Lelio—, pero no sé si me gustaría estar ese día en el campo de batalla.

Publio sonrió.

—Eso no es falta de nobleza, Lelio, sino sentido común. En cualquier caso, sólo el tiempo nos desvelará qué es lo que nos depara a cada uno de nosotros ese tirano de la incertidumbre que es el futuro.

Sus caballos los condujeron por las calles de una ciudad ahogada en lluvia pero inundada de esperanza ante la retirada de Aníbal.

Aníbal y Maharbal cabalgaban juntos rumbo al sur.

—En esta ocasión, ¿no vas a discutir conmigo por abandonar Roma, una vez más? —preguntó el general cartaginés.

—No, esta vez no. Esta vez lo veo claro: nuestros hombres y nuestros animales están agotados por soportar las inclemencias del tiempo sólo apoyados por la escasa protección de nuestras tiendas, mientras que los romanos han podido descansar y comer caliente guarecidos dentro de su ciudad. Sería una lucha desigual en donde el fango, que hace duplicar el esfuerzo de los soldados en la batalla, se convertiría en aliado de los hombres más descansados, de los romanos. Había que retirarse. Esta vez coincido con tu parecer. Aunque...

Maharbal no terminó la frase.

—¿Aunque? —preguntó Aníbal.

—Aunque eso significa que Capua caerá.

Aníbal no respondió. Su aire taciturno era ilustrativo de su estado de desánimo. Tenía el ejército dividido entre Tarento y las tropas que se había llevado al norte, y este último contingente estaba agotado por las marchas forzadas a las que había sometido a los soldados y por las tempestades de lluvia y viento que habían sufrido junto a las murallas de Roma. Para colmo de desgracias, su estrategia de atraer sobre sí a los dos ejércitos consulares había fallado y el asedio sobre Capua se había mantenido sin interrupción. No tenía fuerzas suficientes para quebrar ese cerco. Sólo cabía una posibilidad: regresar al sur, reagrupar todas sus tropas en Tarento y seguir aguardando la llegada de su hermano Asdrúbal por el norte, desde Hispania. Sí, ésa era ahora la esperanza. Una vez que su hermano había derrotado a los procónsules, no tardaría mucho en reunir los tres ejércitos cartagineses de la península ibérica para resquebrajar las últimas líneas defensivas que los legionarios supervivientes habían establecido en el Ebro. Algo harían los romanos a su vez para impedir ese avance, pero Asdrúbal, más tarde o más temprano, encontraría la forma de llegar a Italia. Hasta entonces debía esperar. Era, no obstante, una esperanza aún lejana que quedaba enturbiada por el necesario abandono de Capua. Aníbal sacudió la cabeza intentando desembarazarse sin éxito de la angustia que oprimía su ser. Las columnas del ejército cartaginés serpeaban lentas en su retorno hacia el sur.

86

El Campo de Marte

Roma, 211 a.C.

Y Capua cayó en manos de los romanos. Y con ella, su dominio sobre Italia central volvió a imponerse. Aníbal se refugió, tal y como había planeado, en Tarento y el Brutium. Con el viento soplando a su favor, el Senado de Roma decidió ocuparse de nuevo de Hispania para intentar evitar que Asdrúbal alcanzase la península itálica con un nuevo ejército con el que ayudar a su hermano e inclinar de nuevo la fortuna a favor de los cartagineses. No eran muchos los que desearon postularse como posibles nuevos procónsules de Hispania, pero Claudio Nerón decidió adelantarse a todos y presentar su candidatura.

—No lo hagas, Nerón —le dijo Fabio Máximo, horas antes—. No es ése el destino militar que te abrirá las puertas hacia una magistratura o, mejor aún, hacia un triunfo. Hispania es peligrosa.

Fabio Máximo ya había perdido a Varrón en Cannae y no quería perder más apoyos. Su hijo Quinto Fabio Máximo y Marco Porcio Catón escuchaban al viejo senador mientras intentaba convencer a Nerón, pero este último sacudió la cabeza y se despidió. Fabio se dirigió entonces a su hijo Quinto y a Catón.

—Fracasará y tendrá suerte si regresa con vida. Hispania, Quinto, está maldita para nosotros y lo estará hasta que enviemos un gran ejército. Dos legiones no bastan para frenar los tres ejércitos que los cartagineses tienen allí, pero eso Nerón no lo quiere entender. Cree que los cartagineses son alimañas sin razón. Menospreciar al enemigo, escuchadme bien los dos, es el camino de la derrota. Terencio Varrón menospreció a Aníbal en Cannae y nos condujo al mayor desastre de nuestra historia. Nerón no va por mejor camino.

Quinto y Catón asintieron, cada uno por distintos motivos; el primero con sinceridad y el segundo por calculada adulación, pero ambos habían digerido las palabras de Fabio Máximo: Hispania no debía ser el objetivo de ninguno de los dos; que otros quemen sus alas allí donde los cartagineses reinan.

Hispania, 211 a.C.

Nerón llegó a Hispania y su paso por aquella región dejó el mismo rastro que el que una estrella fugaz deja en el firmamento. Un leve brillo que se desvanece en la inmensa oscuridad del universo tras un breve destello. Nada más tomar tierra apartó del mando a Marcio, el centurión que tras la caída de los dos procónsules Escipiones había logrado mantener la frontera del Ebro. También desdeñó la experiencia del resto de los oficiales veteranos supervivientes a los desastres del año anterior. Así, sólo con el apoyo de las nuevas legiones, logró algunas victorias cuyo honor pudo atribuírsele a él mismo de forma indiscutible, consiguiendo, tras un error de estrategia del hermano de Aníbal, acorralar a Asdrúbal en un desfiladero. Todo presagiaba una gran victoria para Roma y un hermoso triunfo para Nerón, pero el nuevo procónsul se enredó en una negociación con Asdrúbal de la que la mayoría de los oficiales veteranos desconfiaban: el general cartaginés pedía un tiempo para orar, según era costumbre en aquellas fechas, o eso decía, de acuerdo con sus creencias religiosas. Nerón, satisfecho de sí, despreocupado, decidió disfrutar de cada minuto que le conducía a la victoria final sobre el primero de los ejércitos de Cartago en Hispania y sobre el general de mayor prestigio del enemigo después del propio Aníbal.

Así pasaron varios días con sus noches. Cuando el sol despuntó por cuarta vez, Nerón decidió que ya era suficiente y, cuando llegó el mensajero del campamento cartaginés, le manifestó que no había más espera: o se entregaban y rendían sus armas o que se atuvieran a las consecuencias derivadas de tener que luchar en un desfiladero completamente rodeados por el enemigo. Y Nerón esperó entonces una respuesta definitiva. Y esperó. Era el mediodía cuando el nuevo procónsul de Roma en Hispania comprendió que Asdrúbal ya no enviaría más mensajeros. Bien, pensó. No habrá tampoco más negociaciones y dio la orden de avanzar por las paredes del desfiladero y por el paso mismo entre las montañas para atacar a los cartagineses por el frente y los flancos a un tiempo. Sería una carnicería de la que pensaba saborear cada gota de sangre derramada por el enemigo. Sin embargo, algo falló en su perfecto plan. Aquello era Hispania y sus enemigos los cartagineses llevaban decenios de combates en aquella región mucho antes de que los romanos empezaran a interesarse por aquellas tierras y sus riquezas mineras. Nerón entró en un desfiladero decidido a conseguir la victoria, pero el desfiladero estaba vacío. No había nadie ya a quien derrotar.

Durante la noche, a oscuras y por angostos pasos que los romanos desconocían, Asdrúbal fue sacando su ejército del desfiladero y llevándolo a praderas donde, en caso de combate, podría hacer uso de la superioridad de su caballería y sus elefantes. El general romano, en su simpleza, le había dado todo el tiempo necesario para llevar aquella operación con sosiego y orden.

Los legionarios romanos contuvieron su asombro para no amargar más aún el desánimo de Claudio Nerón que, impotente, observaba el ridículo que con su incapacidad y petulancia había, él solo, traído sobre su persona.

El resto de su campaña en Hispania fue una sucesión de encuentros en donde no hubo ya victoria clara. Las legiones habían empezado a desconfiar de su general y, cuando un magistrado de Roma no posee la fe ciega de sus hombres, aunque éstos le sigan, es difícil conseguir la victoria y más en una tierra desconocida con aliados indecisos que un día están a tu favor y otro en tu contra, luchando contra tres ejércitos que se repartían el dominio de la región, con la permanente espada de Damocles de temer que en cualquier momento puedes ser cogido por sorpresa por la unión de dos de estos ejércitos y barrer de la región las dos legiones que llevas contigo. Nerón se deprimió primero y, al fin, decidió regresar a Italia, fracasado, acompañado por el ridículo y la vergüenza.

Roma, 211 a.C.

—La altanería tiene un precio caro —comentó Fabio Máximo cuando Nerón le visitó en su villa a las afueras de Roma—. Pero no te hundas, Claudio; ésta es una guerra larga y quizá aún haya momento en el que puedas recuperar tu honor perdido, pero supongo que habrás aprendido que hacerme caso es el camino correcto. Al menos tú no has perdido ocho legiones como Terencio Varrón; lo de él ya no tiene remedio. Tu ida a Hispania no ha hecho sino confirmar que aquél es un destino para quemar generales, un lugar adonde sólo debemos dejar que vayan nuestros enemigos en el Senado. Ya nos ha librado de los Escipiones y Aníbal nos libró de Emilio Paulo. Veamos ahora de quién podemos deshacernos.

Máximo hizo preparar dos cuadrigas, para que Nerón y Catón por un lado y él mismo con su hijo, por otro, pudieran dirigirse al Campo de Marte, donde toda Roma estaba convocada aquella mañana para designar un nuevo magistrado que, con el grado de procónsul, pudiera marchar una vez más con rumbo a Hispania para intentar poner orden en aquel país y, sobre todo, para continuar evitando que Asdrúbal cruzase los Pirineos con dirección a Italia.

Emilia le ayudaba a vestirse. Lo acostumbrado era que fuera algún esclavo el que lo hiciera, pero parecía que la pasión inicial con la que había despuntado su amor perduraba en el tiempo y a Emilia le gustaba acariciar la piel de su marido mientras le asistía para ponerse la túnica de lana y la toga blanca con la que debía acudir junto con Lucio y Lelio, que esperaban en el atrio, al Campo de Marte.

—¿A quién crees que elegirán para defendernos en Hispania?

—preguntó ella mientras alisaba alguna de las arrugas que veía en la tela.

—No lo sé. Nerón no querrá volver y la verdad es que dudo que nadie de los más próximos a Fabio se postule como general. A veces he pensado que su hijo Quinto podría hacerlo bien allí, pero al igual que yo es demasiado joven para el cargo: nunca nadie con nuestra edad ha sido elegido para una magistratura proconsular. Quizá Máximo pudiera influir para que se hiciera una excepción, pero como te digo, dudo que desee enviar allí a nadie de su confianza. Está Marcelo, que es de los pocos que tiene el prestigio y la experiencia militar suficientes. Su toma de Siracusa por sí sola es mayor mérito que el de casi todos los senadores juntos supervivientes a esta guerra, pero no creo que las centurias voten a favor de alejarlo de Roma.

—¿Y Fulvio y Sulpicio?

—¿Los cónsules de este año? Lo dices seguramente porque tomaron Capua —pero Publio sacudió la cabeza—. No. No es comparable este logro con el de Marcelo. Marcelo conquistó Siracusa con sus medios en una región hostil asediando una ciudad por mar y por tierra y que, además, disponía de las mejores defensas que se han visto jamás diseñadas por aquel griego, siempre se me escapa su nombre...

—Arquímedes —dijo Emilia, alejándose un paso y dando por bueno el vestido de su marido.

Publio se sorprendió ante la rápida respuesta de su mujer.

—No hablo mucho en las comidas —sonrió ella mientras se explicaba—, pero lo escucho todo y tengo buena memoria.

—Sí, eso está claro. Bien, lo que te decía: Marcelo logró una memorable conquista, mientras que Fulvio y Sulpicio completaron un largo asedio de años que empezaron otros y que para terminarlo tuvieron que tener el apoyo del Senado y de las *legiones urbanae* y del propio pueblo de Roma que, al no desfallecer ni caer en el pánico, les permitió seguir con el asedio hasta lograr la victoria. Marcelo consigue sus conquistas sin demandar semejantes esfuerzos al pueblo, por eso no querrán que se marche de Italia.

—¿Y Fabio Máximo?

—¿Fabio? —Publio se quedó pensativo—. No, no lo creo. Él sabe que su entereza, eso hay que reconocerlo aunque luego sea un manipulador hasta la médula, en fin sí, su entereza ha contribuido al orden en Roma y, bien, lo veo mayor.

—¿Cuántos años tiene?

—Por Pólux, ahora que lo dices no estoy seguro, pero más de setenta.

—Es sorprendente su fortaleza a esa edad.

—Sí. Y una lástima —concluyó Publio.

—Eres malo.

—¿Sí? ¿Tú crees? Fue Máximo el que negó los refuerzos que necesitaban mi padre y mi tío. Tal vez, si esas tropas se hubieran enviado, ahora dominaríamos Hispania y mi tío y mi padre estarían celebrando un triunfo por las calles de Roma en lugar de tener que ir todos al Campo de Marte a buscar a alguien que desee reemplazarlos.

—Perdona, lo siento; hablo demasiado —dijo Emilia bajando la mirada.

Publio le cogió la barbilla con suavidad y alzó su rostro. Una lágrima corría por la mejilla.

—No te enfades. Sé lo mucho que apreciabas a mi padre y a mi tío. Vivimos tiempos complicados e inciertos y a veces uno dice cosas sin pensar. Lo único que te pido es que me quieras. Me quieres, ¿verdad?

Emilia asintió con la cabeza rápidamente varias veces, sin decir nada. Publio sonrió y juntos salieron al atrio donde Lucio y Lelio aguardaban con paciencia.

—Ah, por fin —dijo Cayo Lelio—. Pensábamos que se te había olvidado que esperábamos. Os recuerdo que ya no estáis recién casados.

—¿Y nos condenas por ello, Cayo Lelio? —preguntó Emilia, divertida.

—Bueno... —no sabía bien qué debía responder.

—Verás, Lelio, Emilia, cuyo interés por la política observo que es creciente, me ha hecho repasar todos los posibles candidatos a presentarse ante las centurias para ser elegidos como posibles procónsules en Hispania. Y he tenido que analizar a cada uno de ellos.

—Bien, sí, entiendo —respondió Lelio dejando entrever en su tono que no estaba muy seguro de que eso fuera lo que habían estado haciendo—, ¿y hemos llegado a alguna conclusión?

—Sí —dijo Publio. Emilia le miró—. Hemos decidido que te vamos a presentar para el cargo, ¿qué te parece, Lelio?

—Estás bromeando —Lelio empezó a sonrojarse—. Además, ninguna centuria me elegiría.

—Bueno, pero te presentamos igual.

—No le hagas caso —intervino Lucio—. No va en serio.

—¿Seguro? —preguntó Lelio, confundido.

—Sí —dijo Lucio—. Hazme caso, que llevo toda la vida siendo su hermano y sé cuándo está de broma.

Publio se rio y Lelio se relajó. Los tres juntos salieron de la *domus* y se dirigieron al foro para alcanzar el Campo de Marte cruzando el centro de la ciudad, en lugar de bordearla por las murallas. Lelio y Lucio continuaban el debate sobre quién podría ser elegido, pero Publio tenía sus propios pensamientos. La idea de Lelio en Hispania la había sugerido como una broma, eso era cierto, pero su intuición le indicaba que no era un proyecto tan absurdo. Quizá con los apoyos necesarios su candidatura podría ser viable, pero deberían haber pensado en eso antes. En cualquier caso era una posibilidad. De todas formas, lo que deseaba en realidad era del todo imposible: si tuviera diez años más y no sólo veinticuatro, él mismo se presentaría al cargo. Su nombre y el prestigio de su familia serían su mejor aval, pero era demasiado joven. Tenía la sensación de estar viviendo siempre por delante de sus posibilidades, llegando tarde a todos los sitios y a todos los acontecimientos, como si siempre le faltaran unos años para todo.

Casi sin darse cuenta llegaron a la parte sur del Campo de Marte, allí donde se levantaba el imponente circo que Cayo Flaminio financió apenas once años antes. Un circo y una importante vía romana, la que unía Roma con el norte, llevaban el nombre de aquel cónsul. Gran visionario en lo civil, no tan hábil militar. Aníbal y la niebla lo barrieron para siempre junto al lago Trasimeno. Como a tantos otros.

—Ya estamos —dijo Lucio.

Un inmenso gentío se congregaba entre el nuevo circo y la ladera del Campo de Marte.

Todos los senadores de Roma, supervivientes a los siete años de guerra contra Cartago, representantes de las centurias de cada uno de los distritos de la ciudad y millares de ciudadanos venidos de todos los barrios de Roma se congregaron en el Campo de Marte para deliberar y elegir un nuevo comandante en jefe que detuviera el dominio cartaginés en Hispania. La guerra en Italia tenía ocupados la mayor parte de los recursos económicos y militares de la República y sus aliados y apenas se podía hacer frente con nuevas legiones al creciente y más que peligroso dominio cartaginés sobre Hispania. Si se quebraban las débiles posiciones romanas en el Ebro, la situación podría derivar en una segunda invasión de suelo itálico con refuerzos cartagineses venidos de la península ibérica y esto debía evitarse a toda costa. Por eso aquella mañana se habían reunido todos, patricios y plebeyos. Los principales senadores hablaron primero: se necesitaba un comandante en jefe para Hispania que reconquistara aquel territorio y alejara así de la península itálica la constante amenaza de la llegada de refuerzos enemigos bajo el mando de Asdrúbal. Tras la caída de Capua y la incapacidad de Aníbal para apoderarse de Roma, la llegada de estos refuerzos era, sin duda, la esperanza que alimentaba su ánimo de permanencia en el sur del territorio itálico. Publio y su hermano Lucio escucharon a los diferentes oradores con atención. Lelio encontró a unos amigos, veteranos de la campaña de Tesino y Trebia y miró a Publio como pidiendo permiso. Publio había aprendido que donde más a gusto se encontraba aquel rudo decurión de la caballería romana era entre viejos combatientes. Su alma era de soldado y, aunque con frecuencia compartía las amistades de Publio, entre patricios, senadores, hijos de senadores y bellas romanas de alta alcurnia, Lelio, donde realmente se sentía cómodo era entre sus viejos camaradas de campañas militares o, quizá, a solas con él mismo, en alguna de las múltiples tabernas junto al río. Por eso cuando Lelio le miraba de esa forma, Publio siempre asentía. Sabía que, si lo necesitaba, sólo tendría que mandar a buscarle o bien en las tabernas del puerto o a casa de alguno de estos viejos camaradas de guerra. Publio siguió la figura de Lelio con la mirada mientras éste se perdía entre el enorme gentío congregado en el Campo de Marte. Se preguntó con quién podría emparejar a Lelio, pero no lo veía claro. ¿Lelio con una joven patricia romana? Complicado. Sería como mezclar agua y aceite y, sin embargo, ése debería ser el camino si quería labrarse un futuro político. Los senadores retomaron el debate y su parlamento captó de nuevo su atención.

Los discursos fueron rotundos, breves, intensos. Se necesitaba alguien valiente, con sentido del deber y patriota; alguien con experiencia militar y respetado por todos para acometer la temible empresa de reconducir la situación en Hispania. Pero todo se había dicho ya. Unos discursos repetían a los anteriores. Lo que faltaba era que alguno de los senadores se presentara para el cargo de procónsul de Hispania o, en su defecto, algún antiguo pretor que hubiera ostentado ya *imperium* militar en alguna de las campañas recientes y, claro, que hubiera sobrevivido al enfrentamiento contra Aníbal. Pocos reunían ambas condiciones. Los senadores se miraban entre sí, incómodos, dubitativos. El desastre de los Escipiones en Hispania no invitaba precisamente a que alguien se aventurase a proponerse como posible general para aquella región del mundo. A esto se añadía el fracaso de la expedición de Nerón, que en silencio, entre el grupo de los senadores de la facción de los Fabios, asistía a aquellos debates sin abrir la boca. El nombre de Marcelo se descartó cuando alguien se atrevió a sugerirlo: mientras estuviera Aníbal en Italia, no se quería prescindir del único general que, junto con el propio Fabio Máximo, se había mostrado hábil en la lucha contra los cartagineses, además de que se confiaba más en su ardor guerrero que en la estrategia de contención del viejo Fabio, del que, no obstante, se valoraba su capacidad de decisión en los momentos más críticos de la guerra.

Tal era la impotencia que empezaba a invadir a todos los presentes que la desesperanza se apoderaba de sus almas. En aquellos momentos se hacía cada vez más patente el inmenso vacío que habían dejado en el Estado todos los que habían caído contra Aníbal: Emilio Paulo, Cayo Flaminio, Cneo y Publio Cornelio Escipión, y un largo *et cetera* de senadores, tribunos, pretores, centuriones, decuriones y oficiales de todo rango y condición. Si Aníbal, desde Tarento, pudiera observar lo que allí estaba ocurriendo, habría sentido que su victoria final absoluta no era algo tan lejano.

Fabio Máximo, que hasta el momento había decidido no intervenir, pensó en que algo tendría que hacerse para ver si era posible que alguien mordiera el cebo, si es posible, alguien de entre sus enemigos, que al fin se atreviera a lanzarse a algo tan arriesgado como una alocada y, seguramente, fútil campaña militar en Hispania. En cualquier caso, había que sacrificar algunos hombres y un general que entretuvieran a Asdrúbal mientras él se las ingeniaba para fortalecer su posición en Roma y asegurar el futuro de su hijo en el control de las instituciones. Quinto debía seguir en terreno itálico y estar presente en las campañas que allí se desarrollarían, especialmente ahora que el viento parecía favorecerlos en sus dominios más próximos. Lo ideal sería poder enviar a Marcelo a Hispania, pero estaba claro que éste no se postulaba como candidato y que el pueblo no lo querría lejos. No. Para deshacerse de Marcelo tendría que recurrir a su mejor fiel aliado en estas lides, al mismísimo Aníbal. Tras la caída de Capua y su retirada de las puertas de Roma, todos pensaban que el general cartaginés estaba medio vencido, pero Fabio era bien consciente de que en esos momentos Aníbal no era sino un león herido y todos saben que lo más temible que hay en el mundo es una fiera herida. Que los dioses ayuden al que le acorrale. Pero ésa era otra historia. Ahora era el momento de azuzar los sentimientos. Fabio Máximo se alzó de su improvisado asiento, una silla de madera que habían traído dos esclavos desde su villa, y tomó la palabra.

—Setenta y dos años tengo y no dispongo ni de la agilidad ni de la fuerza para presentarme a este cargo. Sólo la vergüenza me embarga —la imponente presencia de su grave voz se apoderó de la atención de todos—. En tiempos rogué por alcanzar esta edad para contemplar el crecimiento y la gloria de Roma expandiéndose por el mundo. Sin embargo, hoy día sólo la tristeza más profunda me angustia. De niño sobreviví a nuestros constantes enfrentamientos con los galos del norte y con los ligures. En aquellos tiempos no había que esperar tanto para encontrar un general. He sido *augur* desde mis veintitrés años y siempre he visto en el futuro de Roma nuevas glorias, nuevas conquistas, mayor poder, hasta hoy. Hoy mi visión se nubla cuando intento adivinar qué traerán los días venideros y todo porque no veo en este lugar, donde toda Roma se ha congregado, valor suficiente para mantener aquello por lo que tantos antepasados lucharon. Antes había que presentarse a complicadas y reñidas elecciones para acceder a un cargo. Hoy la guerra parece haberse llevado a los que tenían ese espíritu de lucha. Y os lo dice quien ha sido dictador y cuatro veces cónsul y una, censor del Estado. Y ahora me pregunto, Fabio, todo eso ¿para qué? ¿Para ver cómo todo por lo que has estado luchando se diluye en la nada, en la cobardía de una nueva generación que no se atreve a acometer una empresa, complicada, sí, pero no más que otras campañas que nuestros antepasados y yo mismo acometimos cuando fue necesario y con menos recursos? Y he visto derrotas de nuestras tropas, pero incluso en el peor de aquellos días siempre había romanos dispuestos a luchar, a ponerse al mando de nuestras legiones para contraatacar, para combatir hasta conseguir derrotar al enemigo. Y combatimos y expulsamos a todos los enemigos de Roma de la península itálica y crecimos hasta dominar todo el territorio desde el Po hasta Tarento, desde el Adriático hasta las costas de Hispania, incluidas Sicilia, Cerdeña y otras islas. Y me pregunto ahora: todo eso, todas esas luchas, toda esa sangre romana vertida ¿para qué? ¿Para qué estos años más de vida? Si el resto de mi existencia ha de presenciar cómo poco a poco los nuevos romanos prefieren quedarse en sus casas antes que defender los territorios conquistados por sus antepasados, no quiero ya ese resto de vida.

El viejo senador hizo una breve pausa de unos segundos mientras contemplaba la multitud que callaba. Un profundo silencio se había apoderado del Campo de Marte. Fabio Máximo continuó su discurso.

—Todo eso para ser testigo hoy día de la derrota final de mi patria. Hemos sido vencidos no porque las murallas de la ciudad hayan sido conquistadas, no porque hayamos perdido a todos nuestros aliados ni porque nuestros ejércitos hayan dejado de existir. Hemos perdido porque ya no hay valor en Roma. Ya no hay orgullo ni audacia, sino sólo recelo y temor y duda. Ojalá tuviera veinte años menos para poder luchar todavía o, mejor aún, ojalá hubiera muerto hace ya diez años, antes de que esta guerra empezara, y así no contemplar ahora la caída de esta gran ciudad no ante el valor de un gran conquistador, sino por la cobardía de todos sus habitantes.

Fabio Máximo dio por terminado su discurso y calló retirándose hacia su asiento primero y luego, desestimando la silla que le acercaban sus esclavos, dirigiéndose hacia su cuadriga, con ademán de persona entristecida, abatido, cabizbajo, dando la espalda a la multitud, fundiendo su silueta entre la de los senadores que le abrían paso a medida que éste se alejaba del Campo de Marte, cruzando las apretadas filas de ciudadanos y representantes de las centurias.

Aún descansaba la mirada de todos los allí congregados sobre el viejo senador, aún pesaban en los oídos de todos las duras palabras que Fabio Máximo había pronunciado cuando la voz joven y fuerte de un tribuno se alzó sobre el denso silencio que oprimía los sentimientos de la multitud.

—¡Yo me presento ante todos para dirigir nuestras legiones en Hispania!

Fabio Máximo detuvo su marcha. Una sonrisa cínica cruzó su faz, aunque tal cual llegó la hizo desaparecer. Se volvió despacio. Tenía curiosidad por saber quién iba a ser el próximo incauto en ser sacrificado en aras de la virtud y la patria. Había sido una voz joven la que había lanzado su ofrecimiento. Siempre le sorprendía que la ingenuidad humana perdurara de generación en generación.

—¡Si nadie más se presenta para comandar el ejército de Roma en Hispania yo, Publio Cornelio Escipión, hijo de Publio Cornelio Escipión y sobrino de Cneo Cornelio Escipión, cónsules ambos de esta ciudad no hace muchos años y procónsules de Hispania hasta su muerte, presento mi nombre para ser elegido o rechazado por las centurias y los senadores de Roma como posible general en jefe y nuevo procónsul de las tropas romanas en esa región!

Las palabras habían brotado como un torrente que llevara semanas contenido en su garganta. Publio sintió de golpe las miradas de todos los presentes sobre su persona. Sin darse cuenta se había adelantado unos pasos hasta alcanzar el centro del Campo de Marte y, desde allí, había lanzado su propuesta, había presentado su candidatura. Pronto un ingente rumor de miles de palabras, de miles de conversaciones a media voz pobló la gran pradera que se extendía en ese extremo de la ciudad. Nuevamente todos los senadores se miraban entre sí, pero en esta ocasión no había temor sino sorpresa y desconcierto. El candidato que por fin se había postulado no tenía más que veinticuatro años. Publio era un personaje conocido en la ciudad y respetado tanto por la heroica lucha de su padre y su tío como por las propias hazañas y el valor personal que él mismo había demostrado en Tesino, salvando la vida de un cónsul. También se recordaba su fortaleza y la lealtad a Roma exhibidas tras el desastre de Cannae evitando la sedición de los supervivientes; además, se había mostrado como un buen gestor mientras había servido como edil de la ciudad. Todo en él eran avales positivos, salvo su tremenda juventud. No era frecuente acceder al Senado y las magistraturas de cónsul o procónsul antes de los cuarenta, pero desde luego nunca jamás antes de los treinta. La propuesta del joven era admirada por la mayoría de los senadores como un gesto de valía y temple, pero inaceptable según la tradición e inapropiada en relación con las necesidades que planteaba la empresa.

Fabio Máximo reconoció para sus adentros que, por una vez y de forma excepcional, alguien le había sorprendido. Esperaba que aquel joven heredero de la fortuna y las influencias de los Escipiones buscara la gloria pronto, pero siempre pensó que lo haría en alguna de las próximas campañas en terreno itálico, sirviendo bajo el mando de un pretor, procónsul o cónsul. Aquella propuesta no sabía si interpretarla como una osadía propia de la juventud o casi como una desfachatez. Esto es lo que se obtenía por conceder la edilidad a alguien demasiado joven. Una vez que alguien ha roto una norma cree que todas las tradiciones y todas las leyes pueden quebrarse a su favor y adecuarse a sus necesidades. No obstante, el pueblo parecía recibir con cierto agrado aquella propuesta y había que tener en cuenta que nadie más se había presentado como candidato. Había que tratar la cuestión con suma delicadeza. Además, el joven contaba con la simpatía que despierta en todos el ver cómo un hijo toma el testigo de su padre e intenta vengarle. Ésos eran sentimientos que no se podían desdeñar, pero tampoco se podía volver a ceder ante este jovenzuelo, inexperto en el mando y osado en sus pretensiones. ¿Hasta dónde llegaría su ambición? Creía haberse librado de la familia de los Escipiones con la muerte de Publio y Cneo Cornelio y ahora salía este aprendiz de general. Fabio Máximo reapareció emergiendo entre los demás senadores y recuperó la palabra.

—Creo, Publio Cornelio Escipión, que hablo por boca de todos mis colegas cuando expreso la sorpresa de todos ellos y de todos los presentes —dijo señalando con sus manos al resto de los ciudadanos—. Eres demasiado joven para un puesto de esta categoría. No debes tener aún siquiera veinticinco años. Nunca nadie tan joven ha sido designado como magistrado, sea en grado de procónsul o de cónsul de Roma. Y las leyes existen para ser respetadas a lo largo de los años. Ya sé, ya sé que se te eligió edil antes de la edad establecida por la tradición y que tu gestión ha sido más que aceptable, pero creo que convendrás conmigo en que no es lo mismo repartir aceite por la ciudad y organizar unos bonitos juegos con obras de teatro y otros entretenimientos, que organizar una campaña militar con diez o veinte mil hombres bajo tu mando. Reconozco, no obstante, la gallardía de tu ofrecimiento y que al menos a mí, personalmente, alivias el desánimo que se había apoderado de mi corazón —aquí Fabio forzó la más dulce de sus voces—. Mientras queden hombres como tú aún hay esperanza. Sin embargo —y retomó Fabio su tono serio y oficial—, de nuevo tu juventud, debo afirmar, se interpone entre tu candidatura y tu posible elección como magistrado de Roma con grado de procónsul para comandar el ejército romano en Hispania.

Publio pensó en ceder. A fin de cuentas, aunque le pesara, llevaba razón Fabio Máximo y éste le había tratado con corrección. Insistir más, empeñarse en salirse con la suya sería forzar la situación y entonces se tendría que enfrentar con Fabio Máximo y eso no traería nada bueno ni para él ni para su familia ni para todos sus amigos y clientes. El temible viejo senador permanecía firme, inmóvil, esperando su respuesta. Pero Publio sentía que la gente estaba con él. Por todos los dioses, si nadie quería ir, ¿por qué no podía ir él? Sabía que estaba actuando más con el corazón que con la razón, pero no podía evitarlo. Su padre y su tío habían caído muertos en Hispania y nada se había hecho para vengar su muerte. En un principio, con Aníbal a las puertas de Roma, era lógico que el Estado atendiera a lo más urgente: preservar la ciudad del invasor, pero ¿y luego? Primero envían al vasallo de Fabio, a ese altanero de Nerón que fue incapaz de terminar lo que empezó, dejando que Asdrúbal se le escapara de entre los dedos y, fracasado, sin ánimo de proseguir la lucha, regresaba a Roma a lamerse las heridas de su honor, que no de su cuerpo. Y para colmo ahora nadie quería ir. ¿Qué mensaje querían transmitir a Asdrúbal? Puedes matar a tantos Escipiones como quieras, porque eso aquí no nos concierne. Pues eran su padre y su tío los que habían caído y, si no había ningún senador que deseara vengar esa muerte, él estaba dispuesto a hacerlo y la testarudez de un viejo como Fabio Máximo y el peso de toda la tradición de Roma no iban a impedírselo. Además, también era tradición de Roma vengar a sus generales caídos, no dejar que los enemigos festejen y disfruten de sus victorias.

—Es bien cierto lo que dices, Fabio Máximo —Publio se encontró hablando en voz alta mientras sus pensamientos aún se atropellaban en su mente—. Tu criterio y tu sabiduría son dignas de respeto por todos en Roma —hablaba a pleno pulmón. Su voz resonaba con claridad sobre el intenso silencio de la multitud que asistía expectante a aquel debate entre el viejo senador y aquel joven edil de Roma—. Y, por mi parte, no puedo sino reconocer lo acertado de tus palabras, sin embargo... —Publio aguardó unos segundos antes de proseguir, contemplando despacio los rostros de los que le rodeaban—. Sin embargo... las leyes tienen un espíritu que va más allá de las palabras, de las normas establecidas. Roma está ante una crisis sin igual en su historia. Aníbal, aunque no haya podido tomar Roma, cabalga libre por nuestras tierras y dominios atacando a nuestras tropas, saqueando y matando a nuestros amigos; Roma se defiende mientras Aníbal subleva a nuestros aliados a la espera de refuerzos, víveres y armamento que pronto le llegará desde Hispania si no enviamos unas legiones a aquel país para frenar el avance cartaginés para impedir una segunda y definitiva invasión de la península itálica. Necesitamos esas tropas en Hispania y Roma necesita un general. Yo no me habría aventurado a proponer mi nombre si cualquier otra persona de mayor experiencia se hubiera presentado, pero al no hacerlo, el nombre que llevo, la sangre que fluye por mis venas, lo que los dioses me sugieren en mis sueños, todo me empuja a presentar mi candidatura. No sé si Roma es capaz de dejar sin vengar la muerte de mi padre y de mi tío, de dos procónsules de la ciudad, es posible que así sea, pero yo no puedo.

La gente empezaba a asentir a su alrededor al tiempo que escuchaba cada vez con mayor atención. Fabio Máximo permanecía impasible a sus palabras, pero no le interrumpía. Eso ya era algo, pensó el joven Publio, y se animó a seguir.

—Entiendo que se dude de mí por mi juventud, pero no me juzguéis sólo por ella sino por mis acciones. En Tesino luché con valor para salvar a un cónsul de una emboscada cartaginesa. He combatido en decenas de batallas desde entonces y siempre lo he hecho con honor. Incluso en Cannae evité la huida incontrolada de nuestras tropas o el abandono de los oficiales. Ante la derrota o la dificultad mantengo la firmeza y el honor. Y por si todo esto no bastara, es la sangre de mi padre y de mi tío la que riega las tierras de Hispania y esa sangre me pide que ofrezca mi nombre, mi espada y mi honor para retomar aquel país, para detener a nuestros enemigos, para combatir en aquellas tierras hasta expulsar a los cartagineses o morir en el combate.

La plebe empezó a corear el nombre de Publio Cornelio Escipión, como si su padre, el viejo cónsul, el experimentado general, o su también muy respetado tío Cneo, estuvieran de nuevo allí con ellos, infundiéndoles valor.

—¡Procónsul, procónsul, procónsul!

Fabio paseó sus ojos por la multitud. Era un grito unánime. Los senadores se miraban entre sí. Aún dudaban de la capacidad de aquel joven tribuno y edil de veinticuatro años para comandar varias legiones en batalla campal en aquel territorio hostil y cruel que suponía Hispania para los romanos, pero no cabía duda de que muchos senadores empezaban a comprender que aquel muchacho era capaz de devolver la esperanza y levantar los ánimos del pueblo, mucho más de lo que cualquiera de sus discursos senatoriales o de sus medidas de defensa de la península itálica y de la ciudad habían conseguido. Aquella capacidad de devolver la esperanza por sí sola era ya muy valiosa, digna de respeto. Publio, rodeado de sus amigos, junto a su hermano, aguardaba la decisión de las centurias y del Senado. Los senadores deliberaban entre ellos. Todos miraron a Fabio Máximo, que guardaba silencio. Estaba meditabundo. Dudaba.

87
Imperium

Roma, 211, a.C.

Publio entró en su casa seguido de su hermano. Necesitaba silencio y reflexión. Cruzó con rapidez el vestíbulo y el atrio, donde estaban Emilia y su madre. Las saludó con un leve cabeceo y enseguida pasó al peristilo y subió las escaleras. Ascendió por ellas hasta llegar al primer piso y por fin se detuvo apoyando sus manos en la barandilla porticada, contemplando el jardín de su casa. Lucio se había quedado atrás junto con su mujer y su madre. Sabía que su hermano entendía que necesitaba estar solo. Ahora mismo Lucio estaría contando a Emilia y su madre que su candidatura había sido aceptada por el Senado para salir dentro de unas semanas rumbo a Hispania como procónsul. Imaginaba el dolor que esta decisión causaría en el corazón de su madre. Ella ya había perdido un marido y un cuñado en aquel terrible país. Ahora su primogénito iba a salir también para aquella tierra que tanta sangre había arrancado a su familia. ¿Cómo explicarle, cómo hacerle entender que tenía que hacerlo? Enfrentarse a la amargura de su madre le resultaba más temible que debatir con el Senado hasta persuadirlos de lo correcto de aquella decisión. Y luego quedaban sus propias dudas... y Emilia... Emilia le entendería... Se habían comprendido y querido y respetado desde el primer día. Estaba seguro de que Emilia le apoyaría, no sabía cómo, ni cuáles serían las palabras o las acciones de ella, pero sabía que todas irían encaminadas, de un modo u otro, a ratificar su decisión. Quizá Emilia podría ayudarle a reducir el dolor y el sufrimiento de su madre. Sí, sin duda, eso sería lo mejor: Emilia podría quedarse con su madre y servirle de consuelo. Desde el primer día que la trajo a casa, su madre había mostrado un afecto sincero por Emilia, a la que había adoptado casi como si de su propia hija se tratara. Pero aún quedaba lo peor de todo: sus propias dudas. Había hablado con persuasión ante el Senado y ante el pueblo, había dado las mejores razones que había encontrado para conseguir el nombramiento de procónsul, para conseguir el permiso de dirigir una expedición en Hispania y, sin embargo, ahora que lo había obtenido, se preguntaba si aquello tenía sentido, si no se trataba más bien de una locura de un jovenzuelo incontrolado al que le hervía la sangre demasiado pronto. ¿Cómo iba él a derrotar a los cartagineses allí donde ni la experiencia de su tío ni la inteligencia de su padre habían triunfado? ¿Qué podría traer de nuevo él a Hispania que pudiera mejorar los resultados de su padre y de su tío? El Senado le veía como un joven impetuoso, con arrojo, sí, pero falto de experiencia. Y aquí, a solas consigo mismo, en el silencio del jardín de su casa, con sus ojos reposando sobre los árboles que su padre plantara hacía años, no podía sino reconocer que aquellos que habían dudado de lo idóneo de aquella elección, con Fabio Máximo a la cabeza, tenían razón. Estaba jugando a ser general sin tener experiencia ni hombres fieles que le siguieran, sin tener siquiera un plan para conquistar aquel país..., al menos un plan definido. Sí que tenía ideas, eso era cierto. Había mantenido innumerables conversaciones con Mario, el mensajero que Marcio había enviado desde Hispania con las horribles noticias sobre su padre y su tío. Éste le había contado todo lo que sabía de Hispania. Y había revisado uno a uno todos los planos y documentos que su padre había acumulado sobre Hispania y que guardaba en la biblioteca de la casa. Luego había reunido todos los planos que existían en Roma sobre aquel territorio, y los que no había podido conseguir los había mandado copiar. El *tablinum* y la biblioteca estaban repletos de ellos. Conocía Hispania, sus gentes, sus conflictos, sus ciudades, por boca del mensajero y por boca de otros emisarios que fueron llegando después. Todos se detenían por respeto en casa de Publio Cornelio Escipión y le transmitían todo cuanto éste deseaba saber. Y tenía una intuición, una idea, una pequeña locura que había ido cobrando fuerza en su mente. No era aún un plan. Era una idea para doblegar a los cartagineses de Hispania o, al menos, para mantenerlos ocupados allí imposibilitando que enviaran refuerzos a Aníbal. Aquello sería suficiente, si no para derrotarlos por completo y conseguir la gloria y un triunfo, sí al menos para dar tiempo a que Roma se rehiciera y pudiera expulsar a Aníbal de la península itálica. Y eso era lo esencial. Después todo se podría conseguir. ¿Pero quién iba a estar tan loco de seguirle hasta Hispania, más allá de unos soldados inexpertos, reclutados a toda prisa y temerosos de aquel país, de sus gentes y de los cartagineses? No había nadie lo suficientemente loco como para aventurarse en aquel delirio que acababa de dar comienzo con su nombramiento como procónsul de Hispania y menos si se les decía que su general sólo tenía veinticuatro años y que, a fin de cuentas, no era más que el hijo del cónsul, el hijo de un cónsul muerto.

Los pensamientos de Publio se vieron interferidos por un gran estruendo de un tumulto de personas que irrumpían en la casa. Se oían gritos, voces confusas. De entre todas ellas destacaba el potente vigor de la voz de un decurión de las legiones de Roma que Publio conocía bien. Le extrañaba que hubiera tardado tanto en aparecer. Cayo Lelio demandaba a voz en grito la presencia del *pater familias* de aquella casa. Publio los vio aparecer a todos en el jardín: su madre, su mujer, Lucio, los tres seguidos de unas veinte personas más, todos oficiales de diferentes legiones; reconocía también a varios centuriones que habían combatido bajo sus órdenes y, en medio de todos, Cayo Lelio, que sin dudarlo se situó en el centro del jardín y, dirigiéndose a él directamente, tomó la palabra, mirando hacia la terraza del piso de arriba donde estaba Publio apoyado sobre la barandilla.

—¿Qué es eso de que el Senado te envía a Hispania como procónsul? Te dejo unos minutos a solas y montas una guerra por tu cuenta. ¿Estás loco? Hispania es una locura. Se necesitarían todas las tropas que tenemos en activo en Italia para poder hacer frente a esa campaña con éxito —aquí Lelio se detuvo y miró fijamente a los ojos de Publio, quien le mantuvo la mirada con intensidad, sin decir nada. Lelio comprendió lo definitivo de aquella absurda decisión de ir a Hispania, pero antes de que pudiera decir algo, Lelio prosiguió hablando—. Bien, sea, por Cástor y Pólux y todos los demás dioses. Si tan loco estás, ¿qué es eso de no contar con tus amigos y tus oficiales? Y bueno, eso ya lo verás tú, ¿pero cómo no hablas con Cayo Lelio y le comentas tus planes? ¡Porque si crees, mi general, que puedes ir a aquel país sin Cayo Lelio, estás muy equivocado!

Publio rio con carcajadas fuertes, poderosas, que pronto contagiaron a los presentes. La risa fue una buena terapia para que todos liberasen tensión. Más calmado, Publio respondió con preguntas a la interpelación de su viejo amigo.

—¿Y por qué, si puede saberse, Publio Cornelio Escipión debe mantener informado a Cayo Lelio de sus movimientos, de sus decisiones o de sus planes?

Todos miraron a Lelio, que mantenía fija la mirada en el joven edil. No dudó en su respuesta.

—Tú sabes muy bien por qué, pero esto ya lo hemos hablado. Creo que estás equivocado, pero no seré yo quien discuta tus decisiones. Sólo te informo de que si vas a Hispania, cuenta conmigo para seguirte.

Pomponia, para sorpresa de todos, decidió intervenir.

—A mí también me habría gustado saber que mi hijo pensaba presentarse como candidato para ser elegido procónsul en Hispania, pero ya que sobre eso parece ser que ya nada puedo decir, sí que me atreveré a afirmar que, si has de ir a Hispania, Lelio debe acompañarte.

Publio sintió el dolor de su madre con cada una de aquellas palabras que se clavaban en su corazón como esquirlas afiladas, pero lo que tenía que hablar con ella no podía hacerlo en presencia de tantas personas. Aquélla debería ser una conversación privada. Decidió responder a Lelio de forma directa y, de modo sutil, a su madre.

—En fin, mi buen Lelio, pareces haber convencido a mi madre de lo necesario de tu compañía. Creo que no puedo contradecirla en esto. Si acompañarme es algo que haces de buen grado, bienvenido seas. Quedas formalmente invitado a venir a Hispania, pero te advierto... —hizo una pausa y aquí cambió su tono de voz, que se tornó seria y firme al tiempo que elevaba el volumen de la misma para que los presentes le pudieran escuchar bien—. Todos los que queráis acompañarnos en esta aventura de recuperar el dominio de Hispania sois bienvenidos, pero tened conocimiento de que no será ninguna empresa fácil. Los cartagineses dominan prácticamente por completo aquel territorio, disponen de numerosas tropas, de tres ejércitos completos y la mayoría de las tribus de la región les son leales. A nosotros el Senado no nos proporcionará más de dos legiones y someter aquel territorio con esas fuerzas será un atrevimiento del que igual... nos resulta difícil regresar. —Publio había estado a punto de decir «del que seguramente no regresemos ninguno», pero la presencia de su madre y de Emilia le hizo corregir el sentido final de sus palabras.

Se hizo el silencio en el jardín. Publio sabía que había despertado el temor en los corazones de todos los allí reunidos. El fallecimiento de su padre y su tío en Hispania aún estaban frescos en la memoria de todos. Publio no quería que le acompañaran oficiales engañados con falsas esperanzas. La ruta de Hispania era muy posiblemente un camino sin retorno que él se sentía obligado a tomar porque su propia sangre, su corazón, sus ansias se lo demandaban, pero no quería ni oficiales ni tropas que a la primera dificultad desistieran. El silencio persistía. Publio retomó su discurso.

—En esta empresa no hay lugar para el blando ni para el débil de espíritu. El que busque gloria y fáciles victorias, el que desee enriquecerse en el saqueo de pueblos débiles, el que busque fama sin esfuerzo no tiene sitio en esta empresa. Sólo os puedo prometer que vamos a encontrar sangre, lucha, inusitada resistencia en aquellas tierras. Y traiciones de los iberos como las que padecieron mi padre y mi tío y batallas en las que estaremos con fuerzas desiguales y ciudades inexpugnables que deberemos doblegar. Eso es lo que nos espera en Hispania. Aquel que no esté dispuesto a combatir hasta el final, aquel que no esté preparado para conquistar lo inconquistable, para derrotar al invencible, para triunfar allí donde otros fracasaron, que no deje esta ciudad. Sólo tengo treinta *quinquerremes* a mi disposición para transportar tropas y no hay sitio para cobardes en los barcos que zarparán de Ostia dentro de unas semanas; sólo tengo espacio para el valiente, para el audaz más allá de la razón, y para aquellos que crean que Hispania, con sus trabajos y su sangre, será al fin romana.

Publio dio por terminadas sus palabras. El silencio parecía volver a adueñarse de los presentes que llenaban el jardín porticado de la casa. Había unas treinta y cinco personas: su madre, su mujer y su hermano, varios oficiales y centuriones que ya habían servido bajo el mando de Publio en la península itálica, Cayo Lelio e incluso numerosos esclavos que habían asomado en los pórticos del primer piso azuzados por su curiosidad; de alguna forma, hasta estos últimos presentían que allí se estaba deliberando sobre algo de inusual importancia, algo que podía afectar a los destinos de aquella ciudad y de otras muchas ciudades; y lo que fuera aquello de lo que se hablaba, la conquista de un país lejano llamado Hispania, parecía estar fraguándose aquella tarde entre las paredes de la casa en la que llevaban años sirviendo.

Cayo Lelio volvió a tomar la palabra.

—Bien, creo que ya nos has aclarado con precisión lo que nos espera en Hispania. Y digo yo, ¿es posible que a los que decidamos acompañarte se nos invite en esta casa a un buen vaso de vino? Al menos por mi parte, si he de morir luchando en ese país tan cruel y hostil, preferiría aprovechar estos últimos días en Roma, empezando por ahora mismo.

La intervención de Lelio sirvió, una vez más, para relajar la tensión. Publio estaba a punto de responderle cuando el *atriense* entró acompañado por un joven oficial nervioso y cubierto de sudor.

—¿Qué te trae a esta casa, oficial, por qué nos interrumpes de esta forma?

—Es el Senado, mi general... el Senado está debatiendo revocar la orden de concederte el mandato de las nuevas legiones que van a enviar a Hispania... varios senadores argumentan que el mandato se concedió en un momento de presión del pueblo y de confusión general. Son decenas los senadores que vuelven a criticar... bueno...

—Termina el mensaje. ¿Cuál es el problema? —esta vez era Lucio el que preguntaba.

—Critican la juventud de vuestro hermano. Dicen que no es seguro ni sensato concederle el mando de dos legiones y el cargo de procónsul a alguien que legalmente no puede serlo por razón de edad... Insisten en que las leyes deben cumplirse de igual forma para todos..., aunque no todos comparten esa opinión. Hay cierta división.

—Bien. —Publio tomaba el mando, si no de las legiones, sí al menos de las acciones a seguir—. Lucio y tú también, Lelio, venid conmigo. Acompañadnos el resto. Vamos al Senado y vamos a aclarar esto ya de una vez por todas.

A todos sorprendió el tono de seguridad en las palabras del joven edil. Hablaba como si fuera a exigir al Senado el mando de las tropas y la magistratura de procónsul como algo que le perteneciese por derecho natural. Algo así no se demandaba. Uno se ofrecía como candidato y el Senado o en su caso las centurias elegían a la persona que se presentaba para el cargo. En cualquier caso, nadie discutió las órdenes de Publio. Todos salieron del jardín por el *tablinum*. En el atrio Publio, que bajaba del primer piso, se unió a ellos y se puso al frente. Salieron a la calle directos al foro.

Emilia y Pomponia se quedaron solas en el jardín. Los esclavos desaparecieron de los pórticos.

—¿Qué crees que pasará ahora? —preguntó Emilia en voz baja.

Pomponia paseó por el jardín. Contempló el cielo y suspiró antes de responder.

—Publio será designado de forma definitiva. Lo he leído en sus ojos y en su voz. Ni los senadores enemigos de nuestra familia podrán frenarle. Vencerá en el Senado —y guardó silencio unos segundos. Miró al suelo—. Lo que, sin embargo, no tengo tan claro es que consiga vencer en Hispania..., pero en fin, eso aún queda lejos. No tengo fuerzas para añadir más preocupaciones a mi sufrimiento. Ocupémonos del presente. Vendrán todos contentos si Publio vuelve a salirse con la suya... Ahí es como su padre, tiene el mismo don de persuadir a los que le rodean. De eso tú sabes mucho, querida, aunque en tu caso, no sé quién persuadió a quién —y sonrió con cariño a su nuera. Emilia se ruborizó—. En fin, seguramente tendrán ganas de fiesta y Lelio esperará al menos una copa de vino o dos.

—O tres —añadió Emilia—, pero... ¿y si no lo consigue y revocan la decisión?

—Siempre es fácil guardar la comida y la bebida que se ha preparado para una celebración, lo difícil es prepararlo todo si no se ha dispuesto con antelación, pero volviendo a lo de la bebida, Lelio, si todo va bien, se tomará más de tres copas seguro —y las dos rieron. Pomponia agradeció la bendición de tener a alguien como Emilia a su lado. En un mundo de hombres, éstos no se dan cuenta de las penurias por las que ellas pasan. Emilia se había convertido en su mejor aliada y en su mejor consuelo en aquellos días de luto y dolor—. Tenemos que preparar un buen convite para esta noche. Tenemos mucho trabajo por delante, Emilia —y abrazó a su nuera por la cintura al tiempo que llamaba a viva voz a los esclavos y empezaba a dar instrucciones.

La marcha de la comitiva que acompañaba a Publio hasta el Campo de Marte fue rápida y silenciosa. Al grupo de centuriones que había salido de casa de los Escipiones se fueron uniendo otros simpatizantes que ya estaban alertados del cambio de decisión en el Senado. Y a éstos fueron sumándose a su vez varios grupos de curiosos, ávidos por saber si aquel joven tribuno sería capaz de volver a doblegar la rígida actitud del Senado. Roma era una ciudad en guerra contra Aníbal y en guerra consigo misma.

Al llegar al Senado, Publio pudo observar cómo nuevamente se había congregado una gran multitud, esta vez en el foro. Sin embargo, aquello no quería decir que toda aquella gente estuviera necesariamente de su parte. Pero mientras el joven Escipión aún estaba calibrando hasta qué punto podría contar con el apoyo popular para presionar al Senado, un grupo de senadores salió del edificio que daba cabida a las deliberaciones del órgano supremo y uno de ellos se dirigió directamente al recién llegado tribuno y sus acompañantes.

—Noble Publio Cornelio Escipión, te invitamos a que entres en el Senado para deliberar sobre tu nombramiento como procónsul de las tropas expedicionarias de Hispania. Sólo tú debes entrar.

Publio se dio cuenta entonces de que los senadores no volverían a dejarse atrapar por la presión del pueblo. Tenía dos posibilidades: forzar a que los senadores salieran a hablar ante todos del nombramiento y por qué dudaban ahora cuando antes habían respaldado su candidatura, o aceptar la propuesta de los senadores, entrar en el edificio y, a solas con ellos, intentar persuadirlos de que mantuvieran su decisión anterior. Ninguna de las dos opciones era sencilla. Forzar a los senadores a salir significaría enfrentarse de por vida con ellos y eso no era inteligente; su padre nunca habría considerado esa posibilidad. Además, no estaba claro que el pueblo fuera necesariamente a volver a apoyarle si los senadores empezaban a hablar en su contra con infinitos argumentos que ahora, con más sosiego, habrían podido preparar de antemano. Realmente, sólo cabía aceptar la invitación, la orden más bien, de los propios senadores, instigada desde la sombra por la larga y poderosa mano de Fabio Máximo.

—De acuerdo. Entro al Senado para deliberar sobre el nombramiento de procónsul de Hispania —y dirigiéndose a su hermano Lucio, Cayo Lelio y los demás oficiales que le apoyaban dijo—, esperadme aquí. Esto se arreglará. Esperad y confiad en mí.

Hasta él mismo se sorprendió de la fortaleza del tono de su voz. Todos los que le acompañaban quedaron prendados de su espíritu e incluso los propios senadores no pudieron por menos que admirar la firmeza de aquel joven tribuno, a la vez que, aunque fuera en lo hondo de sus almas, agradecían que el joven Publio Cornelio no forzara la situación y aceptara someterse al debate del Senado.

Los senadores esperaron a que Publio ascendiera la larga escalinata que daba acceso al edificio. Se hicieron a un lado para permitirle pasar y luego le rodearon acompañándole al interior. A sus espaldas se escuchaba el fragor de miles de voces murmurando y haciendo preguntas. Una muchedumbre de gente curiosa y expectante por lo que finalmente se decidiría. Senadores y joven tribuno avanzaron primero por el gran vestíbulo del Senado hasta alcanzar una enorme puerta de madera recubierta de bronce con sobrerrelieves, donde se narraban diferentes hazañas del pueblo de Roma en sus conquistas y expansión por la península itálica y el Mediterráneo. Las puertas se abrieron y el pequeño grupo accedió a la gran sala del Senado de Roma. Una inmensa habitación dispuesta para dar cabida a más de trescientas personas en las diferentes hileras de asientos dispuestos sobre la piedra. Los senadores que lo acompañaban lo dejaron solo en el centro de la sala y fueron a tomar asiento en sus respectivos sitios. Publio miró a su alrededor. Más de un tercio de la inmensa estancia estaba vacío. No se trataba de ausencias temporales. Los que faltaban habían muerto en la larga guerra contra Cartago. Muchos de ellos, en el desastre de Cannae.

Roma, pese a la recuperación de Siracusa y Capua, estaba cada vez más débil y aquel Senado repleto de ausencias permanentes era buena prueba de ello.

Fabio Máximo, como no podía ser de otra forma, abrió el debate.

—Estimado y joven Publio Cornelio —puso un énfasis especial a la hora de pronunciar la palabra «joven»—, todos coincidimos en valorar en su justa medida tu ofrecimiento y la reacción inicial de respaldarte como nuevo procónsul para Hispania es buena prueba de nuestra consideración hacia ti y tu familia. Sin embargo, en el sosiego de la reflexión todos hemos visto que la combinación de juventud e inexperiencia en el mando en el rango de magistrado es un obstáculo a este nombramiento que nos perturba e incomoda. Las guerras, y sé que en esto estarás de acuerdo conmigo, porque no hago sino repetir palabras pronunciadas por tu propio padre en esta misma sala, las guerras, decía él, no se ganan con el corazón sino con la cabeza. Por esto debemos decidir con la razón, no con el ánimo desatado que espolea la irreflexión. Necesitamos un magistrado, pero no podemos aceptar a nadie tan joven. Y, esta vez, la decisión del Senado, pues hablo por todos, ya es definitiva.

—De acuerdo —respondió Publio con rapidez.

La celeridad en la respuesta, que cogió al propio Fabio aún en pie mientras reagrupaba dos cojines antes de sentarse, dejó a todos perplejos.

—De acuerdo —repitió el joven Publio una vez más, incluso con más fortaleza—. De acuerdo, no me nombréis procónsul, no me ascendáis al rango de promagistrado consular, eso soluciona el problema de mantener la tradición y las leyes, pero no soluciona el asunto de Hispania. Seguís, seguimos precisando un general con *imperium* para defender Hispania e impedir el avance de Asdrúbal.

Publio hizo una pausa. Observó que los senadores le seguían con atención y algunos cabeceos de asentimiento le animaron a continuar con lo que había estado madurando en su ruta desde su casa hasta el Senado.

—No me nombréis procónsul, pero, si nadie más se postula como general para defender nuestros intereses en aquella región, dejad al menos que vaya como general a proteger Roma en Hispania frente a Asdrúbal y sus ejércitos. Con ello no se quiebra la ley y se atiende al interés superior de defender los intereses del Estado.

Publio terminó de formular su propuesta y aguardó la reacción de los senadores. Un murmullo se extendió por la sala. Era una posibilidad interesante la que había presentado aquel joven tribuno, una forma de conciliar lo que el pueblo había pedido en el Campo de Marte, lo que el propio joven tribuno deseaba y lo que la tradición permitía y no permitía. Seguía siendo extraño dotar a alguien tan joven con el mando de dos legiones, pero si al menos aceptaba dicha misión sin el rango de procónsul, se establecía una situación de menor excepcionalidad, más asumible por todos. Quedaba, no obstante, ver qué opinaba de todo aquello el viejo Fabio. Las miradas, a medida que los murmullos se desvanecían, fueron concentrándose en el anciano ex dictador. Éste, comprendiendo que todos esperaban su dictamen, se levantó una vez más y articuló su respuesta en forma de interrogatorio al joven tribuno.

—¿Quieres decir, joven Publio, que estás dispuesto a asumir los riesgos de la campaña de Hispania pero sin el rango de procónsul?

—Así es.

—¿Entiendes bien lo que eso supone, joven tribuno?

Publio asintió.

—Si consigues una victoria, no podrás disfrutar de triunfo alguno por las calles de Roma, se te valorará lo conseguido, pero no podrás pasear por esta ciudad festejando un triunfo de gloria y fortuna, ¿eso está claro?

—Está claro —respondió Publio con voz serena.

Fabio le miró apretando los ojos. Aquél era un joven demasiado extraño: dispuesto a acometer una empresa asumiendo los riesgos y desdeñando los beneficios. No quería gente de naturaleza incierta en Roma. Esas personas resultaban siempre imprevisibles en sus acciones.

—Sea —concluyó Fabio—, tenemos un general, que no un procónsul de Roma, para marchar sobre Hispania.

Y se sentó sin dejar de mirarle. Publio sintió que Fabio había pronunciado aquellas palabras no como quien anuncia un nombramiento, sino más bien como el juez que hace pública una sentencia.

88

La biblioteca

Roma, 211 a.C.

Tito Macio Plauto esperaba en el vestíbulo de aquella imponente mansión. Para un patricio aquello era una *domus*, pero para Plauto era bastante más. Las paredes estaban decoradas con un gran mosaico con motivos de alguna lejana guerra: parecían legiones romanas combatiendo contra los galos del norte, pero una estatua que reproducía el busto del general al mando de las tropas que se veían en el mosaico aclaraba con una inscripción que era Córcega el lugar que se recreaba en aquel mar de teselas. Se trataba de la conquista de Aleria por parte de Lucio Cornelio Escipión, quien fuera cónsul hacía casi medio siglo, abuelo del actual joven general que le había invitado. Al otro lado del vestíbulo estaba el busto de otro ilustre antepasado de la familia: Lucio Cornelio Escipión Barbato, padre del anterior, de modo que era el bisabuelo del joven general que le había invitado. Plauto leyó la inscripción que acompañaba a esta estatua. El bisabuelo también fue cónsul. Teniendo en cuenta que su padre y su tío también habían ostentado la máxima magistratura, parecía que en aquel poderoso clan familiar, si no se llegaba a cónsul, se había fracasado en la vida. Había más bustos repartidos por el vestíbulo y el atrio, pero Plauto empezaba a confundirse con tantos antepasados cónsules con el nombre de Escipión y con las diferentes batallas y pueblos sometidos por éstos. El suelo era un mosaico con un motivo más pacífico: algas y peces, como el fondo de un mar. Había que tener mucho dinero y mucho poder para tener aquella casa y vivir en medio de ese lujo. El esclavo *atriense* le invitó a seguirle. Aquel sirviente vestía una túnica limpia de lana de la mejor calidad, probablemente de Calabria o Apulia, lo que quería decir que el amo no llevaría lana que, al menos, no fuera traída expresamente para él desde Tarento. Hasta los esclavos que allí vivían tenían más dinero que él. Y eso que ahora le iban bien las cosas y se sentía más que afortunado. El estreno de la *Asinaria* había sido un completo éxito y a ella le siguió el *Mercator* que, sin alcanzar el mismo impacto, había funcionado muy bien. El público le quería, Roma le apreciaba y, a través de Casca, había empezado a mimarle un poco. Ahora residía en una habitación alquilada a Casca en el centro de la ciudad en un barrio digno y hasta tenía un sirviente. Comía caliente a diario y bebía el mejor vino que se podía conseguir en el mercado. Hasta se había permitido el lujo de adentrarse en el barrio de tabernas y prostíbulos junto al río y regalarse una noche de compañía femenina. Y comoquiera que parecía que los dioses estaban congraciándose con él, fue fiel a su promesa y pagó todas las deudas que Rufo tenía contraídas con el pobre anciano de los cestos. La faz iluminada de felicidad del viejo artesano tiñó de cierta esperanza el alma endurecida de Plauto, pero a los pocos días, pese a las comodidades y la satisfacción de sus necesidades y deseos más primarios, Tito Macio Plauto volvió a rodearse de su gruesa coraza de escepticismo, cultivada en las penurias de su vida.

La invitación a aquella mansión le había cogido por sorpresa cenando en casa de Casca. Un esclavo que buscaba a Tito Macio Plauto irrumpió en casa de Casca y, dirigiéndose a Plauto, transmitió su mensaje y aguardaba respuesta. Plauto dudaba.

—No puedes negarte, mi buen amigo —le dijo Casca—. En realidad, te puedes considerar un ser afortunado. Pocos son los que entran en esa casa invitados por el *pater familias* y más ahora que ha recibido el mando de dos legiones para partir a Hispania.

Plauto asintió y se dirigió al paciente esclavo.

—Dile a tu amo que acudiré a la invitación y... —le costaba pronunciar algunas palabras, decir algunas cosas que no sentía—, y dile que es un honor.

El esclavo asintió y partió.

—¿Por qué te cuesta aceptar la invitación de un patricio, un patricio que ha sido edil de Roma, que es admirado por todos y que, pese a su extrema juventud, ya es general? ¿O es algo personal en contra de los Escipiones?

—No, no es nada personal.

—De hecho fue él el que te brindó la oportunidad de estrenar tu obra cuando actuaba como edil de Roma.

—Lo sé —respondió Plauto—, aunque retrasó el estreno hasta el fin de año.

—¿Y le guardas rencor por ello? A mí me sorprendió que tan siquiera permitiera estrenar tu obra, el texto de un completo desconocido, jugándose él su prestigio en el éxito de las obras que contrata.

—Entre otras muchas cosas, y el teatro no es la más importante y tú y yo lo sabemos. Además, tú me defendiste, según me comentaste.

—Oh, sí, es cierto. Eso te dije. Y es verdad que lo hice, pero no me sobrevalores, aunque he de reconocer que adulas mi vanidad con semejante reconocimiento. Pero no. No ha nacido la persona que persuada a ese joven Escipión con cuatro palabras, por muy buena retórica que se tenga, si no encaja lo que se le sugiere en sus planes. A las pruebas me remito: sus enfrentamientos con el propio Fabio Máximo no hacen sino subrayar lo que digo. No, mi querido amigo, contrató tu obra porque buscaba comedias, aceptó mi oferta y no la de la competencia porque yo le ofrecí más comedias y la tuya iba en el lote. Luego el éxito de tus obras le ha dado la razón en su elección, pero no tomó ninguna determinación por mis palabras, por muy elocuentes que éstas pudieran llegar a ser. Es un hombre... enigmático.

—A mí no me lo parece —respondió Plauto, tomando un sorbo del vino que acababa de traer una esclava—. Es un patricio, es rico, es poderoso, ejerce su poder, tiene ambición y persigue la gloria y, con toda probabilidad, más poder. Mientras, miles de personas mueren en una guerra interminable.

—Es posible que sea así, pero hay cosas que no encajan en ese patrón. Creo que estamos ante alguien más complejo.

—¿Por qué?

—Verás, amigo Plauto: ha conseguido *imperium* militar sobre dos legiones, pero el grado de procónsul que se le concedió inicialmente en el Campo de Marte ante todo el pueblo y con el apoyo de la plebe le fue revocado con posterioridad en el Senado.

—Algo he oído de esa historia, pero mis datos son confusos.

—Encantado de aclarártela, eso y lo que quieras, siempre que sigas proveyéndome de buenas obras con las que engordar mis arcas y mi cuerpo —y Casca se palpó con complacencia su prominente estómago. Las esclavas, mientras, traían fruta, cerdo asado, queso y caldo de verduras. Casca sonrió exultante.

Plauto devolvió una sonrisa más tenue. Estaba preocupado porque no tenía buenas ideas para una nueva obra y sabía que Casca esperaba algo pronto. Había pasado años en aquel molino para producir una gran obra. Ahora se le pedía una cada cuatro o cinco meses. Era un ritmo abrumador, insostenible.

—Verás —continuó Casca, hablando mientras devoraba un pedazo de pierna de cerdo asado adobado en una salsa espesa que goteaba sobre el suelo—. Una vez nombrado procónsul, se reunió el Senado y Fabio Máximo soltó una diatriba contra la idea de romper la tradición y permitir que alguien tan joven accediera a una magistratura del grado de procónsul. Como sabrás, muchos anhelan dicho honor y pocos son los elegidos. Otros senadores, una vez ya alejados del tumulto de la plebe, secundaron su moción, de modo que se llamó a tu joven amigo, digo amigo ya que te invita a su casa. —Plauto sacudió la cabeza ante la ironía de Casca; este último, divertido por la incomodidad de su huésped, continuó con la explicación sin dejar de masticar la comida—. Bueno, pues el joven tribuno acude al Senado y se le hace saber que no se le puede permitir que acceda al grado de procónsul y, en suma, partir para Hispania con el mando de las legiones asignadas y, te preguntarás, ¿qué hace nuestro hombre?

—¿Y bien? Y, por favor, deja de comer un minuto mientras me explicas todo esto.

—Ah, sí, disculpa. Para haber pasado tantas penalidades y miseria te has vuelto bastante delicado en poco tiempo, pero bueno, qué no consentiremos los patrones a nuestros escritores consagrados. Bien, bien. El joven Escipión reta al Senado: les dice que ante todo el pueblo le han concedido el permiso y las legiones para marchar hacia Hispania y que, si le revocan el mando, esto será difícil de explicar, pero que está dispuesto a sugerir una alternativa que satisfaga al pueblo, al Senado y a él mismo. Imponente, ¿verdad? Y con tan sólo veinticuatro años. Pero como tu joven amigo...

—Por favor, deja de llamarle *mi* amigo.

—Por Cástor y Pólux, de acuerdo. El joven Escipión no quiere llevar aquello a un enfrentamiento sin salida, así que ofrece una salida al Senado: que le permitan acudir a Hispania con *imperium* sobre las dos legiones asignadas como general, pero sin grado de procónsul. De esa forma se establece una situación excepcional, pero no se transgrede la costumbre de la edad en lo relacionado con el consulado y el proconsulado.

—Ya. ¿Y qué decide el Senado al final?

—El Senado acepta. El propio Fabio Máximo se muestra de acuerdo, de modo que la discusión concluye con acuerdo general.

—Muy bien. Acude a Hispania sin rango de magistrado máximo. ¿Qué tiene eso que ver con que ese Escipión no sea como otro patricio cualquiera?

—Ay, amigo mío, veo que tanto como sabes de teatro y de hacer reír al público, desconoces en todo lo tocante a la política. Un general nunca podrá celebrar ningún triunfo en Roma si no consigue sus victorias ostentando el grado de cónsul o procónsul. Si ese joven Escipión se moviese únicamente por la gloria y la ambición, no habría aceptado ese pacto con el Senado.

—Ya entiendo.

Plauto meditó en silencio mientras Casca recuperaba su pata de cerdo asado y roía con avidez el hueso. Siempre había considerado que la carne junto al hueso era la más sabrosa.

—Puede ser —respondió al fin Plauto—, pero también puede ser que ese Escipión tenga en mente que más vale una victoria sin triunfo que no obtener el mando sobre dos legiones, pese a su juventud, y tener así acceso a lograr victorias que le allanen el camino de su ambición.

—Es posible —concedió Casca—, pero en cualquier caso estamos ante una situación extraña. También hay quien comenta que el muchacho se ha tomado todo el asunto como algo personal y que sólo busca vengar la muerte de su padre y de su tío.

—¿Y tú qué piensas?

—No lo sé. En cualquier caso, esto son cosas sobre las que se opina mejor cuando se conoce cara a cara a las personas implicadas. Quizá mañana, cuando hables con él, tengas oportunidad de decidir por ti solo si estás ante otro patricio más o ante alguien diferente. Espero que compartas conmigo tu opinión. Estoy interesado. Tengo curiosidad.

—Tú ya le conoces. Has hablado con él.

—No, amigo mío, no. Yo he *negociado* con él. He intercambiado unas breves frases sobre un negocio que en un momento concreto le interesaba: contratar obras de teatro mientras era edil de Roma. A ti te ha invitado, a ti desea conocerte. Contigo, por algún motivo que se me escapa, quiere *hablar*.

—¿Y por qué crees que me invita ahora?

—No lo sé. Quizá le gusten tus obras de modo especial. Su padre era un gran aficionado del teatro. Todos lamentan su pérdida como general, pero en el mundo del teatro se lamenta más la pérdida de un patricio valedor del teatro. Piensa en ello cuando le conozcas. Quizá eso reblandezca un poco tu gélido corazón.

—Lo tendré presente —respondió Plauto no sin cierta frialdad.

La conversación derivó entonces hacia otros derroteros. Plauto fue cuidadoso en evitar el asunto de su próxima obra y Casca, bien porque se percatara de ello, bien porque el vino hacía de él alguien fácil de dirigir, tampoco sacó el tema.

Aquella conversación con Casca parecía ahora lejana en el tiempo. Seguía al *atriense* de aquella mansión atento para no perderse. Cruzaron un amplio atrio al que daban multitud de puertas de las diferentes habitaciones de la casa. El *tablinum*, al fondo del atrio, estaba abierto con sendas cortinas descubiertas, dejando ver un frondoso jardín rodeado de un pórtico de dos plantas. El esclavo no se dirigió hacia allí, sino que lo llevó a una esquina del atrio próxima al *tablinum* y le hizo entrar en una habitación sin ventanas.

—Espera aquí. Mi amo vendrá en unos minutos —dijo el esclavo y desapareció por donde había venido.

Aquella dependencia tenía cuatro pasos por unos seis. La única luz era la que entraba por la puerta que daba al atrio, de modo que Plauto se encontró sumido en una gran penumbra a la que poco a poco se iban ajustando sus pupilas. Había varias sillas, con madera oscura tallada. Pensó en sentarse, pero lo consideró dos veces y decidió mantenerse en pie mientras aguardaba la llegada del señor de la casa, del joven nuevo general. ¿Qué querría aquel hombre de él? La única vez que lo había visto fue el día del estreno de la *Asinaria*, cuando en calidad de edil de Roma se sentaba en la primera fila del teatro. Plauto tenía recuerdos confusos de aquella tarde, pero de entre ellos, rescató algunas carcajadas del joven Escipión y de su mujer, lo cual le tranquilizó, pero también recordó que el edil se marchó rápido del teatro, como si el desenlace de la obra le hubiera decepcionado; esto último reavivó la preocupación que habitaba su interior.

Sus ojos ya se habían habituado a la tenue luz de la estancia y se percató de que las paredes estaban llenas de armarios con pequeños estantes y que en cada uno de éstos había gran cantidad de cestos de donde sobresalían rollos de diverso tamaño y color. Se acercó a uno de los armarios y leyó alguno de los nombres que estaban escritos en los extremos de los rollos. Era griego. Demófilo, Menandro, Batón, Dífilo, Posidipo, Aristófanes, Sófocles, Teogneto, Alexis, Filemón. Y había muchos más. Por todos los dioses, en aquella sala estaba todo el teatro griego. Aquella dependencia era una biblioteca. No, para ser precisos, estaba en la mejor biblioteca a la que nunca jamás había tenido acceso. En casa de Rufo había varios volúmenes de interés que Praxíteles había traído consigo desde su tierra en la Magna Grecia, y Casca tenía una colección notable que le había sido útil para su segunda obra, pero aquello, esa sala era otro mundo. Siguió observando con atención y en otro armario encontró varias traducciones al latín de los originales griegos y también obras de autores contemporáneos: poesías de Quinto Ennio y obras de Nevio y del mismísimo Livio Andrónico. En el armario de obras latinas se entremezclaba la literatura con tratados sobre agricultura y planos de diferentes regiones. Y un cesto, no dos, parecían estar dedicados a obras históricas y tratados militares de autores que desconocía.

—¿Te gusta nuestra pequeña biblioteca?

La voz del recién llegado le sobresaltó y Plauto dio un respingo. Al girarse vio ante sí a un hombre joven, alto, delgado, con el pelo muy corto, bien afeitado, vestido con una larga toga blanca.

—Disculpa; no era mi intención sorprenderte así. Soy Publio Cornelio Escipión. Tú eres Tito Macio Plauto, ¿no es así?

—Así es —respondió Plauto sin añadir «mi señor» o ningún otro apelativo de respeto—. Estaba absorbido, es cierto, por la colección de obras que aquí tiene.

—¿Sí? ¿Te parece entonces una buena colección?

—Es una biblioteca magnífica, al menos, en la parte que acierto a valorar. Veo que está casi todo el teatro griego y latino y excelentes selecciones de poesía. De la parte histórica y militar no puedo opinar.

—Sí. Lo normal es disponer de los tratados históricos y poco más. Alguna traducción latina de un buen clásico griego, como éste. —Publio cogió un rollo del armario de volúmenes latinos—. Es la traducción de Livio Andrónico de la *Odisea*, creo que el original de Homero está en el otro armario. En fin, con este volumen mi padre nos enseñó a leer latín de pequeños —Publio hablaba recordando el pasado— a mí y a Lucio, mi hermano pequeño. Nos sentábamos en esas sillas y él paseaba mientras escuchaba cómo leíamos o, al menos, cómo lo intentábamos. Nos corregía sin necesidad de mirar el texto. Se lo sabía de memoria. Luego fue cuando contrató al bueno de Tíndaro, que nos instruyó en el griego, la historia... Bueno, pero eso no viene al caso. Lo que quería decir es que mi padre no era un hombre al uso y puso un gran empeño en ampliar su colección incorporando decenas de volúmenes procedentes del extranjero. Le apasionaba la poesía y, en especial, sí, por encima de todo, el teatro. Por eso todos estos cestos y esos rollos que aquí ves.

Plauto asintió sin decir nada. Publio le miró, estudiándole.

—Tito Macio, eres hombre de muy pocas palabras para alguien que las sabe usar tan bien cuando escribe.

Plauto dudó antes de responder; estaba claro que algo debía decir.

—Veréis, estoy un poco confuso en lo que se refiere a mi presencia aquí y ahora.

—Entiendo. La vida te ha hecho desconfiado. ¿Has tenido una vida difícil, Tito Macio?

—Depende de lo que se entienda por difícil.

Publio había dejado pasar por alto la tácita insolencia de que aquel escritor se dirigiese hacia él sin ninguna indicación de respeto; lo aceptaba como una excentricidad propia de su profesión, pero empezaba a irritarle el hecho de que a aquel hombre le costase tanto dar una respuesta directa y clara. Se sentó, pero no invitó a Plauto a que hiciese lo mismo.

—¿Por qué no me dices en qué ha consistido tu vida y ya juzgaré yo si ha sido difícil o no?

Plauto consideró sentarse en la otra silla, pero detectaba ya cierta tensión y no estimó oportuno estirar más cuerda de la paciencia de aquel patricio.

—Servidumbre, comercio, ruina, hambre, mendicidad, palizas, ejército, derrotas, nuevamente mendicidad, semiesclavitud y siempre miseria, hasta hace poco. Hasta que aceptasteis el estreno de mi primera obra, lo cual os agradezco.

Publio le miraba en silencio. Había sido un resumen conciso pero intenso. Una vida dura, sin duda, y había habido un primer reconocimiento de aprecio por su parte hacia una acción suya, la de aceptar el estreno de su obra.

—¿Por qué no tomas asiento?

Plauto aceptó sin decir nada. Lo correcto habría sido declinar por considerarse inferior o aceptar dando gracias. Sentarse sin decir más era altanería. Publio meditaba si debía aceptar aquella forma de trato con aquella persona o echarlo de casa y no dedicar más tiempo a ese asunto. El peso del amor por la literatura que su padre le había inculcado pudo más.

—¿Quieres vino?

Plauto asintió.

Publio dio un par de palmadas. Un esclavo entró y recibió las instrucciones oportunas.

—Veo que me va a costar sacarte las palabras. Eres un hombre difícil de trato para alguien que vive de hacer reír a la gente.

—No soy ningún bufón.

—Aaah. Es eso. —Publio le comprendió entonces. Se sentía incómodo por tener que venir siguiendo una invitación que, recibida por alguien de su clase, era como recibir una orden y por encontrarse ante alguien que parecía estar esperando gracias con las que solazarse en su tiempo de ocio.

El vino llegó y ambos bebieron el licor mezclado con un poco de agua. Publio confirmó que aquella rudeza estaba clavada, al contrario que en el caso de Lelio, en el corazón de aquel hombre, no en su tosco cuerpo.

—No te he llamado para que me hagas reír, Tito Macio. Te he llamado porque esta biblioteca no es muy usada y menos lo será con mi marcha a Hispania. Sólo mi madre, mi mujer y mi hermano acceden a ella con alguna frecuencia y de ellos sólo mi madre es una ávida lectora. Lucio y Emilia prefieren otros entretenimientos. A mí me gusta leer y pienso llevarme conmigo algún volumen de teatro y de filosofía y, desde luego, la mayor parte de los tratados militares y de geografía, pero el resto se quedará aquí. Mi padre pasó años recopilando todos estos volúmenes y, la verdad, que ahora se queden aquí, sin ser leídos, sin que nadie valore lo que aquí hay, me duele. Es como si algo que hizo mi padre no valiera para nada, o para muy poco. No puedo devolverle la vida y, entre tú y yo, no tengo muy claro que pueda vengar su muerte con las escasas tropas que me dan; de hecho, dudo que retorne vivo de Hispania. Si algún día, pronto, me atraviesa una lanza cartaginesa o una espada ibera, me ayudaría llevarme al otro mundo la idea de que la colección de mi padre es leída y apreciada por otras personas. Quizá pienses que es algo sentimental y absurdo. Según la vida que me has resumido, estas preocupaciones te deben parecer superfluas, casi triviales.

Plauto escuchaba con atención. Aquel hombre le estaba hablando de igual a igual de sus sentimientos más profundos, pero aún no sabía dónde quería llegar.

—No, no es superfluo lo que uno necesita para vivir con paz de ánimo y cada uno tenemos derecho a necesidades distintas —respondió Plauto.

—Gracias —dijo Publio—. Mi idea era que alguien que sabe escribir y apreciar el teatro, alguien como tú, pudiera acceder a esta biblioteca con toda libertad siempre que quisiera para leer o consultar cualquiera de estos volúmenes cuando lo desease. Eso me haría sentir que algo en lo que mi padre ocupó parte de su vida recuperaría su sentido completo. ¿Quién sabe? Quizá aquí encontréis inspiración para nuevas obras con las que entretener a Roma.

Plauto asintió antes de responder.

—Pero, ¿por qué yo y no Livio o Nevio u otro de los escritores que hay en Roma?

Publio lo miró durante lo que le pareció una larga espera. Si había gente en la casa, debían de estar recogidos en sus habitaciones porque reinaba un gran silencio que se fragmentaba sólo por las voces de su conversación y por el ruido de una fuente que se escuchaba en la distancia.

—Porque tus obras me gustan —dijo Publio al fin. Iba a añadir algo pero se detuvo. Plauto se percató de que no había dicho todo lo que pensaba.

—Me dio la sensación de que se fue decepcionado del estreno de mi primera obra, en las *Saturnalia*.

—No, no fue así.

—Sin embargo, se marchó con el semblante serio, triste, un aire como de desazón. Estoy seguro de recordarlo bien porque me quedé preocupado. Luego la reacción del público fue tan positiva que no pensé mucho más en ello hasta que recibí esta invitación.

Publio volvió a guardar silencio. Plauto entendió que aquel patricio ya había compartido demasiadas intimidades como para abrir más sus sentimientos a un desconocido que, además de mostrar cierta insolencia, era arisco en el trato. Plauto era consciente de su rudeza, pero la vida le había hecho así. Por eso sus escenas eran a veces crueles, inmisericordes con sus personajes, donde la burla despiadada abría el camino a la carcajada inclemente del público. Eso querían, eso les daba.

—Disculpe mi carácter inquisitivo y mis preguntas. Agradezco la oferta, si es que sigue en pie. Poder consultar y leer estos volúmenes me ayudaría mucho. No estoy acostumbrado a muestras de generosidad en las que no se pide nada a cambio.

—Bueno —respondió Publio, ahora un poco más relajado; estaba comprendiendo que la miseria había transformado a aquel hombre en insolente sin pretenderlo, en impertinente sin esforzarse. Quizá el éxito se le hubiera subido a la cabeza—. Sólo una condición: aquí puedes leer cuanto quieras cuando desees, pero no debes sacar ningún volumen. Quiero que la colección se preserve intacta. No es que dude de ti, pero Roma es un lugar peligroso y un rollo se puede robar o se puede perder.

—De acuerdo —asintió Plauto.

—Bien, pues eso es todo. Ahora debo marchar al foro a poner en orden los asuntos de mi familia antes de embarcar hacia Hispania.

—¿Podría quedarme ahora y empezar a leer? Hay volúmenes que ya han despertado mi interés.

La petición pilló por sorpresa a Publio que, ya levantado, esperaba que su invitado hiciera lo mismo. Estaba claro que con aquel hombre nada sería como se esperaba. Eso podía ser peligroso, pero también interesante.

—Sí, claro, ¿por qué no? Lee lo que quieras. Habrá un esclavo a la puerta por si deseas cualquier cosa. Cuando marches, él te acompañará a la puerta.

Publio, tras un cortés saludo con la cabeza, se volvió y se dirigió a la puerta que daba al atrio, pero se detuvo, se giró de nuevo y añadió unas palabras.

—Al final de tu obra tuve un extraño presentimiento. Sentí que mi padre moría; no puedo explicar cómo ni por qué, ya que estaba pasando un buen rato con tu obra. La sensación se apoderó de mí. Eso es lo que viste en mi semblante y lo que me hizo salir del teatro con rapidez. Estaba incómodo y preocupado. Cuando semanas después llegaron las noticias de Hispania, a partir de los datos que me dio el mensajero, he calculado que el día del estreno de tu obra coincide con el día en que murió mi padre. Por eso, de entre todos los escritores, te he elegido a ti para compartir su biblioteca, porque siento que entre tú y nuestra familia hay algún tipo de conexión cuyo sentido no acierto a interpretar. Quizá el tiempo o los dioses tengan a bien desvelarnos si tal relación tiene algún fundamento o es sólo fruto de mi imaginación. Espero que disfrutes de la lectura.

Y partió. Plauto se quedó solo, rodeado de todos aquellos rollos. Se había levantado, al fin, en atención a Publio y ahora volvía a sentarse. Estaba confundido. Casca llevaba razón: aquel joven patricio no era tan prototípico como la mayoría de los de su clase. Hablaba de teatro, leía latín y griego, había tenido un padre que coleccionó la mejor biblioteca que nunca antes hubiera visto; se dejaba influir por sensaciones y presagios que decía luego haber podido confirmar y le hablaba de un indefinible vínculo entre su familia y él mismo, Tito Macio Plauto. Aquél era un joven patricio con pensamientos demasiado profundos para alguien de tan poca experiencia en la vida. Quizá había sido injusto al juzgar a alguien por su condición: es igual de injusto despreciar al pobre por pobre, como habían hecho con él durante toda su vida, como menospreciar al rico por el mero hecho de haber nacido siéndolo, como había prejuzgado él al joven tribuno que le había invitado a saborear los contenidos de la biblioteca de su padre. Tendría que pensar bien en todo esto, pero en otro momento. La luz que entraba por la puerta del atrio se atenuaba; el sol de la tarde iba descendiendo en su viaje por el cielo y en pocas horas no podría leer sin la ayuda de una llama y, aunque pudiera solicitarla al esclavo que el joven Escipión había mencionado, no quería pedir nada más en una primera visita. Regresó junto al armario donde estaban la mayor parte de los escritores griegos y buscó las obras que le habían llamado más la atención, y de entre todas ellas, seleccionó una que iba sin título, con el simple sobrenombre de *hilarotragedia* firmada por un autor que desconocía: Rintón. Sacó el rollo con cuidado y sacudió el polvo acumulado en ambos extremos del mismo. Lo desplegó y, como la tinta gastada resultaba de difícil lectura, acercó su silla hasta el umbral de la puerta del atrio y allí, bajo la luz del atardecer, empezó a leer con auténtica pasión.

LIBRO VIII

EN BUSCA DE LA ESPERANZA

In me omnis spes mihi est.
[Sólo en mí mismo está toda esperanza.]

TERENCIO,
Phormio, 139.

89

Rumbo a Hispania

Puerto de Ostia, 210 a.C.

En la proa del barco Publio sintió el viento del mar resbalando por la piel de su rostro. Necesitaba aire fresco que le devolviera a la vida y a la esperanza. Hacía tan sólo unos meses era el feliz hijo del procónsul de Hispania, un joven tribuno casado con una hermosa patricia, heredero de una gran familia y una ingente fortuna. La súbita muerte de su padre y de su tío había segado de raíz los fundamentos de su felicidad y su sosiego. Llevaban en guerra muchos años, es cierto, y había visto la muerte de cerca, en Tesino y también en otras batallas, pero desde la caída de su padre y de su tío su mundo se desmoronaba a pedazos: Roma había llegado a ser asediada por el mismísimo Aníbal, que se había permitido pasear apenas a unos pasos de las puertas de la ciudad del Tíber. Roma había resistido y con el apoyo de uno de los ejércitos consulares, las *legiones urbanae* y la estrategia de seguir acechando Capua, se había vencido al enemigo, al menos, por el momento. También se había recuperado Capua, pero qué lejos estaban esas victorias de las que aprendió cuando estudiaba con Tíndaro bajo la atenta vigilancia de su padre, cuando se le instruía sobre las conquistas en territorios de los galos, los ligures o los piratas de Iliria, las épicas batallas contra el rey Pirro o la gran victoria sobre Cartago hacía años, que dio paso a la expansión de Roma por el Mediterráneo. ¿Dónde había quedado todo aquello? La Roma que le enseñaron y la Roma en la que vivía ahora no tenían nada que ver. Ahora se luchaba por recuperar lo que ya se tenía y se había perdido o por defender la mismísima capital de la República. Las fuerzas que se enviaban al exterior para acometer campañas militares más allá del mar eran escasas, insuficientes porque los recursos se consumían en la guerra de supervivencia que

Aníbal había traído consigo a la península itálica. Los resultados hablaban por sí solos: su padre y su tío muertos, el protectorado ilirio acosado por Macedonia, la Magna Grecia en manos de Aníbal y los galos campando con libertad y abierta hostilidad por el norte. En el fondo de su ser, Publio anhelaba recuperar la Roma en la que nació, su vigor y su fuerza, sus dominios y su fortaleza. Lo que no sabía es que, en realidad, lo que le movía era intentar recuperar el tiempo en el que su padre y su tío vivían. En aquel tiempo Roma, como ellos, era fuerte y, sin saberlo, de forma inconsciente, pensaba que recuperar aquella poderosa Roma le acercaría a su padre y a su tío y que, como si nada hubiera ocurrido, encontraría un día a su padre leyendo en la biblioteca a la luz de una lámpara de aceite y que su tío le llamaría a gritos desde el atrio para salir a tomar vino en una de las tabernas que tanto gustaba frecuentar. Eran otros tiempos. Lejanos, difusos, perdidos. El barco, el mar y las olas, con su vaivén y las voces de los marineros le devolvieron al presente.

Cayo Lelio dirigía las maniobras de la flota que estaba abandonando el refugio del puerto de Ostia: treinta *quinquerremes* fuertemente pertrechadas de tropas, víveres y suministros para lo que se adivinaba como una larga y complicada campaña en Hispania.

Lelio se dirigió a su general.

—¿Qué rumbo seguimos? ¿Directos a Hispania?

Escipión no respondió de inmediato.

—No. Iremos a Hispania, pero bordearemos la costa de Etruria primero y luego el sur de la Galia. Navegaremos siempre próximos a la costa —el aire era fresco, limpio, intenso—. No quiero correr ningún riesgo innecesario. No podemos permitirnos perder ni un solo barco en alta mar. No vamos a luchar contra Neptuno sino contra los cartagineses. Reservemos tropas y fuerzas para ese fin. Rumbo al norte. Al norte.

Lelio asintió y dio las órdenes precisas al resto de los oficiales del barco. Las naves que componían la flota seguirían el curso marcado por la *quinquerreme* de Escipión. Lelio observaba la estela que el buque iba abriendo en el mar. No parecía que aquélla fuera a ser una navegación especialmente problemática. Se preguntaba si era así, con esa extrema prudencia, como Escipión pensaba desarrollar toda la campaña. Las palabras del general parecieron entrar en sus pensamientos.

—Leo en tu rostro cierta decepción, viejo amigo —Publio sonreía al tiempo que le hablaba—. No temas, que ya encontraremos suficientes batallas y dificultades en nuestra campaña para que hagas gala de tu valor. Ahora me preocupa llegar a puerto en Hispania con todas las tropas que nos ha concedido el Senado. Dos legiones, apenas diez mil hombres y unos escasos refuerzos de mil jinetes de caballería no son fuerzas suficientes para doblegar a los tres ejércitos cartagineses que controlan aquel país. No debemos empezar, pues, nuestra campaña malgastando esfuerzos arriesgándonos en una navegación en alta mar.

—Entonces —preguntó Lelio—, ¿no crees que tengamos ninguna oportunidad de victoria?

La voz de Cayo Lelio no denotaba temor. Escipión sabía que aquel hombre le seguiría al fin del mundo, a la muerte en el campo de batalla si era necesario y que el miedo al combate no cabía en su forma de entender la vida. No, aquélla era una pregunta directa, pero difícil de responder. La honestidad parecía la mejor política.

—Estimado Cayo, entre nosotros, sin que trascienda a las tropas: tenemos once mil hombres y en Hispania nos esperan otros trece o catorce mil hombres, ya cansados y sin apenas pertrechos militares, agotados por los continuos combates y sin ánimos por las derrotas sufridas. En total, unos veinticinco mil soldados. Los cartagineses poseen tres ejércitos en la península ibérica con un total de unos setenta y cinco mil hombres, sin contar con las diferentes guarniciones de las ciudades que controlan, su gran cantidad de armamento y el recién ganado control sobre la mayoría de las tribus de la región. Son, al menos, tres contra uno. No, Lelio, no disponemos de tropas suficientes para emprender esta campaña.

Terminó así Publio su parlamento y volvió de nuevo la mirada hacia el mar.

—Entonces... —continuó Lelio— ésta es una campaña sin esperanza... No lo digo por nada, sabes que te seguiré en cualquier caso..., es un poco por saber dónde vamos, como tú dices, simplemente entre nosotros, sin que esto llegue a nuestros hombres... En cierta forma... ¿vamos allá a ser derrotados?

Publio volvió a tomarse unos segundos antes de responder. Lelio se mantuvo en silencio, respetando los momentos de reflexión del joven general.

—Bueno —dijo al fin Publio—, no necesariamente, no... tengo mis planes... hay alguna posibilidad de victoria; no muchas, pero alguna y sobre ella trabajaremos. Quizá no de victoria, pero sí de crearles bastantes problemas a los cartagineses. —Y con esto le dio una palmada en la espalda a su recién nombrado almirante de la flota y le volvió a sonreír. Una sonrisa limpia que iluminaba el rostro pulcramente rasurado del general y que, sin saber bien por qué, infundía confianza infinita—. Ganaremos, Cayo Lelio, venceremos. Los dioses están de nuestra parte, especialmente Neptuno, especialmente Neptuno. En su momento recordarás estas palabras y me entenderás... si todo va bien... —Y lanzó un profundo suspiro—. Si no va bien, tendrá que ser en el otro mundo donde me reproches mi equivocación. Ahora, voy a ver cómo está Emilia. Que yo sepa, nunca ha navegado y no sé cómo le estará sentando el vaivén de las olas. Yo prefería que se quedara en Roma con mi madre, pero no ha habido manera de persuadirla. Es casi tan testaruda, o puede que incluso más que yo. Avísame cuando creas que es conveniente que atraquemos para pasar la noche. —Y con esto se alejó de su lugarteniente y se dirigió al camarote donde le esperaba su joven esposa.

Una vez en el interior del barco y a medida que se acercaba a la estancia reservada para el general de las legiones de Hispania, fue escuchando el lloriqueo de una niña que Publio enseguida reconoció. Emilia puede que resistiera el oleaje, pero estaba claro que su pequeña hija Cornelia no lo llevaba tan bien. Deberían haberse quedado en Roma acompañando a su madre, pero cuando buscó la ayuda de Pomponia para que la convenciera de que lo más oportuno era que se quedase en la ciudad y esperase allí su vuelta, las cosas no salieron tal y como Publio había pensado. Recordaba la conversación y aún se sorprendía.

—Madre —decía él, ya nervioso ante la tozudez con la que Emilia se mantenía en su idea de seguirle a Hispania—, por Hércules, hazla entrar en razón. Su sitio es aquí contigo y con la pequeña Cornelia. Díselo, por todos los dioses.

Su madre estaba reclinada en su *triclinium* a la sombra de uno de los olmos que crecían en el jardín de la casa. El ruido de la fuente que manaba en el centro la relajaba. Se pasaba allí tardes enteras en silencio, a veces con Emilia y su pequeña nieta, en ocasiones a solas, leyendo algún rollo de la biblioteca o simplemente meditando. Allí, en esa plaza tenía los mejores recuerdos de su marido. Allí celebraron su boda y allí vieron cómo Publio primero y luego Lucio daban sus primeros pasos. Su hijo, ahora, después de tanto tiempo, tenía una disputa doméstica con su mujer. La familia seguía su curso, pese a todo, pese a la guerra y las ausencias que ésta, cruel, insensible y tremenda, iba sembrando a su paso.

—No, hijo —empezó Pomponia—, siento contradecirte, pero en este punto estoy de acuerdo con Emilia. Si ella está dispuesta a acompañarte a Hispania, debe hacerlo. El lugar de una mujer está junto a su marido. Y si quieres saber aún más, Publio, la única decisión de la que me lamento en esta larga vida es la de no haber acompañado a tu padre y a tu tío a Hispania. Habría podido disfrutar más tiempo de su compañía y de su afecto. Dudé. Pensé que era mejor quedarme con vosotros, pero a veces pienso que me he hecho demasiado cómoda y una campaña militar no es lugar para comodidades, eso es cierto, pero tú tienes la fortuna de tener una esposa joven, sana y fuerte y que además quiere acompañarte. Debe ir.

Publio se quedó mudo. Emilia sonreía, satisfecha.

—En fin —dijo el joven general—, espero tener más éxito con los cartagineses que en casa; está claro quién gobierna de puertas para dentro. Pero pongo una condición.

Las dos mujeres escuchaban atentas.

—Emilia me acompañará y supongo que con ella vendrá Cornelia, pero sólo hasta Tarraco. Allí estableceremos el campamento militar sede de las legiones a mi mando, pero cuando parta hacia el norte, hacia el interior o hacia el sur en busca del enemigo, Emilia permanecerá en Tarraco, por su propia seguridad y por la de la niña. Sólo allí siento que puedo proporcionar a mi familia un mínimo de seguridad. Aquél es un territorio de frontera, rebelde a Roma en su mayor parte y atestado de enemigos. Hasta Tarraco. Ésa es mi condición.

Emilia miró a su marido y luego a Pomponia. La madre de Publio asintió.

—De acuerdo —dijo Emilia—, hasta Tarraco. Voy a prepararlo todo —y desapareció por el *tablinum* para pasar al atrio y de allí a las habitaciones de ella y su marido. Tenía un montón de cosas que envolver y embalar antes de partir.

Publio se quedó a solas con su madre. Dudó antes de hablar pero al fin se decidió.

—Pensaba que a ti te gustaría que se quedase contigo. Emilia y tú os lleváis muy bien. Sería un gran consuelo para ti tenerla.

—Lo sé. Y es cierto, pero por encima de mi comodidad está tu matrimonio. Emilia es una buena esposa. No podrías haber encontrado a nadie mejor. Cuando la conocí, reconozco que me pareció demasiado aventurada, atrevida incluso, pero intuyo que en la vida que vas a llevar, es ése el tipo de esposa que necesitas. Debe ir contigo y no se hable más del tema. Además, Lucio se queda conmigo. En él tendré el consuelo y el apoyo necesario. Y tú haz el favor de cuidarte. No digo que no luches, eso sería absurdo, en medio de esta guerra y en tus actuales circunstancias. Sólo te pido que no pongas en peligro tu vida sin sentido. Roma se está quedando sin hombres valientes que, además, sean inteligentes y esta familia también. Así que haz lo que tengas que hacer, pero sé siempre precavido. Ya sabes lo que decía tu padre sobre la guerra.

Publio asintió.

—Sí, madre, el propio Máximo me lo recordó en el Senado hace poco: «Una batalla se puede ganar con el corazón, pero una guerra sólo se gana con la cabeza.»

—Bien. Veo que escuchaste a tu padre, y que Máximo también aunque nos deteste. Cuanto más recuerdes de las enseñanzas de tu padre más lejos llegarás y, bueno, por otra parte es justo admitir, en favor de tu tío, que cuanto más recuerdes de su adiestramiento con la espada, más posibilidades hay de que vuelvas con vida. En momentos como éste lamento haber gritado a Cneo. Sus costumbres y sus debilidades me irritaban, pero sé que en ti puso su mejor empeño. Aprovéchalo. Publio, sé que soy tu madre y que en calidad de tal, puedes pensar que lo que digo es más fruto del afecto que de la inteligencia, pero en esta casa, como en casa de cualquier otra madre, mi labor fundamental es la de observar y callar. Te he visto crecer y te aseguro que por algún designio de los dioses en ti se ha forjado lo mejor de tu padre y de tu tío. Por ello sé que hay esperanza para ti, para nuestra familia y para Roma. Sé fiel a ti mismo y lo demás vendrá por sí solo. Y ahora vete a vigilar a tu mujer o necesitarás una *trirreme* sólo para todo lo que a esa niña se le ocurra llevarse.

Publio se quedó un momento contemplando a su madre, que se mantenía reclinada en su butaca haciendo un ademán con su mano para que la dejara sola. El joven general la dejó y se volvió despacio para marchar en busca de su mujer.

Ahora, varias semanas después, al abrir la puerta del camarote vio a Emilia sosteniendo a la pequeña Cornelia en sus brazos y meciéndola.

—Chsss, pequeña, chsss —le decía al oído y la niña ahogaba entre sollozos su llanto.

—Son las olas, ¿no? —preguntó en voz baja Publio, sentándose al lado de su mujer en la cama del camarote.

Emilia asintió.

—Es pequeña, pero se acostumbrará —dijo ella.

—¿Y tú? ¿Cómo llevas el oleaje? —inquirió el joven general.

—Bien. No te preocupes por mí. Y mira, ¿ves? Se ha dormido. Está cansada. Son muchas emociones para alguien tan pequeño.

Publio se quedó mirando cómo su mujer tendía a la pequeña Cornelia en la cama. Emilia llevaba una túnica ceñida al cuerpo que dejaba adivinar las suaves curvas de su pequeña figura, con unos hombros semidescubiertos, desnudos, de tez ligeramente oscurecida por el sol. Al inclinarse sobre la cama, su larga trenza de cabello negro azabache caía sobre las sábanas. Publio sintió sensaciones que nada tenían que ver con el mar, con la guerra o con aquel viaje. Cogió a Emilia por la cintura y la sentó en sus piernas.

—Por Cástor y Pólux —dijo ella en voz baja—, ¿qué haces? Estás loco.

Pero Publio la estaba besando ya en la mejilla.

—¿Aquí? —preguntó ella.

—Aquí y ahora. Tranquila, lo haremos sin ruido para no despertar a la niña.

—¿Pero dónde? La niña está en medio del lecho...

—En el suelo —respondió él.

Emilia sentía una mano de su marido acariciándole un seno por debajo de la túnica mientras que la otra mano tiraba de su trenza de modo que ella se veía obligada a inclinar, despacio, su cabeza hacia atrás, dejando descubierto su largo cuello, que es lo que la boca de Publio iba buscando.

—Bueno —dijo Emilia—, eres el general de este ejército; supongo que aquí se hace lo que tú dices.

—Exacto.

Emilia sabía siempre qué decir para excitarle aún más allá de lo que para él era imaginable. La cogió con ambos brazos y en un movimiento ágil, rápido, pero silencioso la tumbó en el suelo y le desnudó las piernas subiendo la túnica hasta la cintura. Ella se dejaba hacer. Al lado de ambos Cornelia, rendida por la emoción de la partida, dormía plácida. Para Emilia y Publio el ritmo de las olas ya no era un contratiempo sino un agradable aliado.

90

Los augurios de Fabio

Puerto de Ostia, 210 a.C.

Fabio observaba la partida de la flota desde el puerto de Ostia. A su lado, el joven Catón oteaba el horizonte marino protegiéndose los ojos con la palma de su mano apoyada sobre la frente.

—Bien, volvamos a Roma —dijo Fabio Máximo—, nos hemos deshecho ya de ese impetuoso joven que navega rumbo a su fin pero tenemos muchas cosas de las que ocuparnos aún.

—¿No volverá, entonces? —preguntó Catón. Quería saber más de los planes de su mentor.

Fabio le miró como sorprendido.

—Marcha con apenas dos legiones, más otros diez mil hombres que, como mucho, pueda reunir allí, no alcanza los veinte mil. Los informes son que en Hispania hay tres ejércitos púnicos de entre veinticinco mil y treinta mil hombres cada uno, con mercenarios iberos que conocen bien el territorio y todos veteranos de una larga guerra. ¿Tú qué crees?

Catón asintió sin añadir más. Estaba claro que Fabio Máximo daba por zanjado aquel asunto.

—Ahora, lo que me preocupa es mantener las arcas del Estado con suficientes recursos. Hemos tenido que reducir de veintitrés a veintiuna legiones las fuerzas en activo. Y no tenemos dinero para remeros. Tendremos que persuadir a las familias importantes de Roma para que aporten fondos extraordinarios, empezando por los cónsules.

—¿Y Marcelo y Levino aceptarán? —preguntó Catón.

Fabio no dudó en su respuesta.

—Por supuesto: son hombres nobles. Eso me obligará a poner también algo de mi parte, pero todo tiene un precio en esta vida. Esta tarde veré a los cónsules. Tengo un plan.

Marco Porcio Catón le miró atento. Caminaban por los muelles, escoltados por una decena de fornidos esclavos al servicio de Fabio. El viejo senador, adulado por la aguda atención de su interlocutor, cedió a la vanidad y desveló parte de su estrategia.

—Alejado el Escipión, que pronto será aniquilado en Hispania, el resto de la estrategia consiste en enviar a Claudio Marcelo contra Aníbal. Claudio es un hombre de acción y, ostentando la magistratura, no dudará en aceptar la sugerencia de lanzarse contra el mismísimo Aníbal. El Senado lo ratificará. Luego ya veremos lo que ocurre. Quizá Aníbal acabe con Marcelo de una vez.

—¿Y si vence Marcelo?

—Me veré obligado a reconocer su valía, pero lo dudo, lo dudo mucho. Todavía considero que el cartaginés tiene las de ganar en campo abierto, que es la estrategia que Marcelo gusta utilizar. Ése será su error, más tarde o más temprano.

—¿Y Levino, el otro cónsul de este año?

—¿Levino? Sí. Levino irá a negociar con los etolios en Grecia un levantamiento contra Filipo. Ésa será la forma de neutralizar al macedonio.

Catón esperó un rato antes de plantear la pregunta que más le interesaba. Al fin, se decidió.

—¿Y qué vamos a hacer nosotros?

—¿Nosotros? —Fabio Máximo siguió paseando con la mansedumbre de un anciano, pero sus ojos revelaban un extraño fulgor de fuerza y poder—. Nosotros, mi querido amigo, este año observaremos desde la distancia. Este año serán los demás los que jueguen la partida. Al año siguiente, después de que todos se desgasten, será cuando entremos en acción. El año siguiente. Ya lo verás. En el sur. Ya pronto. En el sur.

91

Lucio Marcio Septimio

Hispania, 210 a.C.

Lucio Marcio Septimio esperaba bajo el cálido sol de Iberia con mil soldados a sus espaldas la llegada del nuevo general romano de Hispania. Un joven de tan sólo veinticuatro años ostentaba tal honor; tan joven que, por razón de su edad, Fabio Máximo y otros senadores habían insistido en negarle el nombramiento de procónsul. Un joven con *imperium* militar sin magistratura. Marcio escupió en el suelo. Sin duda Roma estaba trastornándose. Los senadores debían de estar tan abrumados por la guerra contra Aníbal en territorio itálico que cada vez estimaban en menor importancia lo que ocurría en Hispania. Marcio miró el horizonte del camino que transitaba paralelo a la costa. Aún no se vislumbraba polvo en la distancia. Mejor. No tenía prisa. Aquel joven tendría que haber llegado ya, pero claro, un joven patricio de su condición y alcurnia no debía de estar acostumbrado al polvo de los caminos ni a las grandes marchas. Aunque era un Escipión. Publio Cornelio Escipión. Hijo de cónsul, hijo y sobrino de los anteriores procónsules de Hispania bajo los que Marcio había servido. Hombres valientes, reconocía Marcio para sí. Hombres valerosos y aguerridos que durante varios años supieron conducir la guerra en Hispania con habilidad, hasta el regreso de Asdrúbal, el hermano de Aníbal, acompañado de otros dos temibles generales cartagineses, Magón y Giscón. Aquellos tres generales unidos acabaron con los dos procónsules e hicieron trizas el ejército romano en Iberia.

Marcio paseaba en silencio. Detrás de él, los mil hombres uniformados, firmes, en perfecta formación, aguardaban la llegada del nuevo general. Marcio se volvió hacia sus soldados. Habían vuelto a ser sus soldados por unos meses, después de la marcha del anterior sustituto de los procónsules fallecidos: Cayo Claudio Nerón, otro experimento del Senado. Nerón. Un ignorante en el campo de batalla y un soberbio en el trato. Un listo que se las arregló para regresar con vida. Era hábil político. Alguna vez conseguirá victorias de renombre, pero no con las condiciones de Hispania, donde había un legionario por cada tres cartagineses. No, eso no era para ese Claudio Nerón. Marcio sólo recibió humillaciones desde su llegada. Si no es por el desastre que suponía para Roma, Marcio se habría alegrado de cómo jugó con él Asdrúbal en la campaña del año pasado. Nerón marchó igual que vino: con las manos vacías. Sólo era un patricio en busca de gloria fácil y pronto comprendió que Hispania era un lugar demasiado complicado para el éxito. Desde entonces, nada. Roma callaba y no llegaban ni nuevos procónsules ni refuerzos. Marcio recordaba aquel invierno frío guardando como podían los pasos del Ebro. Intentando mantener a los cartagineses al sur. Buenos hombres sin apenas pertrechos y sin mando. Era cierto que los soldados le respetaban, pero también sabían del poco apoyo que había en Roma a las fuerzas de estas tierras y el desánimo se apoderaba de ellos. Marcio se preguntaba qué debía esperar del nuevo enviado de Roma. Los legionarios estaban confundidos: que fuera el hijo y el sobrino de los anteriores procónsules se había valorado positivamente, pero tanta juventud. ¿Cómo podría hacerse con el respeto de la tropa alguien mucho más joven que la mayoría de los legionarios, muchos de ellos veteranos, supervivientes de varias campañas?

En ese momento una nube de polvo comenzó a levantarse en lontananza. Primero apenas unas ráfagas que el viento esparcía y luego una clara torre de arena. Marcio se volvió para comprobar la formación de sus tropas. Había seleccionado a los mejores hombres, a los que aún tenían el ánimo fuerte. No sabía si tendría algún sentido intentar dar una buena imagen. No lo tuvo con Nerón. Aún recordaba cómo en la misma situación Nerón, a la hora del recibimiento el año pasado por estas mismas fechas, ni siquiera se detuvo y sin mirar a Marcio o a los legionarios pasó de largo y siguió su camino hasta Tarraco. Marcio se tragó su orgullo. Sabía que un procónsul no tenía por qué saludar a un centurión si no lo deseaba, o que al menos tenía la capacidad de decidir cuándo saludarlo. Marcio, no obstante, se había curtido en la paciencia y la resistencia. Ésas eran sus mejores virtudes y las de sus tropas. Resistir. No hacían otra cosa desde hacía dos años. Suponía que el nuevo general probablemente hiciera lo mismo, pero, en cualquier caso, Marcio, por respeto y por convicción, sacó a los mejores hombres de los que disponía y allí estaba con ellos, bajo el sol, dispuestos en formación, esperando al nuevo enviado del Senado. Volvió a escupir en el suelo. Se aclaró la garganta.

—¡Agua! —gritó y un soldado joven le acercó veloz un cazo con agua. Marcio bebió con ansia, igual que hacía todo en su vida: luchaba con ansia, discutía con pasión, rezaba a los dioses con intensidad.

La figura del nuevo ejército se dibujó en la distancia. Por el camino empezaron a verse las nuevas tropas. A medida que se acercaban Marcio intentó asimilar el contingente de refuerzos que llegaba a Iberia. Al menos necesitarían cuatro legiones nuevas para tener alguna posibilidad, no dos, como con Nerón el año anterior. Las noticias eran que vendrían unos diez mil hombres, pero Marcio desconfiaba hasta de los correos oficiales. Sólo creía en lo que veían sus ojos. A medida que el nuevo ejército se aproximaba, Marcio, experto y curtido en valoraciones de ejércitos enemigos observados desde la distancia, calculó con rapidez el número de los que venían y comprendió que estaban en las mismas que el año anterior: de nuevo dos legiones; tropas a todas luces insuficientes para algo más que continuar protegiendo el Ebro. E incluso insuficientes para esa tarea el día en que los tres generales cartagineses marchen hacia el norte, unidos, decididos a dar el golpe final y cruzar el río y masacrar las legiones romanas como un cuchillo corta una manzana madura.

Al frente del nuevo ejército se adivinaba la figura del nuevo general. Éste iba precedido de legionarios que actuaban como *lictores*, pese a no tener oficialmente el grado de procónsul. El nuevo general iba a pie, caminando erguido y con paso firme. Parece que quería dar ejemplo a sus tropas. En fin, al menos se estaba dando una buena caminata desde el norte de Iberia hasta allí. Se aproximaba el momento. Apenas estaba ya a un estadio de distancia. Marcio se puso frente a sus soldados y comprobó que todos estuvieran en formación. Él mismo se puso el casco, lo ajustó bien y se tensó firme y decidió esperar. No le competía a él dirigirse al nuevo general, sino esperar su saludo... o su desprecio, como tropas derrotadas. El sol empezaba a pegar fuerte. Marcio se dio cuenta de que estaba sudando con abundancia. No debería haber bebido tanta agua. Se limpió varias gotas que salpicaban su frente con el dorso de su mano izquierda. La derecha permanecía sobre la empuñadura de su espada, a la altura de la cintura. El nuevo general estaba a unos cien pasos. Marcio inspiró con fuerza. Tenía ganas de escupir pero ya no era el momento.

Publio Cornelio Escipión llegó a la altura de Marcio. Detuvo entonces su avance y dio una orden a Cayo Lelio. Lelio se volvió hacia los tribunos y repitió las órdenes. Los diez mil soldados que los seguían se detuvieron también, de forma escalonada, según el orden en el que se encontraban dispuestas las legiones romanas. Al cabo de unos cinco minutos el ejército estuvo detenido, esperando nuevas instrucciones. Durante ese tiempo Escipión estuvo observando a Marcio, que permanecía impasible al frente de sus manípulos, en silencio, esperando un saludo o una orden. Escipión se separó de Lelio y de los *lictores* y caminó hasta ponerse frente a Marcio.

—Te saludo, Lucio Marcio Septimio, como centurión al mando de esta guarnición —observó entonces las tropas que Marcio había traído consigo—. Una guarnición bien preparada y dispuesta para el combate, algo que, sin duda, debe contarse entre tus méritos.

—Gracias, mi general. Sed bienvenido a Hispania.

Marcio no sabía bien qué más decir. Decidió esperar a una pregunta directa antes que decir algo inapropiado. El nuevo general prosiguió con su saludo.

—Marcio, sé que has combatido con mi padre y con mi tío y me honrará que esta noche, una vez hayamos acomodado las tropas en la guarnición de Tarraco de forma adecuada, vengas a mis aposentos y tengas la amabilidad de ponerme al día de todo cuanto ha sucedido en este país desde que llegaste con los procónsules hasta su muerte y, sobre todo, de lo ocurrido desde entonces. Tengo el relato directo y continuado de mi padre por carta hasta ese momento, pero desde que cayera en combate, mis noticias son de terceros y prefiero refrescar mi conocimiento de estos dos años con alguien que ha vivido los sucesos que aquí han ocurrido de primera mano. ¿Me honrarás con tu presencia?

Marcio se sintió abrumado ante el enorme aprecio del nuevo general.

—Por supuesto... quiero decir... te saludo, noble Publio Cornelio Escipión..., para mí será un honor poder transmitir lo poco que mi entendimiento acierta a comprender de esta región y de los avatares de la guerra contra los cartagineses en este país hostil y cruel.

—Bien, pues hay mucho trabajo por hacer —Publio miró al cielo—. Diría que el sol parece más inmisericorde en este país que en Roma. Pero, dejémonos de menudencias y prosigamos la marcha. Marcio, ven a mi lado, junto a Cayo Lelio, mi almirante de la flota en el mar y jefe de la caballería en tierra. Y, te lo ruego, actúa como guía en estas tierras que tú conoces mejor que nosotros. Soy todo oídos.

Marcio obedeció. Sus pensamientos estaban confundidos. Al poco tiempo estaban avanzando al frente de sus tropas y de las dos legiones que había traído el nuevo general. Doce mil hombres rumbo a Tarraco. Pocas fuerzas, insuficientes, pero al menos el saludo del nuevo general había resultado grato. Eso estaba bien y es que, si habían de morir todos en una guerra perdida, que al menos fuera al mando de alguien noble. Marcio nunca había entendido bien cómo se salvó de la terrible derrota de los anteriores procónsules. Ahora estaba allí su hijo y sobrino y parecía alguien honesto. Marcio intuía en sus hombres, que habían escuchado el intercambio de saludos, una cierta dosis de alivio ante el talante del nuevo general. Quizá al menos se podría trazar una estrategia razonable de guarniciones para proteger las fronteras. Eso ya sería algo. Era una idea sobre la que Marcio había estado meditando: una empalizada al lado norte del Ebro que mantuviera a los cartagineses al sur o que los obligase a luchar contra los vacceos en el interior si querían alcanzar los Pirineos. El tiempo y los dioses dictarían su veredicto sobre lo que debía hacerse en el futuro. Eso pensaba Marcio. Lo que desconocía era que aquel joven general que cabalgaba a su lado estaba decidido primero a transformar el presente y luego a interferir en el futuro.

92

Una tragicomedia

Roma, 210 a.C.

Casca caminaba nervioso, con pasos rápidos de un lado a otro del atrio de su casa. Sus brazos estaban cruzados por detrás de la espalda, aunque soltaba una de sus manos de cuando en cuando para poner énfasis en sus palabras.

—¿Pero tú sabes lo que dices, Tito? Tu éxito ha venido con las comedias, ¿por qué cambiar ahora? Aníbal acaba de derrotarnos en Herdónea. Más de trece mil hombres han muerto. El cartaginés acaba de masacrar dos legiones enteras, con sus mercenarios y sus elefantes africanos. La gente ha perdido a muchos amigos y seres queridos. Hay luto constante en la ciudad y el pueblo busca, necesita divertimento, distracción, evadirse de la guerra y sus sufrimientos. Eso es lo que la gente anhela y también los ediles. ¿Y tú ahora me vienes con que quieres hacer una tragedia? Deja las tragedias para Andrónico, Nevio, Ennio y tú ocúpate, céntrate en lo que sabes hacer bien. ¿Una tragedia? Por todos los dioses.

—Una tragicomedia —corrigió Plauto, reclinado en su *triclinium* sin inmutarse demasiado por la airada reacción de su patrón; ya había anticipado algo parecido—. No es lo mismo.

—Empieza con la palabra tragedia, ¿no?, para mí es lo mismo y para el público también lo será.

—Será divertida.

—¡Por Hércules! Tito, en una tragedia intervienen los dioses, o ¿es que en la tuya no será así?

—Claro; intervendrán los dioses. Su papel es esencial en la trama de la obra.

—¿Entonces? ¿Es que propones que nos riamos *de* los dioses?

—No, por supuesto. Nos reiremos *con* los dioses —precisó Plauto.

—Ten cuidado, amigo mío. Por criticar a los patricios más de un autor se ha metido en problemas. No quiero pensar lo que pueda ocurrirte si te metes con la religión y los dioses de Roma. No son tiempos para bromear con según qué cosas.

—No te preocupes. Lo tendré presente.

Casca detuvo su continuo ir y venir frente a su protegido.

—¿Que no me preocupe? Escucha, Tito, te cuido, te alimento, sufrago tus debilidades y lo hago a gusto. Además, generas pingües beneficios para mis arcas, lo admito. Tus obras han traído un aire fresco a Roma y me resultas simpático, de veras, pero no puedes arruinar una prometedora carrera por un capricho.

—No es un capricho. Es una idea meditada. Seguiré haciendo comedia, pero este proyecto me interesa. Es algo distinto y tengo unas fuentes muy novedosas. Atraerá la atención. Sé que irán a criticarme, a hundirnos, pero gustará. Estoy seguro.

—¿Qué fuentes son ésas?

—Platón.

—¿El filósofo? —preguntó Plauto con incredulidad.

—No, el cómico.

—Ah. —Casca desconocía que hubiera más de un Platón. Estaba perdido.

—Y unas obras de Filemón y Difilo.

—Ya, bueno, eso está mejor —estos autores ya le sonaban más a Casca.

—Y Rintón.

—¿Quién?

—No lo conoces. Ha desarrollado una técnica de combinar lo cómico y lo trágico. Sus obras son *hilarotragedias*.

Casca echó un profundo suspiro.

—Cuanto más me cuentas, menos me gusta lo que oigo. Si lo vas a hacer, hazlo, pero que sepas que es contra mi criterio y así te lo recordaré cuando fracases. Y por Cástor y Pólux, no quiero saber nada más de todo esto. Si llego a saber que el acceso a la biblioteca de ese Escipión iba a traer estas consecuencias, ya habría buscado la forma de mantenerte alejado de allí.

—Cambiando de tema —comentó Plauto—; ese Escipión, como llamas al nuevo general de Hispania, llevabas razón: es alguien difícil de clasificar. Fui con todos mis prejuicios contra las clases altas y, si bien en él encontré cierta altanería propia de su clase, he de reconocer que para sólo veinticuatro años, habiendo perdido a su padre y a su tío y teniendo que asumir el mando de dos legiones para una expedición suicida, se comportaba con una seguridad y un aplomo que no dejaron de sorprenderme. Y parecía saber algo más de teatro de lo que suelen saber los patricios. Es lástima su marcha a Hispania. No podemos permitirnos el lujo de perder a más adeptos al teatro influyentes y poderosos.

—En eso estoy de acuerdo —respondió Casca, algo más sosegado. Se sentó en su *triclinium*, pero aún sin recostarse—. Ese joven patricio va directo a su fin. No entiendo ni cómo ha aceptado la empresa. El pueblo confía demasiado en heroicidades. Les encanta la imagen del hijo que acude a vengar la muerte de su padre, pero luego no le dan los medios suficientes. La muerte de ese joven general en Hispania sí que reúne todos los mimbres para una tragedia. ¿Ves? Ya tenemos bastantes ejemplos a nuestro alrededor de tragedias como para que tú te esfuerces en crear más. ¿No vas a cambiar de opinión?

Plauto sacudió la cabeza.

—En fin —dijo Casca—, que traigan vino. El licor amortiguará mi desasosiego y templará un poco mis nervios.

Dio un par de palmadas y dos esclavos acudieron con sendas jarras de agua y vino, dos copas y una pequeña mesa.

—¿Y has pensado en un nombre para tu obra, tragedia, comedia o lo que tengas a bien que al fin sea?

—*Amphitruo* —respondió Plauto.

—Ya, ¿y qué dioses van a salir en ella?

—Mercurio y Júpiter.

—¿Júpiter? El dios supremo, claro. ¿Para qué llenar el escenario de dioses de segunda fila? —concluyó Casca y vació en grandes tragos el contenido de su copa. El vino se abrió camino por su garganta y, cuando dejó la copa sobre la mesa, sintió el líquido alcanzando su esófago. Estaba demasiado caliente. Tenía que resolver el problema de su bodega. Las ánforas se caldeaban demasiado. Vertió más vino de la jarra en su copa vacía y siguió bebiendo. En unos minutos el problema de la nueva obra de su protegido seguiría allí, pero ya le importaría menos. ¿Quién sabe? Aquél era un escritor sorprendente. Igual la obra resultaba un éxito. Casca sonrió para sus adentros. En efecto, era evidente que el vino comenzaba a hacer su efecto.

93

El puerto de Tarraco

Tarraco, Hispania, 209 a.C.

Lelio se adentró en el puerto de Tarraco escoltado por veinte legionarios. Atravesaron todas las instalaciones dedicadas a la flota romana y se dirigieron al puerto pesquero de la ciudad. Decenas de pequeñas embarcaciones amarradas de forma desordenada flotaban mecidas por el mar. Una multitud de personas caminaba entre los diferentes puestos de venta de pescado. Compradores, pescadores y curiosos se apartaban del camino del almirante de la flota romana. Los pescadores mantenían una excelente relación con las tropas extranjeras establecidas en aquella ciudad que habían transformado en capital de sus dominios en Hispania: gracias a las legiones romanas allí establecidas comercializaban cuatro veces más pescado que antes de la llegada de los romanos. Éstos eran buenos para su negocio, pero, pese a ello, los pescadores desconfiaban y se mantenían distantes de los legionarios, limitándose a negociar con los cuestores de las legiones, con los que acordaban las cantidades de pescado para vender y el precio de los diferentes productos que traían de sus salidas al mar.

Lelio llevaba extrañas órdenes aquella mañana que le obligaban a romper esa distancia entre pescadores y tropas romanas. El veterano legionario avanzó entre los puestos escudriñando con su mirada a los vendedores. Muchos de éstos eran los propios pescadores que, una vez en tierra, vendían el pescado que habían capturado por la noche y al amanecer. Normalmente en unas horas habían vendido toda su mercancía y aprovechaban entonces para recoger sus puestos y retirarse a sus hogares durante unas horas para comer y descansar, antes de emprender una nueva salida al mar al caer la tarde. Algunos desaparecían durante días, alejándose de Tarraco rumbo al sur, navegando por la costa en busca de marisco y pescado, que abundaba más en los caladeros del delta del Ebro o, más al sur, en la desembocadura del río Sucro. Se rumoreaba que, ocasionalmente, algunos se aventuraban a navegar hasta llegar a costas de pleno dominio cartaginés, navegando ocultos en la noche, esquivando naves de guerra y buques piratas que costeaban por aquel territorio. Estos últimos eran una mezcla de pescadores y aventureros que regresaban con especies extrañas y sabrosas que se comercializaban a buen precio y cuya venta acompañaban de relatos fabulosos de sus incursiones en las tierras del sureste de la península. Uno de estos pescadores era Ilmo: un hombre de unos treinta años, moreno de cabellos y de tez oscurecida por el sol y curtida por la brisa del mar; un hombre alto y fuerte cuya potente voz destacaba sobre la del resto de los pescadores de Tarraco. Cuando Ilmo llegaba con su carga, una multitud de curiosos y jovenzuelos se arremolinaba alrededor de su barco, ansiosos unos por adquirir su mercancía, y ávidos los otros por escuchar sus historias de piratas, cartagineses en guerra y extraños sucesos. ¿Qué había de cierto y cuánto de invención en los relatos de Ilmo? Era algo difícil de saber. Sin duda, las especies que traía, diferentes a las del resto, atestiguaban que él llegaba allí donde otros no se atrevían, pero hasta qué punto eso refrendaba sus historias era algo más complicado de dilucidar.

Ilmo estaba aquel día en el puerto vendiendo su mercancía; prácticamente había acabado y estaba recogiendo los cestos de pescado vacíos con su hijo cuando Lelio y su escolta se acercaron. El oficial romano mandó que los legionarios se detuvieran y esperaran a una distancia prudencial del puesto de pescado mientras él se acercaba solo hasta quedar frente a Ilmo, apenas a cuatro pasos de distancia. Tres pasos. Dos. Ilmo seguía recogiendo los cestos. Un paso. Ilmo proseguía con su labor sin inmutarse. Una multitud contemplaba la inusual escena: el almirante de la flota romana en un puesto de venta de pescado; incluso aunque fuera el puesto de Ilmo, al que se suponía que tantas cosas extrañas le acontecían, no dejaba por ello de sorprender el interés que un hombre romano de tanto poder pudiera tener por aquel pescador aventurero.

—Hola, pescador —empezó Lelio de forma cordial, hablando en latín, lengua que la mayoría de los comerciantes de la ciudad había aprendido—. ¿Sabes quién soy?

Ilmo dejó de cargar cestos por un momento, miró al oficial romano que se había dirigido a él, no respondió, e indicó a su hijo que las llevara al barco, alejándolo así del lugar. Ilmo era un hombre precavido pese a lo aventurero de su espíritu y amante de su familia. Una vez vio que su hijo estaba a buen recaudo se volvió hacia Lelio.

—Sí, por supuesto. Todos aquí conocemos a Cayo Lelio, el almirante de la flota romana, y a Escipión, vuestro jefe, hijo de otros jefes romanos del mismo nombre que estuvieron aquí hace años. También conozco al tribuno Marcio y a otros tribunos y los cuestores de vuestras legiones. Como ves, conozco a muchos romanos.

La aparente impertinencia en las palabras de Ilmo no era sino una pose para ocultar su tensión y su temor. Algo que no escapó a los ojos del experimentado oficial.

—Bien, veo que estás bien informado de quiénes estamos aquí. Escucha —Lelio miró a su alrededor; centenares de ojos miraban y centenares de oídos escuchaban aquel diálogo. Demasiados—. Ahora debes acompañarme.

Ilmo se quedó quieto, mirando fijamente a su interlocutor. No era eso en absoluto lo que esperaba; pero, en cualquier caso, si el almirante de la flota romana era enviado para dirigirse a él, actuando de mensajero, nada esperable o previsible podría sobrevenir. Ni nada bueno. Los romanos mantenían unas relaciones amigables con las gentes de Tarraco y de los alrededores, incluidos los pescadores y otros comerciantes. La flota romana nunca se interponía en sus capturas, al contrario, las agradecía como buenos suministros para sus tropas y las pagaba bien, y las legiones de Tarraco habían protegido a la población, especialmente cuando las cosas peor les habían ido con los cartagineses. Marcio estuvo siempre allí para detenerlos en su avance hacia el norte. Sin embargo, ser solicitado por un oficial romano no inspiraba confianza. Quizá sus aventuras navegando por el sur y el este de Hispania habían llegado a oídos de los romanos y éstos habían decidido poner fin a las mismas. De todos era sabido el interés de los romanos por controlar los pasos fronterizos y evitar el tránsito de personas entre el territorio de dominio cartaginés y el romano. A fin de cuentas había una guerra, por muy neutral que él quisiera sentirse. Ilmo no presentía nada bueno de todo aquello. Lelio comprendió el temor que sus palabras habían inspirado.

—Debes acompañarme; son órdenes que tengo y debo cumplir, pero te aseguro que no se te causará ningún daño. Ni a ti ni a nadie de tu familia. Hay personas que desean hablar contigo, eso es todo. Puede que hasta saques algo de todo esto que te convenga.

Ilmo parecía indeciso. Estaba evaluando sus posibilidades: los veinte legionarios fuertemente armados estaban apenas a unos pasos de distancia. Podría echar a correr y alcanzar un barco, pero si los romanos tenían auténtico interés en capturarle, cualquiera de las naves militares ancladas en el puerto podrían darle caza, combinando la fuerza del viento y de los remeros. Además, huir implicaría abandonar a su familia dejándola a merced de los soldados y los romanos tomarían represalias contra ellos.

—Se me ha autorizado a anticiparte que, si colaboras —continuó Lelio—, se te recompensará generosamente.

—¿Generosamente...? —los pensamientos de Ilmo variaron su curso con rapidez—. ¿Qué quiere decir generosamente?

—El equivalente en minas a diez talentos de oro y sal, toda la que necesites para preservar tu mercancía en tus salidas al mar.

Aquello era más dinero del que podría ganar en varios años de intenso trabajo y la sal era un complemento nada despreciable. Gran parte de sus ingresos tenía que reinvertirlos luego en adquirirla.

—¿Todo este dinero por acompañarte adónde?

—Todo eso por acompañarme unas horas. Adónde, ya lo verás —y, rápidamente, Lelio añadió—, y decídete porque la oferta no es permanente.

Con esas palabras se alejó del puesto de pescado para reunirse con sus hombres. Ilmo se quedó meditando en silencio. Su hijo aprovechó la ocasión para volver junto a su padre.

—Hijo, recoge el resto de las cosas y llévalas al barco. Luego ve a casa y dile a tu madre que volveré en unas horas. Y que no pasa nada, que me reúno con los romanos por negocios. Corre.

Ilmo vio correr ligero a su hijo, que pasó entre los romanos sin que ningún legionario se interpusiera en su camino; suspiró y, abandonando el puesto de pescado, se acercó al oficial romano que seguía allí plantado esperando su respuesta.

—De acuerdo —dijo el pescador.

—Bien —respondió Lelio y le indicó que le siguiera. Varios legionarios le rodearon, pero sin tocarle, y todos juntos salieron primero del puerto pesquero y luego del barrio portuario para adentrarse en las estrechas calles que llevaban del puerto al corazón de la ciudad.

94

Un plan imposible

Tarraco, 209 a.C.

El anochecer había desplegado su manto lentamente sobre Tarraco, como si la oscuridad fuese una densa manta que abrigase las casas, el puerto y las gentes de la ciudad. En lo alto de una colina central de la población se alzaba la mansión residencial del mando romano. Las ventanas resplandecían en la noche por la luz de las antorchas y lámparas de aceite que los esclavos habían encendido en el interior. Su amo, el jefe militar de Roma en Hispania, se encontraba en su habitación, en la cama, desnudo. Junto a él reposaba el dulce y bello cuerpo de su mujer, dormida. La piel tersa y suave de los pechos de Emilia se elevaba y descendía rítmicamente. El general se levantó con cuidado, cogió su ropa, se vistió y apagó la luz del candil que iluminaba tenuemente la estancia.

Publio paseó por un pasillo largo al que daban varias estancias de la residencia hasta llegar al *tablinum*, junto al atrio principal de la casa. Allí un esclavo le había dejado fruta y bebida. Había manzanas traídas del Ebro, uvas de la región, pollo asado con aceite de oliva, pan de trigo y vino tinto producido al norte de la ciudad. El general escanció vino en las dos copas que había preparadas. Cogió la suya y saboreó el vino con intensidad. Era bueno. Excelente. Aquella tierra cruel en la que habían perecido su padre y su tío era capaz de producir manjares exquisitos. Una tierra que podía producir aquellos sabores no podía ser tan terrible ni sus gentes tan corruptas. ¿Pero cómo olvidar el péndulo de los afectos celtíberos, unas veces aliados y otras luchando junto a los cartagineses?

Un esclavo irrumpió en la estancia.

—Mi señor, el hombre que esperabais ha llegado.

—Que pase.

El esclavo desapareció por un pasillo lateral para, acto seguido, reaparecer recogiendo en parte la cortina verde que separaba y aislaba el *tablinum* del atrio. Por el espacio libre la figura alta y firme de Cayo Lelio penetró en la sala.

—Es una hora un tanto extraña para una entrevista —fueron sus primeras palabras—, por Hércules, si fuera una doncella y no supiera de tu gran amor por tu esposa, temería por mi honor.

El general rio a gusto.

—Pues no, no temas por eso. Digamos que mi mujer me ha dejado más que satisfecho.

—Eso me tranquiliza. Por un momento temí haber pronunciado aquella promesa a tu padre de seguirte en todo.

—Bueno, en cierta forma de evaluar tu compromiso, de eso sí que trataremos esta noche.

Lelio le miró con interés, pero no dijo nada.

—Toma algo de vino; es de la región, pero excelente..., al menos a mí me lo parece. Ya está servido.

Lelio tomó la copa que quedaba sobre la mesa, junto a la comida y probó el vino. Lo valoró con detenimiento al igual que antes había hecho Publio.

—Sí, es bueno. Muy bueno —y cambiando de tema por completo, a la espera de que el general se decidiera a entrar en el asunto de aquella entrevista, comentó—, una gran mujer, tu esposa, Emilia. Un gran carácter, además de muy hermosa. Es de admirar su entereza y decisión por acompañarte hasta aquí. He de reconocer que tuve mis dudas de que resistiese aquí más de unas semanas.

—Sí —comentó el general reclinándose en un *triclinium* e indicándole a su acompañante que hiciera lo propio—. Sí, Emilia es admirable, inteligente y hermosa. A veces me pregunto su decidido interés por mí.

—Algo habrá visto en nuestro general —dijo Lelio—, que los demás no acertamos a entender.

Ambos se echaron a reír.

Publio había acostumbrado a su lugarteniente a poder hacer uso de una amplia informalidad, a veces incluso en presencia de otros. Ahora le miraba en silencio. Bebieron algo más de vino. El joven general meditó unos instantes y, al cabo de un rato, se puso a hablar en voz alta pero no como si hablara con Lelio, sino más bien como si pusiera palabras a sus pensamientos.

—Ella me eligió desde un principio. Apenas una niña que empezaba a ser mujer y ya en nuestro primer encuentro jugó conmigo como le dio la gana, a voluntad. Sólo la sorprendí cuando le dije que no fingía al seguir su juego, que no fingía... lo leí en sus ojos, la sorpresa... y la felicidad. Nunca había visto tanta alegría en el rostro de una mujer... y me conmoví...

Lelio escuchó esta vez sin hacer comentarios. Era conocido el amor que el general profesaba a su mujer. Aquello le había ganado el respeto de mucha gente, en la casa, entre los esclavos, entre los habitantes de la ciudad y hasta entre los propios soldados. Todos habían experimentado estar subordinados a otros generales lujuriosos que usaban su poder para yacer con esclavas o que violaban doncellas de la población extendiendo el dolor y el resentimiento a su alrededor. Dolor y resentimiento que era a su vez proyectado sobre las tropas. También estaban los generales que corrían detrás de las mujeres de algunos oficiales. Un centurión romano podía ser muy desafortunado si tenía una esposa hermosa, aunque algunos utilizaban a sus mujeres para conseguir ascensos inmerecidos en agradecimiento a los servicios prestados por sus bellas esposas, pero eso también creaba resentimiento entre otros oficiales. El joven Publio, sin embargo, amaba a su mujer y ésta había venido con él. Si el general era lujurioso o no era algo que quedaba en la esfera de su vida privada, pues, en todo caso, lo sería con su mujer y a ésta se la veía feliz, resplandeciente, hermosa en la residencia del general, cuando paseaba por las calles de la ciudad o cuando se aventuraba por el puerto, explorando curiosa la población capital de los dominios sobre los que gobernaba su marido. Emilia no abusaba de su poder, pagaba con generosidad a los comerciantes y era firme pero justa con los esclavos que quedaban bajo su supervisión. No era proclive a infligir castigos corporales y todos atendían sus requerimientos con interés. Se había hecho popular y respetada y con ello había ampliado la reputación de su marido como gobernante discreto.

—Bueno, bueno... —dijo el joven Publio, como despertando de un sueño—, mi buen Lelio, estarás ahí preguntándote si te he hecho venir a estas horas de la noche para hablarte de mi vida conyugal.

—En fin, estoy seguro de que habrá algo más, pero, si se me permite, mientras haya vino tan bueno como éste, no me importa el tema del que se hable. Incluso si no tengo que hablar yo, tampoco me importa.

—Ya —Publio sonrió y él mismo tomó un poco más de vino rebajado con algo de agua—. Pero no. Te he hecho venir para explicarte los planes que tengo para esta campaña.

Lelio le miró y parpadeó tres veces.

—Bueno, esos planes ya nos los explicaste esta mañana, igual que ya hablaste a las tropas de las dos legiones. Vamos al sur y al interior, a Carpetania, a encontrarnos con el primero de los tres ejércitos cartagineses de Hispania. No dividiremos nuestras fuerzas. La marcha será rápida, marchas forzadas, para sorprender al ejército de Asdrúbal, el hermano de Aníbal, antes de que sea informado y antes de que pueda ser asistido por ninguno de los otros dos ejércitos cartagineses, el de Giscón, que está en Lusitania, donde desemboca el Tajo, o el de Magón, que está al sur, cerca de los Pilares de Hércules. Tras derrotarlos evaluaremos cuál es la situación para ver si regresamos o seguimos nuestro avance contra otro de los ejércitos. La flota se quedará aquí junto con una guarnición de tres mil hombres para salvaguardar el territorio bajo nuestro control al norte del Ebro.

Lelio recitó su respuesta como el alumno que desea demostrar a su maestro que se ha aprendido bien su lección.

—Perfecto. Es indudable que has escuchado con detalle mis explicaciones esta mañana. Ahora se trata de ver si te interesa saber lo que realmente vamos a hacer.

Cayo Lelio dejó la copa en el suelo. Se levantó y se pasó la mano por la barba. Volvió a sentarse.

—Sí, por supuesto. Me gustaría saber qué vamos a hacer, si es diferente a lo que nos has explicado.

—Sí, es diferente —y antes de que Lelio le interrumpiera, el general se anticipó a sus preguntas—, pero no quiero que nadie lo sepa, excepto tú. Confío en ti, en tu discreción y en tu lealtad y además...

—¿Además...?

—Además, te necesito. Sin tu ayuda, el plan no puede realizarse. Y, bien, también me gustaría tener tu opinión.

—Mi lealtad y mi honor son tuyos. Sabes que puedes contar conmigo para lo que sea. Te escucho. Soy todo oídos.

Ésa era la respuesta que Publio estaba esperando para desvelar a Cayo Lelio su auténtico plan de guerra.

—Todo oídos, al igual que esta ciudad entera. Muchos celtíberos nos son leales sólo en apariencia. Los cartagineses poseen espías en todas partes, por eso mi interés por mantener ocultas mis auténticas intenciones. Vamos a ir al sur, pero no al interior. No vamos a luchar contra ninguno de los tres ejércitos que los cartagineses tienen en la península ibérica.

Lelio le miró con decepción y sorpresa. ¿Entonces a qué habían venido desde Roma? ¿Para qué aquel largo viaje y para qué todas aquellas permanentes maniobras durante el invierno? A los soldados no les gustaría nada aquello.

—Sé lo que estás pensando —dijo Publio—, lo leo en tus ojos. Pero antes de juzgar, te ruego que me escuches hasta el final.

Lelio no estaba en absoluto convencido, pero asintió con la cabeza. Publio prosiguió con la exposición de la situación.

—Tengo información confidencial que me ha llegado esta semana desde Roma.

—El correo oficial, sí —dijo Lelio.

—Marco Valerio Mesala ha realizado una incursión por la costa africana siguiendo las instrucciones del cónsul Levino y ha traído noticias desalentadoras para nuestros objetivos: los cartagineses están reclutando más mercenarios y el líder númida Masinisa, el hijo de la reina Gaia, se ha unido a éstos con cinco mil hombres, muchos de ellos jinetes, y su destino es cruzar a Hispania en las próximas semanas para unirse con Asdrúbal. Como jefe de la caballería, supongo que sabes lo que eso significa.

Lelio tragó saliva un par de veces. El vino se le había subido un poco a la cabeza, pero, de pronto, el efecto embriagador y relajante del licor había desaparecido para dejar paso a una pesada sensación de mareo.

—Gaia y su hijo. Claro. Los cartagineses se han aprovechado de la división en Numidia. Como Sífax está con nosotros han recurrido a Gaia y su hijo Masinisa. Seguro que la recompensa por ayudarlos a derrotarnos será la posterior cooperación de los cartagineses para acabar con el poder de Sífax, al que castigarán por su apoyo a Roma. Con los númidas de Masinisa la superioridad de los cartagineses será total. Ya no tendremos ninguna posibilidad. Debemos atacar ya. Antes de que lleguen esos refuerzos.

—Exacto —confirmó Publio. Sus ojos brillaban en la penumbra de la luz de las lámparas de aceite—. Además, están preparando en Cartago una nueva flota para lanzar una gran contraofensiva sobre Sicilia y recuperar el terreno perdido. Y el nuevo enfrentamiento entre Marcelo y Aníbal cerca de Numistrón no ha servido para nada. El cartaginés permanece con sus posiciones en Apulia. Y no sólo esto, sino que varias de las colonias latinas se han rebelado, hartas de que Roma no haga otra cosa sino pedir más y más soldados. Y se ha llegado a tal situación que se ha recurrido al oro de los templos sagrados para financiar las legiones que Aníbal obliga a tener en activo de modo permanente. No podemos permanecer aquí sin hacer nada.

—Pero hace un momento has dicho que no vamos a atacarlos.

—Eso no es cierto. He dicho que no creo que debamos atacar a ninguno de sus tres ejércitos.

Lelio le miraba confundido. El joven general decía primero una cosa y luego otra.

—Hay más objetivos en la península ibérica, Lelio, además de sus ejércitos.

Publio se levantó y fue junto a la mesa, desplegó un mapa de Hispania y con la mano indicó a Lelio que se acercara. Éste se levantó y fue junto a la mesa.

—Iremos por la costa en una marcha de seis o siete días hasta alcanzar este punto..., éste y no otro es nuestro objetivo.

El dedo del general se había posado sobre un nombre: Cartago Nova, o Qart Hadasht, como la llamaban los púnicos, la capital cartaginesa de Hispania. Lelio se tomó unos segundos antes de formular su respuesta a semejante idea.

—Esa ciudad —empezó al fin hablando despacio, midiendo sus palabras; no quería contradecir al joven general que tan claro parecía tenerlo todo—, es una ciudad inexpugnable. Tardaremos meses en conquistarla. Será un asedio largo y costoso en vidas. Los cartagineses acudirán con sus ejércitos en auxilio de la ciudad, nos rodearán y acabarán con todos.

—No, no si se conquista la ciudad en seis días.

—¿Seis días? ¡Eso es imposible! ¡Imposible! —Pero Lelio leyó en la mirada de su general que aquél era el plan, le gustase o no, que aquello era lo que iba a hacerse y que buscaba su colaboración, su lealtad para acometer aquella empresa con fe ciega en las posibilidades del proyecto; Lelio concluyó entonces sus comentarios con concisión—. Es una locura pero te acompañaré y seguiré tus órdenes hasta el final. Lamento no haberlo sabido antes. Deberíamos haber construido maquinaria de asedio: catapultas, torres, *escorpiones*.

—Ese material nos habría retrasado en nuestra marcha, aunque es cierto que parte de esas máquinas las podríamos haber transportado por la costa, pero quedaba otro problema irresoluble.

—No entiendo —dijo Lelio.

—Si nos hubiéramos puesto a construir maquinaria para un asedio, los cartagineses habrían sido informados, seguro, más tarde o más temprano. Y se habrían preparado. Construir máquinas de asedio habría delatado, en parte, nuestro objetivo. De esta forma sólo esperan una batalla en campo abierto, ejército contra ejército. Eso llegará, pero no ahora. Los cogeremos por sorpresa.

—Sí, pero sin armas para un asedio, sin todo lo necesario para conseguir nuestro objetivo.

—No nos hacen falta esas armas.

La seguridad del joven general resultaba casi infantil para el veterano Lelio. Publio se alejó de la mesa y se volvió hacia la ventana. Se vislumbraba el puerto bajo la tenue luz de la luna. La gente dormía en Tarraco. Espiró el aire despacio. Había confirmado la lealtad de Lelio. Ante una locura de plan su segundo en el mando mantenía su palabra de seguirle allí donde se encaminara. Se volvió hacia Lelio, que permanecía absorto mirando el plano. Hacía varios minutos que había olvidado su copa de vino.

—Bien, ¿me seguirás, pese a que creas que el plan es una locura?

Lelio volvió a asentir, con resignación, sin convencimiento, pero disciplinado.

—Eso me congratula, pero quiero explicarte más cosas, no quiero que te vayas de aquí pensando que sigues a un loco. Aún me queda algo de cordura, viejo amigo. Avanzaré con las tropas hasta Cartago Nova y en siete días estaremos junto a las murallas, pero al mismo tiempo quiero que tú conduzcas nuestra flota por mar hasta el mismo lugar. Quiero, además, que las tropas sepan que la flota nos acompaña. La idea es que Cartago Nova caerá en seis días, antes de que empiecen a llegar refuerzos cartagineses, no me mires así, ya sé que no crees en ello, por eso precisamente, por si mi plan fallara, que no fallará, las tropas podrían ser embarcadas y así regresaríamos a Tarraco por mar, en el caso de que los ejércitos púnicos se lanzasen sobre nosotros, y de esta forma no ponemos en peligro las legiones en una batalla desigual en el caso de que Asdrúbal aparezca con dos o tres de sus ejércitos. La flota nos acompañará y reforzará el asedio en, digamos, el plan de ataque, pero si éste falla, la flota será nuestra salvaguardia. Como verás, te propongo un plan propio de un loco, pero vamos a jugar sobre seguro. Si sale mal, nos vamos. ¿Te sientes mejor así?

—Pues sí, la verdad es que sí —Lelio no ocultaba ni en su voz ni en su rostro el alivio que aquella explicación había llevado a su ánimo. Disponer de la flota daba un margen de maniobra importante para una posible retirada—. De esta forma el plan de ataque sigue pareciéndome una locura, pero he de reconocer que el plan de retirada es muy razonable, aunque algo me dice que por alguna razón que desconozco estás prácticamente seguro de que el plan de ataque saldrá bien... Aunque es imposible..., ninguna ciudad tan bien pertrechada y protegida como Cartago Nova puede caer en tan poco tiempo... Aníbal estuvo ocho meses para doblegar a Sagunto, y luego no pudo con Nola cuando ésta la defendía Marcelo y Marcelo tardó años en conquistar Siracusa y Tarento cayó por traición y Capua tuvo que ser asediada años y por fuerzas cuatro veces superiores a las que disponemos aquí, se cavaron fosos, se levantaron empalizadas, se empleó el hambre para rendir a los campanos, lo de Cartago Nova no tiene posibilidades a no ser que...

—¿A no ser que...?

—A no ser que haya una traición desde dentro y alguien nos abra las puertas en medio de la noche —concluyó Lelio esbozando una sonrisa. Ahora había entendido el plan de su general.

Publio, no obstante, sacudió la cabeza al tiempo que respondía.

—No, no. Cartago Nova será conquistada sin traición desde dentro. Lo he intentado, pero sus habitantes están demasiado complacidos con su *status* de capital cartaginesa en Hispania. Su lealtad parece inquebrantable. Sé que no lo crees ahora posible, pero me basta con tu lealtad y con que me asegures que la flota nos seguirá y estará allí en el momento indicado.

Lelio mantuvo su perplejidad en el rostro unos segundos hasta que al fin respondió.

—En fin, tú mandas. No entiendo el plan de ataque, pero cuenta conmigo y con la flota. Allí estaremos y se hará lo que ordenes. Y, si se me permite...

—Adelante.

—... pues tengo que admitir que acudiré con infinita curiosidad. Si conquistas esa ciudad en menos de una semana, Cartago temblará, Roma se asombrará y creo que por esto se te recordará durante siglos, pero todo me dice que esto no será así.

—Bueno, bien, no anticipemos acontecimientos, pero bebamos por ello —comentó el joven general levantando su copa e indicándole a un confuso Lelio que buscaba la suya sin encontrarla que la tenía junto a la silla, en el suelo. Lelio recuperó su copa y el general la rellenó hasta el borde. Ambos brindaron por la victoria. Publio, satisfecho de la lealtad de su lugarteniente y Lelio, entre el escepticismo que le embargaba y el aprecio por la enorme confianza que aquel joven general le tenía.

Tomaron aún un vaso más hasta que a la media noche Cayo Lelio se levantó de su *triclinium* y pidió permiso a su general para regresar a sus dependencias en el campamento militar de Tarraco. Lelio marchó en silencio y salió con sigilo por una de las puertas laterales que daban acceso a la casa del general en jefe de las tropas romanas en Hispania. Nadie le vio salir. En sus oídos perduraban las últimas palabras del general.

—Para el resto del mundo, Lelio, esta conversación no ha tenido lugar.

Publio se quedó a solas en la penumbra de la habitación observando el plano. El vino empezaba a hacerse notar y sentía una agradable sensación de embriaguez suave que parecía mecerle en sus pensamientos. Una luz se aproximaba agrandando las sombras de los muebles en la estancia. Emilia, cubierta por una blanca túnica de fina lana, apareció por el pasillo. Publio la miró sin decir nada.

—¿Han terminado ya las visitas nocturnas? —preguntó ella.

Publio, sin abrir la boca, asintió con la cabeza. Ella entonces extendió la mano sin entrar en la estancia. El joven general sopló sobre el ya moribundo candil de la habitación y éste extinguió su llama. Cubrió los planos de la mesa con un manto y cogió la mano de su mujer. Emilia lo condujo a través de los pasillos de aquella noche hasta el lecho que los dos compartían.

En la habitación, Emilia le daba un suave masaje sobre los hombros mientras él yacía recostado boca abajo.

—¿Le has explicado ya a Lelio el plan?

—Sí.

—¿Y qué ha dicho?

—Cree que estoy loco.

—Pero te seguirá, ¿verdad?

—Me seguirá.

—Nunca te separes de Lelio.

Publio digirió despacio aquella frase.

—Nunca —dijo al fin.

—¿Le has dicho que esto lo tienes meditado hace meses?

—No.

—¿Por qué?

—No quería herir sus sentimientos.

—Ya, ¿y de verdad crees que saldrá bien?

Publio tardó un rato largo en dar una respuesta.

—La verdad es que no lo sé.

95

La larga marcha

Hispania, 209 a.C.

Aquella mañana Escipión se despidió temprano de Emilia. Aún no había salido el sol y ya había abandonado el calor de la residencia de Tarraco. En sus oídos todavía se escuchaban las palabras de Emilia.

—Cuídate. Te quiero. Te espero.

Palabras sencillas, dulces, claras que lo acompañaron toda la jornada. Cabalgó en silencio escoltado por el grupo de legionarios que actuaban como *lictores* y es que Cayo Lelio, aunque a Publio no le hubiera sido conferido el rango de procónsul, no pensaba que fuera sensato que el general en jefe de las legiones en Hispania se moviera sin una escolta adecuada. El joven Publio miró al cielo y luego al horizonte. La tierra estaba mojada por el agua que había caído durante la noche. Era lluviosa la primavera en aquel país por el que su caballo le llevaba deprisa, veloz, azuzado por el sentimiento de urgencia que su dueño le transmitía. Publio sabía que en la sorpresa estaba su mejor arma. La entrevista con Lelio, lejos de tranquilizarle, le había dejado más nervioso si cabe. Sabía que contaba con la lealtad absoluta de su segundo en el mando, algo esencial para ejecutar su plan, pero la completa falta de confianza de Lelio en las posibilidades de conquistar Cartago Nova había hecho rebrotar sus propias dudas. Y, sin embargo, ésa era su fuerza. Nadie pensaba que lo que se había propuesto fuera posible. Ahí estaba la clave de su plan: los propios cartagineses consideraban tal empresa tan absolutamente imposible que habían reducido las fuerzas que protegían la ciudad y se tomaban la libertad de que sus ejércitos se encontraran alejados de la capital de su imperio en Hispania, uno en el sur, otro en el oeste y el último bajo el mando de

Asdrúbal en el interior de aquel país, repartidos en diferentes luchas contra las diversas tribus, centrados en dominar las ricas zonas mineras de la región. Por eso cabalgaba con rapidez. Todo debía hacerse con celeridad. Ésta era una guerra larga, pero eso no quería decir que todo tuviera que hacerse despacio.

La desazón, no obstante, le embargaba por dentro. Al fin y al cabo, quizá su plan fuera simplemente eso: imposible, absurdo, temerario. Quizá él no fuera sino otro general romano más que iba a conducir a sus legiones a la derrota, al desastre, a la destrucción. Los pensamientos oscuros le acompañaron todo el viaje hasta que al anochecer llegaron junto al campamento de invierno de las legiones establecidas en Hispania. Largas empalizadas con torres y vigías que se extendían centenares de pasos atestiguaban el importante ejército que Publio Cornelio Escipión, a sus veinticuatro años, tenía a su mando. Unos veinte mil hombres entre los veteranos que lucharon con su padre y su tío y las tropas de refresco que él había traído consigo de Italia. Y, al mismo tiempo, tan pocos. Además, no podía llevarlos a todos hacia el sur porque tenía que dejar tropas que controlaran el dominio romano al norte del Ebro, y si los cartagineses supieran de su avance, en unos días podrían reunir sus tres ejércitos de Hispania hasta juntar setenta y cinco mil soldados, además de decenas de elefantes y miles de jinetes. Fabio Máximo se había salido con la suya: cada día que pasaba entendía mejor por qué al final el viejo senador dejó de oponerse a su deseo de acudir a Hispania. Con esas tropas todo el proyecto era un suicidio político y militar, pero ya nada podía hacerse sino seguir hasta el fin, como hicieron antes su padre y su tío. Sólo eso. Seguir hasta el fin. Alejandro Magno era también un veinteañero recién llegado al trono cuando se lanzó a conquistar Asia, pero él, Publio, claro, no era Alejandro. Los músculos del rostro del general se tensaron al recordar el relato del mensajero que narró la derrota de su padre y de su tío. Seguir hasta el fin de todas las cosas... o vencer. Vencer más allá de toda posibilidad. Lanzó un profundo suspiro. Si sus informaciones eran correctas, aún quedaba una esperanza. Era irónico. El mundo pendía de las historias de un pescador. Se sonrió. No se había atrevido a confesar a nadie, ni a Lelio ni a su esposa que todo dependía de un relato extraño que Publio había escuchado en boca de los pescadores de Tarraco, una historia que ya había oído antes y que había buscado con anhelo, desde su llegada a Hispania, confirmar antes de lanzarse con un ejército entero para averiguar, en el fragor de un asedio, si era auténtico lo que se contaba. ¿Cómo confesar semejante locura? En cualquier caso, ésa y no otra era toda su esperanza y abrazándose a ésta y al dulce recuerdo de las palabras de su mujer, el joven general romano entró en el campamento del Ebro.

Centenares de legionarios salieron de sus tiendas. Ya habían cenado y estaban a punto de acostarse, pero los cuernos y las tubas y las voces de los centinelas anunciaban la llegada del general en jefe. Algo estaba moviéndose. Llevaban meses junto a aquel caudaloso río que empapaba de humedad su piel y sus huesos durante el largo invierno, mientras todos estaban esperando, aguardando una orden para cruzarlo y luchar contra el enemigo cartaginés. Pero aquel general al que servían se había pasado toda la estación fría recluido en su palacio de Tarraco. Ni una sola salida, ni una sola escaramuza hacia el sur. Sólo ejercicios y maniobras sin fin. Trabajos agotadores. Marchas forzadas de sol a sol, pero del campamento al campamento. Caminatas de hasta diez horas en un día. Descanso no habían tenido, pero batallas tampoco. Eran un ejército, no gladiadores entrenándose para cuando hubiera juegos de circo. Eran un ejército y querían luchar para liberar a su patria del yugo cartaginés que los aprisionaba en la península itálica y en aquel distante país al que habían tenido que desplazarse. Todo lo daban por bueno si valía para combatir, pero aquel joven general no parecía tener interés por la guerra. ¿Estaba asustado? ¿Para qué se había ofrecido entonces como general en jefe de Hispania? Nadie le obligaba a hacerlo. Todos sabían que el enemigo esperaba juntar un inmenso ejército que desde Hispania fuera a ayudar a Aníbal en Italia. Una segunda invasión de la península itálica se preparaba allí, al sur del Ebro y en todo aquel invierno su general no había hecho nada por estorbar al enemigo en sus proyectos. Solo en Tarraco, leyendo planos y literatura, decían, recibiendo extrañas visitas de viajeros, de pescadores, de mensajeros de lejanas tierras. Conversaciones secretas en su residencia y marchas forzadas para las tropas. Y ahora, por fin, aquel general lector de planos y amigo de gentes excéntricas se decidía a venir al campamento. Quizá al fin salieran ya a combatir.

Al alba Publio ordenó poner en marcha las tropas bajo su mando en Hispania, rumbo al sur. En media hora las dos legiones estaban completamente formadas y dispuestas para la que iba a ser una larga marcha de varios días. Los soldados estaban preparados y con deseos de partir para combatir. Había que defender Roma y Roma empezaba allí, en el Ebro, eso les había dicho el joven general en un breve discurso para encender los ánimos. Luego se procedió con los sacrificios de varios bueyes para asegurarse la bendición de los dioses en aquella campaña que iban a emprender. Terminados los rituales en honor de Marte y, aunque nadie entendía muy bien, también en honor a Neptuno por orden expresa del general, se inició el movimiento de las tropas.

En una hora las tropas cruzaron el Ebro, pasando sobre el puente de madera que los zapadores habían reparado durante los meses de enero y febrero, después de que fuera dañado en los últimos combates con Asdrúbal, y avanzaron rápidas hacia territorio cartaginés. Por delante, a modo de avanzadilla, atentos y vigilantes, se desplazaban los grupos de exploradores a los que el general había ordenado que en todo momento precedieran al grueso del ejército. No quería encuentros por sorpresa con los africanos ni, igual de peligroso, emboscadas de tribus hostiles a Roma.

Publio marchaba a pie, con la misma *impedimenta* que cualquier otro legionario, trasladando con el mismo esfuerzo que sus subordinados la carga que le tocaba, esto es, casi veinticinco kilos entre armas, víveres, utensilios de cocina, ropa y mantas. Al mediodía el cansancio era patente en las tropas. Llevaban prácticamente seis horas de marcha con apenas breves pausas de pocos minutos para beber y recuperar fuerzas. Aún estaban lejos del objetivo que el general se había marcado para ese día cuando Publio ordenó que las legiones pararan y comieran con sosiego durante una hora.

Los soldados ingirieron el rancho con ansia y descansaron un poco, pero enseguida, a la hora marcada, la marcha se reinició y así hasta bien entrada la tarde. Esa noche las legiones acamparon frente a un pequeño barranco seco. No se levantó un campamento con empalizadas, lo que dejaba claro que el general tenía previsto proseguir con el avance al día siguiente.

Publio se dejó caer en el lecho de su tienda. Estaba rendido, agotado, exhausto, como muchos de sus hombres. Sin embargo, sabía que no podía desfallecer. Debía dar ejemplo. Se entretuvo en repasar sus planes para el asedio de la ciudad hacia donde, sin saberlo los soldados, dirigía sus tropas. ¿Cómo reaccionarían cuando vieran aquellos muros? O, antes que eso, ¿resistirán la marcha que aún restaba? ¿Resistiría él? Publio suspiró casi dormido, vencido por el agotamiento. Resistirán, pensó. Resistirán todo lo que su general aguante. La clave era resistir él. Esa noche no habría lectura, ni las siguientes tampoco. Llevaba consigo el tratado sobre la amistad y algunas otras lecturas de Aristóteles en rollos que su propio padre le había regalado y que él había querido traerse como auténticos tesoros escogidos entre las estanterías de su biblioteca. Recordó a Plauto. ¿Visitaría aquel escritor la biblioteca? ¿Le será útil? Era un hombre tosco, duro, áspero, muy lejos de lo que él esperaba de un escritor. Y con hostilidad hacia los patricios. Eso resultó evidente. Si eso empezase a traslucir en sus obras, tendría problemas. Problemas. Sonrió. Él sí tenía uno y bien grande. Cartago Nova, con murallas de cinco metros de altura o más. Al amanecer seguirían. Tenían que hacer unos sesenta kilómetros al día. Una locura. Firmes, raudos, hacia el sur. Se quedó dormido.

Al día siguiente las tropas vislumbraron la ciudad de Sagunto, pero Publio no se detuvo. Las murallas aún permanecían semiderruidas por el largo asedio de Aníbal y sólo algunos supervivientes habían regresado después de que su padre y su tío la reconquistasen. Con la muerte de ambos, muchos habían vuelto a refugiarse en el interior del territorio por miedo a que los cartagineses volvieran a fijarse en ellos. Permanecía así medio en ruinas, una ciudad fantasma, memoria del origen de aquel conflicto que tenía ya a Cartago, Roma, Numidia, Macedonia, la Galia Cisalpina y otros pueblos y territorios en una larga guerra de final incierto. Bordearon la ciudad por la ladera este de la fortaleza, aproximándose a la costa. Desde allí las tropas se sorprendieron al ver una inmensa flota de barcos que de inmediato reconocieron como la suya propia. Los soldados hablaron entre sí. Su general había hecho que la flota acompañara a las tropas en su avance hacia el sur. Aquello sólo podía augurar que el general se había decidido por una confrontación en toda regla con los cartagineses. En la pausa del mediodía los legionarios comentaban el hecho al tiempo que descansaban de otra marcha agotadora que sabían aún debía continuar por la tarde. Quinto Terebelio, centurión de la cuarta legión, había terminado su rancho y, desde la ladera de la montaña en la que estaban detenidos, observaba la flota navegando lentamente hacia el sur. Un legionario más joven le interpeló.

—Mi centurión, no entiendo por qué tenemos que ir a pie cuando podríamos avanzar tranquilamente por la costa, cómodamente a bordo de nuestra propia flota.

Quinto respondió sin mirarle, señalando los barcos.

—¿Acaso no ves cómo de hundidos navegan esos barcos? Es evidente que van llenos de provisiones, de armamento, de pertrechos de todo tipo. Vamos a una campaña larga contra los cartagineses, legionario, y en los barcos no cabe el material y las tropas al mismo tiempo. Y que yo sepa, ni el armamento ni las provisiones caminan, así que el general ha optado por que caminen sus legionarios. Claro que a lo mejor tú habrías optado por algo diferente.

Concluyó el centurión y se echó a reír. El resto del manípulo acompañó las carcajadas de su centurión. Había buen ambiente pese al cansancio acumulado.

—¿O es que te apuntaste a la legión para que te llevasen de paseo? —concluyó Quinto Terebelio, volviendo a reír de forma exagerada, doblando su cuerpo y dándose palmadas en la pierna.

Terminó la pausa y de nuevo se reinició la marcha hacia el sur. Alcanzaron aquella noche un pequeño emplazamiento de edetanos, junto a la desembocadura de un río poco caudaloso. Los nativos habían desaparecido. Ni se enfrentaban con los romanos ni los ayudaban. Sólo buscaban evitar problemas y no verse obligados a apoyar a unos o a otros. Publio observaba cómo el cansancio había hecho mella en el cuerpo de sus legionarios pero no en su espíritu. Eso le daba esperanzas aún de salir victorioso de aquel proyecto. Aquella segunda noche volvió a caer derrotado por el sueño. Esta vez no repasó planes de ataque. Una dulce somnolencia le abrazó con decisión de forma que, cuando aún pensaba que apenas acababa de cerrar los ojos, sintió que alguien le sacudía el brazo levemente.

El joven general se sobrecogió y veloz se abalanzó sobre su espada para hacer frente al enemigo que le sorprendía en la noche, pero al abrir los ojos una luz poderosa que venía de detrás de aquel hombre que se le había acercado en la noche le cegó.

—Lo siento, mi general, pero ha amanecido y sus instrucciones eran proseguir el avance al alba. Sé que está cansado, pero ordenó que le despertásemos con la luz del nuevo día si usted no se levantaba... No quería sorprenderle de esta forma.

Era uno de los *lictores* que le escoltaban por orden de Lelio. El soldado había retrocedido sobre sus pasos al observar cómo el general había reaccionado con violencia blandiendo su espada. Publio bajó el arma y se llevó la mano libre al rostro, deslizando sus dedos sobre las cejas y los párpados cerrados. Estaba agotado. Guardó silencio unos segundos mientras intentaba sacudirse de encima el cansancio y la sorpresa. Ya había pasado la noche. Apenas le parecía que hubieran pasado unos minutos desde que se había acostado y, sin embargo, ya era de día. Un nuevo día. Un nuevo día de marcha.

—Has hecho bien. Si me duermo otra mañana, haz lo mismo que hoy, y hazlo antes de que amanezca —respondió el general—. Pero no me vuelvas a tocar al despertarme, llámame a viva voz, no sea que acabe matándote una de estas mañanas.

—Sí, mi general. Lo siento... —el legionario iba a seguir disculpándose pero una sonrisa y un gesto con la mano como quitando importancia a lo sucedido por parte de Publio frenaron sus palabras—. Le llamaré a viva voz, mi general —concluyó y salió de la tienda.

Al salir le esperaban otros *lictores*. Uno de ellos preguntó al que salía de la tienda.

—¿Está bien?

—Sí —y añadió—, casi me hiere con la espada. Se ha sobresaltado al despertarle y ha debido de creer que le atacaban. Es ágil el general, muy ágil —y se alejó para transmitir a los tribunos las órdenes de poner en marcha las tropas. El resto de los *lictores* se quedó ponderando las palabras de su compañero. Les gustó. Su misión, proteger la vida del general en jefe, siempre sería más sencilla con un general joven y desenvuelto, en particular en el campo de batalla, allí donde cumplir el mandato de Lelio resultaba más arriesgado. Y pronto iban a entrar en combate. Lo presentían, como lo intuía el resto de la tropa.

El avance prosiguió aquel día hasta alcanzar un nuevo río, no tan caudaloso como el Ebro, pero sí mucho más que el último que habían cruzado, lo suficiente como para hacer trabajar a los ingenieros y zapadores de las legiones construyendo un puente provisional que permitiera cruzar a las tropas. Se trataba del río que los romanos denominaban Sucro. Allí detuvo el ejército el general y reunió a los tribunos en su tienda aquella misma noche.

Cuatro lámparas de aceite, una en cada esquina de la tienda, iluminaban la estancia.

—Os he hecho venir por dos cosas. Primero, quiero que se establezca aquí un campamento de aprovisionamiento. Lelio, que comanda la flota, nos subirá provisiones y material ascendiendo por el río para establecer este campamento mañana al amanecer. Quiero que unos quinientos hombres se establezcan aquí de forma permanente. Necesitamos una base de aprovisionamiento entre Tarraco y nuestro destino final.

Publio observó cómo se iluminaban los ojos de los tribunos al oír la expresión «destino final». Podía ver cómo todos intentaban deducir cuál era ese destino. Los veía calculando distancias y cómo si alguno había inferido por un segundo que Sucro estaba equidistante entre Tarraco y Cartago Nova, no podía, sin embargo, dar crédito a la idea y negaba la cabeza en completo desacuerdo con la conclusión a la que había llegado. Los ojos de sus oficiales se volvían indecisos, sobre la superficie del plano, hacia el interior de Hispania. Todo subrayaba que ni sus propios oficiales podían pensar que aquél fuera el objetivo diseñado, pese a llevar varios días avanzando hacia él. Cuánto menos lo podrían sospechar los cartagineses. La cuestión fundamental ahora era, no obstante, si podrían resistir aquel ritmo.

—El segundo tema que me interesa es saber el estado de ánimo de las tropas con relación a la marcha.

Entre los tribunos estaba Lucio Marcio, a quien el general había ascendido en razón a su experiencia y veteranía en la guerra. Fue éste el que resumió el sentir de todos.

—En general, el desánimo empieza a hacer mella. Son ya varios días de marchas forzadas sin un objetivo claro, sin entrar en combate y adentrándose cada vez más en territorio cartaginés. Sólo la visión de la flota que nos acompaña en el avance ha supuesto un pequeño refuerzo para la moral, cuando la vislumbraron a la altura de Sagunto, pero incluso ese refuerzo moral pierde impacto a medida que el agotamiento se apodera cada vez más de la tropa.

—Bien, Marcio. Esta noche, en la cena, quiero que se reparta vino entre los soldados, hasta dos vasos, no más. Y saldremos mañana una hora y media más tarde. Pero el avance prosigue, en los mismos términos: marchas forzadas, a toda velocidad, hacia el sur, por la costa.

Miró a alrededor. Había varias preguntas en los ojos de aquellos oficiales, pero como él no daba pie a más intervenciones, ninguno se atrevía a hablar. Echaban de menos a Lelio. Con él siempre se podía conversar y él sí que tenía confianza para dirigirse al general en cualquier momento. Algunos miraron a Lucio Marcio para ver si éste se atrevía a preguntar algo más acerca del objetivo final de aquel rápido avance, pero Marcio tenía su mirada clavada en el plano. Publio observó lo que miraba y se percató de que él sí observaba fijamente el punto que en el mapa marcaba la ubicación de Cartago Nova.

Los tribunos empezaron a salir de la tienda para organizar el trabajo de levantar el campamento que debía establecerse en aquel lugar como base de aprovisionamiento para un objetivo que aún desconocían, según había ordenado el general. En la tienda, Lucio Marcio retrasó su salida. Se detuvo y se volvió hacia su general.

—Sí, Marcio, ¿tienes alguna pregunta?

Marcio fue a hablar, pero se lo pensó dos veces y negó con la cabeza.

—No, mi general. No quiero meterme donde no me llaman.

—Haces bien —respondió Publio con tal seguridad y decisión que Marcio se puso firme, se llevó la mano al pecho y se despidió.

—Buenas noches, mi general —sólo se permitió añadir algo—, y que los dioses os guíen en vuestras decisiones.

Con esto se dio la vuelta y salió de la tienda. Publio se quedó a solas, en silencio, mirando de nuevo el plano. Marcio sabía adónde se dirigían. Dudaba. Como Lelio. Como él mismo. Pero no dirá nada. Se mantendrá leal. Quizá había querido advertirle de lo imposible de la empresa, pero no le tenía suficiente confianza y no querría que sus palabras se tomasen como una indisciplina. Más dudas que añadir a las que Publio ya sobrellevaba. Tendría que acostumbrarse. Esta batalla la tendría que ganar sólo con su confianza en sí mismo y en contra de los pensamientos de todos, incluidos el enemigo y sus propios hombres. Si perdía, regresaría a Roma igual que Nerón. Su carrera política truncada y sin un valedor como Fabio al que Nerón sí podría recurrir y, lo que era peor, sin haber mermado el poder de Cartago en Hispania. ¿Pero, y si contra todo pronóstico, lograba su objetivo? Tendría entonces lo que todo general anhela: no una victoria, no, eso es algo trivial, sino la fe ciega de sus hombres, lo que otorgaba a un general poder más allá de su cargo.

El reparto de vino y el anuncio de una hora y media extra de descanso para el día siguiente surtió el efecto deseado. Los legionarios se sintieron premiados por su esfuerzo y, con el efecto dulce del vino, durmieron aquella noche sin albergar demasiado rencor hacia un general que los conducía ya varios días a marchas forzadas hacia el interior de un territorio dominado por fuerzas enemigas que ellos sabían eran infinitamente superiores en número. El vino, con su cadencia de atrevimiento, los hizo sentirse más seguros, sosegó sus ánimos y aplacó su creciente cansancio.

Al día siguiente el avance prosiguió, desde Sucro hasta alcanzar las proximidades de una pequeña colonia griega. Los romanos se mantuvieron alejados de la población para no comprobar o forzar la lealtad de sus habitantes. Una noche más y un nuevo amanecer que los siguió conduciendo hacia el sur, atravesando montañas que descendían hasta la costa y desembocaduras de pequeños ríos y barrancos prácticamente secos. Con la caída del sol llegó de nuevo el alto. Los legionarios se agruparon en torno a las pequeñas hogueras que se les permitía encender, con sus cuencos y su comida para cenar entre comentarios que con el cansancio acumulado habían ido derivando de las bromas y las risas a las quejas y reclamaciones. Aquélla era sin duda ya para todos los de aquel ejército la marcha más dura que nunca jamás hubieran realizado. Ahora entendían algo del porqué de aquellas largas jornadas de maniobras durante el invierno. Su general les había hablado bravamente antes de partir, pero en aquel discurso y en los sacrificios a los dioses se había hablado sobre todo de combatir, de luchar contra los ejércitos cartagineses y no de caminar durante días de sol a sol, a toda velocidad hasta la misma extenuación. ¿Adónde quería llevarlos aquel general, dónde quería luchar? ¿O es que simplemente deseaba pasearse por todo aquel territorio evitando al enemigo?

Quinto Terebelio estaba en uno de esos grupos. Había terminado su comida y escuchaba las cada vez más frecuentes quejas de los legionarios a su mando. Tenía su cuerpo cruzado de cicatrices, una barba densa y una frente arrugada, aunque sin ceño marcado. Con sus manos gruesas, toscas, blandía un largo palo con el que removía las brasas del fuego, haciendo que pequeñas pavesas chisporroteasen hacia el cielo oscuro de la noche.

—Por Hércules —dijo—, ya está bien. Esto es una legión romana, no un grupo de putas chillonas lloriqueando por esto o por aquello —aquí Quinto puso voz fingida de mujer, como los actores en el teatro—: «Ay, ay, dadme un poco más de dinero... hoy no, estoy agotada...» —Los hombres rieron a gusto—. Aquí no hay sitio para débiles. El que no sea capaz de resistir unos días de marchas forzadas no debería haberse alistado en una legión de Roma. Más aún, no debería ser romano.

Una vez que se calmaron las carcajadas, uno de los legionarios se dirigió a su centurión.

—Sí, pero ¿para qué este avance, adónde nos conduce el general? Cada vez estamos más lejos de nuestra base en Tarraco. ¿Qué sentido tiene adentrarse tanto en territorio enemigo y que lleguemos todos agotados a combatir? ¿Y qué sentido tiene...?

Pero Quinto Terebelio interrumpió las quejas de su soldado.

—¡Silencio! Nosotros somos legionarios y los legionarios no establecen los planes de combate. Si el general ordena que se siga hacia el sur, se sigue y punto.

Aquello pareció acallar ligeramente las quejas, pero Quinto observó que aún murmuraban entre sí varios hombres, de forma que se decidió, se levantó y habló con fuerza para que todo su regimiento le escuchara bien.

—¡Escuchadme todos! Yo tampoco entiendo el sentido de estas marchas. Puede que nuestro general esté loco; no lo sé, pero sí sé que es el que tiene el mando y esto es una legión y, si un legionario recibe una orden, aunque ésta parezca absurda, un legionario cumple esa orden al pie de la letra... y sin quejarse. —Quinto se quedó sorprendido al ver cómo sus hombres se levantaban para escucharle. Él no era un orador como alguno de los tribunos o el propio general. Se extrañó de que sus palabras impactaran tanto como para que los hombres se pusieran en pie para escucharle, pero de pronto una intuición le dijo que había algo más que sus palabras, en aquel gesto de respeto de sus legionarios. Se volvió y se encontró de cara con Publio Cornelio Escipión a tres pasos de distancia, rodeado de sus *lictores*. Quinto se preguntaba cuánto tiempo había estado escuchando el general.

—O sea que mis órdenes son las de un loco, ¿es eso lo que estabais explicando a vuestros legionarios? —la voz de Publio resonó potente entre todos los presentes. Quinto Terebelio no supo qué responder. Ése no había sido el sentido de sus palabras, pero antes de que pudiera decir algo el general insistió—. Te he hecho una pregunta, centurión, y espero respuesta.

Quinto Terebelio maldijo su mala fortuna, a la diosa del mismo nombre y, ya de paso, a algún otro dios más que le vino a la mente. No era eso lo que había querido explicar a sus soldados, sino que había que obedecer al general al mando aunque no se entendiera bien el sentido de sus órdenes. Sí, eso debía decir.

—Yo... mi general... intentaba explicar que hay que obedecer las órdenes... que en la legión eso es lo fundamental...

—Ya. ¿Y para eso es necesario insultar al general al mando llamándole loco?

Quinto Terebelio deseó que los dioses lo fulminasen allí mismo. Nuevamente guardó silencio, pero sabía que tenía que decir algo.

—Yo no soy un orador... sólo sé cumplir órdenes... lo siento, mi general. Sólo valgo para luchar.

Publio dibujó en la comisura de los labios el esbozo de una sonrisa cargada de incierta intención.

—No, no eres un orador, pero en lo de luchar no te preocupes, que averiguaré personalmente si realmente vales para ello.

Los hombres se echaron a reír. También lo hicieron algunos de los hombres al mando del propio centurión. El joven general observó cómo el centurión sentía vergüenza y cómo reprimía sus sentimientos y su orgullo. Publio se adelantó y se acercó a los legionarios que reían.

—¿Os reís acaso de vuestro oficial al mando, Quinto Terebelio?

Las risas desaparecieron automáticamente. Publio continuó.

—Soy el general al mando y, si lo considero oportuno, puedo reprender la actitud de cualquier oficial, pero no sabía que un legionario pudiera reírse de un oficial superior. ¿Es ésta la legión de la que dispongo para derrotar a los cartagineses?

Los legionarios guardaron silencio. Todo el mundo callaba. Publio Cornelio Escipión los miró uno a uno.

—Me ocuparé en persona de averiguar la valía de todos los aquí presentes. Veremos si en el campo de batalla resolvéis las cosas con risas o con arrojo. Allí averiguaremos de qué naturaleza son vuestros espíritus... —y concluyó— si es que resistís la marcha, claro, ¿cómo era eso?, ¿putas chillonas? Eso ha tenido gracia.

Esta vez fueron los *lictores* del general los que sonrieron. Quinto tragó saliva. Sabía que la primera norma para sobrevivir en la legión era el anonimato de tu unidad; sin embargo, esa noche, su manípulo había quedado señalado por el general.

Publio abandonó el regimiento de Quinto Terebelio y a sus hombres. Durante unos instantes todos quedaron allí, quietos, en pie, sintiendo el aire frío de la noche en su piel. Las llamas de la hoguera se habían ido consumiendo durante el debate. Un fulgor rojo salpicaba de luz temblorosa a los soldados. Sabían que el general no hablaba en vano y que sus palabras a modo de advertencia no podían sino presagiar que iban a ser usados en primera línea de batalla. Los legionarios miraban al suelo, reflexionando. «Me ocuparé de averiguar la valía de todos los aquí presentes», había dicho. Al final Quinto espiró largo y profundo. Sin saberlo llevaba un minuto conteniendo la respiración.

—Bien —dijo al fin—, espero que todos estéis contentos. Vuestras quejas nos acaban de poner en primera línea de combate en la primera batalla, con toda seguridad. Si alguien tiene alguna otra queja, que haga el favor de tragársela. De hecho, creo que si nadie abre la boca, incluido yo, hasta el final de esta marcha, quizá aumenten nuestras posibilidades de sobrevivir a esta campaña. Ahora silencio todos y a dormir. Mañana marchamos, hacia el sur, y esta vez, en silencio. Las nenazas que se traguen la lengua —y su voz se escuchó mientras les daba la espalda y se alejaba entre las sombras—. ¡Por todos los dioses! ¡Maldita nuestra suerte!

Todos recogieron sus utensilios de la cena y se dispusieron a dormir, o, al menos, a intentarlo. Ninguno concilió un sueño tranquilo.

Publio descansó unos momentos sobre una roca, en un leve altozano desde donde se contemplaban las pequeñas hogueras aún encendidas de su campamento. Sabía que había sido duro en sus palabras con aquellos hombres y aquel centurión. Conocía a todos los oficiales a su mando. Ésa había sido otra de sus ocupaciones durante el largo invierno. Había leído los informes sobre cada uno de sus oficiales. Quinto Terebelio era, sin lugar a dudas, un hombre de gran valor y de enorme experiencia. Y muchos de los hombres bajo su mando eran legionarios que ya habían servido con ese centurión en otras campañas. En cualquier caso ahora tenía algo mejor que un puñado de hombres valientes. Tras esta noche ahora disponía de un puñado de hombres valientes ansiosos por demostrar su auténtica valía a su general. Aquélla era un arma poderosa que tendría que saber utilizar con inteligencia. Ya pronto. Muy pronto. Tenía planes muy definidos para Terebelio y sus hombres.

Tras otra breve noche de descanso para la mayoría y de insomnio para Quinto Terebelio y los suyos, las legiones reemprendieron el avance. El agotamiento se extendía de forma generalizada entre todos. Las conversaciones mermaban y en los intervalos para reponer fuerzas los legionarios se ocupaban de comer en silencio, sin bromas, sin apenas comentarios. Aquel general los arrastraba en una marcha sin fin que a todos tenía exhaustos. Pero una legión es un hervidero de murmullos y murmuraciones y todo se sabía en cuestión de unas horas. Las palabras de Publio al regimiento de Quinto Terebelio habían corrido de boca en boca durante la mañana y nadie quería compartir su suerte cuando finalmente llegara la hora del combate.

Así pasó un nuevo día de marcha y una nueva noche.

En el mar, Cayo Lelio oteaba el horizonte iluminado por el sexto amanecer desde que partieran de Tarraco. No había hablado con Publio desde que salieron. Así habían quedado al poner en marcha al ejército y la flota. En Sucro había mandado varios barcos con los pertrechos acordados para levantar el campamento de aprovisionamiento, sin acercarse él a la costa. Lelio sentía la inmensa seguridad de que su general tenía en el éxito de la empresa, pero no podía entender por qué, más allá de que quizá fuera cierto que los dioses estaban con aquel joven romano que los mandaba a todos en aquella campaña hacia el sur de Hispania. Lelio suspiró. Se separó de la proa de la *quinquerreme* y, al volverse, vio al pescador que el joven general había ordenado que actuara como guía en aquella ruta. Lelio no entendía bien a qué traerse un pescador para guiarlos en una singladura tan sencilla como aquélla: sólo había que descender siguiendo la costa hasta llegar a Cartago Nova. Observó cómo el pescador también escudriñaba el horizonte. Se le veía nervioso. Fuera por lo que fuera aquel hombre estaba hondamente preocupado. Quizá conocedor de los dominios cartagineses en sus aventuras pescando por las costas del sur de aquella gigantesca península había aprendido del enorme poderío de aquéllos en Hispania y no tuviera muy clara la capacidad de los romanos para poder salir victoriosos. Lelio no comprendía la relación de aquel pescador con el general, pero las órdenes eran conducir a este hombre hasta Cartago Nova y, una vez allí, llevarlo a su presencia en el campamento que se establecería frente a la ciudad. Así se tenía que hacer y así se haría.

Ilmo miraba tenso hacia el mar. Era el mismo sobre el que había navegado toda su vida, antes que los cartagineses, antes que los romanos. Ahora todo su mundo se tambaleaba. Presionado por aquel joven general romano se había visto obligado a pactar con él un acuerdo que quizá le librara de las penurias propias de su profesión y que, pudiera ser, ayudara al futuro de su familia en Tarraco, pero quizá también fuera un pacto con el dios de la muerte, que sólo podía terminar con sus huesos como pasto de los buitres en algún lejano campo de batalla de una guerra que no era la suya. El general, no obstante, no le había dejado mucha elección.

—Si me ayudas en esto y salimos victoriosos, me aseguraré de que no tengas ni tú ni tu familia ningún problema en esta ciudad. Podrás establecer aquí un buen comercio con el pescado, protegido por Roma —le comentó aquel gobernador o procónsul o lo que fuera en la última entrevista entre ambos. Era de noche. Y en el atrio de la gran casa del general romano en Tarraco se proyectaban largas sombras a la luz de las antorchas.

—¿Y si me niego? ¿Y si no te ayudo en esto? —Se atrevió a preguntar, mirando a los ojos al joven general—. A fin de cuentas ésta no es mi guerra y, aunque pueda ganar mucho ayudándote, también es posible que pierdas y que los cartagineses, si descubren que te he ayudado, me maten y también a toda mi familia.

Publio mantuvo la mirada del pescador y sin quitar sus ojos de los que le preguntaban respondió despacio.

—Ésa no es una opción que te puedas plantear.

Luego vino el silencio y el crepitar de las antorchas ardiendo. El romano añadió algo, un poco más relajado.

—Siento, Ilmo, que te veas en esta situación, pero tu ayuda me es necesaria. Además, si todo lo que hemos hablado, lo que me has contado es cierto, saldremos victoriosos. No lo dudes.

Ilmo sabía que todo lo que había narrado era verdad, pero no veía en qué forma aquello podía conseguir una gran victoria a los romanos, claro que él no era general ni entendía de estrategias. Seguía dudando. Al fin respondió.

—A lo mejor es mejor que muera aquí a morir a manos cartaginesas y que luego los cartagineses acaben con mi familia o... —dudó, tragó saliva y continuó— o es que... ¿si no te ayudo también amenazas a mi familia?

Publio se reclinó en su asiento y pensó unos segundos.

—No, no amenazo a tu familia. Tu preocupación por los tuyos te honra y eso me parece digno. Veo justo que quieras conseguir seguridad para ellos. Por eso te ofrezco el siguiente acuerdo: tú nos ayudas en esta empresa, vienes con el ejército y si vencemos, que venceremos, tendrás todo lo que hemos hablado, pero si perdemos, que no ocurrirá, te garantizo que dejaré órdenes para que, en caso de que hubiera un avance cartaginés sobre Tarraco, toda tu familia sea llevada a Roma o a cualquier otra ciudad de dominio romano donde sean protegidos de los cartagineses. Tengo instrucciones similares en todo lo relacionado con mi propia familia.

Ilmo meditó antes de responder. También podría ocurrir que después de Tarraco cayeran más ciudades romanas o que incluso la propia

Roma fuera tomada por Cartago en aquella inmisericorde guerra que llevaban los dos imperios, pero se daba cuenta de que había negociado hasta donde era razonable. Incluso un poco más allá de lo razonable. Estaba jugando con la paciencia de aquel general. Lo veía bebiendo despacio un poco de vino de una copa de plata, pero sentía que incluso con los ojos cerrados el general le observaba y hasta que leía sus pensamientos.

—De acuerdo. Acepto. Te ayudaré, os acompañaré y cumpliré todo lo pactado; a cambio habrá protección para mi familia en cualquier caso, y si hay victoria, obtendré la recompensa de la que hemos hablado.

Publio no habló, sino que se limitó a asentir con la cabeza, en silencio.

Ahora Ilmo, en el barco insignia de la flota romana, rumbo al sur, se esforzaba por repasar todo aquello que debía recordar para poder cumplir fielmente su parte del trato. Estaba seguro de casi todo, pero a medida que se acercaban al destino final, las dudas comenzaban a atenazarle. No había estado tantas veces en Cartago Nova. Su memoria, no obstante, era excepcional. Si navegaba por un sitio recordaba todo, las rocas, los cabos, las corrientes... sólo que nunca le había ido su vida y la de toda su familia en ello.

96

El plan de Fabio

Tarento, 209 a.C.

Fabio Máximo había sido reelegido cónsul por quinta vez. Nadie había conseguido la magistratura tantas veces desde tiempos inmemoriales. Pocos eran también los senadores que alcanzaban los setenta y cuatro años de edad en plenas facultades físicas y mentales. Fabio había transformado la resistencia en un arte y nadie parecía poder superarle en dicha disciplina. El joven Marco Porcio Catón, a sus veinticinco años, había aprendido a admirar aquella fortaleza de espíritu y la sagacidad que de forma natural acompañaba las decisiones de su maestro en la política y la estrategia militar. Ahora, navegando en una *quinquerreme*, rodeados de decenas de barcos de la flota romana rumbo a Tarento, recordaba la conversación que mantuvo con Máximo mientras veían al impertinente joven Escipión partiendo hacia la lejana y siempre incierta Hispania. «Esperaremos al año siguiente antes de actuar, esperaremos a que los demás estén cansados antes de intervenir y actuar», dijo Máximo o, al menos, ése era el sentido que Catón daba a lo que escuchó. Un año después, tras un consulado en el que Marcelo, ostentando la magistratura, quedó exhausto de combatir contra Aníbal sin conseguir ninguna victoria clara, cuando tanto la infantería romana como la cartaginesa daban muestras de extenuación, Fabio había presentado de nuevo su candidatura en el Senado y había salido elegido cónsul por quinta vez.

—Ahora marcharemos hacia el sur, joven amigo, hacia el sur. Ha llegado el momento de actuar —dijo Fabio frotándose las manos ante un confundido Catón al salir del Senado.

Fondearon la flota en las proximidades de la bahía de Tarento. En la luz del atardecer se divisaban en lontananza las murallas de la ciudad y la ciudadela de Tarento. La ciudad en manos de las tropas cartaginesas y la pequeña ciudadela aún bajo control romano, sometida la pequeña guarnición itálica al más severo de los asedios por parte de las tropas africanas acantonadas en el resto de la ciudad.

—Atacaremos por tierra y por mar a la vez —se explicaba Fabio.

—¿Y la flota cartaginesa? —preguntó Catón.

—La flota cartaginesa, mi querido Marco, está lejos de aquí, ayudando a Filipo a luchar contra nuestra flota del Adriático. Aníbal será un gran estratega de las campañas terrestres, pero en su selección de aliados útiles creo que aún tiene que aprender. Levantó a Filipo contra nosotros y nosotros hemos alzado a los etolios contra Filipo. Ahora en lugar de recibir ayuda de los macedonios es Aníbal el que debe mandar su flota en ayuda de Filipo. Es irónico y tremendamente divertido.

Catón escuchaba absorto. Los planes trazados por Fabio Máximo el año anterior o, quién sabe si no hace más tiempo, empezaban a encajar como las teselas de un mosaico, de modo que lo que antes no eran sino diminutas piezas informes dibujaban ahora un claro diseño de estrategia.

—Y eso, Marco, es sólo el principio. Esta noche espero una visita. Quédate a cenar conmigo y pasarás una velada instructiva.

Las cenas en el camarote del buque de guerra eran frugales: un poco de pescado, fruta y vino con agua. A Catón le gustaba el *mulsum*, pero ante su ausencia no dijo nada por temor a parecer superfluo en una noche donde parecía que algo importante debía acontecer. Al cabo de un rato, una vez terminada la cena y con la noche ya establecida sobre el mar, uno de los *lictores* del anciano cónsul entró en el camarote del senador.

—El hombre que aguardabais ha llegado —dijo el escolta del magistrado.

—Que pase —ordenó Fabio.

Un hombre de unos treinta años, no muy alto, algo encogido de hombros, tez oscura, barba desaliñada y mirada furtiva entró en el camarote. Saludó al cónsul con una reverencia y se quedó en pie sin saber bien qué más hacer para mostrar sus respetos a aquel alto dignatario del Estado que se había interesado por sus servicios durante los últimos meses.

—Marco, te presento a Régulo. Régulo es un brucio leal a Roma. Su historia es interesante, ¿no es así, Régulo? —comentó Fabio con condescendencia.

Catón observaba a aquel hombre y no podía evitar sentir algo sospechoso en aquellos ojos nerviosos incapaces de mirar a su interlocutor, quizá por humildad, quizá por ocultar algo. Era muy improbable que su nombre auténtico fuera Régulo y menos siendo de la región del Bruttium en el sur de la península itálica. Pero tampoco era de extrañar que un brucio que se manifestara favorable a la causa romana adoptase un sobrenombre romano para hacer patente dónde estaba su, al menos, supuesta lealtad.

—Régulo, pon al día a mi querido confidente Marco sobre tus actividades estos meses.

El brucio parecía dudar. Máximo le instó de nuevo y fue más preciso en su requerimiento.

—Cuéntanos la historia de tu hermana y el prefecto brucio de la muralla de Tarento.

Régulo asintió. Si eso era lo que el cónsul quería, así debía hacerse.

—Verá, mi señor —empezó Régulo dirigiendo su voz, que no su mirada, a Marco Porcio Catón—, mi hermana, como yo, es brucia; quiso la mala Fortuna que la pillase a ella en la ciudad de Tarento cuando ésta fue tomada por ese salvaje de Aníbal. Desde entonces lleva allí sobreviviendo como puede. Con la llegada de Aníbal, éste introdujo tropas de diferentes regiones para someter y controlar la ciudad, las cuales quedan todas bajo supervisión de la guarnición cartaginesa allí establecida. El caso es que entre las tropas que trajo Aníbal a Tarento hay un pequeño regimiento de desleales brucios que se han pasado al bando cartaginés —aquí Régulo estuvo a punto de escupir en el suelo para subrayar con aquel gesto su desprecio por aquellas tropas de su propia región, pero se lo pensó dos veces y se contuvo—; el caso es que el prefecto al mando del regimiento brucio se enamoró de mi hermana y poco menos puede decirse que ésta le maneja a su antojo. Tengo, a través de mi hermana, ganada la voluntad de este prefecto y con ello un sector de la muralla, aquel que está bajo su custodia y de sus tropas brucias por la noche, parte del sector oriental de la ciudad junto a la puerta Teménida.

Catón volvió sus ojos hacia Fabio. El viejo cónsul, como un anciano zorro, sonreía con placidez transpirando plena satisfacción por cada uno de los poros de su arrugada piel. Estaba claro que se deleitaba en el disfrute de una fácil, próxima y gran victoria.

Era una noche cerrada sin luna. Los legionarios habían desembarcado más allá del puerto, en la costa norte de Tarento, a un kilómetro de las murallas. Marcharon con tiento, a ciegas casi, pues el cónsul había ordenado que no se encendieran antorchas. Para los soldados el único referente para orientarse eran las luces que proyectaba la propia ciudad desde lo alto de sus murallas y torres. Así llegaron a situarse a apenas quinientos pasos de Tarento y, a esa distancia, ocultos tras una arboleda de encinas, aguardaron en silencio la señal de ataque.

Fabio Máximo contemplaba las enormes murallas. Era imposible tomar aquella ciudad si no era por engaño o traición, como en su momento hiciera Aníbal aliándose con un sector de los tarentinos descontentos con el trato de Roma. Bien, ahora era su turno.

—No será una larga espera —dijo el cónsul en voz baja. Catón, al abrigo de los árboles, asintió. Y, como si el viejo cónsul estuviera haciendo una exhibición de sus cualidades de *augur*, un gran estrépito de voces y golpes de espada llegó hasta ellos procedente del interior de la ciudad.

—¡Adelante! ¡Por Cástor y Pólux! ¡Marchad! —ordenó el cónsul a los tribunos. En un instante una legión completa, con sus cuatro mil efectivos, empezó a avanzar hacia la muralla. A medida que se acercaban a los muros, se discernía cómo el tumulto de voces y golpes provenía de la ciudadela por un lado, donde aún resistía atrincherada la guarnición romana que los cartagineses nunca habían llegado a derrotar, y, por otro lado, de los barrios de la ciudad antigua, próxima a la ciudadela y alejada de la muralla.

—Los brucios parecen estar haciendo bien su papel —comentó Catón. Fabio Máximo no dijo nada. El avance de las tropas prosiguió hasta alcanzar el sector oriental de la muralla bajo la custodia del manípulo de brucios de Régulo. Era cierto. Éstos parecían estar cumpliendo bien las órdenes: en coordinación con el escándalo que los romanos de la guarnición de la ciudadela estaban generando, pequeños grupos de brucios estaban promoviendo altercados con las tropas cartaginesas en diversos puntos de la ciudad. En ese momento sonaron las trompas y cuernos que anunciaban el ataque de la flota romana por el norte. La confusión entre los defensores de la ciudad aumentó. Los oficiales cartagineses, en medio de un completo desconcierto, intentaban poner orden. En cuestión de minutos se recurrió a las tropas africanas de la muralla oriental para defender el puerto de la flota romana y dar respuesta a las armas arrojadizas que llovían desde la ciudadela. También se internaron varios centenares de hombres en la ciudad antigua para reestablecer allí el control de la situación. La muralla oriental quedó entonces bajo el control de los brucios de Régulo en su sector central sólo bajo la supervisión de algunos pequeños grupos de cartagineses en los extremos norte y sur de la misma.

Las tropas de Fabio Máximo alcanzaron el punto de muralla convenido, junto a la puerta Teménida. Los legionarios lanzaron sus escalas y empezaron a trepar con diligencia. Los que llegaban a lo alto del muro eran ayudados por los hombres de Régulo. Todo marchaba a la perfección hasta que un grupo de cartagineses del sector norte apareció patrullando por lo alto de la muralla. Una vez digerido lo que sus ojos estaban viendo, dieron la voz de alarma y se lanzaron sobre brucios y romanos a un tiempo, pero era tarde para detener al enemigo en su acción nocturna. Ya había ascendido por la muralla un manípulo completo de romanos y, apoyados por los brucios, no tardaron en dar buena cuenta de la pequeña patrulla de diez soldados cartagineses. La mitad murieron a espada, el resto fue despeñado desde lo alto del muro hacia el exterior de la ciudad. Los cuerpos de los cartagineses fueron recibidos con carcajadas entre los legionarios romanos, que sus oficiales reprimieron con severidad. Aún no se había tomado la ciudad y tenían órdenes de mantener silencio hasta que se consiguiese tomar la puerta Teménida.

En el interior las acciones se atropellaban. En unos minutos los romanos descendían hacia la necrópolis de Tarento, dentro ya del recinto amurallado. Los legionarios se deslizaban con cuidado, intentando que sus sandalias no desvelasen su presencia antes de haber conseguido su objetivo. El estruendo y el griterío que llegaba a sus oídos desde la ciudadela, el puerto y la ciudad antigua eran sus mejores salvoconductos.

La puerta Teménida, como el resto de los accesos a Tarento, estaba protegida por tropas africanas e iberas, todos veteranos del ejército que Aníbal había traído consigo desde Hispania y que habían compartido con aquél el paso de los Pirineos, el Ródano, los Alpes y las grandes victorias de los primeros años. Eran hombres hechos a la guerra. Uno de los iberos que oteaba hacia el interior, preocupado por el ataque romano en el sector norte, se sentía especialmente incómodo. Era absurdo intentar tomar la ciudad por el puerto. Todo lo absurdo le molestaba. Desde siempre. Vio algo que le llamó la atención. Sombras. Figuras oscuras que parecían desplazarse sobre las viejas tumbas griegas en la necrópolis que se extendía entre la puerta Teménida y la zona norte de la ciudad, donde estaban los templos de aquellos dioses extraños para él. ¿Quién se aventuraría por entre aquellas tumbas en medio de la noche y mientras los romanos atacaban por el norte? Fue a llamar a sus compañeros, pero sintió un premonitorio silbido y se agachó con rapidez, con la agilidad y los reflejos adquiridos en decenas de batallas. Las flechas surcaban el cielo y vio cómo herían a dos de sus compañeros de guardia.

—¡Alarma! —gritó y desenfundó su espada de doble filo.

El resto de la pequeña guarnición salió en armas. Eran una veintena de fornidos soldados dispuestos a morir. La batalla se libró junto a la puerta Teménida en el interior del recinto amurallado. Los veinte iberos y africanos se enfrentaron contra los ochenta legionarios del manípulo romano que había cruzado la necrópolis. Cualquiera hubiera apostado por el fácil éxito de los romanos, pero éstos eran tropas recién reclutadas de entre unas colonias latinas ya empobrecidas y sin apenas hombres preparados que ofrecer ya a Roma. Muchos eran demasiado jóvenes y todos, menos el centurión que los comandaba, inexpertos. Cada africano se batía con dos o tres legionarios a un tiempo; los iberos hacían como que retrocedían para separar a los legionarios del grupo central de enemigos y así combatir con ellos de forma aislada. Tres africanos y seis iberos habían muerto y el resto estaba con heridas o, en el mejor de los casos, sólo magullado. Pero habían resistido la primera acometida de los romanos, que habían perdido a más de treinta hombres. El centurión se afanaba en rehacer las filas del manípulo para preparar una nueva embestida, pero en los ojos de sus hombres estaba escrito el miedo. Apenas habían entrado en combate antes y, desde luego, aquellos enemigos no parecían ser como el resto de los mortales. ¿De dónde venían aquellos soldados que en plena inferioridad numérica se batían a muerte hasta el final con un vigor y una destreza inimaginables? Aquellos legionarios eran desafortunados al tener su primer combate de importancia contra veteranos de las tropas de Aníbal. El centurión ordenó que atacaran de nuevo, pero sus hombres dudaban. El oficial romano sabía que si no se conseguía tomar aquella puerta, toda la operación estaba en peligro, pero no sabía qué hacer si sus hombres no le obedecían. Los africanos e iberos permanecían en pie, heridos, desangrándose algunos, pero protegiendo la puerta, sin moverse, sin ceder un ápice de terreno.

En ese momento una espesa nube de flechas llovió desde lo alto de la muralla. Varios africanos cayeron atravesados y los iberos decidieron que aquello ya era demasiado y se adentraron en la necrópolis en busca de refuerzos con los que regresar. Los africanos se volvieron hacia el origen de la lluvia de flechas. Antes de morir alcanzaron a divisar a los soldados brucios apuntándoles con sus arcos. Sólo la traición pudo llevárselos por delante.

La puerta Teménida se abrió de par en par. Sus inmensos goznes resonaron en la noche húmeda. Fabio Máximo, cónsul de Roma, arropado por sus *lictores* y por una legión de romanos, entró en la ciudad de Tarento. Allí se detuvo para contemplar el paso de sus tropas hacia el interior de la que ahora era su ciudad. Dejó el resto de las acciones en manos de sus tribunos. Éstos se adentraron con el grueso de las tropas a marchas forzadas cruzando primero las tumbas griegas y luego hasta el foro, sin detenerse en los templos de Perséfone o de Cora y Dioniso. Apenas encontraron oposición hasta llegar al foro. Allí se libró el mayor de los combates de aquella noche. El grueso de la guarnición cartaginesa, avisada por los iberos que habían sobrevivido a la lucha en la puerta Teménida, avanzaba para cortar el paso a los invasores, pero éstos ya estaban con miles de hombres en el interior de la ciudad. Los cartagineses lucharon con bravura, al igual que lo habían hecho sus compañeros de la puerta que había sido traicionada, pero cuando parecía que daban muestras de resistir, los romanos empezaron a acceder a la ciudad por el puerto, toda vez que sus fortificaciones apenas si tenían ya defensores al tener éstos que ocuparse de los romanos que estaban en el interior de la ciudad. Además, después de aquel infinito encierro, las puertas de la ciudadela se abrieron y la guarnición romana superviviente al asedio cartaginés de aquellos años salió para cooperar con el resto de los atacantes para doblegar a sus enemigos. Fabio Máximo, sentado sobre una tumba griega, dio una orden, con voz suave, casi imperceptible.

—Que pase la segunda legión.

Catón, que permanecía a su lado, transmitió la orden a los tribunos. Una segunda legión penetró en la ciudad y aquello dejó de ser una batalla para transformarse en una de las mayores carnicerías de aquella guerra.

—¿Qué hacemos con los que se rindan? —preguntó un tribuno al cónsul.

Fabio Máximo, sin levantarse, respondió con sosiego.

—Matadlos a todos.

El tribuno asintió.

—¿Y con los tarentinos, qué hacemos con los habitantes de la ciudad?

Aquí el cónsul meditó unos segundos.

—Bueno —dijo al fin—, parecían estar a gusto, demasiado a gusto bajo dominio cartaginés. Nada hicieron para ayudar a nuestras tropas acantonadas en la ciudadela. Matad a placer.

El tribuno iba a marcharse, pero le quedaba una duda. No sabía si debía preguntar más. El cónsul se incomodó ante la incapacidad de aquel oficial para ponerse manos a la obra.

—¿Mujeres y niños también? —preguntó cabizbajo el tribuno, con tiento, en voz baja.

Quinto Fabio Máximo se levantó de la tumba sobre la que estaba sentado. Habló en voz alta y potente de modo que le escuchase aquel impertinente tribuno y el resto de los oficiales que le acompañaban.

—Matad a discreción. Violad, quemad y matad. A hombres, mujeres y niños. Despojadlos de sus riquezas y al que se interponga entre vosotros y sus riquezas matadlo. Violad a las mujeres que os plazca. Matad a niños si eso os divierte. Acabad con todos los enemigos de

Roma. Ha de quedar muy claro el mensaje para el resto de las ciudades que se pasaron al bando cartaginés —paró un instante para inspirar aire; la edad le mermaba sus capacidades; se dio cuenta de que aunque se le escuchase igual, no le veían todos; subió entonces a lo alto de la tumba y desde allí concluyó su discurso, sus órdenes—. ¡Ésta es la noche de la ira de Roma. Ésta es la noche en que hasta los dioses de nuestros enemigos sentirán miedo del poder de Roma!

Ya no hubo más preguntas. Fabio Máximo se retiró al pequeño campamento que se estaba levantando a las puertas de la ciudad, no sin antes encargar a Catón que se adentrase en Tarento y que supervisase que sus órdenes se ejecutasen al pie de la letra. El joven Marco, protegido por una escolta de legionarios, caminó hasta el foro de aquella ciudad. Allí se estaba acumulando todo tipo de riquezas, oro, plata, pertrechos militares y centenares de armas confiscadas a los muertos cartagineses y el resto de las tropas mercenarias. Un grupo de africanos, rendidos y desarmados, era acribillado a flechas. Los caídos eran meticulosamente pasados a espada para asegurarse de que ninguno fingía estar muerto para sobrevivir a aquella vigilia de muerte y destrucción. Catón dirigió entonces sus pasos hacia la ciudad antigua. Allí el espectáculo era aún más terrible. Vio a grupos de legionarios que sacaban a las mujeres de sus casas arrastrándolas por el pelo, a medio vestir algunas, otras ya completamente desnudas y las violaban en plena calle. Algunos sacaban a sus maridos para divertirse con el sufrimiento de aquellos hombres. En muchos casos las violaciones terminaban degollando tanto a las mujeres como a sus maridos. Decenas de niñas seguían el destino de sus madres. Había muchos soldados jóvenes entre aquellas tropas. Catón percibió que la juventud era capaz de mayores crueldades que las tropas veteranas. ¿Quedaría alguien vivo al amanecer? Estuvo tentado de ordenar refrenar a algunos hombres que se entretenían torturando a un grupo de niños, pero el temor a la reacción del cónsul le contuvo. Una voz que reconoció gritó pidiendo ayuda. Catón se volvió y vio al brucio Régulo, armado con su espada, acompañado por otros dos soldados brucios, protegiendo a una mujer aterrorizada que con toda probabilidad debía de ser la hermana. Allí estaba la semilla que engendró aquella noche rogando por su vida.

—¡Mi señor, mi señor! —gritaba Régulo dirigiéndose a Catón—. ¡Ayudadnos! ¡Están confundidos! ¡Nos van a matar! ¡Vos sabéis que ayudamos al cónsul! ¡Estamos bajo su protección!

Marco Porcio Catón alzó su voz en medio del tumulto de legionarios que rodeaban a Régulo, su hermana y sus compañeros brucios.

—¡Este hombre y sus acompañantes están a mi cargo! —dijo Catón con firmeza. Los legionarios dudaban, pues la mujer que acompañaba a los brucios era muy atractiva y varios de aquellos soldados aún no se habían estrenado, pero el centurión romano que los dirigía reconoció la figura del joven tribuno favorito del cónsul y un sudor frío empapó su frente.

—¡Apartaos, imbéciles! ¿No habéis oído la orden? ¡Apartaos o será mi espada la que os saque de aquí a todos uno a uno!

Régulo caminaba más encogido de hombros que de costumbre, asustado. Se quejaba mientras seguía la estela de aquel alto oficial romano que los había rescatado *in extremis* de una muerte segura.

—Esto no tiene sentido. Hemos ayudado al cónsul a hacerse con la ciudad y lo están arrasando todo, pero bueno, ahí no entro, no es asunto nuestro, pero han matado a varios de mis hombres, los mismos que ayudaron a apoderarse de la puerta Teménida.

—Ha sido una confusión —respondió Catón sin levantar la voz y sin volverse para mirar a su interlocutor—. En unos instantes estaréis ante el cónsul. Allí podréis formular vuestra reclamación.

Régulo estaba indignado. El enfado parecía ir borrando todo el temor padecido en las últimas horas al verse obligado a defenderse a sí mismo y a defender a su hermana de los ataques de los romanos a los que él había ayudado y facilitado el acceso a la ciudad. Tenía ganas de vérselas cara a cara con el cónsul y exigir una compensación para él y para todos sus hombres.

Quinto Fabio Máximo, sentado en una silla repleta de almohadones para hacer más cómoda aquella espera nocturna, contemplaba el incendio que consumía gran parte de la ciudad de Tarento. A sus espaldas estaba su tienda de general en jefe del ejército consular que había tomado aquella ciudad por la fuerza. Era una conquista comparable a la de Siracusa por parte de Marcelo. Ya nadie podría poner en cuestión su liderazgo en aquella guerra. Era el más experimentado senador, el que había detenido a Aníbal tras Cannae, el que había defendido Roma cuando el cartaginés acampó a las puertas de la ciudad, el que más consulados había ostentado y ya ni siquiera podrían restregarle que Marcelo hubiera conquistado una gran ciudad y él no. Ni siquiera eso tendrían ya sus enemigos. Esto le haría el hombre más poderoso de Roma. Las riquezas de Tarento sanearían las cuentas del Estado y aliviarían la presión sobre el resto de los patricios y sobre las colonias latinas. Eso abría una nueva etapa en la guerra contra Aníbal en la que él lideraría la ciudad hasta terminar con el cartaginés de una vez por todas y su nombre pasaría a los anales de Roma como el mayor de los generales que nunca jamás había tenido la ciudad que estaba destinada a gobernar el mundo. Ningún otro general romano podría realizar ninguna acción que pudiera medirse en mérito a la toma de Tarento.

Vio que Catón se acercaba junto con sus escoltas y unos extraños acompañantes.

—¿Y bien, Marco? —preguntó el cónsul sin alzarse de su asiento—. ¿Se van cumpliendo mis órdenes?

—Sí, mi señor. No creo que ni los tarentinos ni los cartagineses tengan dudas sobre el mensaje que se les ha enviado esta noche. Lo que no sé es si quedará alguien para contarlo.

—Por todos los dioses, tan al pie de la letra se están siguiendo mis órdenes; tanto fervor por parte de mis tropas me conmueve —el cónsul hablaba con una sonrisa permanente en su boca entreabierta que dejaba ver el blanco sucio de unos dientes afilados.

—He traído conmigo a Régulo. Tiene algunas quejas sobre el trato que los brucios están recibiendo de los romanos.

—¿Régulo? —el cónsul pronunció aquel nombre como si intentase recordar de quién se podía tratar y no lo consiguiera—; ah, el brucio. Sí, claro. ¿Quejas?

Régulo emergió de entre los escoltas y dio dos pasos hasta que los *lictores* cruzaron sendas lanzas ante él, obligándole a detenerse.

—Vuestros legionarios han acabado con la vida de muchos de mis hombres, hombres que os han ayudado a tener acceso a Tarento esta noche, que os han dado esta victoria en bandeja.

Fabio Máximo borró la sonrisa de su faz. Permaneció en silencio mientras una oscura nube ensombrecía la mirada, hasta entonces casi risueña, de sus pequeños ojos. Su rostro se arrugaba y un denso ceño se instaló sobre su frente. Régulo malinterpretó aquellas señales como confusión y decidió plantear su caso con más claridad.

—Debéis ordenar que se proteja al resto de los brucios en Tarento y luego exijo una compensación para mí y para el resto de mis hombres. ¡Casi nos matan y a mi hermana estaban a punto de violarla! ¡Sólo la intervención de vuestro tribuno ha sido capaz de impedir esta serie de atrocidades! —Y señaló a Marco Porcio Catón. El aludido dio unos pasos hacia atrás y miró al suelo. No tenía muy claro que su intervención fuera a ser valorada como positiva por el cónsul, pero no parecía razonable matar a quien tanto había cooperado aquella noche. Régulo prosiguió con su retahíla de reclamaciones—. Si no es por mis hombres esta noche Tarento aún sería de los cartagineses!

—Quizá —dijo al fin el viejo cónsul—; la guerra es confusa, Régulo. Sin duda, en medio de la oscuridad de la noche mis soldados no han sabido diferenciar los unos de los otros. Estas cosas pasan —Máximo hablaba muy despacio, como sintiendo el peso de cada palabra; el ceño y la mirada oscura permanecían en su semblante—; lo que no tengo tan claro es tu concepción de lo acontecido aquí está noche, Régulo. Tarento ha sido tomada al asalto por mis legiones y así quedará escrito en la historia. La intervención de tus hombres apenas es un episodio merecedor de ser trasladado a los volúmenes de historia. Te voy a corregir: sin *mis* legiones Tarento aún estaría en manos del enemigo y tus soldados, sometidos a los cartagineses. ¿Has tenido bajas? ¿Y cuántos romanos crees que han caído esta noche? Y no veo a ningún tribuno de mis legiones ante mis ojos pidiendo compensación por sus soldados caídos —el cónsul había elevado el tono de voz en sus últimas afirmaciones, pero se contuvo y volvió a adoptar un tono de voz más suave—, mi querido Régulo, has prestado un servicio a Roma, pero tu forma de ver las cosas... —una pausa larga, silencio, sólo el crepitar de las antorchas consumiéndose— me inquieta; sí, esa forma que tienes de interpretar lo acontecido me incomoda, Régulo.

El brucio fue a decir algo, pero el cónsul, sin mirarle, puestos sus ojos en las llamas que engullían Tarento, alzó su mano derecha y el brucio calló.

—Creo, Régulo, que tu visión debe ser corregida para evitar malas interpretaciones futuras —y mirando a Catón—, no es conveniente que historias sobre no sé qué extrañas traiciones y fantasías brucias ensombrezcan la luz de este nuevo amanecer en la historia de Roma.

Un rayo de luz empezó a iluminar el horizonte. El cónsul miró a uno de sus *lictores*. El soldado sostuvo la mirada del cónsul un segundo y asintió. Desenfundó su espada y se acercó, lentamente, adonde estaba Régulo. Los soldados que habían rodeado al brucio para impedir que éste se acercara más al cónsul se apartaron. Régulo habló de nuevo.

—¿Qué vais a hacer? Esto no tiene sentido. Si acabáis conmigo, nadie más querrá ayudaros jamás.

—A lo mejor es que ya nunca más vamos a necesitar ayuda, brucio. Tu pueblo es un aliado demasiado inconstante: primero contra nosotros, luego a nuestro favor cuando os conquistamos; para luego pasaros al bando de Aníbal y de nuevo con nosotros. Creo que hay que detener este ir y venir de los brucios de una vez por todas. Es confuso, agotador.

El cónsul apartó entonces la mirada de su interlocutor y se limitó a escuchar el grito del brucio al ser atravesado por la espada de su *lictor*.

—¿Y el resto? —preguntó el soldado que acababa de ejecutar a Régulo.

—Acabad con todos ellos.

Los *lictores* no parecían tener tantos escrúpulos como los tribunos de las legiones. Empezaron por la mujer. Dos hombres la cogieron por los brazos y un tercero la ensartó por el pecho retorciendo su espada al sacarla de forma que le destrozó el corazón y varias vísceras que salieron junto con el filo del arma a un tiempo. Los gritos desgarradores de la mujer brucia resonaron en los tímpanos de Catón como cuchillos afilados, pero mantuvo la mirada durante la ejecución fija en la víctima. No quería que el cónsul interpretase un gesto suyo como señal de debilidad. A continuación los legionarios degollaron a los dos brucios que quedaban y luego un mensajero partió hacia la ciudad con la orden expresa del cónsul de que se diera muerte a todo soldado o civil brucio que se encontrase vivo en Tarento.

El cónsul se levantó de su silla.

—Voy a descansar un poco. La emoción de esta conquista me embarga y he de reposar un poco.

Parecía que iba a retirarse ya, pero Fabio se detuvo y dirigió aún un comentario al joven Catón.

—Espero que nunca más vuelvas a interponerte entre mis hombres y mis órdenes.

Catón fue a decir algo en su defensa, pero el cónsul no dio tiempo a ninguna réplica. Entró en su tienda. Estaba cansado y debía descansar. En unas horas, una vez repuesto de aquella noche en vela, haría su entrada triunfal en aquella ciudad subyugada. Los dioses se mostraban generosos con él. Debía tener presente hacer un fastuoso sacrificio en el foro de Tarento a la vista de sus tropas victoriosas. Con un poco de fortuna, pronto llegarían noticias de la caída del joven Escipión en Hispania. Con ello su felicidad se vería colmada. Sólo tenía que esperar sentado a que aquel impetuoso general cometiera alguna insensatez propia de su juventud. Los cartagineses, siempre diligentes, se encargarían del resto. Tomó asiento. Hubo unos momentos en los que llegó a plantearse que aquella guerra pudiera ser un error. Ahora ya no. Ahora todo encajaba, todo fluía como un manso río hacia una mar plácida de victoria, su victoria.

97

Cartago Nova

Hispania 209 a.C.

El centinela cartaginés sacudía su cuerpo a espasmos fruto de los escalofríos. La primavera parecía retrasarse y se adivinaban nubes en el cielo que ocultarían el sol durante toda la jornada. Se discernía, no obstante, en el horizonte un leve resplandor que anticipaba la llegada de un nuevo día para Qart Hadasht, capital del imperio cartaginés en Hispania. El soldado paseaba en silencio entre las almenas de la muralla. Buscaba calentar con aquel ejercicio sus músculos afligidos por las fauces del viento. De cuando en cuando miraba hacia el este, hacia el istmo que conectaba la ciudad, situada en una pequeña península, con la tierra firme de Hispania. La imponente muralla rodeaba toda la fortaleza y resultaba especialmente alta por todo el istmo, el único punto posible de entrada a la ciudad desde tierra. De esta forma el extenso y bien fortificado muro se alzaba como un obstáculo infranqueable para cualquier atacante. Las puertas de la ciudad permanecían cerradas y vigiladas por la noche, aunque aquel soldado pensaba que aquéllas eran del todo unas precauciones excesivas para una población enclavada en el centro de un vasto territorio dominado por los cartagineses. Todos sabían en Qart Hadasht que tres poderosos ejércitos púnicos se desplazaban libremente por toda la Hispania al sur del Ebro y que pronto alguno de estos ejércitos se lanzaría sobre los romanos para expulsarlos definitivamente de la península ibérica. Por todo ello, a aquel soldado de guardia se le antojaban absurdas las órdenes dadas por el general cartaginés Magón, al mando de la ciudad desde que los ejércitos púnicos se dispersaran por diferentes rutas de Hispania para apuntalar el dominio africano sobre aquel territorio.

El centinela cartaginés miraba entre distraído y somnoliento el horizonte. Tenía una poblada barba encanecida que señalaba sus muchos años de servicio en el ejército de Cartago. Era un hombre maduro, fornido y fuerte, que prefería la acción a las largas y pesadas guardias nocturnas en plazas fuertes lejanas de los frentes de batalla. Su fortaleza flaqueaba en un punto: su vista ya no era la de sus años de juventud. Por eso, cuando la luz de aquel amanecer nublado empezó a llenar el horizonte, no acertaba a entender bien lo que parecía adivinarse en lontananza. Se llevó una mano a los ojos y los restregó con fuerza, intentando sacudirse alguna legaña molesta y agudizar al máximo su desgastada visión. No alcanzaba a comprender lo que sus ojos parecían querer decirle. A unos cinco mil pasos de la ciudad había un gran ejército establecido, allí, delante de él, justo a las puertas de Qart Hadasht. Y aquellos estandartes... esas águilas... esos uniformes... los escudos y yelmos... Aquél no era un ejército de Cartago... El soldado inspiró profundamente hasta poder asimilar lo que pasaba. Una vez que hubo tragado saliva, dio un poderoso grito de alarma. En unos minutos la ciudad entera se despertó y empezó a comprender lo que estaba ocurriendo.

Magón estaba dormido junto a una joven ibera esclava, botín de guerra y del dominio cartaginés sobre Hispania. Aún no había mancillado el honor de la muchacha porque llegó demasiado borracho al lecho. Por eso la dejó allí, recostada en un lado de la cama, temblorosa y aterrorizada. Ya se ocuparía de ella al amanecer. Magón era un hombre robusto de casi dos metros, un gigante que comandaba las tropas de Cartago en la capital de su imperio ibérico. Como general al mando disponía de control completo sobre la guarnición de la ciudad, sobre sus habitantes y sobre el territorio que la rodeaba. Su poder en la capital era absoluto.

Por la ciudad empezaron a oírse gritos y un creciente tumulto de gentes corriendo por las calles. Magón abrió los ojos advertido por el ruido. Apartó el cuerpo de la esclava con un empujón que arrojó a la muchacha al suelo. Ésta no gritó al golpearse contra las frías baldosas. Sus días en el palacio de Magón le habían enseñado a guardar silencio siempre, en cualquier circunstancia. Se quedó en el suelo, quieta, casi conteniendo la respiración mientras Magón se levantaba torpemente. El vino de la noche anterior aún parecía tener efecto sobre su gigantesco cuerpo, pero al fin, con esfuerzo e intención se puso en pie y se dirigió a la ventana de su palacio en la colina Arx Hasdrubalis, donde se levantaba triunfante la acrópolis de la ciudad, una ciudadela fortificada dentro del recinto amurallado de Qart Hadasht. Desde la ventana el espectáculo terminó de despertar al general: cientos de hombres y mujeres corrían por las calles, muchos gritando, y decenas de soldados se dirigían a las puertas de la ciudad y la muralla. En ese momento un oficial cartaginés apareció en la estancia del general.

—Mi señor... los romanos... miles de ellos... un ejército... a las puertas de la ciudad. La guarnición está tomando posiciones en la muralla.

Magón no respondió al oficial. Cogió su espada, su coraza y su yelmo y salió de la estancia. El oficial le siguió de cerca. La joven esclava ibera se quedó en el suelo, acariciándose el codo sobre el que había caído, apaciguando su dolor. Aquella noche había soñado que pronto sería libre, que pronto estaría con sus padres en su pueblo natal. Ahora se preguntaba si aquello quizá fuera algo más que un sueño. Pero no tenía demasiadas esperanzas. Con los días de reclusión había aprendido a ser escéptica sobre el futuro y la vida. Se acordó de su joven prometido, un jefe ibero que la pretendía desde niña, alto, apuesto y siempre considerado con ella. La joven se echó a llorar entre sollozos ahogados para no llamar sobre sí la atención de ningún guardia.

Estaba amaneciendo sobre el campamento romano, pero ya había una intensa labor en todas partes. Había sido una noche a oscuras en la que el joven general Publio Cornelio Escipión no permitió encender hogueras para calentarse y así incrementar el efecto sorpresa en el enemigo al descubrir éste al alba un inmenso ejército a sus puertas. Aún sin desayunar y desde las seis de la mañana, todos los legionarios estaban excavando fosas y preparando empalizadas para levantar una doble fortificación que los protegiera por un lado de los defensores de la ciudad y por otro lado, a sus espaldas, de posibles refuerzos que vinieran a ayudar a los defensores, una estrategia de asedio similar a la que los cónsules llevaron a cabo en Capua el año anterior. El joven general había establecido su campamento justo en medio del istmo. De esta forma, con dos empalizadas podría defenderse de ambos lados, este y oeste. Al sur quedaba el mar y al norte un gran lago.

El general romano se movía veloz de un lugar a otro, dando órdenes, preparando el combate. ¿Cuál sería la reacción del oficial al mando de Cartago Nova? Publio se detuvo un segundo y volvió su rostro hacia las murallas de la ciudad. A cada momento aumentaba el número de soldados cartagineses en sus almenas. Cuando empezó a diseñar la estrategia para asediar Cartago Nova, hacía ya meses, antes incluso de su partida hacia Hispania, su primera opción fue la de un ataque por sorpresa, pero luego se decidió por otro plan más complejo que requería de la confrontación clásica propia de un asedio... al menos al principio. Estaba loco. Peor aún. Se dio cuenta de que en mitad de todos aquellos preparativos, rodeado de sus hombres trabajando en los fosos, en las empalizadas, tensos, dispuestos para el combate, él, Publio Cornelio Escipión, estaba disfrutando.

Magón alcanzó en unos minutos la muralla que se alzaba sobre las puertas de la ciudad. Los soldados se apartaron y el general cartaginés se abrió paso con rapidez hasta alcanzar las almenas: ante él un ejército romano de unos quince mil hombres levantaba un campamento fortificado. Un asedio. Magón no daba crédito a aquella locura. Se trataba de un ejército importante, con toda probabilidad el grueso de las tropas romanas en la península, pero insuficiente para tomar la ciudad y mucho menos en poco tiempo. En unos días los mercaderes que comerciaban a diario con Qart Hadasht extenderían la noticia del asedio romano y pronto llegarían refuerzos. Asdrúbal Barca no estaba a más de diez días de marcha con más de veinticinco mil hombres y decenas de elefantes. Eso era más que suficiente. Sólo tenía que aguantar un par de semanas, seguramente menos. Magón se dirigió a sus hombres.

—¡Están locos esos romanos! No son nada. Sólo tenemos que mantener nuestra posición unos días y esperar los refuerzos, que no tardarán. Tenemos comida y agua para meses. Podemos aguantar durante el día y hacer festines por la noche. Desde lo alto de las murallas nos reiremos a gusto viendo cómo son aniquilados por el gran Asdrúbal —y profirió una gran carcajada.

El resto de los soldados rio con su jefe y con ellos muchos de los habitantes de la ciudad, artesanos y comerciantes, que en la gran mayoría de los casos se habían enriquecido con el papel especial otorgado a la ciudad por Cartago.

Los romanos detuvieron los trabajos un instante. Desde lo alto de las murallas llegaba como un murmullo al principio apenas imperceptible, pero que al detener su trabajo y poder escuchar con más nitidez, poco a poco, fue haciéndose más identificable. Desde la ciudad llegaba el sonoro sonido de cientos de gargantas riendo.

Publio observó la duda y el miedo instalándose en el rostro de sus soldados. Todos sabían que la única posibilidad de victoria era un asedio rápido, antes de que llegaran los refuerzos cartagineses. Que los defensores de la ciudad se mostraran tan seguros como para reír no auguraba una conquista fácil. Pero en aquel momento, en el horizonte del este una extensa flota de varias decenas de barcos comenzó a dibujar el perfil de sus embarcaciones. La flota romana al mando de Cayo Lelio llegaba a la costa. El almirante dirigió los barcos, despacio pero seguro, hacia la ciudad, hacia su puerto. Las carcajadas que venían de la ciudad se apagaron súbitamente. En el silencio se escuchó clara la voz de Publio Cornelio Escipión ordenando que se siguiera con los trabajos de fortificación. El general romano bendijo la llegada de la flota en un momento tan delicado. El plan seguía adelante.

Un soldado a la derecha de Magón señaló hacia el mar. El general cartaginés se volvió para mirar. En el horizonte la inmensa flota romana se recortaba con sus decenas de navíos navegando veloces empujados por miles de remos. Se veía la espuma que levantaban los remeros al impactar una y otra vez sobre la superficie del agua sus maderos, desplegados en largas hileras a babor y estribor de cada barco.

Los cartagineses reprimieron sus risas. Magón permaneció en silencio meditando. Sentía cómo la euforia inicial comenzaba a tornarse en temor. Sólo tenían que resistir unos días, pero las fuerzas que los asediaban eran cada vez mayores. Los romanos habían venido con todas sus tropas, con toda su flota, con todo su poder volcado para asestar un golpe seco y por sorpresa sobre la capital cartaginesa en la península. Era una locura. La ciudad resistiría. Era el plan de un lunático.

Lo inimaginable. La ciudad sobreviviría al embate, pero la presencia de la flota romana anunciaba una batalla complicada, dura, ardua, con muertos y sangre y lucha enconada. Magón se quitó el yelmo con una mano y, mientras lo sostenía, con la otra mano se acarició su larga cabellera oscura.

—Sea —dijo al fin dirigiéndose a todos cuantos le rodeaban—. Roma ha venido a luchar, a conquistar lo inconquistable. Resistiremos hasta ver cómo nuestros ejércitos llegan a tiempo de expulsarlos a todos al mar de donde vinieron. Todos abajo, excepto la guardia de la puerta. Y reunid a la población al pie del Arx Hasdrubalis. ¡Vamos, no hay tiempo que perder!

Y los cartagineses, animados por su general, se dispusieron para la defensa. Todos descendieron de la muralla excepto la guardia de la gran puerta oriental. Los soldados corrieron a por armas, los guardias de aquel gigantesco portón empezaron a revisar las defensas y pronto la ciudad empezó a oler a azufre hirviendo, dispuesto para ser arrojado sobre los que osaran acercarse a aquellos muros de piedra que rodeaban Qart Hadasht.

Con la presencia de la flota al mando de Cayo Lelio, los romanos contaban con una fuerza poderosa para protegerse de un ataque por mar y, a la vez, con gran cantidad de material y pertrechos para levantar el campamento romano con mayor rapidez. No había que cortar troncos para las empalizadas porque los barcos venían repletos de ellos. Estaba claro que su general había estado planificando todo el asedio al detalle. Los soldados se sintieron más seguros al sentir que alguien que pensaba bastante más que ellos era el que los dirigía, pese a que fuera tan joven.

A las siete y media, Publio ordenó detener los trabajos y que, con la primera luz del sol, desayunaran para recuperar fuerzas por si los defensores de la ciudad se decidían a hacer una salida desesperada y por sorpresa. El general aprovechó la ocasión para dirigirse a sus hombres desde lo alto de una colina. Proyectando su voz les expuso sus planes.

—¡A todos os digo que hoy hemos venido no a luchar sino a vencer! Roma ha sufrido los ataques constantes de los cartagineses en esta región hasta recluirnos al norte del Ebro. En seis días hemos alcanzado, sin que lo esperase nadie, ni vosotros mismos, su capital, y en poco tiempo entraremos en esa ciudad y la haremos nuestra, junto con su oro, su plata, sus víveres, sus esclavos, sus ciudadanos y los rehenes con los que Cartago mantiene subyugados a los iberos de la región, todo lo que os hará merecedores de la gloria y fortalecerá a Roma ante el mundo. Si esta fortaleza cae, no habrá ciudad púnica que se sienta segura; si los cartagineses no son capaces de defender su más preciada colonia en el exterior, ¿cómo serán capaces de defender otras ciudades que no estimen tanto? Eso se preguntarán todos. ¿Cuántas veces nos han vencido los africanos en Italia? Demasiadas. Ya es hora de que devolvamos golpe por golpe, osadía con osadía. ¿Creíais que no ibais a combatir? Vais a luchar, pero no por una colina o por un palmo de tierra, sino por la capital de los cartagineses en Hispania. Y os digo más: los dioses estarán con nosotros, Marte, Júpiter y, en especial, Neptuno, el rey y señor de las aguas. Sé que a lo mejor estas palabras os sorprenden, pero sólo al final veréis cuán ciertas eran cada una de mis promesas. ¡Por los dioses, por Roma! ¡Por Roma!

—¡Por Roma, por Roma, por Roma! —repitieron los legionarios alzando sus espadas primero y, a continuación, golpeando sus *pila* contra los escudos. Un estruendo surgido de sus quince mil escudos hizo temblar la tierra.

En lo alto de las murallas, los cartagineses escucharon con rostros de preocupación el indómito grito de las legiones. Pese a todo se mantenían todos en sus posiciones confiados en el vigor de sus fortificaciones, en el aceite hirviendo que preparaban, en las armas de las que disponían, porque estaban seguros de que, antes de que los romanos consiguiesen abrir alguna brecha, llegarían los refuerzos de Asdrúbal Barca, el más poderoso de los cartagineses después tan sólo de su hermano Aníbal.

Los legionarios se quedaron absortos reflexionando sobre las palabras que acababan de escuchar a su general. Todos habían comprendido la importancia estratégica de apoderarse de una ciudad donde los cartagineses tenían rehenes de las tribus iberas con los que presionaban a sus jefes para que no se levantaran en armas contra el poder de Cartago en Hispania. Sin embargo, al pasar los minutos, las persuasivas palabras del general romano chocaban con la altura de las murallas que defendían la ciudad y con la necesidad de conquistar aquella fortaleza antes de que llegasen refuerzos.

El joven Publio fue disponiendo a sus tropas para el asalto. Los *hastati* y los *príncipes* primero, como tropas más jóvenes. Los *triari*, más experimentados, en la retaguardia. Y por delante de todos ellos, la infantería ligera de los *vélites*, pero aparte separó a quinientos hombres que ni siquiera quedaban en la retaguardia, sino que los dejó en el propio campamento. Entre esos hombres quedaron, por orden expresa del general romano, Quinto Terebelio y sus legionarios.

—¡Esto es humillante! —Quinto gritaba y movía los brazos en grandes aspavientos—, ¡dijimos algo inapropiado, os quejasteis de aquella marcha sin fin! Y eso estuvo mal. Estuvo mal, pero no dejarnos combatir es una humillación sin igual. No es justo.

Y escupió en el suelo con frustración. Quinto hablaba desde una pequeña elevación del terreno en el centro del espacio ocupado por el campamento romano. Desde allí, junto a varios de sus hombres, examinaba la disposición de las tropas que se preparaban para lanzar el ataque sobre la ciudad. Se veía alguna catapulta que habían desembarcado al amanecer y soldados trayendo inmensas piedras. Insuficientes armas de asedio, en cualquier caso. Con aquello no se tenía ni para empezar. ¿Por qué no dispuso el general que se preparasen más catapultas durante el invierno? Y más escalas y cuerdas por las que trepar por los muros como las que llevaban los *vélites*, que se disponían para acometer esa difícil empresa.

—Esos niñatos no sabrán ni cómo lanzar las escalas y las cuerdas para trepa.

Quinto no entendía nada. Durante el invierno el general romano dio órdenes expresas de formar grupos de soldados en el arte de asaltar murallas, de lanzar cuerdas y escalas y de trepar por ellas con habilidad dispuestos a tomar la posición en murallas y fortalezas de todo tipo, pero como no se construían armas de asedio, nadie se tomó en serio la idea de que realmente se estuviera preparando un ataque de ese tipo. Pero lo más absurdo de todo era que Quinto y sus hombres se habían especializado en ese tipo de asalto y, ahora que podían hacer valer su entrenamiento, eran relegados, apartados por un general joven y rencoroso, más preocupado en humillar a un reducido grupo de soldados y a un centurión deslenguado que en optimizar al máximo las habilidades de cada uno de sus legionarios.

En esos pensamientos andaba la mente de Quinto, que no vio

cómo la gran puerta este de Cartago Nova se abría. Un legionario gritó señalando hacia la gigantesca puerta de la ciudad. Los cartagineses sacaban tropas para hacer frente a los romanos.

—¡Es una salida! —exclamó Quinto—. Esos cartagineses son unos hijos de mala madre, pero hay que reconocer que tienen agallas.

Desde aquel promontorio vieron cómo los defensores de Cartago Nova hacían salir hasta dos mil soldados fuertemente armados que, en un minuto, se dispusieron en formación de ataque apenas a un centenar de pasos de las murallas. Y de pronto, para mayor sorpresa de los romanos, Magón, desde lo alto de la puerta oriental, dio una orden. A su voz, los dos mil cartagineses avanzaron firmes, decididos hacia el ejército romano.

Publio Cornelio Escipión observó la salida de los cartagineses. Éstos se dirigían directos sobre sus tropas. Estaban ya apenas a unos doscientos o trescientos pasos de distancia de los *vélites*, los primeros que deberían entrar en combate. Los tribunos observaban a su general, esperando la orden de atacar. Publio Cornelio Escipión permanecía en pie, impasible, rodeado por los *lictores* de su guardia personal, debatiéndose en silencio sobre la mejor estrategia a seguir ante aquella reacción cartaginesa. Por fin, en voz baja dio una orden a Lucio Marcio. El oficial abrió los ojos tanto que parecía que iban a saltarle de sus órbitas y miró al general incrédulo.

—¿Estáis seguro, mi general? —se atrevió a preguntar Marcio.

Publio le miró sin decir nada, sin añadir palabra. Marcio asintió despacio y, mirando al suelo, sacudiendo la cabeza mientras se alejaba un par de pasos para comunicar la orden a los legionarios encargados de las tubas con las que transmitir instrucciones al frente de batalla al hacerlas sonar de una determinada manera. Cada orden tenía su música asignada; breves acordes que todos los legionarios sabían reconocer desde la distancia. Todos esperaban la orden de ataque, las tubas no harían más que confirmar lo evidente, pero, de pronto, todos se quedaron parados, atónitos: el mensaje que hicieron sonar las tubas al unísono quebró las expectativas de todos los legionarios de Roma: retirada. El general había ordenado retirarse. Los *vélites* no podían creer el mensaje recibido. Los cartagineses estaban apenas a cien pasos y avanzando; unos pasos más y estarían a tiro de las jabalinas. La orden era absurda. Los legionarios dudaban y los centuriones maldecían a su general en silencio; sin embargo, cada uno de esos mismos centuriones al mando de los *vélites*, al igual que los optiones y resto de los oficiales en las otras líneas, al mando de los *hastati*, los *príncipes* y los *triari*, con una infinita disciplina, sin entender nada, pero seguros de cuál era la orden, repitieron el mensaje recibido a viva voz, con todas sus fuerzas.

—¡Hacia atrás, retroceded! ¡Mantened las filas! ¡Escudos en alto! ¡Retroceded! ¡Retroceded todos! ¡Es una orden, por Hércules, malditos perros, obedeced y que un rayo os parta si no hacéis caso!

Humillados, cargados de decepción, los legionarios retrocedían ante la sonrisa de los cartagineses.

Quinto Terebelio observó desde la distancia cómo todo el ejército romano en bloque, más de diez mil hombres, retrocedía ante el avance cartaginés. Hasta el altozano donde se encontraban Quinto y sus hombres llegaban los gritos de júbilo de centenares de habitantes de la ciudad que habían escalado a las murallas para ayudar en la defensa. Los cartagineses reían ante la cobardía de aquel general romano. Un legionario del escuadrón de Quinto se lamentaba de ser testigo de semejante espectáculo deplorable.

—¿Y éste es de la misma familia que los Escipiones? No tiene bastante nuestro general con humillarnos a unos pocos apartándonos de la batalla. Tiene también que mancillar el honor de las dos legiones. Aleja a diez mil hombres porque dos mil cartagineses avanzan. ¿Qué dirán en Roma de nosotros? Por Cástor y Pólux, ¿para qué tanto discurso sobre los dioses si al primer encuentro con el enemigo salimos corriendo como gallinas?

El legionario aguardaba la ratificación de sus sentimientos y de sus lamentos por parte de su centurión, pero Quinto no respondía. Estaba entretenido, ensimismado, contemplando la maniobra que había ordenado el joven Publio. Al fin rompió su silencio.

—Bueno... puede que el general la tenga tomada con nosotros, pero la maniobra es buena, diré más, es brillante. Ese Escipión está haciendo que las tropas cartaginesas se alejen de las murallas en su maniobra de ataque. Combatir contra los cartagineses bajo las murallas implica luchar no sólo contra los que han salido de la ciudad, sino también contra todos los defensores que los ayudarían desde las murallas. La correspondencia no es cinco a uno a nuestro favor bajo las murallas, sino cinco nosotros y uno más las murallas, más todos los defensores de las murallas y su armamento para ellos; eso no es tan favorable ya. Pero nuestro general, al retroceder, está dividiendo las fuerzas cartaginesas en dos grupos: los que han salido y los que quedan en las murallas. Nuestro general puede que nos humille a nosotros, pero creo que sabe lo que hace, creo que sabe muy bien lo que se hace.

Los legionarios se volvieron hacia el campo de batalla tras escuchar las palabras de Quinto. En efecto, las tropas romanas seguían retrocediendo sin entrar en combate y los cartagineses avanzando, cada vez más rápido, animados por la ausencia de resistencia, sintiendo que alejaban al enemigo de su ciudad. Sin embargo, de súbito, cuando ya se encontraban a más de mil quinientos pasos de la muralla, Publio Cornelio Escipión dio otra orden y Marcio, que al igual que Quinto, empezaba a intuir algo en el mismo sentido, la transmitió a los legionarios que sostenían las tubas. La vibración profunda y potente de las mismas alcanzó, empujada por el viento, a todos los romanos y los diez mil hombres de las dos legiones, a un tiempo, frenaron en seco. El repliegue había terminado. Los cartagineses se vieron entonces sorprendidos, un poco confusos al principio, pero tras un instante de duda, prosiguieron con su avance. Las tubas volvieron a sonar una vez más sobre el campo de batalla. Los romanos invertían su rumbo y comenzaban a avanzar contra los cartagineses. A treinta pasos ambos bandos el uno del otro se lanzaron sendas lluvias de jabalinas. Éstas volaron por el aire y unas fueron detenidas por los escudos, pero otras segaron cuellos, piernas, brazos y alguna cabeza. Muchos cayeron, pero el resto siguió avanzando para iniciar una mortal lucha cuerpo a cuerpo.

Quinto observaba absorto en sus pensamientos. Las legiones avanzaban decididas sobre su enemigo. Los cartagineses plantearon una lucha encarnizada. Hasta el altozano del campamento romano llegó el fragor del combate. Golpes de espadas y gritos de dolor. Quinto sabía reconocer cada sonido, cada aullido. Eran muchas las batallas en las que había participado desde que estallara esta nueva contienda con los cartagineses. El centurión romano bajó la mirada al suelo. Él debía estar allí, con sus hombres. Todos debían estar allí dando lo mejor de sí mismos, por su patria, por sus familias. Quinto descendió del altozano y siguió el devenir del combate a partir de los comentarios que sus hombres hacían en voz alta.

—¡Los cartagineses resisten! Es increíble, si los superamos en número, los quintuplicamos...

Sí, los romanos eran muchos más aquella mañana, pero los cartagineses luchaban por su capital en Hispania y se habían hecho acompañar por los propios habitantes de aquella ciudad. Un hombre vale por dos o incluso por tres cuando combate defendiendo su hogar, su casa, su pueblo, su familia. Quinto lo había visto más de una vez. Fuerzas superiores a las que les costaba sobremanera imponerse a un enemigo acorralado frente a su ciudad. Esto era lo mismo.

—¡El general está ordenando el relevo de las líneas del frente! Ahora entran los *príncipes* para sustituir a los *hastati* y los *vélites* de la primera línea.

Publio relevaba a sus tropas sin prisa, secuencialmente, siguiendo un orden marcado de antemano, meditado con paciencia. El plan se había puesto en marcha, pero sabía que era una operación que debía seguir una cadencia, un ritmo propio en el que, pese a que apremiase el tiempo, no se podía interferir; no había atajos hasta el momento cumbre. Paciencia y esfuerzo. Atención y sosiego. Tras los *príncipes*, después de una impensable defensa de los cartagineses y los ciudadanos de Cartago Nova, entraron los *triari* de las legiones romanas, los legionarios más expertos. Los cartagineses, sin embargo, no tenían fuerzas de refresco. Llevaban luchando más de media hora, sin ceder un palmo de terreno y no tenían apoyo desde las murallas, donde los defensores impotentes tenían sus jabalinas y flechas preparadas, pero la distancia a la que el general romano había conducido a los cartagineses hacía del todo imposible su intervención. El empuje de los *triari* romanos con sus largas lanzas en ristre fue estremecedor. Eran hombres forjados en mil batallas que entraban sin desgaste contra unas líneas cartaginesas con heridos y cadáveres ya desde las primeras filas. Y si eras de los *triari* de las legiones habías de hacerlo notar a cada combate, haciendo que las líneas del enemigo se quebraran ante tu arrojo y fuerza. Pronto los defensores de Cartago Nova empezaron a replegarse. Primero poco a poco, ordenadamente y después a gran velocidad, en desbandada. Los *triari* se abalanzaban sobre ellos, apoyados por los *vélites* que ya habían descansado, mientras *hastati* y *príncipes*, recuperando el aliento, eran testigos de cómo sus compañeros terminaban lo que ellos habían empezado. Eran un equipo. No importaba quién empezara o terminara el combate, lo esencial era ganar; la victoria era de toda la legión. El repliegue cartaginés hacia la puerta oriental de la ciudad se tornó en una carrera sin organización alguna. Magón observaba perplejo y con desesperación el desastre de aquella batalla sin poder apoyar a sus soldados, pues se habían alejado tanto de las murallas que las armas arrojadizas de las que disponían en la ciudad no podían ni tan siquiera cubrir el repliegue de las tropas, lo que había sido su idea inicial en el caso de que las cosas se torcieran tal y como estaba ocurriendo.

Los cartagineses, en su empeño por alcanzar el interior de la ciudad y guarecerse tras la seguridad de sus murallas, se atropellaban en el estrechamiento de la entrada en el acceso a la puerta. Unos y otros se empujaban. La puerta de la fortaleza, camino hacia la salvación y la supervivencia, se transformó en un horrible embudo de muerte y desolación. Unos soldados pasaban por encima de otros, pisando, asfixiando. Cada uno, en su búsqueda particular por escapar, no miraba a quién tumbaba o sobre qué o a quién aplastaba. Los romanos se acercaban a toda prisa. En ese momento Magón ordenó que se lanzaran jabalinas y misiles de todo tipo sobre los *triari*. Éstos resistieron con los escudos la torrencial lluvia de lanzas y dardos, cayendo algunos, pero bien cubiertos por los escudos gracias a su veteranía en el combate, algunos alcanzaron las puertas y las murallas. En las puertas, no obstante, no había forma de entrar en la ciudad porque un túmulo de cadáveres y heridos se había apilado frente a las mismas impidiendo el paso a atacantes y defensores por igual. Algunos romanos empezaron a escalar, pero en ese momento Magón ordenó cerrar las puertas, dejando fuera a amigos y enemigos, tanto daba ya para él. Había que salvaguardar la ciudad por encima de todo. Junto a las puertas, en el exterior, los romanos alcanzaban las murallas y los *vélites* lanzaban sus escalas. Los cartagineses respondieron arrojando litros de aceite hirviendo que caían como una cascada de fuego humeante lamiendo la piedra de las murallas. Los romanos, que habían empezado a escalar, se dejaban caer al vacío aullando de dolor con manos, brazos, rostro y piernas quemadas por la pez abrasante que desgarraba sus tejidos.

Quinto observaba el intento de sus compañeros por ascender por las murallas y asistía impotente a aquel desastre. La maniobra del general en el combate campal había sido genial, pero este ataque inmediato a las murallas era un completo fiasco. ¿Qué esperaba para ordenar la retirada? Y, como si el general escuchase, las tubas hicieron sonar la orden de retirada y Quinto vio con más calma cómo los romanos se replegaban, recogiendo a sus heridos y regresando hacia el campamento. Quinto suspiró y se sentó en el suelo. Pese a no haber combatido, se sentía agotado.

98

Una noche en el lago

Qart Hadasht, 209 a.C.

Pasaron cuatro días de combates. Los cartagineses, después de la carnicería de la salida del primer ataque, ya no hicieron más intentos por luchar fuera de sus murallas. Los africanos, ayudados por la población de la ciudad, se mantenían firmes en la defensa de los inexpugnables muros de Cartago Nova. Quinto Terebelio y sus hombres asistieron como testigos mudos a cada día de enfrentamientos sin que el general que comandaba las legiones los dejase participar en ninguno de los intentos por acceder a la ciudad.

Desde el mar, la flota, bajo la dirección de Cayo Lelio y siguiendo al detalle las instrucciones del joven Publio, lanzaba ataques coordinados con las tropas de infantería. De esta forma, los defensores cartagineses se veían obligados a defenderse a la vez del ataque por mar y del ataque por tierra desde el istmo. El único punto por donde el joven general no intentaba ninguna acción era la muralla norte que daba a la laguna, con aguas poco profundas para que en ella se adentrara ninguno de los barcos de Lelio y demasiado hondas y pantanosas como para que ningún legionario se aventurase en las mismas. Así, Magón fue concentrando cada vez más defensores en el resto de las murallas y menos en aquel extremo por donde era del todo imposible que los romanos intentasen nada.

El quinto día tampoco se consiguió ningún resultado positivo en el esfuerzo romano por hacerse con la ciudad. Los embates de las legiones y la flota combinados sólo consiguieron aumentar el ya elevado número de heridos por flecha, jabalina o aceite hirviendo y, a un tiempo, incrementaron la sensación de misión imposible, creencia cada vez más extendida entre todos los legionarios. De hecho, el joven general sólo empleaba ya la mitad de los efectivos, como si intentase economizar fuerzas para un largo asedio. Algo que podría tener sentido si estuvieran en Italia, pero que en medio de Hispania no tenía razón de ser, ya que en menos de cinco o seis días, las tropas de Asdrúbal llegarían y los romanos no tendrían más opción que batirse en retirada. ¿Para qué entonces todo aquel esfuerzo inútil?

La noche había caído sobre el campamento romano y el general retiró a las tropas que habían entrado en combate durante el día.

—¡Que descansen! —dijo a Marcio— ¡Y que el resto cene bien! ¡Esta vez continuaremos de noche! ¡En un par de horas!

Marcio asintió, sin convencimiento, pero aceptó las órdenes. Intentaba entender las razones por las que Publio combatía de esa forma tan absurda, pero no las encontraba. Había estado observando al joven general durante días y en él veía la planta de su tío Cneo por un lado y, por otro, la introspectiva actitud de su padre. Era un muro difícil de penetrar, imposible de saber lo que pasaba por la cabeza de aquel joven al mando. Sólo el halo de seguridad en sí mismo que irradiaba mantenía a sus oficiales obedeciendo instrucciones que no entendían.

Publio dejó a Marcio con su mirada perdida y sus pensamientos y, acompañado por sus *lictores*, que de forma constante le guardaban, se dirigió hacia el extremo norte del campamento, el más alejado de los combates, en busca del regimiento de Quinto Terebelio. Los *lictores* seguían a su líder con destreza y puestos sus cinco sentidos en su labor de defender la vida del general, que durante los combates tenía la audaz costumbre de adentrarse hasta estar cerca de las murallas, especialmente por el lado norte, junto a la laguna, para observar y dirigir las operaciones de ataque. Publio había seleccionado a los tres *lictores* más musculosos y fuertes para que éstos, con sus escudos en alto, le protegiesen de la continua lluvia de proyectiles que caían desde el cielo provenientes de los defensores de la ciudad. Hasta ahí todo era razonable, osado, atrevido, pero dentro de lo aceptable: el general se aventuraba entre las líneas de combate, pero al tiempo buscaba una protección adecuada. Lo que extrañaba a los *lictores* era el hecho de que con frecuencia descubrían a su general mirando más hacia la laguna que hacia las murallas orientales donde tenían lugar los combates. Era como si al joven general le aburriese la contienda y perdiese sus pensamientos y sus ojos entre las pantanosas aguas de aquella laguna de cieno.

En la laguna

Quinto Terebelio estaba sentado, cenando con sus hombres, sin apenas apetito, su moral por los suelos, humillado por estar apartado del combate de forma perpetua.

—¡Centurión, prepara a tus hombres! ¡Tienes cinco minutos! —dijo el joven general a sus espaldas.

Quinto se volvió y vio la figura de Publio Cornelio Escipión rodeado de su guardia personal. Como un resorte el centurión saltó del suelo y a gritos ordenó a todos sus hombres que formasen y se preparasen para entrar en acción.

—¡Arriba, gandules! ¡Por Hércules! ¡Parecéis nenazas aturdidas! ¡Arriba, he dicho!

A gritos a los que se alzaban y a patadas con los que estaban durmiendo, el veterano centurión consiguió que sus hombres estuvieran armados y en formación en menos de los cinco minutos asignados. El general observó la rapidez de aquel oficial a la hora de ejecutar la primera orden directa que le daba y sonrió mientras bebía algo de agua que un *lictor* le pasaba mientras esperaba que todo estuviera dispuesto.

—¡Bien, centurión! ¡Vamos allá! ¡Seguidme! —dijo el general.

Publio se adentró hacia el norte, alejándose de la ciudad y bordeando la laguna. Los quinientos legionarios de los manípulos sobre los que Quinto Terebelio tenía el mando le seguían a paso rápido. El general parecía tener prisa. Marcharon durante veinte minutos hasta que la ciudad quedó dibujada en la distancia como una tenue silueta proyectada por la luz de las antorchas que los defensores mantenían encendidas para el doble objetivo de vigilar la aproximación de enemigos y el de encender el aceite en caso de necesidad y arrojarlo por encima de las murallas. No había luna, de forma que lejos de la ciudad apenas se podía ver en aquella noche de espesa oscuridad. Quinto meditaba en silencio. ¿Una misión especial? ¿Tendría el general calculado lo de aquella noche sin luna o sería una simple coincidencia?

Avanzaban entre matorrales de arbustos y algún que otro árbol aislado hasta que alcanzaron un claro junto a una ensenada que daba acceso a la laguna. El general ordenó detener las tropas. Allí, esperando, había un pequeño grupo de soldados romanos. Por sus ropas y piel curtida por el sol parecían marineros de la flota. Con ellos un celta de aquella región aguardaba. Quinto y sus hombres vieron cómo el general se acercaba hasta encontrarse con el extranjero hispano. A una señal de Publio, el celta se separó del resto y se aproximó hacia la laguna. El general le acompañaba. Quinto los vio deliberar un rato. El celta señalaba hacia la ciudad y hacia la laguna. El general escuchaba y asentía. Al cabo de unos minutos, Publio dejó solo al hispano junto al agua y se dirigió a los hombres.

—¡Vamos a hacer un sacrificio antes de entrar en combate! Necesitamos la ayuda de los dioses para acometer con éxito la conquista de esta ciudad que se nos resiste. Os prometí que los dioses nos ayudarían y en especial Neptuno, pero antes debemos ofrecer un sacrificio apropiado para conseguir su afecto y su ayuda.

A la luz de las dos únicas antorchas que el general había permitido encender, los legionarios asistieron al ritual: los marineros de la flota trajeron un enorme buey de cinco años y más de quinientos kilos de peso. Caminaba lento, sin prisa, tranquilo, ajeno a su próximo destino. Entre varios marineros ataron al animal a una gran estaca junto al agua. Uno de ellos, al que el general había designado para que actuara de *popa*, desplegó en el aire una gigantesca y pesada maza. Otros dos marineros sacaron flautas, y con suavidad, hicieron sonar una música relajante que acariciaba el aire fresco de aquella noche.

—*¡Agone!*

Se escuchó la orden del general y el *popa* descargó la maza sobre la cabeza del animal una, dos, hasta tres veces. El enorme buey primero se tambaleó, luego, con el segundo golpe, hincó las rodillas de sus patas delanteras y, con el tercer mazazo, se desplomó como un alud de tierra. Los legionarios se sobrecogieron por el gran impacto de la bestia al caer sobre el suelo. Acto seguido, el joven general se arrodilló junto al moribundo animal y segó el cuello de la bestia. Un río rojo de sangre zigzagueó como un caudaloso afluente, deslizándose a un paso de los pies del celta que, nervioso, observaba toda la escena, hasta desembocar en el agua de la laguna. Allí, en la orilla agua y sangre se fundieron en un abrazo largo quedando toda la playa teñida de un púrpura espeso.

—¡Neptuno, dios de las aguas y señor de los ríos y el mar! —empezó a decir Publio con el cuchillo en su mano en dirección al lago, ante la atenta mirada de legionarios, marineros y el pescador celtíbero—. ¡Sé propicio a nuestros designios esta noche con la que te honramos con la sangre de este animal! ¡Roma lucha por su libertad y por su supervivencia y esa lucha nos ha conducido hasta estas tierras lejanas y extrañas a nosotros, pero sabemos que tu poder no tiene límites ni fronteras y que allí donde haya agua estás tú, gobiernas tú! ¡Vela por nosotros en esta ciudad rodeada por el mar y esta laguna! ¡Te lo ruego a ti y al resto de los dioses!

Una vez terminada la oración el joven general se levantó y se volvió hacia sus hombres buscando con sus ojos al centurión al mando.

—¡Quinto, has de seguir a este pescador celtíbero a través de la laguna con tus hombres!

El centurión le miró. Quinto era consciente de que el general ya había considerado anteriormente, durante la larga marcha hasta Cartago Nova, que él recelaba de cumplir órdenes, de modo que dar esa impresión era lo que más alejado estaba de su intención, pero, no podía evitarlo, sentía la necesidad de advertir al general. Dudó. Miró a la laguna. Miró a sus hombres. Asintió. Empezó a caminar hacia el lago. Se detuvo. Se volvió una vez más hacia el general.

—Mi general... —empezó, pero no se atrevió a seguir.

—¿Y bien? —preguntó con voz seca Publio.

Quinto tragó saliva.

—No sé nadar, mi general. Y creo que la mayoría de mis hombres tampoco. No llegaremos a las murallas.

Publio inspiró con profundidad y no exhaló hasta sentir que tenía los pulmones henchidos de aire. Resopló despacio y, al fin, respondió al centurión.

—Quinto Terebelio, te he dado una orden: coge a tus tropas, a todos los manípulos y que, en columna de a dos, siguiendo a este guía celtíbero, crucen la laguna. Una vez allí vuestro objetivo es escalar la muralla por este extremo norte, mientras que nosotros atacaremos por el sector oriental, el de la puerta. Cuento contigo y tus hombres para que esta noche me demostréis que valéis para algo más que replicar a un superior y lamentaros como mujerzuelas baratas.

Quinto Terebelio bajó la mirada. El general parecía no entender o no querer entender. Quinto estaba dispuesto a dar su vida en combate en cualquier momento, por su patria, por su general, pero aquello era un suicidio para él y gran parte de sus hombres. Muy pocos alcanzarían la muralla. La mayoría serían arrastrados por la profundidad de las aguas y todo sería inútil. El general, aquel maldito jovenzuelo que dudaba de su capacidad para seguir órdenes, le humillaba de nuevo ante todos. Quinto tragó saliva por última vez y se dirigió a sus soldados.

—¡En columna de a dos! ¡Y sin rechistar! ¡Al primero que diga algo le corto el cuello! ¡Estamos en guerra y entramos en combate! ¡Vamos a cruzar la laguna! ¡Si alguien dice una palabra, lo mato aquí mismo! —y desenfundó la espada cuyo filo brilló resplandeciente bajo la luz de las antorchas.

El general se volvió hacia el bárbaro hispano que debía actuar de guía y se despidió de él.

—Hasta luego, Ilmo. Cumpliré con mi parte del trato. Nos vemos al amanecer.

El pescador asintió sin demasiada convicción. Puede que cruzasen la laguna, pero no veía que aquellos hombres fueran a conseguir escalar las murallas y derribar a sus defensores. Pero ya era demasiado tarde para todo. Allí le había conducido su manía de contar historias, su afán de protagonismo. Si salía de ésta, aprendería la lección y permanecería callado por mucho tiempo. Se encomendó a Lug, el dios principal de su pueblo, y Dagda, la diosa de los infiernos, pero también de las aguas y la oscuridad. Sin duda Dagda estaría presente en aquella noche infernal en la que iban a cruzar aquel lago de aguas pantanosas.

—Seguidme —dijo Ilmo en voz baja.

—Vamos de una vez —respondió Quinto.

El general ordenó apagar las antorchas. A su alrededor sólo oscuridad y sombras. Allí permaneció hasta que vio a los soldados alejarse.

—Volvemos al campamento —ordenó entonces Publio—. Vamos. Rápido. No tenemos tiempo que perder. Llevo años esperando este momento.

Muralla norte

Quinto avanzaba con lágrimas en los ojos. El silencio de sus hombres le hacía entender hasta qué punto temían todos por su vida. Todos pensaban en lo mismo. De un momento a otro el agua les llegaría a la cabeza y, luego, el fin. ¿Para qué tanto sacrificio a los dioses? ¿Iba Neptuno a enseñarles a nadar en un minuto? Aquel celta sabría hacerlo y se separaría de ellos en cuanto el agua fuera demasiado profunda para caminar. De momento sólo les cubría hasta la rodilla pero, de pronto, al dar un paso, Quinto vio al celta hundirse hasta la cintura. Le siguió y sintió el agua fría de la noche en su estómago, donde un nudo apenas le dejaba respirar. Maldita suerte y maldito general. Quinto seguía avanzando, apartando plantas y alguna rama que flotaban en la laguna. El agua llegó hasta el pecho. Andar se hizo más complicado, pesado, lento. Llevaba coraza, una lanza, su espada, una daga, y una escala larga, además de su escudo. Demasiado material con el que moverse en aquel lodazal.

—Espera —dijo Quinto al celta—. Ve más despacio. No podremos seguirte si vas tan rápido.

El celta obedeció y ralentizó su marcha. ¿Y por qué se fiaba el general de aquel bárbaro? Igual los traicionaba. Claro que seguramente el general le buscaría hasta darle muerte a él y a su familia. Sí, eso sería: la familia. Por ahí se habría asegurado la lealtad de aquel hombre.

Un agujero. Quinto se hundió en el agua. Tragó líquido pero pudo dar un paso más y volvió a tocar fondo. Tosió, escupió. Se apartó el pelo mojado del rostro. El celta seguía allí. Estaba detenido. Pensaba. Genial. A lo mejor, tampoco sabe nadar. Aquí moriremos todos. El celta volvió a caminar. Quinto le siguió y, como si ascendieran una ladera sumergida emergieron hasta que el agua sólo les cubría por la rodilla. Quinto miró hacia atrás. Sus hombres eran una larga hilera de sombras asustadas, igual que él, pero que avanzaban en silencio. A su alrededor todo era un mar de agua. Estaban a mil pasos del punto de partida y aún les quedaba el doble de distancia hasta alcanzar la ciudad. Se encontraban en medio de la laguna y el agua sólo les cubría hasta la rodilla. Aquello era increíble. ¿Neptuno? ¿El general? ¿El guía? Quinto no podía creer lo que veía, pero sus hombres parecían casi caminar sobre las aguas: cinco manípulos de legionarios pertrechados para el asalto de la fortaleza corriendo sobre la laguna bajo un cielo estrellado pero sin luna.

Muralla oriental

Publio había llegado al campamento y ordenó que se presentaran ante él Marcio y Lelio. Éstos llegaron rápido, uno desde el campamento y el otro en una barca desde el sur, donde permanecía la flota fondeada a la espera de una señal del general para entrar en combate.

—Vamos a atacar de nuevo, pero esta vez por la noche. Marcio dirigirá el asalto a la puerta oriental, en el istmo, primero con la mitad de las tropas, la tercera legión, la que ha descansado durante el día, y en una hora serán reemplazadas por la cuarta legión, excepto los hombres de Terebelio, que atacarán por la noche, a través de la laguna. Tú, Lelio, harás que los marineros se lancen a la toma de las murallas por la parte sur, desde los barcos. Hemos de conseguir que el general cartaginés al mando concentre sus esfuerzos y sus hombres en el lado este y sur y que se olvide de la muralla norte. Ése es vuestro objetivo. Nos reencontraremos al amanecer... en el foro de la ciudad.

Publio no admitió preguntas. Tenía demasiadas cosas de las que ocuparse. Marcio y Lelio se miraron. No dijeron nada. No hacía falta. Publio sabía que ambos dudaban de que los hombres de Terebelio pudieran alcanzar vivos la muralla norte. Y aun así, sería difícil que pudieran hacerse con ella, pero en cualquier caso, las instrucciones del general habían sido claras y, al igual que aquel joven superior a ellos en rango militar confiaba en ellos, lo había hecho siempre y lo seguía haciendo, ellos debían seguir el plan trazado y confiar en su superior. Les resultaba difícil, pero, adiestrados en la disciplina y, alimentada ésta por una importante dosis de afecto hacia la persona del general, en especial en el caso de Lelio, partieron raudos a cumplir con las instrucciones.

Publio los vio marchar dispuestos, ágiles. Sabía que dudaban pero que seguirían adelante con el plan. Ahora sólo quedaba esperar que Ilmo no hubiera mentido y que Quinto fuera realmente el hombre del que siempre le habían hablado: el mejor soldado en el campo de batalla, siempre que estuviera rodeado de tierra firme, claro.

Muralla norte

Estaba empapado, agotado, con agua hasta por las orejas, pero vivo. Quinto se sentó un momento en la orilla. Sus hombres iban llegando con la misma expresión de sorpresa y cansancio.

—Silencio —ordenó Quinto en un susurro mientras recuperaba el resuello. Era importante retomar fuerzas y no llamar la atención sobre ellos. Las murallas estaban apenas a quince pasos.

Un centinela cartaginés de la zona norte del muro lamentaba haber sido relegado a esa posición de retaguardia. El ataque romano se había reiniciado en la parte oriental y lo mismo parecía ocurrir con el sector sur que daba hacia el mar. Sus superiores desconfiaban de él por su tendencia a beber más de la cuenta. Por eso a él y otro grupo más de soldados que estaban arrestados por pelearse entre sí en medio de las calles de la ciudad, cuando los soltaron para ayudar en la defensa, los ubicaron en el sector norte, donde los romanos nunca atacarían. Miró a su alrededor. Nadie. Se agachó y tomó una pequeña ánfora que había dejado junto a la pared del muro, entre dos almenas. Echó un trago. Ya que lo consideraban un borracho, ya no había por qué esforzarse en no serlo. Le pareció oír un chapoteo. Se asomó por el muro hacia la laguna. No vio nada. Quizá alguna sombra. Volvió a mirar. Nada. Si no iban a contar con él allí donde hacía falta, quizá lo mejor fuera echarse a dormir.

Muralla sur

Lelio inspeccionaba a los marineros que en unas horas se lanzarían contra la muralla sur de aquella fortaleza. Él no era un orador. Tenía que mandar a aquellos hombres contra un destino tenebroso. El objetivo era del todo imposible, pero su lealtad al joven Publio le empujaba a seguir con la estrategia marcada. Buscó palabras de ánimo en lo más profundo de su ser.

—¡Los dioses estarán con vosotros cuando subáis por esa muralla! —empezó, elevando su voz para ocultar con el potente volumen sus propias dudas—. ¡Los dioses os guiarán! ¡Hoy vais a conquistar una gran ciudad y esa heroicidad será recordada por vuestras familias y descendientes! ¡Seréis héroes de la patria! —Lelio se pasó una mano por la boca. La tenía seca. ¿Tendrían aquellos marineros tanto miedo como él?— ¡Hoy vais a la gloria! ¡Al mismo tiempo que nosotros atacamos por el sur, el general lo hará con la tercera y la cuarta legión por tierra! ¡Nuestras fuerzas combinadas doblegarán la resistencia de los malditos cartagineses y con la caída de la ciudad nos apoderaremos de todas las riquezas que allí nos esperan! ¡Por Roma! ¡Por todos los dioses!

—¡Por Roma! ¡Por Roma! ¡Por los dioses! —gritaron los marineros de su barco y de los buques cercanos. Lelio se sorprendió de aquella respuesta. Realmente aquellos hombres parecían creer en el joven general. Bien, mejor así para todos. Con el ceño fruncido, oteando la noche oscura, ordenó que los remeros empezasen a bregar. Con lentitud pero con el rumbo preciso, las naves surcaban las aguas del mar en dirección a la muralla sur de la ciudad.

Muralla norte

Quinto, ya recuperado del paso de la laguna, brazos en jarras miró al muro. Tenía la altura de cuatro hombres. Bastante menos que en el lado oriental. Estaba claro que los cartagineses confiaban demasiado en su laguna para guardarlos del enemigo por aquel extremo de la ciudad. Bien. De esto sí sabía él. Pisaba tierra firme y había un muro por escalar con soldados armados en lo alto. No era una merienda. Estaba contento. Se dirigió a sus oficiales en voz baja. Ordenó que se alinearan en cinco filas. Cien hombres en cada fila. Los legionarios de la primera hilera tenían las escalas. Desde el otro lado de la ciudad se empezó a escuchar el fragor inconfundible de una contienda campal en toda regla. El general estaba cumpliendo con su parte del plan. Ahora le tocaba a él y por todos los dioses que iba a hacerlo.

Quinto se puso dos pasos por delante de sus hombres. Alzó la espada para dar una señal, pero se dio cuenta de que, en la oscuridad, no le podían ver más allá de diez o quince pasos. Ordenó entonces que, cada diez hombres, un legionario saliera para, igual que él, dar la señal al mismo tiempo. En un minuto todo estaba dispuesto.

—Por Hércules, vamos allá —dijo sin elevar la voz y bajó su espada. A su señal, veinte escalas volaron por el aire hacia el muro, y a una señal nueva por cada lado, veinte más, cuarenta, sesenta, ochenta. Cien escalas sobre el muro. Quinto fue el primero en empezar a trepar y tras él cien hombres. El centurión, pese a sus años de veterano, trepó como un gato y en unos segundos se encontró en lo alto del muro.

Un cartaginés estaba como dormido sobre el pasillo en lo alto de la muralla; junto a él una pequeña ánfora. Quinto se ocupó de que no despertase segándole el cuello con la daga. El cartaginés sólo tuvo tiempo de abrir los ojos, hacer una horrible mueca y quedarse muy quieto con la lengua colgando por la comisura de los labios. Quinto avanzó por el muro supervisando cómo sus hombres ascendían sin ser molestados. Un par de centinelas fueron despeñados hacia el lado exterior, quebrándose sus huesos con golpes secos al estrellarse contra el suelo enlodado. Quinto ordenó que, una vez que todos los hombres estuvieran en lo alto del muro, subiesen las escalas y las descolgasen por el lado interior.

—Tres manípulos, al interior de la ciudad, hacia el foro. Estamos junto al Arx Hasdrubalis. Debéis avanzar en esa dirección —explicó señalando al sur—. El resto, los otros dos manípulos, me seguirán por el muro, hacia el este, hacia las puertas de la ciudad. Matad a todo lo que se mueva hasta que recibáis nueva orden.

Los soldados se fueron descolgando y, en grupos de veinte hombres, se adentraban en la ciudad. En lo alto del muro, Quinto escuchaba el estruendo de la batalla que tenía lugar al este y el sur. Pronto sus hombres se unirían a aquel tumulto. Avanzó rápido por el pasillo de la muralla, cuando un grupo de soldados africanos, con las espadas desenvainadas, se arrojaron hacia ellos gritando y dando la señal de alarma.

—¡Bien, esto empieza ya! —dijo y espada en mano arremetió contra el primero de los cartagineses.

Paró el golpe con el escudo y, por debajo, pinchó en la pierna a su oponente. Éste se arrodilló por el dolor y, entonces, por arriba le clavó la espada en el cuello. Vino entonces otro cartaginés. Quinto dejó el remate del primero para más tarde y nuevamente se defendió con el escudo. Un golpe imponente le hizo retroceder un paso. Aquél era un gigante. Otro golpe y Quinto retrocedió otro paso, pero cuando el enorme africano iba a asestar un tercer golpe, Quinto se lanzó sobre él con el escudo haciéndole perder el equilibrio. El gigante se apoyó en la pared del muro y evitó la caída, pero entonces se encontró la espada del centurión clavada en medio del pecho. Quinto la giró al sacarla, para asegurarse de que hacía el mayor destrozo posible y un chorro de sangre brotó como una fuente. El gigantón aun así se levantó, pero Quinto le clavó la daga en el cuello, le empujó de nuevo con el escudo y le volvió a clavar la espada, esta vez en el vientre. El africano se arrodilló agonizante. Quinto siguió su avance hacia la puerta. Sus hombres iban haciendo lo propio y rematando los heridos que su centurión iba dejando en su camino. En lo alto de la muralla norte se libraba una batalla encarnizada.

Muralla oriental

En la puerta oriental, las legiones atacaban con toda su energía. Centenares de legionarios escalaban los muros obligando a los defensores a duplicar sus trabajos para detenerlos antes de que alcanzaran las murallas. Pero pese al aceite hirviendo, a las jabalinas, flechas y otros proyectiles, algunos de los *triari* más veteranos empezaban a trepar hasta lo alto extendiéndose así la batalla hasta la fortaleza misma de Qart Hadasht. Publio lo observaba desde una distancia prudente, rodeado de su guardia. No sería suficiente. Los legionarios que ascendían eran rodeados rápidamente por grupos de defensores y eran abatidos. El esfuerzo de los romanos estaba siendo titánico, pero los legionarios sentían que tampoco esa vez conseguirían nada más que ver cómo decenas de sus amigos caían uno tras otro en un infructuoso y absurdo intento por conquistar lo inconquistable. Hasta allí los había conducido un joven general romano inexperto en el mando, insensato en sus planes.

Publio miró al suelo. Sentía el abatimiento que se extendía entre sus hombres. Lo veía en la faz de sus *lictores* y en el rostro de sus oficiales. Estos últimos le miraban suplicando con su gesto cabizbajo que ordenase el repliegue, pero el joven general permanecía impasible, como paralizado, mientras era testigo de cómo sus tropas sucumbían ante un muro imposible contra el que él se obstinaba en lanzarlos en un combate sin sentido ni esperanza. Pero entonces ocurrió algo que no estaba en los manuales que los centuriones habían leído. El general desenvainó su espada, la levantó hasta la altura del pecho y la hizo girar en el aire con agilidad, trazando un círculo invisible, como si retara al enemigo, al abatimiento de sus hombres y a las mismísimas murallas de la ciudad.

—¡Vamos allá! —gritó— ¡Por Roma, por todos los dioses! ¡Al ataque hasta el final!

Desenfundó su espada y trazó con ella la circunferencia en el aire sin soltarla, el giro que anunciaba que el general entraba a muerte y hasta el fin en combate. Todos los que le rodeaban reconocieron aquel gesto que habían visto en su padre y en su tío en más de una ocasión. No había marcha atrás. Y sin mirar atrás, sin atender a si le seguían o no, al igual que hiciera años atrás en Tesino, el joven general se lanzó a buen paso primero y luego a la carrera hacia las murallas. Sus oficiales se miraron, los *lictores*, tras un instante de indecisión, siguieron a su general y, en unos segundos, el resto de las tropas que permanecían en la retaguardia recibieron la orden conjunta de todos sus centuriones de lanzarse al ataque contra las murallas de Qart Hadasht. Era un suicidio colectivo, pero si el general cargaba el primero, nadie podía ni quería quedar como un cobarde.

El suelo tembló ante el veloz avance de los miles de legionarios. Los cartagineses que estaban satisfechos con la resistencia de su fortaleza, seguros en la confianza que les otorgaban sus murallas, se sorprendieron ante la nueva acometida de los romanos. Ahora atacaban todos a un tiempo.

—¡Da igual! —se escuchó la voz de Magón, dando ánimos a los defensores—. ¡Es un ataque suicida! ¡Se estrellarán todos contra las murallas! ¡Sólo tenemos que entretenernos en ir matándolos mientras intentan subir! ¡Por Baal y Tanit, todos a las murallas! ¡Calentad más aceite! ¡Tensad los arcos! ¡Coged jabalinas! ¡Vamos a recibirlos como se merecen! ¡Hoy lamentarán haber pensado nunca que podrían tomar esta ciudad! ¡Y ya muy pronto Asdrúbal terminará con los despojos que dejemos de estos miserables!

El avance romano proseguía, firme, obstinado, absurdo.

Muralla sur

Entretanto, Cayo Lelio ordenó redoblar la intensidad del ataque de la flota sobre las murallas del sur, donde los defensores, desde los muros y la colina de Vulcano, lanzaban toda clase de misiles, algunos incendiarios, prendiendo fuego a un par de naves que los romanos se veían obligados a retirar para evitar que con ellas ardiera el resto de la flota.

Muralla oriental

Magón lo dirigía todo corriendo de un lugar a otro, yendo veloz desde el sector sur al oriental, manteniendo los ánimos de sus soldados, su moral de resistencia y éstos respondían con energía y valor. Aquél sería un amanecer sangriento para ambos bandos, pero estaba seguro de que los romanos se llevarían de largo la peor parte y que, tras este nuevo fracaso, el desánimo sería completo entre sus filas, y se retirarían. Esa mañana iba a traerle una gran victoria. Magón caminaba satisfecho de vuelta al sector este de la muralla, contemplando cómo el propio general romano se involucraba en la lucha. Era un mojigato. Eso explicaba aquella ofensiva tan estúpida. Los romanos debían de estar muy mal cuando enviaban dos legiones al mando de jóvenes sin experiencia. Esta guerra pronto iba a decantarse a favor de Cartago. Magón puso los brazos en jarras.

—¡Verted más aceite! ¡Vamos a tostar a todas las legiones de Roma si hace falta y luego nos vamos a reír sobre sus cadáveres asados! —y lanzó una enorme risotada que resonó como un trueno en medio del fragor de la contienda.

Muchos de sus hombres rieron con él mientras volcaban pesados calderos de aceite incandescente por el muro oriental. Magón reía al ver a los romanos del muro retirarse frenando el avance de las nuevas tropas que llegaban bajo el mando directo de aquel imbécil de general que se habían traído los romanos consigo. De pronto, Magón escuchó un silbido que acertó a reconocer de forma inconsciente y por eso se agachó. Un dardo le pasó rozando la espalda y luego otro y otro más. Una lluvia de flechas que venían desde el pie del muro pero por detrás, desde el interior de la ciudad. El general cartaginés se revolvió enfurecido. ¿Quiénes eran los inútiles que apuntaban tan bajo que iban a herir a los propios defensores de la ciudad? Pero cuando se volvió, Magón encontró algo que no entendió: una centena de romanos luchaba en las calles de la ciudad abatiendo a los pocos soldados cartagineses que habían quedado fuera de las murallas. Era una lucha, más bien, entre legionarios y ciudadanos armados que hacían lo que podían por defenderse y lo hacían mal. Un regimiento de arqueros romanos lanzaba flechas contra los defensores púnicos del sector oriental. Magón vio cómo varios de los defensores de la muralla caían abatidos. Miró entonces al exterior. Apenas caía ya aceite por la piedra, pues los que debían verterlo estaban muertos. El general romano había alcanzado la puerta y desde allí dirigía a sus hombres hacia las escalas. ¿Legionarios dentro de la ciudad? Magón sacudió la cabeza. Se protegió con un escudo de la intensa lluvia de flechas y ordenó que varios hombres le siguieran para bajar al interior de la ciudad y terminar con aquellos romanos que habían penetrado en la misma, aunque aún no entendiera bien cómo podía haber ocurrido aquello. Todo el tiempo le atormentaba la misma pregunta. ¿Por dónde? ¿Por dónde habían accedido aquellos legionarios a la inexpugnable Qart Hadasht?

Muralla sur

—¡Alejad ese barco, alejadlo de aquí, por Hércules! —aulló Lelio a sus hombres. Una de las naves se había incendiado al caer sobre la cubierta de la misma un río de aceite hirviendo que impregnó de fuego la madera del buque, remos y personas. Varios marineros salieron del interior de la nave ardiendo como teas y entre gritos infernales se arrojaban al mar para ahogar en sus aguas el incendio que los consumía. Las bajas eran incontables y los marineros empezaban a tener sus dudas sobre aquella estrategia. Lelio intentaba imponer orden y mantener la ofensiva, pero sus soldados parecían haber enfriado sus ánimos al calor del aceite en llamas, las jabalinas y las flechas que arrojaban los defensores. Todo parecía inútil. Pero tenía la orden de Publio de tomar aquellas murallas a toda costa. No podía retirarse ahora. A su lado tenía a un centurión de confianza, Sexto Digicio.

—¡Coge tus hombres, Sexto, y sígueme! ¡Por Cástor y Pólux que vamos a trepar por esa muralla, aunque sea lo último que haga en esta vida!

Sexto le miró como quien mira a un loco. El centurión, de mediana edad, rudo, fuerte, con experiencia, no veía sentido a aquello, pero oponerse a una orden directa del almirante de la flota tampoco era algo que fuera a brillar en su hasta la fecha excelente hoja de servicios en la flota de Roma. Asintió y ordenó a sus hombres que le siguieran.

En unos minutos, guiados por unos nerviosos remeros, el barco del almirante Lelio chocó contra la muralla sur. Las armas arrojadizas empezaron a llover sobre sus ocupantes. La colina de Vulcano se levantaba detrás del muro sur y todo parecía indicar que desde allí los defensores lanzaban también más proyectiles, incluso comenzaron a caer rocas del cielo. Una enorme piedra se despeñó sobre el centro de una nave penetrando con su gran peso hasta lo más profundo de la misma abriendo un boquete en la quilla. El agua entró igual que sale un chorro de sangre en una herida abierta. La nave naufragaría en cuestión de minutos.

—¡Maldita sea! —masculló Lelio bajo su escudo—. ¡Lanzad las cuerdas!

Los marineros de Sexto Digicio arrojaron las escalas hacia lo alto de la muralla. Muchas de las picas en las que terminaban cayeron sobre la piedra del muro. Los hombres de Sexto tiraron de ellas hasta que consiguieron que una mayoría de las escalas quedaran fijadas en la piedra. Una vez aseguradas las escalas, Lelio dio la orden de separar la nave. Los remeros empujaron con sus remos y separaron unos metros el maltrecho buque de la pared de piedra que se hundía en el mar. Al segundo una cascada de aceite hirviendo cayó desde lo alto de las murallas, pero al haber distanciado el barco del muro, éste se vertió sobre el mar y se diluyó en sus aguas.

—¡Al muro, rápido! —volvió a ordenar Lelio, y mirando a Sexto—, sólo tendremos esta posibilidad, centurión, un minuto antes de que vuelvan a cargar sus calderos y verter el aceite. Hay que alcanzar la muralla ahora.

Sexto tenía los ojos bien abiertos. Admirado por la audacia del almirante asintió con decisión. Los remeros volvieron a posicionar el barco junto a la muralla sur. Sexto se dirigió a sus hombres.

—¡Al muro! ¡Escalad, por vuestra vida! ¡Escalad rápido! ¡Por Hércules y todos los dioses!

Sexto vio cómo sus hombres se arrojaban sobre las cuerdas de las escalas que aún permanecían colgando de las murallas. Algunas maromas cedieron ante el peso de los hombres al haberse quemado parcialmente con el aceite y algunos marineros caían sobre la cubierta del barco, pero Sexto los volvía a lanzar sobre el muro.

—¡Arriba, soldado! ¡Al muro!

Aturdidos por la caída, se levantaban y volvían a asir las cuerdas de las escalas. Iban demasiado despacio. El almirante y el centurión se miraron. Se entendieron sin decirse nada. Ambos hombres enfundaron sus espadas en sus cintos y saltaron sobre las cuerdas. Empezaron a trepar como fieras malheridas en busca de refugio. La escala de Lelio se partió en un extremo, pero el almirante mantuvo el equilibrio y se pasó a otra escala que estaba al lado. Ésta parecía mejor conservada. Una flecha le pasó rozando el rostro. Lelio siguió ascendiendo. Aquello era una locura, el final. Aquel joven ya le arrastró a una insensatez en Tesino y ahora se repetía la historia. Se sonrió. No lo pudo evitar. En medio del fragor de aquella lucha, entre las flechas y las jabalinas, trepando como un equilibrista por aquella muralla que parecía no tener fin, recordó cuando en el norte de Italia Publio padre le encomendó que velase por su hijo y pensó que desde entonces tendría una vida aburrida cuidando a un hijo de cónsul. Cuando miró hacia arriba, vio que ya sólo le restaba un metro. Desde abajo varias decenas de soldados, al ver al almirante y al centurión trepando por las escalas, no pudieron soportar la humillación de ver cómo sus oficiales hacían lo que era su trabajo y se lanzaron sobre las cuerdas, escalando como jabatos lo que antes no habían conseguido. Algunos caían atravesados por una jabalina, pero los más avanzaban con seguridad y tesón.

Sexto Digicio alcanzó lo alto de la muralla. Nadie le impidió que trepara sobre las almenas de piedra porque los defensores estaban ocupados arrastrando un enorme caldero con aceite hirviendo. Sexto se arrojó, espada en mano, sobre aquellos cartagineses que se vieron sorprendidos por la primera embestida de un enemigo en lo alto de la muralla sur. Dejaron el caldero y espadas en mano respondieron al ataque de Sexto. El centurión hundió su espada en el vientre de uno de los cartagineses y, con su escudo, que había atado a su espalda durante la subida al muro, detuvo el golpe de otro enemigo. Un tercer cartaginés se sumó al ataque contra Sexto y el centurión retrocedió, pero entonces vio cómo el almirante, que había accedido ya al muro, embestía con todas sus fuerzas a los cartagineses por la espalda. En un segundo dos africanos estaban en el suelo, heridos de muerte. Un grupo de defensores vio lo que estaba sucediendo y, a paso ligero avanzando con las espadas desenfundadas, corrieron a por ellos con el fin de arrojar a los intrusos romanos que habían escalado la muralla. Lelio leyó las malas noticias en la faz de Sexto y se giró. Diez africanos se abalanzaban sobre él, enfurecidos, dispuestos a matarle y dar así ejemplo al resto de los romanos de lo que pasaría con los que consiguieran escalar la muralla. Eran demasiados. Se volvió para ver si Sexto le ayudaría, pero el centurión se veía en una situación bastante parecida con un grupo de africanos que venían por el otro lado. Estaba claro que cada uno tenía que ocuparse de su propio destino. Lelio levantó el escudo y paró un primer golpe, pinchó una pierna desde el suelo, recibió dos golpes más sobre el escudo, sin mirar pinchó el vientre de otro enemigo, bajó el escudo para ver mejor y clavó su espada en el pecho de otro africano, pero se vio rodeado. Sintió un pinchazo en el hombro y luego dos golpes más sobre el escudo. Se arrodilló, para no caer. Se le echaban encima varios hombres a la vez, pero se levantó con gran empuje y los hizo retroceder con el escudo. Quedaban siete cartagineses en pie. Él estaba herido en un hombro. Era el izquierdo. Aún podía sostener el escudo para defenderse y tenía la derecha para manejar la espada. Se sintió bien. Al menos luchaba en lo alto de la muralla. Fuera cual fuese el resultado de aquella contienda, al menos Publio vería que alcanzó la muralla. El muro era estrecho en aquel lugar. Apenas unos metros. Eso le favorecía porque los cartagineses no podían lanzarse todos al tiempo contra él. Dos africanos se adelantaron y se reinició la lucha. Lelio paraba los golpes sosteniendo el escudo con el brazo herido. Segó con un veloz ademán el cuello de uno de los cartagineses. Éste arrojó su espada y se llevó las manos al cuello partido intentando infructuosamente detener la hemorragia. La sangre lo impregnó todo y el suelo del muro quedó resbaladizo. El otro cartaginés vio reforzado su ataque con la suma de otro de sus compañeros. Lelio se mantenía firme. ¿Es que nadie más había alcanzado la muralla?

Muralla norte

Quinto Terebelio dividió sus fuerzas: un manípulo continuó su avance por la muralla y el otro descendió con él hacia el interior de la ciudad. Con este último grupo de legionarios se presentó con rapidez en el lugar donde se encontraban los cartagineses que custodiaban la gran puerta oriental de la ciudad. Quinto no tenía un plan muy desarrollado.

—¡A por ellos! ¡No dejéis ni uno vivo!

Los cartagineses, entre sorprendidos e incrédulos ante lo que estaba pasando, se defendían con vigor, pero el empuje de aquellos hombres llegados de no se sabía dónde los hizo retroceder. Y es que había algo que envenenaba el ánimo de los africanos. Si había legionarios en la ciudad es que habían entrado por algún sitio, de forma que la ciudad había cedido en algún punto, de modo que lo imposible podía ocurrir: por primera vez en todos aquellos días, los cartagineses luchaban pensando en que una derrota era posible.

Quinto hirió con su espada a un hombre en el estómago y luego a otro en el costado. Pasó por encima de ellos y los remató hundiendo consecutivamente su espada en sus pechos para volverse de nuevo y encarar a un tercero que apareció dispuesto a frenar su avance. Este último asestó un poderoso golpe que Quinto detuvo con su escudo, pero el impacto fue tan fuerte que el centurión perdió el equilibrio y cayó de lado, pero manteniendo el escudo en alto, de modo que pudo parar otro golpe mortal que le lanzó su contrincante. Quinto se revolvió como un gato y, desde el suelo, clavó su espada en una rodilla de su enemigo. Éste gritó y se dobló hasta caer en el suelo, encogido. Quinto aprovechó para incorporarse y cortar el cuello de su enemigo con el filo de su espada. La sangre le salpicó. El centurión romano observó que sus hombres habían acabado con el resto de los cartagineses. Dos legionarios yacían muertos entre los enemigos. Quinto se pasó el dorso enrojecido de su mano derecha, sin dejar de empuñar la espada, para secarse el sudor de la frente.

—¡Abrid las puertas! —ordenó, satisfecho, seguro, contento de sí mismo y de sus legionarios.

Muralla oriental

Entre el aceite hirviendo y las jabalinas, bajo el infierno de las murallas, los centuriones empezaron a albergar de nuevo la idea de retirarse aunque aquel loco general estuviera decidido a inmolarse como un insensato. Pero cuando lo veían, compartiendo con ellos la lluvia de flechas, protegido tan sólo por los escudos de los *lictores*, dudaban y no sabían si estaban bajo el mando de un alucinado o de un valiente.

Sin embargo, las imponentes murallas retrataban una cruda realidad. Y así fue durante varios minutos hasta que los oficiales detectaron que parecía descender el lanzamiento de proyectiles y que el aceite dejaba de resbalar por los muros en cascada continua. Ordenaron entonces un nuevo intento de trepar hacia las murallas y vieron, ante su sorpresa, que muchos empezaban a ganar acceso a las mismas. Y, lo más impactante de todo, sin saber cómo ni por qué, las puertas de la ciudad se abrían, despacio primero y luego con más rapidez hasta quedar desplegadas de par en par. Y de entre ellas salió un solo soldado, vestido de centurión romano, con su casco cubierto por la cresta de los oficiales de las legiones romanas, y sus compañeros reconocieron la figura robusta y ensangrentada de Quinto Terebelio.

Muralla sur

Varias decenas de marineros romanos alcanzaron lo alto de la muralla sur. Vieron a su centurión Sexto Digicio luchando con bravura contra un grupo de enemigos y con rapidez todos se unieron para ayudar a su oficial. En la confusión nadie se percató de dónde estaba el almirante.

Lelio mantenía su pugna contra el grupo de cartagineses que lo acosaba. Había derribado a dos más, pero el cansancio empezaba a hacer mella en su cuerpo y el hombro sangraba abundantemente. Se sentía débil. Retrocedió un paso, pero su sandalia resbaló sobre la sangre vertida por uno de los africanos derribados por él mismo y Lelio dio con sus huesos, de espaldas, sobre la dura piedra. Su cabeza se golpeó contra el muro y sólo el casco evitó que su vida se desvaneciera en aquel instante. Todo se tornó oscuro por un segundo y, para cuando recuperó la vista, pensó en que mejor habría sido caer al mar y acabar así de una vez con todo aquello. Dos africanos se acercaban con sus espadas en alto y una malévola sonrisa en sus rostros. Lelio buscó su espada, pero enseguida comprendió que en la caída la había debido de soltar y que ésta debía de haberse despeñado hacia las aguas del Mediterráneo. Estaba herido, desarmado y abatido. Uno de los cartagineses se adelantó tanto que Lelio sintió la pierna de su enemigo a la altura de sus pies. No lo pensó dos veces. Con sus piernas trabó al africano y lo hizo caer. Antes de que el otro africano reaccionara, Lelio estaba en pie blandiendo el arma de su oponente derribado.

—¿Quién es ahora el que sonríe? —preguntó Lelio mientras avanzaba sobre sus enemigos que empezaban a replegarse y eso que habían llegado más cartagineses. ¿Tanto miedo le tenían? Lelio se giró para ver si llegaba Sexto en su ayuda y, en efecto, el centurión estaba a sus espaldas avanzando con dos o tres decenas de romanos. Aquello empezaba a marchar bien. Lelio dio un brinco y trepó a lo alto de las almenas de la muralla sur para animar a sus hombres.

—¡A por ellos! ¡Por Hércules, que no quede ninguno con vida esta noche!

El almirante no tuvo tiempo de ver la flecha que se cruzó en su destino. No llegó el dardo a clavarse en su cuerpo, pero pasó rozando el cuello del almirante; éste, entre sorprendido y asustado al sentir cómo la saeta le seccionaba parte de la piel del cuello, perdió la orientación por un segundo, débil como estaba aún a causa de la sangre perdida por la herida del hombro. Sexto y sus hombres vieron al almirante tambalearse en lo alto de la muralla, en el borde mismo de una almena. Los cartagineses se quedaron petrificados también, contemplando aquella escena incierta. Un marinero romano intentó alcanzar al almirante antes de que trastabillara, pero llegó tarde. Romanos y cartagineses vieron cómo el cuerpo de Cayo Lelio, almirante de la flota romana, lugarteniente de Publio Cornelio Escipión, perdía lenta pero inexorablemente el equilibrio y cómo luego veloz se desplomaba desde lo alto de la muralla y se precipitaba al vacío hasta quebrar con el ímpetu de su peso las olas del mar.

99

El desasosiego de la creación

Roma, 209 a.C.

Plauto entró en casa de Casca satisfecho de sus últimas compras en el mercado. Decidido, cruzó el atrio y se refugió en su habitación. Casca le vio desde el *tablinum*, pero al verle tan ensimismado, optó por no molestarle. A fin de cuentas, la concentración de aquel hombre que daba como fruto la creación teatral era una de sus mayores fuentes de ingresos. No. Casca permaneció sentado, revisando las cuentas del último año. Los ingresos habían sido sobresalientes. Su ceño se frunció. Sólo le quitaba el sueño esa obsesión de su protegido por escribir una tragicomedia. ¿Cómo se iba a reír la gente de los dioses? Aquello era peligroso, pero Plauto estaba tan ofuscado que Casca decidió dejarle hacer. Sólo había exigido poder revisar la obra antes de remitirla a los ediles de Roma. ¿Quién sabe? Igual aquel extraño hombre que un día entró en su casa desarrapado y miserable, de la misma forma que acertó a hacer reír, fuera capaz de conseguir lo mismo mezclando personajes divinos y humanos sin caer en el sacrilegio. Todo podía ser. Casca negó con la cabeza intentando desembarazarse de su tormenta de pensamientos y dudas y regresó sobre la gratificante lista de ingresos.

Plauto se sentó en su silla de escribir. Dejó en la mesa las sesenta *schedae* que acababa de adquirir. Eran hojas de papiro de la mejor calidad. Daba gusto pasar las yemas de los dedos y sentir su textura, firme pero suave al mismo tiempo. Y además eran grandes, de veinticinco por treinta centímetros. Nada de aquellas pequeñas páginas de apenas quince centímetros de ancho. No, allí, en cambio, había espacio. Plauto prefería escribir así, sobre las hojas sueltas y luego, cuando la obra estuviera bien terminada, pegarlas para formar así el rollo o los rollos con los que luego la presentaría a Casca.

—Bien, bien —su voz resonaba en el silencio de la habitación. Sobre la mesa se apilaban una decena de diferentes *stilos*, pequeños punzones que actuaban como plumas para escribir, junto con varios diminutos tarros de arcilla con gran cantidad de *attramentum* o tinta negra espesa, densa, como pintura oscura. También tenía otro pequeño recipiente de barro con tinta roja brillante con la que le gustaba escribir los encabezamientos que señalaban el principio de cada acto. Éste era su pequeño mundo, sus pequeñas posesiones. Poca cosa para muchos y, sin embargo, para Plauto, aquellas páginas en blanco y aquellos estiletes eran una ventana a un universo entero, a sus sueños, a su vida. Tito Macio parecía ya un ser lejano en el tiempo y en la distancia. Por un momento recordó la triste estancia mugrienta y la oxidada lámpara de aceite con la que se iluminaba para escribir por las noches. Ahora, todo aquello, junto con el hambre, la pobreza más absoluta y la semiesclavitud del molino, había quedado atrás. Ahora era Plauto, el gran escritor, apreciado por muchos, reconocido y aplaudido por todos.

Tomó un *stilus* y lo hundió despacio en la tinta roja. Sacó la pluma con cuidado y esperó a que dejase de gotear. Se inclinó sobre la mesa, tomó una hoja en blanco y empezó a escribir.

ACTVS I

Luego, dejó el estilete sobre la mesa, en una esquina, sobre un trapo manchado ya de rojo y negro. Cogió otra pluma y la mojó en la tinta negra. Mientras dejaba que las gotas cayesen sobre el recipiente de barro, exhaló el aire despacio. Meditó mirando al vacío y, por fin, empezó.

> SOSIA. Qui me alter est audacior homo aut qui confidentior,
> Iuventutis mores qui sciam, qui hoc noctis solus ambulem?
> Quid faciam nunc, si tres viri me in carcerem compegerint?
> ...
> *¿Habrá alguien más atrevido o más temerario que yo,*
> *que, conociendo como conozco las costumbres de la juventud, ando solo a estas horas de la noche?*
> *¿Qué haría yo, si ahora los* triunviros *me encerraran en la cárcel?*

Aquí se detuvo. No estaba seguro de cómo continuar. Siguió pensando en silencio. Asintió para sí mismo. Lo veía más claro ahora. Sí. Se sentía más seguro. Prosiguió redactando el monólogo inicial del esclavo Sosia:

> *De ella me sacarían mañana como, por así decir,*
> *de la despensa para darme unos buenos latigazos.*
> *No me permitirían defender mi causa,*
> *ni podría esperar socorro alguno de mi amo,*
> *ni habría absolutamente nadie que pensara*
> *que no merezco una buena paliza.*
> *Y así, como si fuera un yunque, ¡pobre de mí!*
> *Ocho tipos fornidos me golpearían.*
> *Tal sería la hospitalidad que me brindaría*
> *el estado a mi regreso del extranjero.*

Y todo esto a causa de la impaciencia de mi amo que,
en contra de mi voluntad, me ha hecho salir del puerto
a estas horas de la noche.
¡Qué duro es ser esclavo de un poderoso!
¡Qué terriblemente desgraciado es el esclavo de un rico!

Volvió a detenerse. Dudó. Tomó entonces una esponja que tenía junto a las hojas y la empapó de agua de una bacinilla que estaba al pie de la mesa. La estrujó hasta que sólo quedó húmeda y la acercó con extremo cuidado a la hoja que estaba escribiendo y borró con la esponja las dos últimas líneas. Dejó la esponja sobre la mesa. Eran frases peligrosas. Un entrecejo marcado se apoderó de su faz. Se levantó arrastrando la silla con tanta fuerza que casi la volcó. Paseó por la habitación con las manos cruzadas en la espalda. Esto no es conveniente, esto no se debe escribir, esto es mejor no mencionarlo. Casca le tenía aburrido de tantos comentarios de censura y autocontrol. Plauto se detuvo y volvió a sentarse. Aún dudaba. Sabía que gozaba de comodidades gracias a la protección de Casca y que había tenido acceso a volúmenes muy difíciles de comprar gracias a la generosidad de aquel joven patricio de Publio Cornelio Escipión, pero algo le hervía por dentro y no podía evitarlo. Tomó de nuevo la pluma, la mojó con tinta negra y, con pulso firme y seguro, reescribió las dos frases que acababa de borrar.

¡Qué duro es ser esclavo de un poderoso!
¡Qué terriblemente desgraciado es el esclavo de un rico!

Y siguió escribiendo durante varias horas.

Se olvidó de comer.

La tarde cayó sobre Roma. Plauto, al fin, dejó de nuevo la pluma sobre la mesa. Tenía gran parte de la primera escena, con un diálogo vivo entre el esclavo Sosia y el dios Mercurio, pero había llegado a un momento donde no acertaba con la forma de seguir con la escena. ¿Y si Mercurio pegara al pobre Sosia para detenerlo e impedir que sorprendiera a Júpiter con Alcmena? Sí, eso podría ser. Podría ser. Y resultaría cómico. A la gente le gustaría. Y apalear a un esclavo era más que aceptable. Meditaba. Estaba cansado. No se levantó. Continuó allí, solo, con las manos sobre la mesa, manchados los dedos de tinta oscura, agotado, exhausto. El mundo a su alrededor estaba en guerra. Dos decenas de legiones se enfrentaban con iberos, galos, macedonios, cartagineses y númidas. Centenares, millares de soldados de ambos bandos caían en batallas incontables. Los senadores debatían sin fin sobre estrategia y sobre cómo recaudar más y más fondos para financiar aquella locura mientras que el pueblo de Roma lo soportaba todo, los impuestos, la carestía de los alimentos y la ropa, la escasez de trigo y gachas, la muerte de amigos y familiares, el constante temor a ser derrotados, torturados, apresados o asesinados. Mientras él, Tito Macio Plauto, luchaba su propia guerra. Tenía que descubrir la forma de entretenerlos a todos y hacerles olvidar el mundo en el que realmente vivían. O quizá podría ir más allá y decir más cosas... ¿criticar la injusticia? Plauto se levantó. Estaba aturdido. Sentía una creciente zozobra de pensamientos. No sabía cómo seguir. No se asustó. Conocía aquella sensación muy bien. Le asaltaba con frecuencia. Era el desasosiego de la creación: una flor marchita que se muere, pero que en cualquier momento puede volver a brotar. La espera, no obstante, era a menudo dolorosa, larga en ocasiones y siempre temible. Con un trapo viejo se secó el sudor frío de la frente. Era mejor que descansara un poco y comiera algo.

100

Un agridulce amanecer

Cartago Nova, 209 a.C.

Publio se sentó en una escalinata que daba paso al foro de la ciudad. Allí envainó su espada ensangrentada e intentó ir recuperando el aliento. A su alrededor los *lictores* velaban por su seguridad. La ciudad estaba sometida, pero aún podía haber algún enemigo oculto con ansia de vengar la caída de la fortaleza segando la vida del general que había doblegado sus defensas. Así, nerviosos, miraban alrededor con tensión y cierta desconfianza. Habían perdido a tres de sus compañeros en el ataque al muro, pero no sentían ningún rencor contra el general. Ya no eran guardianes de un joven patricio, sino que eran la escolta del conquistador de Cartago Nova. Se sentían orgullosos. Sus compañeros habían muerto con honor en una gloriosa batalla. Intuían que al lado de aquel joven general no iban a tener una vida sosegada, pero no importaba si eso era a cambio de victorias y honra como aquélla.

El foro estaba lleno de legionarios. Los centuriones intentaban reorganizar los manípulos. Hasta aquella gran explanada llegaban los gritos de los ciudadanos que eran abatidos por los victoriosos romanos. Una matanza singular empezaba a cobrar forma. Los romanos querían vengar la muerte de sus compañeros caídos en las murallas de la ciudad segando vidas de cartagineses y ciudadanos iberos por igual y mercaderes y esclavos y esclavas, hombres, mujeres y niños y niñas, todos entraban en un mismo saco y tenían así el destino marcado en el rostro gélido de los legionarios sedientos de más sangre.

Marcio apareció abriéndose paso entre las tropas de infantería. Venía acompañado por un manípulo formado por los soldados de la flota que, tras la caída de la muralla oriental habían conquistado el sector sur de la ciudad.

—Por Cástor y Pólux —dijo Publio sin levantarse; aún estaba cansado—. Aquí tenemos a la marina. Ya te dije que hoy, Marcio... que hoy nos veríamos todos en el foro de la ciudad. ¿Y Lelio? ¿Dónde está?

—Así es —respondió Marcio sin saber qué más añadir. Lo que sabía prefería no decirlo.

—¿Cuál es la situación actual? —preguntó el general.

Marcio se sintió más cómodo al ver que el general no insistía en saber más del almirante.

—El general cartaginés se ha refugiado en la ciudadela —y señaló al norte de la ciudad con su espada en ristre—. Lo llaman el Arx Hasdrubalis. Quiere negociar. El resto de la ciudad está bajo nuestro control. El pillaje ha empezado y va a comenzar la matanza. —Marcio hablaba sin emoción sobre el asunto. Exponiendo lo que ocurría y lo que debía acontecer. Asesinar a todo el mundo tras un asedio era una forma de transmitir el miedo al resto de las poblaciones, un modo de asegurarse que no se volverá a encontrar resistencia en otras fortificaciones. Era una parte más de la guerra. Era, en fin, necesario.

Publio se pasó ambas manos por el pelo, despacio. Luego pidió agua.

—¡Agua para el general! —gritó Marcio.

Al segundo apareció un legionario con un pellejo repleto de agua. El general bebió con auténtica ansia. Todos le observaban, admirados, respetuosos. El general quería agua después de conquistar lo inconquistable, pues que bebiera agua y vino y que hiciera lo que quisiera. Todos querían atenderle.

—Que se detenga la matanza —dijo Publio en voz baja. Se percató de que entre lo inesperado de la orden y el suave volumen de voz empleado, no se le había entendido bien—. ¡No habrá matanza! —repitió con vigor—. ¡No se matará a ningún ibero hasta nueva orden! ¡Se confiscará el oro y la plata y cereales y pertrechos militares y todas las armas, pero se respetará la vida de todo el mundo hasta nueva orden! Y a ese general cartaginés, decidle que, si se rinde, le perdonaré la vida, pero tiene una hora para decidirse. Después la oferta ya no seguirá en pie.

Los oficiales estaban confundidos. Detener la matanza no tenía sentido. ¿De qué servía conquistar una ciudad si después de que ésta había mantenido la mayor de las resistencias, luego sus habitantes no eran castigados? Eso sólo animaría a que el resto de las poblaciones se mostraran igual de hostiles, ya que nada tenían que perder: si se defendían podían ganar y, si perdían, sabían que se les iba a perdonar la vida.

Publio se alzó lentamente.

—Ésta será la última vez que lo diré: ¿hasta cuándo tendré que repetir mis órdenes para que éstas se cumplan?

Los centuriones se sintieron avergonzados. Acababan de conseguir la mayor de las victorias para todos. Nadie allí había participado en una conquista semejante. Ni siquiera las victorias de los Escipiones, del tío y el padre del actual general, eran equiparables en gloria a la conquista de aquella ciudad, y, sin embargo, después de aquella exhibición de genialidad militar de su líder, aún dudaban si obedecerle. Una voz emergió entre los oficiales.

—Nunca más, mi general, nunca más tendrás que repetir una orden —todos se volvieron y vieron a Quinto Terebelio, envuelto en un mar de sangre.

—Parece que aprendiste a nadar —dijo el joven general entre sorprendido y agradecido.

—No, mi general; parece que Neptuno nos hizo flotar sobre la laguna. Los dioses están de tu parte. Alcanzamos tierra firme. Luego fue cosa de empeño.

—¿Estás herido? —preguntó Publio.

—No, mi general. Algún corte, pero nada importante. Es sangre cartaginesa la que me cubre. Con su permiso, voy a controlar a mis hombres antes de que organicen una matanza por su cuenta. Están encendidos.

El general asintió. El resto de los centuriones se dispersó para hacer lo mismo que Quinto. Marcio se quedó con el general.

—Parece que me he ganado al fin algo de respeto —dijo Publio.

—No sólo eso; hoy has ganado algo más —precisó Marcio.

—¿Algo más?

—Sí. Algo mucho más valioso e infinitamente más poderoso. Algo temible.

—¿Y qué es? —preguntó Publio con curiosidad sincera.

—Te has ganado lealtad. Eso no tiene precio.

—Ya tenía lealtad. La tuya y la de Lelio y otros oficiales.

—Sí —confirmó Marcio—, pero ahora tienes la lealtad de dos legiones.

En efecto, en cuestión de minutos, las legiones formaban repartidas una en la explanada del foro en el interior de la plaza conquistada y la otra en la ladera junto a las puertas de Cartago Nova, justo en el exterior de la ciudad. Los centuriones habían dado ya las órdenes precisas de no matar a nadie respetando la vida de todos, ciudadanos, hombres y mujeres, libertos, mercaderes, artesanos, esclavos y esclavas, niños y niñas. Los esfuerzos de los soldados se concentraron entonces en acumular en el foro todo el oro, plata, víveres y armas que encontraban.

—¿Y Lelio? —volvió a preguntar el joven general. Ahora se sentía mejor, tras descansar un poco y haber bebido algo de agua. Marcio, no obstante, no decía nada. Aquello le extrañó.

—¿Dónde está Cayo Lelio, Marcio? Debía estar aquí con nosotros hace tiempo.

Marcio permanecía en silencio. Miraba al suelo.

—Estoy esperando una respuesta, tribuno.

Marcio sabía que no podía dilatar por más tiempo la espera del general.

—Lelio cayó luchando en la muralla sur —dijo y se retiró unos pasos. Publio sintió como un mazazo en el estómago. Se mareó. Dio dos pasos hacia atrás hasta encontrar la escalinata que daba acceso al foro de la ciudad. Se sentó. Lelio muerto. No podía ser. Había perdido a su tío y a su padre, no podía perder a Lelio ahora.

—Quiero verlo. Que me traigan el cuerpo —dijo el general, sin mirar a Marcio. El centurión engulló la saliva reseca de su boca.

—No tenemos el cuerpo, mi general.

Publio alzó la mirada.

—Cayó al mar, desde lo alto de la muralla. Toda la flota está buscando el cuerpo.

El joven general asintió.

—Desde lo alto de la muralla has dicho, ¿verdad?

—Así es, mi general.

—Así que después de todo cumplió hasta el fin.

Marcio dudó, pero al fin se atrevió a añadir más.

—No sólo eso, sino que junto con un centurión fue el primero en acceder a la muralla sur. Los marineros estaban dándose por vencidos y fue él junto con ese centurión el que se arrojó sobre las escalas y empezó a trepar hasta alcanzar el muro. Me han contado que derribó al menos a cinco o seis cartagineses antes de que le alcanzara una flecha.

—Una flecha tuvo que ser, por todos los dioses, sólo una flecha podía llevárselo —el general hablaba ensimismado, distante.

Marcio empezaba a preocuparse. Se había conseguido una magnífica victoria. Siempre había bajas. La pérdida del almirante era algo tremendo, pero el veterano centurión empezaba a detectar una desazón incontenible en aquel joven general. Publio Cornelio Escipión no parecía haber perdido al almirante de su flota, sino a alguien de su propia familia. Sólo entonces Marcio comenzó a entender que un extraño y complejo vínculo unía, había unido, a aquellos dos hombres.

Absortos en sus pensamientos, ni centurión ni general se percataron de un marinero que llegaba a todo correr desde el sector sur de la ciudad.

—¡Mi general, mi general! ¡Han encontrado al almirante! ¡Aún vive!

Publio se levantó como empujado por un resorte.

—¿Qué dices, soldado? —preguntó el joven general—. ¡Más te vale no equivocarte!

—Está herido, mi general —continuó el marinero, nervioso, respirando entrecortadamente, pues no había tenido tiempo de recuperar el aliento—, y ha tragado mucha agua, pero respira. Un médico le está atendiendo en el campamento general del istmo.

—¡Vamos para allá! ¡Marcio, encárgate de la ciudad! ¡Ya sabes que no quiero matanzas! ¡Luego me ocuparé de todo!

Marcio se puso firme y con la mano en el pecho asintió con la cabeza.

El marinero explicaba al general lo ocurrido. Avanzaban entre las casas de la ciudad con rapidez, rodeados por los *lictores*. Todas las calles estaban atestadas de legionarios que iban y venían con oro, plata, víveres y armas de todo tipo que estaban confiscando y acumulando en el foro de la ciudad. Se veía alguna pugna entre ciudadanos que se resistían a entregar alguna de sus pertenencias, pero no había matanza indiscriminada de los habitantes de la ciudad. Muchos observaban con asombro la figura de aquel joven general que en seis días había conquistado su ciudad inexpugnable, bendecida por los dioses cartagineses. Asdrúbal, quien sustituyera al gran Amílcar, se encomendó a Baal cuando establecieron allí la capital de su imperio en Hispania y predijo que aquella ciudad nunca sería conquistada ni por tierra ni por mar. No entendían bien cómo podía haber ocurrido lo que estaba pasando.

—Desde que cayó al mar —iba diciendo el marinero—, se le ha estado buscando, pero no ha sido hasta que terminó el combate en la muralla sur que todos los hombres pudieron volcarse en la búsqueda. Apareció agarrado a un madero de uno de los barcos hundidos, flotando a la deriva. Lo subieron a una de las naves. Estaba muy débil, herido y magullado, pero hablaba. Preguntó si habíamos conquistado la muralla y le dijimos que sí. Luego perdió el sentido. Le hemos trasladado al campamento, con los médicos.

El general, acompañado del marinero y de la escolta, salió de la ciudad. A paso de marchas forzadas alcanzaron el campamento romano en cuestión de minutos. Decenas de heridos se acumulaban en largas hileras a la espera de que alguno de los médicos pudiera atenderlos. Eran hombres valientes los que yacían allí tendidos que habían luchado con bravura. El general se sintió orgulloso y ralentizó su marcha. Empezó a acercarse a alguno de los heridos y a interesarse por su estado. En el fondo, sólo deseaba llegar a la tienda donde tenían a Lelio, pero no podía pasar por delante de aquellos hombres que habían luchado más allá de sus fuerzas mostrando su indiferencia ante ellos y su sufrimiento. Los soldados, sorprendidos por la preocupación de su general, intentaban incorporarse en la medida de sus posibilidades y en tanto lo permitían sus heridas. Pasó un cuarto de hora antes de que el general llegase a la tienda en la que, según el marinero, estaba el almirante de la flota. Publio reconoció entonces una voz potente y familiar que relajó su preocupación y le iluminó el rostro con una amplia sonrisa.

—¡Maldito médico! ¡Por Hércules que haces más daño que todos los cartagineses juntos! ¡Por todos los dioses, más vino! ¡Aaaagh! ¡Animal!

Publio entró en la tienda. Tendido en un catre, empapado en agua salada y sangre yacía su almirante de la flota, maldiciendo y amenazando con el puño a un temeroso médico de mediana edad que se afanaba en coserle una gran brecha en un hombro por donde aún salía un pequeño reguero de sangre.

Publio se puso serio.

—Así que en lugar de en el foro, donde debías estar, te encuentro emborrachándote y durmiendo en el campamento. Bonita forma de cumplir las órdenes.

Lelio, que no se había percatado de la entrada de Publio, dio un respingo de alegría que, para su mala fortuna, se tornó en agudo grito de dolor, al tirar del hilo con el que el médico intentaba coserle.

—¡Publio... aaaaagh!

—Mejor no te muevas, Lelio —dijo el joven general y se sentó a su lado—, parece que te han agujereado un poco.

—Un poco, sí, pero después de alcanzar la muralla —hablaba conteniendo aullidos de dolor que pugnaban por brotar de su garganta.

Un legionario de los *vélites* entró en la tienda con un ánfora de vino. Rápidamente sirvió una copa para el almirante, que la bebió sin rebajar con agua de un solo trago.

—¿Mejor? —preguntó Publio.

—Me... jor... sí. Mejor.

—Escucha entonces, Lelio. Quiero que descanses aquí esta noche. Mañana vendré a verte. Cuídate. Por hoy ya has hecho bastante. Has hecho más de lo que esperaba. Más de lo que habría hecho nadie. No, calla, no digas nada. Guarda tus fuerzas. La ciudad es nuestra. Ahora volveré para ocuparme de todo. Quinto tomó la muralla norte, según lo planeado. Cruzó la laguna por la noche y escaló la muralla, mientras tú hacías lo propio en el sur y Marcio y yo atacábamos la puerta este. Ahora descansa y deja que los médicos hagan su trabajo y, a ser posible, no lo mates, que hay muchos heridos que necesitan de sus servicios. Bebe todo el vino que quieras. Y ya sabes, por todos los dioses, cuídate y descansa, que te necesito.

—Para ganar más batallas, ¿eh, Publio? —dijo Lelio, medio incorporándose en su catre, con una sonrisa en su boca; sentía el efecto del vino aturdiéndole y diluyendo el dolor de sus heridas abiertas—, y conquistar más ciudades.

El general se levantó sin dejar de mirarle.

—Sí, para eso también, pero sobre todo te necesito para otra cosa.

Lelio se mantuvo medio incorporado, un poco confuso.

—¿Para qué otra cosa me necesitas?

El joven general le miró unos segundos antes de responder.

—Te necesito, Lelio, para ganar esta guerra —dijo, y tras dirigir una rápida mirada al médico que le atendía, salió de la tienda acompañado por su escolta.

Al instante el médico apareció en el exterior. Tenía las manos repletas de sangre seca y mojada, su túnica parecía más la de un carnicero que la de un curandero. Se le veía cansado pero no exhausto.

—¿Cómo está? —inquirió el joven general sin dilación.

—Está bien, mi señor. Ha perdido bastante sangre, tiene una herida en el hombro y un corte en el cuello. Ninguna de las dos brechas es mortal. También tragó algo de agua en el mar, pero el almirante es un hombre fuerte y creo que saldrá de ésta. Lo que me preocupa es el ánfora y media de vino que lleva bebida desde que lo trajeron...

Publio se echó a reír. Era una carcajada limpia, feliz, relajada, que se contagiaba a los que le rodeaban. Los hombres de su escolta hicieron un coro con sus risas. El médico sonrió.

—Por Cástor y Pólux —reinició el general—, eso no es preocupante, sino buena señal. Que beba todo lo que quiera —Publio se transformó y volvió a adquirir una expresión seria antes de proseguir—. ¿Y tú, médico, dispones de todo lo necesario? ¿Cuántos ayudantes tienes?

El médico se vio sorprendido por aquel interés inesperado del general por sus trabajos.

—Tengo tres ayudantes. Uno está aquí conmigo. Los otros dos están con el resto de los heridos y se las apañan bastante bien, pero...

—Habla, médico, di lo que necesitas.

—Verá, mi general, son muchos los heridos, puedo arreglármelas con mis ayudantes, pero si dispusiera de algunos hombres más para transportar a los heridos, podría organizar todo esto un poco mejor y algunas tiendas más también, algunos heridos están muy débiles y, si queremos darles una oportunidad, necesito más tiendas donde guarecerlos o, bueno, lo ideal sería un lugar bajo techo, en la ciudad, pero yo no sé si esto es demasiado —el médico no estaba acostumbrado a poder pedir nada y no sabía bien hasta dónde llegar con sus deseos.

El general asintió y se dirigió a uno de sus escoltas.

—Que se proporcione a este hombre todo lo que pida: selecciona un manípulo de hombres de la tercera legión para transportar los heridos a la ciudad y pedidle a Marcio que seleccione un edificio donde alojar a los heridos. Que este médico tenga todo lo que le haga falta —se volvió entonces hacia el veterano doctor que le miraba con sorpresa y admiración—. Si te hace falta algo más, habla con Marcio. ¿De acuerdo?

—Sí, mi señor.

—¿Cómo te llamas, médico, y de dónde procedes?

—Soy Atilio, señor, nací en Roma, pero mi familia es de Tarento.

—¿Es allí donde aprendiste tu profesión, Atilio?

—En Roma y Tarento sí, pero hice también un viaje a Grecia.

—Bien, Atilio. Cuida bien de mis hombres y seré generoso contigo, pero si recibo quejas de los oficiales con respecto a tus servicios, también lo tendré en cuenta.

—Los legionarios serán bien atendidos, mi señor —respondió Atilio e hizo una leve reverencia en señal de reconocimiento.

El general se puso en marcha. El almirante estaba bien. Ahora tenía una ciudad conquistada de la que ocuparse. En los próximos días, cuando Lelio estuviera recuperado de sus heridas y, a poder ser, sobrio, le explicaría sus proyectos con más detalle. Era curioso, pero con Lelio vivo, sentía que podía conseguir cualquier cosa que se propusiera.

Durante los días siguientes el joven Escipión tomó decisiones importantes: los diferentes rehenes iberos fueron liberados y les permitió que regresaran a sus casas sin ponerles otra condición que la de abstenerse de levantarse en armas contra los romanos. A las mujeres presas las trató con especial tacto, impidiendo que nadie abusara de las mismas y enviando mensajeros a sus respectivas ciudades y pueblos para que allí se personasen sus familiares y las recogiesen sanas y salvas. La generosidad en el trato con los vencidos que tanto se habían resistido a la toma de la ciudad en connivencia con la guarnición cartaginesa confundía a los oficiales romanos, pero nadie se atrevía ya a levantar la voz o tan siquiera a dudar de una orden de aquel joven general. Publio se movía con seguridad por la que ahora era su ciudad. Iba y venía al ala sur del palacio que en tiempos fuera de Asdrúbal, yerno de Amílcar, y luego del propio Aníbal, donde Marcio había instalado a la mayoría de los heridos. El joven general se ocupaba de saludarlos uno a uno, interesándose por sus circunstancias y por la forma en la que habían recibido las heridas. Llegó también el momento de repartir recompensas, en especial la corona mural que, como era costumbre, sólo debía recibir un hombre de entre todos los que habían participado en el asalto a la ciudad. Y ese hombre no podía ser otro sino aquel que hubiera alcanzado la muralla el primero, dando así ejemplo al resto. Cayo Lelio, en ya franca recuperación de sus heridas, habló en defensa de Sexto Digicio, de la marina, pero las legiones de infantería aclamaban a Quinto Terebelio, el centurión al que el propio general había ordenado que escalase la muralla norte, cruzando la laguna en una misión que se había transformado en la comidilla tanto entre conquistadores como entre los propios ciudadanos conquistados, quienes empezaron a murmurar confundidos: no entendían cómo la ciudad podía haber caído tras el compromiso que el viejo Asdrúbal pactó en sus ofrendas con las deidades púnicas a las que rogó que la fortaleza nunca fuera tomada ni por tierra ni por mar. Mientras los habitantes de la ciudad estaban envueltos en esa discusión, el joven general veía cómo se establecía un enconado debate en el foro entre los partidarios de conceder la corona mural a uno o a otro y cómo aquello podía derivar en algo más que una disputa. Necesitaba a todos sus hombres y los necesitaba unidos. El joven Publio se levantó de la silla desde la que asistía a las propuestas de la infantería y la marina para conceder aquel excelso reconocimiento. Todos callaron.

—He escuchado a los tribunos de las legiones y al almirante de la flota. Dos son los hombres propuestos para recibir el mayor reconocimiento por su participación en esta victoria: Sexto Digicio por la marina y Quinto Terebelio por la infantería. Ambos han sido valientes. Los dos lo han sido, pero la ley dictamina que sólo uno de ellos puede ser acreedor de esta preciada distinción —el general se detuvo para observar de qué modo eran recibidas sus palabras. Detectó interés y tensión. Continuó—. Ésa es la ley y así ha sido siempre y ésta es mi decisión: los dos, no obstante, tanto Sexto Digicio como Quinto Terebelio, se han consagrado merecedores a mis ojos y entiendo que a los ojos de todos para recibir la corona mural por la conquista de Cartago Nova.

El general se sentó y asistió a los raptos de júbilo que se extendían por toda la explanada del foro: tanto legionarios como marineros estaban exultantes y vitoreaban los nombres de cada uno de los condecorados. Marcio y Lelio se acercaron a Publio. Fue Lelio el que habló por los dos.

—Nunca antes se habían concedido dos coronas; ¿qué pensarán de esto en Roma?

—Es una costumbre muy antigua —añadió Marcio.

—Muy antigua, sí —dijo el general—, pero nunca antes se había conquistado una ciudad en seis días.

Con esta frase Publio dio por cerrado el asunto y siguieron atendiendo otras cuestiones. La tarde culminó con la rendición y el apresamiento del comandante cartaginés de Cartago Nova, Magón, tras renegociar el plazo de su entrega para asegurarse de que se le respetaría la vida. El general lo cubrió de cadenas y mandó embarcarlo para enviarlo a Roma como muestra de su victoria junto con otros oficiales púnicos.

Un grupo de legionarios trajo consigo entonces ante el general a una hermosísima joven ibera que había estado presa en manos de Magón. La muchacha temblaba, presintiendo que iba a pasar de unas manos a otras como una esclava, pero Publio le preguntó por su procedencia.

—Vengo de Carpetania, mi señor —dijo la joven sin alzar la mirada.

El joven Publio se acercó hasta ella y le levantó la barbilla con la mano.

—Eres muy hermosa.

La muchacha no dijo nada.

—Alguien debe de tenerte en especial estima.

—Mi padre y mi novio, mi señor, me esperan en Carpetania.

Publio volvió a sentarse. La joven esperaba ser conducida a alguna habitación donde aquel nuevo conquistador culminase lo que el comandante cartaginés estaba a punto de hacer cuando estalló el ataque a la ciudad.

—¿Hay más gente de tu tierra entre los rehenes?

—Varios guerreros, mi señor.

—Sea entonces —sentenció el general—. Que liberen a esta joven y que la pongan a resguardo de su gente. Luego que se los escolte al amanecer hasta la frontera de su tierra.

La muchacha alzó el rostro con la faz iluminada.

—Gracias, mi señor.

Publio asintió sin concederse importancia. Hizo una señal y los legionarios que custodiaban a la joven se la llevaron guardando cuidado de no molestarla.

—Voy a acostarme —comentó Publio a Lelio y Marcio.

Se levantó y se retiró a su estancia: una amplia sala de aquel palacio en la que había un gran ventanal. Hasta él se acercó. Desde allí se veía la vasta llanura más allá de la laguna. No lo sabía, pero desde aquel mismo sitio Aníbal exhibió su ejército de invasión de Italia al enviado de los galos hacía ya nueve años. Lo que sí pensó, al sentarse en el lecho blando y de sábanas suaves que le habían preparado, fue que seguramente por allí habría pasado más de uno de sus enemigos, incluido Aníbal. Ahora estaba agotado. Un esclavo le ayudó a quitarse la coraza, las armas, sandalias y a cambiarse de ropa. En un minuto quedó rendido, durmiendo al fin con algo de sosiego desde hacía meses.

El amanecer trajo consigo dos noticias importantes para Publio: los carpetanos habían remitido un enviado afirmando que, en agradecimiento por la liberación de una de las hijas de sus jefes, pronto llegaría a Cartago Nova un destacamento de jinetes de su pueblo para entrar al servicio del general romano que la había dejado marchar. Una vez recibido aquel mensajero, llegó otro que se acercó hasta el general y le entregó una tablilla.

Publio abrió la misma y de inmediato reconoció la letra.

—Es de Emilia —dijo mirando a Lelio, que le acompañaba durante el desayuno—. Dice que está embarazada.

—¡Por Cástor y Pólux, mis felicitaciones! —exclamó Lelio.

Publio no acertó a decir nada más. Sólo le miraba sonriendo. Quizá esta vez fuera un niño. Quizá fuera un niño.

Una vez superado el momento inicial de la emoción por la noticia, el joven general recondujo la conversación hacia terrenos más propios de dos soldados.

—¿Cómo va todo en la ciudad? —le preguntó a Lelio.

—Todo va perfectamente. Los habitantes están confusos. No entienden lo que ha pasado.

—¿Y eso? ¿Por la rapidez en la caída de la ciudad, supongo?

—No, no es sólo eso —añadió Lelio—. Es que cuando fundaron la fortaleza, se conoce que los cartagineses, Asdrúbal, el que era yerno de Amílcar...

—¿Sí...?

—Pues que parece que hizo un pacto con sus dioses consistente en que éstos velarían por que Qart Hadasht, como los cartagineses la llaman, no podría nunca ser tomada ni por tierra ni por mar.

—¿Y por qué están confusos los habitantes de la ciudad?

—Bueno, porque los dioses no parecen haber cumplido con su pacto; se discute sobre qué dioses son más fuertes, si los nuestros o las deidades púnicas.

—¿Y tú qué piensas, Lelio?

—No sé. El experto en religión eres tú.

—¿Quieres saber lo que pienso yo?

Lelio asintió con vivo interés.

—No sé qué dioses son más poderosos. Llevamos ya nueve años de guerra y aún no está claro de qué lado se decantará la victoria final. Lo que sí sé es que los dioses púnicos cumplieron con su palabra con meticulosidad extrema, pues la ciudad no cayó ni por tierra ni por mar.

Lelio le miró confundido.

—Cartago Nova —le aclaró Publio— ha sido conquistada por la laguna que no es ni tierra, ni mar. Es cierto que entramos por el istmo y que tú te hiciste al fin con la muralla que daba al mar, pero ni tú ni yo hubiéramos conseguido nuestros objetivos sin la confusión que las tropas de Terebelio causaron una vez que habían accedido al interior de la ciudad. La laguna, fue la laguna la que nos abrió el camino. Asdrúbal debió haber medido mejor sus palabras al encomendarse a los dioses.

Lelio le observó con admiración y sorpresa. Aquélla era la única explicación que conciliaba el pacto entre los cartagineses y sus dioses con la realidad que había surgido del ataque dirigido por Publio.

—Conocías ese pacto entre los cartagineses y sus dioses, ¿no es cierto? —preguntó Lelio.

—Hay que conocer bien al enemigo para descubrir sus puntos débiles.

Lelio cabeceó afirmativamente, con lentitud, sopesando la capacidad inquisitiva de su joven amigo y general. ¿Adónde los conduciría aquel muchacho con su intuición?

101

La esperanza de Aníbal

Metaponto, 209 a.C.

Tras la caída de Tarento, Aníbal se refugió con su ejército en Metaponto. Andaba cabizbajo por una amplia estancia de una de las grandes mansiones de la ciudad que sus hombres habían confiscado para instalar allí su cuartel general. Maharbal aguardaba en silencio alguna orden de su superior. Era difícil preguntar en aquellos momentos, así que esperaba con paciencia.

Aníbal se sentó en una de las sillas, en el centro de la estancia, junto a una mesa de madera. Cerró los ojos. Habían perdido Capua y ahora Tarento. Se había visto obligado a refugiarse en aquella pequeña ciudad del sur, mientras los senadores romanos festejaban sus victorias. Las noticias que llegaban de Hispania también eran desalentadoras: Qart Hadasht había caído en manos de aquel nuevo joven general, Publio Cornelio, hijo de los Escipiones que fueran abatidos a manos de su hermano apenas hacía un par de años.

—Supongo que esperas órdenes, ¿no es así, Maharbal?

El lugarteniente de Aníbal asintió.

—Los dioses parecen haberse olvidado un poco de nosotros, ¿no crees? —preguntó.

—Eso parece, mi general.

Aníbal meditó antes de continuar.

—Pero no todo está perdido, Maharbal. No todo —el general no le miraba, sino que reflexionaba al tiempo que hablaba con sus ojos fijos sobre una pared vacía—. Las cosas se nos han torcido. Los romanos creen que ya nos tienen, que la victoria está cerca, pero eso no será así. Resistiremos, Maharbal. ¿Buscas una orden, un plan, una estrategia? Ésta es mi orden: resistir. Pero no resistir de forma absurda, no, no nos vamos a inmolar como hicieron los saguntinos. No. Vamos a resistir en el sentido más auténtico de la palabra. Los romanos están confiados y ésa es ahora nuestra mejor arma pues, al igual que nosotros, están exhaustos. Han recuperado sus ciudades pero a costa de grandes esfuerzos e incontables bajas. Las ciudades latinas se han rebelado este mismo año. ¿Entiendes lo que eso significa? Se han rebelado sus ciudades más próximas, las más leales. ¿Y por qué? Porque llevan casi diez años soportando una guerra que no termina y están hartas, ¿entiendes?, Maharbal, hartas de entregar armas, víveres y, por encima de todo, hombres, miles de hombres que ya no regresan a sus casas. Los campos quedan yermos por la propia guerra o por falta de brazos que los cuiden y siembren y cosechen. Es cierto que el botín de Tarento recuperará sus arcas, pero les será difícil reunir a más hombres. Dentro de poco tendrán que empezar a tomar rehenes de las ciudades aliadas para asegurarse su lealtad. Tenemos que descabezar su ejército. Ya matamos a varios de sus cónsules: a Cayo Flaminio en Trasimeno y a Emilio Paulo en Cannae, y hemos herido a muchos de sus generales. Bien. Ellos resisten, nosotros también. Las cosas no van tan bien como creen: después de tantos muertos sólo han conseguido recuperar parte del terreno perdido, eso es todo. Estamos como al principio, no, mejor: estamos aquí ya, en territorio itálico y pronto llegará mi hermano, Maharbal, pronto llegará Asdrúbal con un ejército desde Hispania. Asdrúbal seguirá la misma ruta, por la Galia y, si es necesario, los Alpes. Los galos campan a sus anchas en el norte. A los romanos no les resulta posible mantener tantos frentes abiertos mientras Aníbal siga en el sur. Han tenido que abandonar sus posiciones en la frontera cisalpina, especialmente desde que los celtas acabaron con el cónsul Postumio, una muerte que nos podemos apuntar indirectamente. Aquél es un territorio abonado para la rebelión en masa. Sólo necesitan un líder y ése no será otro que mi hermano. Mira, Maharbal, aquí.

El jefe de la caballería cartaginesa se acercó a la mesa. Aníbal continuaba sus explicaciones señalando en un mapa.

—Asdrúbal atacará por el norte, junto con los galos, y nosotros ascenderemos desde el sur; y por el este, en el Adriático, los macedonios de Filipo V asediarán Apolonia y el protectorado romano en Iliria. Tres frentes a un tiempo. Veremos cómo se las ingenian entonces los romanos. Además, Magón y Giscón harán la vida imposible a las tropas romanas en Hispania.

Aníbal, que se había levantado para señalar sobre el mapa, volvió a dejarse caer sobre la silla.

—Hasta que llegue ese momento —continuó—, tendremos que hacernos fuertes aquí en el sur, en Metaponto y en el Bruttium. Y nos distraeremos acabando con alguno de sus mejores generales. Tenemos que terminar con Claudio Marcelo y con Fabio Máximo. Son los más respetados y lo idóneo sería que ninguno de éstos esté con vida para cuando Asdrúbal llegue desde Hispania. Si no es posible vencerlos en campo abierto, organizaremos emboscadas. La caballería nos será de gran utilidad en esas incursiones. Continuaremos aquí, en el sur, Maharbal, acechando y golpeando. Cuando nos busquen, nos refugiaremos, cuando se confíen, atacaremos. Mientras sigamos aquí los ojos de Roma permanecerán sobre nosotros sin ver que el peligro que realmente acecha está gestándose en Hispania.

—¿Y ese general romano de Hispania?

Aníbal tardó unos segundos en responder.

—¿El joven Escipión?

—Sí.

El general volvió a meditar unos instantes.

—Maharbal, ése es el joven que salvó a su padre en Tesino, ¿verdad? el que nos detuvo en el río, deshaciendo aquel puente, ¿no es cierto?

—Así es.

—No hay duda de que es un hombre valiente. Y orgulloso. Su conquista de Qart Hadasht es admirable. No hay duda de que ha sorprendido a Asdrúbal, pero tiene dos problemas. ¿Sabes cuáles?

—No, mi señor.

—Uno, Asdrúbal ya no se dejará sorprender de nuevo y, dos, mi hermano, junto con mi otro hermano Magón y con el general Giscón, disponen de setenta y cinco mil hombres en aquella región. Es una diferencia de tres a uno a su favor. Si yo fuera ese general romano, me atrincheraría en Tarraco y me centraría en conseguir sobrevivir a la cólera de Asdrúbal.

Aquí el general dejó de hablar. Estaba cansado. Maharbal saludó a su superior y le dejó a solas. Aníbal relajó sus músculos en la silla. Era dura, pero cualquier sitio le parecía apropiado para descansar un poco. No, no había sido un buen año aquél. La caída de Siracusa, Capua y Tarento. Tremendas derrotas. Incalculables pérdidas en el tablero de la estrategia de aquella guerra. Pero restaban muchas bazas en juego. Sí, los galos del norte, los refuerzos de Asdrúbal. Con todo esto empezaría la segunda parte. Estaba cansado, sí. Y los romanos extenuados. Era una guerra de resistencia y si algo sabía él era vivir en el combate permanente. Llevaba así desde niño, desde que siendo apenas un adolescente, acompañara a su padre a través de los Pilares de Hércules para conquistar Hispania. Los romanos nunca habían afrontado un conflicto tan largo en el tiempo. La guerra había esquilmado sus campos. Tendrían problemas de abastecimiento. Descontento en las calles de su ciudad. Agotamiento. Ansias de paz. Y él seguiría allí, hasta el final. Se encargaría de transformar toda la región en un inmenso erial, hasta que los romanos no viesen ya diferencia entre su tierra y el reino de los muertos.

102

Los enemigos de Escipión

Cástulo, Hispania, 209 a.C.

Cuando Asdrúbal Barca recibió la noticia de que Qart Hadasht había sido tomada por los romanos dirigidos por un joven general hijo y sobrino de los Escipiones con los que él mismo había terminado hacía apenas dos años, no se puso tenso. El hermano de Aníbal, sentado en una butaca cubierta de pieles de oso y ciervo, enarcó la ceja derecha y, sin aspavientos ni gritos, dijo:

—Que se preparen todos.

—¿Todos, mi general? —quiso asegurarse uno de los oficiales antes de emprender la gigantesca tarea de movilizar a todo el ejército. Asdrúbal le miró manteniendo la ceja en alto.

—Todos, oficial, todos: la infantería africana, la caballería númida, los honderos baleáricos y, sobre todo, los elefantes. Los elefantes.

El oficial asintió, al igual que el resto de los presentes, los cuales, tras un escueto saludo militar, fueron saliendo de la tienda de su general en jefe. Asdrúbal se quedó a solas hablando consigo mismo en voz alta.

—Ya terminé con tu padre y tu tío, y no era nada personal, pero si te interpones entre mi destino y yo, joven vástago de los Escipiones, te aplastaré con mis elefantes y te degollaré como a un perro rabioso.

El hermano de Aníbal se levantó y estiró los músculos. Era importante ahora que le vieran sus hombres pasando por el campamento con aire de seguridad y confianza. Empezaba una nueva campaña. El objetivo, Italia; lo circunstancial, arrasar a todo el que intentase interferir en su marcha.

Roma, 209 a.C.

—¡Por Júpiter y Hércules y Cástor y Pólux y todos los dioses! ¿Es que ni tan siquiera van a permitirme esos malditos Escipiones disfrutar de mi victoria en Tarento? —aullaba un incontenible Fabio Máximo ante un temeroso legionario mensajero de aquella información sobre la toma de Cartago Nova por el joven Escipión. Para rematar el desastre, el inexperto legionario había osado decir que en el foro no se hablaba ya de otra cosa o, dicho de otra manera, la forma en la que Fabio leía el presente, su conquista de Tarento había quedado nublada por la sorprendente caída de la capital cartaginesa en Hispania y sin traición alguna. Parecía que pese a las radicales medidas tomadas por Fabio para acallar los rumores sobre una traición que allanó su camino en la conquista de Tarento, las murmuraciones no habían dejado de correr por las calles de Roma. La fornida figura del legionario que sin duda debía intimidar a sus contendientes en una batalla campal se empequeñecía, no obstante, ante la tumultuosa reacción del anciano cónsul. Catón, testigo de la escena, sintió lástima de aquel soldado sobre el que un insensible senador descargaba toda su furia.

—¡Fuera, fuera de mi vista, mensajero de la miseria!

El legionario partió de la sala como llevado por el viento huracanado de la ira del cónsul. Máximo y Catón se quedaron solos. El viejo cónsul le miró. Para sorpresa de Catón, de súbito, la faz del anciano pasó de la ira más absoluta a una malévola mueca que Marco Porcio Catón no sabía bien cómo interpretar.

—Parece ser, mi querido Marco —empezó Fabio Máximo— que, después de todo, deba en esta ocasión corregir algo mis cálculos: mucho me temo que debamos ayudar un poco a los propios cartagineses con ese joven Escipión.

Catón le miró confundido.

—Es sencillo —continuó Máximo—, se trata de emplear ahora una táctica algo más sutil, querido amigo, más sutil, pero siempre, a fin de cuentas, la estrategia más eficiente, siempre la más eficaz.

—¿En qué estáis pensando? —indagó Catón con tiento.

Fabio Máximo miró furtivamente a ambos lados, bajó la voz hasta convertir sus palabras en un susurro semejante al último estertor de un moribundo asegurándose así de que sólo Catón pudiera escucharle sin que aquella sentencia pudiera llegar a oídos de esclavos o sirvientes en las dependencias contiguas.

—En una traición, Marco, estoy pensando en una traición. Sólo falta por discernir quién puede ser nuestro, digámoslo así, puñal en la espalda.

—¿Puñal en la espalda?

—No me mires así, Marco, es una figura retórica. No hay que tomarse la expresión en su sentido literal. Basta con conseguir que alguno de los tribunos u oficiales de prestigio del joven Escipión cuestione su estrategia, que aproveche una pequeña derrota para sublevar a los soldados, que mine su autoridad. Una rebelión de una guarnición sería suficiente causa a los ojos del Senado para terminar con la carrera política y militar de ese Escipión para siempre. En tiempos de guerra un motín que no se sabe atajar es la peor de las derrotas, peor aún que lo ocurrido en Cannae.

—Marcio, Marcio Septimio —sugirió Catón con orgullo—, ése fue el centurión que tenía el mando en Hispania tras la marcha de Nerón hasta que llegó el Escipión. Un hombre veterano sustituido por un jovenzuelo. Creo que ahí encontraremos simiente donde sembrar la discordia.

Fabio Máximo se sentó en una silla ponderando con interés aquella propuesta. Catón se sentía exultante.

—Hum... no... —respondió al fin el anciano cónsul—, demasiado evidente; nuestro joven general puede ver venir algo así. No, estará prevenido con relación a todos sus nuevos oficiales, no, debemos ir a la yugular, morder allí donde más le duela. Dime, Marco, tú que lo sabes todo de este Escipión, ¿quién es su más fiel servidor, su más leal oficial?

103

Los encargos de Lelio

Cartago Nova, 209 a.C.

Cayo Lelio entró despacio en la gran sala del palacio de la fortaleza recién conquistada de Qart Hadasht. Caía la tarde y la luz tenue iluminaba con debilidad la gran estancia en cuyo centro vio la silueta de Publio sentado en una silla frente a una enorme mesa sobre la que se amontonaban una multitud de documentos y mapas. En un extremo, casi al borde mismo, un vaso grande de plata que, con toda seguridad, debía de contener vino o quizá algo de *mulsum*, tan apreciado por el general. Lelio contemplaba a aquel joven y recordó el día en que le fue presentado como el hijo del cónsul. De aquello hacía ya más de nueve años. Parecían más. En aquel entonces el joven Publio no era más que un muchacho, inexperto en el campo de batalla. Un niño mimado, recordó Lelio que pensó en aquellos días de aquel frío invierno, acampados junto al río Tesino. Toda aquella larga guerra había sido el mundo en el que aquel joven hijo del cónsul había ido madurando. Hasta aquí. Hasta conseguir conquistar la capital de los cartagineses en el corazón de Hispania. Lo imposible acababa de obtenerse bajo el mando de aquel ya recio hombre.

Por las amplias ventanas abiertas entraba el fresco de la tarde y las voces de los miles de legionarios festejando con vino y cantos, desde hacía días ya, la victoria sobre los enemigos de la patria. Miles de hombres dispuestos a seguir a aquel general adonde éste decidiese guiarlos. Lelio esperó sin prisa a que Publio advirtiera su presencia, difuminada entre las sombras cada vez más extensas que poblaban la gran sala. ¿Cómo podía leer con aquella luz tan tenue? Vio entonces cómo Publio se acercaba un documento al rostro, buscando más iluminación del sol.

El general alzó la mirada buscando haces de luz, ya apagados y desaparecidos, y comprendió que la tarde ya era noche. Fue a llamar a un esclavo para que le trajesen una lámpara de aceite y poder seguir con su estudio de los magníficos planos que los cartagineses habían diseñado de las diferentes regiones sobre las que se extendían sus dominios en Hispania, cuando se percató de la presencia de alguien entre las sombras. Su primera reacción fue de sorpresa y enfado, ¿cómo podía haber entrado alguien sin ser avistado por los centinelas? Sin embargo, al instante reconoció al hombre que, en pie y en silencio, esperaba con paciencia. Publio borró entonces sus pensamientos anteriores y una profusa sonrisa se apoderó de su rostro.

—Mi buen Lelio, ¿escondido en la noche?

—No quería interrumpir.

—Tú nunca interrumpes, ya lo sabes. Adelante, adelante. Tenemos un vino excelente. Estos cartagineses, hay que reconocerlo, sabían vivir bien.

—Aunque no sabían luchar igual de bien —apostilló Lelio.

—Suerte para nosotros.

—Bueno, y ya que estamos reconociendo cosas, sin duda el plan que me comentaste en secreto en Tarraco ha funcionado a la perfección.

Lelio ya estaba junto a la mesa. Publio dio un par de palmadas y un esclavo entró *ipso facto*.

—Vino y un poco de agua para nuestro comandante de la flota —ordenó Publio—. Y dime —retomó la palabra volviéndose hacia Lelio de nuevo—, ¿en qué pensabas, ahí parado, en silencio?

—Pensaba en que cuando te conocí eras el hijo del cónsul y que, hasta esta conquista, para muchos aún seguías siéndolo: el hijo del cónsul de Roma. Hoy ya no es así. Hoy eres un general de Roma, un general que ha conquistado Cartago Nova para la patria, que ha derrotado a los cartagineses y se ha apoderado de su capital en Hispania, un general victorioso cuyo padre, es cierto y meritorio por supuesto, fue cónsul, pero eso ya no es lo más relevante cuando se habla de ti. En cómo has cambiado. En eso pensaba.

Publio se quedó mirándole sin decir nada. La entrada en la sala del esclavo, acompañado de dos jóvenes esclavas con el vino y agua solicitados, hizo que no tuviera que responder.

Una vez atendidas las necesidades del invitado del general que había conquistado el palacio en el que servían, los esclavos iberos salieron con rapidez, temerosos aún por su futuro próximo en manos de unos nuevos amos que se habían hecho con el control de la ciudad.

Ambos soldados compartieron el aire de aquella sala respirando su silencio aguijoneado por los gritos de los legionarios que alegres festejaban su conquista por las calles de la ciudad, bebiendo, cantando, pero sin recurrir al saqueo o a importunar a los habitantes, algo que había quedado expresamente prohibido por su general en jefe. Y las órdenes de un general que conquistaba una ciudad en seis días no eran para tomarse a broma. Los legionarios se divertían pero sin molestar a la población, más allá, claro está, de hacerles difícil dormir durante la noche.

—Reconócelo —comentó Publio cambiando de tema—. Pensabas que estaba loco y que no conseguiríamos conquistar la capital de los cartagineses en Hispania.

—Lo admito —dijo Lelio— y mucho menos en tan poco tiempo.

Cayo Lelio fue a mezclar un poco de agua con el vino pero Publio le advirtió.

—No, espera; lo he probado sin mezclar; sé que es una costumbre bárbara hacerlo así, pero está muy bueno sin nada y también sé que a ti te gusta tal cual cuando el vino es bueno.

Lelio arqueó las cejas y probó el caldo. El sabor fuerte del licor sin mezclar con agua acarició su gaznate y, aunque quemase muy levemente, en el paladar quedaba un gusto denso, afrutado, dulce, intenso, cordial.

—Es bueno —concluyó Lelio.

—Y tanto que lo es. Como que viene de Masica, al sur de Roma, del Ager Falernus. Sin duda lo estamos degustando aquí en Hispania por gentileza de Aníbal, que lo remitiría aquí quién sabe cuándo.

—Quizá lo trajesen sus hermanos cuando pasaron de Italia a África y de allí a Hispania.

—Quizá. El caso es que ahora nos lo bebemos nosotros y con eso, aunque sólo sea un poco, ponemos las cosas en su sitio.

Los dos rieron. Era curiosa la vida y los confusos designios de los dioses.

—Te he mandado llamar, mi querido Lelio, porque tengo varias cosas que pedirte.

Lelio se incorporó en su silla y abrió los ojos. Escuchaba atento.

—Tienes que ir a Roma y allí cumplir una serie de encargos que me gustaría hacerte ahora, ¿puedo contar contigo?

—Por supuesto. Ya sabes que puedes contar conmigo para lo que haga falta; sólo lamento tener que alejarme del frente de batalla, ahora que las cosas se ponían interesantes, pero si consideras que debo ir yo, seguiré tus órdenes, ya lo sabes.

—Lo sé, lo sé; por eso debes ir tú y no otro. No confío en nadie tanto como confío en ti. Marcio parece leal, creo que sin duda lo es, pero en su caso, por su mayor conocimiento de la situación en Hispania es mejor que él permanezca aquí. Además, donde debes ir he de enviar a alguien de mayor rango —el general guardó aquí unos segundos de silencio; bebió algo de vino y prosiguió—. En cualquier caso, para que te sientas mejor, aguardaremos tu regreso antes de reemprender cualquier acción. Eso te tranquilizará. Debes ir a Roma y hablar con el Senado: necesitamos refuerzos. Hemos de aprovechar la buena noticia y la buena predisposición que la toma de Cartago Nova generará entre los senadores para que acepten enviarnos dos legiones más. Es cuanto necesito, Lelio: dos legiones más. Explica todo lo que consideres oportuno. Hemos tomado Cartago Nova, y sin apenas bajas, pero los tres ejércitos cartagineses de Hispania permanecen intactos; nos triplican en número. Sin esos refuerzos, tarde o temprano, nos arrasarán. Y más pronto que tarde. Ni siquiera podremos contenerlos en el Ebro cuando decidan unir sus fuerzas y lanzarse hacia el norte para alcanzar

Italia. Sin esos refuerzos la conquista de Cartago Nova no será más que una pequeña anécdota en esta larga guerra.

Lelio asintió con vehemencia.

—Refuerzos —dijo—; dos legiones. Está claro. Así será. Por mi familia y los dioses que...

—No, Lelio, no —le interrumpió Publio—, sin juramentos. No quiero que te comprometas a algo que está más allá de tu control. Inténtalo, pero si los senadores fueran obstinados en su tacañería, regresa, que no te lo tendré en cuenta. Guárdate sobre todo de las manipulaciones de Fabio Máximo y sus intrigas en el Senado. Es a él al que hay que persuadir, si no lo consigues, necesitarás una mayoría abrumadora del Senado para poder doblegar su oposición. Llenaremos una *quinquerreme* con monedas de plata y oro, con trigo y cebada, y te llevarás a varios rehenes cartagineses entre los nobles que hemos capturado. Los senadores sólo se ablandan ante un buen botín. El dinero y los prisioneros valiosos son aún más efectivos con ellos y sus voluntades que con los mismísimos legionarios. En fin, ésa es tu primera misión. ¿De acuerdo?

Lelio asintió sin añadir nada.

—Bien; luego tengo unos pequeños encargos personales. He estado escribiendo unas cartas, para mi madre, para Lucio Emilio, el hijo de Emilio Paulo y para Lucio, mi hermano. Quiero que las entregues personalmente. Además, te daré una carta, claro, para leer en el Senado.

—Entregaré todas esas cartas.

—Primero, preferiría que fueses a mi casa y luego a la de Emilio Paulo. Luego al Senado.

—Así lo haré.

—Bien, bien; ya casi está todo. Lo que queda es más un capricho que otra cosa —aquí el joven general dudó antes de continuar; miró a los ojos de Lelio y sólo encontró lealtad y admiración. Se decidió a proseguir—. Se trata del teatro. Ya sé que no eres hombre de acudir al teatro, pero en este viaje tuyo a Roma te rogaría que, si Plauto ha estrenado una nueva obra, acudieses a su representación —Publio hablaba despacio, observando la reacción de su interlocutor. Lelio no parecía ofendido ni molesto—. Tengo curiosidad por ver en qué trabaja. En fin, y luego me comentas cómo era. Es una pequeña afición. ¿Sabes, Lelio? Con frecuencia lamento que mi padre no viviese para ver alguna de sus obras. Sé que le habrían gustado. Pienso entonces en que viéndolas yo es un poco como si las viese él. Ya ves, un capricho sentimental. En fin, si puedes hacer algo sobre este tema, lo que sea, te lo agradeceré.

—Si Plauto representa alguna de sus obras, acudiré y haré lo posible por recordar la historia para contártela, aunque no creo que yo sea un buen narrador de lo que vea.

—Bien, lo sé, lo sé. Lo tuyo es el campo de batalla y no un teatro. En fin, lo que me cuentes siempre será interesante.

Un enorme griterío ascendió por las ventanas abiertas desde la parte baja de la ciudad.

—¿Y eso? —preguntó Publio.

—Creo que estaban organizando unas luchas entre legionarios de distintas legiones. Sin armas. A puñetazos. Se juegan así parte de lo que les toca en el botín. Hay apuestas. Es costumbre, ya lo sabes.

—Costumbre, sí, es cierto. Bien, que los hombres se diviertan, eso es bueno. Se lo han ganado. Cualquiera pensaría que deberían haber tenido bastante pelea por unos días, pero se ve que no. Ya se cansarán algún día.

Publio cerró los ojos. Algún día estarán agotados de combatir. Esta guerra será larga. Los volvió a abrir y sacudió la cabeza.

—En fin, salgamos —comentó el joven general—, y veamos por quién podemos apostar.

Publio se levantó y se encaminó hacia la puerta. Lelio le siguió mientras descendían una enorme escalinata que los conduciría a una gran plaza en la que los soldados habían organizado los combates cuerpo a cuerpo, sin espadas ni dagas, para entretenerse. Lelio sabía que en el fondo habrían deseado tener una lucha de gladiadores con los prisioneros como luchadores, pero aquello aún estaba por decidirse y, sin la aprobación del general en jefe, esas posibles luchas quedaron postergadas.

Al salir Publio al exterior del palacio, acompañado por Lelio y ambos rodeados por el cuerpo de guardia que, a modo de *lictores* de un procónsul, acompañaba al general en todo momento, la muchedumbre de legionarios dejó de prestar atención a las peleas en curso, que se detuvieron en el acto, y se volvieron para saludar a su victorioso general. Publio asintió con la cabeza agradeciendo el reconocimiento de sus hombres. Marcio se acercó al general.

—¡Los hombres están satisfechos con esta conquista, mi general! —comentó el veterano tribuno—, ¡tengo la sensación de que, después de esto, estas tropas os seguirán hasta el mismísimo infierno!

Marcio tuvo que vociferar para hacerse oír por encima de los gritos de los legionarios. Y éstos, al escuchar sus palabras, no dudaron en repetirlas como si de una promesa sagrada se tratara.

—¡Hasta el infierno! ¡Hasta el infierno! ¡Hasta el infierno!

Publio Cornelio Escipión no dijo nada. Se limitó a sonreír en señal de apreciación y orgullo. Tanto Marcio como Lelio se volvieron para saludar, uno a cada lado del joven general en jefe, a los soldados que aclamaban al conquistador de Cartago Nova. De esta forma no vieron el ceño de presagios sombríos que, aunque sólo visible por un breve instante, se dibujó sobre la faz de su general. Los pensamientos de Publio se nublaron ante las palabras de Marcio que aquellos soldados se empeñaban en repetir una y mil veces acompañando aquella puesta rojo sangre del sol con un ensordecedor tumulto de voces ansiosas por seguir a su líder allí donde éste dictaminase, ajenos, desconocedores del auténtico significado de aquel voto. ¿Estarían los dioses escuchando? Publio se esforzó en mantener su sonrisa. No quería que se notase su preocupación, pero, aunque feliz en apariencia, su mente se retorcía entre los complejos vericuetos de sus planes para derrotar al enemigo de forma completa. Y por muchas vueltas que había dado a todas las posibilidades, todos los caminos, todas las alternativas conducían siempre a un único punto. Marcio era inconsciente de lo premonitorio de sus palabras, igual que lo eran todos aquellos legionarios, comprometiendo sus vidas a viva voz, haciendo resonar sus *pila* contra los escudos, aumentando así la estridencia del griterío, como si quisieran despertar a los dioses y que éstos, en efecto, tomasen nota de su promesa lanzada al cielo abierto de aquel lánguido atardecer de verano.

Publio se preguntaba qué le diferenciaba de todos aquellos valientes, de Quinto Terebelio, de Marcio, del propio Cayo Lelio. ¿Por qué aquellos hombres estaban bajo su mando y no al revés? Y se dio cuenta de que había una razón que lo explicaba todo. En medio del fragor de aquel griterío ciego de sus soldados y oficiales, el joven Publio comprendió con nitidez la razón de su mando.

—¡Hasta el infierno! ¡Hasta el infierno! ¡Hasta el infierno!

Sólo él, Publio, de entre todos ellos, sabía que hasta allí mismo, hasta ese lugar, tendría él, como general en jefe, que llevar a sus tropas, más allá del límite de sus fuerzas, cruzando la frontera de su capacidad, pasado el extremo de su resistencia. Lo intuía y lo había soñado en varias ocasiones. No sabía qué era primero, si la intuición y por eso los sueños, o si se trataba, una vez más, de aquellos sueños extraños que de cuando en cuando le asaltaban como si quisieran avisarle de algo, como cuando soñó con una laguna y una ciudad inexpugnable la noche que se emborrachó por primera vez con su tío Cneo. Luego, todo se había cumplido y aquella fortaleza, rodeada por un lago y el mar, era ahora suya. Sin embargo, el nuevo sueño no era sólo misterioso, sino terrible: decenas de elefantes cargaban contra su ejército, los legionarios temblaban de pánico y las bestias bramaban levantando en su avance una enorme nube de arena del desierto que los rodeaba. Parecía que hubieran llegado al fin del mundo y que lucharan en la más temible de las batallas, pero antes de discernir el desenlace de la misma el canto de un gallo desvaneció las imágenes. Sin embargo, aquel sueño que él sentía como clarividente e incisivo en su rigor le atenazaba por dentro, pues allí tendría, más tarde o más temprano, que conducirlos a todos: hasta el mismísimo infierno.

APÉNDICES

I

Glosario

agone: «Ahora» en latín. Expresión utilizada por el ordenante de un sacrificio para indicar a los oficiantes que emprendieran los ritos de sacrificio.

Amphitruo: «Anfitrión», personaje de una de las obras del teatro clásico latino que, además de dar nombre a una tragicomedia, a partir del siglo XVII pasará a significar la persona que recibe y acoge a visitantes en su casa.

Arx Hasdrubalis: Una de las colinas principales de la antigua Qart Hadasht para los cartagineses, ciudad rebautizada como Cartago Nova por los romanos.

as: Moneda de curso legal a finales del siglo III en el Mediterráneo occidental. El *as grave* se empleaba para pagar a las legiones romanas y equivalía a doce onzas y era de forma redonda según las monedas de la Magna Grecia. Durante la segunda guerra púnica comenzó a acuñarse en oro además de en bronce.

Asinaria: Primera comedia de Tito Macio Plauto que versa sobre cómo el dinero de la venta de unos asnos es utilizado para costear los amoríos del joven hijo de un viejo marido infiel. Los historiadores sitúan su estreno entre el 212 y el 207 a.C. En esta novela su estreno se ha ubicado en el 212 a.C. Aunque es una obra muy divertida, su repercusión en la literatura posterior ha sido más bien escasa. Destaca la recreación que Lemercier (1777-1840) hizo de la misma en la que incorporaba al propio Plauto como personaje. Algunos han querido ver en la descripción de la *lena* de esta obra la precedente del personaje de la alcahueta de *La Celestina*.

attramentum: Nombre que recibía la tinta de color negro en la época de Plauto.

atriense: El esclavo de mayor rango y confianza en una *domus* romana. Actuaba como capataz supervisando las actividades del resto de los esclavos y gozaba de gran autonomía en su trabajo.

augur: Sacerdote romano encargado de la toma de los auspicios.

auspex: *Augur* familiar.

Baal: Dios supremo en la tradición púnico-fenicia. El dios Baal o Baal Hammón («señor de los altares de incienso») estaba rodeado de un halo maligno de forma que los griegos lo identificaron con Cronos, el dios que devora a sus hijos, y los romanos con Saturno. Aníbal, etimológicamente, es el «favorecido» o el «favorito de Baal» y Asdrúbal, «mi ayuda es Baal».

bulla: Amuleto que comúnmente llevaban los niños pequeños en Roma. Tenía la función de alejar a los malos espíritus.

carpe diem: Expresión latina que significa «goza del día presente», «disfruta de lo presente», tomada del poema *Odae se Carmina* (1, 11, 8) del poeta Q. Horatius Flaccus. Luego, una copla popularizó su sentido:

Goza del sol mientras dure;
Siempre no ha de ser verano;
Aprovecha la ocasión
Que la tienes en la mano.

cassis: Un casco coronado con un penacho adornado de plumas púrpuras o negras.

Cástor: Junto con su hermano Pólux, uno de los Dioscuros griegos asimilados por la religión romana. Su templo, el de los Cástores, o de Cástor y Pólux, servía de archivo a la orden de los *equites* o caballeros romanos. El nombre de ambos dioses era usado con frecuencia a modo de interjección en la época de *Africanus, el hijo del cónsul.*

cognomen: Tercer elemento de un nombre romano que indicaba la familia específica a la que una persona pertenecía. Así, por ejemplo, el protagonista de esta novela, de *nomen* Publio, pertenecía a la *gens* o tribu Cornelia y, dentro de las diferentes ramas o familias de esta tribu, pertenecía a la rama de los Escipiones. Se considera que con frecuencia los *cognomen* deben su origen a alguna característica o anécdota de algún familiar destacado.

comitia centuriata: La centuria era una unidad militar de cien hombres, especialmente durante la época imperial, aunque el número de este regimiento fue oscilando a lo largo de la historia de Roma. Ahora bien, en su origen era una unidad de voto que hacía referencia a un número determinado asignado a cada clase del pueblo romano y que se empleaba en los *comitia centuriata* o comicios centuriados, donde se elegían diversos cargos representativos del Estado en la época de la República.

coturno: Sandalia con una gran plataforma utilizada en las representaciones del teatro clásico latino para que la calzaran aquellos actores que representaban a deidades, haciendo que éstos quedasen en el escenario por encima del resto de los personajes.

cuatrirreme: Navío militar de cuatro hileras de remos. Variante de la *trirreme*.

cultarius: Persona encargada de cortar el cuello de un animal durante el sacrificio. Normalmente se trataba de un esclavo o un sirviente.

cursus honorum: Nombre que recibía la carrera política en Roma. Un ciudadano podía ir ascendiendo en su posición política accediendo a diferentes cargos de género político y militar, desde una edilidad en la ciudad de Roma, hasta los cargos de cuestor, pretor, censor, procónsul, cónsul o, en momentos excepcionales, dictador. Estos cargos eran electos, aunque el grado de transparencia de las elecciones fue evolucionando dependiendo de las turbulencias sociales a las que se vio sometida la República romana.

Dagda: Diosa celta de los infiernos, las aguas y la noche.

deductio: Desfile realizado en diferentes actos de la vida civil romana. Podía llevarse a cabo para honrar a un muerto, siendo entonces de carácter funerario, o bien para festejar a una joven pareja de recién casados, siendo en esta ocasión de carácter festivo.

deductio in forum: «Traslado al foro.» Se trata de la ceremonia durante la que el *pater familias* conducía a su hijo hasta el foro de la ciudad para introducirlo en sociedad. Como acto culminante de la ceremonia se inscribía al adolescente en la tribu que le correspondiera, de modo que quedaba ya como oficialmente apto para el servicio militar.

domus: Casa romana independiente que normalmente constaba de un vestíbulo o acceso de entrada, un atrio con un *impluvium* en el centro, y habitaciones alrededor con un *tablinum* o despacho al fondo que en las casas patricias podía dar acceso a un peristilo porticado con jardín.

escorpión: Máquina lanzadora de piedras diseñada para ser usada en los grandes asedios.

et cetera: Expresión latina que significa «y otras cosas», «y lo restante», «y lo demás».

falárica: Arma que arrojaba jabalinas a enorme distancia. En ocasiones estas jabalinas podían estar untadas con pez u otros materiales inflamables y prender al ser lanzadas. Fue utilizada por los saguntinos como arma defensiva en su resistencia durante el asedio al que los sometió Aníbal.

februa: Pequeñas tiras de cuero que los *luperci* utilizaban para tocar con ellas a las jóvenes romanas en la creencia de que dicho rito promovía la fertilidad.

feliciter: Expresión empleada por los asistentes a una boda para felicitar a los contrayentes.

flamines maiores: Los sacerdotes más importantes de la antigua Roma. Los *flamines* eran sacerdotes consagrados a velar por el culto a una divinidad. Los *flamines maiores* se consagraban a velar por el culto a las tres divinidades superiores, es decir, a Júpiter, Marte y Quirino.

fauete linguis: Expresión latina que significa «contened vuestras lenguas». Se utilizaba para reclamar silencio en el momento clave de un sacrificio justo antes de matar al animal seleccionado. El silencio era preciso para evitar que la bestia se pusiera nerviosa.

gladio: Espada de doble filo de origen ibérico que en el período de la segunda guerra púnica fue adoptada por las legiones romanas.

hastati: La primera línea de las legiones durante la época de la segunda guerra púnica. Si bien su nombre indica que llevaban largas lanzas en otros tiempos, esto ya no era así a finales del siglo III a.C. En su lugar, los *hastati*, al igual que los *príncipes* en la segunda fila, iban armados con dos *pila* o lanzas más con un mango de madera de 1,4 metros de longitud, culminada en una cabeza de hierro de extensión similar al mango. Además, llevaban una espada, un escudo rectangular, denominado *parma*, coraza, espinillera y yelmo, normalmente de bronce.

Hércules: Es el equivalente al Heracles griego, hijo ilegítimo de Zeus concebido en su relación, bajo engaños, con la reina Alcmena. Por asimilación, Hércules era el hijo de Júpiter y Alcmena. Plauto recrea los acontecimientos que rodearon su concepción en su tragicomedia *Amphitruo*.

Hilarotragedia: Mezcla de comedia y tragedia, promovida por Rintón y otros autores en Sicilia.

Hymenaneus: El dios romano de los enlaces matrimoniales. Su nombre era usado como exclamación de felicitación a los novios que acababan de contraer matrimonio.

in extremis: Expresión latina que significa «en el último momento». En algunos contextos puede equivaler a *in articulo mortis*, aunque no en esta novela.

insulae: Edificios de apartamentos. En tiempo imperial alcanzaron los seis o siete pisos de altura. Su edificación, con frecuencia sin control alguno, daba lugar a construcciones de poca calidad que podían o bien derrumbarse o incendiarse con facilidad, con los consiguientes grandes desastres urbanos.

imagines maiorum: Retratos de los antepasados de una familia. Las *imagines maiorum* eran paseadas en el desfile o *deductio* que tenía lugar en los ritos funerarios de un familiar.

impedimenta: Conjunto de pertrechos militares que los legionarios transportaban consigo durante una marcha.

imperium: En sus orígenes era la plasmación de la proyección del poder divino de Júpiter en aquellos que, investidos como cónsules, de hecho ejercían el poder político y militar de la República durante su mandato. El *imperium* conllevaba el mando de un ejército consular compuesto de dos legiones completas más sus tropas auxiliares.

impluvium: Pequeña piscina o estanque que, en el centro del atrio, recogía el agua de la lluvia que después podía ser utilizada con fines domésticos.

ipso facto: Expresión latina que significa «en el mismo momento», «inmediatamente».

Júpiter Óptimo Máximo: El dios supremo, asimilado al dios griego Zeus. Su *flamen*, el Diales, era el sacerdote más importante del colegio. En su origen Júpiter era latino antes que romano, pero tras su incorporación a Roma protegía la ciudad y garantizaba el *imperium*, por ello el triunfo era siempre en su honor.

kalendae: El primer día de cada mes. Se correspondía con la luna nueva.

Lares: Los dioses que velan por el hogar familiar.

laudatio: Discurso repleto de alabanzas en honor de un difunto o un héroe.

legiones urbanae: Las tropas que permanecían en Roma acantonadas como salvaguarda de la ciudad. Actuaban como milicia de seguridad y como tropas militares en caso de asedio o guerra.

lena: Meretriz, dueña o gestora de un prostíbulo.

lenón: Proxeneta o propietario de un prostíbulo.

Liberalia: Festividad en honor del dios Liber, que se aprovechaba para la celebración del rito de paso de la infancia a la adolescencia y durante el que se imponía la *toga virilis* por primera vez a los muchachos romanos. Se celebraba cada 17 de marzo.

lictor: Legionario que servía en el ejército consular romano prestando el servicio especial de escolta del jefe supremo de la legión: el cónsul. Un cónsul tenía derecho a estar escoltado por doce *lictores*, y un dictador, por veinticuatro.

Lemuria: Fiestas en honor de los *lemures*, espíritus de los difuntos. Se celebraban los días 9, 11 y 13 de mayo.

Lug: Dios principal de los celtas. Tal es su importancia, que dio nombre a la ciudad de Lugdunum, la actual Lyon. Aparece bajo distintos aspectos: como el dios-ciervo Cerunnos, como el dios Taranis de la tempestad o como el luminoso Belenos.

Lupercalia: Festividades con el doble objetivo de proteger el territorio y promover la fecundidad. Los *luperci* recorrían las calles con sus *februa* para «azotar» con ellas a las jóvenes romanas en la creencia de que con ese rito se favorecería la fertilidad.

luperci: Personas pertenecientes a una cofradía especial religiosa encargada de una serie de rituales encaminados a promover la fertilidad en la antigua Roma.

Manes: Las almas o espíritus de los que han fallecido.

Marte: Dios de la guerra y los sembrados. A él se consagraban las legiones en marzo, cuando se preparaban para una nueva campaña. Normalmente se le sacrificaba un carnero.

Mercator: Comedia de Plauto basada en un original griego de Filemón, poeta de Siracusa (361-263 a.C.). La mayoría de los historiadores la consideran la segunda obra de Plauto tras la *Asinaria*, aunque, como es habitual, la datación de la misma oscila, concretamente entre 212 y 206. En esta novela se la ha situado en el 211. Para muchos críticos es una obra inferior en la producción plautina con una acción lenta y de menor comicidad que otras de sus obras más famosas. Se considera que, en este caso, Plauto se limitó a traducirla sin incorporar sus geniales aportaciones, como haría en otros muchos casos.

medius lectus: De los tres *triclinia* que normalmente conformaban la estancia dedicada a la cena, el que ocupaba la posición central.

mina: Moneda de curso legal a finales del siglo III a.C. en Roma.

mola salsa: Una salsa especial empleada en diversos rituales religiosos elaborada por las vestales mediante la combinación de harina y sal.

mulsum: Bebida muy común y apreciada entre los romanos elaborada al mezclar el vino con miel.

muralla Servia: Fortificación amurallada levantada por los romanos en los inicios de la República para protegerse de los ataques de las ciudades latinas con las que competía por conseguir la hegemonía en el Lacio. Estas murallas protegieron durante siglos la ciudad hasta que decenas de generaciones después, en el imperio, se levantó la gran muralla Aureliana. Un resto de la *muralla Servia* es aún visible junto a la estación de ferrocarril Termini en Roma.

Neptuno: En sus orígenes dios del agua dulce. Luego, por asimilación con el dios griego Poseidón, será también el dios de las aguas saladas del mar.

nobilitas: Selecto grupo de la aristocracia romana republicana compuesto por todos aquellos que en algún momento de su *cursus honorum* habían alcanzado el puesto de cónsul, es decir, la máxima magistratura del Estado.

nodus Herculis o nodus Herculaneus: Un nudo con el que se ataba la túnica de la novia en una boda romana y que representaba el carácter indisoluble del matrimonio. Sólo el marido podía deshacer ese nudo en el lecho de bodas.

nonae: El séptimo día en el calendario romano de los meses de marzo, mayo, julio y octubre, y el quinto día del resto de los meses.

nomen: También conocido como *nomen gentile* o *nomen gentilicium*, indica la *gens* o tribu a la que una persona estaba adscrita. El protagonista de esta novela pertenecía a la tribu Cornelia, de ahí que su *nomen* sea Cornelio.

Parentalia: Rituales en honor de los difuntos que se celebraban entre el 13 y 21 de febrero.

pater familias: El cabeza de familia tanto en las celebraciones religiosas como a todos los efectos jurídicos.

Penates: Las deidades que velan por el hogar.

peristilium, peristylium: Copiado de los griegos. Se trataba de un amplio patio porticado, abierto y rodeado de habitaciones. Era habitual que los romanos aprovecharan estos espacios para crear suntuosos jardines con flores y plantas exóticas.

pilum, pila: Singular y plural del arma propia de los *hastati* y *príncipes*. Se componía de una larga asta de madera de hasta metro y medio que culminaba en un hierro de similar longitud. En tiempos del historiador Polibio y, probablemente, en la época de esta novela, el hierro estaba incrustado en la madera hasta la mitad de su longitud mediante fuertes remaches. Posteriormente, evolucionaría para terminar sustituyendo uno de los remaches por una clavija que se partía cuando el arma era clavada en el escudo enemigo, dejando que el mango de madera quedara colgando del hierro ensartado en el escudo trabando al enemigo que, con frecuencia, se veía obligado a desprenderse de su arma defensiva. En la época de César el mismo efecto se conseguía de forma distinta mediante una punta de hierro que resultaba imposible de extraer del escudo. El peso del *pilum* oscilaba entre 0,7 y 1,2 kilos y podía ser lanzado por los legionarios a una media de veinticinco metros de distancia, aunque los más expertos podían arrojar esta lanza hasta a cuarenta metros. En su caída, podía atravesar hasta tres centímetros de madera o, incluso, una placa de metal.

Pólux: Junto con su hermano Cástor, uno de los Dioscuros griegos asimilados por la religión romana. Su templo, el de los Cástores, o de Cástor y Pólux, servía de archivo a la orden de los *equites* o caballeros romanos. El nombre de ambos dioses era usado con frecuencia a modo de interjección en la época de *Africanus, el hijo del cónsul.*

popa: Sirviente que, durante un sacrificio, recibe la orden de ejecutar al animal, normalmente mediante un golpe mortal en la cabeza de la bestia sacrificada.

praefecti sociorum: «Prefectos de los aliados», es decir, los oficiales al mando de las tropas auxiliares que acompañaban a las legiones. Eran nombrados directamente por el cónsul. Los aliados de origen italiano eran los únicos que obtenían el derecho de ser considerados *socii* durante la República.

praenomen: Nombre particular de una persona, que luego era completado con su *nomen* o denominación de su tribu y su *cognomen* o nombre de su familia. En el caso del protagonista de *El hijo del cónsul* el *praenomen* es Publio. A la vista de la gran variedad de nombres que hoy día disponemos para nombrarnos es sorprendente la escasa variedad que el sistema romano proporcionaba: sólo había un pequeño grupo de *praenomenes* entre los que elegir. A la escasez de variedad, hay que sumar que cada *gens* o tribu solía recurrir a pequeños grupos de nombres, siendo muy frecuente que miembros de una misma familia compartieran el mismo *praenomen*, *nomen* y *cognomen*, generando así, en ocasiones, confusiones para historiadores o lectores de obras como esta novela. En *Africanus, el hijo del cónsul* se ha intentado mitigar este problema y su confusión incluyendo un árbol genealógico de la familia de Publio Cornelio Escipión y haciendo referencia a sus protagonistas como Publio padre o Publio hijo, según correspondiera. Y es que, por ejemplo, en el caso de los Escipiones, éstos, normalmente, sólo recurrían a tres *praenomenes*: Cneo, Lucio y Publio.

prandium: Comida del mediodía, entre el desayuno y la cena. El *prandium* suele incluir carne fría, pan, verdura fresca o fruta, con frecuencia acompañado de vino. Suele ser frugal, al igual que el desayuno, ya que la cena es normalmente la comida más importante.

príncipes: Legionarios que entraban en combate en segundo lugar, tras los *hastati*. Llevaban armamento similar a los *hastati*, destacando el *pilum* como arma más importante. Aunque etimológicamente su nombre indica que actuaban en primer lugar, esta función fue asignada a los *hastati* en el período de la segunda guerra púnica.

pronuba: Mujer que actuaba como madrina de una boda romana. En el momento clave de la celebración la *pronuba* unía las manos derechas de los novios en lo que se conocía como *dextrarum iunctio*.

Qart Hadasht: Nombre cartaginés de la ciudad capital de su imperio en Hispania, denominada Cartago Nova por los romanos y conocida hoy día como Cartagena.

quinquerreme: Navío militar con cinco hileras de remos. Variante de la *trirreme*.

quo vadis: Expresión latina que significa «¿dónde vas?».

Saturnalia: Tremendas fiestas donde el desenfreno estaba a la orden del día. Se celebraban del 17 al 23 de diciembre en honor del dios Saturno, el dios de las semillas enterradas en la tierra.

schedae: Hojas sueltas de papiro utilizadas para escribir. Una vez escritas, se podían pegar para formar un rollo.

scipio: «Bastón» en latín, palabra de la que la familia de los Escipiones toma su nombre.

status: Expresión latina que significa «el estado o condición de una cosa». Puede referirse tanto al estado de una persona en una profesión como a su posición en el contexto social.

statu quo: Expresión latina que significa «en el estado o situación actual».

stilo: Pequeño estilete empleado para escribir o bien sobre tablillas de cera grabando las letras o bien sobre papiro utilizando tinta negra o de color.

tablinum: Habitación situada en la pared del atrio en el lado opuesto a la entrada principal de la *domus*. Esta estancia estaba destinada al *pater familias*, haciendo las veces de despacho particular del dueño de la casa.

tabulae nuptiales: Tablas o capítulos nupciales que eran firmados por los testigos al final de una boda romana para dar fe del acontecimiento.

Tanit: Diosa púnica-fenicia de la fertilidad, origen de toda la vida, cuyo culto era coincidente con el de la diosa madre venerada en tantas culturas del Mediterráneo occidental. Los griegos la asimilaron como Hera y los romanos como Juno.

tessera: Pequeña tablilla en la que se inscribían signos relacionados con los cuatro turnos de guardia nocturna en un campamento romano. Los centinelas debían hacer entrega de la *tessera* que habían recibido a las patrullas de guardia, que comprobaban los puestos de vigilancia durante la noche. Si un centinela no entregaba su *tessera* por ausentarse de su puesto de guardia para dormir o cualquier otra actividad, era condenado a muerte.

toga praetexta: Toga blanca ribeteada con color rojo que se entregaba al niño durante una ceremonia de tipo festivo en la que se distribuían todo tipo de pasteles y monedas. Ésta era la primera toga que el niño llevaba y la que sería su vestimenta oficial hasta su entrada en la adolescencia, cuando le era sustituida por la *toga virilis*.

toga virilis: Toga que sustituía a la *toga praetexta* de la infancia. Esta nueva toga le era entregada al joven durante la *Liberalia*, festividad que se aprovechaba para introducir a los nuevos adolescentes en el mundo adulto y que culminaba con la *deductio in forum*.

triari: El cuerpo de legionarios más expertos en la legión. Entraban en combate en último lugar, reemplazando a la infantería ligera y a los *hastati* y *príncipes*. Iban armados con un escudo rectangular, espada y, en lugar de lanzas cortas, con una pica alargada con la que embestían al enemigo.

triclinium, triclinia: Singular y plural de los divanes sobre los que los romanos se recostaban para comer, especialmente, durante la cena. Lo frecuente es que hubiera tres, pero podían añadirse más en caso de que esto fuera necesario ante la presencia de invitados.

trirreme: Barco de uso militar del tipo galera. Su nombre romano *tri-*

rreme hace referencia a las tres hileras de remos que, a cada lado del buque, impulsaban la nave. Este tipo de navío se usaba desde el siglo VII a.C. en la guerra naval del mundo antiguo. Hay quienes consideran que los egipcios fueron sus inventores, aunque los historiadores ven en las *trieras* corintias su antecesor más probable. De forma específica, Tucídides atribuye a Aminocles la invención de la *trirreme*. Los ejércitos de la antigüedad se dotaron de estos navíos como base de sus flotas, aunque a éstos les añadieron barcos de mayor tamaño sumando más hileras de remos, apareciendo así las *cuatrirremes*, de cuatro hileras o las *quinquerremes*, de cinco. Se llegaron a construir naves de seis hileras de remos o de diez, como las que actuaron de buques insignia en la batalla naval de Accio entre Octavio y Marco Antonio. Calígeno nos describe un auténtico monstruo marino de cuarenta hileras construido bajo el reinado de Ptolomeo IV Filopátor (221-203 a.C.), contemporáneo de la época de *Africanus, el hijo del cónsul*, aunque, caso de ser cierta la existencia de semejante buque, éste sería más un juguete real que un navío práctico para desenvolverse en una batalla naval.

túnica recta: Túnica de lana blanca con la que la novia acudía a la celebración de su enlace matrimonial.

turma, turmae: Singular y plural del término que describe un pequeño destacamento de caballería compuesto por tres *decurias* de diez jinetes cada una.

ubi tu Gaius, ego Gaia: Expresión empleada durante la celebración de una boda romana. Significa «donde tú Gayo, yo Gaya», locución originada a partir de los nombres prototípicos romanos de *Gaius* (Cayo) y Gaia (Caya) que se adoptaban como representativos de cualquier persona.

vélites: Infantería ligera de apoyo a las fuerzas regulares de la legión. Iban armados con espada y un escudo redondo más pequeño que el del resto de los legionarios. Solían entrar en combate en primer lugar. Sustituyeron a un cuerpo anterior de funciones similares denominado *leves*. Esta sustitución tuvo lugar en torno al 211 a.C. En esta novela hemos empleado de forma sistemática el término *vélites* para referirnos a las fuerzas de infantería ligera romana.

vestal: Sacerdotisa perteneciente al colegio de las vestales dedicadas al culto de la diosa Vesta. En un principio sólo había cuatro, aunque posteriormente se amplió el número de vestales a seis y, finalmente, a siete. Se las escogía cuando tenían entre seis y diez años de familias cuyos padres estuvieran vivos. El período de sacerdocio era de treinta años. Al finalizar, las vestales eran libres para contraer matrimonio si así lo deseaban. Sin embargo, durante su sacerdocio debían permanecer castas y velar por el fuego sagrado de la ciudad. Si faltaban a sus votos, eran condenadas sin remisión a ser enterradas vivas. Si, por el contrario, mantenían sus votos, gozaban de gran prestigio social hasta el punto de que podían salvar a cualquier persona que, una vez condenada, fuera llevada para su ejecución. Vivían en una gran mansión próxima al templo de Vesta. También estaban encargadas de elaborar la *mola salsa*, ungüento sagrado utilizado en muchos sacrificios.

victimarius: Durante un sacrificio, era la persona encargada de encender el fuego, sujetar a la víctima y preparar todo el instrumental necesario para llevar a término el acto sagrado.

victoria pírrica: Una victoria conseguida por el Rey del Épiro en sus campañas contra los romanos en la península itálica en sus enfrentamientos durante el siglo III. a.C. El rey de origen griego cosechó varias de estas victorias que, no obstante, fueron muy escasas en cuanto a resultados prácticos ya que, al final, los romanos se rehicieron hasta obligarle a retirarse. De aquí se extrajo la expresión que hoy día se emplea para indicar que se ha conseguido una victoria por la mínima, en deportes, o un logro cuyos beneficios serán escasos.

II

Árbol genealógico de Publio Cornelio Escipión, *Africanus*

En el centro del recuadro queda resaltado el protagonista de esta historia.

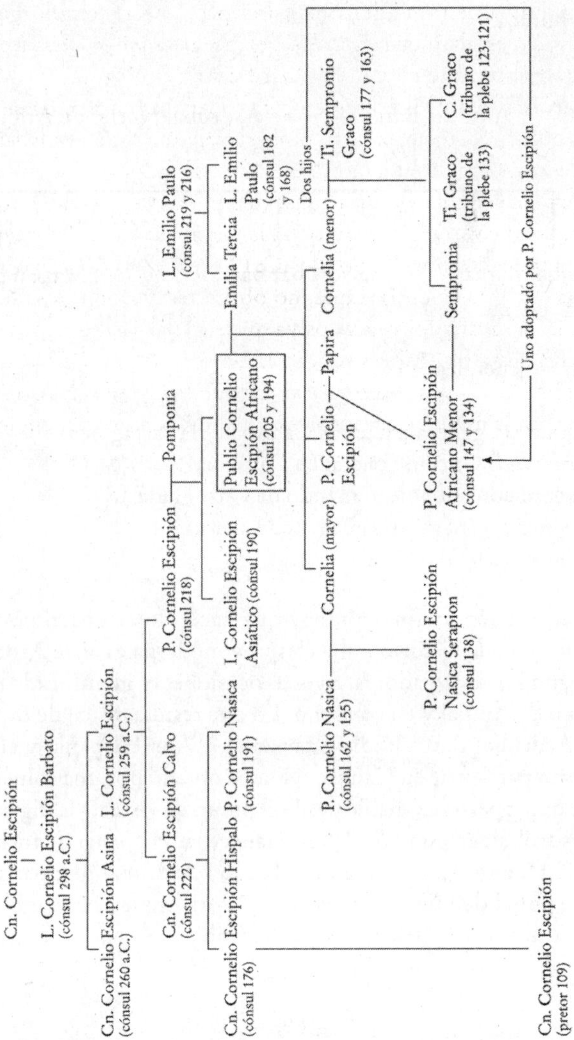

III

El alto mando cartaginés

A continuación se incluye un breve diagrama de los principales miembros masculinos de la familia de Aníbal Barca y un breve listado de otros generales relevantes del ejército cartaginés durante la segunda guerra púnica.

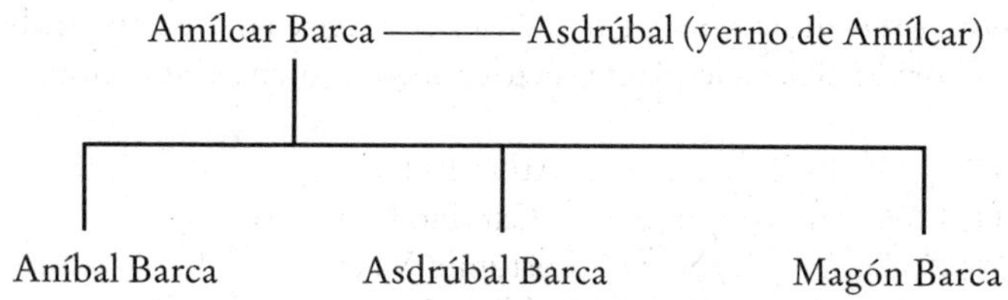

Otros generales:

Maharbal, general en jefe de la caballería cartaginesa
(Asdrúbal) Giscón, general en Hispania
Magón, comandante al mando de Qart Hadasht
Himilcón, general en la batalla de Cannae
Hanón, general en Italia

Con relación a Himilcón hay que hacer notar que el nombre de este general en la historiografía clásica y moderna es el de Asdrúbal, si bien según los historiadores, en unas ocasiones es identificado como el hermano de Aníbal y en otras, no. Lo que resulta difícil de explicar es cómo Asdrúbal Barca podía estar en el 217 en Hispania y el 216 en Italia para participar en Cannae. Hemos optado por una solución discutible quizá pero razonable desde el punto de vista de la lógica narrativa: Asdrúbal, en esta novela, permanece en Hispania de forma continuada. Hemos cambiado el nombre del Asdrúbal que participa en Cannae por el de Himilcón (nombre de otro general cartaginés) para evitar confusiones al lector con Asdrúbal, hermano de Aníbal, o Asdrúbal, yerno de Amílcar.

IV

Listado de cónsules de Roma

Se incluye un listado de los cónsules de la república de Roma (las magistraturas más altas del Estado) durante los años en que transcurre la acción de *Africanus, el hijo del cónsul*, es decir, desde el 235 hasta el 209 a.C. Los nombres en cursiva son aquellos cónsules que aparecen como personajes en esta novela o a los que se hace referencia directa durante el relato. El término *sufecto* entre paréntesis indica que un cónsul es sustituido por otro, ya sea por muerte en el campo de batalla o porque el Senado plantea la necesidad de dicha sustitución.

(235) T. Manlio Torcuato y C. Atilio Bulbo
(234) L. Postumio Albino y Sp. Carvilio Máximo
(233) *Q. Fabio Máximo* y M. Postumio Matho
(232) M. Emilio Lépido y M. Publicio Melleolo
(231) M. Pomponio Matho y C. Papirio Maso
(230) M. Emilio Barbula y *M. Junio Pera*
(229) *Lucio Postumio Albino* y Cn. Fulvio Centumalo
(228) Sp. Carvilio Máximo y *Quinto Fabio Máximo*
(227) P. Valerio Flaco y M. Atilio Régulo
(226) M. Valerio Mesalla y L. Apustio Fullo
(225) L. Emilio Papo y C. Atilio Régulo
(224) T. Manlio Torcuato y Q. Fulvio Flaco
(223) *Cayo Flaminio* y P. Furio Filo
(222) *M. Claudio Marcelo* y *Cneo Cornelio Escipión*
(221) *P. Cornelio Escipión Asina*, M. Minucia Rufo, M. Emilio Lépido (sufecto)
(220) M. Valerio Laevino, Q. Mucio Scevola, C. Lutacio Cátulo, L. Veturio Filo
(219) *L. Emilio Paulo*, M. Livio Salinator
(218) *P. Cornelio Escipión, Ti. Sempronio Longo*
(217) *Cn. Servilio Gémino, C. Flaminio, M. Atilio Régulo* (sufecto)
(216) *C. Terencio Varrón, L. Emilio Paulo*
(215) *L. Postumio Albino, Ti. Sempronio Graco, M. Claudio Marcelo* (sufecto), *Q. Fabio Máximo* (sufecto)
(214) *Q. Fabio Máximo, M. Claudio Marcelo*

(213) *Q. Fabio Máximo, Ti. Sempronio Graco*
(212) Q. Fulvio Flaco, Ap. Claudio Pulcro
(211) *Cn. Fulvio Centumalo, P. Sulpicio Galba*
(210) *M. Claudio Marcelo*, M. Valerio Laevino
(209) *Q. Fabio Máximo*, Q. Fulvio Flaco

V

Mapas

A continuación, se muestran mapas de las principales batallas relacionadas en *Africanus, el hijo del cónsul.*

Asedio de Sagunto

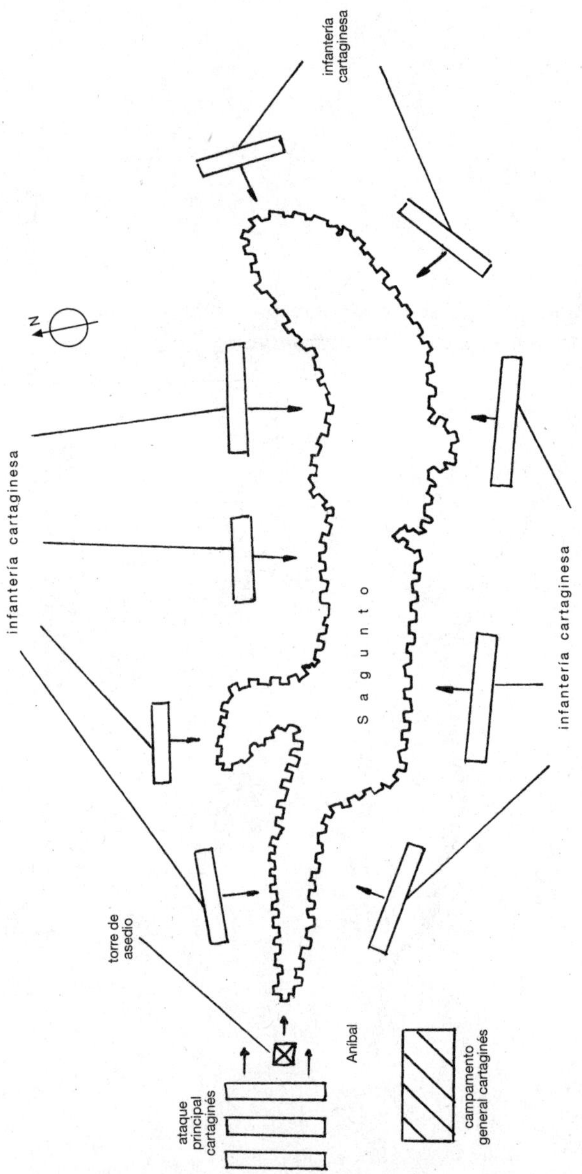

Batalla de Tesino

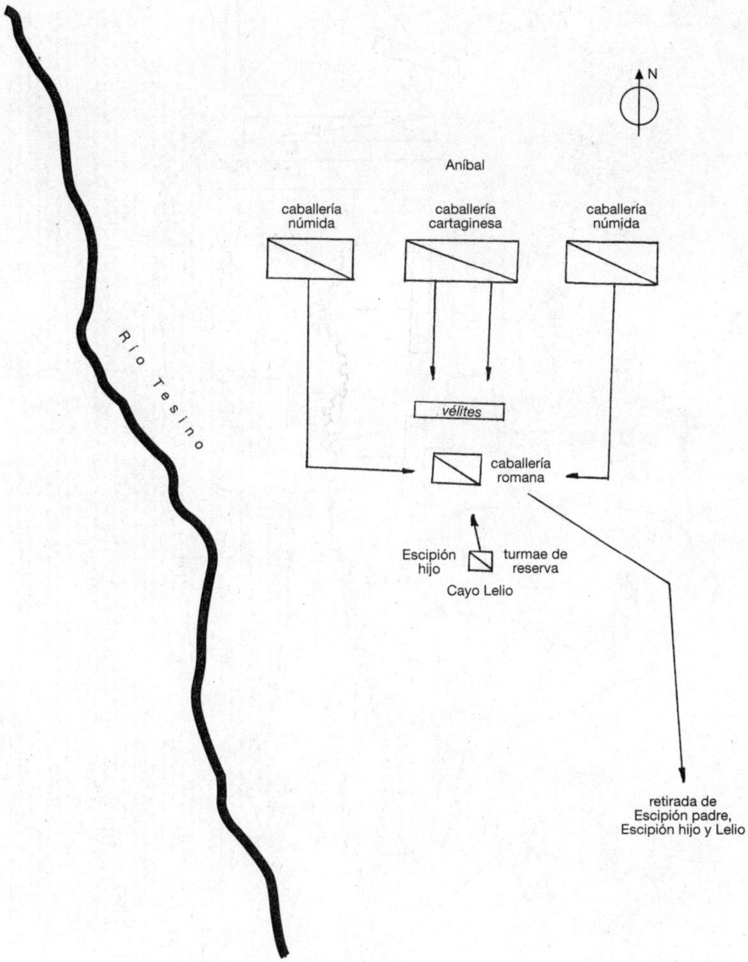

Batalla de Trasimeno

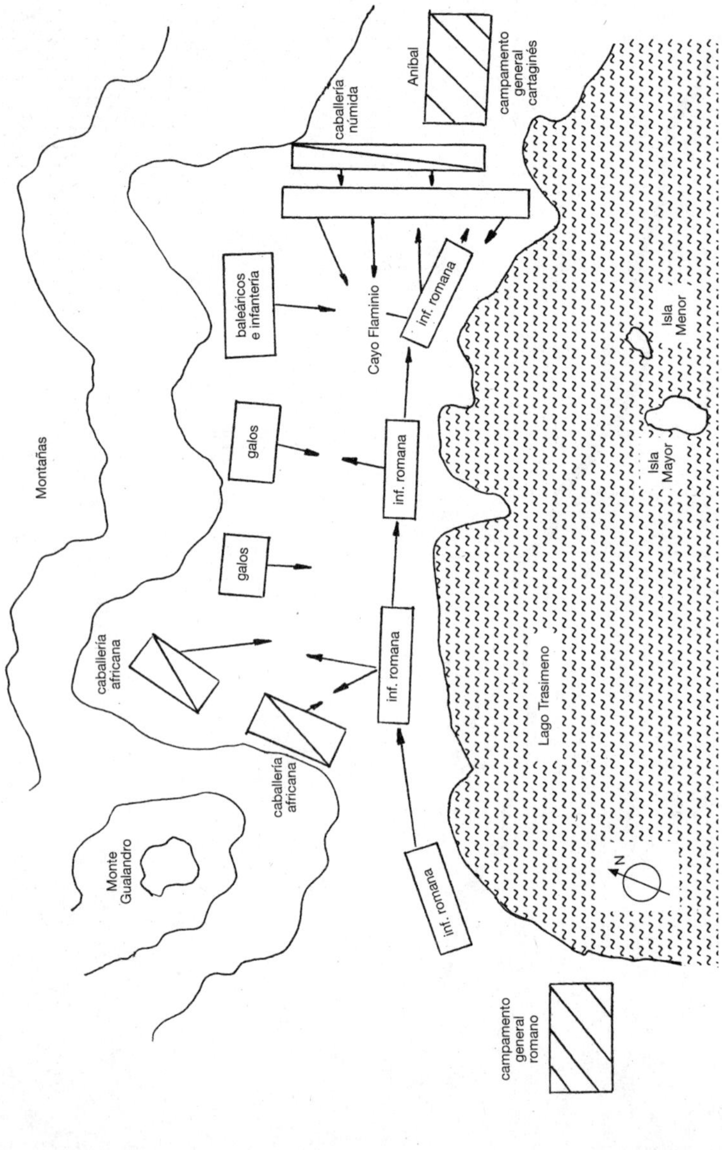

Asedio de Tarento

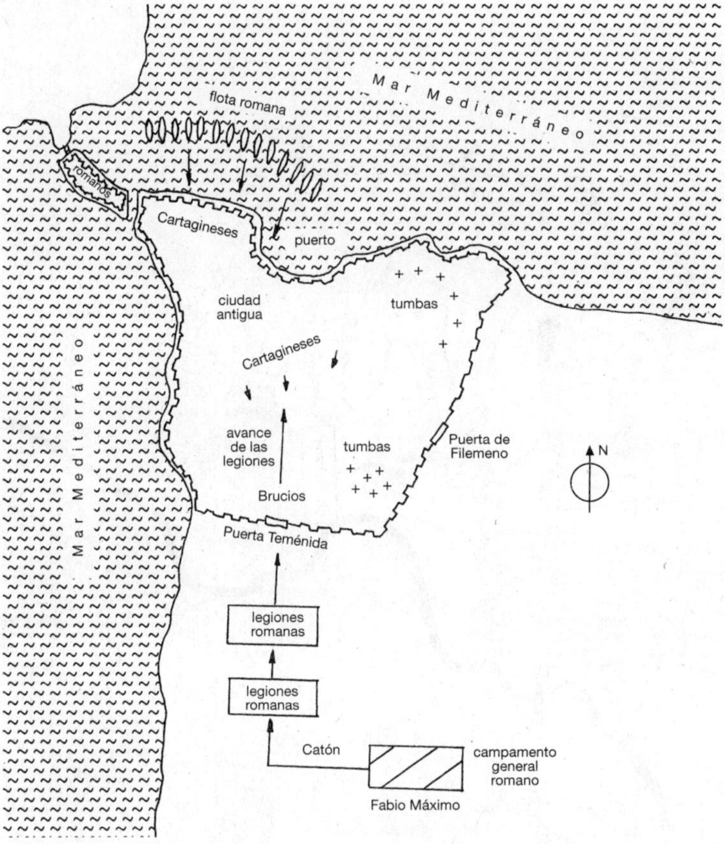

Batalla de Cannae (primera fase)

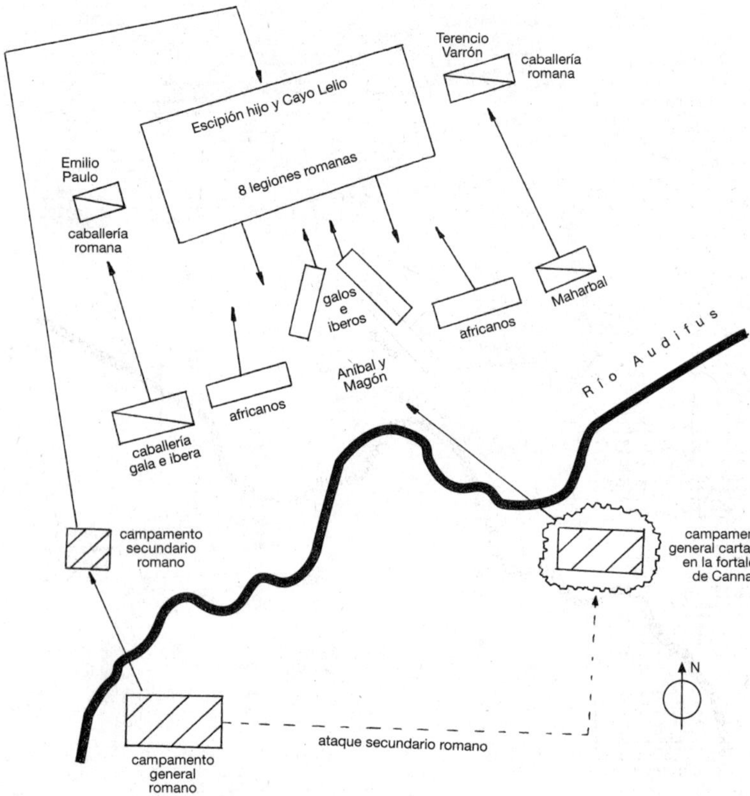

Batalla de Cannae (segunda fase)

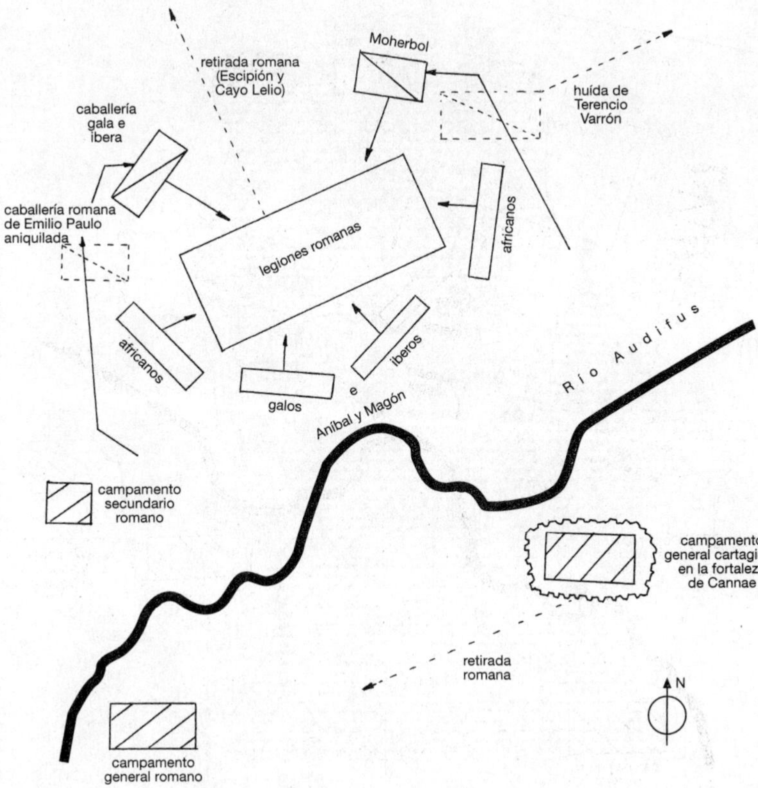

Asedio de Cartago Nova

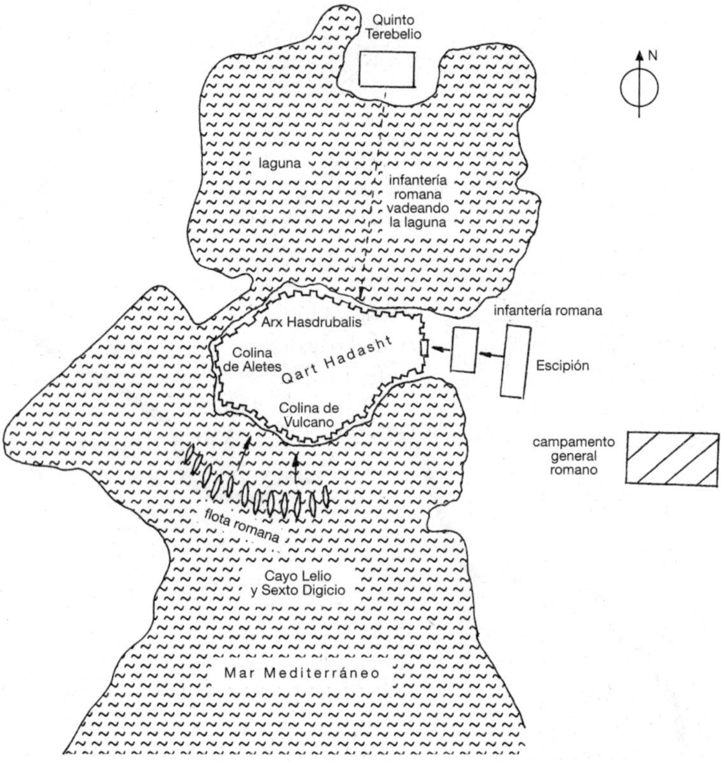

VI

Bibliografía

Gore Vidal lamentaba que Robert Graves hubiera sido acusado de limitarse a reescribir a Suetonio, en su famoso *Yo Claudio*, de tal forma que al final de su *Juliano el Apóstata*, el escritor norteamericano decidió incluir una breve bibliografía que diera muestra de la diversidad de trabajos consultados por él para novelar la vida del famoso emperador que intentó, infructuosamente, revertir el curso de la historia abandonando el cristianismo intentando revivir el paganismo en su inmenso imperio. De igual forma y salvando las infinitas distancias, y con el mismo fin de no ser acusado de limitarme a reescribir a Tito Livio o a Polibio o a Plutarco o a Apiano o a cualquiera de los otros grandes historiadores de la antigua Roma, se incluye aquí esta sucinta bibliografía, como botón de muestra de algunos de los trabajos considerados, consultados y leídos en la elaboración de *Africanus, el hijo del cónsul*.

Como se observará, la bibliografía empleada abarca ámbitos tan diversos como la filosofía, la guerra, el ejército y la estrategia militar de la época, la historia de la literatura latina, el teatro en la antigua Grecia y Roma o la religión, las tradiciones y las costumbres de Roma y Cartago, entre otros. Por último, indicar que los textos en cursiva de las obras de Plauto proceden de la traducción de las comedias del autor latino realizada por José Román Bravo, referenciada a continuación. Sin todos estos investigadores, esta novela no habría sido posible. En ellos hay que buscar los aciertos, si los hubiere, del relato y sólo en mí los errores.

ADKINS, Lesley y ADKINS, R. (2005) *El Imperio romano: historia, cultura y arte*. Madrid: Edimat.

ADOMEIT, K. (1995) *Aristóteles, sobre la amistad*. Córdoba: Servicio de Publicaciones de la Universidad de Córdoba.

APIANO (1980) *Historia de Roma I*. Madrid: Gredos.

ARISTÓTELES (1993) *Ética a Nicómaco. Libros I y VI*. Valencia: Universitat de València.

BARREIRO RUBÍN, V. (2004) *La Guerra en el Mundo Antiguo*. Madrid: Almena.

BRAVO, G. (2001) *Historia de la Roma antigua*. Madrid: Alianza Editorial.

BUCK, Ch. H. (1940) *A chronology of the plays of Plautus*. Baltimore.

CABRERO, J. (2000) *Escipión el Africano. La forja de un imperio universal*. Madrid: Aldebarán Ediciones.

CODOÑER, C. (ed.) (1997) *Historia de la literatura latina*. Madrid: Cátedra.

CODOÑER, C. y FERNÁNDEZ-CORTE, C. (2004) *Roma y su imperio*. Madrid: Anaya.

DELLA CORTE, F. (1962) *Da Sarsina a Roma. Ricerche plautine*. Florencia.

DODGE, T. A. (1891, [1995]) *Hannibal: A History of the Art of War among the Carthaginians and Romans down to the Battle of Pydna, 168 B.C., with a Detailed Account of the Second Punic War*. U.S.A.: Da Capo Press.

ENNIO, Q. (1984) *Fragmentos*. Salamanca: Consejo Superior de Investigaciones Científicas.

ENRIQUE, C. y SEGARRA, M. (1979) *La civilización romana. Cuadernos de Estudio, 10, Serie Historia Universal*. Madrid: Editorial Cincel y Editorial Kapelusz.

ESPLUGA, X. y MIRÓ I VINAIXA, M. (2003) *Vida religiosa en la antigua Roma*. Barcelona: Editorial UOC.

GARLAN, Y. (2003) *La guerra en la antigüedad*. Madrid: Aldebarán Ediciones.

GOLDSWORTHY, A. (2002) *Las guerras púnicas*. Barcelona: Ariel.

GRIMAL, P. (1993) *La vida en la Roma antigua*. Barcelona: Ediciones Paidós.

GRIMAL, P. (1999) *La civilización romana: Vida, costumbres, leyes, artes*. Barcelona: Editorial Paidós.

HAEFS, G. (1990) *Aníbal. La novela de Cartago*. Zurcí: Haffmans Verlag.

HERRERO LLORENTE, V. J. (1992) *Diccionario de expresiones y frases latinas*. Madrid: Gredos.

HOFSTÄTTER, H. H. y PIXA, H. (1971) *Historia Universal Compa-*

rada. Tomo II: Del 696 al 63 antes de Cristo. Barcelona: Editorial Plaza y Janés.

JOHNSTON, H. W. (1932) *The Private Life of the Romans.* http://www.forumromanum.org/life/johnston.html

LARA PEINADO, F. (2001) *Así vivían los fenicios*. Madrid: Grupo Anaya.

LE BOHEC, Y. (2004) *El ejército romano*. Barcelona: Ariel.

LIDDELL HART, B. H. (1994) *Scipio Africanus, Greater Than Napoleon*. U.S.A.: Da Capo Press.

LIVIO, T. (1993) *Historia de Roma desde su fundación*. Madrid: Gredos.

LIVY, T. (1972) *The War with Hannibal*. Londres: Penguin.

MANGAS, J. (1995) *Historia de España 3: De Aníbal al emperador Augusto. Hispania durante la República romana*. Madrid: Ediciones Temas de Hoy.

MANIX, Daniel P. (2004) *Breve historia de los gladiadores*. Madrid: Ediciones Nowtilus.

MELANI, C.; FONTANELLA, F. y CECCONI, G. A. (2005) *Atlas ilustrado de la Antigua Roma: de los orígenes a la caída del imperio.* Madrid: Susaeta.

MIRA GUARDIOLA, M. A. (2000) *Cartago contra Roma. Las guerras púnicas*. Madrid: Aldebarán Ediciones.

MOMMSEN, T. (1983) *Historia de Roma, volumen IV, desde la reunión de Italia hasta la sumisión de Cartago y de Grecia.* Madrid: Ediciones Turner.

NAVARRO, F. (ed.) (2005) *Historia Universal. Atlas Histórico.* Madrid: Editorial Salvat-El País.

PLAUTO, T. M. (1996) *El truculento o gruñón*. Madrid: Ediciones clásicas.

PLAUTO, T. M. (1998) *Miles Gloriosus.* Madrid: Ediciones clásicas.

PLAUTO, T. M. (1998) *Comedias I*. (Edición de José Román Bravo) Madrid: Cátedra.

PLUTARCO (1952) *Vidas paralelas: Timoleón-Paulo Emilio, Pelópidas-Marcelo*. Buenos Aires: Espasa-Calpe.

PLUTARCO (1996) *Vidas paralelas II: Solón-Publícola, Temístocles-Camilo, Pericles-Fabio Máximo*. Madrid: Gredos.

POCIÑA, A. y RABAZA, B. (eds.) (1998) *Estudios sobre Plauto*. Madrid: Ediciones clásicas.

POLYBIUS (1979) *The Rise of the Roman Empire.* Londres: Penguin.

ROLDÁN, J. M. (1981) *Historia de Roma I: La República de Roma.* Madrid: Cátedra.

SÁNCHEZ GONZÁLEZ, L. (2000) *La Segunda Guerra Púnica en Valencia: Problemas de un casus belli.* Valencia: Institució Alfons El Magnànim – Diputació de Valencia – 2000.

SANMARTÍ-GREGO, E. (1996) *Ampurias. Cuadernos de Historia 16, 55*. Madrid: Mavicam/SGEL.

SANTOS YANGUAS, N. (1980) *Textos para la historia antigua de Roma.* Madrid: Ediciones Cátedra.

SCARBE, C. (2001) *Chronicle of the Roman Emperors*. Londres: Thames & Hudson.

SEGURA MORENO, M. (1989) *Épica y tragedia arcaicas latinas: Livio Andrónico, Gneo Nevio, Marco Pacvvio*. Granada: Universidad de Granada.

SEGURA MURGUÍA, S. (2001) *El teatro en Grecia y Roma*. Bilbao: Zidor Consulting.

SCHUTTER, K. H. E. (1952) *Quipus annis comoediae Plautinae primum actae sint quaeritur.* Groninga.

VALENTÍ FIOL, E. (1984) *Sintaxis Latina*. Barcelona: Bosch.

WILKES, J. (2000) *El ejército romano*. Madrid: Ediciones Akal.

Índice

Prólogo 9
Prooemium 15
Dramatis personae 17

LIBRO I. Una frágil paz

1. Una tarde de teatro 21
2. El paso del estrecho 27
3. El hijo del senador 30
4. El triunfo de Fabio 33
5. Un nuevo comerciante 35
6. Amílcar 38
7. Una lección de historia 43
8. Una ciudad protegida por los dioses 52
9. Nuevas miras 54

LIBRO II. Vientos de furia

10. Un león enjaulado 59
11. Un barco mercante 60
12. El giro de la espada 62
13. Una noche para la venganza 67
14. Un ánfora vacía 70
15. La lena de Roma 72
16. El desafío de los carpetanos 84
17. Los primeros debates 87
18. El asedio 90
19. De camino al Senado 95

20. La torre móvil ... 96
21. En el jardín ... 98
22. La desesperación ... 100
23. Cuerpo a cuerpo ... 104
24. La declaración de guerra ... 108
25. El nuevo cónsul de Roma ... 114

LIBRO III. El enemigo imparable

26. Rumbo a Italia ... 119
27. Ante los *praefecti sociorum* ... 122
28. El amanecer de la guerra ... 124
29. El paso del Ródano ... 128
30. Planos y planes ... 135
31. Una villa romana ... 141
32. Centinelas de la noche ... 145
33. Los desfiladeros de la muerte ... 150
34. Cayo Lelio ... 157
35. La *turma* de caballería ... 163
36. El hijo del cónsul ... 166
37. Al encuentro de Aníbal ... 172
38. La batalla de Tesino ... 176
39. Un puente sobre el río ... 185
40. El debate de los cónsules ... 192
41. Un amanecer helado ... 198
42. La noche más larga ... 201
43. La batalla de Trebia ... 206

LIBRO IV. La resistencia de Roma

44. Cneo en Hispania ... 217
45. Ojos negros de mirada profunda ... 220
46. El enemigo ciego ... 231
47. Trasimeno ... 237
48. Querida Emilia ... 246
49. Un triste regreso ... 247
50. La batalla naval ... 250
51. La dictadura ... 255
52. Sacrificios ... 257

53. En el molino 261
54. Un error inesperado 262
55. Duelo de titanes 270
56. En el foro 274
57. Un abrazo de hermanos 279
58. El principio del fin 283

LIBRO V. La mayor de las derrotas

59. El mayor ejército de Roma 293
60. Cannae 297
61. La caída del cónsul 318
62. La retirada 328
63. La deserción de los tribunos 332
64. El molino y el teatro 339
65. La defensa de Roma 342
66. Maharbal y Aníbal 345
67. El día más triste 351
68. El juicio a los derrotados 355
69. El viejo arcón 371

LIBRO VI. El mundo en guerra

70. A la luz de una vieja lámpara de aceite 379
71. El reparto del mundo 383
72. La unión de dos familias 388
73. Una pelea nocturna 403
74. El cuarto consulado 408
75. Sífax 418
76. En busca de Rufo 423
77. Las Lupercalia 431
78. Las profecías de Aníbal 442

LIBRO VII. El teatro de la vida y la muerte

79. Las *Saturnalia* 455
80. La tarde del estreno 458
81. La agonía de Capua 482
82. Un mensajero 485

83. El destino de Aníbal 502
84. Un nuevo *pater familias* 504
85. El destino de Roma 511
86. El Campo de Marte 526
87. *Imperium* 541
88. La biblioteca 551

LIBRO VIII. En busca de la esperanza

89. Rumbo a Hispania 565
90. Los augurios de Fabio 572
91. Lucio Marcio Septimio 573
92. Una tragicomedia 578
93. El puerto de Tarraco 581
94. Un plan imposible 585
95. La larga marcha 594
96. El plan de Fabio 609
97. Cartago Nova 622
98. Una noche en el lago 635
99. El desasosiego de la creación 654
100. Un agridulce amanecer 658
101. La esperanza de Aníbal 670
102. Los enemigos de Escipión 674
103. Los encargos de Lelio 676

APÉNDICES

I. Glosario 687
II. Árbol genealógico de Publio Cornelio Escipión, *Africanus* 699
III. El alto mando cartaginés 700
IV. Listado de cónsules de Roma 701
V. Mapas 703
VI. Bibliografía 711

MEDITERRÁNEO
ORIENTAL
Finales del Siglo III a C.
0
500 km
ILIRIA
MAESIA
PONTO
TRACIA
Heraclea
Epidamno
MACEDONIA
Nicomedia
PROTECTORADO
ROMANO
Propóntide
BITINIA
Brundisium
Pella
Tesalónica
Helesponto
Abydos
Apollonia
Tarento
MISIA
Golfo de
Tarento
ÉPIRO
Farsalia
Mar
Pergamo
Crotona
Elea
LIGA
ETOLIA
Termópilas
Magnesia
Egeo
Esmirna
Amfisa
LIDIA
Mar
Jónico
LIGA
AQUEA
Atenas
Corinto
Éfeso
Esparta
LICIA
Rodas
RODAS
CRETA
Cnossos
MAR MEDITERRÁNE
Gran
Syrte
Alejandría
CIRENAICA